CW00704936

Johanna Benden

Nebelsphäre – *Gefangen in der Prophezeiung*

Gemeinsam mit seinen Freunden versucht Drachenkrieger Thorxarr die Studentin Hiltja und ihre Leute vor dem Unterweltboss Piet zu beschützen. Die Himmelsechsen arbeiten an einem Plan, die junge Frau ganz aus den Fängen des Gangsters zu befreien, aber das gestaltet sich schwieriger als gedacht.

Bis Piets Bedrohung neutralisiert ist, weicht Thorxarr nicht von Hiltjas Seite und so verbringen die beiden viel Zeit miteinander. Schnell muss sich der Krieger eingestehen, dass er sich nicht nur zu dem Mädchen hingezogen fühlt, sondern ernsthaft in sie verliebt ist. Eine Beziehung ist jedoch undenkbar, denn Hiltja hat keine Ahnung, wer oder was ihr Beschützer in Wirklichkeit ist. Und das muss um jeden Preis auch so bleiben.

Unterdessen nimmt die Intensität von Hiltjas Visionen zu. Die junge Frau sieht, dass Dämonen ihre Welt vernichten werden. Sie spürt, wie ihr die Zeit zwischen den Fingern zerrinnt und dass sie ihr Wissen weitergeben muss. Nur an wen soll sie sich wenden? Außer ihrer Sehnsucht nach einem bestimmten Waldsee hat sie keinen Anhaltspunkt, und dieses Gewässer ist unauffindbar. Zu allem Überfluss scheint sich auch noch Hiltjas Gedächtnis aufzulösen – immer häufiger fehlen ganze Stunden. Das treibt sie fast in den Wahnsinn.

Wird Hiltja ihren See finden?
Gelingt es ihr, die Invasion der Dämonen aufzuhalten?

Johanna Benden, 1976 geboren, lebt mit ihrer Familie in Norddeutschland. „Gefangen in der Prophezeiung" schließt die Geschichte von Hiltja und Thorxarr ab – fesselnd, fantastisch, romantisch und natürlich wieder mit Johanna Bendens typisch norddeutschem Humor!
Weitere Infos zur Autorin gibt es unter: www.johanna-benden.de

JOHANNA BENDEN

Nebelsphäre

Hamburg-Reihe 2

Gefangen in der Prophezeiung

Dein Schicksal suchst du dir nicht aus.
Es trifft dich!

Fantasy-Roman

Kiel-Reihe:
  Nebelsphäre – haltlos (Debütroman)   (Teil 1, 2012)
  Nebelsphäre – machtlos   (Teil 2, 2013)
  Nebelsphäre – rastlos   (Teil 3, 2014)

Lübeck-Reihe:
  Nebelsphäre – Der Zauber des Phönix   (Teil 1, 2016)
  Nebelsphäre – Das Licht des Phönix   (Teil 2, 2016)
  Nebelsphäre – Die Liebe des Phönix   (Teil 3, 2017)
  Nebelsphäre – Der Zorn des Phönix   (Teil 4, 2018)

Hamburg-Reihe:
  Nebelsphäre – Die Seherin der Drachen   (Teil 1, 2020)
  Nebelsphäre – Gefangen in der Prophezeiung   (Teil 2, 2020)

Außerdem erschienen: Annas Geschichte (zwei fantasyfreie Glückstadt-Romane)
  Salz im Wind & Splitter im Nebel   (Teil 1 & 2, 2019)

1. Auflage 2020
Alle Rechte vorbehalten
© 2020 Johanna Benden
Rolande-Thaumiaux-Str. 15
25348 Glückstadt
Email an: info@johanna-benden.de
Foto Hamburg-Skyline: Heiko Jürgens
Silhouette der Drachen-Grafik: Ronja Forleo
Autorenfoto auf der Rückseite: Anna Eve Photography
Umschlaggestaltung und Design: Imke von Drathen
Chef-Lektorat: Gabriela Anwander, Christine Westphal, Niklas de Sousa Norte
Lektorat: Ute Brandt, Elisabeth Schwazer, Melanie Scharfenberg-Uta, Corinna Kahl
ISBN: 9798570780507
Imprint: Independently published

VERRÜCKTE ZEITEN

sind das, in denen wir 2020 leben.
Alles steht Kopf, wenn

Distanz ein Ausdruck von Nähe

ist.
Keine Lesungen.
Keine Messen.
Keine Buchausgabepartys.

Und doch spüre ich jeden Tag, dass ihr da seid.
Mit euch ist das Durchhalten nur halb so schwer.

Danke für alles, ihr Lieben!

Vorwort

Moin moin!   November 2020

Und willkommen zurück. Ich freue mich sehr, dass du beim zweiten Teil der Hamburg-Reihe auch wieder mit am Start bist!

Bevor es losgeht, muss ich aber erstmal reinen Tisch machen: Ich gestehe, dass ich im Zuge des Plottens der Nebelsphäre in den letzten Jahren mehrfach über eine postapokalyptische Gesellschaft nachgedacht habe, in der Dämonen fiese Seuchen in unsere Welt einschleppen, welche dann unser ganzes Leben auf den Kopf stellen. Ob Hiltjas prophetisches Talent auf mich abgefärbt hat oder ich womöglich persönlich die Seuchen mit meinen Hirngespinsten angelockt habe, wage ich nicht zu beurteilen.

Nein! Scherz beiseite. Natürlich weder noch! Allerdings erreichen mich in letzter Zeit besorgte Zuschriften von euch, ob Drachen auch an

Corona erkranken könnten und falls ja, wie ernst die Krankheit bei ihnen verläuft. Leider ist meine Datenbasis diesbezüglich ziemlich eingeschränkt und so kann ich aktuell keine zuverlässige Aussage dazu treffen. Fest steht, dass die Dämonen während der Torkriege im Mittelalter die Pest auf die Erde gebracht haben und die hat nachweislich etliche Himmelsechsen dahingerafft. Aber keine Sorge, Band zwei der Hamburg-Reihe spielt *vor* der Pandemie und ist damit zu einhundert Prozent coronafrei. Versprochen!

Dafür ist die Geschichte jedoch wieder mit jeder Menge norddeutschem Schnack infiziert: »Mien Seuten!« heißt „Mein Süßer!". Mit einer »Mieze« kann eine Katze gemeint sein, aber auch ein „leichtes Mädchen". »Spökel-Kram« ist Spukzeug, beziehungsweise Geheimniskrämerei. Und wenn jemand etwas »ran an den Laden bekommen soll« bedeutet das, dass er etwas zu besorgen oder aufzutreiben hat.

So, nun hab' ich genug gesabbelt, jetzt geht es los! Ich wünsche dir viel Spaß mit Hiltja und Thor in Hamburg!

Deine Johanna

Erinnere dich!

Vorsicht: Magie! Wenn du die folgenden Zeilen liest, wird ein Zauber ausgelöst, der dir die Figuren und Zusammenhänge des ersten Teils wieder vor Augen führt. Falls du die Seherin der Drachen gerade erst gelesen hast, kannst du auch gern zum Prolog vorblättern.

Hiltja Hinnerksen (**Schneewittchen**)
Hiltja ist in einem kleinen Dorf in Dithmarschen aufgewachsen. Derzeit studiert sie in Hamburg Klassische Philologie mit Fachprofil Latinistik. Und ja, sie steht voll auf Latein! Mit »tote Sprache« und so musst du ihr nicht kommen.

Seit sie denken kann, hat Hiltja Visionen von der Zukunft. **Madame Vouh** – so nennt die junge Frau ihr Talent – hat eine ziemlich gute Trefferquote, was blöderweise nicht bedeutet, dass Hiltja unangenehme Ereignisse verhindern kann. Im Alltag kann Madame Vouh helfen. So nutzt Hiltja ihr Talent zum Beispiel beim Pokern, um zu gewinnen. Das

hat allerdings dazu geführt, dass **Piet**, der Hamburger Unterweltboss, auf sie aufmerksam geworden ist und Hiltja nun für ihn spielen muss. Ob das unterm Strich so hilfreich war, lasse ich mal dahingestellt – zumal Madame Vouh neuerdings nicht gerade zuverlässig ist und Hiltja lieber tentakelschwingende Dämonen zeigt als Spielkarten und den Ausgang einer Pokerrunde.

Gunnar & **Claudia** Hinnerksen

sind die Eltern von Hiltja. Gunnar ist Landwirt und hat einen Hof mit Ackerbau, Rindern und Schafen in Dithmarschen. (Für alle, die südlich der Elbe leben: Das liegt an der Westküste Schleswig-Holsteins.)

Claudia arbeitet als Steuerfachangestellte in einem Büro.

Neben Hiltja haben die beiden noch eine ältere Tochter. **Marte** und Hiltja konnten jedoch nie so recht was miteinander anfangen.

Paula Claussen

ist die beste Freundin von Hiltja und das seit Kindertagen. Da sie ebenfalls in Hamburg studiert, wohnen die Mädels zusammen in einer WG. Die beiden haben keine Geheimnisse voreinander, Paula ist über Madame Vouh und Piet also voll im Bilde. Nachdem Hiltja ange-schossen wurde, hat sich Paula zum Schein mit ihrer Freundin »verkracht« und ist für eine Weile aus der WG ausgezogen. So konnte Thor (zu dem komme ich später noch) bei Hiltja einziehen und außerdem kommt Piet dann hoffentlich nicht auf die Idee, Hiltja zu erpressen, indem er Paula bedroht. Tja, ob der Plan aufgeht?

Gregor Müller

ist Paulas Freund. Er wollte sie nicht bei sich einziehen lassen, als Paula übergangsweise eine neue Bleibe suchte. Wenn ihr mich fragt, ist der Typ nicht ganz koscher. (Oxa lässt grüßen: Guckt dazu auch gern noch mal in die versteckte Szene am Ende des letzten Bandes!)

Poker-Piet

ist Hamburgs Unterweltboss. Er ist in allerlei kriminelle Handlungen verstrickt, wie zum Beispiel Drogen- und Menschenhandel, Erpressungen, Wirtschaftskriminalität und so weiter. Piet gibt sich gern kultiviert und großzügig. Er legt Wert auf guten Tee, antikes Porzellan, Tischkultur und stylisch eingerichtete Lofts in der Speicherstadt. Um Hiltja zum Gewinnen zu »motivieren«, bedroht Piet deren Familie und Freunde. Wie ernst er es meint, zeigt er mit zerstochenen Treckerreifen und dem Mord an **Moritz**, dem Hund von Hiltjas Vater. Ich fürchte, diesem Piet ist alles zuzutrauen!

Ex und **Hopp**

sind Schläger von Piet. Ex ist ein Auftragskiller, der seinen Job liebt und zudem sadistisch veranlagt ist. Er wollte Thor umlegen, doch die Kugel prallte an dessen Schild ab und traf Hiltja. Da dieser Mord nicht von Piet angeordnet war, wird Ex nun von seinem ehemaligen Boss gesucht und musste untertauchen.

Hopp ist so breit wie er hoch ist und besteht vor allem aus Muskeln. Als das Hirn verteilt wurde, war er vermutlich nicht anwesend und hat bloß das abbekommen, was zufällig noch übrig war – sprich: Er ist echt dumm. Hopp betrachtet Piet und dessen Leute als seine Familie und lässt die Muskeln für sie spielen. Ich glaube, dass Hopp eigentlich ein guter Kerl ist, der sein Herz am rechten Fleck hat.

Jamie (James **Bond**)

ist die rechte Hand von Poker-Piet, stets gut angezogen und gern mit flotten Sprüchen unterwegs. Bond mag – wie sollte es bei dem Spitznamen anders sein – schicke schnelle Autos. Er hat mehrfach zusammen mit Hiltja Poker gespielt, um sie für Piet im Auge zu behalten.

So, ihr Lieben, das war es aus der realen Welt. Kommen wir also zum magischen Teil:

Gefährten

Als Gefährten bezeichnet man Paare, die aus Drache und Mensch hervorgehen. Es ist Liebe auf den ersten Blick. Werden die Partner nicht räumlich voneinander getrennt, tritt das Paar in die sogenannte Bindungsphase ein. In dieser Zeit wachsen Mensch und Drache auf Geistesebene miteinander zusammen. Man sollte die Gefährten in diesen Monaten lieber in Ruhe lassen, weil insbesondere die Himmelsechsen sehr schnell aus der Haut fahren und extrem eifersüchtig reagieren.

Wölfe

Der erste Stützpunkt der Gefährten wurde am Hungrigen Wolf in Hohenlockstedt gegründet. Deshalb bezeichnen sich die Gefährten als Wölfe.

Akademie zur Steinburg

Offiziell ist die Steinburg eine Elitehochschule, bei der renommierte Unternehmen ihren Nachwuchs in dualen Studiengängen ausbilden lassen. Tatsächlich handelt es sich bei der Akademie aber um eine Hochschule für magisch begabte Menschen. Um den Austausch zwischen Drachen- und Menschenwelt zu verbessern und das gegenseitige Verständnis zu fördern, sind hier auch immer wieder Himmelsechsen zu Gast. Das mag sich jetzt propagandamäßig anhören, aber ... ähm, ich fürchte, das ist es auch. In Wirklichkeit liegt das Hauptaugenmerk des Austauschprogramms nämlich darauf, möglichst viele Gefährtenpaare zusammenzubringen.

Thorxarr (**Thor**, roter Drache)

ist Krieger in der Armee der roten Drachen. Sein astrales Potenzial ist allenfalls durchschnittlich, ebenso wie sein Engagement, was die Dienste angeht – sprich: Er hat keinen Bock auf seinen Job und prügelt sich lieber mit Menschen.

Bei seiner ersten Begegnung mit Schneewittchen hat Thorxarr sich in

die junge Frau verliebt und weicht ihr nun nicht mehr von der Seite. Er hat versprochen, Schneewittchen zu beschützen und sie aus Piets Klauen zu befreien.

Alexan Raureif (**Alex**, weißer Drache)
ist astralschwach, aber dafür hochintelligent und erfinderisch. Alexan kennt sich extrem gut in Sachen Menschenwelt aus und ist für einen Weißen erstaunlich fokussiert. So ist er der jüngste Weiße, der die Prüfung für unauffälliges menschliches Verhalten bestanden hat – und das auch noch mit 89 Prozent!
(„Nein, Alex, ich übertreibe nicht! 88,796 Prozent sind so gut wie 89. ICH würde sogar von 90 Prozent reden, aber dann bekommst du ja Herzklabaster wegen der Ungenauigkeit.")
Lassen wir das. Alexan ist der beste Freund von Thor. Er beherrscht das Festlegen seiner Menschengestalt dermaßen herausragend, dass er sich bei jeder Verwandlung eine andere Frisur zulegt. Verrückt, oder?

Lunara (**Luna**, grüner Drache)
ist eine Freundin von Thorxarr und Alexan. Sie ist derzeit etwas gebeutelt, da sie durch einige Prüfungen gefallen ist und diese nachholen muss. Für eine Grüne ist sie eher ruppig. »Voll auf die Zwölf« kann Lunara, mit filigranen Zaubern hingegen hat sie Probleme. Ohne Lunaras Heilkunst wäre Hiltja an der Schusswunde gestorben.

Oxana (**Oxa**, goldener Drache)
hat Alex, Thor und Luna kennengelernt, weil sie, genau wie die drei anderen, nicht für das Drachen-Austausch-Programm an der Akademie zur Steinburg infrage kam. Hierfür werden nämlich nur Drachen mit überdurchschnittlichem Potenzial und/oder Talent ausgesucht. Das wurmt Oxana ungemein.
Ob sie mit den anderen dreien befreundet sein möchte, weiß Oxana nicht so genau. Sie trifft sich vor allem aus Mangel an Alternativen mit ihnen.

Das **Dreiergestirn**

besteht aus dem **Phönix** (Margareta Sofie Fredenhagen), dem **Licht** (Lichtmeister Xavosch, Blauer Drache) und dem **Karfunkel** (Jan Hendrik Meier). Das Dreiergestirn ist in der magischen Welt bekannt, denn vor ihnen hat es noch nie eine Gefährtenbindung zwischen drei Wesen gegeben.

Abrexar (Grauer Krieger, Beiname Spinne, Schwarzer Drache)

hat als Truchsess jahrhundertelang die schwarzen Drachen angeführt. Er opferte sein Leben einige Jahre zuvor, um der Welt Zeit zu verschaffen, sich auf eine Invasion der Dämonen vorzubereiten. Aus diesem Grund wird sein Name häufig in Ausrufen verwendet, wenn es wichtig oder gefährlich wird. Zum Beispiel: Bei Abrexars Schwingen! Beim Grauen Krieger! Bei Abrexars grauen Schuppen!

So, ihr Lieben, jetzt seid ihr wieder im Bilde. Und? Steht der Zimt-Tee bereit? Ist die Schokolade startklar? Ja? Prima! Dann kann es mit dem zweiten Teil der Hamburg-Reihe losgehen. Erstmal müssen wir allerdings nach Heide und das auch noch in die Vergangenheit. Also, reist mit mir durch die

Prolog

Vor 21 Jahren, am dritten Juni,
Schleswig-Holstein, Heide im Landkreis Dithmarschen.

Die Magie von Lonaah, der bedeutendsten Seherin der Himmelsechsen in der altvorderen Zeit, hatte die Jahrtausende überdauert. Die
Bürde des Zaubers wog schwer, denn er verlieh dem Empfänger neben
Mut und Gelassenheit auch das Talent, in die Zukunft blicken zu
können. Und die war finster. Dämonen lauerten vor den Toren der Erde
und gierten danach, das üppige Leben des Planeten zu verschlingen.
Nur eine starke Menschenseele würde diese Bürde tragen können, eine
reine, die frei von Machthunger war. In den letzten Dekaden hatte
jedoch keine Seele das Licht der Welt erblickt, auf welche diese
Aspekte zutrafen.

Langsam drängte die Zeit. Die Zukunft wartete nicht, bis Drachen und
Menschen für sie bereit waren. Nein, sie würde unerbittlich über das

Leben hereinbrechen. Der Zauber musste ein würdiges Ziel finden, anderenfalls wäre alles verloren.

Obwohl mittlerweile drei bis vier Menschen pro Sekunde geboren wurden, schimmerten all ihre Seelen lediglich matt und grau, und das genügte nicht, um die Magie zu verwurzeln. Es stand nicht gut um den Fortbestand des Planeten …

Plötzlich wurde es hell!

In wenigen Minuten würde ein Mädchen das Licht der Welt erblicken – ihr Wesen leuchtete dem Leben aus weiter Ferne entgegen und zog Lonaahs Zauberei auf sich.

Ob die Kleine stark genug für die Bürde war, musste sich zeigen, doch sie war die einzige Hoffnung der Drachen und Menschen.

Die Magie fand ihr Ziel, schmiegte sich um die Seele des Mädchens und sickerte tief in ihr Wesen hinein. Endlich floss die astrale Kraft aus der altvorderen Zeit; sie flutete das Gehirn des Babys mit furchtbaren Bildern von einem dämonischen Weltuntergang. Das winzige Menschenherz verkrampfte sich vor Angst, es stockte, bis es schließlich ganz aufhörte zu schlagen.

Ja, Lonaahs Bürde war schwer, wenn nicht sogar ein Fluch. Nur eine Kämpferin würde sie tragen können.

***

„Die Herztöne werden schwächer“, murmelte die Hebamme und krauste die Stirn.

Nervös sah Gunnar zu der Mitfünfzigerin hinüber. „Aber das gibt sich bestimmt gleich wieder, oder?“

„Das will ich hoffen!“ Behutsam tastete sie den Bauch ihrer schwangeren Patientin ab.

„Nicht gut“, murmelte die Hebamme. „Das Baby sitzt noch nicht tief genug. Und …“, sie warf einen Blick auf die Monitore, „die Herztöne könnten wirklich kräftiger sein.“

In diesem Moment verschwanden sie ganz.

Gunnar hielt die Luft an.

„Immer mit der Ruhe", beschwichtigte die Hebamme und holte ein altmodisches Hörrohr aus ihrem Kittel.

„Da stimmt etwas nicht", stöhnte Claudia, bevor sie von der nächsten Wehe erfasst wurde. „Irgendwas … ist … passiert!", keuchte sie unter Schmerzen. „Holt sie raus!"

„Wir kriegen das hin. Gemeinsam! Hören Sie, Frau Hinnerksen? Nur keine Panik", sagte die Hebamme und drückte die Hand der werdenden Mutter. „Wenn die Wehe vorbei ist, horche ich erstmal. Die alten Methoden sind oft die besten, nicht wahr?" Augenzwinkernd präsentierte sie den hölzernen Trichter, der wie ein Sektglas geformt war. „Es wäre nicht das erste Mal, dass meine Erfahrung der Technik etwas voraushat."

Die Schmerzen flauten ab. Claudia nickte erleichtert.

Während die Hebamme den Bauch abhorchte, verzog sie unwillig das Gesicht und die Falten auf ihrer Stirn furchten sich immer tiefer. Schließlich brummte sie: „Ich lasse besser den OP für Sie vorbereiten." Mit schnellen Schritten eilte sie zum Telefon, das neben der Tür an der Wand hing, wählte und bellte Befehle in den Hörer.

„Hörst du, Claudia?" Gunnar streichelte seiner Frau verunsichert die Wange. „Schwester Hildegard hat alles im Griff. Das wird schon!"

„Da ist was passiert", schnaufte Claudia erneut. Tränen liefen über ihre erhitzten Wangen. „Irgendwas stimmt mit unserer Anne nicht."

Wieder erfasste eine Wehe ihren Körper, sodass sie verzweifelt aufschrie.

„Du bist erschöpft", beschwichtigte Gunnar sie. „Das …"

„Ach ja?!", rief Claudia. „Aaaargh! Dann lass uns tauschen! Krieg du das Kind und ich sabbel neben dir altkluges Zeug." Sie warf ächzend ihren Kopf hin und her. „Anne braucht Hilfe. Jetzt!"

„Schwester Hildegard kümmert sich darum." Gunnar strich ihr eine schweißnasse Strähne aus dem Gesicht. „Du machst das prima, Schatz. Nach den Wehen der letzten Stunden ist es kein Wunder, dass du müde bist."

Claudia stöhnte und versuchte sich auf ihre Atmung zu konzentrieren. Es gelang ihr leidlich.

Als die Schmerzen endlich abebbten, schluchzte sie: „Ich bin nicht müde, ich bin fix und alle! Und Anne geht es schlecht. Sie …"

„Der OP ist in wenigen Minuten für Sie bereit!" Die Hebamme kehrte zurück ans Bett. Erneut tastete sie den Bauch ab und lächelte freundlich, doch in ihren Augen schimmerte tiefe Sorge. „Sicher liegt ihr Baby einfach nur ungünstig. Dann kann es schon mal vorkommen, dass man die Herztöne nicht gut hören kann, Frau Hinnerksen."

„Nein." Claudia wand sich bereits unter der nächsten Wehe. Hilflos presste sie hervor: „Wir … müssen … uns … beeilen!"

„Meine Kollegen arbeiten auf Hochtouren! Gleich …"

„Mach was, Gunnar!", unterbrach Claudia. „O Gott! In mir wird alles schwarz."

Ein eisiger Schauer lief über den Rücken des werdenden Vaters. Was konnte er tun? Er hob die Schultern und schaute flehend zur Hebamme. Die nickte bloß professionell aufmunternd.

Gunnar fühlte sich ausgeliefert. Als Landwirt hatte er in seinem Leben schon viele Tiergeburten begleitet und wusste nur zu gut, dass diese tödlich enden konnten.

Sein Herz wurde schwer. Wie gern würde er seine Tochter in den Arm nehmen und beschützen. Doch das konnte er nicht – er konnte sie ja nicht einmal berühren.

Ihm blieb nur eines: dem ungeborenen Kind Mut zuzusprechen.

Das hilft manchmal auch bei den Tieren. Oder bilde ich mir das nur ein? Egal, mir bleibt nur das.

Als die Wehe abklang, legte er seine Hand auf den runden Bauch seiner Frau. Er konzentrierte sich auf das Baby und auf seinen Wunsch, ihm beizustehen, bis ein warmes Rieseln durch seine Hände kribbelte. Dann flüsterte er liebevoll: „Hey Kleine! Du bist nicht allein. Wir sind hier und können es kaum abwarten, dich in die Arme zu schließen. Bitte gib nicht auf …"

Er stockte. Was, wenn seine Tochter es nicht schaffte? Die Zuversicht

in ihm bröckelte und sein Hals wurde ganz eng.

„Sprechen Sie weiter!", wisperte die Hebamme. „Die Herztöne kommen wieder."

Neue Hoffnung glomm in Gunnar auf.

„Ich … wir", stammelte er und ignorierte die Tränen, die aus seinen Augen kullerten. Die Wärme unter seinen Händen nahm zu. „Ich habe so viel vor mit dir, mein Mädchen! Ich möchte dir die Welt zeigen. Wir haben einen Bauernhof, weißt du?"

„Die Schwärze verschwindet." Claudia atmete auf, doch im nächsten Moment rollte eine neue Wehe heran und ließ sie abermals aufstöhnen.

Plötzlich öffnete sich die Tür und eine Ärztin in Begleitung eines Krankenpflegers betrat den Raum.

„Wie sieht es aus?", erkundigte sich die Ärztin.

„Besser!" Man konnte der Hebamme ihre Erleichterung anhören. „Mit Ihrer Hilfe schaffen wir es vielleicht sogar ohne OP."

***

Mit vereinten Kräften beschleunigten die Mediziner die Geburt. Die Hebamme tastete nach dem Köpfchen und drehte es ein wenig im Geburtskanal, die Ärztin befestigte eine Saugglocke am Schädel des Kindes und der Pfleger drückte das Baby von oben in die richtige Position. Wenige Minuten später frohlockte die Hebamme: „Das Köpfchen ist da. Sie bekommen eine Sternenguckerin, Frau Hinnerksen! Mit herrlich schwarzen Haaren."

Dann war die Geburt geschafft. Gunnar sah, wie seine Tochter leichenblass in die Arme von Schwester Hildegard glitt. Die Nabelschnur hatte sich mehrfach um Hals und Schultern der Kleinen geschlungen. Das Mädchen bewegte sich nicht.

Oh nein! Bitte nicht!

Seine Tochter gab weiterhin kein Lebenszeichen von sich. Es sah nicht gut aus.

Trotzdem weigerte sich Gunnar zu glauben, dass sie tot war.

Er selbst hätte eigentlich das Band zwischen Mutter und Tochter durchtrennen sollen, doch das erledigte jetzt die Ärztin.

„Die Damen bringen Ihnen die Kleine gleich wieder", beruhigte der Pfleger, während die Hebamme das schneeweiße Baby in ein Handtuch hüllte und zusammen mit der Ärztin eilig den Raum verließ.

„Sie schafft es", wisperte Gunnar und fasste nach Claudias Hand. „Unsere Kleine ist eine Kämpferin!"

Seine Frau antwortete nicht, sie lag nur schwer atmend mit geschlossenen Augen da.

Die Stille wurde laut. Sekunden dehnten sich zu Minuten und Gunnars Hoffnung schwand. Tränen füllten seine Augen.

Plötzlich ertönte ein lauter Schrei aus dem Nebenraum, der sich zu einem kräftigen Babyweinen auswuchs.

„Na, wer sagt es denn? Sie hat es geschafft!" Der Pfleger lächelte die Eltern an. „Es wird alles gut!"

„Anne hat es geschafft", echote Claudia erschöpft. „Du hast recht, Gunnar. Unsere Tochter ist eine Kämpferin."

„Das ist sie!" Zärtlich küsste er seine Frau auf die Stirn. Und dann lachte und weinte er gleichzeitig.

„Was meinst du, mein Schatz?", fragte er nach einer Weile. „Sollten wir sie statt Anne nicht lieber Hiltja nennen?"

„Hiltja?" Claudia öffnete die Augen. Sie lächelte matt. „Hieß nicht eine Großtante von dir so?"

Gunnar nickte. „Ja, Tante Hiltja war mächtig respekteinflößend und sehr stolz auf ihren Namen. »Hiltja« ist altdeutsch und bedeutet so viel wie Kämpferin. Darauf legte meine Tante stets großen Wert."

„Der Name passt zu unserem Mädchen", seufzte Claudia. „Und auch zu dem ihrer großen Schwester. Marte und Hiltja. Das klingt schön."

„Ja, wunderschön."

In diesem Moment kamen die Hebamme und die Ärztin mit einem dunkelgrünen Handtuchbündel zurück.

„Herzlichen Glückwunsch! Sie haben eine gesunde Tochter." Schwester Hildegard strahlte über das ganze Gesicht. „Möchten Sie mit

der Kleinen kuscheln, Frau Hinnerksen, oder darf der Papa?"

„Ich möchte", erwiderte Claudia. Behutsam legte die Hebamme das Mädchen auf ihre Brust.

Gunnar schaute zum ersten Mal in das Gesicht seiner Tochter. Die schwarzen Haare bildeten einen deutlichen Kontrast zur blassen Haut und den winzigen, rosigen Lippen. Am besten jedoch gefielen ihm die Augen. Sie waren wach und rehbraun. „Willkommen, mein Töchterchen! Willkommen Hiltja Hinnerksen!"

***

Es war vollbracht! Nach Jahrtausenden kehrte die Magie der altvorderen Seherinnen endlich wieder in die Welt zurück. Der Weg, den die kleine Hiltja zurücklegen musste, würde lang, steinig und einsam werden. Zauberkundige Hilfe konnte das Mädchen nicht erwarten, denn Lonaahs Magie verhinderte, dass eine Himmelsechse das wahre Wesen des Menschleins erkennen konnte.

Die Gegenwart eines Drachen würde jede Vision unterdrücken und alle Erinnerungen daran auflösen. Hiltja, die Trägerin der Bürde, durfte nicht von einer Goldenen oder ihren Gefolgsleuten entdeckt werden, sonst wäre die Zukunft verloren. Lediglich eine von Lonaahs grüngeschuppten Nachfahren konnte der Kleinen in die Tiefe ihrer Seele blicken.

Es blieb zu hoffen, dass die grünen Schwestern das Menschenmädchen finden und begreifen würden, wen sie vor sich hatten …

21 Jahre und bummelig fünf Monate später:

Falschspiel

Hiltja starrte auf das Display ihres iPhones. Nichts! Nicht eine einzige popelige Nachricht. Nervös schob sie das Handy auf den Küchentisch und umklammerte ihren Teebecher, obwohl der schon seit einer Viertelstunde genauso kalt wie leer war.

Argh! Ich will da heute Abend nicht hin.

Ihr Magen verkrampfte sich und prompt stach die Narbe ihrer Schusswunde. Sie fühlte sich elend.

Ich werde gehen müssen*, daran besteht kein Zweifel!*

Ungewollt entkam ein Seufzen ihrem Mund.

„Na", brummte Thor und entwand den leeren Becher ihren Fingern, „hat Piet das Pokerspiel für heute Abend immer noch nicht abgesagt?"

„Nee, hat er nicht."

Hiltja schaute unglücklich zu ihrem neuen Mitbewohner auf. „Wird er wohl auch nicht."

„Ja, das ist eher unwahrscheinlich. Oxa vertritt ebenfalls diese

Ansicht." Er lächelte ihr aufmunternd zu und schwenkte ihren Teebecher. „Noch einmal Zimt-Kirsch für dich?"

Hiltja nickte.

Thor stellte routiniert den Wasserkocher an und schnappte sich die entsprechende Teedose. Fasziniert beobachtete Hiltja, wie ihr asiatischer Baumschrank eine Filtertüte in seine linke Klodeckelpranke nahm. Mit Daumen und Zeigefinger griff er nach einem Teelöffel, häufte etwas Zimt-Kirsch-Mischung darauf und bugsierte diese unerwartet behutsam in den Filter. Seine Zungenspitze lugte dabei aus dem Mundwinkel hervor und zeigte, wie konzentriert er bei der Sache war.

Beim ersten Mal hat er den Tee quer über die Arbeitsplatte verteilt.

Hiltja unterdrückte ein Grinsen. Thor war ein über zwei Meter großer, muskelbepackter Soldat, in dessen Nähe normale Dinge winzig wirkten. Er hatte sichtliche Mühe mit der Handhabung kleiner Gegenstände.

In den letzten Tagen ist er darin aber viel besser geworden. Hmm, merkwürdig ... fast ... als hätte er sich erst daran gewöhnen müssen.

Sie runzelte die Stirn. Der Gedanke war natürlich Blödsinn, denn Thor war ja nicht erst seit anderthalb Wochen so groß.

„Hat Piet sich überhaupt noch einmal bei dir gemeldet?", unterbrach er ihre Gedanken.

„Du meinst, seit er mir den Termin für das Spiel geschickt hat?"

„Genau."

„Nee, hat er nicht." Hiltja grunzte unwillig. „Die letzte Nachricht kam vor zehn Tagen, am siebten November, kaum dass wir beide hier durch die Tür waren. Als hätte er gerochen, dass ich gerade entlassen worden war."

„Kann er sowas?", erkundigte sich Thor erstaunt.

„Natürlich nicht!"

Ihr Baumschrank lachte und zwinkerte mit dem linken Auge, so als hätte er einen Witz gemacht, aber Hiltja wurde das Gefühl nicht los, dass seine Frage ernst gemeint gewesen war.

„Oxa geht davon aus, dass Piet Leute im Krankenhaus hat, die ihm Bericht erstatten", erläuterte Thor. „Und nicht nur dort. Auch bei der Polizei, den Behörden und was weiß ich wo sonst noch! In Hamburg entgeht ihm nur wenig."

„Vermutlich hat deine Freundin recht damit", stöhnte Hiltja und vergrub ihr Gesicht in beiden Händen. „Das beruhigt mich nicht unbedingt."

„In dem Fall habe ich nichts gesagt", brummte Thor.

„Doch, hast du!" Sie schaute wieder hoch und verzog den Mund. Ein unangenehmer Schauer lief über ihren Rücken. „Was, wenn Piet hier Wanzen installiert hat, während ich im Krankenhaus war? Paula ist ausgezogen, nachdem wir uns", sie malte Gänsefüßchen in die Luft, „*verkracht* haben. In der Wohnung war ein paar Tage lang niemand. Und garantiert kennt Piet Freaks, die einbrechen können, ohne Spuren zu hinterlassen. Vielleicht hört er uns in dieser Minute ab!"

Ihre Stimme klang schrill. Allein die Vorstellung jagte ihr einen zweiten Schauer über den Rücken.

„Tut er nicht!", behauptete Thor. „Alex hat das gecheckt. Er hat keinerlei Abhörtechnologie orten können."

Das Wasser brodelte lautstark im Kocher auf der Arbeitsfläche.

„Und wenn Alex was übersehen hat?" Hiltja zuckte mit den Schultern. „Ich meine, wie alt ist dein Freund? Der ist doch noch grün hinter den Ohren! Was kann jemand wie er schon über Spionagetechnik wissen?"

Bing!

Der Wasserkocher gab bekannt, dass er fertig mit Kochen war, woraufhin Thor den Tee aufgoss.

„Alex weiß 'ne Menge über all diese Mensch... äh ... über solches Zeug!" Er nickte zur Bekräftigung. „Unterschätze ihn nicht, nur weil er jung ist."

„Jung ist gut!", schnaubte Hiltja. „Alex ist 'n Milchbubi!"

Schweigen.

Autsch! Das war fies von mir!

Schnell ruderte sie zurück: „Tut mir leid. Das meinte ich nicht so. Es

ist bloß … ach …"

Sie brach ab. Das Pokerspiel am Abend stand ihr bevor. Sie hatte Angst. Was, wenn sie wieder ohnmächtig vom Stuhl kippte? Und selbst falls das nicht passierte – sie hatte in den vergangenen Wochen keine einzige Partie mehr gewonnen. Warum sollte das heute anders sein?

Thor drehte sich zu ihr um und lächelte nachsichtig. „Du machst dir Sorgen wegen heute Abend, oder?"

„Ja", jammerte Hiltja. Ihr Donnergott hatte mal wieder den Nagel auf den Kopf getroffen. „Ich muss heute gewinnen! Sonst geht's meiner Familie an den Kragen."

∗∗∗

„Du wirst gewinnen", antwortete Thorxarr gelassener als er sich fühlte. „Alex ist bestens vorbereitet. Wir haben gleich ein Uhr. Er besucht uns jede Minute und bringt die Spezialausrüstung vorbei. Da kann gar nichts schiefgehen."

Schneewittchen rutschte nervös auf ihrem Stuhl hin und her.

„Und wenn der Betrug auffliegt? Was, wenn irgendwer die Kameras im Clubraum des Vier Jahreszeiten entdeckt? Dann bin ich erst recht am Arsch!"

„Mach dir keinen Kopf. Die Kameras sind so gut getarnt, dass nicht einmal ein Spezialist sie entdecken kann."

Thorxarr sah seinem Mädchen fest in die Augen und dachte: *Niemand wird eine Kamera entdecken, weil es gar keine gibt! Aber ich kann dir schlecht erklären, dass Alex die Gedanken der anderen Pokerspieler lesen wird, um deren Karten zu kennen – DAS würde dich erst recht nervös machen!*

Am liebsten würde er diese Worte direkt an sein Mädchen senden, doch das durfte er nicht. Alexan hatte ihm eingeschärft, dass er sich menschlich geben musste. Und Menschen konnten nun einmal weder Gedanken lesen noch welche senden.

Er seufzte: „Es wird alles gut, versprochen! Du musst einfach nur die

Falschspiel

Nerven behalten."

„Einfach?" Schneewittchen lachte freudlos. „Blöderweise gehört Nervenstärke nicht zu meinen Talenten. In der Schule konnte ich nicht mal bei den netten Lehrern bescheißen und heute Abend habe ich es mit Poker-Piet zu tun!"

„Och, was soll dein Manager dagegen haben, wenn du ein bisschen trickst, um zu gewinnen?" Thorxarr zwinkerte. „Oxa sagt, dass Piet selbst zu gern die Regeln zu seinem Vorteil verbiegt. Der wird sich schon nicht beschweren."

Das Mädchen machte große Augen. *Also ... da hat mein Donnergott eigentlich recht. Hmm ...* Langsam nickte sie.

Thorxarr wurde warm ums Herz. Er liebte es, wenn sie ihn im Geiste so nannte. Sofort breitete sich ein herrliches Kribbeln in seinem Bauch aus.

Sie vertraut mir. Sie glaubt mir, dass ich sie beschützen werde.

Jetzt durfte er es bloß nicht wieder vermasseln!

Nein, das werde ich nicht. Konzentration, Herr Krieger!

Er zog den Teefilter aus dem Becher, ließ ihn am Porzellanrand ein wenig abtropfen, so wie sie es ihm vor ein paar Tagen gezeigt hatte, und legte ihn in der Spüle ab. Dann stellte er das dampfende Getränk vor Schneewittchen auf den Tisch. „Einmal Zimt-Kirsch für die Dame."

„Dankeschön, Thor." Sie griff nach dem Becher und weil er seine großen Finger nicht schnell genug aus dem kleinen Henkel bekam, berührten sich ihre Finger.

Thor erstarrte. Ein verboten köstliches Gefühl breitete sich in seiner Hand aus und wanderte verheißungsvoll den Arm hinauf bis zu seinem Herzen, das nun vor Glück überquoll. Oh, wie gern würde er ihre Finger streicheln oder, besser noch, sie in den Arm nehmen!

Es war fatal: Jede Faser seines Körpers sehnte sich nach ihrer Nähe.

Vielleicht würde Schneewittchen die sogar zulassen. Aber wäre das fair?

Nein, das wäre es nicht. Das Menschenmädchen hatte nämlich keine Ahnung, worauf sie sich mit ihm einließ.

Ich bin ein Drache. In ihren Augen ist das ein Albtraummonster!
Von seinem wahren Wesen *konnte* sie keinen Schimmer haben, denn ihre rehbraunen Augen schauten unschuldig zu ihm auf und ein vertrauensvolles Lächeln zierte ihre Lippen.

***

Hiltja genoss es, seine Haut auf ihrer zu spüren. Die Berührung löste ein wohliges Kribbeln in ihrer Hand aus, welches nun wonnig und unaufhaltsam ihren Arm hinaufwanderte.
Himmlisch!
Die warnende Stimme in ihrem Inneren ignorierte sie. Hiltja begriff nicht, was an Thor bedrohlich sein sollte. Ja, seine Statur mochte furchteinflößend sein, doch der Mann, der in diesem Kampfmaschinenkörper steckte, war sanft wie ein Lamm auf dem Bauernhof ihres Vaters.
Thor würde mir niemals etwas tun!
Das wusste sie einfach. Aus diesem Grund hatte sie am Tag ihrer Entlassung beschlossen, die warnende Stimme hinzunehmen, aber nicht länger zu beachten.
Und nun guckt er schon wieder so bedröppelt. Was hat er nur?
„Du bist mein Held, Thor", flüsterte sie. „Was würde ich nur ohne dich machen?"
Ihr Held öffnete den Mund, sagte jedoch nichts. Stattdessen schloss er ihn wieder.
Plötzlich klingelte es an der Wohnungstür.
„Das wird Alex sein", murmelte Thor. „Ich …", er deutete Richtung Küchentür, „ähm … ich … mach ihm besser auf."
Allerdings rührte er sich nicht vom Fleck.
„Ja", seufzte Hiltja, „nicht dass dein Freund wieder geht. Ich glaube, ich sterbe, wenn ich heute Abend auf mich allein gestellt bin."

***

Thorxarr musste sich gewaltsam von Schneewittchens Anblick losreißen. Am liebsten wollte er sie schnappen und irgendwohin verschleppen, wo kein Mensch sie finden konnte, doch Oxana hatte ihm deutlich gemacht, dass das die Familie seines Mädchens teuer zu stehen kommen würde. Und falls ihren Liebsten etwas geschah, würde es Schneewittchen hart treffen.

Dafür würde sie mich hassen!

Thor schluckte schwer. Das durfte er nicht zulassen.

„He Thor!", sendete Alexan von unten vor dem Haus. *„Seid ihr gar nicht da? Ach nee – ich kann ja eure Gedankenmuster sehen, ihr seid da! Warum machst du nicht auf?"*

„Ich komme ja schon", erwiderte der Krieger und zwang seine Füße in Bewegung.

Dass sein weißer Kumpel Schneewittchens Wohnung betreten wollte, gefiel ihm nicht sonderlich.

Wenig später kam Alexan mit einem fröhlichen „Moin" die Treppe herauf. Er putzte sich die Schuhe ordentlich auf der Fußmatte vor der Wohnung ab, trat über die Schwelle und zog sie aus. „Hier bin ich!"

„Ja, das sehe ich", murrte Thorxarr. „Hast du die Sachen dabei?"

„Klar!" Alexan nahm den Rucksack von seinen Schultern und übergab ihn dem Krieger. Gut gelaunt rieb er seine Hände und erklärte eine Spur zu laut, sodass es auch Schneewittchen in der Küche hören konnte: „Ui, schön warm bei euch!" Dabei zwinkerte er verschwörerisch. „Da kommt man ja direkt ins Schwitzen. Ich zieh lieber meine Jacke aus. Das Novemberwetter draußen ist echt ungemütlich."

Thorxarr rollte genervt mit den Augen. *„Ich hab's begriffen, Alex: Die Menschen beherrschen den Klimazauber nicht und müssen ihre Körpertemperatur dilettantisch über das An- und Ausziehen von Kleidungsstücken regulieren. Schau, ich habe mir heute Morgen extra noch einen Pullover übers T-Shirt gezogen."*

„Hervorragend!", lobte Alexan stumm. *„Langsam wird es, oder?"*

Der Krieger grunzte nur undefiniert.

„Moin Alex", ertönte es hinter ihm.

Auch ohne sich umzudrehen spürte Thorxarr, dass sein Mädchen in der Küchentür stand. Ihr war mulmig zumute.

„Moin Schneewittchen!", begrüßte Alexan sie und drängelte sich an seinem Freund vorbei.

„Grmpf!", murrte der Krieger. *Wenn sein Menschenkörper nicht genauso mickrig wie seine Drachengestalt wäre, hätte er keine Chance, sich in dem engen Flur an mir vorbeizuquetschen. Pfft! Diese Weißen haben überhaupt keinen Respekt!*

„Ich habe dir für das Pokerspiel etwas mitgebracht, Schneewittchen." Alexan gluckste. „Die Technik ist brandneu! Hihi! Und schick noch dazu."

„Danke", antwortete sie und wich zurück in die Küche.

Thorxarrs Augen wurden schmal. Sein Mädchen hatte Angst vor dem Weißen. Immer noch!

„Rück ihr nicht auf die Schuppen!", forderte er stumm. *„Sie mag deine Nähe nicht, das siehst du doch!"*

„Stimmt. Das ist wirklich außergewöhnlich ungewöhnlich, nicht wahr, Thor?"

„Bleib einfach auf Abstand! Sie ist schon verschreckt genug. Und jetzt lass mich vorbei."

Thorxarr quetschte sich nun seinerseits an Alexan vorbei, hielt den Rucksack hoch und zwang sich zu einem freundlichen Tonfall: „Na, dann wollen wir mal sehen, was Alex uns Schönes mitgebracht hat."

Er duckte sich, als er durch den Türrahmen trat. An diesen verdammten Dingern hatte er sich in den ersten Tagen mehrfach den Kopf gestoßen, aber allmählich hatte er den Bogen raus.

Schneewittchen schenkte ihm ein mitfühlendes Lächeln, während durch ihren hübschen Kopf Erinnerungen an die Zusammenstöße geisterten.

Das sind mir die Beulen wert!, dachte Thorxarr und grinste zurück. Er stellte den Rucksack auf den Küchentisch, öffnete ihn und holte eine kleine Pappschachtel heraus.

„Ist es das, Alex?"

Der Weiße nickte eifrig. „Ja, das ist es."

„Was ist da drin?", erkundigte sich Schneewittchen mit unsicherer Miene.

„Ein GeWeÜGe!", erklärte Alexan stolz. „Um genau zu sein, ein getarntes GeWeÜGe. Ich hoffe, es gefällt dir. Ich kenne deinen Geschmack nicht so gut und wir hatten nicht viel Zeit …" Er rieb sich das Kinn.

„Aha", machte Schneewittchen.

Thorxarr öffnete die Schachtel. Zum Vorschein kam ein feingewebtes elfenbeinfarbenes Tuch, das seidig glänzte. Er hielt seinem Mädchen die kleine Box hin und sie schlug den Stoff auseinander.

„Oh!", rief Schneewittchen überrascht. „Du bringst mir Schmuck mit?"

In dem Kästchen lagen zwei merkwürdig geformte Metallranken, die auf einer Seite über und über mit Glitzersteinchen verziert waren.

„Es sieht nur aus wie Schmuck", meinte Alexan. „Das ist die Tarnung." Er trat an die beiden heran und nahm eines der Stücke heraus. „Schau, man trägt es am Ohr. So!"

Mit geschickten Fingern schob er das Teil über seine Ohrmuschel, sodass es am äußeren Rand funkelnd vom Ohrläppchen bis zur oberen Rundung hinaufrankte.

„Der entscheidende Punkt ist dieser", erklärte der Weiße, wandte ihnen das Ohr zu und klappte die Muschel nach vorn. „Seht ihr? Das GeWeÜGe hat hier Kontakt zum Schädel. Das ist wichtig. Wenn es nicht korrekt anliegt, funktioniert die Sache nicht. Deswegen müssen wir es jetzt an deine Anatomie anpassen."

„Okay", antwortete Schneewittchen unbehaglich. *Oh nein! Bestimmt muss Alex mich dafür anfassen! Mir wäre es ja viel lieber, wenn Thor das machen würde.*

Sofort breitete sich süße Wärme in Thorxarrs Bauch aus.

Aber was, wenn es dann nicht richtig wird?, überlegte sein Mädchen. *Dieses GeWe-Dings muss optimal sitzen, damit heute Abend alles*

glattgeht. Nein, Alex ist der Experte. ER muss das Gerät einrichten.
Entschlossen verdrängte Schneewittchen ihre Furcht und machte den Rücken gerade.

Thorxarr lächelte. *Kein Wunder, dass ich auf die Kleine fliege! Sie hat die Disziplin eines Roten.*

„Soll ich meine Haare zurücknehmen?", erkundigte sich Schneewittchen tapfer.

„Äh … ja, das wäre prima." Alexan zupfte sich den Schmuck vom Ohr und präsentierte ihn auf seiner flachen Hand. „In diesem kleinen Knubbel sitzen Sender und Empfänger. Das Teil muss die Haut über deinem Schädelknochen berühren, damit die elektrischen Signale übertragen werden können."

„Das ist ja winzig", staunte sie. „Womit wird es betrieben?"

Der Weiße runzelte die Stirn. „Betrieben? Wie meinst du das?"

„Na, dein GeWe-Dings braucht bestimmt Energie zum Senden und Empfangen, oder etwa nicht?"

„Doch, sicher", bestätigte Alexan schnell und deutete auf die Passage über dem Knubbel. „Hier haben wir die elektronische Steuerung und eine Nano-PowerPill der Marke WyvernPower verbaut."

Schneewittchen nickte. „Wie groß ist die Reichweite?"

„Das kommt auf die Umgebung an. Unter optimalen Bedingungen schaffen wir mehrere hundert Meter. Bei Störungen können die aber ganz schön zusammenschrumpfen."

„Und für den Clubraum …?"

„Ach, das ist gar kein Problem!", winkte Alexan ab. „Wenn du im Clubraum sitzt, reicht der Empfang locker bis nach draußen zur Alster."

„Das ist gut." Schneewittchen atmete auf und besah sich das Schmuckstück genauer.

„Bist du sicher, was die Reichweite angeht?", hakte Thorxarr nach. Er war nicht bereit, an diesem Abend irgendein Risiko einzugehen.

„Klar bin ich sicher!", entgegnete der Weiße amüsiert. *„Das Ding ist nur eine Attrappe. Ich sende ganz normal wie sonst auch. Also entspricht die Reichweite des GeWeÜGe meiner Gedankenreichweite.*

Falschspiel

Hihi! Gib es zu – du hast geglaubt, das Teil sei echt!"

„Grmpf!"

„Was heißt eigentlich GeWe… ähm Dings?", wollte Schneewittchen wissen.

„GeWeÜGe!" Alexan grinste sie an. „Das steht für Gehirn-Wellen-Übertragungs-Gerät. Tolle Abkürzung, oder?"

„Ja", sagte Schneewittchen, doch ihr Gesicht sah maximal nach »geht so« aus. Sie friemelte ein Zopfgummi aus der Hosentasche und band ihre langen schwarzen Haare zu einem provisorischen Pferdeschwanz zusammen.

„Setz es mal auf!" Alexan hielt ihr die Hand hin. „Dann sehen wir, wie gut es passt."

Vorsichtig, als wäre die Ranke ein bissiger Salamander, nahm Schneewittchen das Schmuckstück und drehte es vor dem Küchenfenster. Das Licht der Novembersonne ließ die vielen Glitzersteinchen in allen Regenbogenfarben funkeln. „Die sind aber nicht echt, oder?"

„Echt?" Alexan hob die Brauen.

„Ja, das sind keine echten Diamanten, oder?"

Schneewittchens Stirn krauste sich besorgt. *Bitte, lass es nur Modeschmuck sein! Wenn das echte Brillanten sind, laufe ich heute Abend mit Hunderttausend-Euro-Ohr-Getüdel rum. So etwas Wertvolles habe ich noch nie getragen. Wenn ich die verliere … Das geht gar nicht!*

„Ach so!" Alexan lachte. „Nein, nein, keine Sorge. Das ist bloß Modeschmuck. Glassteinchen und Sterlingsilber. Nichts Besonderes also …"

„Hä?" Thorxarr schaute ihn irritiert an. *„Aber das SIND Diamanten und der Träger ist aus Platin!"* Wie jede Himmelsechse hatte auch der Krieger ein ausgesprochen feines Gespür für Edelsteine und Metalle.

„Natürlich sind das Diamanten und Platin", räumte der Weiße ein. *„Das Zeug hatte ich noch in meinem Quartier rumliegen. Glassteinchen und Silber zu besorgen wäre viel aufwendiger gewesen.*

So viel Zeit hatte ich nicht. Ich musste mir auch so schon von meinem Mentor bei der Fertigung helfen lassen, weil meine Astralkraft mal wieder nicht gereicht hat. Doch wenn Schneewittchen sich mit Modeschmuck wohler fühlt, dann – bei der Sphäre – lass es Modeschmuck sein!"

„Auch wieder wahr", grummelte Thorxarr stumm.

„Der Schmuck ist hübsch." Schneewittchen lächelte Alexan an – fest entschlossen, ihm dankbar für sein Engagement zu sein. Sie schob die Ranke über ihre Ohrmuschel, wie sie es bei ihm beobachtet hatte, und drehte ihm zögernd ihre Seite zu. „Ist es so richtig?"

Thorxarr hielt die Luft an, als sein Freund das Ohr der Kleinen nach vorn klappte und vorgab, den Sitz der Attrappe zu kontrollieren. Am liebsten hätte er dem Weißen dafür eine verpasst. Dass Schneewittchen unter seiner Berührung erstarrte und ihren Fluchtinstinkt niederkämpfen musste, machte es nicht besser.

„Es sitzt fast perfekt", behauptete Alexan und nestelte an dem Alibischmuck herum, wobei er dem Mädchen viel zu lange viel näher kam, als es Thorxarr recht war.

„Das reicht!", knurrte er stumm.

„Gleich habe ich es", murmelte der Weiße und war tatsächlich so dreist, weiter an Schneewittchens Ohr herumzufummeln. *„Sie muss glauben, dass das GeWeÜGe wirklich funktioniert, Thor! Oxa sagt, je komplizierter eine Sache nach außen hin erscheint, desto eher sind Laien bereit, sie als echt anzuerkennen. Das gilt für Menschen ebenso wie für uns Drachen."*

„Mag sein", murrte der Krieger, *„aber das war jetzt definitiv kompliziert genug!"*

Er warf seinem Kameraden einen drohenden Blick zu.

Alexan lachte dünn. „Und schon sitzt es optimal."

„So schnell?" Schneewittchen tastete nach dem Gerät. *Das ging ja flott. Dabei sind Menschenohren doch so unterschiedlich ...*

„Ja, so schnell", meinte Alexan. *„Siehst du? Dein Mädchen hat mit einer längeren Prozedur gerechnet. So was darf nicht zu einfach sein,*

Thor!" Er hüstelte. „Offenbar habe ich deine Maße für die Passform gut abgeschätzt. Drückt das GeWeÜGe?"

Fragend legte der Weiße den Kopf schief.

Schneewittchen horchte in sich hinein. „Nee, im Moment nicht. Es … fühlt sich ganz okay an."

„Prima!" Alexan strahlte. „Dann machen wir direkt mit dem zweiten weiter."

Widerwillig reichte Thorxarr ihm die Pappschachtel. *„Wehe, das zweite GeWÜrGe dauert länger als das erste!"*

„Es heißt GeWeÜGeeee!", korrigierte der Weiße unbeeindruckt und drückte Schneewittchen die zweite Ranke in die Hand. *„Würg meine schöne Abkürzung nicht ab. Ich habe drei Tage gebraucht, um mir die zu überlegen!"*

„Die Abkürzung ist Mantokscheiße", motzte der Krieger, während sein Mädchen sich den Schmuck ansteckte und seinem Kameraden das andere Ohr präsentierte.

„Ach, dein Gemecker nehme ich gar nicht ernst!" Alexan wandte sich Thorxarr zu, sodass Schneewittchen sein Gesicht nicht sehen konnte, und zog eine triumphierende Grimasse. *„Du bist nämlich bloß eifersüchtig. Und das, mein lieber Herr Krieger, ist ein sicheres Indiz dafür, dass sich zwischen euch eine Gefährtenbindung entwickelt."*

Oh, wie sehr wünschte Thorxarr sich, dass sein Kamerad damit recht hatte! Aber so einfach war es nicht, denn auch wenn Schneewittchen die warnende Stimme in ihrem Inneren ignorierte, so war diese doch noch da, hielt ihn auf Abstand und warf ihn aus der Geistesverbindung heraus, wann immer sie sich auf ihn einlassen wollte. So etwas kam bei Gefährten definitiv nicht vor, da hatte er sich informiert.

„Mach mit deinem GeWÜrGe weiter!", blaffte Thorxarr. Er wollte sich keine Hoffnungen machen. Nein, er musste mit dem zufrieden sein, was er bekam. *„Los, fang an zu fummeln!"*

Alexan tat wie geheißen. Sehr gewissenhaft und gründlich bog er am Ohrschmuck herum und untermalte jede Bewegung durch gemurmelte Kommentare.

Thorxarr biss die Kiefer zusammen, bis seine Muskeln schmerzten.

„Geschafft!", verkündete der Weiße schließlich und rückte zwei Schritte von dem Mädchen ab. Er strahlte. „Sitzt wie für dich gemacht!"

„Danke!", erwiderte Schneewittchen. Mit großen Augen befühlte sie ihre Ohren. „Und jetzt? Wie schalte ich die Dinger ein?"

„Och", winkte Alexan ab, „die GeWeÜGes musst du gar nicht einschalten. Die Batterien sind von WyvernPower, deswegen halten sie quasi ewig. Darum sind die Übertragungseinheiten dauerhaft auf Standby."

Er zog einen klobigen Kopfhörer aus seinem Rucksack hervor. „Sobald dieses Master-Gerät in der Nähe ist und ein bestimmtes Signal aussendet, gehen sie in den Betriebsmodus." Er deutete auf einen Knopf an der rechten Seite. „Wollen wir es ausprobieren?"

Schneewittchen nickte. In ihren Gedanken konnten die beiden Drachen deutlich sehen, dass die junge Frau erhebliche Zweifel daran hatte, dass diese Technik funktionieren würde.

Alexan drückte beiläufig auf verschiedene Tasten des Kopfhörers. „Du hast bestimmt mitbekommen, dass es Menschen mit Hörschäden gibt, oder? Also solche, bei denen die akustischen Signale durch einen Defekt nicht an den Hörnerv geleitet werden."

„Ja, darüber gab es mal einen Bericht im Fernsehen", bestätigte Schneewittchen. „Aber … wenn ich mich recht erinnere, haben diese Leute eine Elektrode ins Hirn implantiert bekommen!" Sie tippte auf den Knubbel, der ihren Schädel hinterm Ohr berührte. „Das ist doch keine Elektrode!"

„Nein, das ist viel besser." Alexan grinste und setzte sich den Kopfhörer auf. „Das ist eine neue Technik, die ähnlich funktioniert und erheblich weiterentwickelt wurde. Das Zusammenspiel der linken und rechten Einheit baut eine Art 3D-Raster in deinem Gehirn auf, das den Nerv gezielt ansteuern kann. Aber ich will dich nicht mit Details langweilen. Nur so viel: Das GeWeÜGe arbeitet nicht mit akustischen Reizen. Die Stimme wird direkt in deinem Kopf entstehen."

„Aha." Schneewittchen runzelte skeptisch die Stirn.

„Bereit?"

Sie nickte.

Alexan machte eine konzentrierte Miene; er schob sogar seine Zungenspitze aus dem Mundwinkel. Dann sendete er gezielt: *„Moin moin! Kannst du mich hören?"*

Ungläubig riss Schneewittchen die Augen auf. „Ja! Alter Schwede, das ist krass!"

„Sehr schön!", entgegnete der Weiße amüsiert. *„Und jetzt antworte mir."*

„Oh. Ja, sofort." Sie verzog das Gesicht. „Aber wie mache ich das denn?"

„Stell dir vor, du würdest mit mir reden. Formuliere die Worte in deinem Geist, ohne sie auszusprechen. Das genügt schon."

„Okay", murmelte Schneewittchen und legte alle Kraft, die sie aufbringen konnte, in ihre Gedanken. *„MOIN ALEX! KANNST DU MICH HÖREN?!"*

Thorxarr zuckte zusammen – ebenso wie sein Kamerad. Zum Glück hatte das Mädchen bloß den Weißen im Blick.

„Ja, kann ich", ächzte Alexan. *„Du brauchst nicht so zu brüllen. Einfach nur normal denken – das reicht völlig. Uff, das wird bei mir sonst echt ziemlich laut."*

„Oha! Tut mir leid!", entschuldigte sich Schneewittchen. Dann kicherte sie aufgekratzt. „Ha! Ich höre Stimmen in meinem Kopf! Und du auch, Alex. Wir sind Telepathen! Das ist soo … unfassbar!"

Sie tippte mit beiden Zeigefingern an ihren Ohrschmuck. „Was für eine Wahnsinnstechnik! Los, sag noch mal was!"

***

In den folgenden Minuten beobachtete Thorxarr, wie Alexan und Schneewittchen einiges ausprobierten und die Begeisterung seines Mädchens mit jedem gesendeten Wort wuchs. Die Faszination verdrängte eine Zeit lang sogar ihre Angst vor dem Weißen.

Meine Kleine mag die Gedankenrede!

Das war großartig und würde für den kommenden Abend vieles leichter machen. Aber freuen konnte sich der Krieger nicht darüber. Im Gegenteil, sein Herz wurde schwer.

Verdammt, ich will es sein, der sie im Geiste berührt!

Stattdessen knüpfte sein Kamerad Kontakt zu ihr. Schneewittchens rosige Wangen zeigten deutlich, dass sie diese Form der Kommunikation genoss. Eine Tatsache, die latente Wut in Thorxarrs Adern schwelen ließ.

Bah! Ich bin selbstsüchtig, schalt er sich. *Es ist besser so. Wenn ich auf diese Weise mit ihr spreche ...* Er schluckte hart. *Ich weiß nicht, ob ich damit wieder aufhören könnte.*

Und das wäre unvereinbar mit der Direktive, menschlich erscheinen zu müssen.

„Eine Frage habe ich noch, Alex", riss ihn Schneewittchen aus seiner Grübelei. Mit einem bezaubernden Lächeln zog sie die funkelnden Platinranken von ihren Ohren. „Es ging ja ziemlich leicht mit dem Senden – du konntest jedes meiner Worte hören. Wie ist das eigentlich mit Dingen, die ich nicht übertragen möchte? Siehst du die auch?"

Autsch! Jetzt hat sie uns!

Gebannt schaute Thorxarr zu ihr hinüber und stellte fest, dass es seiner Kleinen überhaupt nicht recht wäre, wenn man all ihre Gedanken lesen könnte.

„Ich?" Alexan hob ertappt die Brauen. „Nein. Äh ... Nein! Natürlich nicht! Öhhm – die Verbindung ist ... bijektiv synchron. Ja, das ist sie. Solange du bei mir keine privaten Inhalte siehst, kann ich das bei dir ebenfalls nicht."

Lüge! Ich muss ihr beibringen, sich abzuschirmen, sinnierte der Krieger, doch wie sollte er das tun, ohne dabei die Wahrheit zu enthüllen? *Das kann ich vergessen!*

„Na denn ist ja gut!", meinte Schneewittchen und verstaute den Ohrschmuck sorgsam in der kleinen Pappschachtel. „Wo wirst du dich heute Abend eigentlich aufhalten?" Die Vorstellung, dass die anderen

Spieler ihn entdecken und er Ärger bekommen könnte, war ihr unerträglich. *Piet schickt garantiert einen von seinen Leuten! Der darf nichts von Alex erfahren. Wenn Piets Schläger meinem Lieblings-Milchbubi etwas antun, würde ich mir das nie verzeihen!*

„Ich habe mir einen alten Lieferwagen organisiert", behauptete Alexan. „In dem laufen auch die Kamerabilder aus dem Clubraum zusammen. Ich werde in einer Seitenstraße parken."

„Hast du überhaupt schon einen Führerschein?"

„Klar, sonst dürfte ich doch gar nicht fahren."

„Stimmt." Schneewittchen schmunzelte. „Meine Herren, das ist ja wie in einem Agentenfilm!"

„Nicht wahr?!" Der Weiße nickte begeistert.

„Hat der Wagen eine Standheizung?"

„Nö. Wieso?" Alexan legte den Kopf schief.

„Na, wir haben Mitte November!", erklärte sie. „Das bedeutet nasskaltes Schietwetter. Seit Tagen liegen die Temperaturen nur knapp über dem Gefrierpunkt."

„Och", winkte der Weiße ab. „Ich besitze eine sehr kuschelige Winterjacke. Das macht mir nichts."

Die Miene seines Mädchens blieb skeptisch. „So ein Pokerspiel dauert Stunden, Alex. Ohne Heizung wirst du dir deinen Hintern abfrieren. Und deine dünnen Finger vermutlich ebenso."

Ha!, schnaubte Thorxarr innerlich. *Jetzt weiß ich, warum Alex in der Prüfung für »Unauffälliges menschliches Verhalten« bloß 89 Prozent hatte und nicht 100. Er hat die Langzeitwirkung des Wetters ohne Klimazauber nicht berücksichtigt.*

„Ich bin hart im Nehmen", versicherte Alexan. „Das schaffe ich schon."

„Nimm dir wenigstens 'ne Thermoskanne mit heißem Tee mit", riet Schneewittchen. *Hmm ... Was hat der Jungspund noch alles nicht bedacht? Und ... kann er überhaupt pokern? Das habe ich noch gar nicht gefragt. Mist! Aber jetzt ist es eh zu spät.*

Ihre Zuversicht, was den Ausgang des Abends betraf, bekam einen

empfindlichen Dämpfer. *Für Alex ist das alles ein großes Abenteuer, für mich jedoch bitterer Ernst.* Nervös wandte sie sich an Thorxarr: „Wirst du in der Nähe bleiben?"

Sie hoffte sehr, dass er ja sagte.

Der Krieger nickte glücklich. „Selbstverständlich. Ich begleite dich ins Hotel und setze mich dort an die Bar. Falls du mich brauchst, bin ich nicht weit."

Sein Mädchen atmete auf. „Danke!"

„Gern." Er zwinkerte. „Und keine Sorge, falls Alex sich in einen Eisblock verwandelt, schüttle ich ihn, bis ihm wieder warm ist."

Ein drohendes Grinsen breitete sich auf seinen Lippen aus.

Oh ja! Den Ohr-Fummler einmal kräftig durchschütteln, das hätte was! Es kribbelte ihm in den Fingern, den Vorschlag in die Tat umzusetzen. *Blöderweise beherrscht mein Kamerad den Klimazauber in Perfektion. Schade, schade ...*

Eine besondere Pokerpartie

Einige Stunden später betrat Hiltja mit pochendem Herzen als Letzte den Clubraum des Vier Jahreszeiten. Heute war fast dieselbe Runde versammelt wie vor ein paar Wochen, als sie ohnmächtig vom Stuhl gekippt war. Bloß Würstchen-Werner fehlte, sein Platz wurde durch Piets Mitarbeiter Jamie besetzt.

Och nee, seufzte Hiltja bei sich. *Auf James-Bond-Jamie hätte ich wirklich verzichten können!*

Dass sie angeschossen worden war, hatte sich herumgesprochen. Tunten-Gernot und Frau Doktor begrüßten Hiltja mit lautem Hallo und zeigten sich besorgt über den Zwischenfall. Dealer Dirk klopfte ihr aufmunternd auf die Schulter und selbst James Bond machte eine abfällige Bemerkung über den »Vollpfosten von einem Schützen«. Ob das allerdings positiv zu werten war, wagte Hiltja nicht zu beurteilen.

Als Luden-Ingo begann, zotige Witze über Schusswunden zu reißen, fragte Erzengel Michael, ob sie an diesem Abend nur schnacken oder

doch noch Poker spielen wollten. Also versammelten sich alle um den schwarz gebeizten Eichentisch.

Gernot rückte Hiltja galant den Stuhl zurecht und lobte ihre Garderobe: „Ein entzückendes Kleid hast du heute ausgewählt – so kennen wir dich ja gar nicht, Schneewittchen!"

Er selbst war wie üblich klassisch elegant gestylt, so als wäre er soeben einem Modemagazin für Millionäre entsprungen.

„Danke." Sie lächelte schüchtern. „Mir war vorhin so danach."

Tatsächlich hatte sie das Kleid nur angezogen, damit die GeWeÜGes an ihren Ohren nicht vollkommen deplatziert wirkten. Sie hatte sich das Teil ein Jahr zuvor für die Hochzeit ihrer Cousine gekauft und seitdem nicht wieder aus dem Schrank geholt. Dabei mochte sie das Kleid. Es war nachtblau, knielang und schlicht geschnitten. In ihrem Leben fehlte es lediglich an passenden Anlässen, um das Stück zu tragen.

Nicht dass ich öfter Poker spielen möchte ...

„Tse! Neue Ohrringe hat sie auch", stellte Michael fest und fixierte den Schmuck aus schmalen Augen. „Ganz schön groß, finde ich."

Bond grinste. „Na, hat dein neuer Freund Thor sie dir geschenkt?"

„Nein, hat er nicht", entgegnete Hiltja. Sein Blick gefiel ihr nicht. „Ich habe sie von jemand anderem bekommen."

„Ohoo!" Ingo schürzte die Lippen. „Gleich zwei Verehrer. Heidewitzka, Herr Kapitän – nun wird's interessant! Erzähl weiter, mein Täubchen."

„Ja, von wem ist der Schmuck?", hakte Bond nach und beugte sich zu ihr herüber.

Äußerlich wirkte seine Haltung freundlich vertraut, aber Hiltja entging der lauernde Zug in seiner Miene nicht.

Verdammt! Das hätte ich nicht sagen dürfen! Schnell antwortete sie: „Du kennst ihn nicht."

„Das kannst du nicht wissen." Bond zwinkerte. „Ich kenne halb Hamburg. Und noch mehr kennen mich."

Hiltja schluckte. Sie hatte schon zu viel gesagt und von Alex sollte Bond auf keinen Fall etwas erfahren. Was sollte sie erwidern?

„Mein Gott, trefft euch doch hinterher zum Kaffeekränzchen!",
stöhnte Michael. „Ich will anfangen!"

„Ja, lasst uns loslegen", meinte Bond lässig, aber die Art, wie er Hiltja
anschaute, machte ihr klar, dass das Thema für ihn noch nicht gegessen
war.

Dealer Dirk erklärte mit offiziellem Tonfall: „Auf Wunsch einiger
Teilnehmer wird heute wieder mit hohen Einsätzen gespielt. Das
Startgeld beträgt 100.000 Euro statt der üblichen 10.000 pro Spieler.
Der Betrag ist vor der Partie bar an mich zu entrichten. Dein Einsatz
fehlt noch, Schneewittchen."

Hiltja holte einen Umschlag aus ihrer Handtasche hervor, der mit Piets
Wachssiegel verschlossen war.

Mein »Manager« steht auf solchen antiquierten Tüdelkram. Pfft!

Dirk prüfte kurz die Unversehrtheit von Kuvert und Siegel und
deponierte ihn in einem schwarzen Koffer mit Nummernschloss. „Da
mir nun alle Einsätze vorliegen, können wir beginnen."

Er öffnete einen zweiten, silbernen Koffer, der Jetons und ein
eingeschweißtes Kartendeck enthielt. Routiniert zählte er jedem am
Tisch einen identischen Stapel Chips ab. Dann befreite er das Blatt von
der Plastikfolie, fächerte das Deck auf und präsentierte es der Runde,
um anschließend mit dem Mischen zu beginnen.

„Gespielt wird bis drei Uhr früh, es sei denn, vorher steht ein Sieger
fest. Die Runde, die bis drei Uhr …"

Hiltja hörte nicht mehr zu. Stattdessen versuchte sie Alex zu
kontaktierten. Nervös dachte sie: *„Hey Alex! Es geht gleich los. Kannst
du mich hören?"*

„Klar und deutlich!", erklang prompt die Antwort in ihrem Kopf.
*„Die Bilder kommen ebenfalls störungsfrei rein. Ich habe alles im
Blick."*

„Das klingt super." Hiltja atmete auf. Dabei unterdrückte sie den
Impuls, den Raum nach den Kameras abzusuchen. *Wo sie die nur
versteckt haben?*

Die meisten Spieler sorgten dafür, dass ihre Karten nah am Köper auf

dem Tisch lagen und linsten maximal für wenige Sekunden an einer Ecke darunter. Die Möglichkeiten, von außen zu spionieren, waren äußerst begrenzt.

Naja, Thor sagt, seine Freunde sind Spezialisten. Die werden hoffentlich wissen, was sie tun. ... Obwohl, zu verlieren habe ich eh nichts. Schlimmer als bei den letzten Partien kann es nicht kommen.

Da war sie ohnmächtig vom Stuhl gekippt. Warum eigentlich? Merkwürdigerweise war ihr das gerade entfallen.

Egal! Konzentration.

Dirk hatte ihr zwei verdeckte Karten vor die Nase gelegt.

Mit klopfendem Herzen zog Hiltja das Blatt zu sich heran und bog das in ihre Richtung zeigende Ende leicht nach oben: Herz Bube und Herz Sieben.

Nicht gerade berauschend, aber spielbar, da ich hinten in der Runde sitze.

Michael und Ingo schoben die Blinds in die Mitte – Michael einen roten Fünfhundert-Euro-Jeton und Ingo einen blauen im Wert von tausend Euro.

Bond rümpfte seine Nase. „Ich bin raus."

Frau Doktor schnippte kommentarlos einen blauen Chip in die Tischmitte, der präzise auf dem roten Jeton von Michael landete.

Der Erzengel schnaubte genervt.

„Soll ich mitgehen, Alex?", erkundigte sich Hiltja stumm. *„Oder lohnt das nicht?"*

„Hmmm", machte der Milchbubi in ihrem Kopf. *„Die genaue Siegwahrscheinlichkeit für dein Blatt kann ich aufgrund der dünnen Datenbasis zu diesem Zeitpunkt noch nicht valide vorhersagen, aber ich denke, du kannst einen von diesen hübschen blauen Jetons riskieren."* Seine Gedankenstimme klang aufgekratzt. *„Ja, geh mit! »Limpen« heißt das, wenn man den Minimaleinsatz bezahlt, um billig mitzuspielen, oder?"*

„Richtig", kommentierte sie verwirrt und ließ ihrerseits einen blauen Chip zu den anderen in die Mitte schliddern. Alex' Worte hörten sich

an, als hätte er ein Regelbuch über Poker inhaliert, doch keinerlei praktische Erfahrung. *„Hast du überhaupt schon mal gepokert?"*

„Von einer Handvoll Online-Partien in der vergangenen Woche mal abgesehen, bedauerlicherweise nicht. Aber ich beherrsche die Theorie."

Das hatte Hiltja befürchtet. *Mist! Die Regeln kann ich selbst. Hilft mir das? Nö!* Sie schluckte hilflos. *Gibt es in Thors Spezialeinheit denn niemanden, der das Spiel wirklich kann?*

„Keine Sorge, Schneewittchen", sprach ihr Alex Mut zu, als hätte er ihre Gedanken gehört, *„das wird prima! Vergiss nicht – ich sehe, was deine Mitspieler haben. Uiuiui, was für ein hochinteressanter Abend! Wir sind im Vorteil und das dürfte meine mangelnde Praxis locker aufwiegen."*

Oh Mann, wie sehr ich das hoffe!

Hiltja seufzte tief, woraufhin ihr Tunten-Gernot ein aufmunterndes Lächeln schenkte und flötetet: „Ach, ihr Lieben, wenn Schneewittchen limpt, limpe ich auch!"

Ein vierter blauer Jeton wanderte in den Pott.

Jetzt warf Michael mit unbewegter Miene einen Blick in seine Karten, gönnte sich den Ansatz eines Grinsens und schob einen zweiten roten Chip hinterher.

„Hä? Wie? Der hat so gut wie nix auf der Hand!", beschwerte sich Alex. *„Damit wäre ich ja nun nicht im Spiel geblieben."*

Ingo klopfte auf den Tisch. „Check."

„Was hat er denn?", wollte Hiltja wissen.

„Nur 'ne Vier und 'ne Fünf."

Pause.

„Wovon? Welche Farbe?", hakte sie nach.

„Ähh ... die Ziffern sind rot."

„Nein, das meine ich nicht!", stöhnte Hiltja. Das konnte ja heiter werden mit dem Milchgesicht! *„Ich will das Symbol wissen, also Kreuz, Pik, Herz oder Karo."*

„Ach soo!" Alex kicherte. *„Michael hat Herz."*

„Beide Karten?"

„Ja, korrekt."

„Okay", brummte Hiltja. *„Die Hälfte hat Michael durch seinen Blind eh schon bezahlt. Garantiert will er sehen, ob er bei den nächsten drei Karten trifft."*

Sie wusste aus Erfahrung, dass der Erzengel an diesem Punkt nur selten ausstieg, wenn er der erste in der Runde war.

„Den Flop?", erkundigte sich Alex eifrig.

„Ja, so nennt man die Karten, die Dirk gerade aufdeckt."

Es waren ein Pik As, eine Herz Acht und eine Herz Zehn.

Nicht Fisch nicht Fleisch, sinnierte Hiltja. Immerhin hatte sie die Chance auf einen Flush – Michael zwar ebenso, doch ihrer wäre höher. Falls eine Neun käme, hätte sie eine Straße, bei einer Herz Neun sogar einen Straight Flush und das war immerhin das zweitstärkste Blatt nach dem Royal Flush.

Der Erzengel stierte ein Loch in die Luft, so als würde er etwas abwägen.

„War dir eigentlich bekannt", plauderte Alex, während Michael mit den Fingerknöcheln auf den Tisch klopfte und „Check" murmelte, *„dass die Schweizer zu Pik »Schaufel« sagen und zu Karo »Ecke«? Und die Österreicher zu Kreuz »Treff«?"*

„Echt?" Hiltja hob die Brauen. *„Nein, das wusste ich nicht."*

Luden-Ingo ließ ein paar Jetons in die Mitte rutschen.

Der Milchbubi gluckste in ihrem Kopf. *„Das kommt bestimmt aus dem Französischen."*

„Was? Schaufel und Ecke?"

„Nee, Treff! Die Franzosen nennen Kreuz »Trèfle«."

„Kann sein. Das ..."

„Gehst du mit?", unterbrach Frau Doktor ihre stumme Unterhaltung.

„Oh! Bin ich schon dran?" Hiltja zog betreten den Kopf ein. „Ups."

„Ja, bist du!" Michael nickte zur leeren, schwarz gebeizten Fläche vor Frau Doktor. „Die Chirurgin ist raus. Pass gefälligst auf, Mädel!"

„He! Drängel nicht so", sprang ihr Gernot zur Seite. „Schneewittchen

hatte es nicht leicht in letzter Zeit. Und wir sind hier doch eine zivilisierte Runde, oder etwa nicht?"

„Geht so", gackerte Ingo. „Naja, Werner ist ja heute nicht da … also, was der Würstchen-König neulich bei mir im Bordell veranstaltet hat … Kinners, ich kann euch sagen!"

„*Uuiuiui!*", kicherte Alex.

In Bonds Augen funkelte es interessiert, aber Frau Doktor schnaubte: „Ingo, das will keiner hören!"

Ich muss mich konzentrieren!, dachte Hiltja und warf hektisch einen Blick in die Tischmitte.

Dirk half ihr weiter: „Du musst mindestens Dreitausend setzen."

„*Alex!*", rief sie stumm. „*Was haben die anderen?*"

„*Ingo hat das Karo As und die Pik Dame, Bond hat das Herz As und die Kreuz Zwei, Frau Doktor ha…*"

„*Nein, bloß das Herz! Wer hat noch Herz?*", unterbrach Hiltja und versuchte als Ablenkung mit möglichst unbeteiligter Miene unter ihre Karten zu linsen.

„*Ach so!*", antwortete Alex gedehnt. „*Die Vier und Fünf liegen bei Michael, das As von Bond ist raus, du hast den Buben und die Sieben und Gernot den König. Nur nebenbei – warum nennst du ihn eigentlich Tunten-Gernot?*"

„*Nicht jetzt, Alex!*", blockte sie ihn ab. „*Ich muss überlegen, ob ich setzen will. Noch habe ich nichts auf der Hand.*"

„*Noch nicht*", echote das Milchgesicht in ihrem Kopf. „*Aber da geht was, nicht wahr?*"

„*Es könnte was gehen*", relativierte Hiltja. „*Eventuell. Mit einer Neun oder einem Herz bin ich im Geschäft.*"

„*Genau! Die Wahrscheinlichkeit dafür beträgt näherungsweise 39,04%.*"

„*Oh. Wie kommst du darauf?*"

„*Habe ich ausgerechnet*", erwiderte Alex stolz.

„*Im Kopf?*"

„*Klar! Acht Karten passen – vier Neunen und fünf Herzen, wobei ein*

Herz eine Neun ist – also acht. 37 Karten sind insgesamt noch im Spiel, wenn wir die von Dealer Dirk weggelegten Karten vereinfachungshalber nicht einbeziehen. Daraus ergibt sich acht geteilt durch 37 für den Turn, die erste Karte nach dem Flop. Für den River, die zweite Karte nach dem Flop, beträgt die Wahrscheinlichkeit sieben durch 36 oder auch acht durch 36 – je nachdem, was vorher aufgedeckt wurde. Kumuliert macht das zirka 39,04%."

Hiltja konnte der Ausführung lediglich ansatzweise folgen. *„Du bist ... krass, Alex."*

„Äh ... danke ... denke ich zumindest."

„Wird das heute noch was?", murrte Michael.

„Ja ... äh sofort ..." Fahrig strich Hiltja sich eine schwarze Strähne aus dem Gesicht.

Doch bevor sie eine Entscheidung treffen konnte warnte Alex: *„Pass auf, Schneewittchen, sofern du den Flop berücksichtigst, hat Ingo ein Paar – zwei Asse. Gernot hat immerhin zwei Zehnen. Falls bei den nächsten beiden Karten nichts für dich kommt, hat Ingo gewonnen. Und beide haben noch Chancen auf ein Full House, obwohl die jeweils bei unter einem Prozent liegt. Ein Vierling ist theoretisch ebenso bei Gernot möglich, aber noch unwahrscheinlicher. Das können wir vernachlässigen, oder?"*

„Ja. Trotzdem stehen 60 % gegen mich."

„Sogar fast 61%! Oje!"

So präzise Daten hatte Hiltja nie zuvor beim Spielen gehabt. *Wie konnte ich damals nur gewinnen?*

Zur Antwort kribbelte es in ihrem Bauch. Es fühlte sich an, als würde etwas tief unten in ihr brodeln und an die Oberfläche drängen, sich jedoch nicht ins Licht trauen.

Verwundert hielt Hiltja inne. Sie horchte in sich hinein und stellte fest, dass sich eine unbeirrbare Zuversicht in ihr ausbreitete.

„Weißt du was, Alex? Das Blatt spiele ich!"

„Ähhh. Echt jetzt?! Aber ... aber die Chancen stehen gegen dich!"

Hiltja nickte. *„Ja, so sieht es aus. Trotzdem werde ich auf meinen*

Bauch hören.“ Sie spürte, dass das richtig war.

„Sie nickt“, kommentierte Ingo. „Also gehst du mit, Schneewittchen?“

„Mhmm“, brummte Hiltja und schob vier blaue und zwei grüne Jetons in die Tischmitte. „Ich erhöhe. Neuntausend.“

„Das ist gegen die Logik!“, wisperte Alex andächtig. *„Wie aufregend! Deinen Bauch habe ich allerdings gar nicht gehört.“*

„Ach, wie schade“, flötete Gernot und gab seine Karten ab. „Dann bin ich raus.“

Nun war Michael an der Reihe.

Strebsam hakte Alex bei Hiltja nach: *„Er überlegt, ob er mitgeht, oder? »Callen« nennt man das, nicht wahr?“*

„Richtig.“

„Ich bin raus.“ Mit eiserner Miene schob der Erzengel seine Karten von sich fort und Dirk kassierte sie ein.

Großspurig erklärte Ingo: „Ich verlasse dich nicht. Ich bin dabei, mein Täubchen!“, und warf einige Chips in die Mitte.

Dirk hob eine Karte vom Stapel, legte sie beiseite ohne ihren Wert preiszugeben und deckte die nächste in der Tischmitte auf. Es war die Herz Dame.

„Jo!“ Hiltja versuchte sich möglichst unbewegt zu freuen, doch in ihrem Kopf brach Alex mit einem Jubelsturm los: *„Juhui! Wir haben einen Flush! Wir haben tatsächlich einen Flu-hush! Ich glaub’ es ja nicht! Fünf süße Herzen in einer Hand. Haha! In unserer. Wow! Jetzt kann uns höchstens noch Ingo mit einem Full House gefährlich werden. Mein lieber Herr Gesangsverein, was für ein Nervenkitzel!“*

Ihr Lieblings-Milchbubi war völlig aus dem Häuschen. Seine Begeisterung war so ansteckend, dass Hiltja ungewollt ein Kichern aus dem Mund schlüpfte.

Sofort ruckten die Köpfe von Bond und Erzengel Michael zu ihr herum.

***

„Bei der Sphäre, Alex!", fluchte Thorxarr an der Bar stumm in seinen Kräutertee. *„Reiß dich zusammen. Sonst fliegt Schneewittchen auf – und dann ist es egal, ob du Kameras im Clubraum installiert hast oder nicht."*

Am Pokertisch gab sich sein Mädchen unterdessen große Mühe, das Kichern als Hustenanfall zu tarnen, doch der Erfolg war allenfalls mäßig. Michael war der Kleinen gegenüber immer schon misstrauisch gewesen und Bond behielt sie für Piet im Blick.

***

„Upsi! Tschuldigung!", erwiderte Alexan und rutschte ertappt auf seiner Parkbank in der Nähe des Vier Jahreszeiten hin und her. Plötzlich war er sich der Umgebung wieder bewusst.

Auf dem Bürgersteig vor seiner Bank schlenderte eine ältere Dame entlang. Sie schaute zu ihm rüber, schüttelte ihren Kopf und fragte sich, ob er Drogen konsumiert hatte. *Also wirklich! Dieser junge Mann sitzt ganz allein dort. Da sind derartige Stimmungsschwankungen nicht normal! Und überhaupt, hat er kein Zuhause oder warum lungert er bei dem ungemütlichen Novemberwetter im Dunkeln an der Alster herum?*

Empört wandte sie sich von ihm ab.

Och Menno! Der weiße Drache sackte in sich zusammen. Am liebsten wäre er unsichtbar.

Blöderweise funktionierte diese Magie nur in Drachengestalt, da sie auf der astralen Struktur der Schuppen basierte. Und die Dächer in Sendereichweite waren für einen so langen Abend allesamt zu unbequem.

Wie gern hätte er jetzt den Lieferwagen, von dem er Schneewittchen am Nachmittag vorgeflunkert hatte. Dort wäre er unbeobachtet.

Aber ich habe ja nicht mal einen Führerschein!

Darum sollte er sich unbedingt kümmern. Allerdings war das gar nicht so einfach, da man für so eine Lizenz etliche amtliche Papiere benötigte. Und Fahrstunden musste man ebenfalls nehmen.

Hmm. Das mit den Papieren könnte ich vielleicht mit einer Fälschung regeln, die ich mit einem Desinteressezauber belege ... ja, das wäre eine Möglichkeit ...

***

„Hallihallo, Herz Dame!" Luden-Ingo schürzte die Lippen, sodass sich sein struppiger Ein-Wochen-Bart unattraktiv aufstellte. „Schönen Frauen konnte ich noch nie widerstehen."

Mit einem anzüglichen Lachen warf er zwei grüne Chips in den Pott.

Er hat zwei Paare, ich den Flush – damit ist mein Blatt höher als seins, fasste Hiltja für sich zusammen. *Die Fünftausend gehe ich auf alle Fälle mit. Die Frage ist, ob ich erhöhe ... hmm ...*

Wenn sie zu aggressiv ranging, stieg der Lude aus. Obwohl ... nein, üblicherweise spielte Ingo solche Blätter bis zum bitteren Ende.

Wenn ich Pech habe, bekommt er mit der fünften Karte doch noch ein Full House.

In dem Fall hatte sie verloren.

„Hey Alex!", dachte Hiltja. *„Du hast doch alles im Blick. Wie hoch ist die Wahrscheinlichkeit für Ingos Full House?"*

Keine Antwort.

Seit Alex seinen Jubelsturm beendet hatte, war er erstaunlich still geblieben.

Ob die GeWeÜGes ihren Geist aufgegeben haben?

Hiltja wurde flau im Magen.

***

„Beim Grauen Krieger, Alex, konzentrier dich!", herrschte Thorxarr seinen weißen Kameraden an. *„Schneewittchen hat dich etwas gefragt!"*

***

Hiltja versuchte es noch einmal: *„HE ALEX! Bist du noch da?"*

„Was? Öh … ja, bin ich. Ich war nur kurz abgelenkt. Tschuldigung!"

Erleichtert atmete Hiltja auf, nur um gleich darauf die Blicke der anderen auf sich zu spüren. *Verdammt, ich muss echt vorsichtiger sein!*

„Was wolltest du denn wissen?", erkundigte sich Alex.

„Wie hoch Ingos Full-House-Wahrscheinlichkeit ist."

Frau Doktor betrachtete sie prüfend von der Seite, so als befürchte sie, dass die junge Frau neben ihr im nächsten Moment ohnmächtig vom Stuhl kippen könnte.

„Ich … ähm …", stammelte Hiltja. „Ich bin heute nur etwas nervös."

Sie nahm zwei grüne Chips in die Hand, um ihr merkwürdiges Verhalten zu überspielen.

„Das ist doch nur verständlich." Tunten-Gernot lächelte sie an. „Ich habe gehört, dass Schusswunden die Betroffenen schreckhaft und fahrig machen können. Insbesondere in den ersten Wochen." Er tätschelte ihre freie Hand. „Stress dich nicht. Bei uns bist du sicher."

„Danke." Hiltja erwiderte sein Lächeln. Gernot war immer schon eine Seele von Mensch.

„Ingos Full-House-Wahrscheinlichkeit liegt bei acht Komma Periode drei", meldete sich Alex zu Wort. *„Und du bekommst mit zwei Komma Periode sieben Prozent die Herz Neun und damit den Straight Flush."*

„Prima."

Hiltja schob die beiden grünen Jetons in den Pott und ließ noch drei blaue hinterherrollen. „Ich erhöhe."

„Frauenpower, das mag ich", erklärte Gernot. Er zwinkerte ihr aufmunternd zu.

Der Lude glotzte Hiltja unter seinem Cappy an. „Nur noch wir beiden Hübschen, was, Schneewittchen?" Dabei schürzte er frivol die Lippen.

„Wenn du mitgehst, schon", antwortete sie kühl. Ingos Art war widerlich.

„Oha! Wie soll ein Mann da standhaft bleiben?" Er schmatzte einen

Luftkuss in ihre Richtung und schnippte drei blaue Jetons in die Tischmitte.

Uarks! Sowas von widerlich!

Hiltja schüttelte sich innerlich vor Abscheu.

„Hat das Wort »vernaschen« nicht eigentlich was mit Süßigkeiten zu tun?", erkundigte sich Alex unvermittelt.

„Wie kommst du denn jetzt darauf?", fragte Hiltja zurück.

„Öhm. Nicht so wichtig. Hähä! Oh! Guck mal! Dirk hat die letzte Karte aufgedeckt. Die heißt River, oder?"

„Ja, korrekt."

Die Frage war definitiv ein Ablenkungsmanöver, aber das ignorierte Hiltja vorerst. Auf dem Tisch lag eine Karo Zehn – sie hatte gewonnen!

Ich darf mir nichts anmerken lassen, beschwor sie sich. *Dann legt der Lude vielleicht richtig was drauf.*

Sie bemühte sich um eine neutrale Miene und dachte bewusst an Moritz, den Hund ihres Vaters, der von Piet erst kürzlich umgebracht worden war. Schon wurde ihr das Herz schwer.

Ingo durchbohrte ihr Gesicht mit seinen lüsternen Augen, doch sie konzentrierte sich auf den quirligen Border Collie. Das Tier hatte so ein freundliches Wesen gehabt. Ihr Hals wurde ganz eng, wenn sie daran dachte, dass er ihr nie wieder freudig entgegenspringen würde. *Ich werde ihn vermissen!*

„Was passiert jetzt?", riss Alex sie aus ihren Emotionen.

„Ingo taxiert mich", erklärte sie. *„Und ich versuche ihn auf eine falsche Fährte zu locken, indem ich an etwas Trauriges und nicht an meinen Sieg denke. Zumindest habe ich das bis eben gemacht."*

Sie spürte, wie ihr Herz wieder leichter wurde.

Zum Glück huschte in diesem Moment ein gieriger Zug über das Grinsen des Luden und er schob abermals drei grüne, einen blauen und einen roten Chip in die Mitte. „Neuntausend. Bist du dabei oder verlässt du mich, mein Täubchen?"

Er zündete sich eine Zigarette an und zog aufreizend an dem Glimmstängel.

Am Rande bemerkte Hiltja, dass Michael genervt mit den Augen rollte und Bond sich amüsierte.

„Ich … bin dabei." Sie schnippte zwei grüne Jetons in den Pott und schob lässig einen schwarzen hinterher. Das machte zusammen Fünfzehntausend. „Aber was ist mit dir?"

Ingo ließ den Rauch durch seine geschürzten Lippen entweichen.

„*Provozier ihn weiter!*", riet Alex. „*Los, stell seine Männlichkeit infrage!*"

„*Wieso das denn?*" Solche Bemerkungen waren Hiltja zuwider.

„*Weil er dann mitgeht*", vermutete der Milchbubi aufgekratzt. „*Tut er es, hast du sechstausend mehr! Bitte, bitte! Mach schnell. Gleich trifft er seine Entscheidung!*"

Hiltja gab sich einen Ruck und erkundigte sich in harmlosem Tonfall: „Hast du etwa nicht genug Eier in der Hose, Ingo?"

Die Worte schmeckten ekelhaft und natürlich starrten sie jetzt alle in der Runde an.

Stille.

„*Volltreffer!*", quietschte Alex.

Der Lude hustete; er hatte sich am Rauch verschluckt.

Michaels Augen wurden schmal und Bond lachte.

„Tja, Ingo", meinte Frau Doktor trocken neben ihr, „jetzt heißt es für den Zuhälter: kneifen oder Hosen runter! Irgendwie gefällt mir das."

„Also wirklich!", rief Gernot pseudo-pikiert. „Was sind das bloß für Umgangsformen?!"

„Och …" Die Chirurgin lächelte unschuldig. „Wir lassen uns nur auf das Luden-Niveau herab."

„Pfft!", schnaubte Ingo und zog erneut an seiner Zigarette. „Ihr seid doch nur neidisch."

„*Ui … Was macht er jetzt?*", frohlockte die Stimme in Hiltjas Kopf. „*Zieht er gleich? Oder nicht? Uiuiui, das ist so spannend!*"

„Und?" Bond nickte dem Luden auffordernd zu. „Hast du Eier in der Hose oder kneifst du?"

„Ich … gehe mit!"

„Juchui! Es hat funktioniert!"

Ungehalten warf Ingo zwei grüne Jetons und einen blauen in die Mitte und drehte seine Karten um. „Ich habe zwei Paare. Was hast du, Mädchen?"

„Einen Flush."

Mit einem distanzierten Lächeln deckte Hiltja ihre Karten auf.

„Ha!", rief Gernot. „Unser Küken hat dich abgezogen."

„Ja, ja!", murrte Ingo. „Bist heute mal wieder in Form, was, Schneewittchen?"

Sie zuckte daraufhin nur mit den Schultern, zog den Pott zu sich heran und stapelte still schmunzelnd die gewonnenen Chips vor sich auf.

***

Kracks! Die zarte Teetasse zerbrach in Thorxarrs Händen. *„Mach das nicht noch einmal, Alex!"*, fauchte er aufgebracht.

„Hä? Was meinst du?"

Selbst auf der Geistesebene konnte der rote Drache spüren, dass Alexan seinen Kopf schief legte.

„Na, was wohl?", knurrte Thorxarr. *„Fordere mein Mädchen nie wieder dazu auf, Luden-Ingo auf diese Art zu provozieren!"*

„Wieso? Das hat doch voll gut funktioniert!", beschwerte sich sein Kamerad.

Das hatte es in der Tat. Der Zuhälter hatte sich lebendig vorgestellt, wie Schneewittchen in seine Hose griff, um das mit den Eiern zu überprüfen. Daraufhin war das Geschlechtsteil des Hautsacks lustvoll angeschwollen und hatte den für die Finanzen zuständigen Teil seines Hirns lahmgelegt.

In diesem Moment wäre Thorxarr fast aus seiner menschlichen Gestalt geplatzt und hätte Luden-Ingo in Stücke gerissen. Winzige, nie wieder zusammensetzbare Stücke!

Thorxarr unterdrückte ein Zittern. Dass solche Humanoiden frei herumlaufen durften, war eine Schande!

„Wir waren uns doch einig", lamentierte Alexan. *„Je mehr Geld Schneewittchen gewinnt, desto zufriedener ist Piet und desto eher ist er gewillt, sie und ihre Familie in Ruhe zu lassen. Das ist unser Plan!"*

„Der Plan wird geändert!", blaffte Thorxarr. *„Wir ... warte ..."*

Am Rande bemerkte er, dass der Barkeeper zu ihm herüber eilte. Eine angemessene Konversation mit dem Kerl würde ihm alles abverlangen, also brach er das Senden ab.

„Oje!", sagte der Mann mit einem nachsichtigen Lächeln. „Das Porzellan ist nicht mehr das, was es mal war. Darf ich Ihnen einen neuen Kräutertee bringen oder möchten Sie vielleicht lieber etwas Stärkeres?" Er zeigte auf das beleuchtete Regal hinter sich, in dem verschiedenartig geformte Flaschen mit Flüssigkeiten aller Farben vor einem großen Spiegel präsentiert wurden.

„Darin ist Alkohol, oder?", erkundigte sich Thorxarr.

„Unter anderem."

Der Barkeeper grinste verschmitzt. „Vor allem jedoch sind darin wunderbare Aromen." Er betrachtete seinen Gast. „Ich schätze, Sie sind ein Whiskey-Typ."

Dieser Humanoide versuchte zweifellos, ihm ein Gespräch aufzudrängen.

„Bin ich nicht", murrte der Krieger und starrte den Mann abweisend an. Allerdings musste er zugeben, dass das Menschlein seine Furcht vor der Drachenaura beeindruckend souverän hinter einer Fassade professioneller Freundlichkeit zu verbergen vermochte.

„Alkohol vernebelt die Sinne und betäubt den Verstand", erklärte Thorxarr beinahe höflich. „So etwas kann ich nicht brauchen."

„Selbstverständlich." Der Barkeeper sammelte die Porzellanscherben vom Tresen und entfernte die Teepfütze mit einem Lappen. „Ich bringe Ihnen sofort einen neuen Tee."

Thorxarr grunzte nur und wandte sich wieder Alexan zu. *„Auf KEINEN Fall wirst du Schneewittchen ein zweites Mal zu so einer Provokation drängen!"*

„Nicht?" Sein Kamerad klang enttäuscht. *„Dabei war die Strategie*

so effizient.“

„Die Strategie war Mantokscheiße!“, fauchte der Krieger. *„Mach das noch einmal und du stirbst einen äußerst schmerzhaften Tod! Verstanden?!“*

***

Draußen vor dem Luxushotel Vier Jahreszeiten saß ein junger Mann allein auf einer Parkbank und nickte unvermittelt mit erschrocken aufgerissenen Augen.

Unter Verdacht

Für die nächsten Stunden lief es mit dem Pokern hervorragend. Zu wissen, was die Mitspieler auf der Hand hatten, machte es Hiltja leicht, die richtigen Entscheidungen zu treffen. Ab und zu verlor sie absichtlich, damit die anderen nicht merkten, dass sie Unterstützung hatte. Meist tat sie es, wenn Gernot oder Frau Doktor den Pott einstreichen konnten, denn den beiden gegenüber plagte sie ein schlechtes Gewissen.

Ich hasse es zu betrügen!, dachte Hiltja, sobald sie ihre stetig wachsenden Chipstapel betrachtete. *Aber Piet lässt mir keine Wahl.*

Sie spürte dumpf, dass es bei ihren alten Siegen auch nicht mit rechten Dingen zugegangen war. Blöderweise konnte sie sich nicht mehr daran erinnern, wie genau sie die zustande gebracht hatte, nur dass ihr Bauchgefühl dabei eine Rolle gespielt haben musste. Auch an diesem Abend blitzte es hin und wieder mal auf, doch Hiltja ahnte, dass viel mehr dahintersteckte.

Es war merkwürdig: Als sie versuchte, das Bauchgefühl genauer zu ergründen, bekam sie Sehnsucht nach einem baumumstandenen Waldsee.

Viel Zeit fürs Grübeln blieb ihr nicht, denn das Pokern und die Kommunikation mit Alex forderten ihre Konzentration.

Ihr Milchbubi war voller Begeisterung dabei. Er lieferte die Zahlen mit einer Präzision und Geschwindigkeit, die Hiltja staunen ließ. Es bestand kein Zweifel: Alex war ein Nerd!

Allerdings schien dieser Nerd müde zu werden, denn ab Mitternacht wurde er zunehmend unkonzentriert, sodass sie immer mehr Kraft in ihre Gedanken legen musste, damit er ihre Fragen wahrnahm.

Offenbar konnte man ihr das ansehen, denn gegen ein Uhr motzte Michael plötzlich los: „Irgendwas stimmt hier nicht. Das Mädchen bescheißt doch!"

O Gott! Ich bin aufgeflogen!

Hiltjas Herz galoppierte los und Hitze schoss in ihre Wagen.

„Geht das schon wieder los?" Neben ihr verdrehte Tunten-Gernot seine Augen. „Hör da gar nicht hin, Schneewittchen! Das hat Michael auch behauptet, als du neu warst." Er warf dem Erzengel einen verächtlichen Blick zu. „Der Mann ist einfach ein schlechter Verlierer!"

„Ich lasse mich bloß nicht gern übers Ohr hauen", zischte Michael. „Apropos Ohr: Ich wette, ihre neuen Klunker haben Lautsprecher!"

„Das … stimmt nicht." Hiltja wurde heiß und kalt. *„Alex, Hilfe! Sie haben mich!"*

Der Erzengel grinste bösartig. „Schön, dann kannst du sie ja abgeben!"

„N… nein. Das geht nicht", stammelte sie. „Das … ähm … das sind meine Glücksbringer."

„ALEX! Was soll ich tun?!"

„Bullshit! Den ganzen Abend über verhältst du dich schon verdächtig – so als würde dir jemand Witze erzählen! Und schau mal in den Spiegel. Schuldiger als du kann niemand aus der Wäsche gucken!"

„Das geht zu weit!", kanzelte Gernot den Erzengel ab. „Hör auf, auf

unserem Küken rumzuhacken! Die Ärmste hat eine Pechsträhne hinter sich und wurde angeschossen. Jetzt läuft es endlich wieder bei ihr! Da ist es doch kein Wunder, wenn sie ausgelassen ist, oder?"

Schweigen.

„*Bleib ruhig*", meldete sich Alex endlich. „*Die können dir nichts nachweisen.*"

„*Aber was, wenn ich die GeWeÜGes abgeben muss?*"

„*Keine Panik. Lass sie ruhig von Michael begutachten.*"

„*Nein – dann höre ich dich nicht mehr. Ohne deine Tipps kann ich nicht gewinnen!*"

Und wenn sie verlor, würde Piet seinen Zorn an ihren Eltern oder Paula auslassen. Den Hofhund hatte er schon umgebracht. Hiltja wurde kalt vor Angst. Sie fühlte sich wie gelähmt.

„Sie soll einfach diese Ohrringe ablegen", beharrte Michael.

„Die sind neu", wisperte sie hilflos und kämpfte gegen aufsteigende Tränen an. „Das sind … meine Glücksbringer …"

„Es sind ihre Glücksbringer!", wiederholte Gernot. „Wenn sie den Schmuck ablegen soll, muss Michael seine Socken ausziehen!"

„Hä? Wieso das denn?" Luden-Ingo kratzte sich verwirrt am Cappy.

„Weil das *seine* Glücksbringer sind!" Gernot schaute in die Runde. „Ist euch das etwa noch nie aufgefallen? Michael wechselt nach einem Sieg nie die Socken! Das aktuelle Paar trägt er nun bereits seit etlichen Partien." Er rümpfte die Nase. „Bestimmt wäscht er sie zwischendurch nicht mal!"

„Bist du sicher?" Der Lude runzelte skeptisch die Stirn.

„Ja, sie müffeln!"

„Nein!", gluckste Ingo. „Ich meinte was anderes. Michael trägt Spießersocken und die sehen alle gleich langweilig aus."

„Nicht diese", widersprach Gernot. „Sieh sie dir doch an: Dunkelblau mit einem dünnen orangefarbenen Streifen. Ich bitte dich, wer trägt so etwas?"

„Michael könnte mehrere Paare davon haben", gab Frau Doktor zu bedenken.

Unter Verdacht

„Mehrere? Was für ein Fauxpas. Gott bewahre!" Gernot stöhnte gequält. „Und nein, das glaube ich nicht. Dieses Paar hat einen Webfehler – einer der orangefarbenen Streifen hat eine Unterbrechung auf Knöchelhöhe. Wenn Schneewittchen ihre Glücksbringer ablegen soll, dann muss Michael seine Socken ausziehen."

„Socken bringen Glück?" Ingo schaute belämmert aus der Wäsche. „Nee, das kann nicht sein."

Er hob seinen linken Fuß über den Tisch und zog an seiner Jeans, bis die den Blick auf schreiend azurblauc Strickware mit fleischfarbenen Tupfen und die stark behaarte Wade darüber freigab.

Leidend deutete der Lude auf seinen arg dezimierten Chipvorrat. „Wenn Socken Glücksbringer wären, müsste ich mit diesen Prachtstücken ja wohl viel besser dastehen!"

„Boa, Ingo!", japste Frau Doktor. „Mehr Klischee ging nicht, oder?"

Bei genauerem Hinsehen erkannte Hiltja, dass die unförmigen fleischfarbenen Tupfen in Wahrheit nackte Frauenhinterteile darstellten, in denen hellhäutig Bikinistreifen eingewebt waren.

Urks!

Das kollektive Schnauben am Tisch verriet, dass die anderen die Fußbekleidung ähnlich geschmacklos fanden wie Hiltja.

„Ich denke", sinnierte Frau Doktor, „weniger Alkohol in deinem Blut würde für ein besseres Abschneiden schon reichen."

Der Lude hatte an diesem Abend bestimmt sieben Bier getrunken – vielleicht auch mehr.

„Sorry, Ingo, aber wenn es nach den Socken geht", Bond grinste mitleidig, „dann hättest du bei diesem Paar bereits um elf alles verspielt haben müssen."

„Richtig!", empörte sich Gernot. Er schien kurz vor einem Herzinfarkt zu stehen. „Für diese Exemplare gehört selbst ein Zuhälter in den Knast!"

Hiltja sagte lieber nichts dazu. Sie war froh der Aufmerksamkeit entgangen zu sein.

„Scheiß auf die Socken!", motzte Michael. „In Socken versteckt man

keine Lautsprecher. Ich will die Ohrringe sehen! Dass sie sich weigert, sie abzugeben, ist so gut wie ein Schuldeingeständnis."

Schweigen.

Alle Augen richteten sich wieder auf Hiltja.

„Na los! Gib ihm die GeWeÜGes!", rief Alex so energisch in ihrem Kopf, dass sie befürchtete, die anderen im Raum könnten ihn hören.

„Bestimmt sind hier irgendwo auch Kameras versteckt!" Michael schaute sich mit verkniffenem Gesicht um.

Was, wenn er die findet?!, durchfuhr es Hiltja siedend heiß.

Gernot schüttelte den Kopf. „Ach, du bist ja paranoid!"

„Jetzt mach schon", drängte der Milchbubi. *„Sonst steckt er die anderen mit seinem Misstrauen an!"*

Endlich konnte Hiltja sich von ihrer Starre befreien und piepste: „Danke für deine Hilfe, Gernot." Sie räusperte sich. „Michael kann sie sich ruhig ansehen."

Mit zitternden Fingern zupfte sie die GeWeÜGes von ihren Ohren und reichte sie an Frau Doktor weiter.

„Das ist Schmuck", stellte die Chirurgin fest und übergab das Paar an Bond.

Der untersuchte die Geräte genau. „Hmm. Stimmt, kein Lautsprecher zu sehen. Falls die Teile einen hätten, müsste der ja ohnehin direkt in den Gehörgang gehen, aber da ist nichts." Er lächelte Hiltja für eine Sekunde an und betrachtete die Ranken erneut. „Diese Stücke sind sehr gut gearbeitet – sieht mir fast nach echtem Schmuck aus – ich kann bloß keinen Stempel entdecken. Wo hat dein unbekannter Verehrer die her?"

Der Blick, den Piets Mitarbeiter ihr anschließend zuwarf, hatte etwas Raubtierhaftes.

Scheiße!

„Ich … weiß es nicht." Hiltja verschränkte die Arme vor der Brust. „Und er ist nicht mein Verehrer!"

Bond überging Luden-Ingo und reichte die Geräte direkt an Michael weiter, der sie nun verbissen von allen Seiten beäugte.

Hiltja fröstelte. *Was, wenn er doch etwas findet? Piet wird ganz sicher*

nicht begeistert sein, wenn mein Betrug auffliegt!

„*Was machen wir dann, Alex?*", fragte sie stumm in die Stille hinein. Natürlich kam keine Antwort.

Wie auch?

Hiltja wurde das Herz schwer. Sie vermisste Alex' Stimme in ihrem Kopf und fühlte sich plötzlich schrecklich einsam.

***

Thorxarr zerriss es beinahe das Herz. Das war lächerlich für einen roten Krieger – und doch war es eine Tatsache.

Verdammt, ich muss mir endlich eingestehen, dass ich dieses Mädchen liebe!

Und er wünschte sich nichts sehnlicher, als dass das Mädchen ihn ebenfalls liebte. Sie sollte *ihn* vermissen, nicht Alex!

Mantokscheiße! Ich muss mich zusammenreißen. Es ist besser, wenn Alex das mit der Gedankenrede macht, betete er sich zum tausendsten Mal an diesem Abend vor, denn er ahnte, dass er nicht mehr von ihr würde ablassen können, sobald er einmal über die Gedanken zu ihr Kontakt aufgenommen hätte.

Das war wie der Genuss von dryadischem Rauschkraut: Er bescherte einer Himmelsechse sofortige, grenzenlose Euphorie, doch gegen die daraus resultierende Sucht war selbst die Disziplin eines Roten machtlos.

Thorxarr seufzte angespannt. Erst jetzt fiel ihm auf, dass er aufgesprungen war und neben seinem Barhocker am Tresen stand. Die Uhr an der Wand zeigte halb zwei an.

Bei der Sphäre! Noch anderthalb Stunden.

Resigniert setzte sich der Krieger wieder auf seinen Platz. Dieser Abend wollte kein Ende nehmen.

„*Warum bist du eigentlich so neben der Spur, Alex?*", blaffte er seinen Kameraden an. „*Selbst Schneewittchen ist aufgefallen, dass du unkonzentriert bist! Was ist los bei dir? Das mit dem GeWÜrGe wäre*

eben fast danebengegangen!"

„*GeWeÜGe!"*, korrigierte Alexan. „*Und du willst wissen, warum ich unkonzentriert bin? Öhm ... also, vor dem Poker-Clubraum ist ein Saal. Und in diesem Saal findet die vorgezogene Weihnachtsfeier eines hanseatischen Kreditinstitutes statt."*

Was war das denn für eine lahme Begründung? Thorxarr schnaubte: „*Das klingt furztrocken, na und?"*

„*Von wegen furztrocken!"*, jammerte der Weiße. „*Guck dir das mal an ..."*

„*Ja, und?"* Thorxarr ließ seinen Geist wandern. „*Oh!"*

„*Genau! Oh!"*

Fassungslos keuchte der Krieger: „*Da gibt es einige, die miteinander kopulieren wollen! Ist etwa Paarungszeit bei den Weibchen?"*

Von einer humanoiden Paarungszeit hatte er in seinem Vorbereitungskurs für die Prüfung »Unauffälliges menschliches Verhalten« nichts mitbekommen, aber das hatte nichts zu sagen.

„*Nein! Das meinte ich nicht"*, seufzte Alexan. „*Nur nebenbei: Die Menschen haben keine Paarungszeit. Sie haben einfach Spaß am Sex. Humanoide Studien belegen, dass männliche Exemplare durchschnittlich alle 28 Minuten an den Geschlechtsverkehr denken. Der Alkohol enthemmt sie, deswegen tritt es hier vielleicht etwas öfter auf, doch das bloß am Rande. Mit dem Balz- und Sex-Anbahnungsverhalten habe ich mich bereits ausführlich befasst. Mich macht was anderes ganz kribbelig. Guck mal, Thor: Die da hinten reden über Bitcoins!"*

„*Hä?"*

„*Jaaaa!"*, schwärmte der Weiße. „*Das ist die führende Kryptowährung der Menschen. Holla! Diese Währung basiert auf einem dezentral organisierten Buchungssystem. Ich sag' nur Peer-to-Peer-Rechner und kryptographische Legitimation! Das läuft alles virtuell – faszinierend, oder?"*

Thorxarr war sprachlos, allerdings nicht lange. „*Bei allen dämonischen Dämmerungsrotten: BETREIB DEINE STUDIEN WANN ANDERS!"*

„Das habe ich mir in den letzten zwei Stunden auch 237 Mal gesagt, Thor, ehrlich!", erklärte Alexan kleinlaut. *„Aber das ist so verdammt schwer. Weißt du, weil der Saal mit der Weihnachtfeier direkt VOR dem Clubraum liegt."*

„Dann verzieh dich aufs Dach, komm zu mir an die Bar oder versteck dich in einer dieser engen Kabinen, auf die die Menschen ein W und ein C draufschreiben!", fauchte der Krieger ungehalten. Es war immer dasselbe mit den Weißen! Flog irgendwo eine ihnen unbekannte Schmetterlingsart, flatterten die Weißschuppen sofort hinterher. *„Es ist mir völlig egal, wo du dich aufhältst! Aber wenn du dich in den nächsten anderthalb Stunden noch ein einziges Mal ablenken lässt, ZIEHE ICH DIR JEDE SCHUPPE EINZELN AB!"*

***

Zum zweiten Mal in dieser Nacht riss der junge Mann, der allein auf der Parkbank vor dem Luxushotel Vier Jahreszeiten saß, seine Augen weit auf. Er nickte, stand auf und trollte sich mit hölzernen Schritten an die Bar.

***

Zu Hiltjas großem Glück fand Michael nichts, was er an ihrem Ohrschmuck beanstanden konnte. Offensichtlich wollte er seine Socken nicht ausziehen, denn er ließ es zu, dass sie die funkelnden Ranken erneut anlegte.

Als Hiltja Alex' Stimme dann endlich wieder in ihrem Kopf hörte, war sie zutiefst erleichtert. Heute würde sie Piet nicht enttäuschen.

Trotzdem war der Zwischenfall nicht spurlos an ihr vorbeigegangen. Diese Form von Nervenkitzel war die Hölle; das wollte sie kein zweites Mal erleben. Für den Rest der Partie achtete sie darauf, dass man ihr die gedankliche Konversation nicht anmerken konnte.

Auch ihren Milchbubi schien das Drama mitgenommen zu haben,

denn danach klang er merkwürdig angespannt – aber vielleicht bildete sie sich das nur ein.

Schließlich war es geschafft: Um drei Uhr beendete Dealer Dirk den Abend.

Hiltja hatte um die dreihunderttausend Euro gewonnen, Frau Doktor und Gernot jeweils bummelig einhunderttausend und der Rest verteilte sich auf Bond und Michael. Luden-Ingo hatte bereits um zwei Uhr alles verspielt gehabt und war von Bier auf Korn umgestiegen. Nun lag sein Kopf auf der schwarzgebeizten Eichentischplatte und er schnarchte.

„Herzlichen Glückwunsch, mein Küken!", rief Gernot überschwänglich. „Ach, ich freue mich so, dass du deine alte Form zurückhast."

„Alte Form? Pah!", murrte Michael. „Ich sage euch, mit dem Mädchen stimmt was nicht."

„Wer seine Socken nicht wäscht, ist aber auch nicht ganz koscher", kommentierte Frau Doktor trocken.

Unerwartet zuckte der Zeigefinger des Luden in die Höhe und er lallte: „Wer nich verlieren kann, der ssollte nicht schpielen."

Klonk, schon ditschte die mit goldenen Klunkerringen behängte Hand zurück auf den Tisch.

In diesem Moment beendete Bond ein Telefonat und steckte sein Smartphone weg.

„Mit dem Verlieren kennt sich Ingo anscheinend aus", stichelte er, „aber wo der Lude recht hat, hat er recht." Er zwinkerte Hiltja zu und meinte: „Schau mal auf dein Handy, Schneewittchen. Da möchte dir jemand zum Sieg gratulieren."

Mist! Wetten, dass es Piet ist?!

Hiltja nickte beklommen.

„Ich … guck später nach."

„Mach's lieber gleich", riet ihr Bond. „Du weißt doch, wie sehr es der Boss liebt, seiner Begeisterung Ausdruck zu verleihen."

Er hob nachdrücklich seine Brauen und lächelte scheißfreundlich. Das war schlimmer als eine Drohung.

Also gab Hiltja nach, holte ihr Telefon aus der Handtasche und öffnete

das Chatprogramm.

Sie hatte eine Nachricht und natürlich war diese von Piet.

03:11

Piet:

> Herzlichen Glückwunsch zum Sieg, Schneewittchen! 🏅😎🍾🏆
> Bitte ruf mich an, bevor du nach Hause gehst. Danke dir!

Jetzt?! Hiltja schluckte. *Schläft der Typ denn nie?! Was will er um diese Uhrzeit bloß von mir?*

Ihr Magen krampfte sich zusammen.

Nervös stand sie auf, entfernte sich vom Tisch und wählte Piets Nummer. Schon beim zweiten Läuten nahm er ab.

„Glückwunsch, Schneewittchen!", begrüßte ihr Manager sie. *„Das sind ja tolle Nachrichten, die Jamie mir berichtet hat."*

„Danke", erwiderte Hiltja knapp.

Er wollte was von ihr – nur um zu gratulieren hätte er diesen Anruf nicht erzwungen.

„Was für eine grandiose Partie!", schwärmte Piet. *„Wie ich höre, hast du die anderen regelrecht an die Wand gespielt. Sehr schön!"* Er lachte. *„Hätte ich gewusst, dass dich eine Schusswunde dermaßen beflügelt, dann ..."*

Den Satz ließ er unvollendet und Hiltja spürte prompt ein scharfes Stechen über ihrer Milz. Genau dort hatte Ex sie zwei Wochen zuvor mit seiner Kugel getroffen.

Ein eisiger Schauer lief über ihren Rücken.

„Du lachst ja gar nicht", beschwerte Piet sich mit gespielter Strenge. *„Och, komm schon. Ein alter Mann wird ja wohl noch mal einen Scherz machen dürfen!"*

„Mhmm", brummte Hiltja und versuchte, das Zittern ihrer Knie unter Kontrolle zu bringen. Sie fühlte sich hilflos.

„Naja, ich gebe zu, es war ein schlechter Scherz", räumte er ein.

„Nicht böse sein, okay?"

Hiltja schwieg. Sie war nicht böse, nein, sie war völlig fertig mit den Nerven.

„Ich merke schon, du bist müde, Schneewittchen. Na, dann will ich deinen Abend nicht unnötig in die Länge ziehen. Tust du mir einen Gefallen?"

Nein!, dachte sie, doch ihre Lippen formten ein „Ja."

„Wunderbar! Gib den Gewinn Jamie mit. Ich muss morgen in aller Herrgottsfrühe ein Geschäft abwickeln. Da kommt mir die Summe gut zupass."

Stille in der Leitung.

Zweifellos erwartete Piet eine Reaktion von ihr, also sagte sie: „Aha."

„Damit die Übergabe nicht so offensichtlich ist, nimmt Jamie mit dir den Seitenausgang und erledigt das gleich in der Nebenstraße."

Was? Nein!

Hiltja wurde übel. Wenn sie den Seitenausgang nahm, kam sie nicht an der Bar vorbei. Dort wartete Thor auf sie. *Bitte nicht! Ich will um diese Uhrzeit nicht allein mit Bond in eine Nebenstraße!*

„Hast du verstanden?", hakte Piet nach.

„Ja", würgte sie hervor. *O Gott! Was hat Bond nur mit mir vor?*

Sie hoffte, es ging wirklich bloß um eine dezente Geldübergabe, aber was, wenn nicht?

Piets Männer haben Papas Hund umgebracht.

Ihre Gedanken überschlugen sich.

„So, meine Liebe! Jetzt will ich dich nicht länger aufhalten." Sie konnte Piet am Telefon aalglatt lächeln hören. *„Feier noch ein bisschen, das hast du dir verdient. Schönen Abend noch!"*

„Ja", wisperte Hiltja. Im nächsten Moment war die Leitung tot.

Betäubt drehte sie sich um.

Dirk war dabei die Gewinne auszuzahlen und strahlte sie an. „Jetzt fehlst nur noch du, Schneewittchen! Die Siegerin des Abends. Bitte sehr!"

Er steckte ein dickes Bündel Scheine in einen Umschlag und klebte

ihn zu.

Mit ungelenken Schritten stolperte Hiltja zum Tisch zurück und nahm das Kuvert entgegen. „Danke, Dirk."

„Gerne." Er nickte ihr freundlich zu und entsorgte das Kartenspiel, mit dem sie an diesem Abend gepokert hatten, im Mülleimer. Danach begann er, die Jetons fein säuberlich in seinem silbernen Koffer zu verstauen.

Ich muss Thor benachrichtigen!, durchzuckte es sie. *Alex erreiche ich nicht mehr.*

Ihr Lieblings-Milchbubi hatte sich direkt nach dem Spiel bei ihr abgemeldet. Er wollte den Lieferwagen wegfahren, damit keiner der anderen den Transporter mit der manipulierten Partie in Verbindung bringen konnte.

Hektisch ging sie auf den Ausgang zu, doch von dort kam ihr Bond entgegen und wackelte mit einer Flasche Champagner herum. „Piet wünscht dir viel Spaß beim Feiern, Kleine!"

„D...anke", stammelte sie verdattert, nahm die Flasche aber nicht an. „Ich ... muss noch mal kurz weg."

Bond hob die Brauen. „Weg? Wohin denn?"

„Ich ... ähm ... ich muss ..."

In Sicherheit zu meinem Donnergott!, schrie jede Faser in ihr.

„Ja?" Bond grinste hinterhältig und da wusste Hiltja, dass er sie nicht gehen lassen würde.

„Ich muss ... auf die Toilette", behauptete sie wenig überzeugend.

„Ach, das hat doch sicher Zeit bis gleich", meinte er leichthin. „Kommen wir lieber erstmal Piets Bitte nach." Er zwinkerte. „Geht auch ganz schnell."

Ohne ihre Zustimmung abzuwarten, hakte er sie unter und schleuste sie aus dem Clubraum Richtung Nebenausgang. „Hier entlang, meine Liebe."

Hiltja stakste hilflos neben dem Mann her. Sich zu wehren, war zwecklos. Piet kriegte immer, wonach ihm der Sinn stand.

Je näher sie der Ausgangstür kamen, desto mehr Angst sickerte in

ihren Bauch.

Die machen mit mir, was sie wollen!

Am liebsten hätte sie geweint.

Bond griff bereits nach der Klinke, da ertönte hinter ihnen eine tiefe Stimme: „Der Feierabend ist die beste Zeit des Tages, oder?"

***

Thorxarr rieb sich fröhlich die Hände, wobei er seine Muskeln spielen ließ, und schob noch hinterher: „Da schließe ich mich euch doch direkt mal an!"

Er wollte es nicht, aber als er Bonds Hand am Arm seines Mädchens bemerkte, entglitt ihm seine Drachenaura. Wusch! Einen Wimpernschlag später zuckten die Finger des Hautsacks zurück.

Eilig brachte Thorxarr seine Aura wieder unter Kontrolle, doch es war zu spät: Seine Kleine hatte sie voll abbekommen.

Schneewittchen drehte sich zu ihm um und der Krieger befürchtete, in weit aufgerissene rehbraune Augen zu blicken. Stattdessen lächelte sie ihn erleichtert an.

„Thor! Woher wusstest du, dass wir fertig sind?"

„Ach, ich hatte da so 'n Gefühl", flunkerte er verdattert. Natürlich hatte er die Unterhaltung der beiden auf der Geistesebene verfolgt.

„Das ist super!" Sie schritt ihm strahlend entgegen.

Er spürte, wie das Mädchen für einen Moment die übliche Beklommenheit überkam, aber die schob sie routiniert beiseite. *Mein Donnergott ist der Beste! Nun kann mir nichts mehr passieren.*

Die Angst fiel von ihr ab.

Wow!, staunte Thorxarr. *Sie ... sie hat sich sogar an meine ausgeuferte Aura gewöhnt. Das muss in der letzten Woche passiert sein!*

Je näher sie ihm kam, desto beschwingter wurden ihre Bewegungen. Thorxarr konnte nicht in Worte fassen, wie glücklich es ihn machte, dass sie seine Nähe so empfand. Normalerweise ging es Humanoiden genau umgekehrt.

Unter Verdacht

Bonds Furcht zum Beispiel kroch schon den halben Flur entlang.

Bah! Die kann ich bis hier riechen!

Der Hautsack überspielte sie zwar mit einer herablassenden Miene, aber das änderte nichts an der Emotion.

„Moin Thor!", sagte Bond eisig. „Du bist zu früh. Schneewittchen und ich haben noch etwas Geschäftliches zu erledigen."

Oh bitte, lass mich nicht mit dem allein! Schneewittchen schaute flehentlich zu ihm auf, doch ihre roten Lippen bewegten sich nicht.

Schlangenzunges Macht reicht offensichtlich bis in dieses Gemäuer und das, obwohl er gar nicht anwesend ist. Beeindruckend!

Thorxarr schenkte seiner Kleinen ein beruhigendes Lächeln, bevor er sich an Bond wandte: „Och, keine Sorge, Jamie, ich werde schon nicht stören."

„Doch. Genau das tust du!" Der Hautsack stemmte seine Fäuste in die Hüften, ungeachtet dessen, dass er in der linken eine Flasche trug. „Ich habe nämlich unter anderem den Auftrag, das Mädchen sicher nach Hause zu begleiten."

Der Drache grinste. Dass diese Behauptung der Wahrheit entsprach, sah er im Kopf des Menschen und außerdem hatte er es beim Telefonat zwischen Bond und Schlangenzunge herausgefiltert. Die Kurzfassung des Befehls lautete: Schneewittchen von Thor fernhalten, ihr das Geld abknöpfen und sie bei der Gelegenheit einschüchtern, damit sie in Zukunft einwandfrei spurte. Danach sollte Bond das Mädchen unverletzt nach Hause bringen, ohne dass Thor Wind davon bekam.

Oxa hat mich gewarnt, erinnerte sich Thorxarr. *Es geht nur am Rande um Schneewittchen. Schlangenzunge will hier seine Macht demonstrieren.*

Poker-Piet hatte versucht, dem roten Krieger einen Job aufzudrängen. Sehr zu Piets Ärger hatte Oxana das Angebot an seiner Stelle ausgeschlagen. Sie hatte behauptet, Thors Vorgesetzte zu sein, und deutlich gemacht, dass sie ihren besten Mann nicht ziehen lassen würde. Dabei hatte sie sich als Oligarchin präsentiert, die im Stahl-Business tätig war und darüber hinaus über Kontakte zur russischen Unterwelt

verfügte. Da Schlangenzunge bei einer Werft mitmischte, witterte er einen guten Deal in Sachen Schiffsmetall. Außerdem hatte Oxana durchblicken lassen, dass sie ihm sowohl minderjährige russische Edel-Huren als auch hochwertige Designer-Drogen verschaffen konnte. Beides hatte das Interesse des Managers geweckt.

„Er hat sich vor mir aufgeplustert wie ein Poldarnischer Gockel", hatte sich die Goldene amüsiert, *„nur dass er mir statt eines bunten Federkleides seinen Einfluss gezeigt hat."*

Die Beziehung zwischen Schneewittchen und Thor war ebenfalls Gesprächsthema gewesen. Piet hatte großzügig erklärt, dass man junge Liebe nicht stören dürfe, doch das hatte er nicht ernst gemeint.

Thorxarr seufzte stumm. *Aktuell stecken Oxa und Schlangenzunge ihre Territorien ab. Mantokscheiße! Schneewittchen ist zum Spielball geworden. Mit ihr stellt Piet klar, dass er sich von einer Oligarchin nicht das Geschäft abnehmen lassen wird. Der scheißt auf die Liebe! Dem geht es vor allem ums Prinzip.*

Auf dieses Prinzip konnte Thorxarr keine Rücksicht nehmen. Er würde sein Mädchen definitiv *nicht* mit Bond allein lassen.

Also bedachte er den Mann mit einem drohenden Lächeln. „Ach komm, Jamie! Ich verspreche mausemucksstill zu sein, während ihr das »Geschäftliche« erledigt."

„Die Dinge gehen dich aber nichts an!", zischte Bond.

„Ich höre weg." Thorxarr zwinkerte. „Das konnte ich immer schon prima!" Das war nicht einmal gelogen.

Der Hautsack schnaubte. „Es liegt in *meiner* Verantwortung, das Mädchen wohlbehalten nach Hause zu bringen!"

„Soso. Was meinst du, Schneewittchen?", erkundigte sich Thorxarr sanft bei seinem Mädchen. „Traust du mir zu, dich heil in deine Wohnung zu eskortieren?"

Sie schaute zu ihm auf und nickte. Die Dankbarkeit in ihrer Miene war köstlicher als selbstgemachte warme Vanillesauce – und die hatte der Krieger in der letzten Woche so richtig zu schätzen gelernt.

„Wunderbar", wisperte er und versank in ihren rehbraunen Augen.

„Dann ist es abgemacht. Ich bringe dich nach Hause."

„Meine Anweisungen lauten anders!", nervte Bond vom Ausgang her.

Notgedrungen riss Thorxarr seinen Blick von Schneewittchens Antlitz los und stellte fest, dass der Hautsack sich traute, näher zu kommen.

Ha! Schneid hat er ja, das muss ich ihm lassen!

Oder war bloß sein Respekt Schlangenzunge gegenüber entsprechend groß? Egal. Nützen würde dem Humanoiden weder das eine noch das andere etwas.

Thorxarr setzte ein äußerst liebenswürdiges Grinsen auf und schnurrte: „Och, Jamie! Jetzt sei mal 'n bisschen flexibel. Dein Job wird doch erledigt!"

Danach ließ er seine Drachenaura ausufern, bis die Augäpfel seines Gegners auf Espressotassengröße angeschwollen waren und die Lust, Pokersiegerinnen nach Hause zu begleiten, gegen Null strebte.

Zauberhaft! Damit geht die Himmelsechse einen Punkt in Führung.

Ja, so durfte es gern weitergehen.

Fischmarkt

Es war Sonntagmorgen kurz nach sechs. Die ersten Händler des Altonaer Fischmarkts parkten ihre Verkaufswagen an der Großen Elbstraße und bestückten ihre Stände mit Waren.

Mike leckte sich die Lippen. Ein Fischbrötchen mit doppelt Matjes von Inge war der beste Abschluss nach einer harten Nacht.

„Doppelt Matjes?", hakte die alte Marktfrau nach. „Bist du sicher, Miezen-Mike? Nicht dass du noch moppeliger wirst, mien Seuten!"

„Ja, Inge, bin ich", murrte Mike. „Und nenn mich bitte nicht Miezen-Mike!"

„Wieso?" Inge runzelte die Stirn. „Machst du nicht mehr in Miezen?"

„Doch", schnaufte Mike. Normalerweise ließ er sich solche Sprüche nicht gefallen, aber mit Inge legte man sich nicht an, wenn man Fischbrötchen liebte. „Beinamen sind out."

„Meinst du »aus der Mode«?" Sie kicherte wie ein junges Mädchen und deutete auf die Marktstände um sich herum. Da waren Aale-Dieter,

Bananen-Ulli und der Holländische Blumenkönig. „Da muss ich was verpasst haben."

„»Mike« reicht mir völlig, Inge!", gab Mike höflich zurück. „Und ich bin nicht moppelig. Der Dezember steht vor der Tür. Das ist nur mein Winterspeck."

„Na, denn will ich nix gesagt haben!" Die alte Händlerin lachte vergnügt und steckte einen zweiten und sogar noch einen dritten Matjes sowie eine Extraportion Zwiebeln in sein Brötchen. „Guten Appetit, mien Jung!"

„Danke, Inge." Mike reichte einen Zehn-Euro-Schein über den Tresen. „Stimmt so."

„Och, das ist ja lieb! Komm, kriegst noch 'n Kaffee drauf zu."

Inge konnte Fischbrötchen, aber Kaffee konnte sie nicht. Doch ablehnen ging nicht, denn da war die Frau empfindlich. Es sich mit ihr zu verscherzen, war keine Option.

„Danke, Inge", wiederholte Mike. Unter ihrem erwartungsvollen Blick würgte er einen Schluck des schwarzen Gebräus hinunter und hoffte, dass seine Gesichtszüge dabei nicht entgleisen. „Lecker … und huu! Heiß!"

„Ja, so muss er!", erklärte Inge leutselig.

„Moin!", grüßte jemand in Mikes Rücken.

Der blonde Hans! Ich bin gerettet.

„Moin Rauschgold-Hans!" Inge grinste breit. „Wie immer?"

„Jo", entgegnete Hans.

Während die Marktfrau ein Brötchen mit Bismarckhering und eines mit Schillerlocke – beide ohne Zwiebeln – zubereitete, entsorgte Mike seinen Kaffee auf dem nassen Kopfsteinpflaster hinter sich.

„Und?", plauderte Inge. „Wie läuft es am Hafen? Alles in Butter bei dir?"

„Jo", erwiderte Hans.

„Hat sich der Zoll wieder beruhigt?" Die alte Händlerin zwinkerte verschmitzt und stellte die Brötchen auf den Tresen.

„Jo." Hans legte vier Zwei-Euro-Münzen in die Kleingeld-Schale.

„Stimmt so."

„Danke, mien Seuten!" Lächelnd strich Inge das Geld ein. „Noch 'n Kaffee für dich?"

„Nö."

„Na denn …!"

Obwohl es noch stockdunkel war und der Markt erst in einer Dreiviertelstunde öffnen würde, strömten bereits die ersten Menschen in die Elbstraße. Bald würden die Marktschreier lautstark ihr Zeug anpreisen, Waren mit zotigen Sprüchen in die Menge werfen und ihren Kunden eine amüsante Show liefern. Das war Hamburg!

Mike grinste. *Spätestens um sieben ist es hier so voll, dass man nicht mehr zutreten kann.*

Der blonde Hans schnappte sich seine Brötchen. „Schönen Tach noch, Inge!" Dann schaute er zu Mike herab und nickte Richtung Elbe.

„Euch auch so! Tschüss!"

„Tschüss, Inge!", beeilte sich Mike zu sagen.

Gemeinsam schlenderten die Männer zum Ufer und schauten über den nachtschwarzen Fluss zu Blohm und Voss hinüber. In den Docks der Werft hatten sie schon angefangen zu malochen.

„Und?", fragte Mike, als keine neugierigen Ohren mehr in ihrer Nähe waren. „Kommst du endlich wieder an dein Rauschgold ran?"

Der blonde Hans arbeitete im Hafen und sorgte dafür, dass die Drogen unentdeckt am Zoll vorbeikamen.

Hans nickte. „Jo."

Mike knabberte an seinem Matjesbrötchen und nuschelte kauend: „Erklärst du mir, wie man den Zoll »beruhigt«?"

„Nö." Hans grinste diabolisch. „Willst du nicht wissen."

„Hauptsache der Gentleman ist zufrieden", pflichtete Mike ihm bei. „Jo."

Bei Engpässen konnte ihr Auftraggeber echt ungemütlich werden. Und wenn man ihn in der Öffentlichkeit »Piet« nannte, ebenfalls.

„Was machen deine Miezen?", erkundigte sich Hans ungewöhnlich redselig und begann ebenfalls zu essen.

„Die meisten schnurren", seufzte Mike. „Nur eine führt sich wie eine Wildkatze auf." Er kratzte sich unbehaglich unter der Pudelmütze. „Die Kleine ist schon vier Mal getürmt – weiß der Teufel, wie sie das hinbekommen hat. Sie gibt einfach nicht auf. Letzte Nacht hätte sie es fast bis zur Bullerei geschafft."

Hans furchte drohend seine Stirn und biss von seinem Bismarckhering ab.

„Hast recht", meinte Mike. „Meine Jungs sollten die Kratzbürste vielleicht mal gründlich einreiten. Das vermeide ich sonst. Wenn ich die Kätzchen breche, haben sie kein Feuer mehr. Das mögen die Freier nicht."

„Wie alt?"

Mike zuckte mit den Schultern. „Sie hat Titten. Also alt genug."

Hans starrte zu den Docks rüber. „Tust mir leid."

„Ich habe immerhin keine Probleme mit dem Zoll", konterte Mike.

Jetzt schaute Hans bedeutungsvoll zu ihm herab. „Aber bald Konkurrenz."

„Ich? Konkurrenz? Pah! Woher soll die denn kommen?" Mike schlürfte genüsslich eines der Matjesfilets in den Mund und kaute. Der Fisch war butterzart.

Göttlich! Inge ist die Beste!

„Russland", antwortete Hans. „Der Gentleman verhandelt mit einer Oligarchin."

Oha! Das war ja ein ganzer Satz!

Fast hätte Mike sich verschluckt. Wenn der blonde Hans so viele Worte am Stück sprach, war die Kacke am Dampfen. Er hustete. „Und diese Oligarchin hat Miezen im Angebot?"

Hans nickte ernst. „Stahl, Miezen, Rauschgold."

„Schiet!" Besorgt sah Mike zu seinem Begleiter auf. „Dann bist du auch betroffen."

Hans nickte abermals.

„Puh! Das sind ja Neuigkeiten!"

Plötzlich schmeckte der Matjes nicht einmal mehr halb so gut. Trotz

des nasskalten Novemberwetters wurde Mike heiß in seiner Jacke. „Mist. Ich habe mir grade neue Beschaffungswege aufgebaut. Das war eine Scheißarbeit!"

Hans blickte fragend auf ihn herab.

„Exotische Schönheiten", erklärte Mike. „Warum sollen die Miezen in ihrer Heimat verrecken oder im Mittelmeer ersaufen? Das ist Verschwendung, findest du nicht?"

Hans ignorierte die Frage und kaute emotionslos, als hätte sein Nebenmann nichts gesagt.

„Und was machst du, wenn Pie…, äh, der Gentleman", korrigierte Mike sich schnell, „deine Dienste als Zollflüsterer nicht mehr benötigt? … Scheiße! Ich habe grade echt voll was angeleiert! Der Gentleman ist mein bester Kunde. Die Reeperbahn ist voll mit seinen Bordellen, auch wenn Ingo immer so tut, als würden ihm persönlich die Puffs gehören. Wo soll ich denn hin mit all den Miezen?"

Der blonde Hans kaute zu Ende und schluckte in aller Ruhe. Dann furchte er die Stirn. „Perseus?"

„Perseus?!" Mike riss die Augen auf. „Wohow! Ist das dein Ernst?"

Hans nickte und zuckte mit den Achseln.

„Perseus sitzt in Berlin. Der ist noch größer als der Gentleman hier in Hamburg. Und erheblich rücksichtsloser. Dessen geschliffenste Umgangsform hat neun Millimeter!"

Hans betrachtete die letzten Bissen seines zweiten Fischbrötchens. „Ich mag Inges Brötchen. Die will ich auch weiterhin essen können."

Och nööö! Zwei Sätze am Stück!

Offensichtlich machte der blonde Hans sich richtig Sorgen. Und wenn der sich Sorgen machte, dann sollte Mike das gleich doppelt tun.

„Ich strecke auch mal meine Fühler aus." Mike seufzte und ließ den Rest seines Matjesbrötchens auf den Boden fallen. Ihm war der Appetit vergangen und hier fand eh alles, was essbar war, einen kreischenden Abnehmer. Sobald der erste Sonnenstrahl den Novemberhimmel grau färbte, würden sich die Möwen lautstark um jedes fitzelige Krümelchen zanken.

Der letzte Tag war murks und der neue fängt genauso beschissen an!
Egal. Mike würde das Beste draus machen. „Danke für den Tipp, Hans. Das weiß ich zu schätzen."

Hans nickte und drückte ihm ein kleines Tütchen in die Hand.

Das war ungewöhnlich. Sonst zeigte sich der blonde Hans sehr knauserig mit seinem Rauschgold. Diese Geste hieß so viel wie: »In schweren Zeiten müssen wir zusammenhalten.«

„Oh, danke!" Mike lächelte zu ihm hinauf. „Was ist drin?"

Hans zwinkerte. „'N Miezenzähmer. Gib's der Wildkatze und sie folgt dir wie ein Hündchen."

Mike wurde flau im Magen.

Das ist sein vierter vollständiger Satz an einem Tag. Ohauaha! Da kommen wirklich schwere Zeiten auf uns zu.

Er presste seine Lippen aufeinander und nickte bedeutsam. Diese russische Oligarchin musste eine verdammt große Nummer sein.

Unter Beschuss

Am folgenden Mittwoch erklärte Thor Hiltja beim Frühstück, dass er sich mit seinen Kameraden zu einer Lagebesprechung treffen und nicht – wie an den Tagen zuvor – während der Vorlesungen an der Hochschule auf sie warten würde. Er lächelte sie zuversichtlich über seinen Chili-Kaffee hinweg an. „Mit etwas Glück gehört deine Pokerkarriere schon bald der Vergangenheit an. Und keine Sorge, Schneewittchen, ich begleite dich auf alle Fälle zur Uni. Dort hole ich dich später auch wieder ab."

Hiltja nickte beklommen. Es war das erste Mal, dass Thor sich nicht in ihrer Nähe aufhalten würde, seit sie vor etwas mehr als zwei Wochen aus dem Krankenhaus entlassen worden war. Der Gedanke ließ sie frösteln.

Was, wenn Ex doch wieder nach Hamburg zurückgekommen ist? Was, wenn er mir ein zweites Mal auflauert und zu Ende bringt, was er begonnen hat?

Kalte Furcht kroch durch ihre Adern.

Thor drückte ihre Hand. „Hab keine Angst. Oxa hat mir heute früh erzählt, dass Ex derzeit in München weilt und sich dort eine neue kriminelle Existenz aufbaut." Er grinste hämisch. „Oder zumindest versucht er das. Sonderlich erfolgreich stellt er sich dabei nicht an. Hehe! Was aber auch an den Telefonaten liegen kann, die Piet in den Süden getätigt hat." Er runzelte unwillig die Stirn. „Ich gebe es nur ungern zu, doch dein Manager hält seine Schwin… äh, seine Hand schützend über dich."

„Gut", seufzte Hiltja, obwohl es nicht gut war.

Mein Donnergott kann nicht ewig auf mich aufpassen. Irgendwann muss ich wieder auf eigenen Beinen stehen.

Thor lächelte aufmunternd und schob hinterher: „Es ist ja bloß für ein, zwei Stunden. Ich werde mich beeilen."

***

Wenig später verließen sie gemeinsam das Haus und liefen zur U-Bahnstation. Das Wetter war typisch für Ende November: grau, nass und kalt. Die Bäume hatten vor ein paar Tagen ihre letzten Blätter verloren und ragten nun als kahle Gerippe zwischen parkenden Autos empor. Gestern Nachmittag hatte der Wind das Laub raschelnd in den wolkenverhangenen Himmel tanzen lassen, aber heute klebte es trist als orangebrauner Matsch auf dem Asphalt.

Wie deprimierend! Hiltja zog ihre neue Winterjacke enger um sich. *Zum Glück steht der Dezember vor der Tür. Am Wochenende werde ich meine Weihnachtsdeko rauskramen.*

Sie schaute zu Thor auf. „Feiert ihr bei euch auf dem Stützpunkt am Fuße des Merapi eigentlich auch Weihnachten?"

„Nein, meine Einheit misst der Geburt von Jesus Christus keine Bedeutung bei." Der Soldat schulterte Hiltjas Rucksack. Auf seinem breiten Rücken wirkte das Ding so winzig wie eine Kleinkindertasche.

Sie schmunzelte. *Selbst wenn er es wollte, er könnte nie im Leben*

beide Arme durch die Riemen schie...

Plötzlich knallte hinter ihnen ein Schuss durch die Straße. Das Geräusch fuhr ohrenbetäubend laut durch Hiltjas Eingeweide und ließ ihr Herz stillstehen, nur um es im nächsten Moment wie verrückt losrasen zu lassen.

Für einen Wimpernschlag hatte sie das Gefühl, in Planten un Blomen an den Wasserkaskaden zu stehen, aber dann wurde sie brutal in ihre Straße zurückgerissen.

Bin ich getroffen?!

Ja, auf ihrem Rücken breitete sich eine feuchte Wärme aus und sickerte zu ihrem Hosenbund herab.

Nein!

Entsetzt blickte sie zu Thor hinauf. Gleich würde sie zusammensacken.

Ihr Donnergott riss die Augen auf, doch eine Sekunde später entspannten sich seine Züge wieder.

Ein zweiter Knall hallte noch ohrenbetäubender durch die Straße, danach knatterte links von ihnen ein Moped vorbei.

„Das war bloß ein Kleinkraftfahrzeug", erklärte Thor. „Dir ist nichts geschehen, Schneewittchen. Alles ist gut."

Ich sterbe nicht? Das hatte er behauptet. *Aber warum fühlt es sich dann genauso an?*

Hiltjas Knie zitterten so stark, dass sie keinen Schritt mehr gehen konnte. Sie spürte noch immer, wie das Blut synchron mit ihrem Herzschlag aus der Wunde neben ihrer Wirbelsäule herauspulsierte.

Ungläubig fasste sie sich mit der Hand an den Rücken, konnte dort jedoch kein Loch in ihrer Winterjacke ertasten. Und als sie ihre Finger betrachtete, waren diese kreideweiß.

Keine Spur von Blut.

Offensichtlich wurde sie nicht getroffen. Das änderte allerdings nichts an der Furcht, die ihren Körper überschwemmte.

Was, wenn hier gleich jemand schießt?

Auf der Straße hatte ein Attentäter leichtes Spiel.

Unter Beschuss

Ich kann noch laufen. Ich ... ich muss mich verstecken.

Panisch blickte sie sich um.

Schnell! Ich muss in meine Wohnung zurück. Da bin ich sicher!

Sie taumelte rückwärts, doch Thor hielt sie fest.

„Nicht, Kleines", murmelte er sanft. „Mach das nicht ..."

„Ich ... muss ... hier weg!", würgte sie hervor. Hiltja konnte keinen klaren Gedanken fassen. Sie wollte nur eines: fliehen!

Die Angst rauschte wie tausend spitze Nadeln durch ihre Venen und bereitete ihr körperlichen Schmerz. *Ich darf nicht hierbleiben! Ich brauche ein Versteck. Sofort!*

„Davor kannst du dich weder verstecken noch weglaufen", brummte ihr asiatischer Baumschrank und zog sie behutsam in seine Arme. „Komm her. Bei mir bist du sicher. Dir wird nichts geschehen."

„So fühlt es sich aber nicht an", schluchzte Hiltja. Erst jetzt bemerkte sie, dass sie weinte. Sie hatte wirklich gedacht, dass sie ein zweites Mal angeschossen wurde. Dass sie sterben würde! Und nun raste ihr Puls und jede Faser in ihr drängte zur Flucht.

***

„Das geht vorbei." Thorxarr hielt sein Menschenmädchen fest und achtete peinlich darauf, das zarte Geschöpf nicht zu zerdrücken. „Du bist traumatisiert. Dein Körper hat die Situation falsch interpretiert. Das wird vermutlich noch häufiger vorkommen."

Häufiger? Bitte nicht!, flehte sie stumm.

„Du schaffst das", flüsterte der Krieger. „Gleich schlägt dein Herz ruhiger."

Er musste sich zusammenreißen, dabei nicht magisch nachzuhelfen. Mit Traumata war nicht zu spaßen. Es war besser, wenn Schnee-wittchen diesen Schrecken verarbeitete. Körper und Geist mussten die Chance bekommen zu erkennen, dass ihr Alltag ungefährlich war. Gab das Mädchen ihrem Fluchtbedürfnis jetzt nach, konnte es dazu kommen, dass sie die Wohnung gar nicht mehr verließ.

Thorxarr streckte seine Sinne aus. Ihr kleines Herz flatterte noch immer rastlos in ihrem Brustkorb herum.

„Hab Geduld", sprach er ihr und auch sich selbst Mut zu. „Das hört wieder auf."

Sein Mädchen presste sich an ihn und schien tatsächlich loszulassen. Zumindest ebbte ihre Panik ein wenig ab.

Es schmerzte den Krieger, sie so zu sehen. Trotzdem genoss er es, für sie da zu sein, über ihren Rücken zu streichen und dabei ihre langen schwarzen Haare zu berühren. Sie waren faszinierend weich.

Das könnte ich ewig tun.

Ein paar Minuten später schniefte sie: „Wann?"

„Was meinst du?" Thorxarrs Stimme kratzte in seinem Hals.

„Wann das wieder aufhört?", wisperte sie. „Thor, ich dachte echt, ich muss sterben!"

„Du stirbst nicht", knurrte er. *Nicht, wenn ich bei dir bin! Und sonst auch nicht!* Nun war es sein Herz, das zu rasen anfing.

„Aber wann hört das auf?"

„Oje. Das ist schwer zu sagen." Er hielt sie weiterhin in seinem Arm. „Diese erste Attacke hast du jedenfalls fast überstanden."

„Du meinst, es kommen noch mehr davon?", murmelte sie in seine Jacke.

„Ja. Leider."

„Wie lange?"

„Das … weiß ich nicht." Thorxarr dachte an einen Kameraden, der in der Grundausbildung bei einem Manöver lebensgefährlich verletzt worden war. „Hmm … diese Angstzustände können schon mal einige Dekaden andauern."

„Dekaden?", ächzte Schneewittchen und schaute zu ihm auf, wobei ihre Mütze verrutschte. *Mist.*

„Dekaden?", echote sie erneut und schob die Kopfbedeckung an ihren ordnungsgemäßen Platz zurück. „Aber das sind Jahrzehnte! Ich kann doch nicht jahrzehntelang wieder und wieder sterben!"

Mantokscheiße! Bei den Humanoiden sind die Zeitspannen kürzer.

Das hätte ich berücksichtigen müssen.

„Öhm ... ich denke, bei dir wird es nicht so lange anhalten." Er zuckte hilflos mit den Schultern. „Das hoffe ich zumindest. Bedauerlicherweise wurdest du fast getötet." *Das würde er sich* nie *verzeihen!* „Da ist es nicht ungewöhnlich, dass dein Körper eine Weile mit massiver Furcht reagiert."

Sie runzelte die Stirn. „Meinst du, ich habe sowas wie eine – ähm ... wie heißt das noch mal? Eine posttraumatische Belastungsstörung?"

„Ähm ..." Diesen Begriff hatte Thorxarr nie gehört. *Vermutlich meint sie das »Du-willst-nicht-zwei-mal-draufgehen-Grauen«.*

Dieses Grauen konnte selbst den mutigsten Krieger erwischen, wenn er nach drastischen Ereignissen nicht angemessen behandelt wurde. *Pah! Die humanoiden Mediziner haben keine Ahnung! Ich wollte in Schneewittchens Krankenzimmer eine unserer Kräuterfackeln verbrennen. Ich hatte mir extra ein Miniexemplar besorgt, aber die Kittelfuzzis wussten es ja besser – zauberhaft! Und jetzt haben wir den Blattsalat.*

Trotzdem glaubte Thorxarr nicht, dass das Grauen sein Mädchen in vollem Umfang befallen hatte. Dann wäre sie nicht ansprechbar gewesen und hätte viel länger gebraucht, um die Furcht abzuschütteln. Zumindest wäre das bei roten Himmelsechsen so.

„Ich habe keine Ahnung", räumte er ein. „Ist die Bezeichnung wichtig?"

Schneewittchen schüttelte den Kopf.

„Du hast Angst." Er lächelte mitfühlend. „Blöderweise hilft es nicht, vor seinen Ängsten wegzulaufen – man muss sich ihnen stellen."

Das behauptete zumindest Ausbilder Maxxorr. Doch waren die Ausbildungsmaxime der roten Drachen für so ein zartes Menschlein passend?

Bei der Sphäre – ich kenne mich in diesen Dingen viel zu schlecht aus. Lunara muss sich das Mädchen unbedingt ansehen. Vielleicht kann die Grüne etwas für meine Kleine tun.

„Gut." Schneewittchen holte tief Luft. „Ich ... werde versuchen, mich

dem zu stellen." Sie grinste schief. „Aber allein … also, wärst du nicht gewesen, wäre ich in meine Bude geflüchtet und nicht wieder herausgekommen."

„Ich bin bei dir", brummte Thorxarr und zückte einhändig sein Smartphone. „Und ich probiere, den Termin mit meinen Leuten auf morgen umzulegen. Das ist vermutlich besser, oder was meinst du?"

„Das wäre großartig, danke!"

Schneewittchen kuschelte sich an ihn. *Ach, ich wünschte, mein Donnergott würde ewig bei mir bleiben!*

Genau das wünschte sich der Donnergott auch.

***

Am nächsten Tag verabschiedete sich Thor an der Tür zum Hörsaal von Hiltja. „Ich treffe mich nur kurz mit meinen Leuten. In spätestens zwei Stunden bin ich wieder auf dem Unigelände." Er zwinkerte. „Ich kenne deinen Stundenplan und die Räume finde ich mittlerweile auch. Wenn du also in Kürze einen gutaussehenden Soldaten hier herumlungern siehst", er deutete mit dem linken Daumen auf seine stolzgeschwellte Brust, „dann bin ich das."

„Danke." Hiltja bemühte sich um ein Lächeln, doch es war gequält. Ohne seinen Begleitschutz fühlte sie sich ausgeliefert. *Ich muss mich zusammenreißen! Mein Donnergott hat schließlich ein eigenes Leben. Es ist so schon irre, wie viel Zeit er für mich opfert.*

Sie machte ihren Rücken gerade. „Bitte richte deinen Freunden liebe Grüße von mir aus. Ich … ich weiß gar nicht, wie ich ihnen danken soll für das, was sie alles für mich tun!"

„Ach", winkte Thor ab, „Alex macht das aus purem Eigeninteresse. Der Pokerabend war ein Fest für ihn! Und Oxa und Luna – nun ja, die beiden haben ebenfalls ihren Spaß. Du musst kein schlechtes Gewissen haben."

„Bedanken möchte ich mich trotzdem." Hiltja tippte sich an die Stirn. „Hast du eine Idee, wie ich mich erkenntlich zeigen könnte? Ich habe

Unter Beschuss

zwar nicht viel Geld, aber … hmm … vielleicht könnte ich was für sie backen."

Thor leckte sich die Lippen. „Backen hört sich wundervoll an! Der Apfelkuchen, den du vorgestern gefertigt hast, war ein Gaumenschmaus!" Er küsste begeistert seine Fingerspitzen.

„Ja, das habe ich gemerkt!" Hiltja lachte. „Ich habe von dem ganzen Blech bloß zwei kleine Stückchen abgekriegt. Der Rest muss irgendwie verdunstet sein."

Ihr asiatischer Baumschrankgott schmunzelte. „Och, der war einfach zu köstlich; besonders mit der warmen Vanillesauce."

„Also backe ich etwas für deine Freunde", entschied sie.

„Eine hervorragende Idee!" Er strahlte.

„He!", schimpfte sie. „Die anderen sollen auch etwas abbekommen. Nicht dass du auf dem Weg alles wegfutterst!"

„Oha!" Thor grinste schelmisch. „Da werde ich mich zusammen-reißen müssen. Ob ich das schaffe?"

„Wehe nicht!" Hiltja hob mahnend ihren rechten Zeigefinger. „Ich habe Alex' Nummer. Da kann ich nachfragen, ob bei ihm was angekommen ist."

Bei der Erwähnung seines Freundes huschte ein Schatten über Thors Gesicht. „Verdammt, dann werde ich mich wirklich beherrschen müssen. So ein Schiet!"

Im nächsten Moment wurde seine Miene weich. „So, jetzt muss ich leider los. Oxa hasst Unpünktlichkeit bei anderen. Dass ich gestern so kurzfristig abgesagt habe, fand sie gar nicht lustig."

Er überreichte ihr den Rucksack und lächelte. „Bis später, Schneewittchen!"

„Ja, bis später!" Hiltja winkte ihm zum Abschied hinterher. Mit jedem Schritt, den er sich von ihr entfernte, fühlte sie sich einsamer. Es war, als hätte sie bis eben unter einer kuschelig warmen Decke gelegen und nun hatte ihr die jemand weggenommen.

Fröstelnd schulterte sie ihre Tasche und betrat den Hörsaal. Unbewusst suchten ihre Augen nach Paula und fanden sie sofort.

Seitdem sie sich »verkracht« hatten, saß ihre beste Freundin stets ganz vorn und Hiltja hinten.

„Wenn du sie schützen möchtest, muss der Streit echt wirken", hatte diese komische Oxa über Thor erklären lassen und den jungen Frauen von jeglichem Kontakt abgeraten. „Piets Netzwerk ist bemerkenswert leistungsstark – dagegen hilft nur eines: Sendepause auf allen Kanälen."

Die Blicke der beiden jungen Frauen trafen sich für eine Sekunde, doch Paula wandte sich sofort wieder ab.

Hiltja wurde das Herz schwer. Ihre Freundin sah genauso traurig aus, wie sie sich fühlte. *Und das alles wegen Piet!*

Hilfloser Zorn wallte in ihr auf. Sie vermisste Paula.

Aber Angst schlägt Sehnsucht.

Hiltja schluckte. Der Speichel in ihrem Mund schmeckte bitter. Nie wieder durfte sie zulassen, dass ein Mensch dermaßen viel Macht über sie erlangte.

„Und was ist mit Thor?", würde Paula sie jetzt garantiert fragen, wenn sie es dürfte. „Ihr klebt förmlich aneinander! Seid ihr zusammengewachsen, oder was? Was hat der Kerl davon?"

Hiltja lächelte, klappte in der obersten Reihe am Gang die erste der Holzsitzflächen herunter und ließ sich draufplumpsen.

Vermutlich würde ihre Freundin sich drastischer ausdrücken. In etwa so: „Was stimmt nicht mit Thor? Er trägt dich auf Händen, aber macht keinerlei Annäherungsversuche. Entweder hat der Typ einen an der Klatsche oder er hat Pläne mit dir. Beides ist Bockmist!"

Ja, das käme hin. Hiltja seufzte. *Oh Mann! Ich brauche so dringend ein langes Drei-Tee-Kannen-Gespräch mit Paula in unserer WG-Küche.*

Denn die Sache mit Thor war wirklich merkwürdig. Sie kannte den Soldaten seit vier Wochen. Vor 16 Tagen war er mir nichts, dir nichts bei ihr eingezogen und schenkte ihr jede Minute seiner Zeit. Darüber hinaus setzte er gemeinsam mit seinen Freunden alles daran, Hiltja aus Poker-Piets Klauen zu befreien.

Und weder er noch seine Freunde verlangen eine Gegenleistung

dafür.

„Wo ist der Haken, Mädel?", würde Paula jetzt sagen und dabei ihre Stirn krausen, so wie sie es immer tat, wenn ihr etwas gegen den Strich ging.

Ja, wo ist der Haken?, fragte sich Hiltja. *Das ist echt nicht normal!*

Sie vermutete, dass Thor sie attraktiv fand – zumindest fühlten sich seine Blicke so an. Und manchmal bildete sie sich ein, dass er eifersüchtig war, so wie letzte Woche, als Alex ihr die GeWeÜGes angepasst hatte.

Falls ich recht habe, warum bleibt er dann so ... anständig? Ich meine, wir sind zwei erwachsene Menschen! Da ist es doch die normalste Sache der Welt, wenn er versuchen würde, mich in die Kiste zu kriegen. ... Oder findet er mich nicht hübsch genug? Hmm ... Ist er verklemmt?

Das war unwahrscheinlich. Thor war Soldat. Hatten die nicht alle Poster von nackten Frauen in ihren Spinden kleben?

Was für ein Klischee!

Sie grinste. Ihre Mutter schien das auf alle Fälle zu denken. Claudia hatte seit ihrer Entlassung jeden zweiten Tag bei ihr angerufen und sich nach dem Befinden ihrer Tochter erkundigt. Das tat sie sonst nie!

Sie hat Thor und mich sogar zum Advents-Kaffeetrinken nach Hause eingeladen. Ha! Wetten, dass sie ihm auf den Zahn fühlen will?

Vorsichtshalber hatte Hiltja ihrem Donnergott nichts davon erzählt. Sie hatte keine Ahnung, wie er darauf reagieren würde. Von seiner eigenen Familie hatte er bislang nicht eine Silbe erzählt. Ob er überhaupt eine hatte?

Kann es sein, dass ich ihn richtig verstanden habe und er auf dem Stützpunkt aufgewachsen ist? Ein Kind unter Soldaten?

Bei dem Thema wich er immer aus.

Hiltja rutschte unbehaglich auf ihrem Platz herum. Eine Gänsehaut stellte die feinen Härchen in ihrem Nacken auf.

Ob das der Haken an meinem Donnergott ist? Seine Vergangenhei...

Wusch!

Madame Vouh rauschte heran und brachte ihren Weltuntergang mit. Unbarmherzig beschoss die alte Zigeunerin Hiltja mit Fangzähnen, Krallen, Spießen und Tentakeln. Dämonische Vernichtung Deluxe! Die durchscheinenden Bilder waren dermaßen gewalttätig und drängend, dass Hiltja nach Luft japste. Doch Madame Vouh ließ nicht locker. Im Zeitraffer ließ sie die junge Frau von den Monstern jagen und auffressen. Phönix, Karfunkel und das helle Licht kämpften heute auf verlorenem Posten. Sie waren am falschen Ort und konnten dort nichts ausrichten.

O Gott! Die Dämonen werden uns verschlingen!, da war Hiltja sich sicher.

Als die Zigeunerin endlich von ihr abließ, formten sich fremdländische Worte in ihrem Geist und brannten sich dort ein.

Hiltja kannte diese Sprache nicht, trotzdem konnte sie sie mühelos ins Lateinische übersetzen.

Warum Latein?, dachte sie verwirrt. *Deutsch ist doch meine Muttersprache!*

Auch diese Übersetzung stellte kein Problem dar. Sie lautete: „Wenn das unfassbare Dunkel nach uns greift, wird das Licht der Verbindung beziehungsweise der Versammlung heller strahlen und uns den Weg aus der Finsternis weisen."

Dabei war Hiltja sicher, dass mit Verbindung und Versammlung nur eines gemeint sein konnte: Phönix, Karfunkel und das Licht!

Eine Gänsehaut kroch ihren Rücken hinauf. Die Vision war so brutal gewesen wie nie zuvor. Hiltja fühlte sich benutzt, ja, beinahe vergewaltigt. Dennoch spürte sie, wie wichtig die Bilder waren.

Ja, ja, schon klar! Die drei müssen am richtigen Ort sein. Nur, wo zur Hölle ist der richtige Ort? Und wer um Himmels willen sind diese Drei?!

Madame Vouh schwieg und ließ in Hiltjas Bauch lediglich das sengende Bedürfnis zurück, sich zum Waldsee zu begeben. Dort sollte sie sich an das baumumstandene Ufer setzen und ihre Vision mit der sanft schillernden Wasseroberfläche teilen.

Na toll! Mehr hast du mir nicht zu sagen?!

Hiltja schnaufte genervt. Den See hatte sie in den letzten Tagen ganz vergessen.

„Hey", wisperte der Student neben ihr. „Geht es dir gut?"

Verwundert bemerkte Hiltja, dass sie in den letzten Minuten einen Tischnachbarn bekommen hatte. Obendrein war die Professorin im Saal und hatte mit der Vorlesung begonnen.

„Äh … ja", flüsterte sie zurück. „Alles prima."

Nichts ist prima! Ich muss diesen bekloppten See finden. Und das am besten gestern!

„Du bist kreidebleich", meinte ihr Kommilitone besorgt. „Ich dachte schon, du kippst gleich ohnmächtig vom Sitz."

„Nein, nein, es ist alles in Ordnung", log Hiltja. „Ich … habe wohl nur was Falsches gefrühstückt." Sie zuckte mit den Schultern. Erst da wurde ihr bewusst, dass sie noch aufrecht saß. *Wow! Madame Vouh hat mich heute ja gar nicht ausgeknockt.*

„Na denn …" Der junge Mann lächelte freundlich. „Wenn was ist, sag Bescheid."

„Mach ich. Dank…"

„Wenn Sie dort oben auf den billigen Plätzen Zeit für ein Schwätzchen haben", wandte sich die Professorin mit erhobener Stimme direkt an Hiltja und den Studenten neben ihr, „sind Sie nicht ausgelastet."

Die Frau lächelte höchst freundlich. „Entsprechend nehme ich an, dass Sie die Übersetzung ins Deutsche", sie deutete mit ihrem Laserpointer auf die Projektionsfläche an der Wand, „locker flockig hinbekommen."

Beschämt starrte Hiltja auf den Text.

Die Passage war von Seneca. Sie kannte sie nicht, aber das war kein Wunder. In den letzten Wochen war sie nicht wirklich auf der Höhe gewesen. Zum Glück formten sich die deutschen Worte wie von selbst in ihrem Kopf.

„Äh, ja", stammelte Hiltja und trug leicht stockend vor: „Während

man das Leben aufschiebt, eilt es vorüber. Alle Dinge, Lucilius, sind fremdes Eigentum, nur die Zeit gehört ganz uns; in den Besitz dieser einzigen flüchtigen und schlüpfrigen Sache hat uns die Natur geworfen, aus welchem herauswirft, wer immer auch will. Und so groß ist die Dummheit der Sterblichen, dass sie erdulden, dass die Dinge ihnen in Rechnung gestellt werden, welche am geringsten und wertlosesten sind, sicher ersetzbar, wenn sie erlangt wurden, niemand aber glaubt, dass er irgendetwas schuldet, der Zeit empfangen hat, wenn unterdessen dies das eine ist, was nicht einmal der Dankbare zurückgeben kann."

Nach dem ersten Absatz hielt sie inne und schaute ihre Professorin an.

„Soll ich den Rest auch noch vorlesen?"

„Vorlesen?" Die Miene der Frau war steinern. „Sie sollten *übersetzen* und nicht in irgendwelchen Foren im Internet *nachschlagen!*"

„Das habe ich ja gemacht." Hiltja blickte hilflos auf ihren leeren Tisch. Sie hatte noch gar nichts aus ihrem Rucksack herausgeholt – nicht einmal ihr Smartphone.

Der Student neben ihr klappte demonstrativ sein Notebook zu und hob seine Hände um zu zeigen, dass er mit dem Vortrag seiner Kommilitonin nichts zu tun hatte.

„Gut, dann weiter!", befahl die Professorin.

Hiltja übersetzte auch noch die nächsten Absätze und war selbst überrascht, wie leicht es ihr fiel. Ob das an den vielen Gesprächen lag, die sie in den vergangenen Wochen mit Thor auf Latein geführt hatte?

Die Sprache war ihr schon immer leichtgefallen, doch nun war es, als wäre sie mit ihr großgeworden. Sie wusste haargenau, was die Worte im jeweiligen Zusammenhang bedeuteten.

„Danke, das genügt", unterbrach die Professorin schließlich. Die Frau wirkte schockiert oder verärgert – Hiltja konnte das nicht genau sagen.

„War ihnen der Text bekannt?"

Hiltja schüttelte den Kopf.

Spätestens ab diesem Moment starrten sie alle im Hörsaal an.

Na super!, seufzte Hiltja innerlich. *Jetzt habe ich ihn wieder, den Freakstempel! Und dafür habe ich nicht mal Madame Vouh gebraucht.*

***

Für den Rest der Vorlesung brütete Hiltja vor sich hin. Nachdem sie den Schock, unerwartet aufgerufen worden zu sein, verdaut hatte, wurde ihr nämlich bewusst, dass Madame Vouh sich ihr kein einziges Mal gezeigt hatte, seitdem Thor bei ihr eingezogen war.

Das ist merkwürdig. Ich kann mich nicht erinnern, dass sie in meinem Leben schon mal so lange am Stück still gewesen ist. Klar, mit ihrem Weltuntergang hat sie mich früher wochen- oder gar monatelang verschont, aber der Rest? Irgendwelche Alltagsvisionen hatte ich jeden fünften Tag oder öfter.

Wie zur Bestätigung pirschte sich die alte Zigeunerin von hinten heran. Hiltjas Nackenhaare stellten sich auf.

Verdammt, nun wird es wieder gruselig!

Als wolle Madame Vouh sicherstellen, dass er nicht in Vergessenheit geriet, präsentierte sie den Weltuntergang ein zweites Mal. Diesmal nicht ganz so hektisch und dafür in voller, epischer Breite, mit Todesangst, zu vielen dämonischen Monstern und einem verzweifelt kämpfenden Phönix.

Die Bilder waren zwar energisch und voller Nachdruck, aber dabei durchscheinend. Und wieder blieb Hiltja bei Bewusstsein.

Verrückt! Es fühlt sich fast an, als könnte ich den Verlauf beeinflussen ...

Es blieb sogar noch Raum für andere Gedanken. Warum hatte sie Madame Vouh eigentlich nicht am Freitag gerufen, als sie pokern war? Stattdessen hatte sie auf Alex und seine Technik gesetzt.

An die alte Zigeunerin habe ich gar nicht gedacht.

Die Weltuntergangsvision endete bei diesem Durchlauf mit dem Sieg von Phönix, Karfunkel und dem Licht. Erneut hallten die fremdländischen Worte in Hiltjas Kopf wider und dann ertrank sie in der Sehnsucht nach dem Waldsee.

Oh Mann! Ich muss endlich an diesem Ufer sitzen.

Am liebsten wäre sie aufgesprungen. Doch das brachte nichts. Sie

hatte bereits mit Paula alle Parks in der Umgebung abgeklappert. Außerdem wollte sie die Uni auf keinen Fall ohne Thor verlassen.

Unbehagen breitete sich in ihr aus.

Ob es Madame Vouh nicht passt, dass Thor bei mir eingezogen ist?

Das war Blödsinn. Aber trotzdem wurde Hiltja das Gefühl nicht los, dass die Zigeunerin wegen ihres Donnergotts eingeschnappt war.

Unerwartet laut meldete sich die warnende Stimme zurück und behauptete, dass es besser sei, von Thor Abstand zu halten.

Natürlich. Thor ist Soldat einer Spezialeinheit; ich habe ihn zufällig im Stadion kennengelernt und weiß wenig von ihm. Jetzt wohnt er bei mir.

Wenn sie sich die Fakten aufzählte, war das schon irgendwie skurril. Hätte Paula so einen Typen angeschleppt, hätte sie ihrer Freundin definitiv ins Gewissen geredet.

Aber bei ihm fühle ich mich sicher wie bei keinem!

Vielleicht lag es ja daran, dass Madame Vouh sie mit dem Weltuntergang verschonte, wenn er bei Hiltja war. Mit Thor an der Seite konnte ihr nichts passieren.

Ob ich ihm von meinen Visionen erzählen sollte?

Nein! Alles in ihr war klar dagegen.

Ist wohl besser so. Nicht dass er mich auch für einen Freak hält wie meine Kommilitonen ...

Dann konnte sie ihre Hoffnung auf Annäherungsversuche vom Donnergott begraben.

So, nun sollte ich aber langsam mal aufpassen! Ansonsten kann ich mein Studium vergessen.

Gerade als sie sich endlich wieder dem Vorlesungsgeschehen zuwenden wollte, spendierte Madame Vouh neue Bilder, die sich halbdurchsichtig über den Hörsaal legten:

Eine Studentin mit langen roten Haaren stand auf und quetschte sich an den anderen in ihrer Sitzreihe vorbei zum Gang. Dort stieg sie die Treppe hinauf in Hiltjas Richtung, wobei sie ärgerlich auf ihrem Smartphone herumtippte.

Plötzlich verdoppelten sich die Bilder. Es war, als würden zwei Projektoren einen Film auf dieselbe Kinoleinwand werfen.

In Film Nummer eins beugte sich der Kerl fünf Reihen vor Hiltja zu seinem Rucksack herab und holte ein Päckchen Taschentücher heraus. Danach sackte die Tasche in sich zusammen und lag halb auf der Treppe.

Film zwei zeigte denselben Studenten, nur dass er von seinem Nachbarn ein Taschentuch gereicht bekam und der Rucksack ordentlich am Rand stehen blieb.

In beiden Varianten erreichte die rothaarige Studentin die entsprechende Stufe, ohne vom Handy aufzusehen. Bei Film zwei schlurfte sie mit zorniger Miene an der Tasche vorbei, während sich bei Nummer eins ihr rechter Fuß am Rucksack verfing und das Mädel stürzte. Da sie ihr Telefon regelrecht umklammerte, konnte sie sich nicht mit den Händen abfangen und so traf ihre Stirn auf die Kante einer Stufe. Als sie sich aufrappelte, klaffte an ihrem Kopf eine heftig blutende Platzwunde.

In Film zwei hingegen verließ die Rothaarige unverletzt und leise fluchend den Hörsaal.

Oha! Was ist das?

Die Vision verblasste.

Wow!

Solche Doppelbilder hatte Madame Vouh ihr noch nie gezeigt.

Zeit zum Wundern blieb Hiltja jedoch nicht, denn jetzt kam Bewegung in eine der unteren Reihen. Eine Studentin mit langen roten Haaren drängelte sich aus ihrer Reihe.

Oh!

Das Mädel zückte ihr Smartphone und begann zu tippen. Im selben Moment nieste der Typ fünf Reihen vor Hiltja, tastete nach seinem Rucksack und angelte sich die Taschentücher heraus.

Oje!

Gebannt beobachtete Hiltja, wie die Tasche zusammensackte und nun halb auf der Stufe lag.

Wird Rotschopf das Hindernis sehen?

Tatsächlich wusste Hiltja nie, in welcher Form ihre Visionen eintrafen. Sobald sich ein winziges Detail änderte, konnte es ganz anders kommen.

Sie müsste nur einmal aufschauen!

Doch die Kommilitonin stierte stur auf ihr Telefon.

Noch sechs Stufen.

Das Mädchen verzog seinen Mund und ließ die Finger verbissen über das Display fliegen.

Fünf Stufen.

Der niesende Typ entfaltete ein Taschentuch. Seinen Rucksack hatte er offenbar vergessen.

Vier Stufen.

Das Mädel schnaubte verächtlich und ignorierte weiter konsequent ihre Umgebung.

Noch Drei.

Der Typ schnäuzte sich lautstark.

Zwei.

Der rechte Fuß vom Rotschopf befand sich in einer Flucht mit dem Rucksack.

Hilfe! Gleich wird sie hängenbleiben. Dann können wir direkt den Krankenwagen rufen!

Niemand außer Hiltja hatte bemerkt, was sich hier anbahnte. Alle im Raum waren mit Seneca beschäftigt.

Ich muss was tun!

„He! Pass auf!", rief Hiltja.

Die Rothaarige zuckte zusammen und endlich blickte sie hoch.

Vorn an der Tafel verstummte die Professorin. Genervt furchte die Frau die Stirn und sah sich nach dem Störenfried um.

„Sie …", setzte Hiltja zu einer Erklärung an und deutete auf den umgefallenen Rucksack, den der Typ nun hektisch an den Rand räumte. „Ähm … meine Kommilitonin wäre beinahe gestürzt."

Dessen war Hiltja sich zu einhundert Prozent sicher.

Anstatt sich zu bedanken, rollte das Mädel bloß mit den Augen und stieg die Treppe weiter hinauf, als wäre nichts gewesen.

„Soso. Was Sie nicht sagen!", erwiderte die Professorin. Es klang allerdings eher nach: »Stören Sie gefälligst nicht noch einmal meine Vorlesung!«

Na toll!

Hiltja ließ sich tiefer in ihren Sitz rutschen. Das war also der Dank.

Bah! Eine blutüberströmte Studentin mit Kopfwunde hätte viel mehr gestört.

Blöderweise begriff niemand im Raum, was sie soeben verhindert hatte.

Glanz, Gloria und nochmal von vorn

Thorxarr traf sich mit seinen Freunden an ihrem Lieblingsplatz, auf der felsigen Anhöhe im Regenwald von Papua-Neuguinea. Es war später Nachmittag und der tägliche Regenguss prasselte auf die Drachen nieder.

Ahhh, herrlich! Endlich wieder in meiner wahren Gestalt!

Nie zuvor hatte Thorxarr 16 Tage am Stück als Mensch gelebt und erst recht nicht in einer winzigen Wohnung. Es war beängstigend, wie sehr er sich an seine humanoide Erscheinung gewöhnt hatte.

Trotzdem ist es so viel besser!

Der Krieger spreizte seine Schwingen ab und genoss es, den Schauer auf seinen Schuppen und den Flughäuten zu spüren. Dicke Tropfen liefen über seine Hornplatten und wuschen den Staub von seinem Körper. Danach fühlte er sich stets wie frisch geschlüpft.

Schon merkwürdig – in Menschengestalt werde ich nicht halb so gern nass.

An seiner linken Seite plusterte sich Oxana auf. Ein Sonnenstrahl brach durch die Wolken und ließ die Wassertropfen mit den Edelsteinen auf ihren goldenen Schuppen um die Wette funkeln.

„Wie schön, dass wir nun endlich alle versammelt sind", sendete Oxana, *„insbesondere nachdem einer von uns gestern äußerst kurzfristig abgesagt hat!"*

Sie warf Thorxarr einen strafenden Blick zu, doch den ließ er abperlen wie den Regen an seinen Schuppen.

Zu seiner Rechten legte Alexan den Kopf schief. *„Uiuiui! Das hört sich nach Ergebnissen an, Oxa! Was hast du rausgefunden? Kannst du Piet an die Wand nageln? Kommt er vor ein Gericht? Wird er weggesperrt und seine Organisation zerschlagen?"*

Frage für Frage feuerte der kleine Weiße auf die Goldene ab, wobei er ungeduldig auf der Stelle trippelte.

Lunara schmunzelte. *„Wenn du Oxa sprechen lässt, wird sie uns bestimmt alles erzählen."*

Eifrig nickte Alexan und seine elfenbeinfarbene Schwanzspitze ringelte sich aufgeregt in die Höhe.

„Also", hob die Goldene an, gönnte sich eine Kunstpause und beugte ihr Haupt so weit herab, bis ihr Hals anmutig geschwungen war. *„Ich habe Piet observiert. Die Liste seiner Verbrechen ist in Anbetracht seines erst wenige Dekaden andauernden Lebens erstaunlich lang. Bereits nach einem Tag hatte ich genügend Abscheulichkeiten zusammen, um ihn vor einem menschlichen Tribunal anklagen zu lassen. Ich ..."*

„Was?", fauchte Thorxarr. *„Warum kommst du erst jetzt damit?! Schneewittchen leidet unter der Situation."*

Er schüttelte verärgert seine Halskrause. *„Wir hätten uns das Pokerspiel schenken können!"*

„Hätten wir nicht", erwiderte Oxana. *„Wir wollen es doch richtig machen, oder?"*

Sie schaute gönnerhaft in die Runde. *„Es genügt nicht zu wissen, welche Untaten Schlangenzunge begangen hat – nein, wir brauchen*

ebenfalls Kenntnis darüber, welche Taten von den Menschen als Verbrechen geahndet werden und welche nicht. Aus diesem Grund habe ich mich dazu herabgelassen, das Recht der Menschen zu studieren."

„Oooh!" Alexan bekam große Augen. *„Und?"*

Oxana krauste die Stirn. *„Tja, was soll ich sagen. Deren Juristerei ist ... überraschend komplex. Vor allem wenn man die kurze Lebensspanne dieser Kreaturen berücksichtigt. Stellt euch vor: Jedes Land hat sein eigenes Rechtssystem. Untereinander gibt es große Unterschiede, sowohl was die Definition von Vergehen als auch das Strafmaß angeht. Ich sah mich tatsächlich gezwungen, mich auf das deutsche Recht zu beschränken."*

„Ach, das wundert mich nicht", meinte Alexan. *„Nur nebenbei: die Regelstudienzeit für Jura liegt bei acht bis zehn Semestern. Tatsächlich sind es aber eher zehn bis zwölf. Ich wollte ..."*

„Wie auch immer", unterbrach ihn die Goldene. *„Für den Bereich, der Schlangenzunges Machenschaften abdeckt, haben mir vier Tage gereicht."*

„Oh!" Lunara lächelte erfreut. *„Dann haben die leistungssteigernden Kräuter geholfen, die ich dir besorgt habe?"*

„Sie waren ... ganz nett. Doch ich hätte sie natürlich nicht benötigt. Trotzdem danke." Oxana nickte der Grünen höflich zu.

Ja, klar!, dachte Thorxarr ironisch. *Bloß immer schön den Schein wahren. Sonst kann man nur halb so gut angeben, was?*

„Bei Schlangenzunge kann man ganz klar von Vorsatz sprechen", führte die Goldene aus. *„Der Hautsack ist sich bewusst, dass das, was er tut, verboten ist. Die Gesetze sind ihm gleichgültig! Er achtet allerdings haargenau darauf, dass ihm nichts nachgewiesen werden kann."*

„Was du nach deiner Observation aber kannst, oder?", kürzte Thorxarr das Geschwafel ab. Sie sollte zum Punkt kommen, damit sein Mädchen endlich frei war. *Vielleicht wird Schneewittchen das entspannen. Ob sie sich dann auf mich einlässt?*

Das war lächerlich, denn er war ein roter Drache – in ihren Augen ein

Albtraummonster.

Er hoffte es trotzdem.

„Selbstverständlich!", erwiderte Oxana und schaute pikiert zum Krieger auf. *„Ich habe in Piets Gedanken gesehen. Die Verbrechen sind mannigfaltig und reichen von Betrug über Wirtschaftskriminalität bis hin zu Drogen- und Menschenhandel."* Sie schüttelte ihr Haupt, sodass zahllose Tropfen funkelnd von ihrer Halskrause spritzten. *„Das müsst ihr euch mal vorstellen: Diese Humanoiden HANDELN mit ihren Artgenossen. Also nicht als Geschäftspartner, sondern als Ware! Sie berauben sie ihrer Freiheit, unterdrücken diese Individuen und nötigen sie zu Dingen, die diese verabscheuen. Ich ... das ist krank!"*

Lunara murmelte mit leichtem Spott in der Gedankenstimme: *„Stimmt. Ähnlich wie die Tatsache, dass wir Grünen von euch Goldenen ebenfalls ein paar Jahrhunderte lang an der Schnauze herumgeführt wurden."*

„Das ... ähm", ruderte Oxana zurück, *„war etwas anderes. Ich war selbst schockiert, als ich die Wahrheit über Königin Jalina und den Großen Rat erfuhr! Wie dem auch sei ... ich kann die von Schlangenzunge angeordneten Körperverletzungen und Morde getrost außer Acht lassen. Dieser Hautsack ist ein Schwerverbrecher. Nicht nur wegen Schneewittchen hat er es verdient, eingesperrt zu werden. Er und seine Organisation sind eine Plage für die Menschheit. Deswegen habe ich mir die Zeit genommen"*, sie lächelte selbstgefällig, *„die Schlüsselpersonen zu analysieren. Wenn sie aus dem Verkehr gezogen werden, wird Piets Imperium in sich zusammenstürzen. Dann ist Schneewittchen frei."*

„Schön", brummte Thorxarr. So viele Worte für *einen* wichtigen Satz! *„Wann legen wir los?"*

„Von mir aus sofort." Oxana schaute arrogant zu ihm auf. *„Ich habe meine Arbeit getan. Ich hatte bereits* gestern *genügend belastende Gedanken bei allen Verbrechern gesammelt."*

„Ähh ... Gedanken?", echote Alexan.

„Natürlich Gedanken!" Die Goldene rollte mit den Augen. *„Ich habe*

den Widerlingen tagelang in ihre kranken Köpfe gesehen."

„Ja, prima." Der Weiße lächelte. *„Das ist echt super, aber wir brauchen Beweise."*

Oxana tippte sich mit ihrem Schwingendorn würdevoll an die Schläfe. *„Alles hier drin, Alex!"*

Stille.

Erst jetzt wurde Thorxarr bewusst, dass der Regen aufgehört hatte. Die Wolken über dem Regenwald lichteten sich vollends und machten der Sonne Platz, die dafür sorgte, dass die Feuchtigkeit dampfend über den Baumwipfeln aufstieg.

„Ja, ich weiß", bestätigte der Weiße und wiederholte unverzagt: *„Wir brauchen Beweise."*

„Die werde ich liefern", erklärte Oxana von oben herab. *„Dafür wende ich mich an die Hamburger Exekutive, die Polizei, und setze deren Beamte über die Verbrechen von Schlangenzunge in Kenntnis. Die Polizisten werden daraufhin die Judikative – also den Staatsanwalt – informieren, die wiederum Klage vor einem Gericht einreichen wird. Keine Sorge, Alex, ich habe mich ganz genau über das Prozedere informiert!"*

„Das ist gut." Alexan seufzte erleichtert. *„Dann weißt du ja auch, dass du Beweise benötigst, die vor Gericht standhalten."*

„Ja", sagte Oxana, doch ihre würdevolle Miene bröckelte.

„Super. Ich hatte schon befürchtet, dir wäre entfallen, dass du weder der Hamburger Polizei mit Gedankenbildern kommen kannst, noch dass diese vor einem Gericht Bestand haben würden."

„Ja ...", sendete die Goldene abermals, doch plötzlich weiteten sich ihre Augen. *„Dämonendreck!"*

„Was?!", knurrte Thorxarr.

„Ähm. Nichts." Oxana lächelte alarmierend zuversichtlich.

„WAS?!" Die Halskrause des Kriegers stellte sich von selbst auf. *„Was ist los, Oxa?!"*

„Ich ... öhm ... ich brauche vielleicht noch ein, zwei Tage länger." Sie hüstelte dünn. *„Ich ... dass das mit den Gedankenbildern bei den*

Humanoiden nicht funktioniert, also ... das ist mir so durchgerutscht." Schweigen.

Thorxarr war sprachlos, doch aus seiner Brust drang ein tiefes Grollen und aus seinen Nüstern kräuselten sich dünne Rauchfäden.

„Du hast mir bei den Nebenwirkungen nicht richtig zugehört", beschwerte sich Lunara. *„Hast du die leistungssteigernden Kräuter etwa überdosiert?"*

„Ich musste wachbleiben", rechtfertigte sich Oxana. *„Wisst ihr eigentlich, wie viele Seiten von diesen schnarchlangweiligen Gesetzestexten ich in den vergangenen Tagen gewälzt habe?"*

„Du hast *zu viel genommen!"* Die Grüne schnaubte. *„Dass das zu einer übersteigerten Fokussierung führt, hast du ignoriert?"*

„Könnte sein." Oxana schluckte kleinlaut.

„Was bedeutet das?", verlangte Thorxarr zu wissen.

„Oxa hatte tagelang einen Tunnelblick auf die Verbrechen an sich. Darüber hinaus hat sie alles andere vergessen." Lunara schüttelte ihren Kopf. *„Ich wette, du hast nicht mal gegessen, oder?"*

Wie zur Antwort knurrte der Magen der Goldenen.

Niemand sendete.

„Ich denke, wir brauchen einen neuen Ansatz", verkündete Alexan schließlich. *„Ist vielleicht eh nicht das Schlechteste, denn Menschenprozesse vor Gericht können sich über Jahre hinziehen."*

„Jahre?", keuchte Thorxarr. *„Das geht nicht. Das dauert viel zu lange! Schneewittchen muss früher raus aus den Fängen von Schlangenzunge. Ich ... bringe den Mann einfach um."* Er sprang auf.

„He! Nicht so schnell, Thor!" Alexan trat energisch in die Mitte der Runde. *„Oxa! Was genau hast du in deinem Geist gesammelt? Piets Gedanken oder mehr?"*

„Mehr!" Oxana richtete ihr Haupt wieder auf. *„Ich habe auch Gespräche zwischen ihm und seinen Leuten belauscht."*

„Hast du die mitgeschnitten?" Der Weiße legte seinen Kopf schief.

„Mitgeschnitten? Wie meinst du das?"

„Na, mit deinem Smartphone!" Alexan verwandelte sich in einer

wuseligen Bewegung in seine Menschengestalt. Mit der rechten Hand fuhr er sich durch die heute türkisfarbenen Haare und zog mit der linken sein Handy aus der Gesäßtasche seiner Jeans. „Die Geräte haben verschiedene Kameras und ein Mikro an Bord."

Thorxarr entnahm Oxanas Miene, dass diese Information neu für sie war. Doch anstatt dass die Goldene ihre Unkenntnis zugab, meckerte sie: *„Ich saß auf dem Dach von Piets Angeberloft in der Speicherstadt! Wie soll ich da was mitschneiden?"*

Sein Kamerad machte ein langes Gesicht. „Schade. Also weder Film- noch Tonaufnahmen."

„Hmm", grübelte Lunara. *„Ich dachte, du warst sogar persönlich bei Piet. Hast du dich ihm gegenüber nicht als Thors Chefin ausgegeben?"*

„Doch, das habe ich! Von euch wollte da ja niemand rein."

Es war unübersehbar, wie wenig Oxana die Rolle der Versagerin gefiel.

Thorxarr grinste. Zweifellos fuhr sie die Strategie »Angriff ist die beste Verteidigung«, obwohl die normalerweise eher von den Roten praktiziert wurde.

„Stimmt." Lunara hob die Augenwülste. *„Sag mal, Oxa, wie konntest du Schlangenzunge eigentlich von der Echtheit deiner Menschenidentität überzeugen? Hat er dir die Nummer mit der russischen Oligarchin wirklich geglaubt?"*

„Da mache ich einen einzigen Fehler und ihr traut mir nichts mehr zu!", ereiferte sich Oxana und schaute aufgebracht in die Runde. *„Gilt mein Wort gar nichts mehr?"*

Zwei Drachen und eine menschliche Gestalt mit türkisfarbenen Haaren starrten stumm zurück.

Lunara lächelte. *„Nicht böse sein, Oxa, die Kräuter sind tückisch. Wir wollen nur sichergehen."*

„Pah! Wenn ihr es unbedingt genau wissen müsst ..." Die Goldene deutete mit dem rechten Schwingendorn auf Alexan. *„Der Kleine ist nicht der Einzige, der Benan besuchen kann."*

„Du warst bei meinem Freund Benan?!", rief Alexan mit einer

Mischung aus Neugier und Empörung.

„Ja." Oxana grinste. *„Was diese verrückte Weißschuppe betrifft, hast du kein Exklusivrecht, Alex. Benan hat mehr als einen Freund. Mich hat er ebenfalls empfangen."*

„Ohhhh." Der türkisfarbene Schopf geriet in Schräglage. „Was habt ihr besprochen?"

„Dies und das. Vor allem aber haben wir Informationen fingiert." Oxana schüttelte ihre Zerknirschtheit ab. *„Benan hat Fotos von mir als Oligarchin Olga Iwanowa Pawlowa erstellt, sie magisch mit echten Bildern verschmolzen, passende Texte verfasst und dann beides auf dubiose Webseiten in diesem komischen WWW hochgetragen."*

„Hochgeladen", verbesserte Alexan. „Wow! Ihr habt Olgas Identität getürkt!"

Oxana nickte. *„Wir haben sie wasserdicht gemacht."*

„Und dann?"

„Dann haben wir alles wieder gelöscht."

Der Kopf des Weißen legte sich noch schiefer. „Warum das denn?"

„Boa, Alex!", stöhnte Oxana. *„Jetzt sei doch nicht so naiv! Glaubst du wirklich, eine russische Oligarchin mit Kontakten zur Unterwelt möchte im Internet gefunden werden? Glaubst du, sie hat ihren Verbrechersteckbrief auf »Gesichtsbuch« oder wie das heißt?"*

Alexan schüttelte staunend den Kopf.

„Ich auch nicht! Also haben wir die Daten wieder entfernt. Allerdings so schlampig, dass ein Spezialist sie aufspüren kann. Piet wird Olga Iwanowa Pawlowa garantiert überprüfen. Je schwerer die Untergrundinfos zu finden sind, desto glaubwürdiger ist ihre Identität. Benan und ich haben lediglich ein paar unverfängliche Fotos und Artikel stehen lassen."

„Benan und du. Soso …" Der kleine Weiße grinste von einem Ohr zum anderen.

Oxana ignorierte seinen Einwurf und wandte sich Lunara zu. *„Um auf deine Frage zurückzukommen: Ja, Piet glaubt mir zu einhundert Prozent, dass ich ihm Stahl, exquisite Designer-Drogen und*

minderjährige russische Huren beschaffen kann. »Endlich mal was mit Klasse!«, hat Schlangenzunge gesagt. »Die Russinnen sind rassig – nicht so magere, verschreckte Klappergestelle wie die Mädchen, die Mike in letzter Zeit anschleppt.«" Sie lächelte. „*Ich habe zur Sicherheit noch ein paar Gerüchte bei anderen Unterweltbossen gestreut. Zum Beispiel bei Perseus in Berlin und beim blauweißen Bazi in München. Für den Ruhrpott arbeiten Benan und ich noch an den Kontakten.*"

„Benan und du", murmelte Alexan. Verträumt blickte er zu der Goldenen auf. „Toll! Hat er auch dein Smartphone gepimpt?"

„*Nein, wieso?*" Oxana runzelte die Stirn, als hätte er etwas Unanständiges gesagt.

„Naja." Der kleine Weiße strahlte. „Er könnte … öhm … es ja vielleicht so programmieren, dass es automatisch die Gespräche der Umgebung aufzeichnet."

„*Er wollte sich mein Telekommunikationsgerät ansehen, aber seine Gefährtin Naira hat ihm das verboten und behauptet, dass die Wölfe derzeit andere Probleme hätten. Beispielsweise das Aufspüren des jungfräulichen Tores. Der Dämonenangriff vor drei Wochen bei Hagenbeck hat den beiden anscheinend ziemlich zugesetzt, denn danach hat Benan mich rausgeworfen.*"

Sie sah empört in die Runde und Schweigen breitete sich auf der felsigen Anhöhe aus.

„*Wir brauchen Beweise*", knurrte Thorxarr schließlich. „*Um Schlangenzunge zu vernichten. Und das schnell. Gedankenbilder reichen nicht. Wir brauchen …*"

Hilfesuchend schaute er zu seinem weißen Kameraden.

Der stand mit glasigem Blick in seiner Menschengestalt zwischen den Drachen und flüsterte: „Beweise … hmmm … Benan … magische Technik … hmmm … oh!" Abrupt klärte sich sein Blick. „Ohooooo! Heureka! Ja, das ist einen Versuch wert."

„*Was?*" Thorxarr senkte seinen großen Kopf zu Alexan herab, doch der wich dem Roten aus, verwandelte sich in einer wuseligen Bewegung in seine Drachengestalt und drückte sich vom steinigen

Grund ab. Er riss die Nebel auf, kaum dass er seine Schwingen entrollt hatte und – schwubs – schon war er im wattigen Weiß verschwunden.

„Wo will er denn hin?", fragte Lunara und deutete mit einem Nicken auf die Stelle, an der Alex soeben in die Sphäre gesprungen war.

„Keine Ahnung", murrte der Krieger. *„Ich weiß nur, dass wir einen neuen Plan brauchen. Oxa, kannst du Beweise besorgen, die bei den Menschen anerkannt werden?"*

Die Goldene wog nachdenklich ihren Kopf hin und her. *„Könnte sein. Aber ... hmmm. Vielleicht weiß ich was Besseres."*

Sie starrte zwischen den Freunden ein Loch in den Urwald, raschelte anmutig mit ihren Schwingen und nickte. *„Das könnte klappen. Ich werde es überprüfen. Jetzt gleich."*

Im nächsten Moment warf sich die Goldene ebenfalls in die Luft und riss die Weltenhaut zur Nebelsphäre auf. *„Bis demnächst!"*

Weg war sie.

„Sind die irre geworden?", motzte Thorxarr. *„Gibst du nun auch irgendwelches Kauderwelsch von dir und haust ab, Luna? Dann kann ich hier allein vor mich hin grübeln!"*

„Nein, nein." Die Grüne schenkte ihm ein sanftes Lächeln. *„Kopf hoch, Herr Krieger. Wir schaffen das schon, da bin ich sicher."*

„Die Frage ist nur wann! ... Schneewittchen geht es nicht gut. Sie hat Angst."

Es schien dem Krieger fast, als wäre es seine eigene Furcht.

„Aber die Lage ist doch unter Kontrolle?" Lunara reckte ihre Schwingen und das Sonnenlicht ließ ihre Schuppen in den herrlichsten Grüntönen schillern. Allein dieser Anblick beruhigte Thorxarrs aufgewühltes Gemüt.

„Halbwegs", lenkte er ein.

„Ich dachte, der Pokerabend hätte hervorragend geklappt und die Kleine hätte gewonnen", wunderte sich Lunara.

„Das hat sie auch." Thorxarr sträubten sich beim Gedanken an jenen Abend unwillkürlich die Kammschuppen. *„Es gefällt mir trotzdem nicht, wenn sie mit diesen Leuten an einem Tisch sitzen muss. Alex*

hingegen gefällt es viel zu gut. Er ist so begeistert, dass er seine »Studien«, wie er es nennt, weiter fortführt. Ich habe ihn in den letzten Tagen kaum zu Gesicht bekommen. Aber egal.«

Er seufzte und berichtete von der Reaktion seines Mädchens auf das knallende Kleinkraftfahrzeug vom Vortag. *„Ich fürchte, Schneewittchen ist traumatisiert. Kannst du ihr helfen?«*

„Leider nein«, entgegnete Lunara voller Bedauern. *„Wie ich neulich schon sagte: Mit dem Dämpfen von Emotionen habe ich Probleme. Verstärken bekomme ich hin, aber das ist garantiert nichts, was Schneewittchen beruhigen würde. Soll ich vielleicht eine meiner Schwestern zu ihr schicken?«*

Eine Fremde? Schnell schüttelte der Krieger seinen Kopf. Er wollte auf keinen Fall riskieren, dass die Gesellschaft der Himmelsechsen Wind von seinem Mädchen bekam. Was, wenn Lunaras Freundin sich irgendwo verplapperte und die Führung der Drachen so Kenntnis von Schneewittchen erhielt? Was, wenn sie ihm die Kleine wegnahmen? *„Nein danke, lieber nicht, Luna. Kannst du sie dir wenigstens mal ansehen?«*

„Das mache ich gern.« Die Grüne lächelte ihn warmherzig an und sofort verspürte Thorxarr neue Zuversicht.

„Allerdings erst nach meinen Prüfungen Mitte Dezember. Aktuell duldet meine Mentorin keine weiteren Ablenkungen.« Lunara seufzte. *„Der Spähzauber, den ich bei Schneewittchens Eltern installieren durfte, ist eine große Ausnahme, die Minalea mir nur deshalb gewährt hat, weil ich diese Magie ohnehin lernen muss.«* Sie rollte mit den Augen. *„Ich sage dir, Thor, der Zauber ist kompliziert. Ich muss jedes Gedankenmuster einzeln einweben. Du könntest meinen, auf so einen Hof kommen nicht viele Menschen, aber da täuschst du dich! Es gibt zum Beispiel den Milchwagenfahrer, die Postbotin, die Tierärztin, ungefähr zehn Nachbarn mit ihren Frauen, Männer vom Skatclub und die Stricktanten.«*

Thorxarr grinste. *„Klingt vollständig.«*

„Das hatte ich auch gehofft«, grummelt Lunara, *„aber dann fingen*

die Menschen mit ihrem »Urlaub« an! Und prompt kommen wieder neue Leute. " Sie schätzte den Sonnenstand ab. „Gleich wird der Vertretungstierarzt auf den Hof kommen, weil eines der Kälber Durchfall hat und dieser nicht von allein weggeht. Da sollte ich vor Ort sein und die Spähmagie anpassen, ansonsten reißt mich der Alarm wieder aus dem Schlaf!"

Die Grüne stöhnte übertrieben, dann kicherte sie. „Eines ist sicher, Thor, wenn wir Schlangenzunge irgendwann an die Wand gedübelt haben, beherrsche ich diesen Zauber in Perfektion!"

Thorxarr zwinkerte. „Nicht so perfekt wie ich das unauffällige menschliche Verhalten. " Verdrossen schnaubte er: „Ich habe mich 16 Tage am Stück für einen Menschen ausgegeben und springe nun direkt wieder zu Schneewittchen an die Uni, um mir dort anzuhören, wie die Humanoiden Latein lehren. "

Bei der Sphäre, er hatte wirklich gehofft, seiner Kleinen bessere Nachrichten in Bezug auf Piet überbringen zu können. Jetzt hatte er nichts Konkretes in der Klaue und musste sie vertrösten. Wie würde sie darauf reagieren?

Das einzig Gute daran ist, dass ich so einen Grund habe, noch länger bei ihr zu wohnen.

Wenn er es recht bedachte, war das gar nicht so übel.

***

Die Vorlesung war beendet. Hiltja packte ihre Unterlagen in den Rucksack und verließ den Hörsaal.

Wenn Madame Vouh einen Waldsee will, soll sie ihn kriegen. Die olle Zigeunerin lässt mir damit ja eh keine Ruhe.

Während der letzten neunzig Minuten hatte sie ihr sechs Mal den Weltuntergang gezeigt. Und nach jeder Vision – gleichgültig ob der Phönix und seine Crew gegen die Dämonen gewonnen oder verloren hatten – plagte Hiltja die Sehnsucht nach dem vermaledeiten See.

Ob ich schwänzen soll?

Auf die Uni konnte sie sich unter diesen Bedingungen eh nicht konzentrieren.

Aber ohne Thor werde ich das Gebäude nicht verlassen.

Das traute sie sich nach gestern einfach nicht zu.

Vielleicht kommt er ja mit.

Hiltja schaute sich um. Hatte sie Glück? War ihr Donnergott schon wieder zurück?

Sieht nicht danach aus. Schade.

Langsam schlenderte Hiltja zum nächsten Hörsaal und – oh Wunder, oh Wunder – Madame Vouh spendierte ihr die siebte Vorstellung des Weltunterganges.

Kaum hatten die durchscheinenden Dämonen die junge Frau in ihren Klauen und wollten sie verschlingen, begannen die Bilder zu bröckeln und brachen ab.

Verdattert blieb Hiltja mitten im Gang stehen. *Wie jetzt? Dreht Madame Vouh völlig am Ra... äh ... oh ... woran habe ich gerade gedacht?*

Sie hatte keinen Schimmer, aber irgendwas war komisch. Ihre Nackenhaare waren aufgestellt und sie fühlte sich, als hätte sie einen Albtraum gehabt, doch sie konnte sich ums Verrecken nicht mehr daran erinnern, worum es in diesem Traum ging. Bloß, dass er überaus bedrohlich gewesen war.

Werde ich verrückt?

Irgendwas in ihr sagte Hiltja, dass Albträume bei ihr normal waren und sie sich deswegen keine Sorgen zu machen brauchte.

Ich muss mich endlich an diesen See setzen und der grün schillernden Wasseroberfläche alles erzählen.

Alles?

Hiltja horchte in sich hinein. *Was denn »alles«?*

Da war nichts. Nur eine hohle Leere.

Was soll ich bitte auch einem See erzählen?

Finden musste sie ihn trotzdem. Unbedingt.

Und das so schnell wie mögl...

„Moin Schneewittchen", ertönte eine tiefe Baumschrankstimme hinter ihr.

Hiltjas Herz schrak im ersten Moment zusammen, doch im nächsten schob die junge Frau alle Bedenken beiseite und drehte sich freudestrahlend um. „Thor! Du bist zurück!"

„Klar", erwiderte er. „Hatte ich dir nicht versprochen, dass ich direkt nach meinem Gespräch wiederkomme?"

„Das hattest du." Hiltja lächelte. Das diffuse Grauen des Albtraums ertrank im nervösen Kribbeln, das nun ihren Bauch flutete. Am liebsten wäre sie in seine Arme geflogen, aber das traute sie sich nicht – erst recht nicht in aller Öffentlichkeit. Stattdessen fragte sie nur: „Hast du Lust einen Spaziergang zu machen? Ich suche einen See."

Warum sie das Gewässer suchte, war ihr vollkommen egal, Hauptsache Thor kam mit ihr.

„Einen See?" Der Krieger runzelte die Stirn.

Hiltja nickte und hob grinsend die Achseln. „Ja, einen See."

„Ein Spaziergang im – wie sagst du immer – »Nieselpiesel-Novemberregen«?" Er nickte Richtung Fenster und zwinkerte. „Zauberhaft. Ich könnte mir nichts Schöneres vorstellen."

Omelett à la Donnergott

Eine Woche später hatten Hiltja und Thor alle Seen abgegrast, die in Hamburg für sie zugänglich waren und in Schlagdistanz mit öffentlichen Verkehrsmitteln lagen. Der richtige war nicht dabei gewesen, aber das hatte sie ohnehin kaum zu hoffen gewagt, denn sie war vor dem »großen Streit« bereits ausführlich mit Paula durch die Stadt gestreift.

Trotzdem genoss Hiltja die Spaziergänge mit ihrem Donnergott. Seite an Seite schlenderten sie durch die Natur und unterhielten sich über Gott und die Welt. Thor hing an ihren Lippen, wenn sie von ihrer Kindheit erzählte, und gab selbst einige unverfängliche Anekdoten aus seinem Soldatenalltag zum Besten. Die Geschichten von der Spezialeinheit, die am Fuße des Merapi ihren Stützpunkt hatte, fand Hiltja gelinde gesagt merkwürdig und vor allem sehr fremd. Es war, als stammten sie beide von verschiedenen Planeten und doch wollte Hiltja nirgendwo anders sein als in Thors Nähe. Ihm schien es ebenso zu gehen. Als sie Cookies für seine Freunde gebacken hatte, hatte er darauf bestanden mitzuhelfen und sich zeigen zu lassen, wie man Herd und Backofen bediente. Jetzt kochte oder buk er täglich. Während sie an ihren Uni-Aufgaben saß, fabrizierte er riesige Portionen aus exotischen Zutaten, die er sehr scharf würzte. Bei seinen ersten Versuchen zogen noch dicke Schwaden durch die Küche und ließen den Rauchmelder im Flur aufheulen, doch von Mal zu Mal wurde der Qualm heller und das Essen genießbarer.

Auch an diesem Morgen stand Thor mit einem Kochlöffel bewaffnet am Herd und starrte hoffnungsvoll in die Pfanne. Die geblümte Schürze – sie gehörte eigentlich Hiltja – war ihm viel zu klein, aber das störte ihn nicht.

„Morgen", murmelte Hiltja verschlafen und setzte sich an den Küchentisch.

„Guten Morgen, Schlafhut!", antwortete Thor, ohne seinen Blick von dem Herd zu nehmen.

„Schlaf-*Mütze*!", korrigierte sie. „Seit wann bist du denn schon wieder wach?"

„Och, ein Weilchen." Er stocherte mit dem Kochlöffel am Rand der Pfanne herum. „Ich brauche nicht so viel Schlaf."

Hiltja trat neben ihn und schaute auf das Lebensmittelmassaker, das der Soldat quer über die gesamte Arbeitsfläche verteilt hatte. „Was wird das?"

„Omelett", knurrte Thor. „Zumindest war das mein Plan. Aber irgendwie will das nicht so, wie ich es will. Dabei sah es in dem Filmchen bei YouTube so simpel aus!"

„Du hast zu viel Eimasse in die Pfanne gegeben und die Platte zu hoch gedreht. Das Zeug brennt dir von unten an, bevor es durchgestockt ist."

„Ja, genau danach sieht es aus. »Nicht zu heiß, nicht zu kalt«, hat der Typ gesagt. Wie soll ich da wissen, auf welche Stufe ich den Herd stellen soll?"

Hiltja lächelte. „Na, so mittel. Auf sechs vielleicht?"

„Auf sechs dauert es ewig!", beschwerte sich Thor.

„Ja, aber dafür wird es nicht schwarz." Sie lachte.

„So ein Mist! Das Gemüse muss auch noch rein", jammerte ihr Donnergott. „Was mach' ich denn jetzt?"

„Buntes Rührei." Hiltja drehte grinsend die Hitze zurück und reichte ihm einen Pfannenwender. „Hier, nimm lieber das Ding statt dem Kochlöffel. Damit rührst du gründlich um, bis sich das Ei überall vom Boden gelöst hat."

„Okay."

Thor wechselte seine Waffe und fuhrwerkte mit dem Wender in der Pfanne herum. Seine Zungenspitze folgte dabei den Bewegungen der rechten Hand.

Hiltjas Herz sprudelte über vor Zuneigung. *Ahw! Er ist so süß, wenn er kocht!*

Es war ihr vollkommen egal, was auf ihrem Teller landete. Sie liebte es einfach, ihn so zu sehen.

Seit mehr als drei Wochen teilte sie nun ihre Wohnung mit diesem Mann und wollte sich keinen anderen Mitbewohner mehr vorstellen.

Verdammt! Wenn das Piet-Problem gelöst ist, hat er keinen Grund mehr, länger hierzubleiben.

Der Gedanke durchbohrte schmerzhaft ihr überquellendes Herz.

„Und jetzt?", riss Thor sie aus der Grübelei. „Soll ich das Grünzeug reinschmeißen?"

„Ja, mach man. Aber nimm lieber nur …"

Schwungvoll entleerte Thor die Schale mit dem kleingewürfelten Gemüse in die Pfanne.

„… die Hälfte", vollendete Hiltja ihren Satz. „Sonst kannst du nicht mehr umrühren."

„Ups!" Ihr Donnergott lächelte sie betreten an. „Zu spät."

„Nee, halb so wild." Hiltja nahm ihm den Pfannenwender ab und schaufelte damit einen Teil zurück in die leere Schale. „So, nun passt es." Sie gab ihm den Küchenhelfer zurück und dabei berührten sich ihre Hände.

Thor erstarrte und Hiltja genoss das wonnige Prickeln, das seine Haut

Omelett à la Donnergott

auf ihrer hinterließ. Ihre Blicke trafen sich.

Seine Augen! Wow!

Die feinen silberhellen Verästelungen, die sich wie Lebensadern durch das Grau seiner Regenbogenhaut zogen, faszinierten Hiltja. Sie sogen die junge Frau förmlich in sich hinein.

So lebendig! Und so voller Zärtlichkeit.

Hiltja wollte zu gern voll und ganz in ihnen abtauchen, aber …

***

Wusch!

Ein emotionaler Kübel Packeiswasser ging auf Thorxarrs Seele nieder, als die mahnende Stimme seines Mädchens ihn aus ihrem Geist warf. Mühsam unterdrückte er das gepeinigte Ächzen, das seine Kehle hinaufrollte.

Sie will mich. Und doch will sie mich nicht.

Er hätte schreien können, so schmerzhaft zerrte die verfluchte Sehnsucht an ihm.

Aber stattdessen räusperte er sich und krächzte: „Oh. Nicht dass unser buntes Rührei schwarz wird."

Bebend wandte er sich der Pfanne zu und wendete ihren Inhalt so energisch, dass ein Teil davon heraussprang und sich quer über dem Herd verteilte.

„Verflixter Mist!", schimpfte er.

„Nicht schlimm."

Schneewittchens Stimme klang so rau, wie sich seine geschundene Kehle anfühlte, und als sie ihm auch noch begütigend ihre Hand auf den Arm legte, war das Folter und Glückseligkeit zugleich.

Beim Grauen Krieger! Wie soll ein Drache das aushalten?!

Am liebsten wollte er sie packen, sie an sich ziehen und küssen und all die sinnlichen Dinge mit ihr tun, die Humanoide laut Alex so gern miteinander taten. Doch Thorxarr wusste, dass das sein Untergang wäre. Schon jetzt musste er all seine Disziplin aufbringen, um nicht aus

seiner menschlichen Gestalt in seine Schuppen zu platzen.

Ha! Für eine rote Himmelsechse ist diese Studentenbude mit Abstand zu klein. Mantokscheiße!

Ganz abgesehen davon würde seine Kleine ihm dann garantiert nicht mehr so verliebt in die grauen Augen schauen.

Seit ich bei ihr wohne, hat sie zwar keine Albträume mehr, aber irgendetwas Gruseliges macht ihr Angst. Ihr wird ein Drachen wie ein Monster erscheinen.

Oder hatte Alexan doch recht?

Sind Schneewittchen und ich tatsächlich Gefährten? ... Oh, bei der Sphäre, wie sehr würde ich mir das wünschen!

Verbissen bearbeitete er den Inhalt der Pfanne mit seinem Wendewerkzeug. Blockierungen bei einer Drache-Mensch-Bindung konnten gelöst werden. Zumindest kursierten entsprechende Geschichten über den blauen Lichtmeister Xavosch und seinen Phönix. Angeblich hatten sich die beiden sogar noch mit einem dritten Humanoiden, diesem Jan Hendrik Meier, verbunden.

Ein Dreiergestirn hat es nie unter den Gefährten gegeben. Das kann nicht stimmen.

Trotzdem hielten sich die Gerüchte hartnäckig, wie Alexan ihm mit begeistert zuckender Schwanzspitze erzählt hatte. Angeblich war Xavosch mit seinen zwei Menschen in Atlantis abgetaucht. Dabei wusste jeder, dass die blasierten Blauschuppen in die Tiefseestadt lediglich die eigenen Leute reinließen.

Selbst wenn der Quatsch stimmt, hilft mir das weiter?

Er wusste es nicht. So langsam wusste er gar nichts mehr – außer dass er das Mädchen liebte und sie um keinen Preis der Welt verlieren durfte.

Luna wird sie sich ansehen, sobald sie mit ihren Prüfungen durch ist, und bis dahin versuchen wir anderen die Kleine aus Schlangenzunges Fängen zu befreien.

Vielleicht wurde ja alles gut, wenn sie keine Angst mehr um ihre Liebsten haben musste.

„Ich glaube, unser Rührei ist fertig", meldet sich Schneewittchen

Omelett à la Donnergott

amüsiert neben ihm zu Wort. „Falls du meine Pfanne weiter so enthusiastisch mit dem Wender bearbeitest, brauche ich eine neue."

„Oh! Tschuldige!"

Zerknirscht lächelte Thorxarr zu ihr hinab.

„Alles gut." Schneewittchen legte einen Topfuntersetzer auf den Tisch und holte Teller, Gläser sowie Besteck aus den Schränken. „Riecht lecker."

„Findest du?"

Der Inhalt der Pfanne sah aus wie explodiert, doch sie nickte todesmutig.

Tapferes Mädchen. Die Kleine behauptet immer, dass es ihr schmeckt, selbst wenn sie meine Kochversuche kaum runterkriegt und ihr der Schweiß auf der Stirn steht.

Dafür liebte der Krieger sie nur noch mehr.

Thorxarr stellte die Pfanne passgenau auf den Untersetzer und füllte jedem etwas auf. Gebannt stützte er sich auf die Stuhllehne und beobachtete, wie sie sich mit Messer und Gabel einen bunten Bissen zusammenstellte, ihn dosiert kühler pustete und in den Mund steckte.

Schneewittchen kaute erst vorsichtig und dann couragierter. Bevor sie ihr Urteil verkündete, sah er in ihrem Geist, dass es ihr diesmal tatsächlich schmeckte.

Das Glück, was plötzlich in seinem Herzen anschwoll, war atemberaubend.

„Jammi! Echt lecker", nuschelte sie und schaute ihn neugierig an. „Was hast du drin?"

Thorxarr ließ sich auf seinen Stuhl plumpsen, woraufhin der gequält knarzte.

Nicht schon wieder! Dieses verflixte Sitzmöbel musste er jeden dritten Tag mit einem Zauber stabilisieren, damit es nicht unter seinem Hintern zusammenbrach. Unauffällig besserte er die Magie nach.

Ein Hoch auf Alex und seine Kenntnis von Menschendingen!

„Oder sind die Zutaten ein Geheimnis?", bohrte Schneewittchen nach.

„Was? Nein!" Er nahm selbst einen Bissen und stellte fest, dass es

wirklich essbar, bloß sehr fade war. Er schluckte. „Oha! Ich habe das Nachwürzen vergessen."

Wenn sie neben ihm am Herd stand, gerieten seine Sinne stets ganz durcheinander. „Ich hatte anfangs nur etwas Salz, Pfeffer und einen Hauch Chili in das verquirlte Ei gegeben."

„*Das* solltest du öfter tun."

Sie grinste frech.

„Die Gewürze vergessen?"

„Jo."

„Weichling."

Er angelte sich im Sitzen die Jumbo-Dose Chilipulver von der Arbeitsplatte hinter sich und klopfte das rote Zeug großzügig auf seine Portion. Dann lächelte er sie an. „Ich versuche es mir zu merken."

„Danke sehr."

Schneewittchen schob sich eine zweite Gabel in den Mund und seufzte genüsslich. Die Schärfe des »Hauches« Chili tanzte aufreizend auf ihrer Zunge, ohne das sonst übliche Brennen zu verursachen. *Geile Zusammenstellung. Solche Zutaten sollte mein Donnergott öfter durch die Pfanne scheuchen. Was auch immer drin sein mag – diese exotischen Aromen sind der Hammer!*

Sie schloss ihre wunderbaren rehbraunen Augen, um den Geschmack intensiver wahrnehmen zu können.

Dem Krieger stockte der Atem. *Jetzt begreife ich's. Das meinte sie in den letzten Tagen also mit »'n büschn weniger Chili«: fast gar keinen!*

Ihre Lust beim Essen seines Gerichts zu beobachten, hatte etwas überaus Sinnliches. Es fühlte sich für Thorxarr so an, als würde er sie körperlich berühren. Prompt prickelte ein himmlischer Schauer seinen Rücken hinauf.

Wenn meinem Mädchen nahezu ungewürzte Nahrung so gut schmeckt, werde ich fortan nur noch fade Speisen zubereiten!

Omelett à la Donnergott

„Soso! Du treuloser Soldat willst mich heute wieder allein an der Uni zurücklassen?", stichelte Schneewittchen, nachdem sie das Frühstück beendet hatten.

„Alex nötigt mich dazu", erwiderte Thorxarr. Er sah in ihren Gedanken, dass sie die Leichtigkeit bloß spielte; tatsächlich hatte sie Angst. Warum das so war, wollte ihm nicht einleuchten. Schlangenzunge hatte nach ihrem Pokersieg seine Leute zurückgepfiffen und Ex hielt sich hunderte von Kilometern entfernt auf. Beides hatte Thorxarr seinem Mädchen mehrfach erzählt.

„Wie kann der kleine Alex einen Kerl wie dich nötigen?" Schneewittchen lächelte gequält. Offensichtlich verstand sie selbst nicht so recht, woher ihr Unbehagen kam. Piet und seine Schergen fürchtete sie in diesem Moment jedenfalls nicht.

Was ist das nur bei ihr? Der Krieger schaute ihr prüfend ins Gesicht und gleichzeitig in den Geist. *Täusche ich mich, oder verbirgt sich da etwas in ihrer Seele?*

Er war nicht sicher. Da sie auf eine Antwort wartete, erklärte er: „Alex nötigt mich, indem er sagt: »Thor! Komm dann und dann in mein Quartier. Und sei pünktlich – nicht so wie beim letzten Mal!«"

Schneewittchen lachte, darum scherzte er weiter: „Er hat sich die Haare orange gefärbt. Also, kurz vor rot. Das ist eine Alarmfarbe. Da gibt ein Soldat wie ich lieber klein bei."

„Oje!" Schneewittchen kicherte. „Alex' Haarfärbetick ist schon ein bisschen verrückt, oder? Jedes Mal, wenn ich ihm begegne, sieht er anders auf seinem Kopf aus."

„Tja, irgendeine Macke hat jeder, oder?"

„Stimmt. Manche sind sogar so bekloppt und tun sich Chili in den Kaffee."

Thorxarr nickte ungerührt. „Und andere verzichten bei ihrem Essen komplett auf die Gewürze und essen es totlangweilig fade."

„Irre!" Sie gab sich ernst, doch ihre Mundwinkel zuckten. „Wer macht denn sowas Schreckliches?!"

„Ich habe *keine* Ahnung", meinte er und grinste sie lauernd an.

Ihre Blicke verhakten sich ineinander und für einige himmlische Sekunden tauchte er komplett ins Rehbraun ihrer Augen.

Wusch!

Wieder ließ sie ihn im Packeis baden.

Thorxarr unterdrückte das Schaudern, das ihn jedes Mal wieder befiel, sobald sein Mädchen ihn auf diese Art aus ihrem Geist kickte.

Schneewittchen räusperte sich. „Ähm. Was macht ihr eigentlich?"

„Wer?"

„Na, du und Alex!"

Endlich begriff Thorxarr. „Ach so. Ich helfe ihm."

„Ja, das habe ich mir fast gedacht." Sie zwinkerte. „Wobei hilfst du ihm denn? Musst du Waschmaschinen oder Kühlschränke schleppen? Oder hat er etwa Ärger und du Spezialeinheitsoldat sollst einen Privatkrieg für ihn führen?"

Er liebte es, wenn sie ihn auf diese leicht provozierende Art ansah. *Hmmm. Ihre Wimpern sind so schwarz wie ihre Haare. Wunderschön!* Beiläufig murmelte er: „Weder noch. Alex hat Probleme mit einem Smartphone."

„Aha!"

Schweigen.

Thorxarr lächelte. *Und dieser leichte Schwung ihrer Wimpern ...*

Plötzlich prustete sie los. „Alter Schwede! Die SMS, die du letzte Woche verschickt hast, ist dir ganz schön zu Kopf gestiegen, was?! *Du* hilfst *Alex* mit einem Handy?!"

Schiet! Ich habe nicht aufgepasst!

Abrupt setzte Thorxarr sich auf. „Äh. Ja."

Blöderweise fiel ihm keine schlüssige Ausrede ein. Nicht mal eine Notlüge!

Sie durchschaut mich in letzter Zeit viel zu schnell. Fast als würde sie wittern, wenn ich ihr nicht die Wahrheit sage.

Nein, schwindeln hatte keinen Zweck.

„Wofür braucht er dich?", wollte Schneewittchen wissen.

„Er … ähm … hat nicht genug Kraft." Das stimmte sogar. Alexan war

astralschwach. Und für den Zauber, den sich der Weiße ausgedacht hatte, brauchte er jede Menge magische Kraft. Hierfür bediente er sich bei Thorxarr.

„Nicht genug Kraft?", echote Schneewittchen. „Um Himmels willen – was für ein Gerät ist das? Und was hat Alex damit vor?!"

In ihrem Geist formte sich ein Riesenhandy, das Alex weit überragte.

„Ich ...", hob Thorxarr an und brach gleich wieder ab. *Was soll ich darauf nur antworten?*

Langsam hatte er das Versteckspiel satt. Seine Kleine hatte die Wahrheit verdient, doch die konnte er ihr nicht sagen.

„Ich darf nicht darüber sprechen", brummte er zerknirscht.

„Soso." Schneewittchen runzelte die Stirn. „Irgendwelches Militär-Geheimzeug?"

„So ähnlich." Thorxarr zuckte mit den Achseln. Das Komitee für Zwischenfälle mit jungfräulichen Humanoiden drängte definitiv auf Geheimhaltung. Die wurden richtig ungemütlich, wenn eine Himmelsechse dieses Gebot auf die leichte Schulter nahm – das wusste er aus Erfahrung.

„Macht man so'n Spökel-Kram nicht nachts?", erkundigte sie sich.

Thorxarr hob die Brauen. „Spökel-Kram? Was soll das sein?"

„Na, Spukzeug, Geheimniskrämerei eben." In ihren Augen funkelte es spöttisch. „Du und Alex, ihr trefft euch schon seit einer Woche immer am hellichten Tag."

He! Sie will mich foppen. Frechheit!

Der Krieger beugte sich näher zu ihr hinüber und ließ seine Drachenaura ausufern, bis sich die Härchen auf ihren Armen aufstellten und eine Gänsehaut über ihren Rücken kroch. Angst machte er ihr damit nicht, das wusste er, aber ihr Körper reagierte auf ihn. Und das wiederum löste in ihm ein aufregendes Prickeln aus.

„Alex hat nachts keine Zeit", grollte er und genoss den Anblick ihrer sich weitenden Pupillen.

Schneewittchen stellte sich seiner Provokation und beugte sich nun ebenfalls zu ihm. „Und was bitte schön treibt der Grünschnabel nachts?

Der ist doch kaum volljährig!"

Der betörende Duft ihrer Haare stieg ihm in die Nase. Thorxarr schluckte und krächzte: „Der Milchbube zieht durch die Kasinos und spielt Poker."

„Milch-*Bubi*", korrigierte sie und lächelte kokett.

„Von mir aus."

Sein Mädchen war ihm so nah, dass ihr Atem über seine Wangen strich. *Bei der Sphäre!* Das Verlangen, sie zu küssen, wurde übermächtig.

„Trefft euch doch morgens", wisperte Schneewittchen rau. Durch ihren Kopf wirbelten Gedankenbilder, in denen ein gewisser Donnergott sie leidenschaftlich küsste.

Genau das wollte Thorxarr! Das und noch viel mehr.

Das Raubtier in ihm erwachte, jede Faser seines Körpers gierte nach der Befriedigung ihrer Wünsche.

Arg! Ich bin zu weit gegangen! Ich hätte sie nicht reizen dürfen.

Unter Aufbietung all seiner Kriegerdisziplin zwang er sich, etwas Abstand zwischen sich und sein Mädchen zu bringen.

„Morgens schläft der Milchbubi", ächzte Thorxarr. „Er ist erst gegen Mittag wach."

„Tja, so ist das, wenn einen das Fieber packt", flüsterte Schneewittchen. *Ich habe auch Fieber. Oh, bitte! Bitte Donnergott, küss mich. Nur ein einziges Mal!*

Es fehlte nicht viel und sie hätte die Initiative ergriffen – ihre Lippen auf seine gepresst.

„Wir sollten das nicht tun", stöhnte Thorxarr verzweifelt.

Sie sah ihn mit ihren unschuldigen Augen an. „Warum nicht?"

Weil ich dann deine verdammte Bude in Stücke sprenge!

Schon jetzt spürte er, dass seine Drachenaura um ihn herum flirrte wie sommerliche Luft über heißem Asphalt. Er *durfte* nicht mehr riskieren.

„Weil ich gefährlich bin, Kleines", raunte er. „Ich bin nicht das, was du zu sehen glaubst."

„Das passt super", widersprach Schneewittchen, „denn ich sehe eh

Dinge, die sonst niemand sieht. Ich bin ein Freak. In meinem Dorf halten mich alle für verrückt."

„Warum?"

Beim Grauen Krieger, warum fällt es mir so verflucht schwer, sie von mir fortzustoßen?!

„Weil ich …", hob sie an. Dann runzelte sie ihre Stirn, als hätte sie vergessen, was sie sagen wollte. „Weil ich … hmmm."

In ihrem Geist herrschte Leere. Kurz zuvor waren dort diffuse Erinnerungen aufgestiegen, doch nun war da nichts mehr.

„Ich …" Schneewittchen versuchte mit Gewalt die flüchtigen Gedanken zu packen, aber es war zu spät. „Ich … habe keine Ahnung!" Sie starrte Thorxarr mit großen Augen an. „Ehrlich, Thor, ich weiß es nicht mehr! Wie kann das sein?"

Ihr hübsches Gesicht war voller Verwirrung und darunter mischte sich Angst.

Eine Wildkatze im Stadtpark

Thor war ein echter Kavalier. Er hatte sofort bemerkt, dass mit Hiltja etwas nicht stimmte, und ihr angeboten, sein Treffen mit Alex abzusagen. Doch als sich der erste Schreck gelegt hatte, behauptete Hiltjas Bauchgefühl, dass alles gut sei. Ja, der Gedanke, allein an der Uni sein zu können, erleichterte sie auf eine schwer fassbare Art und Weise. Also lehnte sie sein Angebot ab.

Wenige Minuten nachdem Thor sich von Hiltja beim Eingang der Fakultät für Geisteswissenschaften verabschiedet hatte, meldete sich Madame Vouh zurück und drangsalierte die junge Frau mit einer besonders detaillierten Vision vom dämonischen Weltuntergang.

Das Schlimme war, dass es den ganzen Tag so weiterging. Zwar waren die Bilder durchscheinend und endeten ohne Bewusstlosigkeit, dennoch war Hiltja nach ein paar Stunden gereizt.

Verflixt! Ich begreife, dass die Visionen wichtig sind und vermutlich läuft die Zeit davon, aber ich weiß einfach nicht, an wen ich mich

wenden soll!

Den bekloppten Waldsee hatte sie in Hamburg nicht gefunden. Er konnte überall sein und nirgendwo. Wo sollte sie die Suche fortführen? In Schleswig-Holstein? Oder in Niedersachsen?

Ich habe ja nicht mal ein Auto!

Mechanisch schrieb sie die Grammatikregeln von der Tafel ab, die ihr Dozent in der letzten halben Stunde lang und breit erklärt hatte. Was sie zu Papier brachte, interessierte sie nicht. Außerdem war die lateinische Aussprache des Mannes furchtbar.

Erneut spukte der See durch ihren Kopf. Vielleicht war es auch die falsche Jahreszeit. Hiltja sehnte sich nach einer in allen Grüntönen schillernden Wasseroberfläche, die von unzähligen belaubten Buchen gesäumt war und von einem munter plätschernden Bach gespeist wurde.

Im Moment ist nichts mehr grün. Die Bäume stochern mit ihren Ästen wie verbrannte Gerippe in der Luft herum und werfen ihre schwarzen Spiegelbilder aufs Wasser. Und bald wird es so kalt sein, dass die Bäche nicht mehr plätschern, sondern eingefroren sind. Pfft!

Das ergab alles keinen Sinn.

Und warum sie sich am Morgen nicht mehr an die alte Zigeunerin erinnern konnte, verstand Hiltja ebenso wenig, denn nun war alles wieder da und glasklar. Das Einzige, was genauso klar war, war die Tatsache, dass Thor sie nervös machte.

Ich stehe auf ihn. Aber sowas von! Und er auf mich. Er hätte mich fast geküsst.

Allein die Erinnerung beschleunigte ihren Herzschlag.

Was er mit »gefährlich« meinte, konnte Hiltja sich denken. Ihr Donnergott sah mit den Narben in seinem Gesicht und dem muskelbepackten Körper nicht nur aus wie eine Kampfmaschine, er *war* definitiv eine.

Während der Schlägerei beim St-Pauli-Stadion vor sechs Wochen hatte ich den Eindruck, dass er bloß mit halber Kraft gekämpft hat.

An diesem Tag hatten sie sich kennengelernt. Hiltja ahnte, dass der

Soldat noch zu ganz anderen Dingen fähig war, immerhin diente er in einer Spezialeinheit.

Ob er bei seinen Einsätzen schon mal einen Menschen getötet hat? Vermutlich ja.

Diese Vorstellung bereitete ihr Unbehagen, änderte jedoch nichts an seiner Anziehungskraft. Wie sich seine Muskeln wohl anfühlten, wenn sie nicht von einem Shirt bedeckt wurden?

Oh verdammt! Ich bin voll in den Typen verknallt!

Sie ließ ihren Kopf in ihre Hände sinken. Im nächsten Atemzug präsentierte Madame Vouh ihr einen gigantischen roten Drachen.

Thor!

Erschrocken richtete sie sich auf.

Nein, das ist nicht Thor, da war sie sich sicher. *Ha! Was für ein Schwachsinn. Thor ein Drache ... ich werde langsam verrückt.*

Die Zigeunerin ließ ihr Programm weiterlaufen: In der Nackenfalte des roten Schuppenwesens saß eine kleine Frau, die eine Ledermontur sowie eine altmodische Fliegermütze und -brille trug. Unter ihrer Kappe flatterte blondes Haar hervor und zeigte deutlich, wie schnell der Drache mit ihr durch die Luft sauste.

Buff!

Hiltja zuckte zusammen. Schräg vor der rechten Seite des Drachen explodierte ein Geschoss. Der Gigant konnte der Feuerwolke mit knapper Not ausweichen und jagte in die andere Richtung über den Himmel davon. Die Frau auf seinem Rücken jauchzte.

Das ist kein echter Kampf, sondern eine Übung!

Wie Hiltja darauf kam, konnte sie nicht sagen. Sie wusste es einfach. Es folgten diverse Schüsse auf das ungleiche Paar und schließlich traf eines der Geschosse sie von hinten, worauf die Luft in ihrem Rücken blutrot aufleuchtete.

Hmmm. Das sieht aus wie in einem Science-Fiction-Film. Als würden sie durch ein unsichtbares Kraftfeld geschützt.

Dann verblasste die Farbe und im nächsten Moment die gesamte Szenerie.

Eine Wildkatze im Stadtpark

Hiltja schluckte. *Dämonen und Drachen – uff! Was für eine bizarre Mischung.*

Noch absurder war allerdings, dass ein Teil von ihr keinen Zweifel daran hatte, dass es die Wesen, die ihr Madame Vouh gezeigt hatte, tatsächlich gab.

Wie zur Bestätigung spendierte die alte Zigeunerin prompt eine neue Runde Weltuntergang – ohne Sieg für den Phönix.

Danke auch!

***

Gegen 15 Uhr hielt Hiltja es nicht mehr aus. Die Dauerschleife der dämonischen Vernichtung hatte sie dermaßen mürbe gemacht, dass sie von ihrem Unterricht kaum noch etwas mitbekam.

Sie hatte Strichliste geführt. Die Visionsbilanz des Tages stellte sich ziemlich einseitig dar:

- eine Drachenkampfübungsstunde
- vier Alltagsbelanglosigkeiten und
- 23 Mal – Trommelwirbel – der *Weltuntergang*!

Von Letzterem hatte lediglich Show Nummer 17 mit einem Sieg von Phönix, Karfunkel und Licht geendet.

Die Quote wird schlechter. Oh Mann! Ich muss diesen See finden.

Entnervt stopfte sie ihre Sachen in den Rucksack und ignorierte den Blick, den Paula ihr von der anderen Ecke des Raumes zuwarf. Ihre Freundin machte sich Sorgen.

Sie kann mir aber nicht helfen. Und wenn sie wüsste, was Madame Vouh in den vergangenen Tagen bei mir abgezogen hat, würde sie mich direkt in die Klapsmühle schleppen – Piet hin oder her!

Nein, da musste sie allein durch.

Ich brauche frische Luft, sonst platzt mir der Kopf.

Sie verließ die Fakultät durch den Hinterausgang. Wie von selbst trugen ihre Füße sie über den Manilaweg dem Stadtpark entgegen. Der Bereich hinter der Uni war ein kleiner langgezogener Park.

Hiltjas Sehnsucht nach sanftem Grün wuchs. Blöderweise waren alle Bäume kahl und das Gras welk.

Wo ist der See? Ich will den See!

Dass die U-Bahn-Station in der entgegengesetzten Richtung lag, war Hiltja egal. Die Enge eines solchen Gebäudes konnte sie jetzt nicht ertragen.

Was ist nur los mit mir?

Als sie die Fußgängerbrücke über den Jahnring entlanglief, wurde ihr bewusst, wie müde und zerschlagen sie sich fühlte. Sie fummelte die Packung Zimtkaugummi aus ihrer Jackentasche, schob sich einen Streifen HotSpice in den Mund und kaute.

Besser!

Ihr war, als würde eine angenehm kühle Brise durch ihren Körper streichen und nach ein paar Minuten konnte sie wieder klar denken.

Ich muss Thor Bescheid sagen. Nicht dass er mich später an der Uni sucht.

Sie zückte ihr Handy und schrieb ihm eine Nachricht.

15:17

Hiltja:

> Moin moin, Thor!
> Ich schwänze den Rest meiner Vorlesungen 😇 und gehe eine Runde im Stadtpark spazieren. 🚴 😎

Sie horchte in sich hinein. Eigentlich musste Thor sich nicht die Mühe machen und sie abholen.

15:18

Hiltja:

> Wir können uns später in der Wohnung treffen. Dann kannst du mit Alex in aller Ruhe den »kräftezehrenden« Handy-Kram zu Ende bringen. 😊

Die erste Nachricht hatte zwei blaue Häkchen und das Chatprogramm behauptete, dass er zurückschrieb. Nachricht zwei war noch nicht bei ihm angekommen.

Hmm. Wo steckt er bloß? Der Empfang bei ihm muss ja echt mies sein, wenn das so lange dauert ...

Endlich bekam auch ihre zweite Mitteilung einen zweiten Haken und beide färbten sich blau.

Pling!

15:20

Thor:

> Ist was passiert? Geht es dir gut?

Hiltja lächelte. Das war typisch ihr Donnergott: immer in Sorge um sie. Wohlige Geborgenheit breitete sich in ihr aus.

15:21

Hiltja:

> Nein, alles gut bei mir. Ich brauche nur etwas frische Luft.

15:22

Thor:

> Negativ! Ich hole dich auf alle Fälle ab. Soll ich sofort kommen?

Erst nach seiner Antwort wurde angezeigt, dass er ihre dritte Nachricht gesehen hatte.

Das ist wirklich merkwürdig. Egal – vielleicht gibt es Probleme bei der Datenübertragung.

Hiltja:

> Nein, nur keinen Stress! Nicht dass Alex noch sauer auf mich wird. 😊 Lasst euch Zeit. Ich gehe zum Ententeich. Wollen wir uns dort treffen?

Mit der nächsten Antwort dauerte es ein wenig. Hiltja schlenderte weiter Richtung Krähenwiese. Der Himmel war bewölkt und es nieselte, doch das machte ihr nichts aus. Im Gegenteil, das Novemberwetter beruhigte ihre gereizten Nerven.

Auch wenn der Ententeich der falsche See ist – sein Anblick wird mir guttun. Vielleicht verschont mich Madame Vouh ja für den Rest des Tages mit ihren Dämonen.

Pling!

15:26

Thor:

> Einverstanden. Ich bin in zirka einer Stunde bei der Brücke, die über den Teich führt. Reicht dir das an Allein-Sein-Zeit?

Hiltja grinste. Sobald er bei Alex war, schrieb er immer ganz untypische Texte. Ob der Milchbubi Thor bei seinen Antworten beriet?

Die beiden haben ein skurriles Verhältnis zueinander.

15:26

Hiltja:

> Eine Stunde ist perfekt! Bis später an der Brücke!

Auf jeden Fall hatte Alex Thor erklärt, wo die Emojis zu finden waren, denn wenig später schickte ihr Donnergott zwei komplette Reihen mit den kleinen Bildchen.

Hihi! Süß. Sowas traut man einem Typ wie Thor gar nicht zu.

Hiltja steckte ihr Smartphone in die Jackentasche zurück und ging zum See. Auch an einem tristen Tag wie heute war es herrlich dort. Das Wasser war von Schilf umrahmt. Am Ufer und auf den kleinen Inselchen wuchsen vor allem Erlen und Weiden sowie vereinzelte Sumpfzypressen.

Schade. Als ich in der letzten Woche mit Thor hier war, trugen die Zypressen noch ihre rotbraunen Nadelzweige. Die haben so schön geleuchtet! Jetzt sind sie kahl.

Das Ergebnis war, dass sich der Ententeich wie eine vergilbte Schwarzweiß-Fotografie vor Hiltja ausbreitete. Doch das störte sie nicht. Das trübe Wetter hatte den Vorteil, dass fast keine Menschen im Park spazieren gingen. So stand sie ganz allein beim Ententeich und ließ ihre Gedanken treiben.

Im Sommer ist hier alles voller Seerosen, Iris und ...

Plötzlich sah sie einen Menschen über das Wasser auf sich zu rennen. Erstaunt riss Hiltja die Augen auf und stellte fest, dass das Bild nicht real war, sondern eine Vision.

Die Person eilte den Weg von der Open-Air-Bühne her auf die Brücke zu. Immer wieder schaute sich die junge Frau um. Ihre Kleidung war in einem schlechten Zustand und viel zu dünn für diese Jahreszeit. Der bunte Schal, den sie als Kopftuch trug, rutschte von ihrem Haar und entblößte pechschwarze Locken und kaffeebraune Haut.

Sie ist fast noch ein Kind!

Wovor hatte das Mädchen so eine Angst?

Im nächsten Moment zeigte Madame Vouh Hiltja zwei Männer. Es war offensichtlich, dass sie der Kleinen folgten. »Wildkätzchen!«, riefen sie immer wieder in einem herablassenden Tonfall. »Deine Zaubertricks helfen dir nicht, du kleine Kratzbürste. Wir kriegen dich! Wie immer.«

Die Typen waren auf keinen Fall mit ihr verwandt, dafür war deren Haut viel zu hell.

Hiltja fröstelte.

O Gott! Was wollen die Männer bloß von ihr?

Mit klopfendem Herzen blickte sie in die Richtung, aus der das Mädchen kommen würde.

Die Zigeunerin unterstrich, wie verzweifelt die Kleine nach einem Versteck suchte, aber keines fand. Tränen liefen über ihr jugendliches Gesicht.

Dann teilten sich die Bilder.

Film eins zeigte, wie Hiltja von der Bücke zurückwich und sich in der Nähe der Krähenwiese ins Unterholz schlug. Während sie dort flach auf dem nassen Laub lag, kassierten die Männer das Mädchen ein.

Zeitgleich flackerte Film zwei mit einer alternativen Zukunft durch ihren Geist: Hiltja sprang dem Mädchen zu Hilfe und schrie die Kerle an. Die Männer brüllten zurück, es kam zum Handgemenge, doch die Frauen hatten keine Chance. Die Verfolger packten sie beide und zerrten sie mit sich.

Die Szene verwischte. Ein schäbiger Raum tauchte auf. Er enthielt neben wenigen abgewarzten Stühlen eine große Matratze.

Film eins präsentierte, wie einer der Typen seine Jeans öffnete und dreckig lachend etwas von »jetzt wirst du gründlich eingeritten« zum Besten gab. Das Mädchen wimmerte und bettelte abwechselnd, doch die Männer kannten keine Gnade.

Film zwei war nicht gerade besser. Hiltja sah sich dem Vergewaltiger gegenüberstehen und starrte in den Lauf einer Pistole. Er war in kurzer Distanz auf ihre Stirn gerichtet. Das Mündungsfeuer blitzte auf, dann endete die Vision abrupt.

O Gott!

Hiltja keuchte und hielt sich am Geländer der Brücke fest.

Nie, *niemals!* hatte Madame Vouh ihr ihre eigene Zukunft gezeigt.

Wenn ich mich einmische, sterbe ich.

Entsetzt taumelte sie rückwärts. Wie von selbst trugen ihre zitternden Beine sie Richtung Krähenwiese.

Ich muss mich verstecken!

Aber was würde aus dem Mädchen werden? Das verzweifelte Flehen hallte anklagend durch Hiltjas Kopf. Sie strauchelte, fing sich und lief weiter.

Was die Kerle mit der Kleinen vorhatten, würde diese nie wieder vergessen.

Das ist der Horror!

Hiltja wurde übel.

Kann ich denn nicht irgendetwas für sie tun? Hilf mir, Madame Vouh! Bitte hilf mir!

Die Zigeunerin zeigte abermals das Mündungsfeuer am Ende des Pistolenlaufs.

Hiltja schluckte. Das war eine Warnung.

Wenn ich eingreife, töten die Männer mich.

Nachdem Ex ihr einen Bauchschuss verpasst hatte, brauchte sie nicht auch noch eine Kugel im Kopf.

Mehr Alternativen gab Madame Vouh nicht preis.

Hiltja blieb stehen und schaute sich um. Hier im Park war niemand, der ihr helfen könnte.

Scheiß Novemberwetter!

Eine flüchtende junge Frau gab es allerdings genauso wenig.

Ob sich die Zigeunerin geirrt hatte? Oder … vielleicht passierte das gar nicht heute.

Was mache ich denn jetzt?

Die Polizei anzurufen war sinnlos. Was sollte sie denen erzählen? Dass eventuell irgendwann ein Mädchen verschleppt werden würde?

Ich habe nichts Konkretes.

Aus der Richtung der Open-Air-Bühne drang ein dumpfes „Wildkätzchen!" zu Hiltja herüber.

Ihr Herz setzte aus, bevor es zu rasen begann und eine Welle der Furcht durch ihren Körper pumpte.

Nun hatte sie was Konkretes!

Mit zitternden Fingern zückte sie ihr Handy und versuchte, es zu entsperren, doch der Fingerabdruckscanner verweigerte seinen Dienst.

Meine Haut ist zu feucht!

Kein Wunder. Kalter Schweiß hatte sich auf ihren Handflächen

gebildet.

Madame Vouh präsentierte ihr ein zweites Mal den Weg ins Unterholz. Hiltja spürte förmlich, wie sie ihre Wange in das modrig nasse Laub presste. Gleichzeitig hörte sie die Kleine schreien.

Ihr Herz zog sich schmerzhaft zusammen.

Ich brauche Hilfe!

Erneut versuchte Hiltja erfolglos, ihr Telefon zu entsperren. Beim dritten Mal streifte ihr Blick den Notruf-Button.

Ich bin so blöd!

Sie presste ihren Daumen an der entsprechenden Position auf das Display. Als das Smartphone endlich begann, die Verbindung zur Notrufzentrale herzustellen, hörte der Nieselregen auf zu fallen.

Mit einer absurden Ruhe betrachtete Hiltja die winzigen Tropfen, die regungslos über ihrem Handy in der Luft schwebten. Die Angst fiel von ihr ab.

Verwundert fokussierte sie das Display: Es war mitten im Anruf erstarrt. Totenstille. Kein Geräusch war zu hören.

Und bewegen kann ich mich auch nicht!

Als hätte irgendwer die Stopptaste gedrückt.

Plötzlich spürte Hiltja überdeutlich, wie ein Rieseln durch ihren Körper kribbelte. Und dann gab Madame Vouh eine neue Show, besser gesagt drei verschiedene gleichzeitig:

Film eins zeigte Hiltja, die sich ins nasse Laub presste und unversehrt überlebte, während das Mädchen von ihren Verfolgern fortgeschleppt wurde.

Film zwei präsentierte ihr Telefonat mit der Notrufzentrale, das von den Männern jäh unterbrochen wurde und mit dem Mündungsfeuer einer Pistole endete, in deren Lauf Hiltja guckte.

Film drei erinnerte an den Trailer vom Kinoklassiker »Lola rennt«, nur dass es Hiltja war, die ihre Beine in die Hand nahm.

Film eins und drei hatten einen identischen Abspann: Das flehend wimmernde Mädchen wurde von ihren Peinigern grob auf die Matratze gepresst. Bei Nummer zwei blieb die Leinwand schwarz.

Aber ich muss *etwas tun können!*, begehrte Hiltja auf. Sie wollte ganz sicher nicht sterben, aber die Kleine ihren Peinigern zu überlassen, fühlte sich grundverkehrt an.

Zumal ich genau weiß, was die mit ihr anstellen wollen!

„Lass dich nicht beirren", hatte ihr Vater stets gesagt. „Du hast eine Gabe! Nutze sie, um anderen zu helfen."

Es musste eine Lösung geben.

Vielleicht kann ich mich erst verstecken und den Typen später folgen?

In ihrem Hinterkopf wisperte die liebevolle Stimme ihres Vaters: „Das ist mein Mädchen! Ich bin stolz auf dich."

Was kann ich tun?

Hiltja versuchte die alte Zigeunerin gewaltsam herauszuzerren. Ihr wurde heiß und das Kribbeln in ihrem Körper zu einem brennenden Rauschen.

Madame Vouh rang mit sich.

Los! Sag mir was! Hilft es der Kleinen, wenn ich mich verstecke und den Kerlen hinterherschleiche?

Stille.

Nach einer gefühlten Ewigkeit traf die Zigeunerin eine Entscheidung und ließ sich – überaus beleidigt – zu einer weiteren Vision herab:

Hiltja stand kurz vor der Krähenwiese auf dem Weg, sie entsperrte ihr Smartphone und schrieb an Thor in das noch immer geöffnete Chatprogramm die Nachricht: »HILFE!!!«. Im nächsten Moment eilte das flüchtende Mädchen heran. Hiltja ließ die Kleine passieren. Mit breiter Brust stellte sie sich den herannahenden Männern entgegen und öffnete ihre Jacke. Als diese so nah waren, dass Hiltja die Pupillen in den Augen der Typen erkennen konnte, griff sie in ihre Innentasche. Ohne etwas herauszunehmen, holte sie ihre geschlossene Faust hervor und streckte sie ruckartig den Verfolgern entgegen. Dabei drehte sie die Hand und öffnete die Finger so, als wolle sie den Kerlen etwas ins Gesicht werfen.

Oh!

Damit endeten die Bilder.

Das war's?

Hiltja schüttelte verwirrt den Kopf. Das hatte nichts mit Verstecken zu tun.

Es ergibt keinen Sinn!

Madame Vouh schwieg verschnupft.

Plötzlich fiel der Nieselregen wieder und jemand rief: „Deine Zaubertricks helfen dir nicht, du kleine Kratzbürste. Wir kriegen dich! Wie immer."

Aus dem Lautsprecher des iPhones ertönte ein Freizeichen. Weiter hinten auf der Brücke keuchte jemand.

Hiltja schaute auf und sah, wie der bunte Schal vom Kopf eines Mädchens rutschte.

Was nun? Wegrennen? Verstecken? Oder etwa so verrückt sein und Thor eine Nachricht schicken?

Nie im Leben würde der Donnergott rechtzeitig bei ihr sein können.

Ich muss mich entscheiden.

Jetzt!

Albtraummonster

Zeit zum Nachdenken blieb Hiltja nicht, denn im nächsten Moment stolperte das fremdländisch aussehende Mädchen bereits auf sie zu.

Aus dem Lautsprecher plärrte es: *„Notrufzentrale!"*

„Komm, Miez, Miez, Miez!", lockte einer der Männer und lachte schmierig.

Die letzte Version ergibt überhaupt keinen Sinn!, protestierte Hiltjas Verstand. Hecktisch blickte sie sich um.

„Was für ein Notfall liegt vor?", erkundigte sich die Dame im Handy.

Hiltja ignorierte die Frau. Was hatte Madame Vouh ihr zum Schluss präsentiert? Sie guckte sich um und glich Film vier mit ihrer Umgebung ab.

Ich müsste zehn Meter näher an die Krähenwiese heran und es würde passen.

Unentschlossen holte sie Luft. Trotz der Angst stimmte ihr Bauch energisch für Helfen. Version vier schien eine Möglichkeit … also gab

sich Hiltja einen Ruck.

„*Hallo?*", rief die Notruf-Dame. „*Ist dort jemand?*"

„Nein", murmelte Hiltja und brach den Anruf ab. Dann entsperrte sie das Display mit dem Code, tippte „HILFE!!!" und schickte die Nachricht an Thor ab. Adrenalin raste durch ihre Adern.

Ich muss vollkommen übergeschnappt sein!

Mit schnellen Schritten wich sie weiter Richtung Wiese zurück.

Falls mich Madame Vouh mit der letzten Vision verarscht hat, bin ich so gut wie tot.

»Irre Hinnerksen erschossen!«, würde das Lokalblatt in ihrem Heimatdorf titeln.

Die können mich mal.

Trotzig verstaute sie ihr Telefon, öffnete die Jacke und stellte sich mit breiter Brust auf den Weg, so wie die alte Zigeunerin es ihr gezeigt hatte. Die Pose wirkte um Welten mutiger, als sie sich fühlte.

Sollte ich nicht lieber wegrennen?

Ihre Muskeln zuckten, aber dann sah sie die Verzweiflung im Gesicht des Mädchens.

„Komm hinter mich!", rief Hiltja. Sie lächelte möglichst zuversichtlich und winkte die Flüchtende an sich vorbei.

Schon näherten sich die Männer. Beide waren groß und schwer.

Mist! Denen habe ich nichts entgegenzusetzen.

„Schau mal, Udo!", gurrte der eine und verlangsamte seine Schritte. „Noch 'n Kätzchen."

„Wenn du klug bist, Kleines, mischst du dich nicht in unsere Angelegenheiten ein, sondern ziehst Leine", zischte Udo. Er bremste ebenfalls ab.

„Hä? Die hat sich doch schon eingemischt."

„Stimmt." Udo schob seine Hand unter seinen Parka. „Tja, Kleines, ich würde sagen: Pech gehabt!"

Hiltja schluckte.

Er war es, der mich hingerichtet hat! Wetten, dass er nach seiner Waffe greift?! Wenn ich jetzt wegrenne ...

Von hinten erschossen zu werden, war definitiv genauso unsexy, also räusperte sie sich und forderte mit fester Stimme: „Lasst sie in Ruhe!"

Der erste Kerl kicherte, als hätte sie den Witz des Jahrhunderts gerissen.

„Hör auf mit dem Gegacker, Jensi!"

„Aber das ist doch lustig!", gluckste dieser. „Komm. Wir nehmen sie einfach beide mit, ja?"

„Das tut ihr nicht!", protestierte Hiltja. Sie wollte drohend klingen, aber aus ihrem Mund kam bloß ein heiseres Kieksen.

„Ach nein?" Udo grunzte verächtlich. „Und was willst du dagegen tun, Kleines?"

„Ich …", hob Hiltja an.

Ja, was will ich gegen die Typen tun. Ihnen eine Handvoll Nichts entgegenwerfen?

Noch konnte sie nicht die Pupillen in deren Augen erkennen. Und selbst wenn, was sollte das bringen?

Verdammt! Ich werde in das Mündungsfeuer von Udos Knarre glotzen und das Mädchen vergewaltigen die Kerle trotzdem!

Hiltja wurde eiskalt.

Sie hatte die falsche Entscheidung getroffen. Die Männer würden sie beide einkassieren.

Sie wollte schon aufgeben, da zeigte ihr Madame Vouh noch einmal sehr eindringlich Film Nummer vier: Hiltja griff in ihre Jacke und schleuderte ihren Gegnern eine Handvoll Nichts entgegen.

So ein Schwachsinn!

„Du nimmst »Wildkatze«", befahl Udo, „und ich »Kleines«."

Lächelnd zog er seine Pistole.

Jensi grinste lüstern. „Geht klar!"

Im nächsten Moment traten die Männer auf Hiltja zu.

Udo hob seine Waffe. „Schön brav sein!"

Störrisch wiederholte Madame Vouh die letzte Sequenz.

Also gut, dann sterbe ich eben mit Schwachsinn.

Hiltja steckte die rechte Hand in ihre Jacke und ballte sie zur Faust.

Als die Kerle noch einen Schritt auf sie zu machten, riss sie den Arm nach vorn und vollführte die von der Zigeunerin verlangte Bewegung.

Im selben Augenblick kräuselten sich ihre Nackenhaare und das Mädchen hinter ihr kreischte voller Todesangst.

Plötzlich schimmerte die Luft vor Hiltja leicht bläulich und knisterte.

Hä?

Udo und Jensi erstarrten. Ungläubigkeit breitete sich auf ihren Gesichtern aus und ging in Fassungslosigkeit über.

Oh! Die sehen das offensichtlich auch!

Dann flutete grenzenlose Panik die Miene der Männer. Udos Knarre fiel ihm aus der Hand und plumpste mit einem dumpfen Geräusch auf den Sandweg.

Jetzt übertreiben sie aber.

Anstatt sich zu beruhigen, schrien die Typen aus Leibeskräften. Dabei rührten sie sich keinen Millimeter.

Irritiert schaute Hiltja auf ihre geöffnete Handfläche. Da war nichts Ungewöhnliches zu sehen.

Was zur Hölle habe ich getan?!

***

Thorxarr sprang direkt von Alexans Antarktis-Quartier in die Nebelsphäre. »HILFE!!!« hatte Schneewittchen ihm über das Telekommunikationsgerät geschrieben und sein Kamerad hatte gemeint, dass Menschen wie seine Kleine so etwas nicht zum Spaß tippten. Erst recht nicht in Großbuchstaben und mit drei Ausrufezeichen. In so einem Fall wäre Eile geboten, hatte der Weiße behauptet.

Ich musste sofort aufbrechen!

Der rote Krieger stellte sich seinen Austrittspunkt so genau wie möglich vor und glitt durch das wattige Weiß der Nebel. An diesem Ort gab es weder oben noch unten, keinen Raum und keine Zeit, sondern lediglich eine alles verzehrende Kälte. Wer sich hier verirrte, dem

Albtraummonster

saugte die Sphäre in kürzester Zeit die astralen Kräfte aus. Fand man sein Ziel nicht auf Anhieb, so fand einen der Tod.

Zum Glück kenne ich das Gelände, wo Schneewittchen sich aufhalten müsste.

In der Nähe des Ententeichs gab es eine Wiese. Dort würde er knapp über dem Boden die Sphäre verlassen. Für die Verwandlung musste er seine Unsichtbarkeit einen Atemzug lang aufgeben, doch dann konnte er seinem Mädchen in menschlicher Gestalt zu Hilfe eilen.

Hoffentlich sieht mich niemand.

Wenn er sich erst einen geschützten Platz suchen musste, verlor er wertvolle Zeit.

„Was auch passiert sein mag", hatte Alexan ihn vor seinem Aufbruch beschworen, *„handle nicht überstürzt. Denk dran, du darfst nicht auffliegen, Thor! Sonst entzieht dir das KfZmjH deine Lizenz für den Aufenthalt bei den Humanoiden. Und dann ist deine WG mit Schnee-wittchen Geschichte."*

Das Komitee für Zwischenfälle mit jungfräulichen Humanoiden verstand bei Verstößen gegen die Geheimhaltung von Magie und Drachen keinen Spaß. Sobald sie gezwungen waren, menschliche Erinnerungen zu manipulieren, war die Lizenz bei der für den Zwischenfall verantwortlichen Himmelsechse futsch.

Das darf nicht geschehen. Und das wird es nicht!

Thorxarr mochte kein Elitesoldat sein, aber in Krisensituationen hatte er noch nie die Nerven verloren.

Heute werde ich nicht damit anfangen.

Vor dem Krieger lichteten sich die Nebel. Durch den milchigen Schleier der Weltenhaut konnte er sein Mädchen am Rande der Wiese erkennen. Sie stand mit dem Rücken zu ihm. Wenige Meter weiter befanden sich zwei Männer, von denen einer mit einem Knallstahl auf Schneewittchens Kopf zielte. Unvermittelt zuckte der rechte Arm seiner Kleinen nach vorn.

Scheiß aufs KfZmjH!

Thorxarr riss die Weltenhaut auf, trat bewusst ungetarnt in die

novembergraue Luft über der Wiese und errichtete sofort einen kugelsicheren Schild um Schneewittchen.

„Waffe fallen lassen!", befahl er dem Hautsack. Drohend spreizte er Schwingen und Halskrause, was die feige Kakerlake dazu veranlasste, seinen Wunsch umgehend zu erfüllen.

Thorxarr nahm sich eine Sekunde, um die Lage zu analysieren. Die Kakerlake war entwaffnet und schrie. Hautsack Nummer zwei besaß zwar ein Klappmesser, doch er dachte nicht daran, es aus seiner Jackentasche zu fummeln. Stattdessen kreischte er unangenehm hoch und pieschte sich in die Hosen.

Diese Menschen sind nicht ganz dicht!

Schräg neben Schneewittchen zitterte noch eine Humanoide. *Schande! Die hatte ich übersehen.* Sie war jung, klein und entkräftet. Von ihr ging keinerlei Gefahr aus. *Ach so, deswegen ...*

Schneewittchen war unversehrt, wenn auch definitiv gestresst. Ihr Puls raste und gerade untersuchte sie ihre rechte Handfläche.

Sie hat mich noch gar nicht gesehen.

In einer raubtierhaften Bewegung verwandelte Thorxarr sich in seine Menschengestalt und ließ den überflüssigen Schild vor seinem Mädchen kollabieren.

∗∗∗

Ihre Hand sah wirklich vollkommen normal aus. Hiltja ließ sie sinken und schaute hoch. Das blaue Leuchten war verschwunden.

Es muss eine Sinnestäuschung gewesen sein.

Udo und Jensi glotzten sie allerdings weiter mit schreckensgeweiteten Augen an und schrien, was die Lungen hergaben. Dass solche Typen dermaßen schrill kreischen konnten, hatte Hiltja nicht gewusst.

Einen Wimpernschlag später waren ihre Lungen leer. Schon japsten die Kerle synchron nach Luft und blinzelten.

Moment ... die gucken ja gar nicht mich an, oder? Nee. Hinter mir muss was sein!

In Erwartung von blankem Horror wandte sie sich um.

Thor!

Das war unmöglich. Trotzdem sah der Mann, der gerade über die Wiese zu ihr herüberlief, ihrem Donnergott zum Verwechseln ähnlich.

Hä? Wie kann er so fix hier sein?

Die Wildkatzenfänger waren mit Luftholen fertig und starteten ihr Geschrei von Neuem. Hiltja drehte sich zu den Männern zurück. Udo stolperte mit abwehrend erhobenen Händen rückwärts, während Jensi immer noch festgewurzelt vor ihr auf dem Weg stand und mit seinen Armen ruderte.

Hmm. Schaut nicht danach aus, als würde ich heute sterben.

Mut flutete ihren Geist, gefolgt von berauschendem Zorn.

Die Mädchenschänder müssen weg.

Irgendwo hatte sie mal gelesen, dass man männliche Angreifer lieber ordentlich gegen das Scheinbein treten sollte und nicht ins Gemächt.

Ehe ihr Hirn diese Informationen sinnvoll verarbeiten konnte, setzte sich Hiltjas Körper bereits in Bewegung. Sie machte drei schnelle Schritte auf Jensi zu, trat dem Widerling mit aller Kraft gegen das Scheinbein und brüllte: „Verzieh dich!“

Daraufhin schwang sich das Kreischen des Mannes eine Oktave höher. Und blöderweise ging er nicht auf Abstand, sondern brach auf dem Weg zusammen und heulte weiter.

Mist.

Hilflos drehte sich Hiltja zu Thor um. „Der Typ will einfach nicht abhauen!“

Ihr Donnergott war inzwischen direkt hinter ihr und grinste. „Wie soll er denn, wenn du ihn so versiert außer Gefecht setzt?“

„Ich …“ Sie zuckte mit den Achseln. „Der … sollte … mir nicht zu Nahe kommen!“

„Wird er nicht“, grollte Thor. Er schritt an ihr vorbei, kickte Udos Pistole aus Jensis Reichweite und wandte sich diesem zu. „Nie wieder.“

Der Ausdruck in seinem Gesicht war so finster, dass Hiltja Angst bekam. „He! Was …. was hast du vor?“

„Ihm geben, was er verdient hat." Thors Stimme vibrierte abgrundtief in ihrem Bauch. „Geht ganz fix. Keine Sorge, den Zweiten kriege ich auch noch."

Darum machte Schneewittchen sich gerade keine Sorgen. „Willst du die etwa töten?"

„Ja." Er beugte sich über Jensi. „Diese Kreaturen haben ihr Recht aufs Atmen soeben verwirkt."

„Halt!", rief Hiltja und fasste nach seiner rechten Faust. „Das kannst du nicht tun."

„Klar kann ich das", murrte der Soldat, drehte sich aber widerwillig zu ihr um. „Die beiden sind nicht sonderlich wehrhaft."

„Nein, das meinte ich nicht." Hiltja legte ihre zweite Hand um seine Faust. „Du *solltest* das nicht tun. Das wäre nicht richtig."

„Wieso? Glaubst du, dieses Gewürm hätte dich verschont?" Thor schnaubte und sah kopfschüttelnd auf sie herab. „Die zwei wollten dich in ihrem Versteck hinrichten." Seine Kiefermuskulatur verspannte sich und die Luft um ihn herum begann zu flirren, als wäre sie brandheiß. „Vorher hätten sie noch wer weiß was mit dir angestellt!"

„Ich nicht!", winselte Jensi zu ihren Füßen. „Ich kriege ja gar keinen hoch."

„Klappe!", blaffte Thor.

Schweigen und armseliges Geheule.

„Schneewittchen", seufzte der Donnergott schließlich und warf einen Blick auf seine große Faust, die sie wie ein Kind umklammert hielt. „Wenn du deine Feinde nicht aus dem Weg räumst, wird die Liste derer, die dir nach dem Leben trachten, immer länger."

„Ich … ähm …" Hiltja ließ seine Faust los. Sofort vermisste sie den Hautkontakt zu ihm.

„Was?", brummte er.

„Wir …" Sie musste sich räuspern. „Wir bringen die Typen zur Polizei!"

„Ja, hör auf das Mädchen", jaulte Jensi vom Boden.

„Klappe!" In Thors Augen funkelte kalte Wut. Zunehmend ungehal-

Albtraummonster

ten motzte er: „Schneewittchen, wie soll ich dich beschützen, wenn du mich nicht meinen Job machen lässt? Solche Ganoven werden viel zu schnell wieder freigelassen und dann", er hob gereizt seine Klodeckelpranken, „sind sie dir …"

Wusch!

Plötzlich explodierte ein greller Lichtblitz vor Thors Gesicht.

***

Thorxarr konnte nichts mehr sehen.

Was …?!

Sofort riss er einen Schild um sich und Schneewittchen herum hoch, machte die Auren mit einem Zauber sichtbar und sondierte die Lage.

Was ist hier los?!

Schneewittchens Kontur nahm er wie eine schillernde Seifenblase in durchscheinenden Regenbogenschlieren wahr. Sie schien unverletzt und blinzelte zu ihm hinauf. In ihrem Geist sah er, dass sie keine Ahnung hatte, was passiert war.

Der »Schuss« kam von der Wiese.

Umgehend schob Thorxarr sich zwischen den Feind und sein Mädchen.

Einige Meter vor ihm flackerte eine ausgelaugte magische Aura.

Das … ist die entkräftete Jung-Humanoide!

Erstaunt fokussierte er die Fremde. Sie war sowohl physisch als auch astral am Ende. Offenbar hatte sie ihre letzten Kräfte mobilisiert, um Schneewittchen vor seinem vermeintlichen Angriff zu beschützen.

Pfft. Jetzt ist sie aber wirklich keine Gefahr mehr für uns.

Er würde später einen genaueren Blick auf dieses Menschlein werfen.

Stellt hier sonst noch irgendwer oder -was eine Bedrohung dar?

Das Gewürm kroch auf allen Vieren am Boden von ihm fort und die Kakerlake floh strauchelnd über den Weg hinter der Brücke.

Nein. Den Schild kann ich mir sparen.

Er ließ ihn fallen. Langsam kehrte seine Sicht zurück.

„Was war das?", flüsterte Schneewittchen.

Magie, seufzte Thorxarr stumm und behauptete: „Eine Blendgranate."

„Für eine Granate war die ganz schön leise."

„Das Wildkätzchen ist nie laut", schniefte Jensi. „Die hat ganz fiese Tricks drauf."

„Klappe!" fauchte Thorxarr. Er glaubte dem Gewürm aufs Wort. Die Jung-Humanoide war definitiv magisch begabt, wenn auch nicht sonderlich stark. Das war allerdings nichts, was er vor Schneewittchen diskutieren wollte, da sie nichts von diesen Dingen wusste.

Mein Mädchen wirkt zwar selbst Magie, aber das macht sie intuitiv.

Es war besser, wenn es dabei blieb, ansonsten würde das KfZmjH an ihren Erinnerungen herumpfuschen und das wollte der Krieger auf keinen Fall.

„Woher kam die Granate?" Schneewittchen lugte an ihm vorbei Richtung Wiese, wo in diesem Moment die Jung-Humanoide in sich zusammensackte.

„Na, von dem durchtriebenen Früchtchen!", beschwerte sich Jensi. „Die Hure hat es faustdick hinter den Ohren." Schleimerisch fügte er hinzu: „Nehmt euch lieber vor der in Acht."

„Klappe!", riefen Thorxarr und Schneewittchen synchron.

„Ich sach's ja nur." Das Gewürm biederte sich weiter an. „Udo muss die Kratzbürste erst einreiten. Höhö. Dann wird sie ruhiger."

Der Krieger warf seiner Kleinen einen fragenden Blick zu und sie nickte stumm.

Jensi lächelte unterwürfig. „Ich kann euch helfen, ehrlich!"

„Du kannst die Klappe halten!", grollte Thorxarr und verpasste dem Gewürm einen behutsamen Schlag gegen die Schläfe, sodass der Hautsack ohnmächtig zusammensackte.

„Endlich Ruhe!" Der Krieger atmete auf und scannte die Gegend nach Gedankenmustern. Außer ihm und Schneewittchen waren keine Himmelsechsen oder Menschen in der Nähe.

Schließlich schaute er sich um und wandte sich an sein Mädchen: „Was war hier eigentlich los?"

„Die Kleine …", Schneewittchen ging zur Fremden auf die Wiese. „Sie brauchte Hilfe." Dort kniete sie sich neben dem ausgemergelten Körper ins Gras. „O Gott! Ist sie …?"

„Nein, der geht es gut", murrte Thorxarr. „Die kommt garantiert schnell wieder auf die Beine."

Ein bisschen Zimtextrakt und ausreichend Nahrung – schwubs – schon ist sie wie neu.

Schneewittchen beugte sich über den Kopf der Jung-Humanoiden. „Ihr Atem ist schwach. Wir sollten einen Krankenwagen rufen." Sie stand auf und zerrte ihr Telekommunikationsgerät aus der Jackentasche.

„Lieber nicht", meinte Thor. „Die können ihr nicht richtig helfen."

„Nicht? Wer dann?" Seine Kleine furchte die Stirn. „Ich werde sie auf keinen Fall hier liegenlassen!"

„Das verlangt ja auch keiner." Thorxarr verdrehte die Augen.

Wie soll ich ihr erklären, dass die Humanoide an die Akademie zur Steinburg muss? Ich werde Alex bitten, dass er sich um sie kümmert. Hmm. Wo bleibt mein Kamerad eigentlich? Er wollte nachkommen, oder nicht?

„Willst du sie mit zu uns nehmen?" Schneewittchen schaute ihn verwundert an.

Auf die Fragen, die sein Mädchen ihm stellte, hatte der Krieger keine Antworten. Also schüttelte er den Kopf und wechselte das Thema. „Warum hast du dich überhaupt bei diesem niederträchtigen Gewürm eingemischt? Wir waren uns doch einig, dass du Ärger aus dem Weg gehen solltest!"

„Sie ist weggelaufen!"

„Und? Viele laufen weg", behauptete Thorxarr, um weiter abzulenken.

„Mag sein, aber die Typen …", Schneewittchen zeigte auf Jensi und danach undefiniert Richtung Brücke, „… die wollten ihr etwas Böses. Die wollten sie … vergewaltigen!"

Da hat sie recht, doch woher weiß SIE das?

Die Antwort war nicht in ihrem Geist.

„Ich ...", hob Schneewittchen an und brach irritiert ab.

Thorxarr runzelte die Stirn. Seine Kleine hatte tatsächlich keinen Schimmer, woher sie diese Information hatte und in diesem Moment war sie sich nicht einmal mehr sicher, ob der Inhalt korrekt war.

„Du *darfst* dich solchen Menschen nicht in den Weg stellen", verlangte er und hob eindringlich seinen Zeigefinger.

„Die ..." Schneewittchen zeigte auf den Knallstahl, der auf dem Weg lag. „Die hatten eine Waffe!"

„Eben. Die ja, du nicht." Seine Augen wurden schmal. „Sag mal, hast du das mit der Pistole vorher gewusst?"

Sie nickte, nur um gleich darauf hilflos mit den Achseln zu zucken. In ihrem Kopf herrschte eine Leere, die sie zutiefst verunsicherte.

Was ist das nur mit ihr?

Sofort hatte er Mitleid mit seinem Mädchen. Doch beim nächsten Atemzug dachte er an die Situation bei seiner Ankunft.

Sie hätte sterben können! Das muss sie begreifen.

Ärgerlich sah er zu ihr hinab. „Das war verdammt leichtsinnig von dir!"

„Ich weiß. Aber ich konnte das Mädchen nicht einfach diesen ... Monstern überlassen!" Trotzig stemmte sie ihre kleinen Fäuste in die Hüften. „Stell dir vor, sie wären hinter *mir* her gewesen!"

Oh!

Nein, das stellte Thorxarr sich lieber nicht vor, ansonsten konnte er die menschliche Gestalt vergessen. Seine Drachenaura flirrte auch so schon heftig genug.

„Genau solchen Scheiß will ich ja verhindern!", grollte er. „Aber nein, die holde Maid besteht ja darauf, dass ich das sadistische Gewürm am Leben lasse!"

„Du kannst nicht jeden umbringen, der mir dumm kommt!", schimpfte sie und reckte ihm zornig die Stirn entgegen.

„Das würde ich aber gern."

„Ach ja?!" Die Wut in ihren Augen begann zu kochen.

Boa, wie halsstarrig sie ist! Pah! Das kann ich auch.

Er stemmte ebenfalls seine Fäuste in die Seiten. „Ja! Diese widerlichen Kreaturen wollten deinem Schützling die Unschuld rauben und dich töten! Ich finde, *das* kann man kaum als »dumm kommen« bezeichnen!"

Er beugte sich provozierend zu ihr herab. „Wäre *ich* nicht rechtzeitig hier gewesen, um dich zu beschützen, Kleines, dann …."

„Nenn mich nicht Kleines!", schrie sie aufgebracht. „Nie wieder!"

Das Wort ließ Angst und Wut gleichermaßen im Kopf seines Mädchens explodieren.

„Aber … du *bist* klein!", murmelte er verdattert.

„Mir egal! Die 60er Jahre sind vorbei." Sie atmete heftig und in ihren Augen schimmerte es feucht.

Erst jetzt erkannte Thorxarr, dass Udo, die Kakerlake, sein Mädchen genauso genannt hatte. *Oh nein!* Sein Ärger zerstob zu Mitgefühl.

Schneewittchen drängte ihre Tränen zurück. „Ich bin kein Püppchen, Thor! Den da", sie zeigte auf Jensi, „habe ich ganz allein außer Gefecht gesetzt."

Thorxarr nickte. „Das hast du. Entschuldige. Ich nenne dich nie wieder so."

„Gut!", schniefte Schneewittchen und wischte sich unwirsch mit dem rechten Handrücken über die Wangen.

Wie hilflos sie dort steht! Ihr Anblick zerrte am Herz des Kriegers. *Bei der Sphäre, ich möchte sie an mich schmiegen und trösten!*

Und dann würde er sie nie wieder loslassen. Dennoch rührte Thorxarr sich nicht vom Fleck.

Schneewittchen sehnte sich nach Nähe, gleichzeitig wollte sie am liebsten um sich schlagen, das konnte er in ihrem Geist sehen.

Das Schweigen zwischen ihnen wurde laut und die Distanz schmerzhaft.

Ich muss mich beherrschen!, befahl der Krieger dem verliebten Kavalier in sich.

Unterdessen kämpfte sein Mädchen mit dem Erlebten.

Hiltja schluckte. Sie hatte gar nicht so mutig sein wollen, wie sie gewesen war. Die Erinnerungen an die letzten Minuten hatten merkwürdige Löcher, fast als fehlten einzelne Teile.

Ich war kurz davor, mich im Laub zu verstecken, als die Männer kamen.

Das erschien ihr nun überaus logisch. Doch stattdessen hatte sie die Nachricht an Thor geschrieben.

Dabei wusste ich genau, dass er es nicht rechtzeitig hierher schaffen kann. Wieso zum Teufel habe ich ihm diese Nachricht geschrieben?

Das war absurd. Noch absurder war allerdings, dass Thor tatsächlich nur wenige Atemzüge später bei ihr gewesen war.

Ist er mir gefolgt?

In dem Fall hätte er ihre Nachrichten nicht verzögert, sondern sofort bekommen müssen.

Da stimmt etwas nicht.

Hiltja fühlte sich elend. Sie hatte Kopfschmerzen und ihr Körper brannte von innen. Vor allem aber verstand sie sich selbst nicht mehr.

Wie konnte ich nur sowas Unsinniges tun?!

Allein diese Bewegung am Ende, als sie den beiden Männern eine Handvoll Nichts ins Gesicht geworfen hatte, war hochgradiger Schwachsinn.

Warum tue ich so etwas?

Sie begriff das nicht. Trotzdem erinnerte sie sich dumpf, dass ihr das Verhalten als einziger Ausweg erschienen war.

Werde ich verrückt?

Sie hoffte, nicht. Ein Teil von ihr drängte darauf, wenigstens das eine Rätsel zu lösen.

Aufgewühlt schaute sie zu Thor hoch.

„Ich dachte, du und Alex, ihr seid sonst wo. Wie konntest du so schnell hier sein?"

***

Mantokscheiße. Nicht DIE Frage!

Jetzt hatte sie ihn an seinem schuppigen Hintern. Thorxarr rollte mit den Augen, doch sein Mädchen ließ nicht locker.

„Bist du mir etwa gefolgt? Wie so'n kranker Stalker?"

Wenn ich ja sage, hält sie mich für einen Unhold.

Das ging nicht. Außerdem witterte die Kleine es, wenn er sie anschwindelte. Also versuchte er Zeit zu gewinnen.

„Was ist ein Stalker?"

„Lenk nicht ab!", brauste sie auf. „Bist du mir gefolgt?!"

„Nein." Thorxarr seufzte: „Bin ich nicht. Ich ... war bloß schnell. Sehr schnell."

„So schnell ist kein Mensch!", beschwerte sich Schneewittchen und fuchtelte mit ihrem kleinen Zeigefinger unter seiner Nase herum.

„Ich schon."

Er presste seine Lippen aufeinander.

Hoffentlich versteht sie den Wink, dass ich zu dem Thema nichts weiter zu sagen gedenke.

Schneewittchen verstand ihn, ignorierte das aber. „Ach ja? Kannst du zaubern oder was?"

Diese Mutmaßung war zwar zutreffend, doch nicht unbedingt besser.

„Boa, Mädel", knurrte er mit zusammengebissenen Zähnen. „Kannst du dich nicht einfach darüber freuen, dass ich rechtzeitig hier war, um dich zu retten?"

„Nein, das kann ich nicht!" Die Kleine verkniff ihren Mund. „Du tust es nämlich immer wieder."

„Was?"

„Na, du rettest mich ständig. Du tust alles für mich!"

Bingo!

Thorxarr legte den Kopf schief. „Gefällt dir das etwa nicht?"

Doch!, hallte es überlaut durch ihre Gedanken. „Ich verstehe nur nicht, *warum* du das alles tust!"

Schneewittchen hob ihre Hände und redete sich nun richtig in Rage: „Weißt du, vor sechs Wochen tauchst du plötzlich aus dem Nichts in meinem Leben auf. Du rauschst im Stadion mit mir zusammen und prügelst dich für mich! Als ich zu Piet muss, stehst du in meiner U-Bahn. Du befreist mich nach einem Pokerspiel aus Bonds Auto und bringst mich nach Hause. Und … und als ich angeschossen werde, sitzt du stundenlang an meinem Krankenhausbett und ziehst danach bei mir ein! Ich …" Sie brach ab.

Bebend sah sie zu ihm auf und wisperte: „Thor, du verbringst jede freie Minute mit mir. Du beschützt mein Leben; du versuchst, mir Piet vom Leib zu schaffen; du …", sie lächelte bittersüß, „du kochst sogar für mich. Thor, das ist nicht normal."

„Stimmt. Das mit dem Kochen ist krass."

Dass er mal so etwas tun würde, hätte der Krieger selbst nicht für möglich gehalten.

„Jetzt reiß hier keine Witze!", schimpfte Schneewittchen und schlug ihm mit der flachen Hand auf die Brust. „Autsch!"

Er grinste. Selbst in seiner mickrigen Menschengestalt waren seine Muskeln stahlhart.

„Ich meine es ernst, Thor Krieger! Warum tust du das?! Ich muss das endlich verstehen!"

Er schwieg. Was sollte er auch sagen?

Wenn sie sich aufregt, ist sie noch attraktiver als sonst. Ihre Lippen sehen so rosig und weich aus.

Wunderschön. Die mussten geküsst werden. Am besten von ihm. Doch das durfte er natürlich nicht tun.

Ein Hoch auf meine Kriegerdisziplin!

Er straffte sich und sie ließ nicht locker.

„Spuck endlich die Wahrheit aus, du Donnergott!"

Schneewittchen starrte ihm direkt in die Augen, bis er das Gefühl hatte, sie würde ihm in die Seele schauen.

Ich werde standhaft bleiben! Das ist besser für uns beide.

Dennoch breitete sich honigsüßes Glück in Thorxarr aus, als er im

Albtraummonster

Rehbraun ihrer Augen badete. Es war berauschend.

Ich bin ein Krieger. Ich schaffe das.

Während sie sein Wesen zu ergründen versuchte, verteilten sich die wohligen Emotionen überall in seinem Körper. Das war dermaßen angenehm, fast hätte er geschnurrt.

Ich bin ein roter Krieger ...

Aber auch rote Krieger waren empfindsam und Thorxarrs Körper war voller Wonne. Er *konnte* in diesem Moment einfach nicht anders als lächeln.

Ich liebe dich!, stellte Schneewittchen stumm fest. *Und ... du Dickschädel liebst mich auch!*

Ja. Er nickte, beseelt von ihren innigen Gedanken. *So ist es. Ich liebe dich, winziges Menschlein. Mehr als mein Leben. Und aus diesem Grund tue ich alles für dich. Verlang von mir, was du willst ...*

***

Hiltja war es, als würde er direkt zu ihr sprechen.

„So ist es", wisperte er mit einer Zärtlichkeit, die ihr den Atem stocken ließ. „Ich liebe dich, winziges Menschlein. Mehr als mein Leben. Und aus diesem Grund tue ich alles für dich. Verlang von mir, was du willst …"

Er liebte sie wirklich. Mehr musste sie nicht wissen.

„Ich verlange nur eines, Herr Krieger", flüsterte sie, stellte sich auf ihre Zehenspitzen und zog seinem Kopf zu sich herab. *Küss mich endlich!*

Und weil sie *kein* »Kleines« war, sondern eine erwachsene Frau, ergriff sie selbst die Initiative und drückte ihre Lippen auf seine.

Ihr Donnergott schmeckte leicht nach Chili und irgendwie animalisch würzig – göttlich eben.

***

Thorxarr, der rote Krieger, schwebte im siebten Himmel. Was die Berührung ihrer Lippen in seinem kampfgestählten Körper auslöste, war erschütternd und das Beste, was er je erlebt hatte.

Ein Beben lief durch seine Drachenaura, riss ihn mit sich und schwemmte seine lächerliche Kriegerdisziplin fort wie ein Tsunami Getränkebuden an einem Sandstrand.

Er ließ es freudig geschehen.

Lediglich der klägliche Rest seines glückverklebten Verstandes realisierte, dass er sich verwandeln würde und Schneewittchen direkt vor ihm stand. Sie hielt seinen Kopf ihn ihren Händen *–mein Herz ebenso!* – und presste ihre samtigen Lippen auf seine. Und dann schickte dieses wunderbare Wesen auch noch ihre Zungenspitze auf Wanderschaft. Das von dieser Berührung ausgelöste Prickeln fuhr ihm direkt in die Lenden.

Göttlich!

Aber womöglich tödlich für sie bei seiner Verwandlung.

Im letzten Moment packte der Drache ihre Hände und löste sie von seinen Wangen. Dann stieß er sie so behutsam wie möglich von sich fort und sprang gleichzeitig zurück. Jegliche Kontrolle entglitt ihm.

Bei der Sphäre! Was habe ich getan?!

Er konnte es nicht verhindern.

Explosionsartig verwandelte er sich vor den Augen seiner Liebsten in seine wahre Gestalt.

Albtraummonster

Ui, wie romantisch!

Hiltja landete unsanft mit ihrem Hosenboden auf dem Sandweg. Neben ihr lag der bewusstlose Jensi und vor ihr stand ein roter Drache.

Sie keuchte – zum Schreien war sie viel zu entsetzt.

Die Echse war gigantisch, von der Schnauze bis zur Schwanzspitze vermutlich um die 20 Meter lang. Sie hatte einen bulligen, äußerst muskulösen Körper und das Rot der Schuppen ließ Hiltja sofort an frisch vergossenes Blut denken; es war merkwürdig glänzend und doch matt.

Grün wäre okay, aber rot ist gefährlich!

Die Dringlichkeit, mit der die innere Stimme Hiltja vor dieser Kreatur warnte, konnte sie nicht ignorieren.

Ich muss hier weg!

Plötzlich bäumte sich der Drache auf und trompetete empört, als hätte ihn ein Geschwader Löschflugzeuge mit Eiswasser übergossen. Er spreizte seine Schwingen ab, sträubte die Halskrause und entblößte

frustriert fauchend sein Raubtiergebiss.

O Gott! Der hat ja Riesendolche im Maul!

Instinktiv schob Hiltja sich mit den Füßen vom Drachen fort. Neben ihr stöhnte Jensi.

***

Schneewittchen hatte es schon wieder getan. Sie hatte ihn einfach aus ihrem Kopf geworfen und die Geistesverbindung gekappt.

In Thorxarr tobte der Zwang, der Kleinen nahe zu sein. Jede Faser seines Körpers sehnte sich so brutal nach ihr, dass es dem Krieger physische Schmerzen bereitete. Voller Frust trompetete er sein unerfülltes Verlangen in den Novemberhimmel.

Ich HALTE das nicht mehr aus!

Thorxarr spreizte Schwingen und Halskrause, ein Fauchen drang aus seinem Maul. Am liebsten hätte er den albernen Park um sich herum abgefackelt.

Ich muss etwas zerstören!

Prompt rauschte die astrale Kraft durch seine Meridiane, doch dann fiel sein Blick auf Schneewittchen und er erstarrte. Sein Mädchen schaute ihn mit schreckensgeweiteten Augen an und schob sich noch im Dreck sitzend mit ihren Füßen von ihm fort.

Das war zu viel. Hatte ihr Kuss ihn eben noch in den siebten Himmel katapultiert, so ließ ihn dieses Bild in die Hölle abstürzen.

Bei der Sphäre, sie fürchtet mich!

Kein Wunder. In ihren Augen war er ein Albtraummonster.

Ich hab's gewusst!

Trauer ertränkte seine Wut. Thorxarr sackte in sich zusammen und ließ die astrale Kraft ungenutzt entweichen. Sie zischte blitzend über seine Schuppen.

Mantokscheiße!

Dass er so viel Energie aufgenommen hatte, war ihm gar nicht aufgefallen.

Ui, wie romantisch!

Hiltja schluckte. Eben war der Drache noch ein furchterregendes Raubtier gewesen, doch jetzt sank er wie ein Häufchen Elend in sich zusammen. Im nächsten Moment funkelten seine Schuppen, als würde sie ein blassblaues Gewitter überziehen, und es roch nach überhitztem Kupfer.

Oha! Ein amerikanischer Weihnachtsbaum ist nichts gegen das Gefunkel ...

Absurderweise musste sie kichern.

Vielleicht schnappe ich jetzt ja endgültig über.

Tief in ihrem Inneren wunderte sie die Existenz der Himmelsechse allerdings nicht. Hiltja versuchte sich an den Grund dafür zu erinnern, aber es gelang ihr nicht.

Da ist was!

Sie horchte in sich hinein.

Da war tatsächlich etwas, doch sie konnte es nicht zu fassen kriegen. Und je mehr sie sich anstrengte, die verborgenen Erinnerungen in ihr Bewusstsein zu zerren, desto tiefer tauchten diese ab.

Ich schaffe es nicht!

Genervt gab sie auf und schaute den roten Drachen an. Rauch kräuselte sich aus seinen Nüstern. Irgendwie wirkte er zutiefst traurig.

Ob Drachen weinen können?

In den grauen Augen schimmerten zwar keine Tränen, aber dafür eine verzehrende Sehnsucht. Feine silberhelle Verästelungen zogen sich wie Lebensadern durch das Grau der Regenbogenhaut und wurden von einem etwas dunkleren Kreis eingerahmt.

„Thor!"

Hiltjas Blick irrte über das schuppige Gesicht. Der Drache hatte eine beeindruckende Narbe an seiner linken Schläfe und diverse kleinere am Kinn.

Wow! Genau wie Thor.

Auf einmal glomm Hoffnung in den Augen der Kreatur auf und dann

hörte sie die Stimme ihres Donnergottes direkt in ihrem Kopf: *„Ich BIN Thor!"*

„Du?!", keuchte Hiltja. „Du bist ein Drache!"

„Du siehst ihn auch, hä?", ächzte Jensi neben ihr. „Das ist krasser Scheiß, den du Udo und mir ins Gesicht geschmissen hast. Tja, hast das Zeug selbst eingeatmet, was?"

Hiltja hatte keine Ahnung, wovon der Typ sprach. Es interessierte sie nicht. Zitternd rappelte sie sich auf und klopfte den Dreck von ihren Händen.

„Du bist Thor!", sendete sie, wie sie es für die GeWeÜGes geübt hatte. *„Und du bist ein Drache."*

„Das bin ich."

Er bewegte sein gigantisches Haupt auf und ab und rollte seine Schwingen ein. Seine Gedankenstimme klang zerknirscht, als er brummte: *„Ich habe dir doch erklärt, dass ich gefährlich bin. Erinnerst du dich? »Ich bin nicht das, was du zu sehen glaubst«, habe ich gesagt."*

Das hatte er.

Hiltja nickte langsam. *Ich habe es bloß falsch interpretiert. Mein Fehler.*

Ihre Angst ebbte ab und machte kribbeliger Neugier Platz.

Hiltja betrachtete den Drachen. Er war ein Krieger, genau wie der Mensch, der vor kurzem bei ihr eingezogen war.

Ich wohne mit einem Drachen zusammen. Hui! DAS sollte ich lieber nicht meiner Mutter erzählen!

„Nee, lieber nicht", stimmte Thor zu und grinste. Dabei entblößte er wieder seine Riesendolch-Zähne.

Uff!

Sofort schlossen sich seine schuppigen Lippen wieder. *„Ich tue dir nichts, Klei... ähm Schneewittchen! Versprochen."*

Hiltja glaubte ihm. Plötzlich fiel ihr etwas auf. „He! Hörst du eigentlich all meine Gedanken?"

„Ja." Erneut nickte der Drache.

O Gott!

Erinnerungsfetzen prasselten auf sie ein.

Dann weiß er, dass ich ihn liebe! Dass ich ihn heiß finde. Dass ich mit ihm ...

In ihrem Geist wälzte sie sich nackt mit Mr Donnergott in ihrem Bett herum.

Die Himmelsechse schien ein Grinsen zu unterdrücken, doch sie war nicht sonderlich erfolgreich damit.

„Du ... Blödmann!" Empört stemmte Hiltja die Fäuste in ihre Hüften. „Und du sagst mir das nicht?!"

„Was hätte ich denn sagen sollen?" Er senkte seinen Kopf zu ihr herab. *„Moin! Ich bin Thor. Ich bin ein Drache, beherrsche Magie und lese deine Gedanken, egal ob ich das nun möchte oder nicht. Etwa sowas in der Art?"*

Hiltja grunzte unzufrieden, woraufhin der Drache seufzte. Sein würziger Atem strich über ihr Gesicht und ließ ihre schwarzen Haare flattern.

Oh! Jetzt weiß ich, wonach sein Kuss geschmeckt hat. Das Würzige, das war sein wahres Ich. Es hat göttlich geschmeckt.

Überhaupt war das der intensivste Kuss ihres Lebens gewesen. Er hatte sich so echt und vor allem verdammt richtig angefühlt. So etwas konnte unmöglich falsch sein.

Ich will nie wieder jemand anderen küssen.

„Das freut mich zu hören."

Die Riesenechse vor ihr lächelte ziemlich selbstgefällig.

„Du tust es schon wieder!", schimpfte Hiltja und schüttelte drohend ihren Zeigefinger vor seiner Schnauze. Eigentlich eine blöde Idee, denn er könnte sie mit einem Happs verschlingen, falls er es wollte. *Nicht drüber nachdenken!*

Hiltja machte den Rücken gerade und motzte weiter: „Hör endlich auf, meine Gedanken zu lesen, Thor!"

***

„*Kann ich nicht*", antwortete Thorxarr. Er liebte die Unerschrockenheit seines Mädchens. „*Deine Gedanken sind wie blinkende Leuchtschrift auf einem Pergament, das offen in der Gegend rumliegt. Ich* kann *da nicht wegsehen.*"

Dass sie ihren Kuss nicht bereute, bedeutete die Welt für ihn. Er schöpfte neue Zuversicht und fand seine innere Ruhe wieder.

Ich sollte mich zurückverwandeln, bevor mich noch jemand sieht.

***

„Alles Ausreden!", nörgelte Hiltja, obwohl sie ihm glaubte. Sie war aufgewühlt und nervös. Der Drache ragte wie ein Berg vor ihr auf und das Rot bildete einen intensiven Kontrast zum wolkenverhangenen Novemberhimmel. *Wie sich die Schuppen wohl anfühlen? Es heißt ja, Schlangen seien warm und trocken ...*

„*He! Vergleich mich nicht mit einer Schlange, Mädchen!*"

Mit einer raubtierhaften Bewegung verwandelte sich die gigantische Himmelsechse in ihren Donnergott zurück. Seine menschliche Gestalt war ihr herrlich vertraut, sodass sie sich entspannte.

Hiltja lächelte. *Hör du einfach auf, meine Gedanken zu lesen, Herr Krieger!*

„Das ist mir nicht möglich", brummte er und trat näher. „*Aber ich kann dir zeigen, wie du dich vor anderen abschirmst. Auch wenn mir das eigentlich verboten ist.*"

„Ach, *darauf* kommt es jetzt auch nicht mehr an", zeterte jemand hinter ihnen, der wie Alex klang.

Hiltja zuckte zusammen und drehte sich um. Es war wirklich der Milchbubi, der – diesmal mit pink gefärbten Haaren – über die Krähenwiese zu ihnen herüberstapfte und ärgerlich den Kopf schüttelte.

„Thor, du hast es vergeigt!", meckerte er schon von Weitem. „DAS fällt weder unter die Kategorie »unauffällig« noch unter »menschlich«." Er schnaubte und stopfte seine Hände tiefer in die Jackentaschen. „Das würde ich nicht mal als »Verhalten« bezeichnen.

Ui, wie romantisch!

Das ist *Versagen!*" Alex schüttelte enttäuscht seinen Kopf. „Seit Monaten gebe ich dir Tipps; ich übe mit dir! Da rede und rede und rede ich mir die Lippen fusselig und was machst du? Du stellst dich am *helllichten* Tag in deiner *wahren* Gestalt auf *eine Wiese* im Hamburger Stadtpark! Sowas wird beim KfZmjH als TOTALAUSFALL verbucht!"

Seine Stimme war mit jeder Silbe lauter geworden.

Hiltja hielt die Luft an. So sauer hatte sie Alex noch nie erlebt. Thor offenbar auch nicht, denn der zog den Kopf ein wie ein ertappter Grundschüler.

„Schneewittchen … ", stammelte ihr gefallener Donnergott und deutete mit dem Daumen auf sie. „Öhm … also, das Mädchen hat mich geküsst."

Schweigen.

Oha! Jetzt bin ich schuld?

Im Augenwinkel bemerkte Hiltja, dass Jensi stiften ging. Sie öffnete den Mund, doch da blaffte das Milchgesicht: „NA UND?! IST SIE ETWA DEINE GEFÄHRTIN?"

„Äh … nein." Thor wurde immer kleiner. „Sie hat mich nach dem Kuss aus ihrem Kopf geworfen. Wir sind keine Gefährten."

Ich sollte was wegen Jensi sagen!

Blöderweise kam sie nicht zu Wort.

„EBEN!" Alex warf seine Hände zornig in die Luft. „In dem Fall geht das Geknutsche den Krümelkackern vom KfZmjH an ihren schuppigen Ärschen vorbei! MANN, THOR! *Vier* Menschen haben dich als Drache gesehen. VIER! Ich schwör' dir, diesmal kriegen sie dich dran! ABER SOWAS VON!"

Hiltja verstand nicht wirklich, worum es bei den Vorwürfen ging, aber eines begriff sie. Fassungslos keuchte sie: „Du weißt, dass Thor ein … Drache ist?"

Alex nickte und erklärte ihr in einem äußerst liebenswürdigen Tonfall: „Natürlich, Schneewittchen. Ich bin ja selbst einer. Allerdings gehöre ich der Rasse der Weißen an und bin nicht so ein", er warf seinem

Freund einen finsteren Blick zu und wurde direkt wieder lauter, „hirnloser TESTOSTERONBOLZEN. Der da brüstet sich immer damit, dass er in Krisensituationen Herr der Lage wäre, dabei hat er KEINEN FUNKEN SELBSTKONTROLLE!"

„Hab ich wohl", brummelte Thor.

„Ach echt?!", kanzelte Alex ihn ab. „Und wie kommt es, dass die Menschen den *Herrn der Lage* beim Austritt aus der Sphäre sehen konnten? Du warst nicht mal getarnt! Die Bilder kreisen jetzt in Dauerschleife in den Gehirnen der Humanoiden."

„Das war Absicht."

„Auch noch mit Vorsatz! Na wundervoll. Ich dreh' hier gleich durch." Der Milchbubi warf seinen Kopf in den Nacken. „Das KfZmjH wird *begeistert* sein. Die werden dich zum *Idiotentest* verdonnern und deine Lizenz für den Aufenthalt in der Menschenwelt kannst du *für die nächsten Dekaden vergessen!* DU BIST RAUS, THOR!"

Alex' Unterlippe zitterte. Überraschend leise fügte er hinzu: „Und wer begleitet mich nun bei meinen Studien?"

***

Aha! Daher weht also der Wind. Thorxarr schenkte seinem Kameraden ein nachsichtiges Lächeln. „Der Vorsatz war notwendig, weil Schneewittchens Leben in Gefahr war."

Er ließ die Szene, in welcher die Kakerlake mit einem Knallstahl auf den Kopf seines Mädchens gezielt hatte, in sich aufsteigen und sendete sie an Alex und ebenso an Schneewittchen.

Seine Kleine schnappte nach Luft, riss die Augen auf und starrte zu ihm hoch.

Zwinkernd ergänzte er: „*Wir Drachen können auch Bilder telepathisch übertragen. Ich habe mich dir offenbart, Klein... ähm Schneewittchen. Ich will keine Geheimnisse mehr.*"

„Oh!", machte Alexan. „Das ähm … ändert die Lage? Vielleicht. Genau weiß ich es nicht. Da müsste ich Oxa fragen." Stumm sendete er

Ui, wie romantisch!

direkt an den Krieger. *„Du solltest der Kleinen nicht noch mehr zeigen. Wer weiß, wie das Komitee entscheidet!"*

„Schneewittchen ist magisch begabt", widersprach Thorxarr und schenkte seinem Mädchen ein Lächeln. „Sie werden ihr Gedächtnis nicht anpassen."

„Ich? Magisch?" Die Kleine keuchte.

„Was genau zaubert sie eigentlich?", hakte Alexan nach. „Ich war nie dabei, wenn sie etwas gewirkt hat."

„Ich auch nicht." Thorxarr zuckte mit den Schultern. „Aber schau in ihre Augen. Sie sind durstig."

Der Weiße blickte seinem Mädchen intensiv ins Gesicht und schon regten sich im Krieger Besitzansprüche.

„Das reicht", knurrte er.

„Nein, das müssen wir genau wissen", widersprach Alexan. Er wandte sich Schneewittchen zu. „Darf ich?"

„Was denn?", fragte sie perplex. „Ich weiß gar nicht, wovon ihr redet!"

Sie hatte tatsächlich überhaupt keinen Schimmer, das konnte Thorxarr in ihren Gedanken beobachten. Wieder einmal herrschte dort eine merkwürdige Leere. *Als hätte jemand die Wahrheit unter einen Teppich gekehrt, weil sie niemand sehen soll.*

Im nächsten Moment flackerte ihre Furcht vor dem kleinen Weißen auf und dann drängte die Sehnsucht nach dem Waldsee mit Macht in ihr Bewusstsein.

Bei ihr stimmt was nicht!

„Ich …" Schneewittchen stolperte rückwärts.

„Keine Angst", versuchte Thorxarr sie zu beruhigen. „Wir tun dir nichts. Und morgen suchen wir wieder nach deinem See, einverstanden?"

Seine Worte brachten nichts. Die Kleine schluckte mit feuchten Augen – die in ihr aufkeimende Verzweiflung war offensichtlich.

„Sieh mich an", murmelte er sanft. *„Ich bin hier. Ich passe auf dich auf, damit dir nichts geschieht. Versprochen!"*

Endlich trafen sich ihre Blicke und Thorxarr spürte, dass sie ihm glaubte. „Wir wollen dir helfen."

„O-kay …"

Ihre Stimme war brüchig, doch sie nickte tapfer.

Thorxarr lächelte. „Alex wird dich berühren. So kann er den Zustand deiner körpereigenen Astraldepots überprüfen. Das tut nicht weh, ehrlich. Wir werden schon noch herausbekommen, was bei dir los ist."

Erneut nickte sie und ließ den Weißen an sich herantreten.

Alexan griff nach ihrer Hand. Er setzte eine konzentrierte Miene auf und kurz darauf runzelte er die Stirn.

„Was?", flüsterte Schneewittchen.

„Du wirst stärker", erklärte der Weiße und wandte sich an seinen Freund. „Oder nicht, Thor? Ihr Potenzial hat sich seit der Kopfverletzung am Stadion vergrößert."

Thorxarr zuckte mit den Achseln. „Ich sehe sie täglich. Mir ist nichts aufgefallen."

Alexan grunzte, ließ das Mädchen los und berührte stattdessen den Krieger am Handgelenk. Drei Atemzüge später stellte er fest: „Du … bist ebenfalls stärker geworden. Erheblich stärker!" Er legte den Kopf schief. „Klaue aufs Herz, Thor! Bist du sicher, dass ihr keine Gefährten seid?"

„Ja, bin ich", grollte Thorxarr. *Bei der Sphäre, wie sehr wünschte ich, wir wären es!*

***

Hiltja war überfordert. Die beiden Männer – *Drachen!*, verbesserte sie sich – sprachen zwar Deutsch, trotzdem verstand sie kein Wort.

„Was sind Gefährten? Und warum ist es schlimm, wenn man stärker wird? … Was auch immer das heißen mag."

Thor seufzte. „Es ist nicht schlimm, wenn man im Laufe seines Lebens stärker wird, sondern natürlich. Unter uns Himmelsechsen wird das als positiv angesehen. Wenn es jedoch in kurzer Zeit geschieht, ist

das ungewöhnlich. Und was die Gefährten angeht ..." Er verzog traurig sein Gesicht. „Es gibt besondere Verbindungen zwischen unseren beiden Spezies."

„Liebesbeziehungen!", warf Alex ein.

„Ja, genau", brummte der Donnergott und holte tief Luft.

„Liebe auf den ersten Blick, um präzise zu sein", ergänzte der Milchbubi. „Und sie währt ewig zwischen Mensch und Drache. So ein Paar ist untrennbar!" Er lächelte verzückt.

„Ja. Toll." Thor stöhnte genervt. „Willst du es ihr erklären?"

„Äh. Nö."

„Gut. Wo war ich?"

„Bei »Liebe auf den ersten Blick«." Hiltja runzelte die Stirn und erinnerte sich an ihre erste Begegnung mit dem Donnergott. *In dem Moment, als er mir vor dem Stadion die Sonnenbrille abgenommen hat, war es um mich geschehen.*

Sie schluckte aufgewühlt. Es hatte ihr förmlich den Boden unter den Füßen weggezogen und sie auf rosa Wolken schweben lassen. *Hmm. Solange bis mir klar wurde, in* wen *ich mich verliebt habe.*

Ein Echo der Furcht von damals hallte durch ihren Bauch. *Ob ich gespürt habe, dass er kein Mensch ist?*

„Vielleicht", antwortet Thor. „Und genau das ist der Punkt."

„Gefährten haben nämlich keine Angst vor ihrem Drachenpartner!", sprudelte es aus Alex hervor. „Im Gegensatz zu anderen Humanoiden haben sie überhaupt keine Angst vor uns Himmelsechsen."

„Aha."

Hiltja nickte, obwohl ihr das alles ziemlich skurril vorkam.

„Jaaaa!", bestätigte der Milchbubi enthusiastisch. „Und du hast sogar Angst vor *mir*." Er grinste. „Das hat sonst echt kein Mensch."

„Aha."

Thor seufzte tief. „Außerdem werfen Gefährtinnen die Partner nicht aus ihrem Geist. Und du machst das ständig mit mir."

Er bedachte sie mit einem bittersüßen Blick und dann manifestierten sich erneut fremde Erinnerungen in ihrem Kopf: Sie sah sich selbst

neben Jensi auf dem Sandweg sitzen und nach oben starren – noch berauscht vom Kuss und gleichzeitig verwirrt davon, dass plötzlich ein roter Drache vor ihr stand. Im nächsten Moment wurde sie mit einem großen Kübel Eiswasser übergossen.

Bei der fremden Empfindung zog sich in Hiltja alles zusammen, sodass sie aufstöhnte.

Auch Alex japste gequält nach Luft. „Boa, Thor! So schlimm ist es?!"

„Ja", brummte dieser. „Die Intensität nimmt von Mal zu Mal zu."

Hiltja rieb sich fröstelnd die Arme. Zum Glück ließ ihr Donnergott seine Erinnerung abbrechen. *Wie furchtbar!*

„Du sagst es", krächzte Alex und guckte zu seinem Freund auf. „Das ist nicht mehr normal. Du solltest wirklich drüber nachdenken, dir bei den Gefährten Hilfe zu su…"

„NEIN!" Thor ballte seine Fäuste und die Muskeln seiner Oberarme spannten sich an. „Auf keinen Fall!"

Wow! Was ist denn jetzt los? Hiltja zog den Kopf ein. Ihr Donnergott wirkte trotz Menschengestalt plötzlich wie ein gefährliches Raubtier. Er schien dem Milchgesicht am liebsten an die Gurgel gehen zu wollen. *Ooh! Vielleicht sollte ich doch flüchten!*

Sofort sackte Thor in sich zusammen.

„Du musst keine Angst vor mir haben", ertönte seine Stimme in ihrem Geist. Er schloss kurz seine Augen und als er sie wieder öffnete, schimmerte Schmerz in ihnen. *„Es ist nur so, dass … ach, Gefährten sind sehr gefragt. Insbesondere, wenn die Partner ein großes magisches Potenzial aufweisen. Deines ist überdurchschnittlich, meines … eher nicht."*

Hiltjas Herz zog sich zusammen. Thor sah so verletzlich aus. Sie trat auf ihn zu und hob die Hand, um ihm tröstend über die Wange zu streichen, überlegte es sich dann jedoch anders. *„Also … mir ist dieser Magiekram völlig egal!"*

„Aber unserer Führungsriege leider nicht", murmelte Alex. „Es könnte sein, dass der Vorsitzende der Versammlung darauf besteht, euch zu trennen, damit du dich mit einem potenteren Drachen

Ui, wie romantisch!

verbindest."

Der Gedanke, nicht mehr in Thors Nähe sein zu dürfen, fühlte sich mies an. Hiltja schüttelte den Kopf. „Ich will ja überhaupt keinen Drachen!" Sie schaute zu ihrem Donnergott auf. *Ich will nur dich.*

Thors Miene entspannte sich. *„Und ich ... ich will dich."* Er fasste zögerlich nach ihren Händen.

„Ui, wie romantisch!", frohlockte Alex. „In dem Fall sollten wir umgehend dafür sorgen, den Schaden zu begrenzen! Die junge Frau liegt noch auf der Wiese, aber die beiden anderen sind verschwunden."

Thor schenkte Hiltja ein letztes zärtliches Lächeln, dann straffte er sich und trat einen Schritt zurück. „Ich habe mir die Gedankenmuster der beiden gemerkt. Die finden wir, wenn wir über der Stadt kreisen."

Kreisen ... Hiltja schnaubte innerlich. *Das hört sich völlig bekloppt an! Überhaupt: Ich rede telepathisch mit Riesenechsen. Vielleicht bin ich ja doch übergeschnappt.*

„Himmelsechsen", korrigierte Alex freundlich. „Und du bist sicher nicht übergeschnappt, sondern maximal außergewöhnlich begabt."

Danach nickte er zu dem ohnmächtigen Mädchen hinüber. „Was machen wir mit ihr?"

„Mitnehmen", brummte Thor. „Sie ist ebenfalls magisch begabt. Einen Blendzauber bekommt sie intuitiv hin, auch wenn der nur schwach ist."

Ha! Ich hatte recht, triumphierte Hiltja stumm. *Das* war *gar keine Granate!*

„Nein, war es nicht." Ihr Baumschrank zwinkerte ihr zu. *„Dir kann man nichts vormachen, was?"*

„Wenn sie schwach ist, nehmen sie sie an der Steinburg wohl nicht", mutmaßte Alex und ging auf das Mädchen zu.

„Hierlassen können wir sie auf keinen Fall!", sagte Hiltja energisch. „Die Typen wollten sie ... die wollten ihr Schlimmes antun. Und ... ich glaube, die haben noch mehr Mädchen gefangen."

Der Kopf des Milchbubis legte sich schief. „Wie kommst du darauf?"

„Ich ... äh ..." Sie horchte in sich hinein, doch es war zum

Verrücktwerden: In ihr spürte sie wieder nur diese löchrige Leere.

Hilflos zuckte Hiltja mit den Achseln.

Die Schieflage von Alex' Schädel verschärfte sich. „Und wieso hast du nicht den Notruf gewählt, sondern Thor eine Nachricht geschickt? … Du konntest doch gar nicht wissen, dass er von jetzt auf gleich bei dir sein kann."

Noch mehr Leere! Erneut hob Hiltja die Schultern.

Woraufhin Alex' Kopf noch stärker in Schräglage geriet. „Und was sollte das mit der komischen Bewegung?" Er zog seine Brauen zusammen. „Es sah aus, als hättest du etwas auf die Männer geworfen. Der eine glaubt, das sei irgendeine halluzinogene Substanz gewesen. Was war es?"

„Nichts." Hiltja fröstelte. „Ich habe nichts geworfen."

„Hä?" Offenbar konnte der Milchbubi seinen Kopf nicht noch schiefer legen, also runzelte er irritiert die Stirn. „Warum hast du denn *nichts* geworfen?"

Die Leere in ihrem Inneren begann sich abwehrend zu kräuseln und verlangte nach dem Waldsee. Hiltja fühlte sich wie Falschgeld.

„Lass sie in Ruhe!", knurrte Thor. „Du siehst doch, dass sie keine Antworten hat. Erzähl mir lieber, warum *du* so spät gekommen bist."

Alex fuhr sich würdevoll durch die pinken Haare. „*Ich* habe mir einen Verwandlungsplatz gesucht, an dem mich niemand sieht – im Gegensatz zu einem gewissen roten Krieger!" Er warf seinem Freund einen tadelnden Blick zu. „Deinetwegen müssen wir uns jetzt einen Schwarzen suchen, der humanoide Erinnerungen manipulieren kann – meine Astralenergie reicht für so einen Zauber nämlich *nicht* aus!"

„Mist!", brummte Thor.

Hiltja schluckte beklommen. *Die pfuschen in unseren Erinnerungen herum?!*

„Selten", meinte Alex. „Seit ein paar Jahren ist das wegen der Nebenwirkungen nämlich verboten und wird nur nach genauer Prüfung angeordnet. In unserem Fall müssten … oh!" Er brach ab.

„Was?", fragten Hiltja und Thor synchron.

Ui, wie romantisch!

„Ha!" Der Milchbubi strahlte auf einmal über das ganze Gesicht. „Wir *haben* ja gar kein Problem!"

„Wieso?"

„Na, ganz einfach!", rief Alex fröhlich. „Die junge Frau", er zeigte auf das bewusstlose Mädchen auf der Wiese, „liefern wir in der Steinburg ab. Und die beiden Typen", nun deutete er Richtung Brücke, „glauben, sie hätten halluziniert. Hihi! Die gehen davon aus, dass sie sich den roten Drachen bloß *eingebildet* haben!"

„Dein Plan hat einen Haken", murrte Thor.

„Echt?" Alex legte erneut den Kopf schief. „Welchen?"

„Ihr könnt in unsere Erinnerungen gucken", flüsterte Hiltja. Sie fühlte sich zunehmend unwohl. „Ich dachte immer, die Akademie zur Steinburg wäre eine Elitehochschule." Sie schnaubte. „Tja, das ist wohl nur eine Fassade. Wenn dort solche Typen wie ihr rumlaufen, sehen die, was das Mädchen erlebt hat. Das heißt, sie sehen Thor und mich, nicht wahr?"

Thor nickte finster.

„Oh!", machte Alex und lächelte Hiltja an. „Du begreifst schnell. Das wird vieles erheblich einfacher machen! Hui! Darf ich dich unterrichten?"

„Darfst du nicht", grollte Thor. „Das übernehme *ich*. *Du* darfst eine Lösung für das Problem finden."

„Okay", seufzte Alex. „Ich lass mir was einfallen. Erstmal müssen wir zusehen, dass wir hier verschwinden." Er nickte Richtung Open-Air-Bühne. „Von dort drüben kommen Leute ..."

Hiltja drehte sich um. Noch konnte sie niemanden erkennen.

„Er ortet ihre Gedankenmuster. Es scheint eine Mutter mit ihren Kindern zu sein", erklärte Thor. „Was machen wir mit dem Mädchen?"

„Ich ..." Der Milchbubi kratzte sich am Hinterkopf. „Hmm. Sie hat gerade noch genug Astralkraft in ihrem Körper, dass es für einen Sprung durch die Nebel reicht. Ich nehme sie mit und lass mir etwas einfallen." Er schaute zur Brücke. „Besser wenn ich mich beeile ... ich melde mich!"

Er ging einige Schritte auf Distanz und verwandelte sich in einer wuseligen Bewegung in einen weißen Drachen.

Oh! Der ist ja lütt!

Neben ihr schmunzelte Thor.

Im Vergleich zu Thor war Alex ein Zwerg. Hiltja schätzte seine Länge von Schnauze bis zur Schwanzspitze auf lächerliche sechs Meter, vielleicht waren es auch sieben. Seine Schuppen hatten einen sanften Elfenbeinfarbton.

Und er ist so zart. Fast schon zerbrechlich. Ist er ein Kind?

„Nein", erwiderte Thor amüsiert. „Die Weißen sind alle so klein."

„Aha."

Mit großen Augen beobachtete Hiltja, wie der Drache das ohnmächtige Mädchen in seine Klauen nahm und sie hochhob. Dann entrollte er seine Schwingen, drückte sich vom Boden ab und – schwubs – war er verschwunden.

„Uff! Wo ist er denn hin?"

Verwundert schaute sie zu Thor auf.

***

Thorxarr lächelte Schneewittchen an. Es fühlte sich großartig an, ihr frei heraus die Wahrheit zu sagen.

„Alex ist in die Nebelsphäre gesprungen. Das ist eine Art fünfte Dimension, die jeden Punkt der Welt mit allen anderen verbindet." Die Dämonensphäre, die man ebenfalls über die Nebel erreichen konnte, ließ er lieber weg. Seine Kleine hatte auch so schon genug zu verdauen. „Wir Drachen können durch diese Nebelsphäre reisen. Deswegen konnte ich so schnell bei dir sein."

„Wo warst du denn?", erkundigte sie sich. Die Skepsis war ihr deutlich anzusehen.

Thorxarr grinste. „In Alex' Quartier."

„Und das liegt wo?", bohrte sie weiter.

Ihre Neugier ist erfrischend!

Ui, wie romantisch!

Sein Grinsen wurde breiter. „In der Antarktis."

„Oh!", schnaufte sie. „Das ist nicht gerade um die Ecke!"

„Wenn man durch die Nebel reist, zum Glück schon."

Beiläufig sammelte er den Knallstahl der Kakerlake auf, zielte und donnerte sie mit einem schnellen Wurf Richtung See. „Solche Dinger können gefährlich werden. Die sollten nicht offen in einem Park herumliegen."

Etliche Sekunden später war ein Platschen zu hören.

„Holla! Das nenne ich weit!", staunte Schneewittchen

Er grinste bloß, griff nach ihrer Hand und genoss das Kribbeln, das ihre Haut auf seiner verursachte. „Wollen wir nach Hause?"

„Du meinst in meine Wohnung?", erkundigte sie sich verunsichert.

„Ja."

Sie atmete auf und nickte.

„Gut", brummte er und gemeinsam liefen sie den Sandweg zur Brücke entlang. „Was meinst du? Nehmen wir die S-Bahn bei der alten Wöhr?"

„Ja, bitte." Schneewittchens Mundwinkel zuckten. *Wenn er mich so packt wie Alex das Mädchen eben, dann schreie ich wie am Spieß!*

Thorxarr lachte leise. „Keine Angst, ich denke, für heute reicht es mit dem Drachenkram."

„Ja", seufzte sie, „*das* denke ich auch!"

Der Märchenonkel

„Ernsthaft?!“ Miezen-Mike starrte seine Männer an. „Ihr beiden Vollpfosten habt die Wildkatze entkommen lassen?!“

Udo und Jensi erwiderten nichts, besaßen aber immerhin den Anstand, beschämt zu Boden zu blicken.

„Das glaube ich nicht!“, polterte Mike los. „Ihr Idioten hattet nur *diese eine* Aufgabe: Passt auf das Mädchen auf und sorgt dafür, dass sie nicht noch einmal abhaut.“

„Aber Boss, die hat echt voll fiese Jahrmarkt-Tricks drauf“, jammerte Jensi. „Zack, es blitzt und du bist blind! Und wenn du wieder sehen kannst, ist die Wildkatze verschwunden.“

Diesen Zinnober hatte Mike bereits selbst bei der Kleinen erlebt. „Deswegen solltet ihr ja auf sie *aufpassen*! Sie wird ja wohl nicht auch noch fliegen können. Warum seid ihr Honks nicht hinter ihr her?!“

„Sind wir“, brummte Udo. „Aber da waren überall Leute. Wir haben gewartet, bis sie im Stadtpark gewesen ist. Da war sie schon völlig alle.“

„Und?!" Mike stemmte die Fäuste in seine fülligen Hüften und fixierte seine unfähigen Mitarbeiter. „Warum konnte sie trotzdem türmen?"

„Da war 'ne Frau."

„Eine Frau", wiederholte Mike gefährlich leise, nur um gleich darauf loszubrüllen: „Eine einzige ALTE! Und wozu habe ich dir die Knarre mitgegeben?!"

Jensi kicherte. „Die hat er fallen lassen."

„Penner!", zischte Udo.

Mike spürte, dass ihm gleich der Kragen platzte. Gutes Personal war in seiner Branche schwer zu kriegen, aber diese beiden Schafsköpfe waren jenseits von Gut und Böse.

Mühsam beherrscht knurrte er: „Wo ist die Waffe jetzt?!"

„Weg." Udo presste seine Lippen aufeinander.

„»Weg« sagt er", höhnte Mike. „WEG?! Das hast du ja ganz toll hinbekommen! Verdödelst die Waffe und lässt das Mädchen entkommen! Was, wenn die Alte unser Kätzchen zu den Bullen schleppt und dort singen lässt?!"

Udo schaute ihm ruhig ins Gesicht. „Die spricht doch gar nicht unsere Sprache."

„Für sowas hat die Polente Dolmetscher! Schon mal davon gehört?!"

„Und wenn", meinte Udo. „Das ist ein Flüchtlingsmädchen. Die hat keine Lobby. Die Bullen werden denken, dass sie illegal hier ist und sich interessant machen will, damit sie hierbleiben kann."

Da könnte er sogar recht haben.

Mike atmete tief durch. Sich aufzuregen brachte ihm weder die Knarre noch das Kätzchen zurück. Er zählte langsam bis zehn und fragte dann: „Was war das für eine Frau?"

„Hä? Wo?" Jensi schaute dumm aus seiner nach Pisse stinkenden Wäsche, während Udo schwieg.

„Na, die im Park!", fauchte Mike.

„Ach, die! Das war gar keine Frau", winkte Jensi hab. „Das war maximal ein Unimäuschen. Aber sie hatte einen Drachen dabei."

„Was?!"

Mike traute seinen Ohren nicht.

„Halt die Klappe", zischte Udo.

„Hat er etwa schon wieder was geraucht?", wandte sich Mike an Udo. Langsam wurde er wirklich wütend. „Meine Fresse, Jensi, wie oft muss ich dir noch sagen, dass du einen klaren Kopf haben sollst, wenn du für mich arbeitest. Wegen deinem Scheiß kriegen mich die Bullen irgendwann noch am Arsch!"

„*Er* hat den Drachen auch gesehen!", beschwerte sich Jensi und zeigte auf Udo, der nochmal „Halt die Klappe!" zischte.

Aber das tat Jensi nie. Stattdessen nörgelte er: „Ist doch wahr! Die Studententussi hat uns irgendwas ins Gesicht geschmissen und dann war da plötzlich dieser gigantische rote Drache hinter ihr. »Alter, der will mich fressen!«, hab' ich gedacht. »Boa, Alter! Ein Happs und ich bin weg!«"

„Halt endlich deine Klappe!", versuchte es Udo ein drittes Mal.

Jensi ignorierte ihn und plapperte weiter: „Ich hatte solche Angst, dass mir ein Malheur passiert ist", er deutete auf seine Hose und zeigte danach auf seinen Kompagnon, „und ihm ist die Knarre aus der Hand gefallen. Boss, wir beide dachten echt, unser letztes Stündlein hätte geschlagen. Aber dann ..." Er brach ab und sah Mike erwartungsvoll an.

„Was dann?!", blaffte der und Udo verdrehte die Augen.

„Dann ...", Jensi machte eine bedeutungsvolle Pause, „... war es doch nicht aus mit uns, denn plötzlich verwandelt sich der *Giganto-Drache* in einen ... *Mann*!" Theatralisch riss er die Augen auf. „Aber kein normaler Mann, nein, das war ein Muskelprotz, wie du ihn noch nicht gesehen hast, Boss. Dieser grüne Hulk aus dem Kino ist ein Hänfling dagegen!"

Mike hatte die Faxen dicke. „Genug! Udo, verpass dem Märchenonkel eine Überdosis und entsorg' ihn am Hauptbahnhof. So einen kann ich hier nicht gebrauchen."

Das schien Udo dann doch zu weit zu gehen. Mit zusammengebissenen Zähnen murrte er: „Jensi sagt die Wahrheit. Ich habe ... den

Der Märchenonkel

Drachen auch gesehen. Und wie aus ihm ein Mann wurde."

„Meine Fresse, hat Jensi etwa *im Auto* geraucht?", motzte Mike.

„Nein. Hat er nicht. Er hat auch nichts genommen." Udo verzog mürrisch den Mund. „Es stimmt: Die Studententussi hat uns mit irgendwas beworfen. Muss krasses Zeug gewesen sein, denn die Wirkung kam sofort: Von jetzt auf gleich war der Drache da. Später hat er sich in einen Asiaten verwandelt."

„»Thor« hat die Studentenmaus ihn genannt", fügte Jensi mit wichtiger Miene hinzu. „Der war so breit wie hoch. Echt!"

Mike wurde hellhörig. „Der Typ war Asiate?"

Jensi nickte, Udo ebenfalls.

„Und er hieß Thor?" Mike runzelte die Stirn. Irgendwas klingelte da bei ihm. Leider nicht laut genug. „Und die Frau hat euch einfach so Drogen ins Gesicht geworfen?" Das hörte sich nicht gerade glaubwürdig an.

Udo blieb gelassen. „Warum sonst sollte ich einen Drachen sehen?"

Da hat er recht. Udo neigt nicht zu Übertreibungen.

„Irre, dass wir beide den gleichen Trip hatten, oder?", gluckste Jensi.

„Das ist sehr unwahrscheinlich." Skeptisch runzelte Mike die Stirn.

Geht sowas überhaupt? Können Drogen gezielte Bilder hervorrufen?

Davon hatte er noch nie gehört, aber wer weiß, vielleicht gab es ja was Neues auf dem Markt, das …

Mike hielt inne. Plötzlich wusste er, was bei ihm geklingelt hatte. „Scheiße!"

„Kann es sein", mutmaßte Udo, „dass der Asiate zu der russischen Oligarchin gehört, die sich neuerdings an den Gentleman ranschmeißt?"

Volltreffer!

Dennoch versuchte Mike sich nichts anmerken zu lassen und erkundigte sich in neutralem Tonfall: „Wie kommst du darauf?"

Udo zuckte mit den Achseln. „Hab was läuten hören. Und wenn jemand ein Riesen-Asiaten-Krieger ist, dann der Drachentyp."

Schweigen.

Mike taxierte seinen Mitarbeiter. *Dieser Mann ist definitiv cleverer, als er aussieht. Und im Gegensatz zu Jensi hört er aufmerksam zu.*
Ganz so mies war sein Personal also doch nicht.

„Die Russen haben heftiges Zeug", schob Udo hinterher. „Sie haben Möglichkeiten. Und keine Skrupel."

„Was meinst du denn damit?", fragte Jensi neben ihm.

„Hörst du keine Nachrichten?" Udo schnaubte. „Wenn der Kreml einen Oppositionspolitiker vergiften kann, halte ich es durchaus für möglich, dass eine Oligarchin Zugang zu schnell wirkenden halluzinogenen Mittelchen hat und diese an ihre Leibwächter vergibt."

Da war was dran, das musste Mike zugeben.

Irgendwas ist da im Gange!

„Ich muss telefonieren", erklärte er. Vielleicht wusste Rauschgold-Hans mehr. „Ihr beiden Clowns seht zu, dass ihr die Waffe und die Wildkatze wieder ran an den Laden bekommt. Und Jensi – zieh dich um! Du stinkst erbärmlich."

Der Märchenonkel

Disziplin ist alles!

Thorxarr lehnte sich auf dem Großmuttersessel in Schneewittchens Zimmer vor und betrachtete über den Aurenzauber sein schlafendes Mädchen. Im Schummerlicht, welches das nächtliche Hamburg durch die Vorhänge in die Wohnung warf, hoben sich ihre Konturen seifenblasenzart von der astralschwachen Umgebung ab.

In wenigen Minuten würde ihr Wecker klingeln.

Ob sie heute zur Uni geht?

Das glaubte der Krieger nicht. Gestern waren sie nach dem Zwischenfall im Park gemeinsam in die Wohnung zurückgekehrt. Sie hatten einander an der Hand gehalten und über alles Mögliche geredet, aber nicht über Drachen und nur wenig über Magie.

Dabei konnte ich unzählige Fragen in ihrem Kopf herumschwirren sehen!

Im Park war Schneewittchen noch taff gewesen, doch als sie die U-Bahn-Station betraten, schwand das Adrenalin in ihren Adern.

Dann kam der Schock.

Merkwürdigerweise brachte seine Kleine vor allem die Begegnung mit Jensi und Udo aus dem Gleichgewicht. Das und die Tatsache, dass sie sich nicht daran erinnern konnte, warum sie nicht mit dem Notruf gesprochen hatte, sondern stattdessen aufgelegt und ihrem Donnergott – er liebte es, wenn sie ihn in Gedanken so nannte – eine Nachricht geschickt hatte.

Dass ich ein Drache bin, nimmt sie überraschend gelassen hin.

Vielleicht brauchte es aber auch bloß eine Weile, bis sie diese Information so richtig begriffen hatte. Als Thorxarr in der letzten Nacht mit Lunara telefoniert hatte, hatte die Grüne so etwas angedeutet und ihm dringend geraten, Schneewittchen das Tempo bestimmen zu lassen, in dem sie die neuen Aspekte der Realität erkunden wollte.

Thorxarr linste zum Wecker, der auf dem Nachttisch stand. Sie hatte noch zehn Minuten zum Schlummern.

Er lehnte sich im Sessel zurück, sodass seine breiten Schultern zwischen den Kopfstützen eingepfercht wurden.

Immerhin werden wir keine Probleme mit dem KfZmjH bekommen.

Der Krieger grinste. Oxana hatte sich die Gedankenmuster von ihm geben lassen und Hamburg nach der Kakerlake und dem Gewürm abgesucht.

Oxa hat die Hautsäcke gefunden, als die gerade ihrem Boss Bericht erstatteten. Ha! Sie halten mich für eine Halluzination. Glück gehabt! Und das Flüchtlingsmädchen hat Alex mitgenommen.

Thorxarr und seine Freunde wussten noch nicht so recht, was sie mit der Kleinen anfangen sollten, aber fürs Erste war sie aus dem Weg und konnte Schneewittchen nicht an die Führung der Drachen verraten.

Alex bringt ihr bei, die eigenen Gedanken abzuschirmen. Doch wird das reichen? Selbst wenn sie diese Magie beherrscht, stellt ihr Wissen ein Risiko dar, sollte sie an die Akademie gehen. Was, wenn sie sich verplappert?

Thorxarrs Herz krampfte sich zusammen. Die Führung der Drachen durfte auf keinen Fall von Schneewittchen erfahren.

Disziplin ist alles!

Ich ertrage es nicht, wenn sie sie mir wegnehmen!

Allein die Vorstellung schnürte ihm die Kehle zu, so sehr liebte er das Mädchen.

Dabei hat es nach meiner Verwandlung keinen weiteren Kuss gegeben.

Schneewittchen war verunsichert gewesen – das konnte er ihr nicht verdenken. Und er selbst traute sich nicht, ihr in der Wohnung näherzukommen. Mehr als Händehalten war nicht drin.

Falls meine Disziplin erneut versagt, könnte ich sie verletzen. Auf alle Fälle würde ich mit meiner Drachengestalt ihre Wohnung in Schutt und Asche legen und das findet Schneewittchen bestimmt nicht so toll. Außerdem hätten wir dann endgültig das KfZmjH an den Schuppen!

Nein, das mit dem Näherkommen musste er, so sehr er sich auch danach sehnte, auf später und vor allem auf draußen verschieben.

Wie es heute wohl zwischen uns wird?

Der Krieger hatte die ganze Nacht kein Auge zugetan, weil ein nervöses Kribbeln ihn am Einschlafen gehindert hatte. Die Anspannung vor seinem Abschlussmanöver als Rekrut war nichts dagegen gewesen. Nachdem er sich zwei Stunden auf seinem Lager im Nebenzimmer hin und her gewälzt hatte, war er aufgestanden und hatte mit seinem Smartphone im Internet nach Kochanleitungen gesucht. Schnee-wittchen hatte ihm vor ein paar Tagen eine »Homepage« gezeigt, die eine Fülle von erprobten Rezepten bereithielt. Sie hatte ihm den »Filter« auf simpel eingestellt und die Liste nach Bewertungen sortiert. Er grinste.

Mit »simpel« kann ich arbeiten!

Also hatte Thorxarr ein kleines Frühstücksbuffet für sein Mädchen zusammengestellt und Alex gebeten, ihm die Zutaten zu besorgen.

Doch die Weißschuppe hatte keine Zeit!

Das war verständlich, aber ärgerlich, denn Lunara war mit ihren Prüfungen voll ausgebucht und Oxana wagte er nicht mit so einem Botengang zu belästigen.

Immerhin konnte Alex seinen Kumpel Benan unter dem Vorwand, er

würde das Zeug für sein Forschungsprojekt brauchen, überreden, die Vorratskammer der Wölfe zu plündern.

Er schmunzelte. Die Weißen kannten keine moralischen Bedenken, wenn es um den Erwerb von Wissen ging.

Mein Glück – so brauchte ich nur die Sachen in Hohenlockstedt abzuholen.

Thorxarr hatte keine Viertelstunde dafür benötigt. Aber als er wiederkam, war der Schlaf seiner Kleinen unruhig gewesen, so als hätte sie einen furchtbaren Albtraum gehabt.

Was sie geplagt hat, konnte ich nicht sagen, doch ihr Bett war zerwühlt und ihr stand der Schweiß auf der Stirn. Das Einzige, was ich in ihrem hübschen Kopf sehen konnte, war der Waldsee.

So langsam machte dieses vermaledeite Gewässer nicht nur Schneewittchen irre, sondern ihn ebenso.

Je mehr wir danach suchen, desto schlimmer wird ihre Sehnsucht! Bei der Sphäre, hoffentlich ist Luna bald mit ihren Prüfungen durch. Vielleicht kann sie uns helfen.

Thorxarr hoffte es. Bis dahin musste er sich noch anderthalb Wochen gedulden. Das würde er durchhalten.

Viel wichtiger ist ohnehin, wie es heute läuft.

Prompt kribbelte eine Mischung von Flimmerglitzerfaltern und Roten Feuerameisen durch seinen Magen.

Das ist schlimmer als das Tolanische Fieber!

Immerhin konnte ihn das Kochen ein wenig ablenken. Er hatte frisches Hefebrot gebacken und Zutaten für ein Omelett geschnibbelt. Dazu gab es selbstgemachten Geflügelsalat mit exotischen Früchten, aber *ohne* Chili – leider. Und er hatte Pflaumenkompott gekocht sowie einen Mikrowellen-Käse-Kuchen ohne Boden vorbereitet.

Den muss ich gleich noch anstellen.

Er lächelte. Sein Mädchen würde den Kuchen mögen und praktischerweise passte Zimt dazu hervorragend.

Was auch immer sie gezaubert hat, nach gestern braucht sie Zimt!

Als sie in der Wohnung angekommen waren, war die Ärmste ziemlich

Disziplin ist alles!

fertig gewesen. Thorxarr hatte sofort einen Jogi-Tee für Schneewittchen aufgesetzt und den hatte sie gern getrunken. Trotzdem war sie früh schlafen gegangen.

Kaum zehn Minuten später hat sie geträumt. Von mir!

Der Krieger schmunzelte. Tatsächlich war der gestrige Zwischenfall im Park während der Nacht in Dauerschleife im Geist seines Mädchens gelaufen. Wobei sich die Gewichtung mit jedem Durchlauf ein wenig verschob: weg von Udo und Jensi hin zum Donnergott-Kuss.

Der hat ihr gefallen! Also kann ich mich nicht ganz dumm dabei angestellt haben.

Stolz schlug er die Beine übereinander. Ob er sowas wie ein Naturtalent war? Immerhin war Schneewittchen die Erste, die er je geküsst hatte.

Früher kam es mir immer ein wenig abartig vor, dass Menschen ihre Kauapparate aufeinander pressen und dann auch noch die Zunge in den Mund des anderen stecken.

Drachen taten derlei Dinge nicht bei der Paarung. Überhaupt betrieben sie diesen Akt nicht aus Spaß, sondern ausschließlich, wenn die Fortpflanzung das Ziel war. Wurde man als Partner für eine Goldene und neuerdings auch für eine Grüne erwählt, war das eine große Ehre. Es hatte jedoch nichts mit Zuneigung oder gar Liebe zu tun.

Nein, Romantik gibt es bei uns Himmelsechsen keine. Ich hätte nicht gedacht, dass mir das so gefallen würde!

Schneewittchens Kuss hatte ein Begehren in ihm geweckt, das ihn überfordert und seine vielgerühmte Disziplin gnadenlos unterspült hatte.

Ich war dem Mädchen ausgeliefert wie ein Staubkorn dem Monsun: Sie hat Besitz von mir ergriffen und mich einfach hinweg gespült. Ich konnte nicht das Geringste tun!

Das Gefühl der Ohnmacht war beängstigend und berauschend zugleich gewesen.

Oh, ich hoffe, sie macht das noch einmal mit mir!

Alexan hatte ihm erzählt, dass Drachen in ihrer Menschengestalt Sex

mit Menschen haben konnten. Ja, dass manche regelrecht süchtig danach wurden. Das war ihm vor zwei Monaten noch absurd vorgekommen.

Ha! Jetzt verstehe ich das.

Er schnaufte. *Wenn sich ein Kuss von ihr schon so anfühlt, wie muss es erst sein, mit ihr zu schlafen?*

Erregt stoben die Flimmerglitzerfalter in seinem Bauch hoch und Thorxarr spürte, dass seine Drachenaura zu flirren begann.

Nicht gut!

Sofort machte der Krieger eine Meditationsübung. Er hatte gehört, dass das in so einem Fall helfen sollte. Blöderweise war der Erfolg bei ihm allenfalls mäßig.

Sumpfstampferkot! Wie machen die anderen Drachen das bloß? Selbst Alex kriegt es hin und mein weißer Kamerad ist nun wahrlich niemand mit einer nennenswerten Selbstbeherrschung!

Thorxarr würde sich stärker anstrengen müssen.

Er seufzte und gönnte sich einen Blick auf sein Mädchen. Ihr Gesicht war so friedlich, wenn sie schlief. Daran konnte er sich kaum sattsehen.

Ein Blick auf den Wecker verriet ihm, dass noch zwei Minuten bis zum Klingeln blieben.

Vielleicht sollte ich mich lieber herausschleichen. Ich muss ohnehin den Käsekuchen anstellen, sonst wird er nicht rechtzeitig fertig.

Die Erinnerung ans Zubereiten der Leckerei beruhigte seine Aura.

Interessa... Oha! Gleich küsst sie mich wieder im Traum! Hmm, wenn das so ist, bleibe ich noch eine Minute länger.

***

Hiltja dämmerte dem Erwachen entgegen. Noch war sie in ihrem Traum gefangen. Entschlossen stellte sich die junge Frau auf ihre Zehenspitzen, griff mit beiden Händen nach Thors Kopf und zog ihn zu sich herunter.

Jetzt wird es göttlich!

Disziplin ist alles!

Erwartungsvoll legte sie ihre Lippen auf seine und genoss den exotischen Duft seines Atems.

Ach, das hätte ich schon viel früher tun sollen.

Seine Haut fühlte sich fest und samtig zugleich an. *Herrlich!* Sie öffnete ihren Mund und schickte ihre Zunge zu seiner. Der Geschmack der asiatischen Gewürze wurde stärker.

Er stöhnte erregt – das machte Lust auf mehr.

Viel mehr!

Hiltja schlang ihm ihre Arme um den Nacken und drückte ihren Körper an seinen. Als Thors Hände endlich über ihren Rücken zu den Hüften hinabwanderten und sie an ihn zogen, flammte ein heißes Sehnen in ihrer Mitte auf.

Gib mir mehr!

Und schon wurde Thors Kuss fordernder und der Griff seiner Hände intensiver.

Im nächsten Augenblick hörte sie ein kehliges Keuchen, das nicht zum Traum gehörte, sondern real war.

Diesmal stieß der Traumdonnergott Hiltja nicht fort. Stattdessen löste er sich einfach auf.

Nein!

Genau wie der Stadtpark um sie herum. Und dann wurde Hiltja bewusst, dass sie in ihrem Bett lag.

Verdammt! Ich war noch nicht fertig.

„Ich schon", ächzte Thor leise.

Hä?

Verwirrt schlug Hiltja ihre Augen auf.

Oh!

Wenn sie das im Schummerlicht ihres Zimmers richtig deutete, saß ihr Donnergott auf ihrem Sessel.

Ring! Ring!

Das war der Wecker.

Hiltja drückte den Alarmknopf und tastete nach dem Lichtschalter ihrer Nachttischlampe. *Uh!* Sie blinzelte gegen die Helligkeit an.

Ja, sie hatte richtig gesehen: Thor saß auf ihrem Sessel und starrte sie an. Er wirkte ertappt und die Luft um ihn herum flirrte, so wie gestern, als sie ihn geküsst hatte.

„Oh!"

Stille. Das Flimmern um seinen Körper nahm ein wenig ab.

„Wie lange sitzt du schon hier im Dunkeln?" Hiltja runzelte die Stirn. *Und starrst mich an!*

Eigentlich müsste sie das furchtbar finden – zumindest befremdlich, aber merkwürdigerweise war dem nicht so.

Er hat über meinen Schlaf gewacht.

Die Anspannung wich wohliger Geborgenheit. Das war verrückt, trotzdem nahm sie es hin. Mehr noch, ein Teil von ihr wollte am liebsten da weitermachen, wo sie im Traum aufgehört hatte. Lächelnd rappelte sie sich auf.

„*Das ist keine gute Idee*", sendete Thor auf Latein. „*Wenn ich mich verwandle ... für einen roten Drachen ist deine Studentenbude definitiv zu klein.*"

„Richtig", flüsterte Hiltja ebenfalls auf Latein, „da war was."

Langsam wurde sie wacher und der Traum entließ sie aus seiner Umarmung. Plötzlich fühlte sie sich einsam und ihr wurde bewusst, dass es kein Traum gewesen war, sondern eine Erinnerung.

Komme ich damit klar?

Ihr Bauch meinte ja.

Woraufhin der Donnergott im Sessel ihrer Oma glücklich lächelte.

Ausnahmsweise hielt die Abstand mahnende Stimme in Hiltja die Klappe, aber dafür brandete die Sehnsucht nach dem Waldsee umso stärker auf.

„Ich habe Frühstück für uns gemacht", lenkte Thor sie ab. „Oh! Da fällt mir ein, ich muss dringend den Käsekuchen anstellen, sonst wird das nichts mit dem Nachtisch."

„Käsekuchen?" Hiltja rieb sich die Augen und linste zum Wecker. „Es ist sechs Uhr. Wann bist du denn aufgestanden?"

„Öhm. Früher."

Disziplin ist alles!

„Und du hast echt Käsekuchen gebacken?"

„Noch nicht. Das ist ja das Problem. Der muss jetzt in die Mikrowelle."

Sie gähnte. „Aber da waren weder Eier noch Quark im Kühlschrank. Hast du die etwa hergezaubert?"

Erst als sie den Satz ausgesprochen hatte, wurde ihr bewusst, dass ihr Mitbewohner wirklich zaubern konnte. Ob er auf diese Art an Lebensmittel kam, konnte sie jedoch nicht beurteilen.

Er grinste. „Nein, das kann ich nicht. Ich war kurz unterwegs, um sie zu besorgen."

„Wo das denn? Bei der Tanke? Seit wann haben die Eier und Quark?"

„Ich war nicht bei der Tanke."

„Nicht?" Hiltja setzte sich in den Schneidersitz und wickelte sich in ihre Bettdecke. „Und wo bekommt man morgens um halb sechs Eier und Quark her?"

„Ich ..."

Thor taxierte sie, als würde er abwägen, wie viel er ihr zumuten konnte.

He! Ich bin doch nicht aus Glas. Hiltja verzog den Mund.

„Nein, das bist du nicht", erwiderte er immer noch auf Latein. „Ich war bei den Wölfen in Hohenlockstedt."

„Oha! Werwölfe gibt es also auch?"

„Heute nicht mehr - zum Glück." Ihr Donnergott zwinkerte. „Die Drache-Mensch-Gefährtenpaare bezeichnen sich selbst als Wölfe. Sie haben ihren Namen vom Gelände, dem Hungrigen Wolf."

Hiltja bekam große Augen. „Das ehemalige Kasernengelände? Echt?"

Er nickte.

„Aber ... das ist doch Sperrgebiet", wunderte sie sich. „Da wurden vor bummelig fünf Jahren ohne Ende C-Waffen aus dem zweiten Weltkrieg gefunden. Die Mistdinger waren vergraben und haben den Boden dort verseucht. Das war vor ein paar Jahren groß in der Presse. Dass die Pächter und sogar die Eigentümer das Gelände von heute auf morgen verlassen mussten, war damals ein großes Thema bei meinen Eltern."

„Das mit der Zeitung und der Enteignung stimmt", erwiderte Thor. „Der Rest ist ... äh war ... eine Notlüge."

„Aha."

Hiltja gefiel das nicht.

„Jedenfalls", murmelte er, „war ich dort und habe uns dies und das zu futtern besorgt."

„Na, deine Wölfe werden sicher *begeistert* gewesen sein, dass du sie um halb sechs aus den Betten geworfen hast."

„Es war zwei Uhr", korrigierte Thor gelassen. „Und Benan hat das nicht wirklich gestört. Irgendwer ist dort sowieso immer wach."

„Zwei Uhr?" Hiltja hob die Brauen. „Sag mal, hast du überhaupt geschlafen?"

„Nein."

Ha! Gleich erzählt er mir, dass Drachen nicht schlafen müssen!

„Doch, müssen wir", antwortete er auf ihren Gedanken. „Aber wir kommen mit deutlich weniger Stunden aus als ihr Menschen."

„Ach so. Und deswegen verzichtest du lieber ganz darauf, oder wie?"

„Nein, ich konnte nicht schlafen." Auf einmal war seine Miene gequält. *„Ich ... war zu nervös."*

Hiltja schaute ihn an. *Das war meinetwegen.*

„Ja, genau."

Schweigen.

Sie wusste nicht so recht, wie sie darauf reagieren sollte, also schüttelte sie ihren Zeigefinger in seine Richtung. „He! Du tust es schon wieder! Du liest meine Gedanken."

„Tschuldigung", brummte Thor. „Wenn du willst, zeige ich dir nach dem Frühstück, wie du dich abschirmst. Aber jetzt", er erhob sich vom Sessel, „stelle ich den Käsekuchen in die Mikrowelle und brate das Omelett. Sobald du dich frisch gemacht hast, ist das Frühstück fertig." Er zwinkerte. *„Ich kann sehen, dass du Hunger hast."*

***

Kurz darauf stand Hiltja im Bad und putzte sich die Zähne. Beiläufig betrachtete sie ihr Spiegelbild.

Tja, Mädel, du hast einen roten Drachen als Mitbewohner. Entweder ist die Welt größer, als du bislang gedacht hast, oder du wirst bekloppt.

Wenn sie die Fakten zusammennahm, deutete alles darauf hin, dass sie den Verstand verlor, aber so fühlte es sich nicht an.

Ihr Spiegelbild runzelte die Stirn.

Was, wenn die kleine verrückte Hinnerksen doch nicht verrückt ist, sondern einfach nur die Wahrheit sieht?

Apropos Wahrheit. Sie spürte, dass ihr irgendwas Gruseliges bevorstand, aber sie konnte es nicht fassen. Es war wie ein Name, der einem auf der Zunge lag und an den man sich ums Verrecken nicht erinnern konnte.

Verflixt! Was ist das?

Hartnäckige Leere füllte ihren Kopf.

Das Gruselige war bedeutsam.

Und groß.

Und tödlich.

Für alle.

Wer ist »alle«?

Nicht einmal das wusste Hiltja.

Plötzlich drängte sich wieder die in allen möglichen Grüntönen schillernde Wasseroberfläche des baumumstandenen Waldsees in ihr Bewusstsein.

Da muss ich hin!

„Aber erstmal frühstücken wir“, meldete sich Thor zu Wort.

„He! Ich bin im Bad!“

Hiltja spuckte empört die Zahnpasta ins Waschbecken. *„Da spioniert man einer Dame nicht nach.“*

„Ich spioniere nicht. Du denkst zu laut.“

„Pah!“ Sie streckte ihrem Spiegelbild die Zunge raus. *„Ich denke so, wie ich immer denke, du neugierige Echse! Und ich will lieber gar nicht wissen, was du schon alles in meinem Kopf gesehen hast.“*

Das mit dem Abschirmen ihres Geistes musste sie wirklich schleunigst lernen. Ohne Privatsphäre fühlte sie sich nackt.

„Nach dem Frühstück", brummte Thor. *„Ich wäre dann auch so weit. Dein Omelett liegt in einer Minute auf dem Teller."*

***

Eine halbe Stunde später schob Hiltja ihren Teller zurück.

„Uff, ich bin pappsatt!" Sie lächelte Thor an. „Der exotische Geflügelsalat war ein Gedicht. Du wirst immer besser."

„Danke!" Er zwinkerte. „Nun, wo ich gewürzfrei koche, schmeckt es dir endlich, was?"

„Von wegen ungewürzt! Das ist immer noch sauscharf, aber jetzt brennt einem nicht mehr gleich alles beim ersten Bissen weg." Sie betrachtete die vielen Schüsseln, Teller und Schalen auf dem Tisch. „Du hast dir echt Mühe gegeben!" Sie kicherte. „Vielleicht sollte ich dich öfter nervös machen."

„Lieber nicht. Wenn wir Roten nicht genug Schlaf bekommen, werden wir ungenießbar. Und *das* willst du nicht erleben."

Er machte ein ernstes Gesicht, doch in seinen Augen blitzte der Schalk.

„Ach, für deinen Käsekuchen mit dem zimtigen Pflaumenkompott würde ich es glatt riskieren", stichelte sie. „Das Zeug war der Oberhammer."

„Freut mich." Thor strahlte. „Aber ob ich den noch einmal backen werde, weiß ich nicht."

„Wieso?"

„Dieser Kuchen ist mir suspekt." Er schaute mit finsterer Miene zur Mikrowelle. „Zeitweise dachte ich, die Masse wäre lebendig. Sie schwoll blubbernd an, als würde sie atmen, und kroch dabei fast aus ihrem Gefäß, bevor sie direkt wieder in sich zusammenfiel."

Thor schüttelte den Kopf. „Hat mich an die vulkanischen Quellen meiner Heimat erinnert. Blubbernder Blob nennen wir den kochenden

Schlamm. Hilft gut gegen Verspannungen. Und die hellgelbe Farbe stimmt so ziemlich mit der des Käsekuchens überein."

Er hob das leere Mikrowellengefäß an und furchte übertrieben die Stirn. „Ich weiß nicht, ob ich mich noch ein zweites Mal an diesen Kuchen herantraue ..."

Sagt der Drache, der angeblich ein Krieger sein will. Ha!

„Nicht angeblich!" Er ließ die Muskeln an seinen Oberarmen spielen. „Das ist alles echt, junge Dame!"

„Sehr schön, Herr Muskelprotz." Sie rollte mit den Augen. „Und jetzt möchte »die junge Dame« endlich ihre Privatsphäre zurück. Zeigst du mir, wie das mit dem Abschirmen geht?"

***

Thorxarr ließ seine Pose fallen. Äußerlich gab er sich lässig, doch in Wahrheit war er sehr nervös.

»Verbock es nicht!«, hatte Alexan ihn letzte Nacht bei einem Gespräch über das Telekommunikationsgerät eindringlich gewarnt. »Du darfst Schneewittchen auf keinen Fall mit deinen Informationen bedrängen, das könnte sie überfordern. Aber sie an langen Krallen verhungern zu lassen, ist auch nicht gut. Manchmal ist es besser, nur einen Teil preiszugeben, anstatt mit der ganzen Tür ins Haus zu fallen.«

Bei der Sphäre! Und woher weiß ich, wann was angebracht ist?

Das hatte die Weißschuppe ihm blöderweise nicht verraten.

Thorxarr seufzte. Schneewittchen hatte bereits mehrfach ihre Privatsphäre eingefordert, also würde das mit dem Abschirmen hoffentlich in Ordnung gehen.

Er grinste unsicher. „Klar zeige ich dir, wie das geht."

„Prima!"

Ihr Lächeln gab ihm Zuversicht.

„Also, du kannst dir deinen Geist wie ein Haus vorstellen." Zu dieser Analogie hatte Alexan ihm geraten. „Und ... dieses Haus hat Fenster, durch die man von außen reingucken kann. Manche Leute reißen sogar

ihre Fenster auf und brüllen lauthals durch die Gegend." Er setzte eine schmerzverzerrte Miene auf.

„Oje!" Sie schmunzelte. „Ich auch?"

„Selten, aber es kam vor."

„Och nö! Und wie kann ich das ändern?"

„Äh, ja. Dazu komme ich jetzt." Er zückte sein Telekommuni-kationsge…, sein Smartphone! – *ich sollte die Menschenbegriffe verwenden. Sie guckt sonst immer so komisch* – und entsperrte das Display.

„Du hast Vorhänge in deinem Kopf", brummte er, während er das Chatprogramm öffnete.

„Vorhänge? Nicht wirklich!"

„Doch, damit wird es zumindest verglichen. Warte … Alex hat mir so ein PTF geschickt. Er meinte, darin wird das hervorragend für Menschen mit nichtmagischem Hintergrund erklärt."

„Ein PTF?" Schneewittchen beugte sich zu ihm herüber und linste auf das Gerät in seinen Händen. „Okay, was auch immer das sein mag …"

„Du kennst das, hat Alex gesagt. Ah! Hier ist das Ding schon."

Thorxarr schob das Smartphone zu ihr herüber und deutete mit dem Zeigefinger auf das winzige Bild:

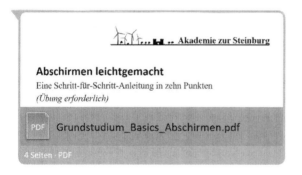

Dann kratzte er sich verlegen an der Schläfe.

„Wie dir dieses Minibild helfen soll, weiß ich nicht. Steht ja nicht grade viel drauf, oder?"

„Ach, ein P*D*F nicht P*T*F!", rief Hiltja und lachte. „Das Bild ist nur die Vorschau, Thor. Es geht vielmehr um das Dokument, was Alex dir geschickt hat."

„Er hat mir ein Dokument geschickt?" Ihr Donnergott schaute unter sein Telefon. „Wo denn? Ich sehe gar kein Papyrus."

„Da ist auch kein »Papyrus«! Das ist digital." Hiltja deutete auf die Grafik. „Tipp mal auf die Vorschau."

Thor zielte mit seinem Zeigefinger und prompt lugte seine Zungenspitze aus dem linken Mundwinkel hervor. Er berührte das Display und im nächsten Moment poppte der Öffnen-Dialog auf.

„Oh! Da steht ja gar nichts vom Abschirmen. Was nun?"

„Jetzt wählst du das Programm, mit dem du das PDF angucken willst."

„Da sind sieben Symbole! Die kenne ich alle nicht." Hilflos schaute er zu ihr herüber. „Welches soll ich bloß nehmen?"

„Im Zweifelsfall immer das Erste." Hiltja lächelte aufmunternd.

„Na gut."

Thor holte tief Luft, hielt sie an und tippte auf das erste Symbol. Es dauerte ein paar Sekunden, dann rief er: „Oha! Nun ist da *ganz viel* Text!"

„Genau. Das ist das PDF, das Alex dir geschickt hat. Du hast es geöffnet."

Thor schaute sie zweifelnd an. „So einfach geht das?"

„Sicher, was dachtest du denn?"

Er zuckte mit den Schultern und schob sein Smartphone zu ihr herüber. „Jedenfalls hat Alex sich das bei der Akademie besorgt."

„Da steht tatsächlich »Akademie zur Steinburg«", murmelte Hiltja. „Meine Herren! In der Öffentlichkeit geben die sich immer mega seriös und elitär. Und hier steht das Logo auf einer Anleitung zum Abschirmen von Gedanken."

Sie grunzte amüsiert.

„Abschirmen ist sehr seriös", behauptetet Thor. „Oder gilt es bei euch Menschen als höflich, alles und jeden mit dem eigenen Hirnschmalz vollzuschwallern?"

„Vollschwallern?" Sie kicherte. „Woher hast du *das* Wort denn?"

„Na, von dir! Ich passe mich an."

„Na denn ist ja gut." Hiltja schenkte ihrem Donnergott ein Lächeln. Heute war alles neu und doch angenehm vertraut. Sie rechnete es ihm hoch an, dass er nicht so tat, als hätte es den Drachen im Park nie gegeben, sondern stattdessen offen mit der neuen Situation umging.

„Ich mochte das Versteckspiel nie." Behutsam griff er nach ihren Händen. *„Ich bin froh, dass ich dir endlich die Wahrheit sagen darf. Danke, dass du mich so nimmst, wie ich bin."*

Das Grau seiner Augen wurde intensiv, sodass die feinen Verästelungen darin silbern zu leuchten begannen.

Wie könnte ich das nicht *tun? Ich liebe dich so!*

„Und ich dich, Schneewittchen!"

Warmes Glück breitete sich in Hiltja aus und ließ ihre Knie weich werden. Sie rutschte näher an ihn heran und streichelte seine glattrasierte Wange.

Er seufzte unter ihrer Berührung, hielt aber dennoch ihre Hand fest und hinderte sie so an noch mehr Zärtlichkeit. *„ Wir müssen vorsichtig sein. Ich ... kann mich nicht beherrschen, wenn du mir so nah kommst."*

Wie schade!

Trotzdem nickte sie und ließ ihre Hand sinken. Man konnte sich auch nah sein, ohne einander anzufassen. Hiltja wollte alles von ihm wissen, sich ihm ganz öffnen. *Keine Geheimnisse mehr!*

Er lächelte. *„Nein, keine!"*

Bedauerlicherweise sah ihre mahnende Stimme das anders und flutete Hiltjas Magen mit dem typischen Unbehagen, das die junge Frau zwar ignorieren, aber nie ganz verdrängen konnte.

„Uh!" Thor fröstelte, als hätte ihm jemand einen Kübel Eiswasser übergekippt. Frustriert schloss er die Augen.

„War ich das?", wisperte Hiltja.

Disziplin ist alles!

Er nickte.

„Tschuldigung."

„Nicht deine Schuld", brummte er und grinste schief. „Wir müssen ohnehin arbeiten."

Er zeigte auf sein Smartphone, dessen Display inzwischen schwarz geworden war. „Das Dokument hat Alex für Zahai in ihrer afrikanischen Muttersprache organisiert – hab vergessen in welcher. Für dich hat er es mir auf Deutsch geschickt."

„Zahai?"

„So heißt das Mädchen, das du gestern vor den beiden Männern gerettet hast."

„Ah!" Sie lächelte. „Geht es ihr gut?"

„Ich denke schon. Alex meint, sie würde ihm Löcher in den Bauch fragen. Das halte ich für ein gutes Zeichen, du nicht?"

„Doch, bestimmt! Falls sie nur halb so neugierig ist wie dein Kumpel, dürften die beiden sich gut verstehen."

„Wohl wahr!" Thor lachte, entsperrte das Telefon und schob es Hiltja erneut hin. „Bitte sehr. Alex meinte, du sollst es einfach erstmal durchlesen. Sobald du fertig bist, müssen wir darüber sprechen und danach versuchen zu üben. Er hat sich umgehört: Wenn wir fleißig sind, könntest du das mit dem Abschirmen in zwei oder drei Tagen zumindest ansatzweise hinbekommen."

***

„Okay!" Hiltja zog das Handy zu sich und begann zu lesen:

> Das Abschirmen des eigenen Geistes gehört zu den Grundfertigkeiten einer jeden magisch begabten Person, die ein Mindestmaß an Abstraktionsvermögen erlangt hat. Bei Kindern und Jungdrachen ist dies nicht immer gegeben, ebenso wenig bei der Rasse der Weißen (die Individuen dieser Rasse können

furchtbar zerstreut sein). Für alle anderen gilt: Ein abgeschirmter Geist sichert die Privatsphäre und zeugt von gutem Benehmen. Kein Mensch, der bei klarem Verstand ist, würde schließlich jeden seiner Gedanken laut aussprechen. (Insbesondere roten Drachen gegenüber ist das NICHT ratsam, da diese sich leicht in ihrer Ehre verletzt fühlen!)

Hiltja blickte auf und grinste.

Also sind diese Muskelprotze doch Mimosen.

„Ich natürlich nicht!" Thor schüttelte energisch seinen Kopf, aber dabei zwinkerte er vergnügt.

Nein, du auf keinen Fall!

Sie kicherte und wandte sich wieder dem Handy zu:

In der folgenden Kurzanleitung wird in zehn Punkten Schritt für Schritt erklärt, wie es dir gelingt, die Gedankenvorhänge zuzuziehen und so deine Geistesfenster vor neugierigen Blicken zu verschließen. An dieser Stelle sei darauf hingewiesen, dass es mehrere Wochen beständiger Übung bedarf, bis das Abschirmen zuverlässig klappt, doch nur Mut – das schaffst du!

Sobald du sicher im Abschirmen bist, beschäftige dich bitte mit den Themenfeldern »Gedankenlesen bei unabgeschirmten Individuen« und »Gezieltes Senden von Sprachnachrichten, Bildern und Erinnerungen«. Informationen hierzu findest du auf unserem Server im Bereich »Basics des Grundstudiums«.

Hiltja grinste Thor an. „Also, das mit dem Gedanken*lesen* finde ich ja hochinteressant! Und das mit dem Senden ist bestimmt auch nicht verkehrt."

„Senden kannst du schon", brummte der Soldat. „Das hat Alex dir mit seinen Gewürge-Ohrringen beigebracht. Die Dinger waren nämlich

bloß Attrappen."

„Oh! Echt?" Hiltja schaute skeptisch zu ihm herüber. „Das Senden war aber gar nicht schwierig!"

„Nee. Das ist ungefähr so leicht, wie ein PDF-Dokument auf dem Smartphone zu öffnen." Beiläufig goss Thor ihnen beiden noch einen Schluck Kaffee ein. „Wenn man weiß, wie etwas geht, ist alles einfach!"

„Stimmt."

„Die Herausforderung liegt darin, sich permanent abzuschirmen, obwohl die Konzentration auf anderen Dingen ruht." Er ließ einen gehäuften Teelöffel Chili in seinen Becher rieseln und rührte ihn um. „Sobald man abgelenkt ist, vergisst man das nämlich ganz schnell wieder."

„Ist das so?"

„Ja." Er nickte leidgeprüft. „Erzähl es nicht weiter, aber ich habe damals einen ganzen Monat und mehrere Anranzer von meinem Ausbilder gebraucht. Weißt du, bei uns Roten gilt die Devise »Lernen durch Schmerz«. Irgendwann habe ich es dann auch gerafft."

„Oha!", schnaufte Hiltja. „Das klingt … anstrengend."

„Das war es. Heute weiß ich: Disziplin ist alles!"

Heute? Hmmm. Ob er ein Hallodri war, der nur das Nötigste gemacht hat?

Sie konnte den Gedanken nicht verhindern, aber wo sie ihn schon gedacht hatte, schaute sie ihrem Donnergott prüfend in die Augen.

Thors Mundwinkel zuckten belustigt, doch er tat, als hätte er die Frage nicht gehört. „Mein Ausbilder legt heute noch gesteigerten Wert auf Disziplin, denn diese Tugend kann man in allen Lebenslagen brauchen!"

Stolz reckte der Soldat seine muskelbepackten Schultern und zeigte auf sein Smartphone, das wieder ein schwarzes Display hatte. „Los, Schneewittchen! Du musst lesen, damit wir über die Theorie sprechen können. Laut Alex soll das mit dem Wahrnehmen der Vorhänge für Anfänger so seine Tücken haben."

„Ach schade", stichelte Hiltja. „Gerade wurde es interessant."

„Nix da."

Thor entsperrte abermals sein Telefon und schob es zu ihr zurück.

„Jetzt wird gearbeitet."

„Disziplin ist alles?"

„Disziplin ist alles!"

„Na, wenn das so ist, lese ich wohl besser weiter."

Hiltja nahm einen Schluck Kaffee und wandte sich wieder der Anleitung zu.

Der Text erklärte detailliert, was genau die Gedankenvorhänge waren und wie man sie zu fassen bekommen konnte, um sie zu bewegen. Die Formulierungen waren bildhaft gewählt, sodass Hiltja sofort begriff, was gemeint war.

Dennoch war es merkwürdig.

Dieses Abschirmen fühlt sich nicht neu und schon gar nicht fremd an.

Nein, es war vielmehr so, als würde eine lange vergessene Erinnerung zurück an die Oberfläche schweben.

Das ist voll skurril!, dachte Hiltja als ihr bei Punkt fünf zum siebten Mal ein *„Ach ja, so war das!"* durch den Kopf schoss.

„Hmm", brummte Thor neben ihr, „hast du so etwas schon mal gemacht?"

„Was?"

Sie schaute vom Smartphone auf und blickte in seine verwunderte Miene. „Die Gedankenvorhänge bewegen?"

Er nickte.

„Nee. Nie! Ansonsten hättest du gewisse Dinge garantiert nicht zu Gesicht bekommen."

Prompt wälzte sich Hiltja im Geiste mit ihrem Donnergott über ihr Bettlaken – beide nackt und einander begierig küssend – und sie spürte, dass ihre Wangen heiß wurden.

„Das wäre aber sehr bedauerlich gewesen", meinte Thor heiser. *„Mir gefällt diese Vorstellung sehr! Ich würde sie zu gern in die Tat ..."*

Er stöhnte und schloss die Augen. Die Luft um ihn herum flirrte

intensiv.

Er will mich.

„*Ja, und zwar mehr als uns beiden guttut!*"

Selbst seine Gedankenstimme klang rau.

Hiltja schaute besorgt zu ihm hinüber. *Wie soll das mit uns bloß weitergehen?*

Im nächsten Moment beruhigte sich seine aufgewühlte Aura.

„War das deine Kriegerdisziplin?"

„Nein." Er grinste schicf. „Ich habe an die Zubereitung des Blob-Kuchens gedacht."

„Puh! Ein Glück", schnaufte Hiltja und drängte ihre Waldsee-sehnsucht weg. „Ich hatte schon irgendwelche martialischen Kriegerrieten befürchtet."

„Nein, damit habe ich es heute Nacht probiert." Er schaute ihr tief in die Augen. „*Aber das hat nichts gebracht. Deine Traumküsse sind ziemlich aufregend. Erst das Kochen hat mich entspannt.*"

„Oha!" Sie räusperte sich. „Da ich im Moment noch pappsatt bin, sollte ich vielleicht lieber zu Ende lesen, hmm?"

„Vermutlich ja", behauptete sein Mund, aber das lüsterne Funkeln in seinen Augen strafte seine Worte Lügen. So weit hin war es mit seiner Disziplin also doch nicht.

Schade, schade! Ich hätte gern bei meinem Traum weitergemacht.

Stattdessen ließ sie ihn das Handy ein letztes Mal entsperren und wandte sich Punkt sechs der Anleitung zu.

Tja, Disziplin ist alles!

***

Eine Viertelstunde später hatte Schneewittchen die Anleitung durch-gearbeitet, beziehungsweise sich an die Inhalte »erinnert«, denn mit dem »*Ach ja, so war das!*« ging es munter weiter.

Schließlich musste Thorxarr feststellen, dass sein Mädchen das Abschirmen auf Anhieb beherrschte und das in Perfektion.

Sie ist ein Naturtalent.

Der Krieger konnte zwar weiterhin ihr Gedankenmuster erfassen, aber er hatte keinen Schimmer mehr, was in ihrem hübschen Kopf vorging.

Und das gefiel ihm kein Stück.

Grumpf. So einsam habe ich mich noch nie gefühlt. Bei der Sphäre, die Menschenwelt macht mich weich!

Thorxarr beruhigte sich mit der Aussicht, dass das Mädchen ihre Geistesabschirmung in den nächsten Tagen häufig vergessen würde, doch das traf nicht zu. Seine Kleine hielt ihn konsequent draußen, und falls sie ihn an ihren Gedanken teilhaben ließ, dann tat sie es ganz bewusst.

Thorxarr hatte den Eindruck, als hätte Schneewittchen diese Magie bereits jahrhundertelang souverän praktiziert.

Was unmöglich ist! Sie zählt gerade mal zwei Dekaden.

Dass die junge Frau ungewöhnlich war, hatte er damals beim Stadion auf den ersten Blick gespürt, aber dass sie so außergewöhnlich war, nicht.

Ich muss sie vor den Talentsuchern verstecken. Die kassieren sie sofort ein!

Das galt es zu verhindern – koste es, was es wolle!

Disziplin ist alles!

Perseus

Miezen-Mike saß auf einem schäbigen Stuhl in einem schäbigen Kabuff eines schäbigen Fabrikgebäudes und wartete auf seinen Termin bei Perseus. Ihm war mulmig zumute. Nebenan in der Halle wurden Stimmen laut.

Ein Mann jammerte, der andere brüllte. Es klang nach Zoff der unversöhnlichen Art. Obwohl Mike nichts sehen konnte und bloß Wortfetzen verstand, stellten sich ihm bei dem Tonfall die Nackenhaare auf. Hier lag Gewalt in der Luft.

Piet – äh ... der Gentleman würde nie so mit seinen Leuten sprechen. Nicht einmal mit seinen Gegnern!

Trotzdem wusste Mike aus leidvoller Erfahrung, dass der Gentleman nicht weniger ungemütlich werden konnte.

Eine Kugel im Kopf ist eine Kugel im Kopf – egal, ob man vorher Tee trinkt oder zur Sau gemacht wird. Es ist definitiv angenehmer, wenn man selbst der Boss ist.

Aus der Halle kam ein dumpfes Klatschen, anschließend stöhnte jemand schmerzerfüllt.

Ob das auch ein Lieferant ist? Hoffentlich nicht.

Sein Telefonat mit Rauschgold-Hans vor zwei Tagen hatte ihn so nervös gemacht, dass er direkt beim Gentleman angerufen hatte, um abzuklopfen, wie viele Mädchen dieser in den nächsten Monaten abnehmen würde.

Es waren weit weniger, als ich gehofft hatte.

Nicht dass der Boss bei ihm mehr bestellt hätte, nein, wortbrüchig wurde der Gentleman nie!

Ich war bloß blöd und bin davon ausgegangen, dass er seine »Projekte« mit mir umsetzt. Tja, falsch gedacht, du Trottel!

Mike sah ein, dass er beim Anleiern seiner neuen Quellen zu enthusiastisch gewesen war. Doch die Einsicht kam zu spät. Jetzt waren die Miezen unterwegs nach Deutschland. Er würde sie unterbringen müssen und das gewinnbringend, denn blöderweise verursachten illegale Geschäfte Kosten.

Nicht zu zahlen ist keine Option, sondern ungesund.

Er rieb sich den Kiefer. Vor ein paar Jahren war ihm der gebrochen worden, quasi als erste Mahnung.

Aber ob Geschäfte mit Perseus gesünder sind?

In der Halle wurde aus einem Wimmern ein panisches Flehen, das von einer kalten Stimme abgekanzelt wurde.

Das klingt nicht gut.

Mike schluckte. Hans' Gerede über Perseus hatte ihm den Verstand vernebelt, sodass er noch am selben Tag Kontakt zum Berliner Unterweltboss aufgenommen hatte. Dessen Einladung folgte auf dem Fuße.

Im ersten Moment habe ich mich gefreut. Perseus zahlt gut.

Jetzt würde er lieber gehen. Doch Mike bezweifelte, dass sie ihn lassen würden.

Verflixt! Ich war mal wieder zu gierig.

Wie zur Bestätigung knallte nebenan ein Schuss durch die Halle und

das Flehen erstarb abrupt. Etwas gurgelte, dann wurden Befehle gebellt. Mike kroch ein kalter Schauer über den Rücken.

Bei dem erlaubt man sich besser keinen Fehltritt!

Schritte wurden laut. An der offenen Tür des Kabuffs schleppten zwei Schläger einen blutüberströmten Typen vorbei und im nächsten Moment wurde Mike von einem dritten Gorilla wortlos in die Halle geführt.

An den Wänden waren Kisten unterschiedlichster Größen aufgestapelt. Hier und da packten Leute irgendwelche Waren um oder reinigten ihre Waffen. Das Personal wirkte genauso finster wie der Ruf ihres Bosses. Fast alle waren tätowiert, manche sogar im Gesicht, und die Klamotten erinnerten Mike an eine Motorradgang. Gesprochen wurde kaum.

Hans würde sich in dieser Gesellschaft überaus wohl fühlen.

Der Rauschgold-Junge hatte Mike versichert, dass es keine Drogen gab, die gezielte Trips verursachen konnten.

Aber auf meine Frage, ob er die Existenz eines roten Drachen in der Größe eines mehrstöckigen Hauses für realistischer halte, hat er nur gemeint, dass die Russen schon immer krasses Zeug gehabt hätten.

In der Ecke hinten links gab es ein Podest, auf dem ein Schreibtisch platziert war. Eine Lampe beleuchtete den massigen Tisch sowie den Bereich davor. Dahinter, im Dunkeln, lümmelte ein Mann lässig in einem schwarzen Lederchefsessel. Der Kerl trug einen sportlich geschnittenen Hoodie in dunkelgrau. Die Kapuze hatte er aufgesetzt, sodass Mike sein Gesicht nicht sehen konnte.

Das muss Perseus sein.

Der Berliner Unterweltboss war ein anderes Kaliber als der Gentleman. Auf einen gehobenen Stil legte dieser Mann ganz offensichtlich keinen Wert.

Vor dem Podest hantierte eine junge Frau mit einem Wischmopp.

Mike rümpfte innerlich die Nase, denn sie verteilte das Blut eher, als dass sie es aufwischte.

„Das reicht", motzte der Kerl hinterm Schreibtisch und sofort

schnappte sich die Frau ihren Eimer und machte, dass sie wegkam. Der Boden glänzte nass und schmierig rot.

Uarks. Er muss ja nicht aus handbemalten Porzellantässchen Tee trinken, aber vernünftig saubermachen wäre schon nett!

„Miezen-Mike!", begrüßte Perseus ihn und deutete mit weit geöffneten Armen auf den Platz, an dem sein Vorgänger erschossen worden war. „Komm näher!"

Den Akzent konnte Mike nicht einordnen.

Boa, das ist wie in einem schlechten Film! Und ich bin mitten drin. Mist!

Er zwang sich zu einem souveränen Lächeln.

„Moin Perseus."

„Du gehörst zum Gentleman", kam sein Gegenüber sofort zur Sache. „Wie kommt es, dass du vor mir stehst und mit mir über Geschäfte quatschen willst?"

Perseus wartete seine Antwort nicht ab, sondern beugte sich vor, sodass man unter der Kapuze eine bleiche Nase und ein unrasiertes Kinn erahnen konnte.

„Weißt du, bei Untreue und Verrat kriege ich das Kotzen! Und Kotzen macht meine Finger nervös."

Er ließ die Pistole auf seinem Schreibtisch kreiseln, bis der Lauf auf Mike zeigte.

„Ich auch", beeilte sich dieser zuzustimmen. Schweiß trat auf seine Stirn. „Ich finde illoyales Verhalten einfach ätzend. Wenn sich langjährige Kunden von heute auf morgen andere Lieferanten suchen, trifft mich das direkt ins Herz."

Damit lehnte Mike sich ziemlich weit aus dem Fenster, aber was sollte er sonst tun?

„Ja, das ist scheiße." Perseus nickte. „Aber wenn die neue Ware heißer ist als die alte, ist es verständlich. Ich will nur das Beste für mein Geschäft. Kannst du mir das bieten?"

Die Frage war eine Drohung.

„Selbstverständlich!" Mike bemühte sich um ein überzeugtes Lächeln

und spulte alle Vorteile seiner Mädchen ab. „Das Beste ist", schloss er seinen Vortrag, „dass meine Kätzchen es gewohnt sind, dass wir Männer ihnen sagen, wo es langgeht! Im Leben und erst recht im Bett. Der Kulturkreis, aus dem ich sie besorgt habe, produziert brave Miezen quasi am Fließband. Dazu sind die Mädchen überaus rassig und schö…"

„Kulturkreis?!", blaffte Perseus. „Bist du einer von den Oberschlauen, Alter? Hör auf, so geschwollen zu quatschen, oder verpiss dich!"

Aus dem Augenwinkel sah Mike, dass drei der grobschlächtigen Typen aufhörten ihre Waffen zu putzen. Sie erhoben sich und schlenderten zum Schreibtisch herüber.

„Nein!", rief er schnell. „Ich bin ein einfacher Mann."

Das »genau wie du« konnte Mike sich gerade noch verkneifen.

„Dann rede auch wie einer!" Perseus spuckte ihm vor die Füße. „So aufgeblasenes Intellektuellengelaber geht mir voll auf den Sack. Willst du mir auf den Sack gehen?"

Mike schüttelte den Kopf.

„Aha. Also, was is' jetzt mit deinen Mädchen?"

Der Mann am Schreibtisch war garantiert nicht dumm, aber im Gegensatz zum Gentleman pfiff er auf eine gepflegte Ausdrucksweise.

Daran muss ich mich gewöhnen!

„Die Mädchen …", stammelte Mike und suchte hektisch nach den richtigen Worten. „Also, die lassen sich ohne Zickerei besteigen. Sie sind süß und naiv."

„Siehst du. Geht doch." Perseus nickte, aber ob er wirklich zufrieden war, konnte Mike unmöglich beurteilen.

Stille.

Der Berliner Boss griff nach seiner Waffe und spielte damit herum. Seine Schläger trollten sich zurück in ihre Ecke.

Legt er mich jetzt um?

Miezen-Mikes Puls raste. Er schwitzte wie ein Schwein.

Perseus hob die Waffe und zielte auf seinen Gast. „Ich *hasse* untreue Geschäftspartner."

Scheiße! Ich hätte in Hamburg bleiben sollen.

Mike kniff die Augen zusammen und dachte an seine Mama. Wenn die wüsste, was aus ihrem Sohn geworden war … dann würde sie ihm auch nicht helfen.

Nichts passierte.

Plötzlich gab es ein dumpfes Geräusch, so als würde Metall auf Holz gelegt.

„Also, Mike, wie viele Mädchen kann ich wann haben?", motzte Perseus ihn an. „Und was kostet mich das?"

***

Oxa schnaubte – sie wusste nicht, ob sie amüsiert oder angewidert sein sollte. Vorsichtig verlagerte sie ihr Gewicht auf dem Flachdach des heruntergekommenen Fabrikgebäudes. Sie hockte unsichtbar direkt über einer tragenden Wand, was ihren Bewegungsradius unangenehm einschränkte.

Dieser Mike hatte bei Perseus lediglich die Lage sondieren wollen, aber die Lage hatte sich verselbstständigt und den fetten Menschenhändler mal eben verschlungen.

Tja, da ich nicht vorhabe, Huren an Piet zu liefern, wird Miezen-Mike demnächst wohl Lieferengpässe bekommen. Welch hübsche Ironie.

Sie lächelte arrogant. Wer ins Loranische Feuer flog, durfte sich nicht wundern, wenn er sich dabei die Schwingen versengte.

Mike wusste, *dass Perseus gefährlich ist, doch er kam trotzdem her.*

Der Mord war allerding nur ein Schauspiel gewesen, um den Gast einzuschüchtern. In Wahrheit hatte Perseus danebengeschossen und dann einen Mitarbeiter reichlich Schweineblut auf dem vermeintlichen Opfer und dem Boden verteilen lassen.

Die Show dient der Imagepflege des Gangsterbosses. Ich muss zugeben, diese Inszenierung war gut gemacht.

In seinem Geist hatte sie gesehen, dass Perseus eine Leidenschaft für die darstellende Kunst hatte. Und einen Universitätsabschluss im

Bereich der Wirtschaftswissenschaften. So niveaulos, wie er sich gab, war der Hautsack also ganz sicher nicht.

Trotzdem: Perseus fackelt nicht lange. Und zweite Chancen vergibt er auch nicht.

Mike war vor allem deswegen ungeschoren davongekommen, weil der Gangsterboss keinen Bock auf die Scherereien hatte, denn Gentleman Piet wäre sicher nicht begeistert, falls sein Mädchenlieferant umgelegt würde.

Nein, das wäre schlecht für die Beziehung der beiden Bosse. Zwischen den Herren gibt es nämlich eine Art wohlwollenden »Nichtangriffs-pakt«.

Man funkte einander nicht in die Geschäfte und respektierte das Revier des anderen. Und falls einer von einer bevorstehenden Razzia Wind bekam, gab man den Tipp weiter. Nein, Perseus und Piet waren dicke miteinander.

Bislang zumindest.

Oxana gedachte das zu ändern. Ein zufriedenes Lächeln huschte über ihr Drachengesicht.

Perseus hat von Olga Iwanowa Pawlowa gehört und von ihrer Handelsbeziehung zum Gentleman. Das und die Gerüchte über die russischen Drachenhalluzinogene haben Missgunst in Perseus unersättlichem Herzen gesät. Diese müsste sich mit geringem Aufwand in krallenfesten Neid verwandeln lassen.

Dann noch ein Quäntchen Zwietracht und schon wurde aus einem wohlwollenden Mitbewerber ein verhasster Rivale.

Wie in Dranijas Lektionen! Sehr hübsch.

Die Goldene beschloss, ein wenig länger auf dem Dach zu bleiben und zu lauschen. Sobald sie wusste, wann die nächste Drogenlieferung ankam, würde sie der Polizei einen Tipp geben.

Dann benötige ich nur noch einen »Beweis«, der andeutet, dass Piet die Gesetzeshüter auf Perseus gehetzt hat.

Das würde sie natürlich nur *andeuten*, sodass noch reichlich Raum für Zweifel blieb.

Hach! Wenn das funktioniert, brauchen wir kein Gerichtsverfahren, um Piet, die Schlangenzunge, nach unserem Lied tanzen zu lassen. Wenn das funktioniert, ist Schneewittchen frei.

Diesmal würde Oxana Thor und die anderen erst über ihren Plan informieren, wenn sie alles unter Dach und Fach hatte.

Nicht dass mir noch einmal so ein Fauxpas passiert wie beim letzten Mal! Nein, die Blöße gebe ich mir nicht. Im Wespennest herumstochern kann ich auch ganz allein.

Mit einem huldvollen Lächeln verlagerte sie ihr Gewicht und horchte weiter, was sich unter ihr in der Halle tat.

Auf und davon ...

Thorxarr erwachte und warf einen Blick auf die überdimensionale Wanduhr, die Schneewittchens ehemalige Mitbewohnerin dort hängen gelassen hatte. Es war drei Uhr nachts und das Licht der Großstadt fiel fahl durch die halb geöffneten Vorhänge. Aus dem Nebenraum drang ein Geknarze, das nur vom altersschwachen Schreibtischstuhl seines Mädchens stammen konnte.

Sie ist auf? Was treibt sie um diese Uhrzeit?

Da er nicht mehr in ihre Gedanken gucken konnte, hatte er keinen Schimmer, wo ihr Problem lag.

Ich soll mich ihr nicht aufdrängen, hat Alex gemeint. Aber das ist leichter gesagt als getan!

Erstens war er neugierig und es nicht gewohnt, keine Antworten auf seine Fragen zu bekommen – insbesondere, wenn sie Schneewittchen betrafen. Und zweitens machte er sich Sorgen. Obwohl er seine Kleine seit dem Zwischenfall im Park nicht mehr allein gelassen hatte, wirkte

sie von Tag zu Tag angespannter.

Dabei droht ihr und ihren Liebsten überhaupt keine Gefahr!

Seit dem Pokersieg war Piet laut Oxana zufrieden und hatte seine Leute von dem Mädchen abgezogen.

Nein, es muss etwas anderes sein. Nur was?

Thorxarr wälzte sich auf seinem Fußbodenlager auf die andere Seite. Zwar hatte Paula die Möbel in ihrem WG-Zimmer belassen – schließlich hatte sie sich nicht wirklich mit ihrer Freundin verkracht, sondern wollte zurückkehren, sobald Schneewittchen aus Schlangenzunges Fängen befreit worden war – aber Thorxarr traute sich nicht, das Bett zu benutzen. Als roter Krieger war er nicht gerade ein Fliegengewicht und die Latten, die die zarte Matratze trugen, wirkten für seinen Geschmack viel zu schmal.

Eine falsche Bewegung, und ich krache durch. Dann nächtige ich lieber gleich auf dem Boden.

Alexan hatte ihm zu einer Isomatte und einem Schlafsack geraten. Beides genügte Thorxarr vollkommen als Nachtlager.

Er schloss die Augen und versuchte sich zu entspannen, doch das Knarzen nebenan hörte nicht auf.

Bei der Sphäre! Was tut sie?

Das mit dem Abschirmen hätte er ihr nicht zeigen sollen. Es machte ihn wahnsinnig, nicht zu wissen, was in ihrem Kopf vorging.

Energisch presste er die Lider zusammen und sehnte sich den Schlaf herbei.

Der Sekundenzeiger der Wanduhr tickte quälend langsam, untermalt von den Geräuschen des Drehstuhls.

Das ist reine Zeitverschwendung. Sie kann nicht schlafen! Ich kann nicht schlafen! Wenn wir eh beide wach sind, kann ich sie auch fragen, was los ist.

Thorxarr stand auf und überprüfte sein Spiegelbild. Die meisten Menschen trugen sogar beim Schlafen Kleidung, das hatte Alexan ihm erklärt und darauf gedrungen, dass der Krieger es während seines Aufenthalts in der WG ebenso hielt.

„Lauf da ja nicht nackt durch die Bude!", hatte der Weiße gesagt. „Wenn Schneewittchens Mutter von so etwas erfahren sollte, kannst du nicht mal »Pyjama« buchstabieren, bevor sie ihre Tochter zu sich nach Hause geholt hat. Die Humanoiden sind prüde und nackte Kerle für junge Frauen eine potenzielle Gefahr. Das tolerieren Mütter nicht und Claudia bist du eh suspekt!"

Warum nackte Männer eine größere Gefahr darstellen als angezogene, begreife ich nicht. In ihrer Kleidung könnten sie immerhin Waffen verstecken. Aber egal. Alex kennt sich mit dem Menschenkram besser aus als ich.

Entsprechend trug er nachts Shorts sowie ein Muskelshirt, das allerdings etwas klein ausfiel und deswegen ständig hochrutschte. Seufzend zog er das Shirt nach unten und verließ das Zimmer, um bei Schneewittchen zu klopfen.

Das Knarzen erstarb. Kurz darauf tappten barfüßige Schritte über das Laminat, die Tür öffnete sich ein Stück und Thorxarr wurde von hellem Licht geblendet. Er blinzelte.

Schneewittchen linste durch den Spalt. „Oha, Thor! Habe ich dich geweckt?"

„Nicht du", brummte der Krieger. „Es war dein Stuhl."

„Entschuldige! Den sollte ich echt mal ölen."

Sie öffnete die Tür vollständig. Die Deckenlampe brannte – kein Zweifel, die Bewohnerin dieses Zimmers dachte nicht mal im Entferntesten daran zu pennen.

„Ich setze mich mit dem Notebook aufs Bett, okay? Dann ist Ruhe und du kannst weiterschlafen."

Schneewittchen schien ehrlich zerknirscht zu sein. Sie strich sich eine schwarze Strähne aus dem blassen Gesicht und schaute zu ihrem Computer hinüber. Das Gerät stand eingeschaltet auf dem Schreibtisch.

Thorxarr runzelte die Stirn. „Arbeitest du um diese Uhrzeit für die Universität?"

„Was? Nein!" Sie seufzte. „Ich bin wach geworden und musste an den See denken. Danach habe ich mich eine Stunde lang erfolglos hin und

her gewälzt. Jetzt suche ich im Internet nach Bildern. Vielleicht finde ich den bescheuerten See ja auf diese Weise …"

Sie zuckte mit den Schultern, die in einem langärmligen Shirt steckten.

Für Thorxarrs Geschmack verdeckte dieser Pyjama viel zu viel ihrer zarten Haut. Er rieb sich über die Augen und brummte: „Der See mal wieder, hmm?"

Bei der Sphäre, heute ist Sonntag, der dritte Dezember. In den letzten Wochen hat sie sich so darauf gefreut, endlich »adventlich« dekorieren zu können, doch das Zeug liegt immer noch in irgendwelchen Kartons im Keller. Ihr Geist hat nur noch Platz für den See!

„Ja, diese verdammte grünschillernde Wasseroberfläche lässt mir keine Ruhe!"

Schneewittchen seufzte erneut und diesmal abgrundtief. „Ich muss den Waldsee finden. Unbedingt! Aber … ach, Thor, ich weiß selbst, dass das alles keinen Sinn ergibt. Wir haben Herbst, der Winter steht fast schon vor der Tür, also ist hier gar nichts mehr grün, sondern alles bloß trist und grau. Ich werde meinen See vor Juni nicht finden!"

„Auf der anderen Erdhalbkugel steht der Sommer bevor", warf Thorxarr ein. „Da ist alles grün."

Seine Kleine erstarrte, nur um dann noch fahriger zu werden. Hilflos strich sie sich auf beiden Seiten die langen schwarzen Haare hinter die Ohren, schaute zum Notebook und zurück zu ihm.

„Mist, das habe ich gar nicht bedacht. Ich muss meine Suche anpassen!"

Das Mädchen ließ ihn in der Tür stehen und eilte zu ihrem Schreibtisch.

Sie ist wie besessen. Fast als würde ihr die Zeit davonlaufen.

Nur wofür? Was wollte sein Mädchen an diesem See?

Thorxarr folgte Schneewittchen. Die Kleine hockte bereits wieder im Schneidersitz vor dem Computer und tippte und klickte.

„Ich muss ihn finden", murmelte sie, während sie die Bilder über den Bildschirm fliegen ließ und dabei auf ihrem knarzenden Drehstuhl hin

und her zappelte.

Pfft! Da wird mir ja schwindelig. Und wie soll man bei dem Tempo überhaupt irgendwas auf dem Display erkennen?

Der Krieger stellte sich hinter Schneewittchen und legte ihr behutsam seine Hände auf die Schultern. Ihr Puls raste, außerdem konnte er die Stresshormone wittern, die ihr Körper absonderte.

„Hey, es ist mitten in der Nacht", brummte er. „Du hast kaum geschlafen und bist überreizt. Warum lässt du dir von mir nicht einen Kräutertee kochen? Wir plaudern eine Runde in der Küche und dann legst du dich wieder hin und versuchst zu schlafen. Morgen früh sieht die Welt bestimmt wieder besser aus. Und dann suchen wir gemeinsam nach dem See – von mir aus auch im Internet."

„Das dauert zu lange." Schneewittchen schüttelte den Kopf, ohne sich zu ihm umzudrehen. „Das Finden ist die eine Sache! Ich muss auch sehen, wie ich dorthin komme. Wenn das auf der anderen Seite der Erde ist, brauche ich ein Flugticket. O Gott! Hoffentlich ist so kurzfristig noch ein Platz in einer der Maschinen frei!"

„Du willst einfach so wegfliegen?" Thorxarr hob die Brauen. „Was ist mit Piet, mit dem nächsten Pokerspiel und mit Paula und deinen Eltern?"

Das sieht ihr gar nicht ähnlich!

„Stimmt!" Sofort ließ das Mädchen die Schultern hängen. „Das habe ich ganz vergessen. Um auf die andere Seite der Welt zu kommen und wieder zurück, brauche ich *Tage* – selbst mit einem Flugzeug! Verdammt, was mache ich denn nun?"

Ihre letzten Worte waren ein tonloses Flüstern und voller Verzweiflung.

Thorxarr wurde das Herz schwer. Er drehte den Stuhl samt seiner Kleinen zu sich herum und hockte sich auf Augenhöhe vor sie.

„Du brauchst eine Pause, Schneewittchen."

„Für Pausen habe ich keine Zeit", wisperte sie und wandte den Kopf zu ihrem Computer. „Ich muss …"

„Du musst mir vor allem erstmal zuhören", unterbrach er. „Sieh mich

an!"

Geduldig wartete er, bis sie ihre warmen rehbraunen Augen endlich auf sein Gesicht richtete.

„So, ich gucke dich an, und jetzt?"

Er lächelte. „Jetzt erinnere ich dich daran, dass ich ein Drache bin und durch die Nebel reisen kann. Ohne Zeitverlust und mit dir, sofern du es denn möchtest."

„Ach ja." Erleichterung flutete ihre blasse Miene. „Da war ja was!"

„Genau!" Thorxarr nickte nachdrücklich. „Ich helfe dir. Wenn wir wissen, wo dein See liegt, sind wir so gut wie da."

„Oh danke!"

Die Augen seiner Kleinen wurden feucht.

Sie ist wirklich vollkommen durcheinander! So kann das nicht weitergehen.

Der Krieger fasste nach ihren Händen und drückte sie. „Morgen nach der Dämmerung legen wir los, doch vorher brauchst du erstmal eine Auszeit."

„Ich … ich kann einfach nicht schlafen!"

„Ich auch nicht." Thorxarr zwinkerte. „Ich weiß was Besseres."

„Und was?"

Er grinste verwegen. „Wenn wir tatsächlich gemeinsam durch die Nebel reisen wollen, können wir den ersten Sprung auch gleich heute Nacht wagen. Ich kenne einen Ort im Regenwald, wo die Sonne hoch am Himmel steht und die Luft voller Düfte und Geräusche ist. Das dürfte dich auf andere Gedanken bringen. Und Wärme entspannt dich, das weiß ich genau!"

✳✳✳

Eine Viertelstunde später stand Hiltja in ihren dicksten Winterklamotten neben Thor im Hinterhof. Ihr Donnergott hatte ihr auf dem Weg nach unten erklärt, was es mit einem Sprung durch die Nebel auf sich hatte, nämlich dass es dort weiß und sehr kalt war. Vermutlich

würde sie bei der Reise sowohl die Orientierung als auch ihr Zeitgefühl verlieren, was zu Übelkeit führen konnte, aber nicht musste. Geübte Menschen würden in der Nackenfalte eines Drachen durch die Sphäre reisen, doch Thor wollte sie bei diesem ersten Sprung lieber in eine seiner Vorderklauen nehmen, da alles andere zu unnötigen Komplikationen führen könnte.

So weit, so gut, dachte Hiltja und schaute zu ihrem Freund auf. Dass der Asiate gleich zu einer riesigen Himmelsechse werden würde, kam ihr surreal vor. Sie hatte ihn bisher nur ein einziges Mal so gesehen und das war vor drei Tagen im Park gewesen.

Was seine wahre Gestalt angeht, hat er mich um Geduld gebeten, weil er mich nicht überfordern will.

Ihr war es recht gewesen. Fürs Erste empfand sie die Gedankenbilder und seine Erinnerungen als bizarr genug.

Aber jetzt geht es los. Oha!

Thor lächelte zu ihr herab und drückte ihre behandschuhte Hand.

„Sobald ich meine Drachengestalt angenommen habe, tarne ich mich sofort, damit mich niemand zufällig entdeckt. Das heißt, ich werde unsichtbar, also erschrick nicht, wenn plötzlich etwas nach dir greift, was du nicht sehen kannst, einverstanden?"

„Okay."

Hiltja nickte aufgewühlt.

„Das wird großartig." Der Donnergott strich ihr zärtlich über die Wange, wobei seine Finger bebten.

„Na, ich bin wohl nicht die Einzige, die aufgeregt ist!", stichelte sie.

„Nein, das bist du nicht!" Seine Miene wurde weich. *„Ich kann kaum in Worte fassen, was es mir bedeutet, dass du mit mir diesen Sprung wagen willst."*

„Ich vertraue dir." Sie strahlte und zog ihre Gedankenvorhänge auf. *Das habe ich schon am ersten Tag getan.*

Ein Leuchten erfüllte Thors Gesicht. Er drückte abermals ihre Hände.

„Sieh mir in die Augen, Schneewittchen. Meine Augen bleiben immer gleich."

Für einen Moment lang versanken die beiden im Blick des anderen. Hiltja fühlte sich innig mit ihm verbunden, bis der verfluchte See sich wieder in ihr Bewusstsein drängte und ihr Donnergott wie ein begossener Pudel zusammenzuckte.

Mit einem schiefen Lächeln ließ er sie los, murmelte: „Na denn, auf geht's!", und trat einige Schritte zurück.

„Nicht vergessen: Ich bleibe immer derselbe."

„Ich weiß."

Fasziniert beobachtete Hiltja, wie sich ihr Freund in einer dynamischen Bewegung in einen riesigen blutroten Drachen verwandelte.

Die Himmelsechse warf ihr einen letzten intensiven Blick zu, bevor sie unvermittelt verschwand.

„Oh!"

„Keine Sorge, ich bin noch hier!", hörte sie seine amüsierte Stimme in ihrem Kopf. *„Gleich greife ich dich."*

Hiltja nickte und ihr Puls beschleunigte sich. Schon fühlte sie, wie sie von einer Art Riesenbaggerschaufel erfasst wurde und in die Luft schwebte.

„Achtung, wir heben ab", kommentierte Thor und sie wurde wie in einem Hochgeschwindigkeitsfahrstuhl einige Meter nach oben gerissen.

„Und nun musst du tapfer sein – jetzt geht es in die Nebelsphäre!"

Im nächsten Moment umfing Hiltja eine entsetzliche Kälte und Leere. Alles war weiß!

Meine Güte! Das ist so weiß wie nur was! Und so merkwürdig wattig ...

So etwas hatte sie noch nicht erlebt. Die Schwerkraft existierte nicht mehr; in dieser Sphäre gab es kein Oben und kein Unten. Nicht einmal mehr Thors Klaue konnte sie um sich herum spüren.

„Bist du noch bei mir, Thor?!"

„Ja, bin ich. Keine Sorge, ich hab' dich! Wir sind gleich da."

Na hoffentlich!

Trotz dicker Winterkleidung fraß sich die Kälte der wattigen Nebel tief in ihre Knochen.

„*Zähl einfach*", riet Thor. „*Angeblich hilft das euch Menschen.*"

„*Ich probiere es.*" Ihr wurde flau im Magen. „*21, 22, 23, ...*"

Die Sekunden zerschmolzen zu einem endlosen Brei, doch bei der 25 fand sich Hiltja plötzlich über einem Meer aus Baumwipfeln wieder. Es war helllichter Tag und ein würziger, tropisch warmer Wind streichelte ihr halb erfrorenes Gesicht.

Es fühlte sich an, als würde sie nach einer Ewigkeit wieder nach Hause kommen.

„*Du hast es geschafft!*", erklärte Thor. „*Schau, dort drüben ist eine felsige Anhöhe. Dort landen wir.*"

„*Ich kann sie sehen!*", rief Hiltja stumm. Euphorie strömte durch ihre Adern.

„*Wie geht es dir?*", erkundigte er sich. „*Hast du die Sphäre gut überstanden?*"

„*Ja!*" Sie lachte. „*Außer dass es dort echt sehr weiß und schweinekalt war, ist mir bloß 'n bisschen komisch geworden. Ist aber nicht der Rede wert.*"

„*Hervorragend! Ganz wie es sich für einen roten Rekruten gehört!*"

„*In deine Armee komme ich trotzdem nicht.*" Sie kicherte. „*Sag mal, kannst du vielleicht wieder sichtbar werden? Es ist ziemlich befremdlich, so ganz ohne alles durch die Luft zu sausen.*"

„*Negativ. Auch wenn hier im Regenwald von Papua-Neuguinea kaum Artgenossen von dir herumstreunen, so habt ihr Menschen doch ausreichend viele Satelliten in den Himmel geschossen, die meine wahre Gestalt aufnehmen könnten.*"

„*Und was war neulich im Park?*"

„*Da gab es keine Alternative*", schnaubte Thor. „*Und hinterher musste Alex seinen Freund Benan bitten, das zu überprüfen. Wir hatten Glück, dass ich nicht gefilmt wurde.*"

„*Ihr Drachen habt wohl überall eure Finger zwischen, was?*", frotzelte Hiltja und genoss die Aussicht. Der Regenwald war atemberaubend. Und schwül warm. *Meine Herren! Ich muss aus den*

Klamotten raus.

„Krallen!" Thor schmunzelte. *„Und ja, wir Himmelsechsen haben unsere Krallen in ziemlich vielen Dingen. Wäre es anders, hätten wir unsere Art und die Existenz der Magie sicher nicht jahrhundertelang vor euch Humanoiden verbergen könn... oh, verdammt! Was ist das?"*

Auf einmal klang die Gedankenstimme des Donnergottes nicht mehr belustigt, sondern vielmehr alarmiert.

„Was ist los?" Hiltja schaute sich um, doch sie konnte nichts Besorgniserregendes erkennen.

***

Thorxarr drückte die Klaue, in der er sein Mädchen hielt, näher an seinen Rumpf heran und erschuf einen variablen Schutzschild um sich herum, den er bei Gefahr innerhalb einer Millisekunde kugelsicher aufpumpen konnte.

„Da vorn auf der Anhöhe campiert ein Mensch", zischte er.

Falls es sich um einen Wilderer handelte, war der Hautsack garantiert bewaffnet.

„Salve Thor!", grüßte plötzlich jemand auf der Gedankenebene.

„Alex? Was tust du denn hier?"

„Ich? Öhm ... ich wache über Zahai, was sonst?"

Thorxarr machte die magischen Auren sichtbar und entdeckte auf dem höchsten Felsen die buntschimmernde Seifenblasenkontur seines Kameraden. Dort hatte Alexan sich unsichtbar niedergelassen und ließ seinen Blick über den Urwald schweifen. Zirka 50 Meter horizontal von dem Aussichtspunkt entfernt war unten im Schatten der Klippen ein kleines Zelt aufgebaut, dessen knalliger Stoff weit in die Gegend leuchtete. Hierin schillerten die Konturen eines Humanoiden – das musste Zahai sein.

Der Krieger streckte seine Sinne aus und sondierte die Lage. In diesem Moment befanden sich weder weitere Drachen noch Menschen oder Giftschlangen in der Nähe. Schutz- oder Warnzauber waren nicht

installiert.

Kopfschüttelnd wandte er sich an seinen Kameraden: *„Warum lässt du es drauf ankommen? Die Papua-Taipane sind tödlich für Menschen!"*

„Na, da hat sich jemand aber gut informiert!" Alexan grinste kurz. *„Und ich* hätte *gern alles Mögliche an Magie installiert, aber wenn man so astralschwach ist wie ich, gestaltet sich so etwas schwierig."*

„Stimmt."

Thorxarr landete auf der Ebene, wo das Zelt aufgebaut war, und entließ Schneewittchen vorsichtig aus seiner Kralle.

„Oh! Du hast deine Mitbewohnerin mitgebracht." Der Weiße entrollte seine Schwingen und segelte, immer noch getarnt, zu ihnen herab. *„Moin Schneewittchen! Übrigens schläft Zahai, also seid bitte leise."*

Sein Mädchen drehte verwirrt den Kopf. *„Alex? Wo bist du denn?"*

„Schräg hinter dir."

Sie drehte sich um. „Echt? Ich sehe nichts."

„Er ist unsichtbar", erklärte Thorxarr. *„Genau wie ich!"*

„Verstehe." Die Kleine nickte, pflückte sich die Mütze von den schwarzen Haaren und sah sich weiter um. *„Mal ehrlich, Jungs, euch nur im Kopf hören zu können, nervt!"*

„Ja, das findet Zahai auch", meinte Alexan und verwandelte sich in seine Menschengestalt. Heute hatte er seine Haare zu einem zartrosa Afro-Look aufgetürmt.

Bei der Sphäre!, stöhnte Thorxarr innerlich. *Manchmal übertreibt er echt!*

„Oh!", keuchte Schneewittchen laut. „So lang waren deine Haare doch gar nicht! Das ist Magie, oder?"

„Genau!" Alexan nickte fröhlich und legte den Zeigefinger auf seine Lippen. *„Wir wollten Zahai schlafen lassen, oder?"*

„Ja, klar! Sorry!"

„Prima!" Der Weiße lächelte. *„Und jetzt, wo Thor hier ist, können wir einen permanenten Tarnschild über dem Areal errichten."*

„Permanent?", grunzte Thorxarr. *„Temporär geht. Permanent kriege ich nicht hin."*

„Musst du auch nicht." Alexan verdrehte die Augen. *„Ich mach das schon. Ich brauche nur etwas Astralenergie von dir, Herr Krieger."*

„Ach so! Na dann ..."

Thorxarr trat zu seinem Kameraden hinüber. Aus dem Augenwinkel sah er, dass Schneewittchen sich weiter auszog und dabei neugierig in ihre Richtung starrte.

„Meintest du das neulich, Thor? Als du Alex mit dem Handy helfen solltest, weil er nicht »stark« genug ist?"

„Jupp."

Er grinste. Sein Mädchen begriff schnell.

„Spannend!" Sie entledigte sich ihrer Winterstiefel.

„Nicht wahr?!", freute sich Alexan. *„Allerdings wirst du nichts sehen können. Das Zaubern fällt mir in meiner wahren Gestalt nämlich leichter."*

Er verwandelte sich in einer wuseligen Bewegung zurück und wurde sofort unsichtbar, was sein Mädchen gebannt verfolgte.

„Wie schade, Alex!"

Thorxarr freute sich über Schneewittchens Interesse. Wenn Menschen sich für Magie begeisterten, kamen sie auch mit roten Kriegern klar, oder nicht? Hoffnungsvoll schaute er zu seinem Lieblingsmenschen hinüber.

„Gleich kannst du uns beide sehen", meinte Alex schmunzelnd. *„Zumindest wenn Thor aufhört, dich verliebt anzuglotzen, und sich stattdessen endlich mal auf mich konzentriert. Ich setze hier gleich Moos an."*

„Ja, ja! Ich mach ja schon." Widerwillig riss Thorxarr den Blick von seiner Kleinen. *„Wie viel Kraft brauchst du?"*

„Wie viel kannst du entbehren?" Alexan legte erwartungsvoll den Kopf schief.

„Pfft! Du wieder! Reicht man dir die kleine Kralle, nimmst du gleich die ganze Klaue!", schnaubte Thorxarr. *„Ich schleuse erstmal die*

Auf und davon …

Umgebungsenergie zu dir durch. Vielleicht reicht das ja."

Er öffnete seine Meridiane, nahm so viel astrale Kraft aus der Umgebung auf, wie er konnte, und berührte seinen Freund mit einer Vorderklaue neben dessen Rückenkamm zwischen den Schwingen. Während er die Energie an den Weißen weitergab, beobachtete er aus dem Augenwinkel, dass Schneewittchen ihren Hosenbund aufknöpfte und den darunterliegenden Reißverschluss hinunterzog. Prompt wurde ihm kribbelig heiß.

„Argh!!!", stöhnte Alexan. *„Beim Grauen Krieger, willst du mich grillen?"*

„Nein! Natürlich nicht."

Sofort drosselte Thorxarr den Durchfluss der Energie und machte einen auf unschuldig. *„Du wolltest so viel, wie ich entbehren kann. War dir das jetzt etwa schon zu viel?"*

„Ja, du Angeber!", ächzte der Weiße. *„Sonst bist du immer so knauserig mit deiner körpereigenen Kraft."*

„Auf die habe ich gar nicht zurückgegriffen, Herr Mimose! Das war bloß Umgebungsmagie", brummte Thor und stellte fest, dass Schneewittchen noch eine Jeans unter der Hose trug. *Och nö. Was soll das denn?*

„Umgebungsmagie?", echote Alexan. *„Du veräppelst mich!"*

„Tu ich nicht. Ich schwöre bei meiner Ehre!" Thorxarr ließ den Energiestrom abbrechen und hob feierlich die linke Schwinge.

Schweigen.

Der Weiße betrachtete ihn von unten mit schiefgelegtem Kopf. *„Wenn das wirklich stimmt, bist du in den letzten drei Tagen nochmals stärker geworden."* Er nickte zu Schneewittchen hinüber und sendete auf einer geheimen Frequenz: *„Da ist was im Busch bei euch! Ihr müsst zu Luna."*

„Das will ich ja!", murrte Thorxarr auf derselben Frequenz. *„Doch Luna steckt bis zur Halskrause in ihren Prüfungen fest. In zehn Tagen ist sie durch. Dann stehe ich sofort bei ihr im Quartier, darauf kannst du einen lassen."*

„In zehn Tagen kann viel passieren", gab Alexan zu bedenken.

„Ich weiß. Aber es gibt keine Alternative." Genervt rollte der Krieger seine Schwingen ein. *„Ich werde auf keinen Fall riskieren, dass andere Drachen von Schneewittchen erfahren, und damit Basta! Das ist nicht verhandelbar."*

Alexan war noch immer unsichtbar, doch sein durchscheinendes Seifenblasengrinsen wurde altklug, obwohl er schwieg.

„Was ist jetzt, Weißschuppe? Willst du Energie oder hast du genug?"

„Natürlich will ich Energie." Der Kleine lächelte. *„Aber nicht ganz so viel auf einmal."*

Thorxarr grollte gereizt, nahm erneut astrale Kraft aus der Umgebung auf, leitete sie durch seine Meridiane und gab sie – deutlich reduzierter als zuvor – an seinen Freud weiter. Diesmal spürte er, wie hoch der Widerstand im Körper des Weißen war. Er hätte seinen Kameraden tatsächlich fast gegrillt.

„Geht es so?", erkundigte sich der Krieger in versöhnlichem Ton.

„Ja, so ist es wunderbar! Danke."

Zum Glück sind die Weißen nicht nachtragend. Dafür war Thorxarr nicht zum ersten Mal dankbar. *Und mein Freund hat definitiv ein besonders großes Herz.*

Kurz darauf schaute Alexan zu ihm auf. *„Kannst du noch, Thor?"*

„Klar."

„Super! Dann mach du mal eben den Tarnschild zu Ende."

Ehe Thorxarr wusste, wie ihm geschah, hatte der Weiße ihm die Kontrolle über den halbfertigen Schildzauber übergeben. Das, was noch fehlte, bekam der Krieger hin.

„Ähh ... jaaa", stammelte Thorxarr verdattert. *„Und was machst du?"*

„Ich?" Alexan gluckste. *„Da ich aus dem Vollen schöpfen kann, werde ich noch einen Desinteressezauber auf unsere Anhöhe legen. Dann bekommen wir keinen ungebetenen Besuch und das Giftschlangen-Ungeziefer sowie anderes Getier bleibt auch fern."*

„Wundervoll!", stöhnte Thorxarr, zwinkerte seinem Freund aber zu.

Auf und davon ...

Alexan war ein Virtuose, wenn es um das Weben komplexer Magie ging. *Was für ein Jammer, dass er astralschwach ist. Das ist wirklich nicht fair.*

***

Eine Viertelstunde später wurden die Drachen sichtbar. Zu Thorxarrs großer Freude zuckte Schneewittchen nicht mal mit einer Wimper. Sie hatte inzwischen alles bis auf Jeans und T-Shirt ausgezogen, die Haare hochgebunden und sich in der Nähe eines Felsen ein schattiges Eckchen gesucht. Dennoch lief ihr der Schweiß übers Gesicht, am Hals entlang und zwischen die Brüste.

„Na, fertig mit zoffen und zaubern?", stichelte die Kleine, wobei sie ihre Stirn lässig mit einem Zipfel von ihrem Shirt abtupfte und so ihren Bauch entblößte.

„Öhm, ja." Ihr Anblick ließ eine sinnliche Lust durch Thorxarrs Körper prickeln und seine Gedankenstimme rau klingen.

Ich muss sie berühren.

Er verwandelte sich in seine Menschengestalt und ging zu ihr hinüber.

Neben ihm legte Alexan seinen Kopf schief. *„Woher willst du wissen, dass wir uns gestritten haben? Konntest du uns etwa hören?"*

„Bloß am Anfang. Dann war es plötzlich still." Sie grinste frech. *„Wir Menschen fangen an zu flüstern, wenn wir nicht wollen, dass andere was mitbekommen. Also, entweder habt ihr zwei über* mich *geredet – was nicht besonders höflich gewesen wäre – oder ihr zwei habt euch gezofft und wolltet nicht, dass ich es mitbekomme. Na, womit habe ich recht?"*

Alexan wechselte ebenfalls in seine Menschengestalt und fuhr sich durch seinen jetzt knallpinken Afro. *„Und ... äh ... wenn wir einfach bloß konzentriert gearbeitet haben?"*

„Habt ihr nicht", widersprach Schneewittchen. *„Dazu war die Luft zu pieksig."*

„Pieksige Luft?" Interessiert näherte sich der Weiße dem Mädchen.

Thorxarr gefiel das gar nicht. *Der soll ihr vom Leib bleiben.*

„Ja, irgendwie hat sie sich so angefühlt", behauptete seine Kleine. *„Fast stachelig!"*

Wenn ich nicht einschreite, diskutiert Alex das stundenlang mit ihr aus! Das wollte Thorxarr nicht. Er wollte etwas ganz anderes, nämlich mit seinem Mädchen allein sein. *„Du hast recht, Schneewittchen. Mit beidem. Erst haben wir über dich geredet und uns danach gezofft. Können wir jetzt gehen?"*

„He!", protestierte der Weiße. *„Ihr seid doch gerade erst angekommen!"*

„Na und? Jetzt gehen wir wieder." Thorxarr lächelte Schneewittchen an. *„Entschuldige, ich hatte vergessen, wie schwül warm es hier ohne Klimazauber ist."*

„Oh ja!" Alexan kicherte. *„Den Zauber solltest du lieber nicht auf sie anwenden."*

„Das weiß ich!", grollte der Krieger und streckte seinem Mädchen die Hand entgegen.

„Warum denn nicht?" Schneewittchen ließ sich von ihm aufhelfen, schaute jedoch zu Alexan hinüber. *„Klimazauber klingt angenehm."*

„Er ist *angenehm. Seeeeehr angenehm. Und intim. Hihi! Vor allem für dich. Du verstehst?"* Der Weiße zwinkerte anzüglich.

„Oha!" Sie bekam große Augen.

„Genau. Da unser roter Krieger schon bei einem Kuss von dir in seine Schuppen platzt ..."

„Sie hat es begriffen, olles Lästermaul!", grummelte Thorxarr. *„Tschüss!"*

Endlich wandte Schneewittchen sich wieder ihm zu. *„Springen wir direkt wieder durch die Nebel nach Hamburg?"* Ihre Gedankenstimme klang enttäuscht.

„Nein." Thorxarr lächelte. *„Wir suchen uns einfach ein hübsches Plätzchen im Urwald."* Er zeigte nach rechts. *„Ein paar Kilometer in diese Richtung gibt es einen See mit einem kleinen Wasserfall. Und ohne* andere *Drachen und Menschen! Da fliegen wir jetzt hin."*

Auszeit

Hiltja genoss den Flugwind. Er vertrieb die feuchte Hitze zumindest ein bisschen. Unter ihr war alles grün und voller Leben so weit das Auge reichte.

Was für ein herrlicher Anblick!

Sie lächelte. Eigentlich müsste es sich verrückt anfühlen, dass sie von einem unsichtbaren Drachen über einem Regenwald durch die Luft getragen wurde, doch das tat es nicht.

Es fühlt sich richtig an. Und merkwürdig vertraut ...

So als wäre sie selbst bereits tausende Male über so einen herrlichen Wald hinweggesegelt.

Pfft! Was für ein Quatsch! Abgesehen von einem Schüleraustausch nach England bin ich nie aus Deutschland rausgekommen.

Da ihr Vater einen Hof mit Rindern und Schafen bewirtschaftete, hatten sie nur selten als Familie Urlaub gemacht. Außerdem war das Geld knapp gewesen, sodass sie froh gewesen war, wenn es mal ein

paar Tage an die Ostsee ging.

Von Fernreisen konnte ich bloß träumen. ... Hmm. Wenn ich ehrlich bin, hat vor allem meine Schwester davon geträumt. Ich habe das gar nicht vermisst.

„Hey, ist alles gut bei dir da unten?", erkundigte sich Thor. „Du bist so still."

„Ja, alles ist wunderbar. Ich genieße den Flug und die Landschaft." Hiltja lachte. „So etwas Exotisches habe ich Dorfkind noch nie gesehen!"

„Gleich wird es noch besser", versprach er und ging tiefer.

Vor ihr öffnete sich das Blättermeer und gab den Blick auf eine helle türkisfarbene Wasserfläche in der Größe eines Fußballfeldes frei.

Wow! Wie das leuchtet!

Thor flog eine sanfte Kurve und bremste ab. Als er im Wasser des Uferbereichs landete, flatterte aus den umliegenden Wipfeln eine Schar Vögel in die Luft, die laut zeternd das Weite suchte. Der Drache stellte Hiltja auf einem schmalen Streifen Sandstrand ab und ließ ihre Klamotten neben ihr in den Sand plumpsen. Danach wurde er für eine Sekunde als Himmelsechse sichtbar, verwandelte sich aber sofort in den asiatischen Baumschrank.

Schade.

Hiltja hätte zu gern mal in Ruhe seine wahre Gestalt betrachtet.

„Einmal Auszeit für die Dame!" Einladend breitete Thor seine Arme aus und stapfte durch das knietiefe Wasser zu ihr an den Strand. „Ich hoffe, du magst es hier."

„Es ist paradiesisch!"

Aber es ist nicht der See, das spürte sie deutlich. Hiltja schaute sich um. Gegenüber plätscherte ein Fluss einige Felsenterassen herab, um sich dann bei der letzten Kante in eine Vielzahl armdicker Wasserstrahlen zu teilen und diamantenfunkelnd die letzten zehn Meter in den See zu stürzen.

Das Rauschen des Wasserfalls bildete eine bezaubernde Grundmelodie, ansonsten war der Urwald erstaunlich still.

Der See war von üppiger haushoher Vegetation umwuchert, die in etlichen Bereichen ein gutes Stück über die türkisfarbene Wasseroberfläche ragte. An einigen Stellen erhoben sich Bäume mit ihrem Mangroven-Wurzelgeflecht direkt aus dem kühlen Nass.

Wenige Meter hinter ihnen wucherten die Pflanzen wie eine grüne Wand empor, so dicht war deren Blattwerk.

Hiltja atmete tief ein. Es roch intensiv würzig nach … sie konnte den Duft nicht zuordnen, doch irgendwie kam er ihr bekannt vor.

Leises Glück rieselte durch ihren Körper.

Der Geruch löste in Hiltja eine Geborgenheit aus, die sie sonst nur von ihrem Zuhause in Dithmarschen kannte.

Wow! Das hier fühlt sich nach Heimat an!

Plötzlich wurden ihre Augen feucht. Sie blinzelte die Tränen fort und wisperte: „Das ist nicht der Waldsee, den ich suche, aber trotzdem ist dieser Ort wunderschön. Danke, Thor, dass du mich hergebracht hast."

„Sehr gern." Er stellte sich neben sie und ließ seinen Blick in dieselbe Richtung schweifen wie sie.

Offenbar war er unschlüssig, ob er sie berühren durfte, denn sein ihr zugewandter Arm bewegte sich unbeholfen durch die Luft, bis ihr Donnergott sich schließlich am Hinterkopf kratzte.

Er liebt mich!

Das leise Glück in Hiltja gewann an Tiefe. Sie schaute zu ihm auf und lehnte sich lächelnd an seine Seite.

Er strahlte zurück und endlich legte sich sein Arm um ihre Schulter. Behutsam zog er sie an sich.

„Ich liebe dich, Schneewittchen!"

„Und ich liebe dich!"

Sie kuschelte sich an seine breite Brust und genoss die Nähe.

***

Thorxarrs Herz wollte vor Glück fast zerspringen. Dieses Mädchen in seinem Arm zu halten, war alles, was er gebraucht hatte und je brauchen

würde.

Ich wünschte, ich könnte mit ihr hierbleiben! Für immer.

Sie legte den Kopf in den Nacken und schenkte ihm noch ein Lächeln.

Unfassbar, wie viel Zärtlichkeit sie mit ihren braunen Augen ausdrücken kann!

Noch unglaublicher war allerdings, dass diese Zärtlichkeit ihm galt, dem Drachen-Albtraummonster.

Sie hat überhaupt keine Angst vor mir!

Schneewittchen hob ihre linke Hand und strich ihm damit sacht über die Wange. Ihre Berührung entfachte ein Kribbeln auf seiner Haut. *Bitte mehr davon.* Selig schloss er die Augen.

Als hätte sie seinen Gedanken gehört, kam ihre zweite Hand zu Hilfe, fuhr ihm durch die raspelkurzen Haare und ließ das Kribbeln zu einem Prickeln ausufern. Es war wie flüssige Euphorie, die sich überall in seinem Körper ausbreitete – einfach himmlisch!

„Bitte küss mich", flüsterte sie.

Die Sinnlichkeit in ihrer Stimme ließ ihn vor Wonne erschaudern.

„Bist du sicher?" Seine Gedankenstimme klang ebenfalls rau. *„Ich ... werde mich verwandeln müssen."*

„Mir egal. Küss mich!"

Er öffnete die Augen und sah, dass sie ihm ihr Gesicht entgegenreckte. Ihr Blick war von Leidenschaft verschleiert, der Mund verführerisch rosig wie eine verbotene Frucht, die gepflückt werden wollte.

Von mir!

Seine Aura begann zu flirren.

Ich sollte das nicht tun ...

Und doch schloss er die Lider und senkte seinen Kopf. Seine Lippen legten sich auf ihre, als würden sie seit jeher dorthin gehören. Sie erwiderte seinen Kuss.

Was für ein köstliches Gefühl!

Er hatte nicht gewusst, dass es so etwas Zartes und zugleich Forderndes auf der Welt geben konnte. Unbändige Freude tanzte durch jede Faser seiner menschlichen Gestalt und rüttelte an seinem inneren

Halt.

Stöhnend wollte er sich von ihr lösen, aber seine Kleine hielt ihn fest.

„Hiergeblieben!" Sie öffnete den Mund und schickte ihre Zunge zu ihm auf Wanderschaft. *„Ich will noch mehr!"*

Thorxarrs Euphorie schwoll zu einem pulsierenden Rausch an, der seinen Verstand vernebelte und ihn das Mädchen an sich pressen ließ.

Er wollte auch mehr. Viel mehr!

Während seine Zunge die ihre neckte, glitten seine Hände unter ihr Shirt und erforschten gierig den schmalen Rücken.

Ihre Haut ist glatt wie nasse Seide.

Das fühlte sich so gut an. Vor allem aber spürte Thorxarr, dass ihr Körper auf ihn reagierte: Erregt beschleunigte sich ihr Herzschlag und eine Gänsehaut stellte ihre feinen Härchen unter seinen Händen auf. Das war göttlich!

Sie keuchte und drängte sich stärker an ihn, sodass er die harten Knospen ihrer Brüste durch das Shirt fühlen konnte.

Wow!

Der Krieger rang nach Atem und sein Puls beschleunigte sich ebenfalls.

Ich habe nicht geahnt, dass Leidenschaft dermaßen ansteckend ist.

Schneewittchen öffnete ihre Gedankenvorhänge und entblößte ihre Empfindungen: Sie zerschmolz förmlich unter seinen Berührungen und sehnte sich danach, dass er sie überall liebkoste. Kein Zweifel, sie wollte ihn!

Ihre verzehrende Lust auf der Geistesebene zu spüren, fachte das Feuer in Thorxarr weiter an und katapultierte seinen Rausch in ungeahnte Höhen.

Bei der Sphäre!

Sein innerer Halt implodierte.

Stöhnend stieß er sie von sich und sprang selbst rückwärts. Noch bevor er die Seeoberfläche berührte, platzte sein wahres Wesen nach außen.

Wasserfontänen spritzten zu allen Seiten und tauchten sein fallendes

Mädchen in einen Regenbogennebel. Dann kam sie hart im Sand auf.

Bitte, ihr Ahnen! Lasst sie unverletzt sein!

***

Hiltja schmolz unter seinen Händen dahin. Die gierig streichelnden Finger entflammten ihre Lust. Sie wollte mehr, nein, sie *brauchte* mehr! Das musste er verstehen. Bebend riss sie ihre Gedankenvorhänge beiseite und gewährte ihm Einblick in ihr Inneres.

Thor zitterte.

Oh, ich will dich so sehr!

Ihm schien es ebenso zu gehen, aber im nächsten Moment packten seine Pranken sie an den Hüften und warfen sie rückwärts. Plötzlich kam von überall Wasser und dann landete sie hart mit dem Hosenboden im Sand.

Autsch!

Schmerzlicher war jedoch, dass ihr Donnergott sie nicht länger in seinen Armen hielt.

Oh nein!

Sie öffnete die Augen und alles war blutrot. Der Mann, der sie eben in den siebten Himmel geküsst hatte, war nicht länger ein Mann.

Keuchend hob Hiltja den Kopf und schaute in das Antlitz des gigantischen Drachenkriegers. Er stand im Regen, aber die Tropfen wurden bereits weniger. Sie perlten funkelnd an seinen roten Schuppen ab. Die Luft um ihn herum flirrte.

Wow!

Die Faszination für die Himmelsechse ließ Hiltjas Leidenschaft abebben. Staunend fasste sie sich ins Gesicht, um eine nasse Haarsträhne fortzustreichen, doch ihre Finger waren voller Sand. Sie hielt inne, ohne den Blick von Thor abzuwenden. Zu ihrem großen Bedauern wurde der Drache unsichtbar.

„He! Bitte nicht!", rief Hiltja. „Ich hatte noch gar keine Gelegenheit, dich richtig anzuschauen."

„Bist du sicher?"

Die Sorge in seiner Stimme fand sie irgendwie süß.

Tatsächlich müsste ich genauso besorgt sein wie er – oder nein, noch viel mehr!

Aber warum auch immer, sie war es nicht.

Sie lächelte. „Ja, ich bin sicher."

„Okay. Warte, ich lege einen Tarnschirm über den See ..."

„Prima."

Hiltja stand auf und klopfte sich den Sand aus der Jeans und von den Handflächen. Zumindest versuchte sie es. Viel Erfolg hatte sie nicht damit, denn alles war pitschnass.

Der Herr Soldat hat eine Arschbombe gemacht und mich geduscht! Frechheit.

Sie grinste. Bei der feuchtwarmen Hitze tat ihr die Erfrischung eigentlich ganz gut.

Dann endlich wurde die Himmelsechse erneut sichtbar und mit ihrem Erscheinen regte sich mal wieder das vermaledeite Unbehagen in Hiltja und mahnte eindringlich zur Distanz. Sie schluckte.

Wie kann das sein? Ich liebe ihn doch!

Ein Schauer durchlief den Drachen. Schnaufend schloss der Gigant die Augen und ließ seinen Kopf hängen.

Oh nein! Das war garantiert ich.

Hiltja seufzte. *„Entschuldige, Thor!"*

Schon wieder packte die junge Frau die Sehnsucht nach dem grün schillernden Waldsee und erstickte damit den letzten Rest vom erotischen Knistern.

Das ging Hiltja gewaltig auf den Keks. Zerknirscht sendete sie: *„Ich schwöre dir, ich habe keine Ahnung, warum das ständig passiert."*

Sie trat einen Schritt auf ihn zu. *„Ich will das nicht. Im Gegenteil, ich möchte dir viel lieber nah sein. So wie eben."*

„Eben war es ziemlich gefährlich für dich", grollte er. *„Sei ehrlich! Habe ich dir wehgetan?"*

„Nicht mehr als ich dir."

Sie schaute zu ihm auf. Zweifel schimmerten in seinen grauen Augen.

„He, guck nicht so skeptisch! Ich kriege maximal ein paar blaue Flecken. Sowas können wir Menschen problemlos überleben."

„Soso. Könnt ihr das?"

Er schnaufte, doch seine Mundwinkel hoben sich. *„Für einen zerbrechlichen Humanoiden bist du ganz schön taff, holde Maid!"*

„Tja. Kannst mal sehen." Hiltja grinste. „Die »holde Maid« ist halt auf einem Bauernhof großgeworden. Wir vom Lande sind handfester als die Stadtpüppchen. ... So, Herr Soldat, jetzt will ich dich ansehen!"

Thors Mundwinkel rutschten noch eine bisschen höher und gaben den Blick auf seine spitzen Zähne frei.

„So dreist wie du war noch kein Mensch."

Zeige einem Roten gegenüber niemals Schwäche, hallte es schwach durch ihren Kopf. Der Gedanke fühlte sich wie eine lang verschüttete Erinnerung an, also konterte sie: „Ach, dann hast du noch keinen Dithmarscher kennengelernt."

Obwohl sie wusste, dass er ihr nichts tun würde, flößten seine Riesendolch-Zähne Hiltja großen Respekt ein und ließen ihr Herz schneller schlagen.

„Ha! Dein Puls rast!"

Thor senkte seinen Drachenkopf zu ihr herab und öffnete wissend sein Maul. *„Mache ich dich etwa nervös?"*

JA!

Doch sie wusste – woher auch immer – dass sie jetzt nicht einknicken durfte. Betont lässig verschränkte sie ihre Arme vor der Brust.

„Ich? Nervös? Quatsch! Das ist bloß Vorfreude. Bei der Viehschau war ich schon als Kind aufgeregt."

„Bei der VIEHSCHAU?!", fauchte er und pustete ihr seinen würzigen Atem ins Gesicht. *„Du bist frech, Mädchen!"*

„Stimmt." Sie strahlte ihn an. „Und *du* stehst drauf."

***

Das konnte Thorxarr nicht bestreiten. Dennoch schnaubte er verächtlich: *„Soll ich für die holde Maid vielleicht ein wenig auf und ab traben, meine Schwingen entrollen und dich den Zustand meiner Zähne begutachten lassen? Hmm?"*

Das dreiste Mädchen schaute nachdenklich zu ihm auf und tippte sich an die Stirn. „Auf den Teil mit den Zähnen verzichte ich, den Rest würde ich tatsächlich gern sehen."

Schneewittchen lächelte und nun war ihr hübsches Gesicht frei von jedem Spott, sondern vollkommen offen.

„Thor, du bist der erste Drache in meinem Leben. Ich kann mich gar nicht an dir sattsehen. Das Rot deiner Schuppen ist so prächtig! Es ist matt und glänzend zugleich ... wie machst du das?"

Ihr Blick tastete voller Staunen über seine Statur. *„Und dann diese Kraft! Du siehst unbesiegbar aus. Ich ... wie kann ich dich denn* nicht *ansehen wollen?!"*

Thorxarr schluckte. So viel Bewunderung hatte ihm noch nie irgendein Wesen entgegengebracht. *Sie hat mich »prächtig« genannt! Prächtig und unbesiegbar!*

Rote Krieger waren nicht eitel, aber er musste zugeben, dass er sich geschmeichelt fühlte.

„Also gut", brummte er und warf sich in Pose.

Schneewittchen verfolgte das Spiel seiner Muskeln mit glänzenden Augen. Die Art wie sie ihn ansah war magisch, so als würde sie ihn zärtlich berühren.

Thorxarr unterdrückte einen wonnigen Schauer, entrollte seine Schwingen und spreizte sie ein wenig. Dann drehte er sich langsam in der Sonne.

Wenn schon, denn schon!

„Wow!" Schneewittchen ließ sich rückwärts in den Sand plumpsen und verzog schmerzerfüllt den Mund.

Oh nein! Sie hat sich doch *etwas getan!*

Sofort meldete sich sein schlechtes Gewissen und er ließ die Schwingen sinken.

„Du musst kein Mitleid haben", winkte sie ab. „Wer mit dem Feuer spielt, darf sich nicht wundern, wenn er sich die Finger verbrennt."

„Der Spruch könnte von meinem Ausbilder stammen", grollte Thorxarr. *„Ist wirklich alles in Ordnung?"*

„Das ist es", antwortete Schneewittchen auf der Geistesebene. Sie lächelte. *„Du haust mich nur vollkommen um mit deinem ... mit deinem ..."*, sie breitete ihre Arme weit auseinander, *„... ach, eben mit allem an dir!"*

„Danke!" Der Krieger verneigte sich vor ihr. *„Und? Hast du genug gesehen?"*

„Gesehen ja. Aber ich habe noch nie einen Drachen angefasst. Darf ich?"

Er nickte. Eine kribbelige Vorfreude breitete sich in ihm aus, während sein Mädchen sich aus dem Sand aufrappelte und zu ihm ins Wasser kam.

Er hielt die Luft an.

Dann legte sich ihre kleine Hand auf die Schuppen seines linken Vorderlaufs.

Ohh!

Sein Herz strauchelte. Kein Treffer in seinem Leben hatte ihn stärker aus der Bahn geworfen als die hauchzarte, unschuldige Berührung dieses Menschenmädchens.

„Deine Schuppen sind ja warm", wisperte Schneewittchen fasziniert. „Wundervoll warm und glatt wie polierter Granit."

Sie schaute zu ihm auf. Ihre Blicke trafen sich: Leuchtendes Grau tauchte in Rehbraun.

Für einen Wimpernschlag lang hatte Thorxarr das Gefühl, als würde sich ein Kreis schließen, ja, als würde sich dieses zauberhafte Wesen endlich mit Haut und Haaren auf ihn einlassen, aber schon im nächsten Moment wurde seine Seele brutal in einem Ozean aus Packeis ertränkt.

Er konnte den Schauer nicht unterdrücken.

Beim Grauen Krieger! Je näher sie mir kommt, desto schlimmer wird es, wenn sie mich rauswirft.

Sein Mädchen blinzelte verstört und fröstelte ebenfalls. „Ich ... es tut mir leid, Thor."

„Das muss es nicht."

„Doch, muss es!" Sie schloss die Augen und lehnte ihre Stirn an seinen Vorderlauf. *„Ich konnte spüren, wie das Eis durch dich hindurchgerauscht ist. Das ist furchtbar. Und ... es wird von Mal zu Mal heftiger, oder?"*

„Das ist halb so wild", log Thorxarr.

Falls seine Kleine auf Distanz zu ihm ging, wie es ein Teil von ihr ersehnte, würde ihn das umbringen.

Schneewittchen seufzte tief und blickte zu ihm auf.

„Das muss aufhören, Thor! Wir müssen endlich diesen verfluchten See finden."

***

Nachdem sie nach Hamburg zurückgekehrt waren, suchten Hiltja und Thor den ganzen Sonntag über gemeinsam im Internet nach Waldseebildern, aber kein einziges passte. Obwohl die Fotos manchmal fast eins zu eins mit der Vorstellung in Hiltjas Kopf übereinstimmten, war die junge Frau sicher, dass sie an keinem der Orte das finden würde, wonach ihr Inneres so verzweifelt verlangte.

Thor wich nicht von ihrer Seite. Er gab sich die größte Mühe, sie zu unterstützen und unterbrach die Recherche nur, um für sie beide etwas zu kochen. Dennoch konnte er ihr nicht helfen.

Am Abend klappte Hiltja resigniert ihr Notebook zu. Von Stunde zu Stunde war sie unruhiger geworden. Die Suche nach dem See machte sie wahnsinnig. Das ergab keinen Sinn, und trotzdem ahnte Hiltja, dass sie damit nicht aufhören durfte. Sie *musste* zu der friedlichen, in allen möglichen Grüntönen schillernden Wasseroberfläche gelangen. Und zwar bald! Kam sie zu spät, würde etwas Furchtbares über die Welt hereinbrechen.

Einkassiert!

Perseus war stinksauer. In der letzten Nacht hatten die Bullen seinen Kurier abgefangen und Koks im Wert von einhunderttausend Euro konfisziert. Der finanzielle Schaden war ätzend, nerviger war allerdings, dass ihm nun kurzfristig der Stoff fehlte, um sein Netzwerk zu beliefern. Was ihn jedoch richtig auf die Palme brachte, war die Tatsache, dass es anscheinend der Gentleman gewesen war, der den Bullen den Tipp gegeben hatte.

Wenn das stimmt, reiße ich dem Kerl seinen kultivierten Arsch auf!

Zornig warf Perseus seinen Kaffeebecher quer durch die Halle und stellte sich vor, das Teil würde den Hamburger Unterweltboss an seinem geschniegelten Schädel treffen. Das tat der Becher natürlich nicht, stattdessen zerschellte er auf dem fleckigen Betonfußboden.

Seine Leute zuckten zusammen. Immerhin bemühten sie sich so zu tun, als sei nichts Ungewöhnliches geschehen; sie kannten seine Wutausbrüche.

Pah! Die meisten spiele ich ja nur. Aber dieser, der ist echt! Meine Fresse, so was macht man nicht. Man verpfeift keinen Kollegen!

Vom Gentleman hätte er so einen miesen Verrat erst recht nicht erwartet.

Wie konnte ich mich dermaßen in dem Mann täuschen?

Gleich nachdem die Bullen seinen Kurier mit Stoff einkassiert hatten, waren die ersten Gerüchte durch Berlin gegeistert.

Da habe ich es noch nicht glauben wollen.

Doch gerade eben hatte Toni, sein Informant von der Polizei, ihm eine Sprachaufnahme weitergeleitet. Es war die Aufzeichnung eines Anrufs beim Berliner Drogendezernat, in welchem den Bullen die Route und das Zeitfenster von seinem Kurier mitgeteilt wurde.

Die Aufnahme war unvollständig und verrauscht, trotzdem klang dieser anonyme Arsch verdammt nach dem Gentleman. Pfft! Er hat zwar die Stimme verstellt, aber der Hamburger Akzent schlug durch. Hat er wirklich gedacht, ich erkenne ihn nicht?

Perseus begriff nicht, wie ein Mann dermaßen blöd sein konnte. Oder dreist. Oder beides!

Oder war es am Ende gar nicht der Gentleman?

Er atmete tief durch und rieb sich über das Gesicht.

Was, wenn ihm etwas angehängt werden soll?

So wie er den Mann kennengelernt hatte, machte der Gentleman nicht nur einen auf intellektuell, sondern *war* es auch.

Er ist weder dumm noch plump! So einen Anruf würde er niemals selbst tätigen.

Oder vielleicht doch? Was, wenn er genau darauf baute, dass ihm so eine Idiotie niemand zutraute?

Möglich wäre es.

Perseus schnaubte. Erst gestern hatte er Kontakt zu Olga Iwanowa Pawlowa, der russischen Oligarchin, aufgenommen. Die blöde Kuh hatte ihn eiskalt abblitzen lassen mit dem Hinweis, dass ihr Stoff nicht auf Bäumen wachsen würde und ihr deutscher Geschäftspartner sich die exklusiven Vertriebsrechte gesichert hätte, weil er zu expandieren

gedachte.

Rahrrrrr! Will der Gentleman mich rausdrängen und sich mein Revier unter den Nagel reißen?

Die Telefonnummer von dem anonymen Scheißkerl hatte Toni nicht liefern können. Er hatte nicht einmal das Gebiet eingrenzen können, woher der Tipp stammte.

Es ist unmöglich zu beweisen, ob es der Gentleman war oder nicht.

Perseus hatte soeben in Hamburg angerufen, um die Reaktion seines Kollegen zu testen.

Pah! Natürlich hat er getan, als könne ihn kein Wässerchen trüben. Er hat sogar angeboten, mir mit seinem Stoff kurzfristig auszuhelfen. Aber was heißt das schon?

Nichts!

Zornig hieb Perseus mit beiden Fäusten auf den Schreibtisch.

Und was mache ich jetzt? So eine Dreistigkeit kann ich allein schon meines Rufs wegen nicht ungestraft lassen! Übe ich keine Vergeltung, hält die Branche mich für schwach. Die Gerüchteküche brodelt – alles wartet auf meine Antwort.

Doch wie sollte die aussehen?

Rächte er sich am Gentleman und hatte der mit der Sache gar nichts zu tun, dann hatte Perseus erst recht ein Problem an der Backe.

Der Hamburger ist niemand, den ich zum Feind haben will! Er macht zwar einen auf kultiviert, aber das ist nur Show.

Tatsächlich gehörte der Gentleman zu den gefährlichsten Männern Deutschlands.

Verdammt, wenn ich dem an den Karren pisse, muss ich hundertprozentig sicher sein, dass er schuldig ist. Und das bin ich nicht.

Nein, Perseus musste sich ein anderes Opfer für seine Strafe suchen. Den Gentleman hingegen würde er genau im Auge behalten. Und falls ihm der Schnösel noch einmal in irgendeiner Weise dumm kommen würde, gab es Krieg.

Schach! Und nach Schach kommt Schach matt. Oxana lächelte auf dem Dach des heruntergekommenen Fabrikgebäudes in sich hinein. *Das hat wunderbar geklappt!*

Sie hatte Perseus genau da, wo sie ihn haben wollte. Der Hautsack war voller Wut und sah sich gezwungen zu handeln, doch er hatte genug Grips, um nicht blind loszuschlagen.

Was man vom Kölsche Jung nicht behaupten kann. Der wird an unserem »Gentleman« Piet in der nächsten Woche Vergeltung üben. Noch überlegt er, was er tun soll, aber ich bin mir sicher, es wird etwas Hübsches dabei herauskommen.

So oder so, ihr Plan funktionierte wie gewünscht. Sie würde Perseus und auch jeden anderen Unterweltboss problemlos auf Piet hetzen können.

Alex ist wirklich ein Künstler!

Der Weiße wirkte komplexe Zauber wie sonst niemand, den sie kannte. Einzig sein geringes astrales Potenzial begrenzte ihn.

Für die Digitalisierung meiner ersten beiden Lügen hat es mit meiner Unterstützung gerade eben gereicht.

Eigentlich hatte Alexan diese Magie ausgeklügelt, um Oxanas mentale Beweise für die Staatsanwaltschaft in eine menschen-kompatible Form zu bringen.

Aber der Gesetzesapparat der Humanoiden ist entsetzlich träge. Das dauert alles zu lange!

Anstatt Piets reale Verbrechen zu dokumentieren, hatte sie eine Nachricht von ihm an die Polizei fingiert.

Ich bin gründlich gewesen und habe mir Piets Anruf in allen Einzelheiten vorgestellt. Ganz so wie es meine Schwestern tun, wenn sie eine Täuschung im geöffneten Geist erschaffen.

Diese Lügen des »zweiten Gesichts« beherrschten ausschließlich die Goldenen. Bei einer talentierten Himmelsechse waren sie so echt und überzeugend, dass kein Drache sie von der Wahrheit unterscheiden konnte.

Pah! Ich mag nicht gut genug sein, um meinesgleichen hinters Licht

zu führen, doch für die Hautsäcke reicht es allemal.

Alexan hatte die Geräusche ihrer Lüge – er nannte sie »die Tonspur« – aus ihrem Geist extrahiert und sie mit Hilfe eines Zaubers auf den Speicher seines Smartphones gebannt. Dieses Verfahren hatte er in den Tagen vor dem Drachenkrieger-flippt-im-Stadtpark-aus-Zwischenfall mit Thors astraler Unterstützung entwickelt.

Danach hatte Alexan die fiktive Aufnahme direkt der entsprechenden Polizeidienststelle zukommen lassen.

Ich habe weder verstanden wie er das eine noch das andere vollbracht hat. Alex hat es mir zwar erklärt und ich habe wissend gelächelt, aber wenn ich ehrlich bin, habe ich keinen Schimmer.

Das war auch nicht notwendig. Wie sagte ihre Mentorin Dranija immer so schön: „Du musst nicht zwingend kompetent sein, um so zu wirken. Es genügt, den Schein zu wahren und im Zweifelsfall hilft eine Prise Arroganz.“

Arroganz kann ich.

Außerdem hatte sie Alexan ihre astrale Kraft zur Verfügung gestellt. In Anbetracht der Tatsache, dass die »Tonspuren« jeweils nicht einmal eine Minute lang waren, hatte der Weiße erstaunlich viel Energie benötigt. Oxana schnaubte.

Alex hat irgendwas von »experimenteller Magie« gefaselt, von »astral-digitalen Dissonanzen« und von »ausstehender Logurtrimetrie-Optimierung«.

Sie schüttelte den Kopf, obwohl sie Alexan gegenüber selbstverständlich genickt hatte.

Er wird das wohl noch mal mit Benan diskutieren, sobald der wieder Zeit für meinen Freund hat. Ich habe lediglich begriffen, dass wir Thors Hilfe benötigen werden, wenn Alex meine Lügen zu einem digitalen Film verarbeiten soll. Ton mit Bild ist offenbar kräftezehrender wegen der großen Datenmengen.

Bis Oxana diese Lüge planen konnte, musste sie allerdings ausreichend belastendes Material bei Perseus und Konsorten sammeln. Sie lächelte. Das würde sicher nicht schwierig werden – bei der Menge

an Verbrechen, die diese Hautsäcke begingen.

Und nach der Pflicht kommt die Kür: Ich werde mir vorstellen, wie Piet, der doppelzüngige Gentleman, in seinem Loft sitzt und mit seinen Mitarbeitern über die bevorstehenden Machenschaften seiner Konkurrenten spricht. Und wie er darüber sinniert, diese Informationen an die Polizei weiterzuleiten. Das wird herrlich!

Und sobald wir diese Sequenzen digitalisiert haben, können wir den Gentleman erpressen.

Wenn sie recht darüber nachdachte, kam ihr die Unbeherrschtheit des Kölsche Jung ganz gut zupass.

Oxana reckte anmutig ihren Hals.

Oh ja, die Rache des Kölners wird ein Warnschuss vor Piets Brust! Wenn ich dann wenig später mit meiner Erpressung starte, wird der Hautsack wissen, dass ich keine leeren Drohungen ausspreche. Hach, ich liebe es, wenn ein Plan funktioniert!

***

Ex hasste es, wenn ein Plan nicht funktionierte. Und seit er vor vier Wochen in München angekommen war, verwandelte sich quasi alles, was er anfasste, in einen großen Haufen Scheiße.

Hier in Bayern geht gar nichts! Es ist, als hätte ich die Pest am Hals.

Egal was er tat, es war ihm unmöglich, einen vernünftigen Auftrag an Land zu ziehen oder sich einer Gang anzuschließen. So sah er sich gezwungen, sich mit kleineren Gaunereien über Wasser zu halten. Und selbst mit denen war er nicht sonderlich erfolgreich.

Boa! Ich sehe es schon kommen – irgendwann muss ich mir einen legalen Job suchen!

Nein, das würde nicht passieren. Lieber würde er sich erschießen.

Ex grinste sarkastisch. *Das wäre dann immerhin ein letzter Mord. Schade nur, dass ich meine Leiche nicht selbst entsorgen kann.*

Das mit dem Entsorgen war auch so eine Sache. In Hamburg hatte er den einen oder anderen Auftrag in der Elbe versenkt – er kannte da ein

paar hübsche Eckchen – aber hier in München floss bloß die Isar und dieses Bächlein war ein Witz im Vergleich zur Elbe. Sie taugte kein Stück zum unauffälligen Beseitigen von toten Menschen oder deren Einzelteilen.

Verdammt! Ich vermisse mein Hamburg. Die Schiffe im Hafen, die Möwen, ja sogar den modrigen Gestank des Schlicks. ... Und den norddeutschen Schnack. Diese Münchner reden alle so komisch.

Tja, auch Mörder hatten Gefühle und Ex eindeutig Heimweh.

Wie es Hopp wohl geht?

An seinen großen Hirni dachte er besonders oft. Und an seinen Chef.

Piet scheint Probleme zu haben.

Auch wenn hier in München kaum einer mit Ex redete, waren ihm Gerüchte zu Ohren gekommen: Angeblich plante der Gentleman ein ganz großes Ding und lieferte dafür Kollegen ans Messer.

Beweise hatten die natürlich keine, aber das würde mich auch sehr wundern.

Piet war vieles, doch ein Verräter war er sicher nicht. Der Polizei Tipps zu geben war stillos; so etwas kam für seinen Boss nicht infrage.

Er braucht dringend jemanden, der ihm den Rücken freihält. Wer macht das jetzt, wo ich nicht mehr da bin?

Ex schaute seufzend aus dem Fenster und ließ seinen Blick über die Stadt schweifen. In der Ferne ragten zwei Kuppeltürme empor – die Frauenkirche war einfach nicht der Michel.

Hier bin ich nicht zu Hause.

Was wäre, wenn er nach Hamburg zurückkehrte? Vielleicht konnte er Piet ja einen Gefallen erweisen. Einen Gefallen, der seinen Boss den Schuss auf Schneewittchen vergessen ließ.

Wohlige Geborgenheit breitete sich in Ex aus.

Wenn die Gerüchte wahr sind und Piet in Bedrängnis gerät, könnte das klappen. Hmm. Es könnte aber auch schief gehen. Und dann bin ich Fischfutter.

Gedankenverloren starrte Ex nach draußen. Die roten Dächer der bayerischen Landeshauptstadt gaben ihm gar nichts. Nein, im

Gegenteil, er hasste München!

Lieber verrotte ich als Fischfutter im Schlick der Elbe als noch ein einziges Mal »Grüß Gott« sagen zu müssen.

Pretty Woman

Gemeinsam mit Thor verließ Hiltja die U-Bahn-Station an den Landungsbrücken. Draußen war es dunkel, doch zahlreiche Straßenlaternen erhellten die Umgebung. Ihr Begleiter atmete auf, als sie unter dem geschwungenen Vordach auf die breite Brücke Richtung Elbe hinaustraten.

Hiltja schaute zu ihm auf und lächelte mitfühlend.

„Du magst die Enge nicht sonderlich, oder?"

„Nein, die mag ich gar nicht."

Er erwiderte ihr Lächeln und legte seinen Arm um ihre Schultern. *„Wundert dich das? Wenn ich mich in einer U-Bahn in meine wahre Gestalt verwandeln muss, gibt es Tote, der Zug explodiert und am Ende liege ich lebendig begraben unter der Erde."*

„Klingt nicht gerade verführerisch."

„Nee, finde ich auch." Thor grinste und zog sie enger an sich. *„Zumal es mir in deiner Nähe nicht leichtfällt, Mensch zu bleiben. Du ..."*, er

stockte; die Luft um ihn herum flirrte leicht, „ ... *du machst mich nervös. Ich kann gar nicht aufhören, daran zu denken, dich zu küssen.*" Das Flirren nahm zu. *„Ach, ich bin einfach süchtig nach dir, Schneewittchen.*"

„Und ich nach dir!" Hiltja legte ihren Arm um seine Taille. Sie spürte, wie ihre Wangen heiß wurden und das trotz des kalten Dezemberwinds, der von den Anlegern zu ihnen hinaufwehte.

Seit Sonntag hatten sie täglich ein oder zwei Abstecher zum Tropensee gemacht und waren sich dort nähergekommen. Mittlerweile konnte ihr Donnergott sie küssen, ohne sofort in seine Schuppen platzen zu müssen – zumindest, sofern sie beide sich beherrschten.

Was mir echt schwerfällt, weil Thor heiß ist!

Sobald er in Drachengestalt vor Hiltja stand, loderte ihre Sehnsucht nach dem bekloppten baumumstandenen See wieder hoch. Das kühlte die Leidenschaft ab. Meist flogen sie danach ziellos über den Regenwald und hielten nach Wasserflächen Ausschau.

Grmpf. Das ist ähnlich sinnvoll wie die Bildersuche im Internet! Nämlich gar nicht.

Hiltja rollte innerlich mit den Augen. In letzter Zeit fühlte sie sich ferngesteuert: Entweder sie sehnte sich nach Thors Nähe oder nach dem Waldsee. Selbst die Lateinvorlesungen an der Uni konnten sie kaum noch ablenken. An entspannten Schlaf war auch nicht mehr zu denken. Wenn sie einmal wach wurde, war die Nacht für sie vorbei.

Was für ein Terror! Ich bin wie besessen.

Die Unruhe laugte sie aus. Es wurde von Tag zu Tag schlimmer, als würde ihr die Zeit davonlaufen. Dabei wusste sie nicht einmal, worum es überhaupt ging.

Ich bin nur froh, dass Thor mir nicht von der Seite weicht.

Beklommenheit senkte sich in ihren Magen. In Momenten wie diesen verspürte sie den diffusen Wunsch allein zu sein. Doch wenn sie ihrem Donnergott dann in die Augen schaute, löste sich das Gefühl in einem sinnlichen Kribbeln auf.

Es ist zum Verrücktwerden! Ich drehe mich im Kr...

„He! Pass auf!", rief Thor.

Hiltjas nächster Schritt ging ins Leere und bloß sein fester Griff bewahrte sie davor, die Treppe hinabzustürzen. Heißes Adrenalin jagte durch ihre Adern.

„Uff! ... Ich war in Gedanken. Das ist ja gerade noch mal gutgegangen."

„Du bist wieder am Grübeln, hmm?", stichelte er halb im Scherz. Seine Sorge konnte er allerdings nicht aus der Miene verbannen.

„Erwischt." Hiltja verzog den Mund. „Ich hoffe, ich kann mich gleich auf das Pokerspiel konzentrieren."

„Alex wird dir helfen. Er ist schon am anderen Ufer."

Thor nickte zuversichtlich zu den hell erleuchteten Musicaltheatern hinüber. „Wie kommt es eigentlich, dass ihr heute nicht in dem üblichen Hotel an der Alster pokert? Und warum machen wir vor dem Spiel diesmal keinen Abstecher zu Piet?"

„Das wüsste ich auch gern. Aber mein Boss hat es nicht nötig, mir die Hintergründe zu erläutern."

Sie waren am Fuß der Treppe angekommen und bogen nach links Richtung Pier ab.

„Piet meinte, dass er Besuch aus Köln hätte. Der Typ sei ein begeisterter Pokerspieler, der nach neuen Herausforderungen suchen würde und auf Schiffe steht."

Sie zuckte mit den Achseln. *„Das mit dem Startgeld regeln die wohl untereinander. Ich weiß nur, dass ich mir was Nettes anziehen sollte und pünktlich um 19 Uhr im Musicaltheater von Pretty Woman sein muss."*

Thor grinste. *„Das Kleid gefällt mir. Das ist wirklich nett. Aber deine Schuhe ... also, diese dünnen, hohen Absätze würden vermutlich als Waffe durchgehen."* Sein Grinsen wurde breiter. *„Die gefallen mir auch irgendwie!"*

„Soso", schnaubte Hiltja. *„Ich kann die Waffentauglichkeit ja gern mal an dir ausprobieren. Ich persönlich steh mehr auf Turnschuhe. Auf diesen blöden Stöckel-Dingern bin ich immer kurz davor umzu-*

knicken. "

„Keine Sorge, ich halte dich", raunte er in ihr Ohr, sodass sein warmer Atem ihre Wange streichelte.

Der würzige Duft von Drache vermischt mit Chili stieg Hiltja in die Nase und füllte ihr Herz mit Geborgenheit. Lächelnd sah sie zu ihm auf. „Danke, dass du mich begleitest. Das bedeutet mir viel."

„Nichts tue ich lieber, Schneewittchen." Thor deutete eine Verbeugung an und drückte zärtlich ihre Schulter.

Ihre Blicke trafen sich. Innigkeit spann ein zartes Band zwischen ihnen, doch schon im nächsten Moment zerriss Thors Packeisschauer es wieder.

„Entschuldige! "

Er lächelte gequält. *„Nicht deine Schuld. "*

Befangenes Schweigen füllte die Luft zwischen ihnen … und ein Waldsee, der gefunden werden wollte.

Schließlich räusperte Hiltja sich. „Was machst du eigentlich gleich? Das Spiel wird sich garantiert über Stunden hinziehen."

„Ich werde vor dem Raum auf dich warten, was sonst?"

„Aber das ist langweilig. Augenblick…" Hiltja guckte auf ihre Armbanduhr. „Ha! Wir haben noch genügend Zeit. Ich habe eine Idee. Komm mit!"

Eine Viertelstunde später verließen die beiden einen Kiosk in einer Nebenstraße.

Thor strahlte über das ganze Gesicht und blätterte durch den Stapel Kochzeitschriften, die Hiltja soeben für ihn erstanden hatte.

„Schneewittchen, dir ist hoffentlich klar, dass du in den nächsten Tagen sehr viel essen musst."

„Jetzt muss ich mich vor allem erstmal sehr sputen, sonst komme ich zu spät!"

Unbeholfen versuchte sie mit ihren Pumps Geschwindigkeit aufzunehmen. „Mist! Diese Absätze taugen nicht zum Laufen."

„Och, da kann ich helfen", meinte Thor. „Hier, halt mal."

Er drückte ihr die Zeitschriften in die Hand und hob sie kurzerhand

auf seine Arme.

Hiltja quietschte erschrocken, dann lachte sie und ihr Donnergott joggte zurück zu den Landungsbrücken.

Für den kurzen Weg vergaß Hiltja all ihre Sorgen. Sie genoss den Augenblick und kuschelte sich an seine breite Brust.

„Thor, du bist mein Held!"

***

Thorxarr trug sein Mädchen auch noch die überdachte Brücke vom Pier hinunter bis zum schwimmenden Steg, an dem die Barkassen festmachten. Es war Ebbe, sodass der Steg tief lag und sich die Brücke ziemlich steil nach unten neigte. Schneewittchens Schuhzeug war nicht gerade optimal für die schrägen Holzbohlen.

Die Menschen drehten sich nach ihnen um und jemand rief: „He, ich dachte, Pretty Woman läuft drüben. Jetzt fangen sie mit dem Musical-Blödsinn auch schon auf diesem Ufer an!"

„Jo!", knurrte der Krieger. Er setzte Schneewittchen auf dem Steg ab und schaute fragend zu ihr hinunter.

„Wenn ich wüsste, was genau ein Musical ist, könnte ich abschätzen, ob der Typ mich beleidigt hat oder nicht. Muss ich dem eine runterhauen?"

„Musst du nicht." Sie kicherte und zog die Jacke enger um sich. Ohne Klimazauber war der Wind hier unten am Wasser ganz schön frisch. *„Ein Musical ist ein Theaterstück, bei dem die Darsteller außerdem singen und tanzen. Und der Typ dahinten ist nur neidisch."*

Sein Mädchen griff nach seiner Hand und deutete auf eine Barkasse. „Schau, die fährt gleich auf die andere Seite. Die können wir nehmen."

„Das ist ja bloß eine Nussschale", murrte Thorxarr und beäugte das Boot kritisch. „Gibt es keinen anderen Weg?"

„Ach, wir stellen uns aufs Oberdeck. Da kann man eh besser gucken."

„Aber da oben frierst du dir deine hübschen Beine ab."

„Tu ich nicht." Sie zwinkerte ihm zu. „Ich bin nämlich nicht so ein

Warmduscher wie du. Jetzt hör auf zu jammern und komm! Die Elphi bei Nacht musst du von der Elbe aus gesehen haben – das lohnt sich, ehrlich!"

Tatsächlich musste Thorxarr wenig später zugeben, dass seine Kleine recht hatte. Das Konzerthaus war hell erleuchtet und spiegelte sich wunderschön im Wasser.

Schneewittchen drehte sich mit leuchtenden Augen zu ihm um. „Zu besonderen Anlässen machen die hier sogar eine Lasershow außen am Gebäude."

Sie ließ entsprechende Erinnerungen in sich aufsteigen und öffnete ihre Gedankenvorhänge. *„Schau mal, Thor! Ist das nicht spektakulär?"* *„Ja, das ist es."*

Schmunzelnd hauchte Thorxarr ihr einen Kuss auf die Stirn. Spektakulär fand er vor allem ihre Begeisterung und die Tatsache, dass sie die Gedankenrede beherrschte, als hätte sie nie auf eine andere Art kommuniziert. *„Du bist unglaublich!"*

Schneewittchen lachte. „Nein, nicht ich, du Charmeur. Die Elphi!"

***

Im Foyer des Theaters tummelten sich viele Musicalbesucher. Erst wusste Schneewittchen nicht, wohin sie sollte, doch dann entdeckte sie James Bond. Der Mann kam auf sie zu, warf dem Mädchen einen anerkennenden Blick zu und schürzte die Lippen.

„Moin Schneewittchen! Du bist spät dran. Aber dafür siehst du bezaubernd aus. So etwas solltest du öfter anziehen."

Thorxarr konnte damit leben ignoriert zu werden, nicht aber mit der Art, wie der Hautsack seine Kleine ansah.

Als hätte sein Mädchen seine Gedanken gehört, legte es ihm mahnend ihre Hand auf den Arm und konterte: „19 Uhr war ausgemacht, Jamie, also bleibt mir noch eine Minute. Und das Kleid habe ich bereits bei meinem Sieg vor ein paar Wochen getragen. Du warst dabei."

„Stimmt." Er lachte. „Wahrscheinlich haben mich deine krassen

Ohrringe damals abgelenkt. Du trägst sie ja gar nicht mehr …"

„Ach, wenn du möchtest, hole ich sie", antwortete Schneewittchen honigsüß. „Dann können wir testen, ob Piets Gast genauso auf die Dinger abfährt wie Michael."

„Nee, lass man", winkte Bond ab.

„Fein. Das dachte ich mir."

Sie betrachtete Bond mit hochgezogenen Brauen. „Was ist? Fangen wir endlich an, oder willst du noch weiter hier rumstehen und schnacken? Falls ja, brauche ich etwas zu trinken."

Thorxarr grinste. Seine Kleine fühlte sich so sicher, dass sie Schlangenzunges Mitarbeiter souverän Paroli bot.

Sie vertraut mir und meinen Freunden, dass wir sie bei ihrem Boss raushauen können, ansonsten wäre sie kaum so auf Krawall gebürstet.

Das gefiel ihm sehr. Bond hingegen gefiel es weniger, wie der Krieger in dessen Geist sehen konnte. Der Hautsack hatte sehr wohl bemerkt, dass Schneewittchen auf Konfrontationskurs war und deutlich mutiger als sonst.

Ha! Er überlegt, was er tun kann, um mein Mädchen in seine Schranken zu weisen, doch ihm fällt nichts Passendes ein. Tja, Pech gehabt, Bond!

„Du kannst im Clubraum etwas trinken", erwiderte Jamie, um Zeit zu gewinnen. „Komm mit."

Der Mann führte sie die große geschwungene Treppe in den ersten Stock hinauf, vorbei an der öffentlichen Gastronomie bis zu einer Tür, hinter der ein exklusiver Flur mit weiteren Türen lag. Er öffnete die dritte auf der linken Seite und ließ Schneewittchen eintreten.

Dann warf Bond Thorxarr einen abfälligen Blick zu. „Asiatische Gorillas müssen leider draußen bleiben."

„Kein Problem", meinte der Krieger und hielt seinen Stapel mit den Kochzeitschriften hoch. „Ich habe wirklich Besseres zu tun, als dir und den anderen Brüllaffen beim Verlieren zuzuschauen."

Bonds Gesicht entgleiste. „Sind das Kochzeitschriften?"

Thorxarr nickte.

„Du verarschst mich. Du willst hier nicht ernsthaft im Flur rumlungern und Kochzeitschriften lesen!"

„Klar will ich das! Man ist, was man isst." Grinsend ließ der Krieger seine Muskeln spielen. „Solltest du vielleicht auch mal machen."

Der Hautsack schnaubte: „Na denn wünsche ich dir viel Spaß dabei. Stehen ist anstrengend – das geht heute Abend über Stunden! Mal sehen, wie lange du das durchhältst."

„Lange." Thorxarr schaute mitleidig auf Bond herab. „In meine Einheit kommt man nicht, wenn man ein …", er suchte nach einer passenden Beleidigung.

„Weichei!", kam ihm Schneewittchen stumm zu Hilfe.

„… wenn man ein schlaffes Weichei ist", vollendete Thorxarr seinen Satz.

Er griff nach der Hand seines Mädchens, hob sie an seine Lippen und hauchte einen Kuss auf den Handrücken. *„Danke dir!"*

Sie strahlte ihn an. *„Jederzeit wieder!"*

„Viel Spaß beim Gewinnen, meine Liebe", brummte er. „Ich bin hier, falls du mich brauchst."

Der Krieger warf Bond einen vielsagen Blick zu, ließ seine Aura ausufern, bis sich der Herzschlag des Menschleins furchtsam beschleunigte, und stellte sich dann breitbeinig vor der Wand neben der Tür auf.

„Danke, Thor!" Schneewittchen zog seinen Kopf zu sich herab und hauchte ihm einen Kuss auf die Wange.

Neben ihnen schob sich Bond schnaubend in den Clubraum. Offenbar war er es leid zu warten, traute sich aber nicht, das Mädchen zur Eile zu drängen.

Hehe! Macht direkt Spaß, diesen Hautsack auflaufen zu lassen.

***

In der folgenden halben Stunde beobachtete Thorxarr die Menschen im Clubraum akribisch auf der Geistesebene. Bond hofierte den Kölner

Gast – Milo hieß er – obwohl er diesen nicht mochte. Er palaverte endlos über die exklusive Aussicht auf Elbe und Landungsbrücken und über die großartige Gastfreundschaft der Schlangenzunge, welche an diesem Abend alle »den Gentleman« nannten. Danach stellte er Milo die anderen Spieler vor. Dealer Dirk war an diesem Abend nicht mit von der Partie und auch sonst keiner der anderen, die in dem Nobelhotel häufig mit Schneewittchen pokerten.

Nein, heute ist alles anders. Und die Menschen in dem Raum misstrauen sich auf ganzer Linie – an diesem Abend geht es nicht bloß um die Jetons, sondern vor allem um Macht!

Sein Mädchen wurde mit großem Hallo von den anderen Herren begrüßt, doch die Bewunderung war oberflächlich. Niemand nahm die Kleine für voll. Die Männer sahen in ihr lediglich schmückendes Beiwerk – eine glänzende Trophäe, mit der man angeben konnte und die eventuell noch fürs Bett taugte. Mehr nicht.

»Nette« Klamotten sind scheiße!, grollte Thorxarr und ballte die Fäuste. *Dabei ist Luden-Ingo heute nicht mal da.*

Er wandte sich an Alexan, der sich unsichtbar in seiner wahren Gestalt auf der Grünfläche südöstlich neben dem Theater niedergelassen hatte.

„He Alex, der humanoide Haufen bei Schneewittchen gefällt mir nicht. Wir müssen gut aufpassen heute Abend!"

„Verstanden, Thor! Aber keine Sorge, ich bin hervorragend vorbereitet."

Das konnte Thorxarr nur hoffen.

***

Eine Stunde später entspannte Thorxarr sich wieder etwas. Im vorherigen Durchgang hatte auch der letzte Testosteronbolzen begriffen, dass Schneewittchen das Spiel dominieren würde – eine Tatsache, die den Männern widerwilligen Respekt, aber auch Neid abrang. Der Sphäre sei Dank ließ sein Mädchen deren dumme Sprüche mit kühlen Kontern an sich abprallen.

Was Thorxarr an diesem Abend am meisten störte, war, dass er nicht mehr in die Gedanken seiner Kleinen schauen konnte.

Ich fühle mich merkwürdig einsam.

Dabei waren rote Krieger nie einsam!

Immerhin konnte er auf der Geistesebene der Konversation zwischen seinem Mädchen und Alexan lauschen. Die vielen Nächte, die sich sein Kamerad in den letzten Wochen in irgendwelchen Casinos um die Schuppen geschlagen hatte, zeigten Wirkung.

Alex kennt nicht nur die Regeln, sondern beherrscht nun auch die Strategie! Pfft! Schneewittchen muss sich fast schon mit ihm anlegen, sofern sie auch mal einen Pott verlieren will.

Der Herzschlag der Kleinen verriet dem Drachen, dass sie weder Angst hatte noch nervös war. Tatsächlich fühlte sie sich eher gelangweilt.

„He, nicht dass du gleich am Tisch einpennst, holde Maid", stichelte er, nachdem sie ausnahmsweise ihre Karten mal gleich zu Beginn weggeworfen hatte.

„Oh ja, das wäre peinlich!" Ihre Gedankenstimme klang amüsiert.

„Deine Abschirmung ist übrigens hervorragend", lobte Thorxarr. *„Ich kann überhaupt nichts mehr bei dir sehen. Woran denkst du?"*

Die Frage war raus, bevor ihm bewusst war, was er tat.

Zum Glück schien Schneewittchen die Indiskretion nicht zu stören.

„Ach, ich denke schon wieder an den herrlichen Schatten der Buchen von diesem bekloppten Waldsee", seufzte sie und teilte sowohl die Bilder als auch ihre Sehnsucht mit ihm.

Vor Thorxarr erstreckte sich ein baumumstandenes, tiefgrünes Gewässer. Das Sonnenlicht fiel verspielt durch das Blattwerk der Äste und malte schillernde maigrüne Muster auf die spiegelnde Wasseroberfläche. Weiter hinten speiste ein fröhlich plätschernder Bach den See. Morgennebel stieg von den Ufern auf, sodass die Sonnenstrahlen hauchzarte Lichtfächer in die Luft warfen.

„Oha!", mischte sich Alexan ein. *„Das fühlt sich ja an, als würde man von lauter Grünen umringt werden. War das immer so intensiv?"*

Dumpf erinnerte sich Thorxarr daran, dass Schneewittchens See in ihm anfangs ähnliche Assoziationen geweckt hatte. Jetzt nervte ihn vor allem, dass sein Kamerad sich in das Gespräch eingemischt und so den intimen Moment zerstört hatte.

„Privatsphäre ist für euch Weißen ein Fremdwort, oder? Konzentriere dich lieber auf deinen Job, Alex, und behalte die anderen im Auge!"

„Och, die sind noch mit der Runde beschäftigt", winkte Alexan ab. *„Ich meine es ernst, ihr zwei: Schneewittchen sollte von einer Grünen begutachtet werden."*

„Das weiß ich!", fauchte Thorxarr heftiger als beabsichtigt und fügte in einem etwas versöhnlicheren Ton hinzu: *„Luna hat keine Zeit für sowas. Nächste Woche, hat sie gesagt. Nächste Woche, direkt nach ihren Prüfungen, besucht sie uns."*

Schweigen.

„Streitet ihr euch?", fragte sein Mädchen in die Stille hinein. Ihr Puls hatte sich beschleunigt. *„Meinetwegen?"*

„Ja, ... öhm ... nein", eierte Thorxarr herum.

„Wir wollen dir nur helfen", erklärte Alexan freundlich, *„und verfolgen dabei unterschiedliche Ansätze. Da kann es schon mal zu einem kleinen Disput kommen. Kein Grund zur Sorge."*

„Genau."

Wieder einmal kam der Krieger nicht umhin, die Großherzigkeit seines Freundes zu bewundern. Oxana wäre in so einem Moment beleidigt abgerauscht.

„Na denn ist ja gut." Schneewittchen atmete auf. *„Ohne euch beide wäre ich nämlich aufgeschmissen. Mit den Typen hier will ich auf keinen Fall allein bleiben. Die sind mir nicht geheuer!"*

∗∗∗

Kurz nach dreiundzwanzig Uhr hatte Thorxarr vier seiner Kochzeitschriften durchgelesen und so viele Anregungen in seinem Kopf,

dass ihm der Magen knurrte.

Außerdem war er sich sicher, dass Schneewittchen mit ihrem Bauchgefühl recht hatte. Sie lag klar in Führung und die Männer am Tisch ahnten, dass das Mädchen am Ende der Partie alle Chips vor sich liegen haben würde. Das sorgte für Missfallen.

Ha! Die beiden fremden Spieler ärgern sich, dass sie heute gekommen sind. Die sind richtig sauer. Selbst Bond ist angefressen, dass er von meiner Kleinen abgezogen wird. Hmm. Aber dieser Milo nicht.

Nein, der tat zwar ebenfalls frustriert, doch er *war* es nicht.

Im Gegenteil. Der Hautsack ist froh, wenn das Spiel gegen ein Uhr zu Ende ist. Komisch. Dabei ist er doch extra fürs Pokern aus Köln hergekommen.

Was nach der Partie passierte, interessierte Milo allerdings viel mehr: Er hatte vor, Bond in ein Gespräch zu verstricken, damit dieser Schneewittchen nicht nach Hause begleiten konnte.

Na und? Dann geht sie eben allein nach Hause. Was soll das? Das ergibt keinen Sinn!

Thorxarr sah genauer hin und hoffte, dass der Hautsack weitere Details preisgab, doch der Kerl dachte bloß an Barkassen, die fest vertäut am Schwimmsteg der Landungsbrücken lagen. Und an eine widerlich enge Tunnelröhre, in der irgendwelche Humanoide nächtliche Bauarbeiten durchführten.

Was soll der Quatsch?!

„Siehst du das auch bei diesem Milo?", erkundigte sich Alexan unvermittelt auf einer geheimen Frequenz, sodass Schneewittchen nichts davon mitbekam.

„Mit Milo stimmt was nicht, ja, aber was genau meinst du?", fragte Thorxarr auf derselben Frequenz zurück.

„Der guckt dauernd aus dem Fenster. Doch die Schiffe sind ihm vollkommen gleichgültig."

„Na und? Mir gehen die Schiffe auch an meiner schuppigen Schwanzspitze vorbei."

„Mir nicht!", widersprach der Weiße. *„Aber darauf will ich nicht*

hinaus."

"Worauf dann?"

"Dieser Milo hat zu Beginn lang und breit erzählt, wie toll er die Barkassen, die Kreuzfahrtschiffe und vor allem die großen Windjammer findet. Aus diesem Grund hat er darum gebeten, dass speziell an diesem Ort gepokert wird. Er wollte die Boote bestaunen. Und nun staunt er gar nicht."

"Ja. Und?"

"Die Typen in dem Tunnel, an die er eben gedacht hat, die ... also, ich glaube, die tun nur so, als würden sie arbeiten. Die gucken vor allem danach, wer den Tunnel passiert."

"Kann sein. Und?", grollte der Krieger.

"Hmm. Milo kommt aus Köln, oder?"

"Das hat Schneewittchen so gesagt. Bei der Sphäre, Alex! Komm auf den Punkt!"

"Ich ... ich fürchte, der will deine Kleine entführen."

"Was?!!" Thorxarr keuchte, fast hätte er das laut gerufen. *"Aber der Hautsack kennt mein Mädchen doch gar nicht! Das ergibt keinen Sinn."*

"Es könnte sehr wohl Sinn ergeben", überlegte der Weiße. *"Und zwar, wenn Milo für den Kölsche Jung arbeitet."*

"Wer soll das sein?!" Der Krieger ballte ungeduldig die Fäuste. *"Jetzt rück endlich raus mit der Sprache. Was ist los?!"*

"Ich habe Oxa geholfen, zwei Tonspuren aus ihren Gedanken zu digitalisieren."

"Ja und? Um diesen Zauber zu entwickeln, habe ich dir vorher jede Menge Astralenergie übertragen. Das ist doch Teil des Plans, oder nicht?"

"Ja, schon." Sein Kamerad klang, als würde er sich winden. *"Eine der Tonspuren ging an die Berliner Polizei, um Perseus unter Druck zu setzen. Die andere sollte ich nach Köln schicken. Wenn sie dort auch die Drogen konfisziert haben, dürfte der Kölsche Jung nicht gerade begeistert gewesen sein."*

"Was bitte schön hat mein Mädchen damit zu tun?", fauchte Thorxarr.

„Die Hautsäcke in Köln wissen doch gar nichts von ihr!"

Das hoffte er zumindest.

„Öhm, da ... äh ... bin ich mir nicht so sicher", druckste Alexan herum. *„Weißt du, Oxa hat es so aussehen lassen, dass Piet seine Konkurrenten an die Polizei verraten hat. Was, wenn sich die jetzt an ihm rächen wollen und sich deswegen sein Pokersternchen schnappen?"*

Thorxarr schluckte. *Das* machte erschreckend viel Sinn.

„Ich bringe Oxa um!" Er schnaubte zornig. *„Wie konnte sie Schlangenzunges Gegner dermaßen reizen?!"*

„Das gehört bestimmt zum Plan", jammerte Alexan. *„Denke ich zumindest."*

„Selbst wenn, DAS hätte sie uns sagen müssen! Sie kann nicht einfach so Schneewittchens Leben in Gefahr bringen!"

„Äh ... ja. Doch, das kann sie. Merkst du ja gerade."

„Ich bring sie um!", wiederholte der Krieger.

Später. Jetzt kam er hier nicht weg.

„Lieber nicht", meinte Alexan. *„Sonst funktioniert der Plan am Ende womöglich nicht mehr. Schreib Oxa besser eine Nachricht."*

„Ich?!"

Thorxarr war so wütend, dass seine Aura flirrte. Er bezweifelte, dass er in diesem Zustand die winzigen Buchstabentasten auf seinem Smartphone treffen würde.

„Mach du das, Alex!"

„Ähm. Nee. Das Spiel ... es .... äh ... es geht schon weiter."

Der Weiße hüstelte dünn – kein Zweifel, er wollte sich drücken.

„Feigling!"

Thorxarr legte die Kochzeitschriften auf den Teppich und zückte sein Handy.

Beim Grauen Krieger, wenn Alex recht hat, kann Oxa was erleben!

Tunnelblick

Thorxarrs Zungenspitze lugte aus seinem linken Mundwinkel hervor. Er hatte eine ganze Meditationsrunde gebraucht, um so ruhig zu werden, dass er die Buchstabensymbole auf dem Display zuverlässig traf.

Verdammt! Manchmal wäre ich echt lieber ein Schwarzer. Die beherrschen das Langstreckensenden und sind nicht auf fummelige Menschentechnik angewiesen!

Endlich war er fertig und schickte seine Nachricht ab.

23:21

Thor:

> Oxa! Hast du die Ganoven in Köln so angestachelt, dass sie Schneewittchen entführen wollen?!

Wehe, wenn sie nicht antwortet! Dann ziehe ich der Goldenen alle Schuppen einzeln ab und mache Lametta draus!

Schneewittchen hatte ihm erklärt, dass ihre Eltern es liebten, ihren Weihnachtsbaum mit diesen funkelnden Fäden zu behängen, bis man kaum mehr die grünen Nadeln sah. Den Sinn davon hatte Thorxarr allerdings nicht verstanden.

Egal!

Im Raum hinter ihm ging das Spiel unterdessen weiter, als wäre nichts geschehen.

Thorxarr grunzte unzufrieden. Noch war ja auch nichts geschehen. Aber es *würde* etwas geschehen!

Und das ist allein Oxas Schuld!

Er stierte auf sein Handy. Die beiden grauen Haken hinter seiner Nachricht wollten einfach nicht blau werden. Das bedeutete, Oxana hatte den Text bislang nicht gesehen.

Sein Display wurde schwarz.

Was, wenn die Goldene in den nächsten Stunden nicht auf ihr Smartphone schaute?

Argh! Wie kann man so ... so ... ignorant sein?!

Heiße Wut schäumte durch Thorxarrs Adern.

Ruhig Blut! Ich muss nachdenken.

Noch saß sein Mädchen unversehrt im Clubraum, spielte Poker und nahm Milo die Chips ab.

Der verfluchte Hautsack dachte schon wieder an den winzigen Tunnel und die Bauarbeiter, die laut Alex keine waren.

Diese Röhre hat maximal einen Durchmesser von sechs Metern. Wo ist der Tunnel überhaupt?

Thorxarr brauchte mehr Informationen, um die Lage beurteilen zu können. Dank des dekadenlangen Trainings als roter Krieger gelang es ihm mehr oder weniger, seine Emotionen aus dem Geist zu verbannen. Er wartete ab, bis Schneewittchen ihre Jetons gesetzt hatte. Dann sendete er betont beiläufig: *„He, holde Maid! Sag mal, weißt du zufällig, wo das hier ist?"*

Er schickte das Bild von der Tunnelröhre hinterher.

„Klar!" Sie lächelte, das spürte Thorxarr. *„Das ist der alte Elbtunnel.*

Wieso?"

„Och, nur so. Wo liegt dieser Tunnel denn?"

„Hier gleich um die Ecke."

Sie lachte in Gedanken. *„Er hat nicht nur die eine Röhre, sondern zwei. Das wirst du nachher sehen können."* Offenbar mochte sie den Ort.

„Warum? Wir fahren doch mit dem Schiff!"

„Nein, zurück geht das nicht", erwiderte Schneewittchen. *„Die Barkassen fahren nur wegen der Theaterbesucher. Und das Musical ist schon lange aus. Hast du den Besucherstrom nach draußen vorhin gar nicht mitbekommen?"*

„Welchen Besucherstrom?"

„Ach, richtig! Dein Flur hat kein Fenster zum Wasser raus, oder?"

„Nein."

„Du Armer! Außer uns ist kaum noch jemand im Gebäude. Das letzte Schiff hat vor einer halben Stunde abgelegt."

„Mist", grollte Thorxarr.

Die Vorstellung, durch diesen engen Tunnel laufen zu müssen, behagte ihm kein Stück. Unter normalen Umständen würde er das schon nicht gern tun, aber nun, da irgendwelche Hautsäcke sein Mädchen einkassieren wollten …

„Der alte Elbtunnel ist wirklich sehenswert, aber ich kann auch gern allein gehen und du fliegst", schlug Schneewittchen vor. *„Wir treffen uns dann auf der anderen Seite."*

„Auf keinen Fall!", fauchte er.

Pling!

Sein Smartphone hatte eine Nachricht empfangen.

„Ist alles gut bei dir, Thor? Du klingst aufgebracht."

Natürlich entging seinem Mädchen seine Stimmung nicht.

„Ja, alles gut", seufzte er. *„Mach dir keine Sorgen. Ich … ich melde mich gleich wieder."*

Sie sagte: *„Okay"*, doch ihr Herzschlag verriet, dass sie sehr wohl besorgt war.

Prompt schaltete sich Alex auf der geheimen Frequenz ein: *„Verflixt, Thor, mach die Kleine nicht irre. Sie muss noch spielen!"*

„Mach ich nicht", grollte Thorxarr. *„Das ist allein Oxas Werk."*

Genervt entsperrte er sein Handy und las, was die Goldene geschrieben hatte:

23:30

Oxa:

> Warum willst du das wissen?

Thorxarr rollte mit den Augen. Typisch Oxa! Sie beantwortete Fragen zu gern mit Gegenfragen.

23:31

Thor:

> Weil ein Milo aus Köln mit Schneewittchen am Pokertisch sitzt und darüber nachdenkt, wie seine Leute MEIN MÄDCHEN entführen! Was hast du getan?!

Die Goldene tippte eine Antwort. Thorxarr wartete ungeduldig.

23:31

Oxa:

> Ich schmiede Pläne und setze sie um. Das war doch DEIN Wunsch! Du hast die letzten Wochen ständig rumgeflennt, dass Schlangenzunge aus dem Verkehr gezogen werden soll, damit die Kleine frei ist. Daran arbeite ich.

Dem Krieger schwoll der Kamm. Das humanoide Ganoven-Gewürm war unberechenbar und damit gefährlich – das hatte er bei Ex, der Ratte, gesehen.

Den habe ich nicht für voll genommen. Am Ende hätte dieser Fehler Schneewittchen beinahe das Leben gekostet.

Das würde er kein zweites Mal riskieren. Zornig hackte er mit dem rechten Zeigefinger auf sein Handy ein.

23:33

Thor:

> Wenn DEINE Pläne MEIN Mädchen umbringen, bevor Schlangenzunge erledigt ist, taugen diese Pläne einen feuchten Dreck!

23:33

Oxa:

> Wo gehobelt wird, fallen Späne. Hör auf zu heulen, Thor! Ich versichere dir, es läuft alles wunderbar.
> Oder wirst du mit den Kölner Hautsäcken etwa nicht fertig?!

„Argh! Die Goldene laviert sich raus!", zischte Thorxarr.

Er ballte seine Faust; am liebsten wollte der Krieger auf etwas eindreschen.

Ruhig bleiben!, beschwor er sich stattdessen. Was sagte Alex immer? »Einer Goldenen gegenüber musst du exakt formulieren, was du von ihr erwartest – ohne Schlupflöcher. Sonst tanzt sie sich raus.«

Getanzt wird hier nicht. Jetzt ist Schluss mit lustig!

Aus Thorxarrs Brustkorb rollte ein tiefes Grollen die Kehle hinauf, während er zurückschrieb.

23:36

Thor:

> Klar werde ich mit den Hautsäcken fertig, Oxa! Aber danach kannst du deinen Plan vergessen, ebenso wie die Kölner Ganoven – die leben dann nämlich nicht mehr!
> Schwing endlich deine goldenen Schuppen durch die Sphäre nach Hamburg und erkläre mir, wie dein bescheuerter Plan im Detail aussieht! Wenn nicht, komme ich dich holen. Und DAS passt garantiert in keinen deiner Pläne!

23:36

Oxa:

> Ich observiere gerade den blauweißen Bazi. Außerdem ist Ex nicht mehr in München.

Das wird ja immer schöner!
Thorxarr hatte die Faxen dicke und tippte eine letzte Antwort in sein Smartphone.

23:37

Thor:

> DU HAST 5 MINUTEN, OXA!

Dann stellte er das Gerät ab.
„Und?", erkundigte sich Alexan, als hätte er auf diesen Moment gelauert. *„Was sagt Oxa? Kommt sie her?"*
„Ich denke schon." Der rote Krieger lächelte grimmig. *„Jedenfalls hoffe ich das für sie!"*

***

Vier Minuten später rissen die Nebel über der Stadt auf und spuckten eine erhabene Präsenz in den Nachthimmel.
Thorxarr hatte sich in der Zwischenzeit ein wenig beruhigt und Schneewittchen darüber in Kenntnis gesetzt, dass es eine »kleine Unannehmlichkeit« gab, welche er aber lösen würde, bevor sie zu einem Problem werden konnte. Und dass sie sich keine Sorgen machen sollte.
Natürlich macht sich mein Mädchen trotzdem welche! Dabei habe ich ihre Entführung nicht mal mit einer Silbe erwähnt.
Oxana landete unsichtbar bei Alexan auf der Grünfläche und plusterte sich auf. *„So, du Riesenschlüpfling, jetzt bin ich hier und kann dir die Klaue halten. Wo liegt dein Problem, Thor?"*

Am liebsten hätte Thorxarr sich zu Alexan und Oxana auf die Wiese begeben, doch er wagte es nicht, seinen Posten zu verlassen. Also beschränkte er sich darauf, zornig die Fäuste zu ballen.

„Mein Problem ist, Oxa, dass du rumexperimentierst! Du reizt die Ganoven Deutschlands und nun schwärmen sie aus. Es ist, als würdest du blind in einem Bluthornissen-Nest herumstochern. Die Biester werden verdammt aggressiv und stechen alles, was ihnen in die Quere kommt."

„Ist das dein Ernst?" Die Goldene lachte verächtlich. *„Thor, das sind nur Hautsäcke. Du bist ein Drache!"*

„Aber Schneewittchen ist keiner." Thorxarr presste seine Kiefer aufeinander, bis seine Zähne schmerzten. *„Sie ist ein Mensch. Du weißt, was Bluthornissen mit Artgenossen machen, die nicht zu ihrem Volk gehören!"*

Schweigen.

„Ich ... habe nicht blind *rumgestochert"*, meinte Oxana schließlich schnippisch.

„Du hast das kommen sehen?! Und mir NICHTS GESAGT?!!"

Die Gedankenstimme des Kriegers wurde mit jedem Wort lauter. Seine Fäuste zitterten vor Wut. Zu gern hätte Thorxarr eine davon dem goldgerahmten Portrait an der Wand gegenüber in die grinsende Visage gerammt.

„Schluss damit!", schaltete sich Alexan ein. *„Das führt zu nichts. Zumindest zu nichts Gutem. Arbeitet an dem Problem. Wir haben ausreichend Zeit, uns was zu überlegen, und obendrein verschiedene Optionen: Erstens, Thor und Schneewittchen gehen der Situation aus dem Weg, indem sie einen anderen Heimweg nehmen. Taxi, Fliegen – was auch immer."*

„Negativ!", motzte Thorxarr sofort. *„Glaubst du wirklich, dass die Kölner aufgeben? Diesmal wissen wir, wo sie uns auflauern. Was, wenn wir das beim nächsten Mal zu spät mitbekommen oder sie Schnee-wittchen allein erwischen?"*

Oxana höhnte: *„Wann lässt du die Kleine denn mal allein? Du klebst*

doch an ihr!"

Der Krieger schnappte empört nach Luft, doch Alexan grätschte dazwischen. *„Klappe, Oxa! Und du auch, Thor. Heiliges Pinguinei! Wie alt seid ihr? Hundert oder was?"*

Gereizte Stille.

„Na seht ihr, geht doch!" Der Weiße räusperte sich und fuhr in äußerst freundlichem Tonfall fort: *„Option zwei: Wir nutzen unseren Wissensvorsprung und verpassen den Ganoven im Tunnel einen Denkzettel."*

„Ich hasse Tunnel", grollte Thorxarr. *„Hast du gesehen, wie eng es in dieser Röhre ist?"*

„Habe ich, mein Freund. Ich kenne den alten Elbtunnel. Und deswegen weiß ich, dass es am Anfang und am Ende der Röhren jeweils eine große Halle gibt, die locker Platz für einen roten Krieger in seiner wahren Gestalt bietet."

„Hallen an Tunnelein- und -ausgängen?", schnaufte Oxa. *„Wer baut denn so einen Blödsinn?"*

„Das ist kein Blödsinn, sondern genial." Alexan gluckste begeistert. *„In diesen Hallen befinden sich jeweils vier hydraulisch betriebene Fahrkörbe, mit denen Automobile die 24 Meter von oben nach unten, unter das Flussbett der Elbe, transportiert werden können. Zusätzlich gibt es zwei Personenaufzüge. 1911 war das eine technische Innovation und zudem erheblich billiger als der Bau einer Brücke. Schaut mal!"*

Er schickte seinen Freunden Erinnerungen an seinen letzten Besuch des Tunnels und schwärmte weiter: *„Wahnsinn, oder? Das war der erste Unterwassertunnel auf dem europäischen Kontinent, damals eine technische Sensation. Stellt euch nur vor: Mehr als 4.000 Arbeiter haben sich vier Jahre lang Stück für Stück durch den Modder unter der Elbe gegraben und unter widrigsten Bedingungen ohne Magie zwei Röhren mit je sechs Metern Durchmesser geschaffen. Aber das bloß am Rande. Die Men..."*

„Sechs Meter!", keuchte Thorxarr. *„Ich hab's gewusst! Das ist scheißeng da unten."*

„Nicht in den Hallen an den Enden!", leierte der Weiße. *„Da kannst du dich ... oh! Das Spiel geht weiter. Ich muss Schneewittchen helfen. Ihr zwei kommt jetzt hoffentlich klar!"*

Eisiges Schweigen.

Schließlich lenkte Oxana ein: *„Ich ... ich bin vielleicht ein klitzekleines bisschen übers Ziel hinausgeschossen. Ich hätte euch warnen müssen."*

„Das hättest du", grummelte Thorxarr, sein Zorn flaute ein wenig ab. Eine Goldene, die einen Fehler eingestand, erlebte man nicht jeden Tag – das war beinahe schon eine Entschuldigung.

„Thor, mir kommt gerade eine Idee ... Ich denke, wir können den Hinterhalt für unsere Zwecke nutzen."

Der Krieger rollte mit den Augen. Er sah förmlich, wie Oxana selbstgefällig in sich hineinlächelte. Wetten, dass die Sache einen Haken hatte?

Dennoch murrte er: *„Ich höre ... "*

„Wir haben heute die Gelegenheit, Schlangenzunges Gegner richtig schön gegen ihn zu verschwören", erklärte die Goldene. Ihre Stimme klang wie ein Versprechen. *„Es gibt da lediglich zwei kleine Haken: Erstens, Schneewittchen müsste den Köder spielen. Und zweitens, du musst auch mit uns nach unten in den Tunnel kommen."*

„Super Plan!", spottete Thorxarr. Heute war sein Glückstag.

***

Hiltja hatte Mühe, ihre Miene im Griff zu behalten.

„Was?! Ich soll entführt werden? Aber ... wieso das denn? Bei meiner Familie gibt es gar nichts zu holen!"

Es war kurz nach eins und die Pokerpartie gerade zu Ende. Mit Alex' Hilfe hatte sie tatsächlich alle Chips gewinnen können, doch das interessierte Hiltja in diesem Moment herzlich wenig. Hektisch raffte sie ihre Sachen zusammen und ignorierte die verwunderten Gesichter der Männer.

„Bleib ruhig, Schneewittchen", brummte Thor. *„Du musst keine Angst haben – ich lasse dich nicht eine Sekunde allein. Die Finanzen deiner Familie sind irrelevant. Die Kölner Ganoven wollen Piet bloß eins auswischen."*

„Die kommen aus Köln?" Ihr Blick zuckte zu Milo, der ihr verschmitzt zuzwinkerte. *„Echt jetzt?! Ich habe den ganzen Abend mit dem Kerl an einem Tisch gesessen!"*

„Du willst schon los, Schneewittchen?", fragte Milo und setzte eine enttäuschte Miene auf. „Wie schade, ich hatte gehofft, wir könnten noch ein wenig fachsimpeln." Er grinste. „Wärst du nicht so hübsch, wärst du mir unheimlich. Zeitweise habe ich wirklich gedacht, du könntest uns allen in die Köpfe gucken!"

„Das kann ich garantiert nicht", erwiderte Hiltja wahrheitsgemäß. „Wie soll sowas auch gehen?"

Milo lachte. „Naja, ich freue mich jedenfalls sehr, dass ich dich kennenlernen durfte. Du bist außergewöhnlich."

„Danke."

Sie wusste nicht, was sie sagen sollte. *„Und der gehört zu den Typen, die mich schnappen wollen, Thor?!"*

„Ja. Das steht außer Frage."

„Also tschö, Schneewittchen!" Dafür, dass Milo vorgab, mit ihr plaudern zu wollen, wandte er sich erstaunlich flott von ihr ab und Bond zu. „Jamie, ich würde gern noch ein paar Dinge mit dir besprechen. Geschäftliches."

Bond nickte, doch Hiltja entging nicht, dass er den Kölner dabei taxierte und ihr ebenfalls einen kurzen Blick zuwarf.

Sie schluckte beklommen. *„Bond traut ihm nicht über den Weg. Habe ich recht?"*

„Hast du", bestätigte Thor.

„Und was mache ich jetzt?"

Sie umklammerte ihre Handtasche, als könne die sie beschützen.

„Locker bleiben", brummte er. *„Meine Freunde und ich sind zu dem Schluss gekommen, dass es das Beste ist, wenn wir zum Schein in die*

Falle laufen. Hier können wir abschätzen, was auf uns zukommt. Wer weiß, wo die Typen dir sonst auflauern."

„Die sollen mir gar nicht *auflauern!"* Hiltja presste die Lippen aufeinander und wandte sich zum Gehen.

„Das werden sie danach auch nie wieder tun", versprach Thor. „Warte, Mädel!"

Das war Bond. Hiltja hasste es, so genannt zu werden.

„Bleib ruhig!", beschwor Thor sie. *„Lass dir nichts anmerken."*

Leichter gesagt als getan. Sie rang sich ein müdes Lächeln ab und drehte sich um. „Was ist, Jamie?"

„Wie kommst du nach Hause?"

In diesem Moment öffnete sich die Tür.

Thor trat ein und erklärte: „Wir gehen zu Fuß durch den Elbtunnel und steigen drüben in die U-Bahn."

Bond nickte erleichtert. „Du begleitest sie?"

„Klar. Oder willst *du* sie etwa bringen? Mal ehrlich, die Diskussion hatten wir doch neulich erst!" Thors Miene troff vor Überlegenheit.

Aus dem Augenwinkel bemerkte Hiltja, dass Milo ihren asiatischen Baumschrankgott mit einer Mischung aus Neugier und Entsetzen beäugte.

„Gut", knurrte Bond. „Ich habe eh keine Zeit." Er betrachtete Thor eindringlich. „Du bringst sie bis in ihre Wohnung!"

„Ha! Holde Maid, dieser Knilch hat einen guten Riecher. Und mehr Verantwortungsgefühl, als ich gedacht hätte."

Dennoch setzte der Soldat ein finsteres Gesicht auf und blaffte: „Es geht dich zwar nichts an, was ich tue und was nicht, Jamie, aber da ich ja offenbar *deinen* Job mache, will ich mal nicht so sein: *Natürlich* bringe ich mein Mädchen bis in ihre Wohnung! Wohin soll ich die Kleine denn sonst bringen?!"

Dann drehte er sich zu Hiltja um, sodass die Männer lediglich seinen durchtrainierten Rücken sahen, und feixte: *„Hier, schau mal!"* Er sendete ihr Bonds Gedanken. *„Der Typ ist mir dankbar. Bei der Sphäre, dem wachse ich direkt ans Herz. Hehe."*

Hiltja schüttelte sich. *„Uarks. Bloß nicht!"*

Thor schmunzelte und legte seinen Arm mit einer großen Geste um ihre Schultern. „Komm, lass uns gehen, Schneewittchen. Ich bin müde."

„Ich hoffe, die Müdigkeit ist nur vorgetäuscht!" Besorgt schaute sie zu ihm auf.

„Klar! Ich bin hellwach. Jetzt ist Showtime!"

Er zwinkerte ihr zu.

Das sollte vergnügt wirken, doch damit konnte er seine Anspannung nicht überdecken.

Ein Schauer kroch über Hiltjas Rücken. *Oh nein! Was kommt da auf mich zu?!*

***

Als Hiltja das Theater Hand in Hand mit Thor verließ, verstärkte sich das Unbehagen in ihrem Bauch. Furchtsam starrte sie nach rechts schräg hinter ihnen zur Grünfläche hinüber.

Da ist etwas! Und zwar nicht nur Alex. Oder ...?

Sie konnte nichts zwischen den Bäumen erkennen, aber die mahnende Stimme in ihr riet dringend, die andere Richtung einzuschlagen. Und UMGEHEND den See zu finden.

„Kannst du Oxa und Alex sehen?", erkundigte sich Thor.

„Nein. Kein Stück."

Sie stockte. *„Mir ist nur ... unheimlich."*

„Ich passe auf dich auf", raunte er und drückte ihr einen Kuss auf die Schläfe. *„Achtung, Milo und die anderen beobachten uns aus dem Clubraum. Wir besprechen uns mit Oxa und Alex einfach auf dem Weg."*

Er legte seinen Arm um ihre Schultern. „Na, wo müssen wir lang?"

Hiltja deutete nach links. „Dort. Bis zum Eingang des Elbtunnels sind es ungefähr anderthalb Kilometer."

Thor lächelte zu ihr herab. *„Prima, dann haben wir ja bummelig eine*

Viertelstunde für die Details des Plans. Oxa hat für uns die Lage sondiert. Also, es schaut folgendermaßen aus ..."

***

Fünfzehn Minuten später verfluchte Hiltja, dass sie vergessen hatte, sich für den Fußweg andere Schuhe einzupacken. Pumps trug sie so gut wie nie. Das waren eindeutig Sitzschuhe, die für Strecken länger als hundert Meter ungeeignet waren.

„Verdammt!", stöhnte sie. „Diese Schuhe bringen mich um. Wetten, dass meine Füße voller Blasen sind?"

Thor runzelte die Stirn. „Was sind »Blasen«?"

„DAS sind Blasen." Sie sendete ihm eine entsprechende Erinnerung und packte noch einen Eindruck ihres Befindens dazu.

Hilflos schaute sie zu ihm auf. *„Jeder Schritt brennt. Und das dicke Ende kommt ja gleich erst im Tunnel!"*

Die bevorstehende Entführung machte ihr Angst, auch wenn Thor bei ihr war. Am liebsten wollte sie die bescheuerten Schuhe ausziehen und wegrennen. *„Müssen wir da echt rein?"*

„Ja, das halte ich für besser." Er drückte sie zärtlich an sich. *„Wir schaffen das. Was sollen zehn mickrige Menschen schon gegen einen Drachen ausrichten? Und wir sind sogar drei!"*

„Okay." Hiltja humpelte weiter neben ihm her. Je näher sie dem Elbtunnel kam, desto größer wurde der Widerwille in ihr, und das lag nicht nur daran, dass man ihr dort auflauerte.

„Schneewittchen, um diese fiesen Blasen müssen wir uns wirklich kümmern!" Thor zeigte vor sich nach rechts auf den Mitarbeiterparkplatz von Blom und Voss. *„Alex und Oxa sind bereits da. He Alex! Mein Mädchen braucht einen kleinen Heilzauber für ihre Füße. Kriegst du das hin?"*

„Klar!", ertönte die Milchbubistimme in Hiltjas Geist. *„Bei der Gelegenheit kannst du mir gleich noch Energie für einen anderen Zauber geben."*

„Was hast du denn nun wieder vor?", schnaubte Thor. *„Ich dachte, wir sind durch mit der Planung!"*

„Ach, mir ist eben noch was eingefallen." Alex kicherte. *„Da war eine Getränkedose im Müll. Mit einem kleinen Illusionszauber gibt die eine Eins-a-Blendgranate ab."*

„Er wieder!", flötete eine Frauenstimme. *„Ich konnte nicht verhindern, dass unser Weißer im Müll wühlt ... Naja, ich gebe zu, ganz blöd ist die Idee nicht, denn sie unterstützt zumindest unsere Tarnung. Typisch Alex. Wir wissen ja alle, dass er jeglichen Ärger mit dem KfZmjH vermeiden will."*

Der aalglatte Tonfall ließ die Alarmglocken in Hiltjas Kopf schrillen. *Das muss Oxa sein!* Seit der ersten Begegnung im Stadion war sie Thors Freundin kein zweites Mal begegnet. *Zum Glück!*

Thors Arm fasste ihre Taille fester. *„Hey, es ist alles gut! Das sind nur meine Freunde. Komm weiter."*

Hiltja hatte gar nicht bemerkt, dass sie stehengeblieben war, und setzte sich wieder in Bewegung.

„Ach du liebes bisschen!" Die Goldene lachte affektiert. *„IST das Mädchen schreckhaft! Die Reaktion auf unsere Auren ist ziemlich übertrieben, findet ihr nicht?"*

„Davon rede ich seit Wochen!", seufzte Alex. *„Aber ich muss schon sagen, deine Aura wirkt besonders stark auf sie. Das sollten wir genauer untersuchen. Ich könnte ..."*

„Nicht jetzt!", grollte Thor. *„Und nur nebenbei: Schneewittchen kann euch hören, also etwas mehr Respekt, ja?!"*

Daraufhin wandte sich Oxa direkt an Hiltja: *„Hmm ... perfekt abgeschirmt. Für ein Menschlein lernst du erstaunlich schnell!"*

Hiltja konnte die Goldene nicht sehen, dennoch spürte sie, wie deren Blick sie förmlich zu durchbohren versuchte.

Uarks! So viel Respekt brauche ich nu' doch nicht!

So geht das nicht!

Fünf Minuten später passierte Hiltja *ohne* Blasen und *mit* einer leeren Getränkedosen-Blendgranaten-Attrappe in der Handtasche den Fußgängereingang des Schachtgebäudes bei Steinwerder. Thor ging an ihrer Seite und lächelte aufmunternd zu ihr herab.

„Du wirst sehen, Schneewittchen, das Problem mit den Kölner Ganoven haben wir ganz fix aus der Welt geschafft. In wenigen Minuten schlendern wir durch den Tunnel und du erklärst mir die Besonderheiten dieses Bauwerks."

„Hä? Ich dachte, du magst die Enge nicht." Fragend schaute sie zu ihm auf. *„Diese Röhren sind noch kleiner als ein U-Bahn-Schacht."*

„Ich hasse die Enge, aber ich liebe dich! Außerdem bin ich ein roter Krieger. Wir werden dazu ausgebildet, uns selbst zu überwinden. Disziplin ist alles."

Es klang, als würde Thor sich selbst Mut zusprechen.

Hiltja schluckte. Wenn ihr Donnergott schon Bedenken hatte, wie

konnte die Aktion dann gut ausgehen?

Er grinste und schaute sich mit beeindruckter Miene um. „Und? Was gibt es Wissenswertes?"

„Du willst jetzt allen Ernstes Sightseeing-Infos? "

„Sicher! Wir sollten uns so natürlich wie möglich verhalten, damit die Ganoven nicht ahnen, dass wir *etwas ahnen. "*

Offensichtlich wollte er sie ablenken. Das war Hiltja nur recht. Vor ihnen öffnete sich das Schachthaus. Der Raum ragte, einem aufrechtstehenden Zylinder gleich, 24 Meter nach unten, wobei das linke Halbrund für die vier Fahrzeugkörbe und zwei Personenaufzüge abgeteilt war. In der rechten Hälfte schlängelte sich das Treppenhaus der Innenrundung folgend an der Wand nach unten.

Hiltja räusperte sich, deutete zur Decke und erklärte: „Also … hier gab es ursprünglich auch eine runde Kuppel wie am anderen Ufer. Aber das Gebäude wurde im Zweiten Weltkrieg zerstört und ohne Schnörkel wiedererrichtet. Deswegen … ähm …"

Das mit der Konzentration war so eine Sache, wenn man wusste, dass man in den nächsten Minuten von fiesen Typen entführt werden sollte.

Reiß dich zusammen!, rief sie sich zur Ordnung.

Thor lächelte. „Ja? Deswegen was?"

„Deswegen fehlen hier auch die Plastiken an den Wänden", nahm sie den Faden wieder auf. „Drüben in St. Pauli gibt es richtig tolle Verzierungen, hier leider bloß diese ockerfarbenen Kacheln."

„Klingt vielversprechend." Er drückte zärtlich ihre Hand. „Noch ein Grund mehr, mich auf drüben zu freuen."

Gemeinsam stiegen sie die hölzernen Stufen hinab. Hiltja ließ ihre Hand über das Geländer gleiten und starrte in die Tiefe. Von hier oben konnten sie erkennen, dass unten eine Handvoll Männer am Werkeln war. Sie sperrten die rechte Röhre mit Warnbaken ab und verschwanden danach in der linken.

O Gott! Die leiten uns ja regelrecht in ihre Falle hinein!

Hiltjas Herz pochte mit jedem Schritt lauter. Bisher hatte sie den alten Elbtunnel geliebt, aber nun hatte sie das Gefühl, in eine Gruft zu ihrer

eigenen Beerdigung hinabzusteigen. Wie von selbst zog es ihren Blick über ihre Schulter zurück zum Ausgang.

Dort wäre ich sicher.

„*Nur für den Moment*", widersprach Thor.

Sie schaute irritiert zu ihm hoch. *Nanu! Mir war gar nicht bewusst, dass ich meine Gedankenvorhänge offen hatte ...*

Er schenkte ihr ein Lächeln. „*Die Männer geben nicht auf, bloß weil wir einen anderen Heimweg nehmen.*"

Plötzlich spürte Hiltja ein wattig-eisiges Kribbeln, das von links unten kam. Ihr Kopf ruckte herum, aber da war nichts. Sie starrte auf den halbrunden Platz vor den Tunnelröhren.

Hmmm ...

Drei Sekunden später schwappte ein zweiter Eisschauer zu ihr hinauf und für eine Millisekunde meinte sie etwas Weißes aufblitzen zu sehen.

„*Du hast die beiden bemerkt, oder?*", fragte Thor.

„*Wen?*"

„*Oxa und Alex.*" Er nickte unauffällig in die Richtung des Kribbelns. „*Sie sind durch die Sphäre in den Schacht gesprungen.*"

Hiltja rieb sich fröstelnd über die Arme. „*Brr! Ja, das fühlt sich nach den Nebeln an.*"

„*Schau, da sind sie.*" Thor sendete ihr ein Bild, das die Konturen von zwei Drachen zeigte, einem kleinen und einem großen. Beide waren durchscheinend und buntschillernd wie Seifenblasen. „*Das sind ihre Auren. Oxa ist die größere. Die, die stärker leuchtet.*"

„*Oh! Für Oxa ist der Platz ja ganz schön knapp.*"

„*Stimmt, aber so müssen die beiden nicht sichtbar werden. Unsere Menschengestalt können wir nämlich nicht tarnen.*"

„*Aha. Und warum ist Alex so blass?*"

„*Der Aurenzauber visualisiert mehr oder weniger die Astralkraft.*" Thor zuckte mit den Schultern. „*Mein Kamerad ist in dem Bereich eher ... ähm ... schwach bestückt. Sprich ihn lieber nicht drauf an.*"

„*Okay.*"

Nur noch wenige Stufen und Hiltja war unten angekommen. Ihr Herz

klopfte bis zum Hals. Es war ein Wunder, dass die Entführer es nicht hörten.

„Gleich geht es los", brummte Thor. Er drückte ihre Hand und blieb stehen. *„Ich ..."*

Hiltja hielt ebenfalls an. *„Ja?"*

„Bleib in meiner Nähe, egal, was passiert. Einverstanden?"

Sie nickte beklommen. *„Mache ich."*

„Und ... ähm ..." Er zögerte. Seine Miene war gequält.

„Was?"

„Ich ... also ..." Ihr Donnergott gab sich einen Ruck. *„Bitte tu mir den Gefallen und schirm deinen Geist nicht ab, ja?"*

Sie hob ihre Brauen. *„Ich dachte, das gehört sich nicht unter Drachen und Magiern?"*

„Ja, ich weiß, ... aber ... es beruhigt mich ungemein, wenn ich spüren kann, was bei dir los ist, vor allem, wenn ich mit dem Rücken zu dir stehe. Ich ähm ... es würde mir ..."

„Du musst dich nicht rechtfertigen."

Hiltja strich ihm sacht über die Wange. Sie liebte es, ihn auf diese Weise zu berühren. Dann zog sie ihre Gedankenvorhänge weit auf. *„Besser so?"*

„Viel besser!", seufzte Thor und blickte sie erleichtert an. Er schien in ihren Augen versinken zu wollen.

Sie tat es ihm gleich. Die hellgrauen Verästelungen leuchteten wie glänzendes Silber am Nachthimmel und sogen Hiltja magisch in sich hinein.

Wundervoll!

Für einen Wimpernschlag verblasste die Welt um sie herum, doch plötzlich rollte das Grün des Waldsees heran und ertränkte die junge Frau in brennender Sehnsucht.

Thor schrak zusammen. Bebend schloss der die Augen und lehnte seine Stirn an ihre.

„Tschuldigung", wisperte sie tonlos.

Ihr Donnergott verharrte stumm in seiner Pose. Hiltja fühlte, dass er

Mühe hatte, sich zu sammeln.

Schließlich presste er hervor: *„Alex hat recht. Wir müssen endlich zu Luna."*

Unsicher schaute sie zu ihm auf. *„Was, wenn sie auch keine Lösung für uns hat?"*

„Das sehen wir dann." Thor holte tief Luft und rang sich ein verwegenes Grinsen ab. *„Jetzt mischen wir erst mal ein paar Kölner Ganoven auf."*

***

Vor zwei Monaten wäre diese Situation für Thorxarr ein Fest gewesen – danach hätte er sich alle zehn Krallen geleckt! Aber heute war alles anders. Heute spürte er bloß noch das Risiko, dass sein Mädchen verletzt werden könnte.

Allein der Gedanke daran macht mich wahnsinnig!

„Na, fertig mit turteln?", stichelte Oxana auf der geheimen Frequenz. *„Wenn die Herrschaften so weit sind, können wir unseren Plan dann endlich durchziehen? Ich habe auch noch andere Dinge zu erledigen."*

„Nun drängle nicht so, Oxa!", mischte sich Alex auf derselben Frequenz ein. *„Bei den beiden tut sich was!"*

„Leider nicht genug, mein Freund." Thorxarr legte seinen Arm um sein Mädchen und stieg zusammen mit ihr die letzten Stufen hinab.

Aus der linken Röhre wurde Gehämmer laut. Es klang aggressiv und ungeduldig.

Als wäre das Geräusch ein Angriffssignal, straffte sich der rote Krieger. Seine Nervosität verflog und plötzlich war er sicher, dass er sich in dem engen Tunnel nicht würde verwandeln müssen.

Ich habe alles unter Kontrolle!

Mit dem nächsten Atemzug breitete sich eine tiefe Ruhe in seinem Körper aus. Alles würde gut werden.

***

So geht das nicht!

Hiltja wurde mit jedem Hammerschlag blasser. *Hauen die etwa die Kacheln von den Wänden?!*

Das wäre eine Schande! Der alte Elbtunnel war erst im letzten Jahr saniert und modernisiert worden.

Aufgebracht lugte die junge Frau um die Ecke in die 450 Meter lange Röhre hinein. Tatsächlich war auf der schmalen Fahrbahn gleich zu Beginn ein Gerüst aufgebaut worden. Ein bärtiger Typ stand oben und zimmerte volle Kanne auf das historische Gewölbe über sich ein. Kacheln splitterten und fielen herab.

Ich fasse es nicht! Haben diese Vandalen denn gar keinen Respekt?!

Empört ballte Hiltja ihre Fäuste. Sie musste an sich halten, nicht laut zu protestieren.

„Immer locker bleiben, Schneewittchen!", brummte Thor und schob sie vor sich auf dem Bürgersteig am Gerüst vorbei. *„Die Banausen kriegen ihr Fett weg, versprochen."*

„Wehe nicht!" Sie presste ihre Kiefer aufeinander.

50 Meter weiter war ein zweiter Trupp damit beschäftigt, die Wände mit weißer Farbe zu bepinseln. *„Wenn das Geschmiere nicht mehr abgeht, haue ich den Freaks eine runter!"*

„Ho, holde Maid! Überlass das Verprügeln mir, ja?"

Er zwinkerte ihr zu.

„Aber das geht doch nicht!"

Hiltja ließ ihren Blick über die Tunnelwände schweifen. Die weißen Kacheln glänzten wunderbar. Im unteren Bereich waren quadratische Fliesen verlegt, welche alle paar Meter auf Kopfhöhe von aufwendig gestalteten Reliefs verschönert wurden. Darüber gab es ein 30 Zentimeter breites, petrolblaues Ornamentband. Das abschließende Tonnengewölbe war mit längs verlegten elfenbeinfarbenen Rechteck-kacheln geschmückt. Die mutwillige Zerstörung dieses architektonischen Kunstwerks tat ihr in der Seele weh.

„Mann, Thor! Die Sanierungsarbeiten haben ewig gedauert. Weißt du, wie oft Paula und ich hier vorbeigeschaut haben? So etwas kann man doch nicht einfach so kaputt machen!"

„Zumindest sollte man es nicht." Er fasste nach ihrer Hand und drückte sie. *„Aber Idioten gibt es überall. Oder ist das bei euch Menschen anders?"*

„Nee, offensichtlich nicht!"

„Pause, Leute!", rief einer der Pseudo-Bauarbeiter. Sofort erstarb das Gehämmer und der zweite Trupp ließ die Pinsel achtlos in die Farbeimer fallen.

Hiltjas Entrüstung wich handfester Angst, denn nun kamen die Männer von beiden Seiten auf sie zu.

„Es geht los, Thor!"

„Jo. Bleib dicht bei mir."

„Mhm!"

Was sollte sie sonst auch tun?

Die fünf Typen vor ihnen fächerten sich auf. Einer lief auf dem linken Gehweg, drei auf der Fahrbahn und der letzte auf dem rechten Bürgersteig. So bildeten sie eine Mauer – an ihnen kam niemand vorbei. Zu allem Überfluss machten sie dumme Witze und lachten.

Hiltja warf einen Blick über die Schulter. Hinter ihr war das Bild identisch. Der bärtige Hammer-Vandale stolzierte auf dem Gehweg und zwinkerte ihr anzüglich zu.

Wie eklig ist der denn?!

Eine Gänsehaut kroch über ihren Rücken; neben ihr grollte der Donnergott.

„Na, ihr Hübschen!", plauderte der Mann, der ihnen auf der Fahrbahn in der Mitte entgegenkam. Er hatte breite Schultern und trug ein feuerrotes Ferrari-Cappy. „So spät noch unterwegs?"

***

Was für eine sinnlose Frage! Thorxarr rollte mit den Augen. Doch anstatt dem Rot-Käppchen seine Hirnlosigkeit auf den Kopf zuzusagen, spottete er: „Ihr seid ja auch hier."

„Stimmt!" Beiläufig holte der Kerl eine Pistole aus seiner geöffneten

Malerjacke.

Thorxarr reagierte sofort und riss einen kugelsicheren Schild um sich und Schneewittchen herum hoch. Dass der bläuliche Schimmer seine Magie verraten konnte, war ihm gleichgültig.

Rot-Käppchen ignorierte das Phänomen. Er grinste. „Im Gegensatz zu euch Nachtschwärmern müssen wir allerdings arbeiten. Also seid so nett und macht brav mit – dann passiert niemandem was."

„Nö", sagte Thorxarr, zog seine Kleine an sich und blieb stehen.

Pause.

„Wie »nö«?" Ärgerlich hob der Mann seine Waffe. „Was soll das denn heißen?"

„Nö heißt: Vergiss es!", half der Krieger weiter. Höflichkeit musste sein.

Das brachte den Typen aus dem Konzept. Er runzelte die Stirn, palaverte jedoch weiter. „Wir wollen das Mädchen. Du kannst gehen."

„Hast du Brokkoli in den Ohren?", erkundigte sich Thorxarr.

„Bohnen!", korrigierte ihn Alexan von hinten. *„Das Sprichwort geht mit Bohnen!"*

„Mir egal. Brokkoli ist auch grün und genauso eklig wie diese Bohnen."

Thorxarr ließ Schneewittchen los und ging einen Schritt zur Seite, um ausreichend Platz zum Ausholen zu haben.

Mittlerweile waren die Hautsäcke auf fünf Meter herangekommen und blieben stehen.

Der rote Krieger gab Rot-Käppchen eine letzte Chance und schilderte ihm seine Sicht der Dinge: „Ich sagte: Vergiss es! Lass uns durch, dann wird keinem von euch etwas geschehen."

„Aber … ähm … bist du lebensmüde?", stammelte der Hautsack. „ICH bin der mit der Knarre! Du tust, was ich sage, oder ich knall dich ab."

War klar, dass er es nicht schnallt.

Thorxarr ließ ihn auflaufen. „Versuch es doch."

Rot-Käppchens Schlagader begann zu pochen. Dass sein Opfer nicht

kooperieren, nein, sogar den Spieß umdrehen wollte, machte ihn sprachlos. Während seine Mitganoven Messer und Pistolen zogen, überlegte er, ob er einen Warnschuss abgeben sollte. Dummerweise standen seine eigenen Leute direkt hinter seinem Ziel und sein Boss hatte ihm eingeschärft, dass der Asiate am Leben zu bleiben hatte.

Thorxarr schmunzelte. *Tja, man sollte immer nur mit den Dingen drohen, die man auch umsetzen kann.*

Hätte Schneewittchen nicht so viel Angst, könnte das hier direkt spaßig werden. *Schade eigentlich.* Anstatt mit den Typen ein Tänzchen zu wagen, würde er sie zügig ausschalten.

„Alex und Oxa, seid ihr startklar?"

„Ja!", antwortete der Weiße und die Goldene stöhnte: *„Schon seit zehn Minuten!"*

„Gut." Der Krieger warf seinem Mädchen einen prüfenden Blick zu. *„Bist du auch bereit?"*

„Nein, aber lass uns trotzdem anfangen."

Stufe eins des Plans umfasste vier Aktionen, die alle zeitgleich ausgeführt werden mussten:

Erstens, Drachen und Mädchen schließen die Augen und schützen sie zusätzlich mit Händen beziehungsweise Krallen.

Zweitens, Schneewittchen lässt die präparierte Dose neben sich fallen.

Drittens, Thorxarr erschafft vor und hinter sich einen grellen Lichtblitz.

Alexan meinte zwar, dass echte Blendgranaten mit deutlich mehr Abstand gezündet würden, aber wir können nicht alles haben.

Viertens, Alexan koppelt das astrale mit dem elektrischen Feld, was zu einer Überlastung führt. Diese leitet der Weiße mit gezielten Stromimpulsen in die Waffen der Gegner ab, was hoffentlich schmerzhaft genug wäre, damit die Humanoiden ihre Hände öffnen.

Diese Magie auf den Stahl der Waffen zu begrenzen, war alles andere als trivial, doch Alexan war sich sicher, dass er es hinbekommen würde, sofern Oxana ihm dafür ausreichend astrale Kraft zur Verfügung stellte.

Soweit die Theorie.

Thorxarr öffnete seine Meridiane, um Energie aufzunehmen, und nickte Schneewittchen aufmunternd zu.

„Dann los, holde Maid!"

Zitternd öffnete Schneewittchen ihre Handtasche.

„He! Was machst du da?", blaffte Rot-Käppchen. „Hast du etwa auch 'ne Knarre dabei?"

„Ich? Nee!", piepste sie und fischte die von Alexan präparierte Getränkedose heraus. Ihr kleines Herz raste vor Aufregung. „Ich *kann* ja gar nicht schießen. Das ist bloß 'ne Blendgranate!"

So etwas hatte Rot-Käppchen nun nicht erwartet. Seine Opfer benahmen sich ganz anders als all die anderen seiner Karriere. Diese hier ließen sich einfach nicht einschüchtern! Aber irgendwie musste er sie kleinkriegen, sein Chef erwartete schließlich Ergebnisse.

Thorxarr lachte und sendete an seine Truppe: *„Drei, zwei, eins, jetzt!"*

Bei »eins« kniff er die Augen zusammen, bei »jetzt« hob er seine linke Hand vors Gesicht. Als er das Scheppern der Dose auf dem Gehweg hörte, wirkte er die beiden Lichtzauber.

Bei der Sphäre, ist das hell! War ich das?

Ohne seine Hand wäre er selbst mit geschlossenen Augen geblendet worden. Das überraschte ihn.

Schnell vergewisserte er sich, dass es Schneewittchen gut ging. Zum Glück fehlte ihr nichts, sie hatte lediglich ihre Geistesvorhänge wieder zugezogen.

Grmpf! Vermutlich ein Reflex.

Im nächsten Moment wurden um sie herum unterdrückte und nicht unterdrückte Schmerzensschreie laut. Metallisches Poltern und Klirren hallte durch das Tonnengewölbe des Tunnels. Es folgte ein langgezogenes Quietschen, als Alexan das Gerüst aus dem Tunnel zog, um unsichtbar in seiner wahren Gestalt zu ihnen zu eilen.

Thorxarr öffnete die Lider und schaute sich um. Alle Ganoven hatten ihre Waffen fallengelassen und rieben sich die Augen.

Aah! Ich liebe es, wenn ein Plan funktioniert!

Er ließ seinen Schild fallen, machte ein paar Schritte auf Rot-

Käppchens blinzelnde Menschenmauer zu und verteilte von links nach rechts – Buff! Buff! Buff! Buff! Buff! –fünf wohldosierte Kinnhaken, die seine Gegner ohnmächtig zusammensacken ließen, ohne sie zu töten. Zumindest war Letzteres das Ziel, denn sein Mädchen hatte sogar das Leben von Ex, der Ratte, verschonen wollen.

***

Hiltjas Herz schlug wild gegen ihren Brustkorb. Die gleißende Helligkeit hatte sie durch ihre zusammengepressten Finger wahrnehmen können.

Boa, ich hätte meine Tasche fallen lassen und lieber beide Hände nehmen sollen!

Erfreulicherweise konnte sie trotzdem noch einigermaßen gucken und sah, dass Thor bereits auf dem Weg zur Malertruppe war.

Hiltja drehte sich um. Auch diese fünf Männer rieben sich die Augen und jammerten. Hinter ihnen bewegte sich das Gerüst wie von Geisterhand aus dem Tunnel Richtung Fahrstuhlschacht.

Gleich haben wir es geschafft!

Sie wollte schon aufatmen, da bemerkte sie, dass der bärtige Hammer-Vandale fertig war mit Jammern.

Oha!

Anstatt zu blinzeln, starrte der Mann sie wutentbrannt an.

Oh nein! Seine Pistole liegt direkt vor ihm. Schnell! Die darf er nicht kriegen!

Ehe ihr klar wurde, was sie tat, lief sie auf den Typen zu, um die Waffe aus seiner Reichweite zu kicken.

Vom Tunneleingang kamen Geräusche, die an ein mit großen Sätzen über den Asphalt hetzendes Raubtier erinnerten – vermutlich war das Alex.

Ihr fehlten noch zwei Schritte zur Pistole, da verzog der Vandale seinen Mund zu einem hässlichen Grinsen und bückte sich nach der Waffe.

So geht das nicht!

Zu spät!

Das mit dem Wegkicken konnte sie vergessen. Die Finger des Mannes berührten bereits den Gehsteig und schlossen sich um den Griff der Pistole. Noch ein Schritt.

Dann eben anders!

Hiltja hatte keine Wahl. Sie zog voll durch und zielte mit dem Pfennigabsatz ihres rechten Pumps auf den Handrücken des Vandalen, wobei sie so viel Gewicht wie möglich in ihren Tritt legte.

Knack!

Der Typ schrie auf.

Das hörte sich nach Knochenbruch an.

Ha! Schießen kann er nicht mehr.

Dafür konnte der Vandale die Zähne zusammenbeißen und die andere Hand um ihren Knöchel krallen.

O Gott! Er hat mich.

Auf der schmerzverzerrten Visage kräuselte sich ein wissendes Grinsen.

Aaaaaahhhhhhrgh! Ich muss den loswerden!

Instinktiv rammte Hiltja dem Kerl ihr linkes Knie unters Kinn.

Diesmal knackte es nicht. Der Vandale stöhnte nur leicht, aber immerhin ließ er ihren Knöchel los.

„He, holde Maid, so geht das nicht", brummte eine tiefe Stimme neben ihr. „Solche Menschen darf man nicht tätscheln. Denen muss man ordentlich eine verpassen! So in etwa."

Thors Faust krachte gegen die Schläfe des Mannes, woraufhin es den bärtigen Schädel ruckartig Richtung Tunnelwand zog.

Blöderweise stand Hiltja mit ihrem Stöckelabsatz noch immer auf der Hand des Vandalen und die glitschte nun unter ihr weg, sodass die junge Frau ihr Gleichgewicht verlor.

„Hoppla!", rief Thor, fing sie mit dem rechten Arm auf und verpasste mit seiner linken Faust dem Nebenmann einen Schläfenpunch.

Im Augenwinkel sah Hiltja, dass sich nur noch der Mann in der Mitte aufrecht hielt, aber auch er sackte im nächsten Moment – scheinbar

ohne Fremdeinwirkung – in sich zusammen.

„Danke, Alex", schnaubte Thor sarkastisch. „*Pah! Ganze drei von fünf! Kannst du mir bitte mal erklären, warum du so lange gebraucht hast?!*"

„*Also, ähm, das ... äh ... Gerüst war im Weg!*", rechtfertigte sich der unsichtbare Milchbubi. „*Ich kam nicht vorbei!*"

„*Schwachsinn!*" Thor stellte Hiltja behutsam zurück auf ihre Füße, motzte jedoch weiter: „*Du hättest als Mensch problemlos an dem Ding vorbeigepasst!*"

„*Aber die hätten meine Verwandlung sehen können! Und Kameras gibt es hier auch. Wenn das KfZmjH dav...*"

„*Über deine Prioritäten unterhalten wir uns ein anderes Mal*", kanzelte der Soldat seinen Freund ab und wandte sich Hiltja zu. Seine Augen funkelten aufgewühlt. „*Du hast mir ebenfalls nicht gerade aufmerksam zugehört, Schneewittchen! Du wolltest doch deine Gedankenvorhänge offenlassen.*"

Tatsächlich, die waren zu! Sie schluckte zerknirscht. „*Sorry!*"

„*Ja, ja!*" Thor zog sie fast schon grob in seinen Arm. „*Warum hast du nicht nach mir gerufen? Oder nach Alex? Wir hätten den Kerl auch auf magischem Wege ausschalten können!*"

„Daran habe ich nicht gedacht", wisperte Hiltja. Die bittersüße Angst in seinen Augen machte sie betroffen.

Er seufzte und schüttelte den Kopf. „*Ich hatte doch gesagt:* »*Bleib nah bei mir!*« *Und was machst du? Du rennst in die andere Richtung! Wie soll ich denn da auf dich aufpassen? So geht das wirklich nicht, Schneewittchen!*"

„*Sorry*", wiederholte sie hilflos. Sie fühlte einen Schmerz, der nicht ihrer war.

Das Grau seiner Augen wurde intensiv, die Stimme brüchig.

„*Ich habe dich einmal fast verloren – das darf kein zweites Mal passieren.*"

So geht das nicht!

Oxa in Aktion

Hinter Hiltja hallten Stöckelschuhe durch den Tunnel und eine Frau stöhnte genervt: „Hör endlich auf zu flennen, Thor. Sie hat ja nicht mal 'nen Kratzer!"

Das ist Oxa!

Hiltja drehte sich um. Die Goldene trug einen geschmackvollen Hosenanzug, ihre platinblonden Haare waren zu einer eleganten Frisur hochgesteckt und an Hals und Ohren funkelte Schmuck im Licht der Leuchtstoffröhren.

Wow! Sie ist die souveräne Anmut in Person. Dieses Outfit passt viel besser zu ihr als die St.-Pauli-Fanklamotten!

„Mag sein", fauchte Thor, „aber es hat nicht viel gefehlt und der Typ hätte ihr was getan! Hast du vergessen, welchen Schaden die Schusswaffen der Menschen anrichten können?!"

„Natürlich nicht." Oxa rollte mit den Augen. „Ich bezweifle allerdings, dass er geschossen hätte. Meine Güte, Thor, die wollten die

Kleine lebend. Warum sollte er sie dann abknallen?!"

Der Donnergott grunzte unzufrieden und wechselte das Thema.

„Teil eins des Plans ist erledigt, bleibt noch der zweite." Er deutete mit einer ausladenden Bewegung auf die am Boden liegenden Männer. „Die Bühne gehört ganz dir!"

„Fein!"

Die Frau ist echt groß!, staunte Hiltja. *Vermutlich eins-neunzig oder so. Dazu die Absätze ... meine Herren!*

Oxa war bei ihnen angekommen und legte ihre Hände ineinander. „Jetzt kommt der vergnügliche Teil des Abends."

„Was hast du denn vor?", erkundigte sich Alexan, der immer noch unsichtbar war.

„Das wirst du gleich sehen!" Die Goldene schmunzelte und in ihren Augen funkelte Vorfreude. „Aber erstmal reiht ihr die Männer an der Wand auf, ja?" Sie wedelte mit ihren manikürten Nägeln nach rechts.

Hiltja schaute sich um. Niemand rührte sich.

„Na, worauf wartet ihr, Jungs?" Oxa klatschte in die Hände. „Ich habe nicht die ganze Nacht Zeit."

„Hilfst du nicht mit?", murrte Thor.

„Ich? Ich war gestern erst im Nagelstudio!" Die Goldene lächelte entschuldigend. *„Außerdem sind hier überall Kameras! Eine Menschen-Frau wie ich schleift bestimmt keine ohnmächtigen Männer durch die Gegend."*

Der Donnergott starrte auffordernd nach links ins Nichts.

„Ich bin unsichtbar!", ertönte Alex' Stimme daraufhin aus der Richtung. *„Bewusstlose Typen, die schweben!"* Der Milchbubi hüstelte dünn. *„Das würde bestimmt Fragen aufwerfen, meinst du nicht, Kamerad?"*

„Na super", grollte Thor. „Dann bleibt es mal wieder am Krieger hängen."

Gereizt schulterte er den Ganoven, der am nächsten bei ihm lag, trug den Mann zur Tunnelwand und legte ihn unsanft dort ab.

„Hervorragend!", lobte Oxa. „Genauso hatte ich es mir vorgestellt.

Und nun den Rest."

Thor grinste für eine Sekunde scheißfreundlich und setzte danach wieder seine genervte Miene auf, doch er tat, was die Goldene von ihm verlangte.

Während er einen nach dem anderen an der Wand aufreihte, fiel die Anspannung von Hiltja ab.

Es ist alles gut gegangen! Sie atmete auf. *Die haben mich nicht entführt. Ein Glück!*

Obwohl die unmittelbare Bedrohung vorüber war, hatte sie ein mulmiges Gefühl. Und das wurde mit jeder Minute schlimmer.

Woran liegt das bloß?

Verwundert sah sie sich um. Als ihr Blick Oxa streifte, lief ein eisiger Schauer über ihren Rücken.

Ich muss zum See!

Instinktiv stolperte Hiltja ein paar Schritte rückwärts und stieß gegen etwas Weiches. *Oh!*

Zu ihren Füßen stöhnte der Typ mit dem Ferrari-Cappy.

„Uh!", keuchte sie.

Der Mann regte sich, seine Lider zitterten. Schnell wich Hiltja noch weiter zurück. „Äh … he, Leute! Ich glaube, hier wird einer wach."

Sofort war Thor an ihrer Seite. „Kein Problem, Schneewittchen. Das haben wir gleich …"

Er ballte seine Rechte zur Faust und holte aus.

„Lass das!", peitschte Oxas Stimme durch den Tunnel.

Der Donnergott ließ die Faust sinken. „Schön. Dann ist er in spätestens zwei Minuten voll da."

„Klar", erwidert die Goldene schnippisch. „Das muss er ja auch. Wie soll er mir sonst zuhören? Fessel ihn lieber."

„Fesseln?" Thor hob eine Braue. „Womit denn bitte? Ich habe nichts dabei. Du etwa?"

„Ich doch nicht!"

Die Stimmung zwischen den beiden war so flauschig wie eine Rolle Stacheldraht.

„Hört auf!", mischte sich der Milchbubi ein. *„Ich besorge was."*

Hiltja starrte auf die Stelle, woher die Stimme zu kommen schien. Sehen konnte sie nichts, aber sie hörte das typische Rascheln sich entrollender Drachenschwingen. Danach blitzte es im Tunnel weiß auf und im nächsten Moment meinte die junge Frau zu spüren, wie das echsische Nichts im wattigen Nichts verschwand.

Verrückt!

„Du hast bemerkt, wie Alex in die Nebel geschlüpft ist, oder?" Thor betrachtete sie amüsiert von der Seite.

Hiltja nickte mit großen Augen. „Da war was. Eventuell. Ich konnte es nicht richtig fassen ..."

„Ach, das kommt schon noch." Er lächelte. „Du wirst mit jedem Tag besser darin, Magie wahrzunehmen. Hmm ..." Nachdenklich kratzte er sich an der Schläfe. „Vielleicht ... sollte ich dir den Aurenzauber bei Gelegenheit mal zeigen. Der ist zwar ziemlich komplex, aber ..."

Plötzlich kribbelte es neben ihnen wattig-eisig und dann hatte Thor von jetzt auf gleich ein Paket Kabelbinder in der Hand.

Ihr Donnergott runzelte die Stirn. „Äh ... was ist das?"

„Einwegfesseln!", erklärte Alex begeistert. *„Ich habe mal in einem Film gesehen, wie Polizisten sowas benutzt haben. Diese Kunststoffstreifen sind leicht zu handhaben und sehr effektiv."*

„Wo hast du die denn so schnell her?"

„Och, frag lieber nicht." Der Milchbubi klang zerknirscht. *„Öhm ... Ich zeig dir mal eben, wie du die Kabelbinder anwendest."* Alex sendete entsprechende Gedankenbilder. *„Siehst du? Ganz simpel. Du darfst sie bloß nicht zu stramm ziehen, sonst drückst du den Humanoiden das Blut in den Handgelenken ab. Eine großartige Erfindung, oder?"*

„Ja, ein Traum", brummte Thor, doch Hiltja sah, dass seine Mundwinkel zuckten, bis er schließlich grinste. „Die Dinger sind wirklich praktisch, Kumpel."

„Mein Reden!", seufzte Alex. Dabei klang seine körperlose Stimme so glücklich, dass auch Hiltja grinsen musste.

***

Wenig später waren alle zehn Kölner Ganoven gefesselt und nebeneinander an der Tunnelwand aufgereiht. Thorxarr lächelte. Im Gegensatz zur Goldenen war sein Mädchen sich nicht zu fein dafür gewesen, den Männern die Hände mit den Kabelbindern hinterm Rücken zu verschnüren. Acht der Hautsäcke waren noch ohnmächtig, doch Rot-Käppchen und der bärtige Hammerschwinger hatten sich ebenfalls nicht groß gegen die Behandlung gewehrt.

Über ihren Plan hatte Oxana sich ausgeschwiegen. Sie hatte allerdings dafür gesorgt, dass diese beiden Männer in der Mitte der Gruppe platziert wurden.

„Mach sie wach!", befahl die Goldene Alexan. *„Aber sei so lieb und lass ihnen die Kopfschmerzen, ja?"*

„Ist gut."

Ein Ganove nach dem anderen schlug die Augen auf. Oxana gab ihnen einen Moment, um sich zu orientieren und zu begreifen, dass ihre Lage aussichtslos war.

Schließlich legte die Goldene ihre Hände ineinander und lächelte anmutig.

„Guten Abend, meine Herren. Wie schön, dass Sie endlich wach sind."

Thorxarr runzelte die Stirn. *Hä? Sie spricht mit Akzent. Das klingt ... russisch! ... Aha! Oxa will einen auf Oligarchin machen!*

Die Goldene schritt die Männer-Reihe ab und durchbohrte dabei jeden mit einem Blick aus ihren hellblauen Augen. Wie unangenehm das sein konnte, wusste Thorxarr nur zu gut. Es wunderte ihn nicht, dass das keiner der Humanoiden länger als fünf Sekunden aushielt – alle schauten weg.

Zufrieden schlenderte Oxana die Hälfte des Weges zurück und baute sich in zwei Metern Entfernung vor Rot-Käppchen auf. Von dort konnte sie die gesamte Gruppe taxieren.

„Nun", hob sie sanft an, „wer von euch Kretins ist der Anführer?"

Schweigen.

„Ah, ich sehe schon!", gurrte sie. „Bei euch gibt es noch Bedarf für eine Wellnessbehandlung. Thor?" Sie winkte ihn zu sich. „Hättest du die Güte, den Herren ihre Zungen zu lockern?"

Innerlich rollte Thorxarr mit den Augen. Er hasste es, wenn man ihm so ein Possenspiel aufzwang.

Doch wenn ich mich weigere, gibt sie mir am Ende die Schuld, falls ihr Plan nicht aufgeht, wetten?!

Darauf konnte er verzichten. Also beschränkte er sich auf eine mürrische Miene und ließ seine Fingergelenke knacken. „Mit welchem soll ich anfangen?"

Oxana lächelte großzügig. „Ach, such dir einen aus! Aber lass ihn bei Bewusstsein. Du weißt schon: Maximaler Schmerz bei vertretbaren Verletzungen. Die Zähne müssen nicht drinbleiben."

„Prima."

Thorxarr ballte seine rechte Hand zur Faust und ließ seinen Blick über die Reihe schweifen.

Unruhe breitete sich unter seinen Opfern aus. Sie bedauerten es sehr, keine Täter mehr zu sein. Die neue Rolle gefiel ihnen nicht sonderlich.

„Echt jetzt, Thor?!", mischte sich Schneewittchen ein. Ihr Herz klopfte aufgewühlt. *„Die sind alle wehrlos!"*

„Klar, wir haben sie ja gefesselt." Thorxarr zwinkerte seinem Mädchen zu. *„Keine Sorge, ich tu nur so. Bevor ich einen von denen auch nur berühre, fällt der Typ um wie eine Fliege im Herbst. Schau!"*

„Ich glaube ...", er tippte sich an die Stirn, „ich nehme die goldene Mitte!" Dann ging er auf Rot-Käppchen zu, woraufhin sich dessen Augen panisch weiteten.

„Schneidezähne sind meine Spezialität", brummte Thorxarr genüsslich. „Sag schön »ahhh«!"

Den Gefallen tat ihm der Mann nicht. Stattdessen jammerte er: „Ich! Ich bin der Anführer."

„So?" Oxana tat erstaunt. „Bist du sicher?"

Der Krieger schmunzelte. „Ich kann auch nur seine oberen Beißerchen

rauskloppen – bloß um ganz sicher zu gehen."

Thorxarr hatte immer schon Hautsäcke gehasst, die nur austeilen wollten, aber nicht bereit waren einzustecken. Diese innere Haltung empfand er als ehrlos.

Ob der Perspektivwechsel diese Typen zum Nachdenken bringt?
Vermutlich nicht. Falls doch …

… hmm … könnte ich mich als Therapeut bezeichnen, oder?
Der Krieger grinste selbstironisch.

Hehe! So übel ist der Job gar nicht, den Oxa mir zugedacht hat.

„Ich bin wirklich der Chef!", japste Rot-Käppchen und blickte hektisch nach links und rechts. „Los, Männer, sagt es ihr!"

Zustimmendes Gemurmel von allen Seiten.

„Warum nicht gleich so?", flötete Oxana.

Thorxarr gab sich enttäuscht. „Schade."

„Später vielleicht, Thor." Sie tätschelte ihm den muskulösen Unterarm. „Jetzt muss ich erstmal dafür sorgen, dass dieser Kretin meine Botschaft versteht. Ich gehe nämlich nicht davon aus, dass die Idee mit der Entführung in seinem minderbemittelten Hirn gesprossen ist, sondern in dem vom Kölsche Jung. Also …", nun schenkte sie Rot-Käppchen ihre volle Aufmerksamkeit und sprach betont langsam, „… richte deinem Boss aus, dass der Gentleman weiß, was in seiner Stadt vorgeht. Er lässt es nicht zu, dass sich jemand an seinem Eigentum vergreift!"

Die Goldene zeigte in einer grazilen Bewegung auf Schneewittchen.

Thorxarr schwoll der Kamm, doch Oxana sprach schon weiter: „Sollte der Kölsche Jung es noch ein einziges Mal wagen, im Gebiet des Gentlemans zu wildern, gibt es Krieg."

Sie ging vor Rot-Käppchen in die Hocke. „Hast du mich verstanden?"

Der Mann nickte eifrig.

„Fein!" Die Goldene richtete sich wieder auf. „Dann noch ein Hinweis in eigener Sache." Sie lächelte. „Du weißt, wer ich bin?"

Rot-Käppchen zuckte mit den Achseln. „Die russische Oligarchin?"

„Sehr gut!", lobte Oxana. „Da ist ja doch etwas Hirn in deinem

hässlichen Schädel. Bestimmt kannst du dir auch eine zweite Nachricht merken, oder?"

Der Mann schnaubte bloß.

Oxanas Lächeln erlosch. „Ich bin nicht der Gentleman. Und ich bin bei Weitem nicht so nachsichtig wie er. Bedroht jemand *mein* Eigentum", sie deutete auf den asiatischen Krieger, „verzeihe ich das nicht. Nein, *ich* werde sauer."

Die Goldene lächelte honigsüß. *„Los, Thor, jetzt kannst du ihm die Zähne rausschlagen."*

Sein Mädchen keuchte empört und Thorxarr versteifte sich. *„Bist du irre?! Der hat die Hände auf dem Rücken. Das mach ich nicht."*

„Boa, jetzt zier dich nicht so!", motzte Oxana. *„Wie stehe ich sonst da?"*

„Sauer!", feixte er. *„Mal ehrlich, Oxa. Wehrlose Menschen zu verprügeln, ist ehrlos. Sprich deine Pläne vorher mit uns ab, dann stehst du auch nicht dumm da."*

Schneewittchen drückte seine Hand. Ihr Blick zeigte deutlich, dass sie ihm die Weigerung hoch anrechnete, und zauberte eine herrliche Wärme in seinen Bauch.

„Alles muss man selber machen!", keifte die Goldene.

Sie ging auf Rot-Käppchen zu und trat ihm schwungvoll in die Kronjuwelen, woraufhin der Mann ächzend zur Seite kippte.

Schneewittchens Hand klammerte sich an Thorxarrs.

„Niemand möchte, dass ich sauer werde", blaffte Oxana und warf dem Krieger einen vernichtenden Blick zu. „Niemand! Sag das dem Kölsche Jung."

Die Goldene drehte sich auf dem Absatz um und rauschte Richtung Tunnelausgang davon. *„Den Rest kannst du selbst aufräumen, Thor!"*

Atemlose Stille. Lediglich das Klackern von Absätzen auf Asphalt hallte von den gekachelten Wänden wider.

„Uiuiui!" Alexan schnaufte beeindruckt. *„Oxa ist ja riiiiichtig angepisst."*

„Ach, die beruhigt sich schon wieder", winkte Thor ab. *„Die Frage*

ist bloß, was wir jetzt mit den Typen machen?"

„Hmm." Der Weiße krauste seine schuppige Stirn. *„Die Ganoven sind weniger das Problem, sondern eher die Überwachungsbänder. Wegen der Sachbeschädigung im Tunnel werden die garantiert gründlich unter die Lupe genommen. Ich wette, dass die Polizei in Kürze mit dir reden will!"*

„Och nöö!", grunzte Thorxarr. *„Kannst du deinen Freund Benan nicht bitten, die Bänder wegzuzaubern?"*

„Ja, das kann ich machen!"

„Und was passiert mit dem Elbtunnel?", fragte Schneewittchen. *„Wenn die Bänder gelöscht werden, kriegt keiner diese Vandalen dran! Das geht nicht."*

„Stimmt." Thorxarr drückte zärtlich ihre Hand. *„Dir liegt dieses alte Bauwerk wirklich am Herzen, oder?"*

Sie nickte. „Das hier ist ein historisches Stück Hamburg. So etwas darf man nicht ungestraft kaputtmachen!"

Empört funkelte sie die vor der Wand hockenden Männer an. „Die Nummer mit dem Hammer und der Farbe geht gar nicht!"

„Okay", murmelte Alexan gedehnt und wiegte seinen Kopf hin und her. *„Hmm. Ich glaube, ich habe eine Idee."*

***

Drei Minuten später stellte sich Hiltja vor dem ersten Ganoven der Reihe auf, holte eine Handvoll Nichts aus ihrer Handtasche und gab Thor davon die Hälfte ab.

„Wirf den Typen einfach eine Prise vom Dragons-Dream ins Gesicht, dann atmen sie die Droge ein."

„Gut", brummte ihr Donnergott und ging ans andere Ende der Reihe. „Kann losgehen."

Zügig verteilten sie gemeinsam das Nichts unter den Männern und wichen auf den gegenüberliegenden Bürgersteig zurück.

Hiltja winkte, „Süße Träume, ihr Idioten!", und lachte über die

verwirrten Blicke.

„Danke, dass du das für mich tust, Alex! Das bedeutet mir viel. "

Der Weiße wurde in diesem Moment in seiner wahren Gestalt sichtbar und grinste sie an. *„Ja, ja, schon gut, Schneewittchen. Weil du es bist! Aber das sollte uns wirklich nicht zur Gewohnheit werden. "*

Die Männer kreischten oder keuchten, auf alle Fälle zeigten sie sich ausnahmslos beeindruckt vom weißen Drachen, der nun zähnefletschend vor ihnen auf und ab marschierte und ihnen seinen Atem in die ungläubig aufgerissenen Augen blies.

„Ich sende vorsichtshalber noch ein paar Einhörner und tanzende Häschen in die Köpfe der Kölner. " Alex hüstelte nervös. *„Dann ... ähm ... sieht es etwas mehr nach Delirium aus ... nur für den Fall, dass das KfZmjH sich der Sache annehmen sollte. "*

„Schisser", schalt Thor seinen Freund und schmunzelte amüsiert. *„So, das reicht! Schicken wir sie schlafen. "*

„Na gut. "

Alex seufzte angestrengt. *„Hilfst du mir danach bei den Reparaturzaubern? Das muss permanente Magie sein, sonst kommen die Kacheln in ein paar Tagen wieder runter, und für einen Dauerzauber habe ich mal wieder nicht genug Kraft. "*

Dämonen im Kopf

Die nächsten Tage waren für Hiltja schrecklich schön – oder besser gesagt schön und schrecklich zugleich. Am Freitag schwänzte sie ihre Vorlesungen – nach der Aufregung in der Nacht zuvor hätte sie sich ohnehin nicht auf die Inhalte konzentrieren können. Stattdessen verbrachte sie einige Stunden mit Thor am tropischen See. Ihrem Donnergott nahe zu sein, war berauschend. Allein die Erinnerung an seine Küsse und die Art, wie er seine großen Hände über ihren nackten Rücken gleiten ließ, brachte Hiltjas Blut in Wallung. So sehr wie diesen Mann hatte sie nie zuvor jemanden gewollt. Bloß, dass Thor kein Mann war! Nein, er war ein Drache. Er musste sich verwandeln, sobald seine Leidenschaft drängend wurde. Und das wurde sie. Thor konnte seine Finger nämlich genauso wenig von ihr lassen wie sie ihre von ihm. Seine explosiven Zärtlichkeiten führten zwangsweise zu kleineren Blessuren. So war Hiltjas Körper am Samstagabend mit etlichen blauen Flecken und Schürfwunden übersäht und das, obwohl sie nicht einmal übers Küssen hinauskamen.

Tja, eine Himmelsechse zu lieben war gefährlich.

Und blöderweise auch ziemlich unbefriedigend.

Thor hasste sich dafür, wenn sie sich verletzte, weil er sie von sich stoßen musste. Hiltja hingegen verdross die unerfüllte Lust deutlich stärker.

Am Schlimmsten war jedoch das Packeisbad, in welchem jede Begierde irgendwann ertränkt wurde. Was vor ein paar Wochen als harmloser Schauer begonnen hatte, war mittlerweile zu einem körperlichen Schmerz ausgeufert, der an Folter grenzte.

Hiltja seufzte. Sie betrachtete das Gesicht ihres schlafenden Donnergottes im fahlen Licht, welches das nächtliche Hamburg in ihr Zimmer warf. Es war vier Uhr morgens und ein Traum vom buchenumstandenen Waldsee hatte sie mal wieder geweckt. Mittlerweile schlief sie kaum noch zwei Stunden am Stück, ohne dass sich die in allen möglichen Grüntönen schillernde Wasseroberfläche in ihren Geist schob.

Pfft. Die Suche danach haben wir aufgegeben. Meinen See gibt es nicht.

Trotzdem musste sie ihn finden, das spürte Hiltja in diesem Moment überdeutlich. Die Penetranz ihrer absurden Sehnsucht machte die junge Frau langsam irre.

Genervt rollte Hiltja mit den Augen und kuschelte sich an Thor. Sein würziger Duft stieg ihr in die Nase und beruhigte sie, doch er ließ ebenso eine diffuse Sinnlichkeit in ihr aufglimmen.

Genau, ich denke lieber an den anderen See!

Ganz bewusst ließ sie die Erinnerungen an ihren letzten Besuch in den Tropen aufsteigen:

***

Hiltja stand am Strand des türkisblauen Gewässers. Am anderen Ufer plätscherte der Wasserfall seine Grundmelodie über die exotische

Dämonen im Kopf

Symphonie des Regenwaldes. Das Grün der üppig wuchernden Pflanzen bildete einen lebendigen Kontrast zum grauen Himmel. Die Wolken hingen tief; bald würde es regnen. Hiltjas T-Shirt klebte allerdings jetzt schon an ihrem Körper – kein Wunder, denn es war schwülwarm hier.

Thor lächelte zu ihr herab. „Das solltest du lieber ausziehen, meinst du nicht?"

„Hast du Sorge, dass es wieder mit mir im See landet und nass wird wie beim letzten Mal?"

Kokett zog sie das Shirt über ihren Kopf und ließ es neben sich in den Sand fallen.

„Ja, das wäre doch ärgerlich." Er ließ seinen Blick lüstern über ihren BH gleiten. „Der ist auch überflüssig, finde ich."

„Soso, findest du das?", flüsterte sie mit belegter Stimme.

„Absolut!"

Thor zog sie in seine Arme, öffnete den Verschluss und entblätterte ihre Brust mit sichtlicher Vorfreude. Er ließ das Kleidungsstück auf ihr Shirt fallen und trat einen halben Schritt zurück. Dann streichelte er mit sanften Händen ihre Taille entlang nach oben.

Hiltja hatte das Gefühl, jemand würde warme Milch über ihre Haut gießen, so behutsam war seine Berührung. Sie seufzte genießerisch.

Das Geräusch zauberte ein Lächeln auf seine Lippen. Er wusste ganz genau, was er da tat. Während Thors Blick auf ihrem Gesicht ruhte, wanderten seine Finger weiter hoch. Fast schon unschuldig strichen sie außen an den Rundungen der jungen Frau entlang.

Hiltja zerfloss förmlich unter seinen Händen. Ihre Brustwarzen reckten sich ihm neckisch entgegen und ein heißes Sehnen steckte ihre Mitte in Brand.

„O Gott, Thor! Ich will so viel mehr von dir!"

„Ja, das sehe ich."

Sie stöhnte und er weidete sich an ihrer Lust, bis seine Aura flirrte.

„Ich bin für Chancengleichheit", raunte sie, trat näher und schob den Saum seines Shirts hoch. *„Los! Ausziehen, Herr Soldat."*

„Zu Befehl!"

Er grinste und entblößte seinen Oberkörper in einer fließenden Bewegung.

Kein Zweifel, Thor erregten diese Spielchen.

„Jetzt bin ich dran", wisperte Hiltja und legte ihre Fingerspitzen auf seine Schultern. Hauchzart zeichnete sie die Konturen seiner Muskeln nach, was bei ihm trotz der Wärme für eine Gänsehaut sorgte.

Er stöhnte, legte den Kopf in den Nacken und schloss die Augen.

„Mehr!"

Sein Verlangen heizte das ihre weiter an, sodass Hiltjas Finger zitterten. Zärtlich umkreiste sie seinen Bauchnabel und tastete sich weiter nach unten Richtung Hosenbund vor.

„Bei der Sphäre!", keuchte Thor und packte ihre Handgelenke. Seine Aura bebte und seine Augen funkelten dunkel vor Leidenschaft, als er zu ihr herabstarrte. *„Du bringst mich um den Verstand."*

Sein Atem ging stoßweise. Hilflos schloss er die Lider und presste die Kiefer aufeinander. Seine Miene wirkte angespannt. Er kämpfte um Selbstbeherrschung.

Und er verlor, das konnte Hiltja spüren.

„Verdammt!", knurrte Thor, schubste sie unsanft in den Sand und sprang selbst rückwärts.

Buff!

Er verwandelte sich. Das Seewasser spritzte und verpasste Hiltja eine lauwarme Dusche.

Triefend stand sie am Strand und hielt die Luft an. Gleich kam das, was sie am meisten hasste.

Wusch!

Eiseskälte schoss durch den mächtigen Drachenkörper und ließ ihn erzittern. Thor fauchte gequält.

Hiltja sah ihm an, dass er am liebsten laut lostrompetet hätte, so schmerzhaft fraß sich der Frost durch seine Adern.

Warum? Warum werden wir davon heimgesucht?

Resigniert wischte sie sich den Sand von den Händen und ergab sich

den Bildern, die nun unweigerlich ihren Kopf überschwemmten: Sonnenstrahlen fielen verspielt durch das Blattwerk von maigrün belaubten Buchenästen und malten schillernde Muster auf die spiegelnde Wasseroberfläche eines Waldsees. Ein murmelnder Bach und Lichtfächer im Frühnebel.

Argh!!! Wo bist du bloß, du verfluchter See?!

Darauf erhielt Hiltja natürlich keine Antwort. Stattdessen öffnete der tropische Himmel seine Schleusen und ertränkte den Frust von Drache und Mensch in einem sintflutartigen Regenguss.

***

Dieser bekloppte Waldsee lässt mich einfach nicht in Frieden!

Nein, im Gegenteil. Ihre Unruhe nahm mit jedem Tag zu.

Hiltja schnaufte und wälzte sich neben Thor auf die andere Seite. Wenn ihr Donnergott nicht neben ihr im Bett lag, fand sie gar nicht mehr in den Schlaf. Aber auch so hatte sie dunkle Ringe unter den Augen.

Verflixt! Was stimmt nicht mit mir?

Dumpf erinnerte sie sich daran, dass sie als Kind furchtbare Albträume gehabt hatte. Worum es in ihnen gegangen war, konnte sie nicht mehr sagen, sie wusste nur, dass jeder Horrorfilm dagegen blass gewirkt hatte.

Erneut wucherte die Sehnsucht nach dem Waldsee in ihrem Inneren und neben dieser der absurde Wunsch, ganz allein zu sein.

Meine Herren! Vielleicht sollte ich mich doch in eine Irrenanstalt einweisen lassen.

Hiltja stöhnte genervt.

„Na", brummte Thor neben ihr, „kannst du nicht schlafen?"

Seine Hand strich mitfühlend über ihren Rücken.

„Nee. Der See geistert schon wieder in meinem Kopf herum."

Ihr Donnergott grinste müde. „Unser See in den Tropen oder der andere?"

„Beide!", jammerte Hiltja.

„Oha!"

„Du sagst es." Sie setzte sich im Bett auf. „Das mit dem Pennen kann ich für diese Nacht vergessen. Ich stehe auf."

Sie beugte sich über ihn und hauchte ihm einen Kuss auf die Wange. „Schlaf du noch ein bisschen."

„Ach, Schlaf wird überbewertet", schmunzelte Thor. In seinen Augen glomm Begierde auf. „Wir könnten zum See fliegen …"

„Pfft! Bist du etwa scharf auf ein Bad im Packeis?"

„Vor dem Eis kommt erstmal die süße Hitze", wisperte er rau. „Die wiegt das Packeis locker auf."

Hiltja war sich da nicht so sicher. „Ich weiß nicht … beim letzten Mal hatte das was von Sadomaso."

„Wir Krieger sind hart im Nehmen", behauptete Thor und zwinkerte ihr zu. „Wir könnten aber auch gemeinsam in die Küche gehen und ich koche dir etwas." Er lächelte sie an. „In den letzten Tagen hast du kaum gegessen."

„Ich habe einfach keinen Hunger."

„Ach, komm! Ein Pfannkuchen mit Zimtzucker geht immer."

Stimmt.

Gegen ihren Willen musste sie grinsen. „Okay, jetzt hast du mich."

Zehn Minuten später stand Thor spärlich bekleidet mit Schlafshorts und der Blümchenschürze am Herd und erhitzte einen Klacks geklärte Butter in der Pfanne.

Hiltja beobachtete ihn vom Küchentisch aus. Bei anderen Männern würden die Klamotten lächerlich wirken, aber er sah darin ziemlich heiß aus.

Ich sollte ehrlich zu mir sein. Er sieht immer zum Anbeißen aus, egal, was er trägt!

Um auf andere Gedanken zu kommen, fragte sie: „Sag mal, hast du seit dem Tunneldebakel eigentlich noch mal was von Oxa gehört?"

„Nein." Er warf ihr einen kurzen Blick über die Schulter zu. „Sie hat nicht auf meine Nachrichten reagiert."

„Oh!" Damit hatte Hiltja nicht gerechnet. „Und jetzt?"

„Ach, das wird schon wieder …"

Thor wandte sich scheinbar konzentriert dem Kochgeschirr zu, doch sie konnte seinem nackten Rücken die Anspannung ansehen.

„Sie ist ernsthaft verstimmt, habe ich recht?"

„Wahrscheinlich."

Er goss eine Kelle Teig in die Pfanne und verteilte ihn durch Hin- und Herschwenken auf dem Boden.

Mist. Was wird ohne Oxa aus dem Plan, Piet unschädlich zu machen?

Hiltja schluckte ihre selbstsüchtige Frage herunter. Trotzdem wurde ihr mulmig zumute. Der See war nicht ihr einziges Problem.

Als hätte Thor ihre abgeschirmten Gedanken erraten, schenkte er ihr ein Lächeln.

„Mach dir bitte keine Sorgen, Schneewittchen. Alex hat versprochen, mit Oxa zu reden."

„Alex? Das ist gut."

„Ja, das finde ich auch."

Er guckte zur Küchenuhr. „Mein Kamerad sitzt in diesem Moment im Quartier der Goldenen. Mal sehen, was dabei herauskommt."

***

Oxana empfing selten Besucher in ihrem Quartier in der Zitadelle der Goldenen, denn ihre Räumlichkeiten waren nicht gerade repräsentativ. Tatsächlich waren sie erbärmlich. Ihre Unterkunft lag nämlich am äußeren Rand des Höhlenkomplexes im Hochgebirge und der eisige Himalaya-Wind pfiff unablässig durch die Ritzen im Gestein. Die Goldene unterdrückte ein unwilliges Schnaufen.

Alexan wollte sich partout nicht abwimmeln lassen. Selbst schuld! Jetzt hockt er hier und schaut sich um. Bah, ich weiß! Sein Quartier ist viel bequemer …

Ihre Mitschülerinnen lästerten stets: An der Qualität der Behausung erkennt man die Begabung des Bewohners.

Ha! Meine Räume sagen alles.

Oxana seufzte. Sie war abgeschweift und hatte verpasst, womit der kleine Weiße sie in der letzten Minute vollgetextet hatte. Missmutig wandte sie ihre Aufmerksamkeit wieder dem Besucher zu.

„*... auch nicht perfekt, Oxa. Sieh mal, seine Blendgranate zum Beispiel hat gar keinen Ton gemacht! Dabei weiß jeder Mensch, dass diese Dinger bei der Zündung einen höllisch lauten Knall erzeugen!*"

„*Jeder Mensch?*", spottete die Goldene. „*Thor ist kein Mensch.*"

„*Stimmt*", erwiderte Alexan, „*doch er ist ein roter Krieger. Ich Schusselchen ging fälschlicherweise davon aus, dass er sich mit all diesen Kampfutensilien auskennt. Ich dachte, er wüsste das mit dem Knall. Hat er aber offensichtlich nicht. Bin ich deswegen sauer?*"

Er legte seinen Kopf schief und guckte sie an, beantwortete seine Frage im folgenden Moment allerdings selbst: „*Nein, bin ich nicht. Ich bin vielleicht ein bisschen enttäuscht, aber ich bin* nicht *sauer! Weißt du, es war mein Fehler. Beim nächsten Mal muss ich eben vor der Ausführung des Plans präziser sein. Und damit kommen wir zum Punkt, Oxa. Du bist ... öhm ... sehr sparsam mit Informationen.*"

Stille – nur der Wind pfiff seine Melodie.

Die Schieflage des weißen Kopfes verstärkte sich. „*Warum ist das so?*"

„*Warum ich »sparsam« mit Informationen bin?*"

Er nickte.

Oxana rollte mit den Augen. „*Weil sie gegen mich verwendet werden können! Liegt das nicht auf der Hand?*"

Das war einer der ersten Lehrsätze, den ihre Mentorin ihr eingebimst hatte. Die Weißen lernten das offenbar nicht, denn Alexan runzelte verwirrt die Stirn.

„*Gegen dich verwendet? Von wem das denn?*"

„*Na, von allen!*", fauchte sie arrogant. „*Und selbst wenn sie das nicht tun, machen sich meine Schwestern über meine Ideen lustig, sodass ich bei der Umsetzung nervös werde und später die Hälfte vermassle. Nein, nein, ich halte meine Geistesvorhänge lieber geschlossen, Alex!*"

Dämonen im Kopf

„So garstig würden Thor und ich nie sein, ehrlich! Und Luna erst recht nicht."

Das Gesicht des Weißen war regelrecht entsetzt, dann wurde es weich. *„Dir hat unser Einfall mit den Dragons-Dream-Drogen doch gut gefallen, oder?*

Oxana nickte widerwillig, woraufhin der Kleine strahlte.

„Thor, Schneewittchen und ich haben gemeinsam *dran gefeilt. So konnten wir die Schwächen der Rohfassung ausmerzen. Nur deswegen hat es wie am Schnürchen geklappt – ähm … mal abgesehen von der Tatsache, dass das Löschen der Überwachungsaufnahmen fast in die Binsen gegangen wäre!"* Er verzog peinlich berührt sein Maul. *„Mein Freund Benan weiß nämlich gar nicht, wo ihm der Kopf steht vor lauter Arbeit."*

„Aha", machte sie desinteressiert.

Alexan verstand den Wink nicht. Er schaute ernst zu ihr auf. *„Ja! Die Wölfe befürchten, dass der Angriff der Dämonen unmittelbar bevorsteht. Alle Gefährten müssen helfen, nach dem Ausgang des jungfräulichen Tors zu suchen. Als Naira mitbekommen hat, dass Benan sich um meinen Kram kümmert, hat sie ordentlich mit ihm geschimpft. Und mich rausgeschmissen. Heieiei! Wäre sie fünf Minuten eher gekommen, hätte ich echt ein Problem an den Langschuppen gehabt."*

„Siehst du, Alex!" Oxana schürzte ihre Lippen. *„Wenn das schiefgegangen wäre, wären Thor und Schneewittchen garantiert nicht begeistert gewesen."*

„Nee, vermutlich nicht!", stimmte er zu. *„Aber sie hätten mir mein Versagen auch nicht übelgenommen. Das hätte ja eh nichts gebracht. Nein, wir hätten gemeinsam nach einer Lösung gesucht."*

Er lächelte so vertrauensvoll, dass der Goldenen ein klebriger Schauer über den Rückenkamm lief.

„Weißt du, Oxa, gemeinsam sind wir viel stärker und vor allem deutlich effektiver! Aber dafür müssen wir miteinander reden."

Daher wehte also der Wind. Oxana schüttelte ärgerlich den Kopf und

ihre Halskrause raschelte. *„Reden ist gut und schön! Trotzdem hätte Thor mich nicht so hängen lassen dürfen. Wo bleibt seine Dankbarkeit? Wir tun das doch alles bloß für ihn!"*

„Das tun wir." Alexan schmunzelte. *„Und für Schneewittchen! Thor würde dasselbe für uns tun."*

„Für mich sicher nicht!", schnaubte Oxana. Für sie hatte noch nie jemand etwas ohne Gegenleistung getan. Im Gegenteil, die anderen Schülerinnen ihrer Mentorin hatten sie stets reingeritten, um selbst besser vor Dranija dastehen zu können.

„Doch, auch für dich!", widersprach Alexan. *„Er ist ein roter Krieger, aber vor allem ist er unser Freund. Auch deiner, Oxa."*

„Pah! Davon habe ich im Tunnel nichts gemerkt."

Der Weiße lächelte milde. *„Deswegen möchte ich ja, dass wir unsere Pläne vorher durchsprechen. Hätten wir das am Freitag getan, hätte Thor dir einen Gegenvorschlag unterbreiten können."*

Er seufzte. *„Weißt du, wir sind vielleicht nicht die Begabtesten unserer Rassen, aber wir sind ein Team. Wenn wir einander vertrauen, können wir die Stärken der anderen nutzen, als wären es unsere eigenen."*

„Ach ja?"

Innerlich verdrehte Oxana ihre Augen. Die Gutgläubigkeit der Weißen kannte keine Grenzen.

„Ja!" Alexan nickte begeistert. *„Aber dafür müssen wir die Grenzen der anderen respektieren. Kein roter Krieger wird ehrlos handeln. Ebenso wenig wie eine Goldene aus freien Stücken eine vorteilhafte Position aufgeben oder ohne Not Fehler einräumen würde, nicht wahr?"* Jetzt zwinkerte er. *„Das ist einfach nicht euer Ding, Oxa. Und das ist okay. Wir mögen dich trotzdem. Du gehörst zu uns!"*

Oxana hob skeptisch die Augenwülste. *„Jetzt wohl nicht mehr. Immerhin bin ich abgehauen und habe euch da unten sitzen lassen."*

„Ach, das kannst du ja nächstes Mal besser machen." Alexan grinste. *„Wir sind Himmelsechsen. Wir alle liegen mit unseren Entscheidungen mal daneben. Blöde ist bloß der, der einen Fehler zweimal macht."*

Dämonen im Kopf

„Also DAS versuche ich schon zu vermeiden!", spottete Oxana. Eine Goldene vergaß das Fehlverhalten anderer niemals. *Alex versteht nicht, wie es in dieser Zitadelle jahrhundertelang zugegangen ist. Ich muss deutlicher werden.*

Sie schaute sich um und schnaubte sarkastisch: *„Zum Beispiel werde ich mich nie wieder durch einen Pseudo-Hilferuf einer Mitschülerin ablenken lassen, wenn die Verteilung der Quartiere ansteht. Dann kommt nämlich so etwas dabei heraus! Helfen schadet der Gesundheit!"*

„Oh!" Überrascht hob der Weiße die Brauen. *„Gefällt dir dein Quartier nicht?"*

„Mal ehrlich, Alex, welche Himmelsechse mag es schon zugig?!"

„Aber du hast immer betont, dass du den frischen Wind liebst!"

„Klar", grummelte Oxana. *„Das war gelogen, damit die anderen mir nicht unter die Nüstern reiben können, dass sie gewonnen haben."*

Alexan legte den Kopf schief. *„Also stört dich der Wind?"*

„JA-A!"

„Das ... kann man mit Magie leicht ändern."

Interessiert betrachtete der Kleine die Wände.

„Mag sein", erwiderte Oxana. *„Allerdings sind permanente Luftschilde ziemlich flüchtig. Ich beherrsche die nur leidlich."*

Sie musste sich zusammenreißen, weil ihre Resignation drohte, aus ihrem Herzen nach außen auf ihre Miene zu schwappen.

„Dann nimm doch Eis", schlug Alexan vor. *„Hier im Hochgebirge ist es kalt und Wasser müsstet ihr ausreichend haben."*

„Eis?" Darüber hatte Oxana noch nicht nachgedacht. *„Mit Eis kenne ich mich genauso mies aus."*

„Aber ich dafür umso besser!" Stolz ringelte der Weiße seinen Schwanz empor.

Schweigen.

Alexans Kopf geriet schon wieder in Schieflage. *„Du bittest nicht gern um Hilfe, oder?"*

„Natürlich nicht!", schnappte sie. *„Das ist ein Zeichen für Dummheit,*

Schwäche oder Inkompetenz. "

„Hä? Warum das denn? "

„Oah, warum wohl?! ", stöhnte Oxana. *„Weil man damit offenbart, dass man nicht dazu in der Lage ist, es allein zu tun! "*

Er schüttelte seinen schiefen Kopf. *„Ein Zeichen von Dummheit ist so etwas sicher nicht. "*

Pause.

Alexan lächelte versonnen.

Der Kleine lässt mich zappeln. Frechheit!

Dennoch überwog die Neugier der Goldenen. *„Klär mich auf! Warum soll das bitte kein Zeichen von Dummheit sein? "*

Nun grinste Alexan und Oxana wurde das Gefühl nicht los, dass er sie gezielt auflaufen ließ. *Für einen Weißen agiert er ganz schön zielgerichtet!*

„Um Hilfe zu bitten ist ein Zeichen von Intelligenz und Stärke ", erklärte er. *„Es beweist, dass man sich seiner Grenzen bewusst ist. Grenzen hat jeder, Oxa, das ist keine Schande. Sie liegen nur bei jedem woanders. "*

Damit hatte der kleine Klugscheißer zweifellos recht.

Warum nehmen wir Goldenen eigentlich nie diesen Blickwinkel ein?

Egal. Oxana rang sich ein Lächeln ab. *„Würdest du mir denn helfen ... mit einem Eiszauber? "*

Alexan strahlte. *„Sehr gern! Wir brauchen nur ... hmm ... ich schätze ... "*, sein Blick huschte die Wände entlang, *„drei Kubikmeter Wasser. Das sollte genügen. Und du musst mir erlauben, die Magie gemeinsam mit dir zu weben. "* Er kicherte. *„Allein kriege ich nur den Spalt dort drüben verschlossen und das bringt dir nichts. "*

***

Eine halbe Stunde später war es totenstill im Quartier der Goldenen. Kein Pfeifen – nicht das kleinste Lüftchen regte sich mehr. Stattdessen breitete sich eine angenehme Wärme aus und hier und da reflektierte

Dämonen im Kopf

das Eis in den Wänden den Lichtzauber.

„Diese Magie ist obendrein noch hübsch!" Oxana schmunzelte und die Wärme des Raumes schlich sich ungefragt in ihr Herz.

„Nicht wahr?", schwärmte Alexan. *„Jetzt hast du es für ein paar Monate muschelig gemütlich. Wenn es wieder anfängt zu ziehen, sag mir Bescheid, dann erneuern wir die geschmolzenen Eispartien. Einverstanden?"*

Oxana betrachtete den Weißen nachdenklich. Er schien dieses Angebot wirklich ernst zu meinen. Verrückt, dass er dafür keine Gegenleistung erwartete.

„Das werde ich tun." Sie verneigte sich vor ihm. *„Danke, Alex."*

„Och, das ist nicht der Rede wert!", winkte er mit einer Schwinge ab.

„Doch, das ist es", widersprach sie. *„Bei dem Zauber hast du deinen Geist mit mir geteilt. Unsereins betrachtet das als Risiko."*

„Ich nicht." Alexan zwinkerte. *„Ich vertraue dir, Oxa. So war es viel leichter. Und deine Energie hätte ich eh benötigt."*

„Du bist erstaunlich." Oxana schüttelte den Kopf. *„Ich habe noch nie jemanden wie dich zaubern sehen. Du hast mir gezeigt, was ich tun muss und mir über die schwierigen Stellen hinweggeholfen – meine Mentorin macht das nie."*

„Das sagen Thor und Luna auch immer. Offenbar gehört das zu meinen Talenten." Er kicherte. *„Weißt du, das meine ich mit »Mach das Beste aus dem, was dir ins Ei gelegt wird!« Wenn man astralschwach ist, muss man sich eben zu helfen wissen. Ohne Vertrauen und Offenheit komme ich nicht weit."*

„Vertrauen und Offenheit also ..."

Oxana seufzte, dann nickte sie langsam.

„Na gut. Ich werde es damit versuchen. Lass uns meinen Plan bezüglich Piet gemeinsam mit Thor und Luna durchsprechen. Vielleicht finden wir eine Möglichkeit, meine Ideen mit ihren »Grenzen« in Einklang zu bringen."

***

Hiltja rutschte auf ihrem Küchenstuhl herum und schob den Teller weg. „Uff. Danke! Das war lecker, aber ich kann einfach nicht mehr."

Thor hob eine Braue. „Du bist schon satt?" Er starrte auf den Pfannkuchenberg, der sich neben einem Schokonikolaus auf dem Teller zwischen ihnen auftürmte. „Das kann nicht sein. Du hast bloß einen von diesen Fladen gegessen. Das reicht gerade mal für einen hohlen Zahn."

Sie zuckte mit den Schultern. „Als Kind habe ich mindestens drei davon gegessen, aber heute ... ich ... mein Magen ist wie zugeschnürt."

„Warum?"

Er griff nach ihrer Hand. „Es ist doch alles gut, Schneewittchen. Niemand wird dir etwas tun. Ich passe auf dich auf."

„Das ist es nicht. Ich bin einfach nervös!" Hiltja lächelte ihn gequält an. „Es ... es fühlt sich an, als würde mir die Zeit davonlaufen."

Sie blickte zur Küchenuhr auf, deren langsam tickende Zeiger in krassem Widerspruch zu ihrer inneren Unruhe standen. Würde es nach ihrem Gefühl gehen, müssten die Zeiger sich schwindelig drehen. Stattdessen war es gerade mal zwanzig nach vier.

„Es wird alles gut, Schneewittchen!" Thor streichelte zärtlich ihre Hand. „Selbst wenn Oxa uns nicht helfen möchte, bekommen Alex und ich das mit Piet hin. Dieser Mensch wird weder dir noch deinen Lieben ein Leid zufügen, das schwöre ich dir bei meiner Ehre. Du musst dir wirklich keine Sorg..."

„Das weiß ich doch!" Hiltja entzog ihm ihre Hand und sprang auf.

Betroffen schaute er zu ihr hoch.

„Entschuldige." Sie warf ihm einen zerknirschten Blick zu.

Im Haus und auf der Straße war es totenstill – ganz wie es sich für eine Nacht von Samstag auf Sonntag gehörte.

„Oh Mann, Thor! Diese Ruhe macht mich verrückt."

Hilflos zog sie ihre Gedankenvorhänge auf, damit er verstand, was in ihr vorging. Prompt wogte ein Gemisch aus Emotionen und Bildern durch ihren Geist.

„Ich komme mir vor wie auf der Flucht! Helfen kann mir nur dieser bekloppte Waldsee. Und den gibt es nicht! Am liebsten würde ich

Dämonen im Kopf

wegrennen. Allein. "

„*Ja, das sehe ich.* "

Thor stand auf und zog sie sanft in seine Arme. „*Ich fürchte allerdings, dass des Nachts allein durch Hamburg zu rennen keine gute Idee für eine holde Maid wie dich ist. Ich ...* "

Pling!

Das Geräusch kam aus Paulas Zimmer.

„Ups!" Er räusperte sich. „Ich muss gestern vergessen haben, den Ton bei meinem Telefon abzuschalten. Das könnte eine Nachricht von Alex sein."

Zärtlich hauchte der Donnergott einen Kuss auf ihre Haare, schob sie ein Stückchen von sich fort und blickte ihr in die Augen. „Was meinst du, Schneewittchen, wollen wir nachgucken, was er geschrieben hat? Vielleicht haben wir ja schon ein Problem weniger."

Er zwinkerte verschmitzt.

Hiltja ahnte, dass weder Alex noch Thor die Ursache ihrer Rastlosigkeit bekämpfen konnte, trotzdem nickte sie. „Ein Problem weniger hört sich gut an."

Thor strahlte. „Das ist mein Mädchen! Ich hole kurz das Gerät."

Bevor er in die Küche zurückkehrte, trafen weitere Nachrichten ein.

„Ha! Ich hatte recht!" Triumphierend hielt er ihr das Display unter die Nase. „Dein Manager ist so gut wie erledigt."

04:23

Alex:

> Salve! Oxa und ich würden mit euch gern den Plan zwecks Ausschaltung von Schlangenzunge besprechen. Wann passt es euch?

Hiltja schaute zu Thor auf. „Schlangenzunge? Ist Piet damit gemeint?"

Ihr Donnergott nickte grinsend. „Passt prima, oder? Wir Roten stehen auf Beinamen."

„»Schlangenzunge« trifft den Nagel auf dem Kopf."

Sie fröstelte. Bevor sie die anderen Nachrichten lesen konnte, streifte ihr Blick den Gruppennamen. „Oh! Echt jetzt? »Wir retten Thors Menschlein«!"

„Äh ... ja." Er kratzte sich am Kinn. „Den Namen hat Oxa vergeben. Tschuldige."

„Ach was!" Hiltja kicherte. „Die wissen offenbar schon länger, dass du auf mich stehst."

„Öhm ... das ... könnte man so sagen. Ich konnte es nicht lange verheimlichen." Verlegen verzog er den Mund. „Alex behauptet, dass ich von Anfang an ziemlich ... kompromisslos war, wenn es um dich ging."

„Kompromisslos? Aha." Sie lachte und für einen Moment löste sich die Unruhe in ihrem Bauch auf. „Du bist süß, Herr Krieger, weißt du das?"

„Süß? Ich bin ein roter Soldat!" Er runzelte die Stirn. „Wir sind so einiges, aber garantiert nicht *süß*!"

„Süß ist super für den Mann, den ich liebe."

Hiltja stellte sich auf die Zehenspitzen, zog seinen Kopf zu sich herab und drückte ihm einen Kuss auf die Wange.

„In dem Fall ist süß akzeptabel", erwiderte er stumm und sog den Duft ihrer Haare ein. Mit der freien Hand streichelte er über ihren Rücken.

Pling!

Das Handy vibrierte zwischen ihnen.

Pling!

Pling!

„Oha! Da ist ja reichlich was los in deiner Gruppe", seufzte sie und gab ihn frei. „Ich war eh noch nicht fertig mit Lesen."

Thor grunzte unwillig, entsperrte jedoch das Display und hielt es ihr hin.

Hiltja stutzte. Erst jetzt fiel ihr auf, dass alle Texte auf Latein verfasst waren.

Hmm. Das liest sich wie Deutsch!

Dämonen im Kopf

Luna:

> Salve! Treffen klingt wunderbar! Falls es euch sofort passt, könnte ich sogar für eine Viertelstunde dazukommen – ich habe gerade Pause.

04:24

Alex:

> Perfekt! Ort wie immer?

04:24

Oxa:

> Wo denn sonst?

04:24

Luna:

> Bin schon auf dem Weg.

04:27

Oxa:

> Bei der Sphäre, Thor! Hör auf, dich schlafend zu stellen!

> Die Haken sind blau – also haben alle diese Nachricht gesehen. Beweg deinen schuppigen Hintern in den Regenwald!

> Zack, zack. Wir warten hier nur auf dich!

Hiltja sah besorgt zu Thor auf. „Oje! Oxa ist wohl doch noch sauer."
„Nein, nein, das täuscht. Oxa ist bloß engagiert." Er grinste. „Wäre sie sauer, hätte sie gar nichts geschrieben."
Er drehte das Gerät, sodass er tippen konnte, und antwortete.

04:28

Thor:

> Ich bin so gut wie bei euch.

Dann betrachtete er sie nachdenklich. „Möchtest du vielleicht mitkommen? Oder soll ich die anderen hierher einladen?"

„Ich soll dabei sein?" Hiltja schluckte.

„Immerhin geht es um dich." Er schenkte ihr ein Lächeln. „Außerdem müsstest du nicht allein bleiben und Luna könnte mal einen Blick auf dich werfen ..."

„Ich weiß nicht."

Hiltja erinnerte sich lebhaft an die Begegnung mit Oxa im Tunnel. Die Aussicht, der Goldenen erneut gegenüberzutreten, machte ihr Angst.

Und was, wenn diese Luna noch schlimmer ist?

Das mulmige Gefühl in ihrem Bauch quoll auf und ihre innere Stimme protestierte vehement gegen ein Treffen. Schnell schüttelte sie ihren Kopf. „Nein, lass mal. Ich bleibe lieber allein in meiner Bude."

„Bist du sicher?"

„Ja! Das ist okay für mich."

Skepsis legte sich auf seine Miene, doch Thor nickte. „Also gut. Ich werde mich beeilen."

„Danke."

„Jederzeit!" Er beugte sich zu ihr herab und hauchte ihr einen keuschen Kuss auf die Lippen.

Hiltja lächelte. Sie liebte ihren Donnergott, aber ein Teil von ihr konnte es kaum erwarten, dass er endlich die Wohnung verließ. Es fühlte sich an, als wäre sie eingesperrt und jemand würde ihr anbieten, die Käfigtür zu öffnen.

Meine Herren, ich bin echt bescheuert! Obwohl ... Thor und ich waren seit dem Zwischenfall im Park ununterbrochen zusammen. Das ist zehn Tage her. Vielleicht brauche ich ja einfach mal eine Pause?

Fünf Minuten später wusste sie, dass dem nicht so war.

Pläne, Countdown und eine große Leere

Nachdem Thor die Wohnung verlassen hatte, befüllte Hiltja den Wasserkocher, um sich einen Tee zu machen. Das mit dem Schlafen konnte sie ohnehin vergessen. Diese Nacht würde lang werden.

Trotzdem läuft die Zeit viel zu schnell!

Rastlos trug sie den Pfannkuchenberg zur Arbeitsfläche herüber und holte sich Himbeerkonfitüre aus dem Kühlschrank. Dann begann sie, die dünnen Fladen mit der Marmelade zu bestreichen und aufzurollen. So schmeckten die Pfannkuchen auch noch prima, wenn man sie später in der Mikrowelle aufwärmte.

Im Gegensatz zu mir hat Thor immer Hunger. Er will garantiert was essen, sobald er zurückkommt.

Im Wasserkocher brodelte es. Hiltja wollte gerade ihren Lavendeltee aufgießen, da schnappten Fangzähne aus dem Nichts nach ihrer Schulter und ein Spieß durchstieß von hinten ihren Rücken.

Sie keuchte, der Wasserkocher rutschte aus ihrer Hand.

Entsetzt starrte Hiltja auf die grob gezackte, schwarze Spitze, die eine Armlänge aus ihrem Brustkorb herausragte.

Sie haben mich!

Krallen gruben sich in das Fleisch ihrer Oberarme und Tentakel wanden sich wie Schlangen um ihre Beine.

O Gott, die Dämonen haben mich!

Hiltja konnte sich nicht rühren, ja, nicht einmal schreien. Ihr Körper gehorchte ihr nicht mehr.

Die Küche verdunkelte sich um die junge Frau herum. Plötzlich stand sie in einer felsigen Gewölbekammer und schaute in einen Spiegel, der frei im Raum schwebte.

Das muss Magie sein.

Ein junger Mann blickte ihr entgegen. Seine Haut war blass, dunkle Ringe lagen unter seinen Augen und auf seinen Kopf saß …

… eine KRONE!

Hiltja wollte ihre Augen aufreißen, aber stattdessen lächelte sie ihr Spiegelbild an und drehte ihr Haupt würdevoll hin und her. Die unzähligen Diamanten des Schmuckstücks funkelten im Schummerlicht und in ihrer Miene leuchtete diabolischer Wahnsinn.

Aber … das bin nicht ich!

Panik rauschte durch ihren Körper, neben dem nun der Teufel persönlich auftauchte und sich huldvoll vor ihr verneigte.

Jetzt schrie sie doch.

Spiegelbild, Satan und Gewölbekammer verschwammen und im nächsten Moment stand Hiltja wieder in ihrer WG-Küche.

O Gott! Was war das?!

Sie wankte.

In ihrem Nacken lauerte das Grauen. Hilflos irrte ihr Blick durch den Raum. Da war nichts. Weder Krallen noch Tentakel und erst recht kein Spieß, der sich durch ihre Brust bohrte.

Das gestaltlose Grauen nahm zu und paralysierte die junge Frau. Näher und näher pirschte es sich an sie heran.

Hiltja wusste, was jetzt kam. Sie wimmerte, doch Madame Vouh

Pläne, Countdown und eine große Leere

kannte kein Erbarmen und ließ das Dämonenheer von der Kette.

Fort! Ich muss fort!

Ihre Füße bewegten sich nicht einen Millimeter. Die dunklen Kreaturen brachen über Hiltja herein, rissen sie mit sich und ließen sie tausend Tode sterben. Die junge Frau wurde zerfetzt, verschlungen, erwürgt oder von giftiger Säure zerfressen.

Wieder und wieder und wieder!

Kein Phönix stieg auf.

Kein Licht leuchtete.

Nicht einmal der Karfunkel verbreitete seinen violetten Schimmer.

Wir sind verloren.

Hiltjas Körper brannte. Finsternis senkte sich über sie, aber plötzlich stoben Drachen über den Himmel.

Helft uns! Ich weiß, wie mächtig ihr seid!

Die Himmelsechsen stürzten sich in den Kampf und mähten zahllose Monster nieder. Doch es reichte nicht. Gegen das dämonische Heer hatten auch die Drachen keine Chance. Es war einfach zu gigantisch.

Unsere Welt ist verloren!

Tod um Tod peinigte Hiltja, bis sie keine Kraft mehr hatte.

Ich kann nicht mehr. Macht mit mir, was ihr wollt!

Endlich wurden die Bilder blasser und das Gemetzel leiser.

Dann war alles schwarz und still.

***

Hiltja schlug die Augen auf. Sie lag in ihrer WG-Küche auf dem Fußboden neben dem umgekippten Wasserkocher.

Uh! Hier ist alles nass.

Prompt kehrten die Erinnerung zurück: Dämonen, Drachen und der Tod. Überall nur Tod!

Madame Vouh hat mich überfallen!

Zitternd rappelte sich Hiltja auf. Die Pfütze, in der sie gelegen hatte, war kalt.

Wie lange ...?

Ihr Blick zuckte zur Wanduhr. Gleich war es fünf. Die alte Zigeunerin hatte sie ausgeknockt.

Das letzte Mal ist eine Weile her.

Eigentlich hatte sie gehofft, dass die Monsteralbträume der Vergangenheit angehörten, doch da hatte sie sich getäuscht.

Stöhnend rappelte sie sich hoch und ignorierte das Pochen in ihrem Schädel – das kannte sie deutlich schlimmer.

Aber die Bilder nicht!

Hiltja fröstelte.

So furchtbare Dinge hat mir die alte Zigeunerin vorher noch nie gezeigt.

Die Zeit lief ab, keine Frage. Sie musste einen See finden, den es nicht gab. Sofort!

Ein hysterisches Lachen rollte Hiltjas Kehle hinauf und in ihrem Nacken pirschte sich erneut das Grauen heran.

Hilflos umklammerte die junge Frau die Arbeitsplatte und ließ die nun durchscheinenden Dämonenangriffe über sich ergehen.

„Ich hab's kapiert, Madame Vouh!", wisperte sie.

Es wird eng für uns. Ich darf nicht aufhören, nach dem See zu suchen. Verstanden! Wie viel Zeit habe ich noch?

Die Zigeunerin schwieg.

Hiltja seufzte. Sie brauchte Antworten, also wandte sie einen Trick an.

Los, zeig mir den Weihnachtsbaum meiner Eltern für dieses Jahr.

Ein Rieseln prickelte durch ihren Körper. Für eine Sekunde sah sie, wie ihr Vater rote und goldene Kugeln in einem Tannenbaum verteilte und ihre Mutter die Zweige mit silberweißem Lametta behängte, doch im nächsten Moment verschwand der Baum. Stattdessen grinste sie nun ein Teufel an.

Ich kriege dich!, zischte die Kreatur und leckte sich genüsslich die Lippen, wobei sie einen Haufen spitzer Zähne entblößte.

„Nein!", keuchte Hiltja. Sie taumelte rückwärts. Ihre Eltern

Pläne, Countdown und eine große Leere

schmückten den Baum immer am dritten Advent, das war Tradition im Hause Hinnerksen. Ängstlich schaute sie auf den Küchenkalender.

Heute ist Sonntag, der 10. Dezember. Wir haben den zweiten Advent. O Gott! Noch sieben Tage. Oder weniger!

Kein Wunder, dass sie dermaßen rastlos war. Hiltja schloss die Augen und konzentrierte sich.

Zeig mir, wie sie den Baum kaufen, Madame Vouh!

Das taten ihre Eltern in der Regel am Mittwoch davor.

Ein Rieseln, dann präsentierte die Zigeunerin Gunnar und Claudia auf dem Weihnachtsmarkt in Heide, jeder mit einem Becher Punsch in der Hand.

Hiltja wollte gerade aufatmen, da verschwamm auch dieses Bild. Der Satan lachte und verzog sein Gesicht zu einer grässlichen Fratze.

Ich kriege dich! Menschenkind, das wird ein Fest!

In seinen Augen glomm eine unersättliche Gier nach Blut und Schmerz auf.

Er wird mich foltern! Was soll ich nur tun?!

Der baumumstandene Waldsee legte sich wie Balsam auf Hiltjas geschundene Seele.

„Ich weiß, dass ich ihn finden muss!", rief sie frustriert. „Verdammt noch mal, wo soll ich denn suchen?!"

Schweigen.

Sag mir was!, bettelte Hiltja. Tränen liefen über ihre Wangen. *Irgendwas ...*

Doch Madame Vouh blieb stumm.

Ja, nee! Ist klar! Bange machen kann die blöde Kuh, aber helfen? Fehlanzeige. Das ist mal wieder typisch!

Zornig wischte Hiltja mit dem Handrücken ihre Tränen fort und blinzelte. Auf der Arbeitsfläche vor ihr lagen die zur Hälfte mit Himbeermarmelade beschmierten Pfannkuchen.

Ach ja ... wenn Thor nach Hause kommt, hat er Hunger.

Thor ... Drache ... Dämonen.

Die Drachen haben gegen die Dämonen gekämpft! Was, wenn sie gar

nicht wissen, dass sie in den nächsten Tagen angegriffen werden sollen?

Am Rande dämmerte Hiltja, dass sie seit Thors Offenbarung im Stadtpark keine Visionen mehr gehabt hatte. Warum hatte Madame Vouh geschwiegen? Das war merkwürdig.

Ich muss mit Thor reden. Ja! Ich muss ihm von den Dämonen erzählen. Sofort! Vielleicht weiß er, was es mit Phönix, Licht und Karfunkel auf sich hat und wohin diese drei müssen, damit sie die Dämonen besiegen können!

Mit klopfendem Herzen eilte Hiltja in ihr Zimmer und schnappte sich ihr Smartphone. Ihre Finger waren so fahrig, dass sie Mühe hatte, es zu entsperren, aber endlich gelang es ihr.

05:03

Hiltja:

> Thor, ich muss mit dir reden! Es ist wichtig. Kannst du bitte sofort nach Hause kommen?

Zitternd ließ sie das Handy sinken.

Warum habe ich nicht schon früher daran gedacht, ihm von Madame Vouh zu erzählen? Oder wird er mir auch nicht glauben, so wie die Ärzte, zu denen mich meine Mutter all die Jahre lang geschleppt hat?

***

Thorxarr schaute zufrieden von Alexan zu Oxana. *„Der Plan ist gut, das Risiko für Schneewittchen vertretbar – ich denke, so können wir es angehen."*

Er verneigte sich vor seinen Kameraden. *„Danke, Oxa, danke, Alex! Ohne euch beide ... Oh!"*

Ein penetrantes Kitzeln in seinem Nacken verriet ihm, dass eine Botschaft auf seinem mobilen Telekommunikationsgerät eingetroffen war. Da Luna seit einer Viertelstunde wieder von ihrer Mentorin in die

Pläne, Countdown und eine große Leere

Mangel genommen wurde, konnte die Nachricht nur von seinem Mädchen stammen.

„Entschuldigt!"

Thorxarr verwandelte sich in seine Menschengestalt. Er zog sein Smartphone aus der Gesäßtasche, entsperrte das Display und öffnete das Chatprogramm.

„Sieht sehr souverän aus, Herr Krieger", stichelte Oxana. *„Du scheinst regelrecht zum Hautsack zu mutieren!"*

„Quatsch", widersprach Alcxan und reckte neugierig seinen Hals Richtung Telefon. *„Diese Technik nutzen viele Drachen."*

„Stimmt, Alex!", flötete die Goldene erstaunlich zahm. *„Ich möchte diese Geräte ebenfalls nicht mehr missen. So sind wir unabhängiger von den Schwarzen."* Sie lächelte. *„Das gefällt mir! Danke noch mal fürs Besorgen, Alex."*

„Sehr gern."

„Ich muss nach Hause", brummte der Krieger. *„Denke ich zumindest."*

„Oha!" Der weiße Drache legte seinen Kopf schief. *„Ist Schneewittchen etwas zugestoßen?"*

„Ich weiß nicht." Thorxarr las die Nachricht vor. *„Sie braucht mich."*

„Ja, danach hört es sich an", bestätigte Alexan. *„Wir waren ja eh so gut wie durch, oder, Oxa?"*

Die Goldene nickte würdevoll. *„Hauptsache du bist morgen pünktlich, damit Alex aus meinen Gedanken die digitalen Filme extrahieren kann. Ohne die können wir nämlich den ganzen Plan vergessen!"*

„Montagfrüh, neun Uhr, deutsche Zeit – ich werde hier sein!"

Der Krieger salutierte und verwandelte sich in seine wahre Gestalt. *„Danke, Kameraden! In wenigen Tagen wird Schlangenzunge Geschichte sein. Dann ist mein Mädchen endlich frei. Ich stehe in eurer Schuld!"*

Er verneigte sich respektvoll vor seinen Freunden, trat zurück und warf sich in die Luft.

Am Boden lästerte Oxana: *„Bei der Sphäre! Die Roten und ihre Ehre – da kommen einem ja gleich die Tränen vor Rührung.“*

Thorxarr lachte. Die Goldene hatte sich heute zum ersten Mal mit jeder ihrer Schuppen ins Team eingebracht. Darüber konnten auch ihre arroganten Sprüche nicht hinwegtäuschen.

Von mir aus kann sie die ganz weglassen!

Der Krieger riss die Nebelsphäre auf und tauchte ins wattige Weiß, den Hinterhof in der Nähe von Schneewittchens Wohnblock klar vor seinem geistigen Auge.

***

Hiltja umklammerte ihr Handy.

Was, wenn die Drachen keine Dämonen kennen? Wird Thor mir glauben?

Sie musste zumindest versuchen, ihn davon zu überzeugen, dass die Bilder in ihrem Kopf keine Hirngespinste waren, sondern eine ernstzunehmende Warnung. Madame Vouh trieb keine Spielchen. Das hatte sie nie getan. Wenn ihre Warnung nicht …

Oh! Die Haken sind blau!

Thor hatte ihre Nachricht gelesen. Jetzt wurde es ernst.

Wird er kommen? Ich muss ihm alles erzählen!

Nervös lief sie in ihrem Zimmer auf und ab.

Hm … er schreibt nicht zurück.

Obwohl … Wozu auch? Wenn er direkt durch die Sphäre sprang, war er genauso schnell wie ein Daumen-Emoji.

Außerdem hasst er das Getippe auf dem Handy.

Hiltja ging die Informationen durch, die sie Thor geben musste.

Erst die Prophezeiung, dann die Bilder vom Phönix mit seinem Licht und dem Karfunkel, danach …

Plötzlich wurden ihre Gedanken zäh und durchscheinend, doch sie wusste noch, dass sie dringend mit Thor sprechen musste und dass er auf dem Weg zu ihr war.

Hoffentlich ist er bald da! Dann können wir reden.

Hiltja begriff nicht, warum sie das nicht schon längst getan hatte. Sie vertraute ihrem Donnergott. Er würde sie nicht auslachen – egal, was sie ihm erzählte.

Und das, was ich zu sagen habe, ist wichtig! Für die ganze Welt. Ich ... äh ... was genau wollte ich ihm erzählen?

Sie hatte mehrere Punkte auf ihrer geistigen Agenda gehabt, ja, sich sogar eine Reihenfolge vorgemerkt, aber nun ...

Konzentrier dich!

Die Dinge lagen ihr auf der Zunge! Diffuse Bilder wirbelten durch ihren Kopf, doch sie bekam keines davon zu fassen. Je stärker sie sich anstrengte, desto blasser wurden sie.

Was mache ich hier?

Verwirrt starrte sie auf ihr Smartphone. Es war Sonntag, der 10. Dezember, 05:09 Uhr.

Sie erinnerte sich daran, dass Thor Pfannkuchen für sie gebacken hatte, bevor er zu einem spontanen Treffen mit seinen Drachenfreunden aufgebrochen war. Und dann ...

Leere.

Hä?! Da war noch mehr! Und es war wichtig. Überlebenswichtig!

Die nächtliche Stille wurde laut. Hiltja hörte, wie unten die Haustür ins Schloss fiel.

Das wird Thor sein.

Betäubt stolperte sie in den Flur und wunderte sich über das merkwürdige Vakuum, das ihre Gedanken füllte.

Als hätte jemand Löcher hineingeschnitten.

Das war absurd.

Sie öffnete die Wohnungstür. Im Treppenhaus stapften schwere Schritte zu ihr nach oben, so als würde jemand mehrere Stufen auf einmal nehmen.

Ein Teil von Hiltja war dankbar, dass ihr Donnergott zurück war. Der andere hatte einfach nur Angst.

Was passiert mit mir?

„Hier bin ich, Schneewittchen!", sendete Thor auf dem letzten Absatz und lächelte zu ihr herauf.

Hiltja nickte hölzern. Ihre Füße schienen den Boden verloren zu haben und schwebten haltlos im Nirvana.

Mit mir stimmt was nicht!

Seine Miene bewölkte sich. *„Geht es dir gut?"*

„Nein", wisperte sie und ließ ihn eintreten.

Besorgt irrte sein Blick über ihren Körper. „Dein Pyjama ist nass." Er deutete auf ihre linke Seite.

Hiltja tastete nach dem Stoff. „Ja, richtig."

Sie hatte in einer Pfütze neben dem umgekippten Wasserkocher auf dem Boden in der Küche gelegen.

Oder nicht? ... Doch ... aber warum?

Das wusste sie nicht mehr. Zitternd schloss Hiltja die Wohnungstür.

Thor ließ sie nicht aus den Augen. „Was ist passiert?"

„Ich ... ich ..."

Verdammt, ihr Geist war wie leergefegt!

Ich verliere den Verstand.

Ihr Hals schnürte sich zu und Tränen liefen über ihre Wangen. Verzweifelt sah sie zu ihm auf. „Ich ... weiß es nicht, Thor!"

„Hey, nicht weinen ..." Er strich die Tränen fort. „Jetzt bin ich hier. Du kannst mir alles sagen."

Seine Berührung gab ihr Sicherheit. „Danke."

Schweigen.

Erneut kribbelte Rastlosigkeit durch ihren Körper.

Thor guckte mitfühlend zu ihr herab. „Worüber wolltest du denn mit mir reden? Deine Nachricht hörte sich dringend an."

„Meine Nachricht?"

„Ja, du hast mir geschrieben, dass du etwas Wichtiges mit mir besprechen musst. Deswegen bin ich sofort aufgebrochen."

„Äh ... ja ...", stammelte Hiltja. Da war was, das wusste sie genau. „Ich ..."

Dumpf erinnerte sie sich daran, ihn tatsächlich im Chatprogramm

angeschrieben zu haben und auch daran, dass die Sache keinen Aufschub duldete, aber nun … hatte sich der Rest aufgelöst.

Wo ist er hin?

Im Nirvana bei ihren Füßen.

Ha! Ich werde irre!

Sie schwankte.

Hilflos sah sie zu ihm auf. „Es tut mir leid, ich … kann mich einfach nicht mehr erinnern."

Sie schluchzte. „Ich weiß es nicht mehr! Ich weiß gar nichts mehr."

„Hey …" Sanft strich er ihr eine schwarze Strähne aus dem Gesicht. „Das wird schon. Wir kriegen das hin. Bestimmt bist du nur aufgeregt, weil wir Piet drankriegen wollen."

„Nein, das ist es nicht!"

Da war sie sicher. Ihr Problem war viel wichtiger.

„Okay", brummte Thor. „Wenn du möchtest, schau ich mal in deine Gedanken." Er lächelte. „Vielleicht entdecke ich ja was …"

Das bringt nichts.

Trotzdem öffnete Hiltja ihre Geistesvorhänge. Sie spürte eine hauchzarte Berührung, sah das Stirnrunzeln in seinem Gesicht und ertrank im nächsten Moment in einem brutal kalten Ozean aus Packeis.

Er stöhnte gequält auf.

Sie auch.

O Gott! Ich muss hier weg. Ich muss zum See! Sofort!

***

In den nächsten Stunden versuchte Thorxarr sein Mädchen zu beruhigen. Die Kleine war vollkommen neben der Spur. Sie wirkte ähnlich schockiert wie die Schlüpflinge, denen man zum ersten Mal kollektive Gedankenbilder der Torkriege zeigte. Aber das war natürlich Blödsinn. Die Themen »Tore« und »Dämonen« hatte er bewusst von Schneewittchen ferngehalten. Sie hatte schon genug zu schultern. Noch mehr Sorgen brauchte die junge Frau wahrlich nicht.

Auch die Leere, die der Krieger in ihrem Geist gesehen hatte, beunruhigte ihn. Solche »Löcher« hatte er bislang bei keinem anderen Wesen bemerkt, doch er war auf diesem Gebiet kein Experte. Das war eine Frage für Luna.

Schneewittchens Gemütszustand überforderte Thorxarr. Ihm fiel nichts Besseres ein, als sie abzulenken, und so erklärte er ihr beim Mittagessen in groben Zügen den Plan, wie sie Schlangenzunge ausschalten würden.

„Also", nuschelte der Krieger zwischen zwei Bissen Thai-Curry, „Oxa bittet Piet um einen Termin für ein Gespräch ... wegen des Zwischenfalls letzte Woche im Elbtunnel."

„Aha."

Die Kleine stocherte in ihrem Gemüse herum. Sie schien ihm gar nicht richtig zuzuhören.

„Ja, genau", fuhr Thorxarr betont zuversichtlich fort. „Oxa hat einen auf beleidigt gemacht und geht davon aus, dass Piet mit Ärger rechnet und deshalb eine seiner Lagerhallen als Treffpunkt vorschlagen wird."

„Mhmm." Sie spießte lustlos ein Stück Paprika auf. „Und warum soll das Gespräch nicht in seinem Loft stattfinden?"

Oh! Sie ist ja doch aufmerksam.

Er lächelte. „Weil es dort große Fenster gibt, die von den Nachbarhäusern einsehbar sind. Falls sich", er hüstelte, „einer von uns verwandeln muss, ist es besser, wenn wir dabei nicht gesehen werden."

„Stimmt. Nur aus welchem Grund sollte Piet Oxa in einer Halle treffen wollen?" Sie runzelte die Stirn und legte die Gabel mit der Paprika zurück. „Er steht auf Luxus! Und Angst vor Ärger hat mein Manager nicht."

„Aber Angst um seine Teetässchensammlung und die Teppiche", gluckste Thorxarr. „Oxa hat angekündigt, »ihre Leute« mitbringen zu wollen. Wenn mich jemand reizt, kann schon einiges an Porzellan zu Bruch gehen." Augenzwinkernd ließ er seine rechte Faust auf die linke Handfläche klatschen. „Und falls er auf uns schießen lässt, kriegen seine Teppiche hässliche Flecken. Oxa meint, das würde er nicht

riskieren wollen."

„Nee, vermutlich nicht." Schneewittchen schob ihren Teller fort. Sie hatte wieder einmal kaum etwas heruntergekommen. „Hmm. Ist das nicht riskant? Wenn Piet mit Ärger rechnet, wird er Vorsorge treffen. Ich wette, dass er einige seiner Schläger vorab in der Lagerhalle postiert, damit sie euch dort auflauern. Mit Waffen! Mein Boss ist vorsichtig. Der überlässt nichts dem Zufall."

„Das hat Oxa auch gesagt. Deshalb hat sie sich vorhin von Luna einen Zauber erklären lassen, mit dem sie die Auf-der-Lauer-Lieger für eine Stunde schlafen legen kann." Er grinste stolz. „Prima, oder?"

„Ja. Aber was, wenn ihr einen überseht?"

„Och, das ist unwahrscheinlich", winkte Thorxarr ab. „Alex sagt immer, die Gedankenmuster von euch Menschen sind für uns wie rot angemalte Pinguineier im Schnee. Sowas übersieht man nicht."

„Okay." Schneewittchen seufzte und zog ihr Wasserglas zu sich heran, nur um es gleich drauf wieder fortzuschieben. „Und dann?"

Oje. Heute ist sie wirklich ein Nervenbündel.

Behutsam legte er seine große Hand auf ihre kleine und schaute ihr in die Augen. „Dann lassen wir Oxa machen. Sie bereitet gerade ein aussagekräftiges Erpresservideo vor. Darum muss ich morgen früh auch noch mal weg. Ich soll Alex hel…"

Pling!

Sein Smartphone zappelte auf dem Tisch.

„Oh, das könnte sie sein." Thorxarr drückte ihre Hand. „Bestimmt hat sie den Termin vereinbart. Gleich wissen wir, wann du von deinem Boss erlöst bist."

Er entsperrte das Display, öffnete das Chatprogramm und drehte das Gerät, sodass sie beide lesen konnten.

12:59

Oxa:

> Der Termin steht: Dienstag, 12.12., um 12 Uhr. Offenbar liebt der Gentleman die Zahl. Erfahrungsgemäß lässt der Hautsack andere gern warten – wetten, dass er exakt 12 Minuten zu spät kommen wird?

13:00

Alex:

> 😂😂😂

13:00

Oxa:

> Ich hatte auf einen Termin morgen Abend gehofft und nicht erst übermorgen! 🥺 Das ist blöde, denn jetzt schließen sich zwei Zeitfenster. Das bedeutet, dass ich noch einmal losmuss, um neues Material zu sammeln. Entsprechend kann das Video frühestens morgen Nachmittag digitalisiert werden.

„Ihr trefft Piet erst übermorgen?" Schneewittchen sprang auf. „Das ist zu spät!"

„Für was?"

Thorxarr stand ebenfalls auf.

Seine Kleine hob die Achseln, ihre Augen wurden feucht. „Ich … weiß nicht."

Die Löcher in ihrem Geist machen ihr schwer zu schaffen. Woher kommen die nur?

Ratlos zog er sie in seinen Arm. „Mach dir keinen Kopf. Morgen oder übermorgen … kommt es wirklich auf einen Tag an?

Ihre Miene schrie förmlich „JA!", doch sein Mädchen zuckte mit den Schultern.

Pling!

Gemeinsam schauten sie aufs Smartphone.

Alex:

> Dann wird das mit der Digitalisierung ziemlich knapp. Leute, der Zauber dauert Stunden! Und danach werden wir alle erstmal eine Pause brauchen.

„Mist", brummte Thorxarr.
Sein Mädchen seufzte bloß und Oxa schrieb.
Pling!

Oxa:

> Das ist mir klar, Alex! Aber wir wollen es doch richtig machen, nicht? Was nützt uns das schönste Video, wenn der Inhalt Schlangenzunge nicht ausreichend unter Druck setzt?
> Richtig! Gar nichts.

„Bei der Sphäre! Wie schnell können die beiden eigentlich tippen?", grunzte der Krieger. Zu seiner großen Freude entlockte er Schneewittchen damit ein Schmunzeln.
Pling!
„Da! Schon wieder! Das kriege ich mit meinen dicken Fingern nie im Leben so fix hin."
Jetzt lächelte sie sogar.
Thorxarr wurde warm ums Herz.

Alex:

> Auch wieder wahr. Schaffst du 16 Uhr, deutsche Zeit?

Pläne, Countdown und eine große Leere

13:02

Oxa:

> Wird knapp – das Visualisieren einer falschen Wahrheit ist nicht trivial.
> Aber ich sollte es hinbekommen. Zur Not müsst ihr auf mich warten.

13:03

Alex:

> Prima. Dann machen wir es so, oder was meinst du, Thor?

„Sind wir einverstanden?", fragte Thorxarr.

Schneewittchen nickte. „Ja, sind wir."

„Gut." Er nahm das Handy in die Hand und tippte so, dass sie sehen konnte, welche Buchstaben er schrieb.

13:03

Oxa:

> Thor sucht noch die Buchstaben o, k, a, y.

„Ja, ja!", schnaubte der Krieger und löschte »Oka« wieder.

13:03

Alex:

> Lass dich nicht ärgern, Thor. Alles braucht seine Zeit.

„Soll ich vielleicht?", bot Schneewittchen an.

„Ja, bitte."

Thorxarr legte das Gerät in ihre Hände und beobachtete fasziniert, wie das Mädchen mit beiden Daumen gleichzeitig schrieb.

Die Kleine zeigte ihm den Text, er nickte und sie schickte die Nachricht ab.

Thor:

Der Plan hört sich gut an. Vielen Dank für euren Einsatz!

„Danke." Thorxarr strahlte sie an. „Du bist wirklich geschickt."

„Ach", winkte sie ab, „ich habe einfach bloß ein paar Jahre mehr Übung als du."

Schneewittchen gab ihm das Smartphone zurück und schaute unsicher zu ihm auf. „Muss ich am Dienstag eigentlich mitkommen zu diesem »Gespräch«?"

„Nicht zwingend." Er legte das Gerät auf den Küchentisch. „Es kommt darauf an, welche Vorbereitungen dein Boss trifft. Er weiß schließlich von der Verbindung zwischen uns beiden. Falls Piet auf die Idee kommen sollte, dich als Druckmittel gegen die Oligarchin einzusetzen, werde ich natürlich nicht von deiner Seite weichen. Aber das sehen wir am Dienstag, okay?"

„Okay", seufzte Schneewittchen und lehnte ihren Kopf für einen köstlichen Moment an seine Schulter, nur um nach dem nächsten Atemzug wieder einen Schritt zurückzutreten. „Ich … ich setze mich noch mal an den Rechner und suche nach dem See."

Thorxarr hob verwundert die Brauen. „Ich dachte, das hätten wir aufgegeben?"

„Ja, das hatten wir, aber …" Sie zuckte mit den Achseln. „Ach, Thor! Ich muss ihn einfach finden. Dringend!"

***

Den Rest des Tages verbrachte Hiltja entweder mit der Internet-Bildersuche oder rastlosem Auf-und-ab-Getigere in der Wohnung. Beides war vollkommen sinnlos, aber dennoch konnte sie nicht anders.

In der Nacht wurde Hiltjas Unruhe noch schlimmer. Während ihr Donnergott leise neben ihr schnarchte, wälzte sie sich von einer Seite

auf die andere. Es war furchtbar! Sie fühlte sich wie ein Hamster im Laufrad – bloß *ohne* Laufrad. Sich nicht zu bewegen, wurde ihr unerträglich, sodass sie irgendwann aufstand, um mit ihrem Notebook in Paulas Zimmer zu schleichen und dort weiter nach dem baumumstandenen Waldsee zu suchen. Jede Faser in ihr sehnte sich danach, allein an seinem Ufer zu sitzen und auf die herrlich in allen Grüntönen schillernde Wasseroberfläche zu schauen.

Als Thor am Montagmorgen erwachte, nötigte sie ihm noch vor dem Frühstück einen Spaziergang in Planten und Blomen ab. Danach wanderte sie mit ihrem Handy in der Wohnung auf und ab und scrollte sich endlos durch die Fotos, die Google zum Thema »Waldsee«, »baumumstanden«, »grüne Wasseroberfläche« oder »Lichtfächer im Nebel« ausspuckte. Dass sie nicht fündig werden würde, wusste sie vorher, trotzdem *musste* sie es tun. Es war wie ein Zwang.

Thor beobachtete sie dabei mit wachsendem Unbehagen. Er schrieb sogar seine Freundin Luna an. Sie antwortete Stunden später:

13:47

Luna:

Salve Thor!
Sobald ich meine Nachprüfungen am Mittwoch abgelegt habe, komme ich zu dir, versprochen! Vorher lässt mich Minalea nicht gehen. Falls du mit Schneewittchen nicht mehr warten möchtest, bitte ich eine meiner Schwestern, nach ihr zu sehen.
Lass mich dich beruhigen: Menschen in Stresssituationen zeigen oft Übersprungsverhalten – vielleicht ist Schneewittchens Suche nach dem friedlichen See einfach nur der Ausdruck ihres Bedürfnisses nach Sicherheit. Vergiss nicht: Piet bedroht ihre Familie; sie wurde angeschossen und ist dabei fast gestorben. Beides stellt eine erhebliche Belastung für eine so junge Seele dar!
Wenn ich recht habe, müsste sich euer Problem am Dienstagabend von selbst gelöst haben. Falls nicht, sehe ich Mittwoch nach ihr! Das ist ja schon übermorgen. Sag einfach Bescheid, wenn ich vorher jemanden zu dir senden soll, ja?

Pläne, Countdown und eine große Leere

„Halten wir noch ein bis zwei Tage durch?", fragte Thor, nachdem Hiltja es gelesen hatte.

»Nein! Mittwoch ist es zu spät«, meinte ihre innere Stimme, doch sie begriff nicht, wofür es zu spät sein sollte. Ihr Donnergott lächelte sie so aufmunternd und zärtlich an, dass sie einfach nickte.

Was soll ich sonst tun?

Vielleicht war es nun so weit und sie wurde endgültig verrückt. Ihre Mutter befürchtete das ja bereits seit Jahren.

Wahnsinn

Gegen 16 Uhr verließ Thor am Montag die Wohnung. Die Art, wie er sie beim Abschied ansah, ließ keinen Zweifel daran, dass er sich große Sorgen um sie machte. Das verwirrte Hiltja. Sie begriff es erst, als ihr Blick beim Schließen der Wohnungstür den Flurspiegel streifte. Dort starrte ihr eine fremde Frau mit fahler Haut, dunklen Ringen unter den Augen und einer überaus gehetzten Miene entgegen.

Zeit für Sorgen hatte Hiltja keine – sie musste einen See finden! Wie besessen scrollte sie sich durch die Bilder auf ihrem Handy und überlegte, noch einmal spazieren zu gehen. Die Sonne war zwar dabei unterzugehen und es dämmerte, doch Hiltja brauchte frische Luft. Außerdem schien ihre Bude von Minute zu Minute kleiner zu werden.

Ich muss raus hier!

Also Winterjacke angezogen, Mütze aufgesetzt, Schal um den Hals getüdelt und die Handschuhe eingepackt.

Hiltja nahm ihr Tun merkwürdig distanziert wahr, so als würde sie

sich selbst beim Anziehen zuschauen.

Bevor sie den Reißverschluss ihrer Winterstiefel hochzerren konnte, rauschte Madame Vouh heran und mit ihr die Erinnerungen und das gigantische Dämonenheer.

Wimmernd sank Hiltja vor der Wohnungstür zu Boden. Dort fielen die Monster über sie her und bescherten ihr einen Tod nach dem anderen.

Wieder

und wieder

und wieder …

***

Hiltja schlug die Augen auf. Sie lag im Flur und schaute durch ihre geöffnete Zimmertür zu den Fenstern. Draußen war es stockfinster. Um sie herum wüteten halbtransparente Kreaturen und metzelten alles nieder, was ihnen vor die Klauen kam.

Ich müsste in einer Blutlache liegen!

Das tat sie aber nicht.

Stattdessen klebte kalter Schweiß auf ihrer erhitzten Haut. Fröstelnd rappelte sie sich auf, zog die Mütze vom Kopf und öffnete ihre Winterjacke.

Erneut zeigte Madame Vouh ihr den Weltuntergang. Phönix, Licht und Karfunkel waren wieder einmal am falschen Platz, sodass die Dämonen den Planeten verschlingen konnten.

Die Zeit läuft ab. Ich muss etwas tun.

Nur was? Gestern hatte sie Thor von ihrer Vision erzählen wollen, doch als ihr Donnergott endlich vor ihr gestanden hatte, war alles weg gewesen.

Pfft! Als würde die alte Zigeunerin ihm nicht über den Weg trauen.

Hiltja schüttelte den Kopf und entledigte sich der Stiefel. Währenddessen mordeten die dunklen Kreaturen weiter in ihrem Geist.

Ich vertraue Thor! Er muss von dem Angriff erfahren. Er oder Alex.

Oxa eher nicht. Die machte ihr Angst.

Nein, auf keinen Fall Oxa!

Hiltja hängte ihre Klamotten an die Garderobe, hob ihr Handy auf und schlich in ihr Zimmer.

Vielleicht kann ich ja mit Alex reden?

Das sollte sie probieren. Entschlossen entsperrte sie ihr Display und wählte seine Nummer.

***

„Prima!" Alexan lächelte Thorxarr und Oxana an. An ihrem Lieblingsplatz im Regenwald herrschte tiefste Nacht. *„Wir haben alles zusammen – jetzt wird es heikel, Freunde. Wir dürfen uns in den nächsten Stunden nicht ablenken lassen, also sollten wir die Mobiltelefone ausstellen und deren Kopplung mit dem astralen Feld lösen."*

„Aber dann bekommen wir gar nicht mit, wenn uns jemand schreibt oder anruft!" Der Krieger verzog unwillig sein vernarbtes Drachengesicht. *„Was, wenn Schneewittchen mich braucht?"*

„So wie gestern?", spottete Oxana. *„Die Kleine ist nervöser als ein Panikrenner, Thor. Ihr droht keine akute Gefahr, das habe ich vorhin extra noch mal überprüft."* Sie hob eine Augenwulst. *„Vielleicht sehnt sich dein Menschenmädchen einfach bloß nach Aufmerksamkeit."*

„Das ist Mantokscheiße!", fauchte Thorxarr. *„Schneewittchen geht es schlecht. Sie braucht ..."*

„... Hilfe!", ging Alexan dazwischen. *„Genau daran arbeiten wir, Thor. Und je konzentrierter wir bei der Sache sind, desto schneller kannst du wieder zu ihr."* Der Weiße blickte treuherzig von unten zu ihm hinauf. *„Vertrau Oxa. Dein Mädchen ist in ihrer Wohnung sicher. Morgen nach dem Treffen mit Schlangenzunge wird alles gut. Aber damit das klappt, müssen wir ein paar Stunden lang ungestört arbeiten können."*

Alexan sah von Thorxarr zu Oxana. *„Zahai hätte gern bei unserem Zauber zugeschaut, aber ich habe sie gebeten, uns in Ruhe zu lassen."*

Er nickte bedeutsam zu dem Zelt hinüber, das hundert Meter entfernt von ihnen aufgeschlagen stand. Er seufzte. *„Auch wenn wir zu dritt sind, wird das echt anstrengend, glaubt mir!"*

„Hör auf den Kleinen!" Oxana grinste. *„Wenn Alex freiwillig darauf verzichtet, sein Wissen weiterzugeben, wird es kniffelig."*

Damit hatte die Goldene zweifellos recht. Thorxarr gab sich geschlagen und brummte: *„Also gut ..."*

Zufrieden verwandelte sich Alexan in seine Menschengestalt. Die diesmal schlohweißen Haare verliehen ihm ein weises Aussehen.

„So, Handy aus und ... entkoppelt." Er guckte zu Oxana hoch. „Dein Gerät muss natürlich in Betrieb bleiben – sonst können wir das Video nicht darauf speichern. Am besten, du stellst den Flugzeug-Modus ein. Ich zeig dir wie das geht."

Während seine Freunde in Menschengestalt auf Oxanas Gerät herumtippten, verwandelte Thorxarr sich seinerseits. All die Jahre war er wunderbar ohne die Telekommunikationstechnik klargekommen und hatte nichts vermisst, doch als er nun sein Smartphone ausstellen sollte, war es ihm, als müsste er eine lebenswichtige Verbindung kappen.

Ich sollte ihr vorher schreiben. Nicht dass sie sich Sorgen macht, wenn sie mich nicht erreicht.

17:01

Thor:

> Hey Schneewittchen!
> Nur zur Info: Alex' Zauber hat es in sich. Wir werden für ein paar Stunden nicht erreichbar sein. Also nicht wundern, falls ich nicht antworte, okay?

Die Nachricht bekam erst einen grauen Haken, dann einen zweiten. Aus Erfahrung wusste der Krieger, dass es eine Weile dauerte, bis die Daten von Papua-Neuguinea in Hamburg ankamen, dennoch hoffte er, dass sich die Haken sofort blau färbten.

Vielleicht habe ich Glück und sie antwortet mir!

Sehnsüchtig starrte er aufs Display.

„Wir wären so weit", verkündete Alex von links. „Brauchst du Hilfe, Kumpel?"

„Ich komme klar", grollte Thorxarr.

Schweren Herzens drückte er einige Sekunden auf den Ausknopf und wählte »Ausschalten«. Als der Bildschirm schwarz wurde, fühlte sich der Krieger merkwürdig verloren. Das Entkoppeln vom astralen Feld machte es noch schlimmer.

Schneewittchen ist lediglich einen Sprung durch die Nebelsphäre von mir entfernt, aber mir kommt die Entfernung wie Lichtjahre vor. Beim Grauen Krieger – das ist nicht normal!

***

Hiltja drückte ihr Smartphone ans Ohr und lief nervös in ihrem Zimmer auf und ab. Alex ging einfach nicht ran. Nach etlichen Freizeichen erklärte eine Frauenstimme, dass ihr Gesprächsteilnehmer nicht erreichbar wäre und fragte, ob sie eine Rückrufbitte hinterlassen wolle.

„Nee, will ich nicht!", murmelte Hiltja und legte auf. Sie würde es in ein paar Minuten noch einmal probieren.

Pling!

Oh! Das ist Thor.

Ihr Herz schlug schneller und für einen kurzen Moment füllte Geborgenheit ihren Bauch.

17:01

Thor:

> Hey Schneewittchen!
> Nur zur Info: Alex' Zauber hat es in sich. Wir werden für ein paar Stunden nicht erreichbar sein. Also nicht wundern, falls ich nicht antworte, okay?

„Mist! Dann kann ich mir das Anrufen schenken. Obwohl ... wenn ich fix bin ..."

Eilig ließ sie ihre Finger über das Display fliegen und drückte auf Senden.

17:04

Hiltja:

Kann Alex mich vorher noch zurückrufen?!

„Bitte, bitte, bitte!"

Gebannt beobachtete sie, wie ihre Nachricht rausging und betete, dass die Häkchen dahinter blau wurden.

Das wurden sie allerdings nicht, egal wie lange sie in ihrem Zimmer auf und ab tigerte.

Er muss sein Telefon ausgeschaltet haben.

»Thor – zuletzt online heute 17:02« stand in der Kopfzeile des Chatprogramms. Jetzt war es 17:09.

Verflixt! So lange brauchen die Nachrichten nun auch wieder nicht.

Nein, sie musste eine andere Lösung finden und zwar bevor Thor zurückkehrte.

Sonst herrscht in meinen Kopf wieder gähnende Leere!

Hiltja fröstelte. Sich an nichts erinnern zu können, war beängstigend. Vor allem aber lief ihr die Zeit davon.

Ah! Ich hab's! Ich schicke Thor eine Sprachnachricht.

Entschlossen drückte sie auf das Mikrofon-Symbol im Chatprogramm.

„Moin Thor! Ich bin's. Ich ... weiß wieder, was ich dir erzählen wollte. Es ist so, dass ich ... ähm ... also ... ich habe ... äh ... da ist ... die äh ..."

Die Worte wollten einfach nicht über ihre Zunge kommen. Weder »Vision«, noch »Madame Vouh«, »Dämonen« oder »Weltuntergang«! Nix, nada, nihil!

Verdammt!

Hilflos zog Hiltja ihr Gestammel vom Mikrofon nach links auf das Papierkorb-Icon.

Das kann doch nicht so schwer sein. Los, Mädel, konzentrier dich!

Sie startete eine zweite Aufnahme, aber außer viel zu vielen »Ähs« und Geräuspere kam ihr nicht wirklich was über die Lippen. Ihr war, als hätte sie eine Schere im Kopf, die jeden Satz, der mit Madame Vouhs Bildern zu tun hatte, einfach abschnitt, bevor sie ihn aussprechen konnte.

Warum geht das nicht?!

Genervt löschte sie auch den zweiten Versuch und probierte es bei Alex. Das Ergebnis war dasselbe.

„Okay", schnaubte Hiltja, „ich kann den beiden offensichtlich nicht von der ollen Zigeunerin erzählen. Ganz toll! Warum willst du das nicht, Madame Vouh?"

Die junge Frau bekam darauf keine Antwort. Stattdessen zog es sie mit jeder Faser zum baumumstandenen Waldsee.

„Ja doch! Meine Fresse, ich würde mich dort sofort ans Ufer hocken, wenn ich denn wüsste, wohin ich müsste. Gib mir endlich mal 'nen Tipp, den ich raffe!"

Natürlich gab es keinen Tipp. Unterdessen wirbelten halbdurchsichtige Dämonen und sterbende Drachen weiter um Hiltja herum, was die Sache nicht besser machte.

Drei Atemzüge später drehte Madame Vouh richtig auf und zeigte der jungen Frau den Satan – oder besser gesagt gleich vier davon! Die Teufel flogen durch die Nacht über bewaldetes Gebiet. Die Szene verwischte und wurde intensiver, sodass Hiltja den Eindruck hatte, selbst eines der Monster zu sein. Sie befand sich nicht länger in ihrer Wohnung, sondern segelte durch die Luft, gepeinigt von brennendem Durst und einem nie gekannten Hunger nach rohem Fleisch und Blut. Ihre Gier nicht stillen zu dürfen, machte sie beinahe wahnsinnig. Kurz vor einem kleinen Dorf ging die Gruppe tiefer und landete. Dort fielen ihre Artgenossen brutal über die Bewohner her. Ein Satan war besonders abartig: Er zwang einer ärmlich gekleideten Asiatin seinen

Willen auf und brachte die Frau dazu, ihre eigenen Kinder zu verstümmeln und auszuweiden.

Aufhören!, flehte Hiltja, aber Madame Vouh dachte nicht daran. Sie machte weiter, bis auch der letzte Tropfen Kinderblut vergossen war.

***

Als die Vision nach einer gefühlten Ewigkeit endlich vorüber war und Hiltja zurück in ihr WG-Zimmer entließ, war ihr Gesicht tränenüberströmt und sie zitterte am ganzen Leib.

O Gott! Und das war bloß die Vorhut!

Ihr Magen nahm der alten Zigeunerin das Massaker übel. Würgend taumelte Hiltja ins Badezimmer und erbrach sich in die Toilette, bis nur noch Galle kam.

Erst Minuten später war sie dazu in der Lage, sich ihr Gesicht zu waschen. Im Spiegel schaute ihr eine fremde Person entgegen – düster und ausgemergelt.

Ich sehe wie ausgekotzt aus!

Das passte. Ihr Antlitz vermischte sich mit dem friedenversprechenden Waldsee und einem neuerlichen Weltuntergang.

So konnte es nicht weitergehen. Sie musste sich etwas einfallen lassen.

Wenn das Handy ausfällt, probiere ich es mit Papier und Stift. Ha!

Die Dämonen konnten sie mal. So schnell gab sich eine Dithmarscherin nicht geschlagen.

***

Gegen halb sieben schob Hiltja ihren Collegeblock zurück und wischte sich den Schweiß von der Stirn. Das Aufschreiben einer Notiz für Thor gestaltete sich genauso unmöglich wie das Aufnehmen einer Sprachnachricht.

Na super! Die Schere ist vom Kopf in meine Hand gewandert!

Es war ihr lediglich gelungen, die Prophezeiung an sich festzuhalten und auch das nur, indem sie jeden Gedanken an Thor aus ihrem Geist verbannt hatte.

Resigniert ignorierte Hiltja den gefühlt hunderttausendsten Weltuntergang an diesem Tag und betrachtete die mickrigen dreieinhalb Zeilen auf dem Papier:

> Wenn das unfassbare Dunkel nach uns greift, wird das Licht der Verbindung/Versammlung heller strahlen und uns den Weg aus der Finsternis weisen.

Ob Thor wissen wird, was damit gemeint ist?
Vermutlich nicht.

Sie versuchte darunter »Die Dämonen kommen!« zu notieren, doch alles, was sie zustande brachte, war ein nicht entzifferbares Gekrakel. Die »Buchstaben« sahen aus, als hätte ein Kindergartenkind so getan, als könnte es schreiben.

„Scheiße!"

Wütend pfefferte sie den Block durch ihr Zimmer und sehnte sich – ebenfalls zum hunderttausendsten Mal – nach dem bekloppten Waldsee.

Argh! Ich werde hier noch wahnsinnig!!!

Vielleicht war sie es schon. Wäre Paula hier, würde sie nicht lange fackeln und sie in eine Irrenanstalt schleppen.

Paula ...

In Hiltjas Gehirn arbeitete es.

Paula!

Bevor sie ihre Idee weiterverfolgen konnte, brach ein neuer weltenverschlingender Dämonenangriff über sie herein und zum 100.001ten Mal verzehrte sie sich nach dem Waldsee. Es dauerte eine Weile, bis sie wieder klar denken konnte.

Wahnsinn

Paula? ... Paula. Richtig! Vielleicht kann sie mir helfen.

Immerhin kannte ihre Freundin sie schon von klein auf. Sie hatten keine Geheimnisse voreinander.

Wenn jemand Thor oder Alex von Madame Vouh erzählen kann, dann Paula!

Sie beschloss, sich über das Nachrichtenverbot von Oxa hinwegzusetzen. Falls die Dämonen am Mittwoch angriffen, wäre Piet Paulas kleinstes Problem. Und dass es zur Invasion kommen würde, daran hatte Hiltja keinen Zweifel.

Sie griff nach ihrem Handy. Kaum hatte sie das Chatprogramm geöffnet, schnippelte erneut die Schere in ihren Gedanken herum.

„Oh nein! Nicht schon wieder!"

Grimmig presste Hiltja die Kiefer zusammen.

Ich muss das hinbekommen. Unbedingt! Also durchatmen und konzentrieren!

Weltuntergang, die 100.002te. See-Sehnsucht dito. Dazu zerrte die Müdigkeit an ihren Nerven.

Die junge Frau schloss die Augen und sammelte sich.

Ich werde die Informationen trennen – zwei draus machen. So funktioniert es vielleicht.

Entschlossen schob sie ihren Donnergott ganz weit weg. Sie ließ alte Erinnerungen in sich aufsteigen und tippte:

> Moin Paula!
> Weißt du noch, wie wir im Herbst in unserer Küche saßen und ich dir von Madame Vouh erzählt habe? Ihre Shows werden von Mal zu Mal krasser und abartiger – es sieht nicht gut aus. Gar nicht gut. Die Zeit rinnt mir durch dich Finger. Ich ...

Der Widerwillen in Hiltja wuchs mit jedem Zeichen und ihr rechter Daumen schwebte immer öfter über der Löschen-Taste. Schnell schickte sie die Zeilen ab.

Uff! Das war die halbe Miete.

Schon rauschten abermals die Dämonen heran – 100.003! – gefolgt vom drängenden Verlangen nach einer ganz bestimmten grün schillernden Wasseroberfläche.

Hiltja keuchte, schrieb und sendete:

18:47:

Hiltja:

| Ich bin am Ende ... werde wahnsinnig. |

Am liebsten wollte sie Paula als nächstes bitten, dass diese Thor oder Alex davon erzä...

Boa! Ich kriege ja nicht mal den Gedanken zu Ende!

Nein, das musste sie anders angehen.

»Wenn du nicht auf geradem Weg ans Ziel kommst, mach einen Umweg.« Das war einer der Lieblingssprüche ihres Vaters.

Recht hat er! Wie bringe ich die drei also zusammen?

Ihre Überlegungen wurden von Finsternis unterbrochen – 100.004!

Verdammte Axt, hört das denn nie auf?!

Langsam war die junge Frau nicht nur psychisch, sondern auch physisch am Ende. Sie hatte in den letzten Tagen zu wenig geschlafen, zu wenig gegessen, aber dafür zu viele verstörende Visionen gehabt. Fast wünschte sie sich, Thor würde endlich nach Hause kommen – dann würde Madame Vouh sich nämlich mit ihren Dämonen verziehen.

Nein! Hiltja biss die Zähne zusammen. *Ich muss durchhalten! Bloß noch ein kleines bisschen.*

Zum letzten Mal fokussierte sie ihre Gedanken und malte sich aus, gemeinsam mit Paula, Thor und Alex einen Pizzaabend veranstalten zu wollen.

Die Schere löste sich auf.

18:53

Hiltja:

| Du musst Thor und Alex unbedingt treffen! Ruf die beiden an! |

„Jetzt noch die Telefonnummern weiterleiten", murmelt sie und stellte sich vor, welchen Belag die Pizza haben würde.

Chili, aber nicht zu knapp!

Sie kicherte und hängte die Handynummern an.

Geschafft ...

Die beiden Häkchen an den drei Nachrichten waren noch grau, trotzdem atmete Hiltja erleichtert auf. Als die Luft über ihre Lippen strömte, entwich mit ihr ein Teil der Anspannung und machte Platz für bleierne Erschöpfung.

Hiltja gähnte.

Hmm ... warum schaut Paula nicht auf ihr Smartphone ...?

Zum 100.005ten Mal trachteten die finsteren Kreaturen nach dem Leben der jungen Frau. Die konnte nicht mehr kämpfen und wollte es auch nicht. Nein, diesmal gab sie einfach auf.

Hoffentlich kommt Thor bald zurück ...

Klauen, Stacheln, Reißzähne und Tod, Tod, Tod! Dazu jede Menge abgrundtiefe Schwärze.

Die See-Sehnsucht bekam Hiltja diesmal nicht mehr mit.

***

Thorxarr betrat Schneewittchens Wohnung kurz nach Mitternacht und wunderte sich darüber, dass in Küche, Flur und im Zimmer seines Mädchens das Deckenlicht brannte. Als er seine Kleine auf dem Schreibtisch schlafend vorfand, spürte er seine eigene Müdigkeit deutlich und musste lächeln.

Wir beide gehören definitiv ins Bett!

Behutsam löste er das Smartphone aus Schneewittchens Händen und legte es beiseite. Ihr kleines Herz flatterte viel zu schnell und die schwarzen Haare klebten an ihrer erhitzten Stirn. Selbst in seiner Menschengestalt konnte der Krieger ihren Angstschweiß wittern.

Es scheint, mein Mädchen hat wieder schlecht geträumt.

Thorxarr berührte sie und verschaffte sich einen Überblick über ihren

Zustand.

Ausgezehrte Astraldepots!

Er ließ einen Teil seiner Energie zu ihr hinüberfließen und horchte aufmerksam in ihren Körper hinein.

Oje! Sie ist völlig fertig – als hätte sie mit dem Tod persönlich gerungen. Hmm ...

Ob es normal war, dass Menschen derart lebendig träumten? Er wusste es nicht. Das war noch eine Frage für Lunara.

Aber nicht mehr heute.

Schneewittchens Puls beruhigte sich. Sie schien tiefer in den Schlaf zu sinken.

Gut so.

Thorxarr gähnte, hob sie auf seine Arme und trug sie zu ihrem Bett hinüber. Plötzlich rutschte sein rechter Fuß weg.

Was?!!

Adrenalin schoss durch seine Adern. Instinktiv presste er sie an sich und seine trainierten Reflexe fingen den Sturz ab.

Ufff!

Das war gerade noch mal gut gegangen. Die unerwartete Bewegung hatte lediglich seine Kleine wachgerüttelt.

Schneewittchen murmelte benommen.

„Alles ist gut", flüsterte Thorxarr und legte sie auf der Matratze ab. „Ich bin es nur. Lass deine Augen zu."

„Mhmm", seufzte sie und drehte sich auf die Seite.

Es klappt! Sie vertraut mir.

Glück breitete sich in ihm aus. Zu gern hätte er in ihre Gedanken gesehen, doch die hielt seine Kleine auch im Schlaf konsequent abgeschirmt.

Hätte ich ihr den Zauber bloß nicht gezeigt.

Er grinste schief. Nein, das war schon alles richtig so.

Zärtlich strich er ihr über den Kopf und genoss das seidige Gefühl ihrer Haare unter seinen Fingerspitzen. Daraufhin lächelte sie sogar.

Zauberhaft!

Er fasste nach der Bettdecke, zögerte aber. Die Kleine trug noch immer ihre Tagesklamotten. Aus eigener Erfahrung wusste er, wie unbequem einengende Kleidung beim Schlafen sein konnte.

Dem kann ich Abhilfe schaffen. Alex hat mir neulich was gezeigt.

Thorxarr konzentrierte sich und schnipste mehrfach mit den Fingern. Im nächsten Moment segelten Schneewittchens Jeans, Socken sowie ihr Pulli und der Büstenhalter neben dem Bett zu Boden.

Ja, das dürfte ihr angenehmer sein.

Zufrieden griff er nach der Decke, wärmte sie mit dem Klimazauber vor und legte sie über sein Mädchen. Ihr Körper entspannte sich weiter. So war es gut.

Und warum hätte ich mich beinahe auf die Schnauze gepackt?

Thorxarr schaute sich um. Auf dem Boden entdeckte er einen Papierblock. Die oberen Seiten waren zerknickt, ein paar lagen abgerissen daneben.

Tja, ich bin eben kein Fliegengewicht. Aber was macht das Teil überhaupt auf dem Boden?

Normalerweise ging sein Mädchen sorgfältig mit ihren Arbeitsmaterialien um. Der Krieger hob Block und Blätter auf, strich die zerknickten glatt und deponierte alles auf dem Schreibtisch.

Nicht dass sie in der Nacht aufsteht und ebenfalls darauf ausrutscht.

Papier war offensichtlich nicht so harmlos, wie es aussah.

So, und nun muss ich selbst dringend ins Bett!

Alexan hatte ihm und Oxana alles abverlangt. Thorxarr rieb sich den schmerzenden Nacken.

Es wird »echt anstrengend«, hat Alex gesagt. Pah! Das war die Untertreibung des Jahrtausends.

Müde trottete der Krieger durch die Wohnung und löschte in allen Räumen das Licht.

So sehr wie Alex hat mich bisher noch niemand an meine Grenzen gebracht – nicht einmal meine Ausbilder und die geben sich mit sowas alle Mühe!

Sein Kamerad tat immer so arglos, aber in gewisser Hinsicht war er

genauso schlimm wie Grimmarr. Dem Roten hatte wegen seiner mickrigen Körpergröße niemand zugetraut, sich die Königswürde erkämpfen zu können.

Unterschätze nie die Kleinen, stöhnte Thorxarr stumm. *Und die astralschwachen erst recht nicht!*

Er zog die Vorhänge zu, legte seine Tageskleidung mit einem magischen Schnipsen ab und schlüpfte in seine Schlafshorts.

Alexan hatte ihn und Oxana in den vergangenen Stunden Dinge tun lassen, von denen er nicht geahnt hatte, dass sie überhaupt möglich waren.

Bei der Sphäre! Und erst recht nicht, dass ich selbst dazu im Stande bin, sie zu tun.

Wenn Thorxarr es recht bedachte, hatte er sie auch nicht getan. Genau genommen war es Alexan gewesen. Wie der Weiße das hinbekommen hatte, war dem Krieger unerklärlich.

Er schnaubte und legte alle Kleidungsstücke ordentlich über die Sessellehne.

Sein Kamerad hatte das Kunststück vollbracht, Geist und astrale Kraft aller drei Drachen zu vereinen und kollektiv zu nutzen.

Wir drei haben für mehrere Stunden als ein Wesen gedacht und Magie gewirkt.

Das war mehr als merkwürdig gewesen. Zeitweise hatte Thorxarr den Eindruck gehabt, wahnsinnig zu werden. Allein bei der Erinnerung daran lief ihm ein kalter Schauer über den Rücken.

Nie im Leben hätte ich gedacht, dass ich zu dermaßen großer Ruhe und Konzentration fähig bin! Von dem filigranen Zauber will ich gar nicht erst reden.

Die Magie war furchtbar fragil und empfindlich gewesen, sodass Thorxarr das Gefühl hatte, seine Meridiane wären danach mit all den Nullen und Einsen der Digitalisierung vollgefusselt.

Argh, ich bin völlig erledigt, ächzte der Krieger.

Lieber würde er eine Woche Manöver ohne Schlaf und dafür mit Langstreckenflügen unter Dauerbeschuss absolvieren, als noch einmal

eine falsche Wahrheit aus Oxanas Hirn auf ein Mobiltelefon zu bannen.

Thorxarr musste Alexan recht geben: Die kleinste Ablenkung torpedierte den Zauber. Drei Anläufe hatten sie benötigt, bis es endlich geklappt hatte.

Bei Abrexars Schwingen, ich hoffe inständig, dass Oxas Plan morgen hinhaut und wir Schneewittchen aus Schlangenzunges Fängen befreien können. Wenn nicht, und ich noch einmal bei der Erstellung eines solchen Videos helfen muss ...

Darüber wollte er licber gar nicht nachdenken.

Nein, jetzt wird gepennt.

Er warf einen zärtlichen Blick auf Schneewittchen und kroch zu ihr unter die Decke. Sie kuschelte sich schlaftrunken an ihn.

„Morgen wird alles gut, meine Liebste."

Das musste es einfach.

Thorxarr schloss die Augen. Kaum berührte sein Kopf das Kissen, war er auch schon weggenickt.

Henkersmahlzeit

Hiltja erwachte. Draußen war es Nacht. Jemand hatte die Vorhänge komplett zugezogen, sodass das Licht der Großstadt schwächer als üblich in ihr Zimmer fiel. Die Ziffern ihres Weckers konnte sie gerade noch erkennen: Es war kurz vor vier, also hatte sie tatsächlich geschlafen. Trotzdem fühlte sie sich wie gerädert.

Ich brauche Zimt. Und ... ich muss zum See!

Innerlich rollte sie mit den Augen. Ihr Verstand wusste, dass es diesen See nicht gab, aber ihr Herz wollte das einfach nicht wahrhaben.

Rastlos drehte sie sich um und war froh in Thors Gesicht zu blicken. Ihr Donnergott war zurück. Er schlummerte tief und fest.

Er ... sieht erschöpft aus.

Ungefragt schob sich die See-Sehnsucht in den Vordergrund und mit ihr der Nachhall von unvorstellbarem Grauen.

Ein Schauer kroch über Hiltjas Rücken. Sie spürte Tränen in sich aufsteigen und drängte sie zurück, indem sie blinzelnd schluckte.

Hatte ich einen Albtraum?

Sie konnte sich nicht daran erinnern – ja, nicht einmal an das, was sie gestern Nachmittag getan hatte oder wie sie in ihr Bett gekommen war.

Ein weiteres Loch in meinem Kopf!

Ihre Seele fühlte sich wund an, als hätte der Tod sie letzte Nacht gefressen, mit spitzen Zähnen zerkaut und wieder ausgespuckt.

Na super.

Woher dieses abstruse Bild kam, begriff Hiltja nicht, doch sie war sicher, dass es zutraf.

Ich muss in meinem Waldsee baden. Der könnte mich heilen.

Genervt verdrehte sie die Augen. *Sieh an – der Schwachsinn nimmt zu!*

Hiltja wehrte sich, dennoch leuchteten vor ihrem geistigen Auge Lichtfächer im Morgennebel auf. Unter ihnen lag ein sanft schillernder See. Er wurde umrahmt von maigrünen Buchen, die ihre Äste gelassen in alle Richtungen baumeln ließen.

Die Sehnsucht in Hiltja brannte und raubte ihr den Atem. Nichts wünschte sie sich mehr, als zwischen den Bäumen am Ufer zu sitzen. Dort konnte sie dem munteren Plätschern des Bachs lauschen, der auf der anderen Seite einen Hügel hinabfloss und das Gewässer speiste. Überall sprossen Farne, Moose, Buschwindröschen sowie unzählige Schösslinge und malten auf diese Weise ein Naturkunstwerk in den schönsten Grüntönen.

O Gott! Ich MUSS dorthin. Ich muss es einfach!

Nur an diesem Ort würde sie Frieden finden. Fand sie ihn nicht, würde sie sterben. Und mit ihr der Rest der Welt.

Ja, ich werde verrückt!

Jetzt liefen doch Tränen über ihre Wangen. Sie schluchzte. Wo war der See?

Vor ihr brummte Thor etwas Unverständliches und schnaufte so abgekämpft, dass sich ihr Waldsee auflöste.

Großartig! Jetzt wecke ich ihn auch noch mit meinem Geheule. So geht das nicht. Bekloppt werden kann ich auch allein. Er braucht seinen

Schlaf.

Entschlossen kroch sie aus dem Bett und bemerkte, dass sie ihre Unterhose und das T-Shirt von gestern trug.

Pfft! Warum habe ich mich denn nicht umgezogen?

Wieder gab es keine Antwort in ihrem Kopf.

Egal. Sie pflückte die Klamotten des Vortags vom Sessel, schnappte sich ihr Notebook und schlich aus dem Zimmer.

***

Gegen zehn Uhr hatte Hiltja sich in Paulas WG-Zimmer alle Waldsee-Bilder angesehen, die Google freiwillig ausspuckte. Ein Foto von *ihrem* See war natürlich nicht darunter gewesen. Nebenbei hatte sie drei Becher Jogi-Tee in sich hineingekippt und sich gezwungen, leise zu sein. Die See-Sehnsucht brannte immer noch in ihr, aber dafür gaben ihre Meridiane Ruhe.

Weiß der Himmel, was ich gestern gezaubert habe!

Vielleicht beherrschte sie ja einen Vergessenszauber, den sie auf sich selbst anwandte, ohne es mitzukriegen. Dieses Szenario würde zumindest ihre Gedächtnislücken und die Zimtgelüste erklären.

Das oder ich werde bekloppt!

Sie kicherte hysterisch. In zwei Stunden würde der Termin mit Piet stattfinden. Eigentlich müsste sie diese Tatsache nervös machen, doch dem war nicht so. Im Gegenteil, das Gespräch ließ sie kalt und das, obwohl sie wusste, was für sie selbst, ihre Familie und für Paula auf dem Spiel stand.

Den See zu finden ist wichtiger.

Die erzwungene Ruhe fühlte sich wie ein Käfig an. Am liebsten hätte Hiltja geschrien und an den Gitterstäben gerüttelt. Sie konnte es kaum noch ertragen. Abrupt sprang sie von Paulas Schreibtischstuhl auf und wanderte im Raum auf und ab.

Irgendwas sagte Hiltja, dass sie ihr Handy checken sollte, doch das Gerät lag in ihrem eigenen Zimmer und dort schlief immer noch ihr

Donnergott.

Muss er nicht langsam mal aufstehen?

Sie kannte seinen Zeitplan für heute nicht.

Grumpf. Ich mache jetzt Frühstück und dann heißt es: Raus aus den Federn, Herr Soldat!

***

In der Küche herumzuwerkeln, schenkte Hiltja ein paar Minuten Frieden. Der Kaffee lief durch und soeben hatte sie eine doppelte Portion Müsli fertiggestellt. Hierfür hatte sie Haferflocken mit Backkakao, Honig, einer Handvoll gehackten Nüssen, etwas Chilipulver und mehreren Teelöffeln Zimt vermischt und die Masse mit Butter in der Pfanne angeröstet.

Normalerweise ließ ihr der Duft von warmen Haferflocken das Wasser im Mund zusammenlaufen, doch heute war Hiltja einfach nur schlecht.

Sie schaute aus dem Fenster. Der Himmel war bewölkt und eine Brise wirbelte vereinzelte Blätter durch die Luft.

Da stimmt was nicht!

Obwohl das Wetter typisch für Hamburg und Mitte Dezember war, fühlte es sich »falsch« an.

Draußen müsste es windstill sein.

Hiltja schloss die Augen. Sie spürte, dass sich am Horizont dunkle Wolkenberge auftürmten – blauschwarz und bedrohlich, wie vor einem Sommergewitter.

Die Ruhe vor dem Sturm!

Genau das war es. Eine unheilvolle Gänsehaut prickelte über ihren Körper hinweg. Nicht mehr lange, und das Unwetter würde über sie hereinbrechen. Sie musste schleunigst den See erreichen.

Nein! Schluss damit! Ich muss Thor wecken.

Gereizt nahm sie ihre Blümchenschürze ab und verließ die Küche.

***

Thorxarr blinzelte Schneewittchen verschlafen an.

„Oh. Es ist hell. Wie spät ist es?"

Sein Mädchen schaute unbehaglich aus dem Fenster und dann zurück zu ihm. „Kurz nach zehn. Ich wusste nicht, wann du aufstehen wolltest."

Er schoss in die Senkrechte. „*Nach* zehn? Oha! Aufstehen wollte ich deutlich früher!"

„Keine Panik." Schneewittchen rang sich ein halbes Lächeln ab. „Ich habe schon Frühstück gemacht. Und wenn ich dich gestern richtig verstanden habe, gibt es heute Morgen eh nichts mehr zu tun. Wegen der Sache mit Piet, meine ich."

„Stimmt." Thorxarr schwang seine Beine aus dem Bett und drückte ihr einen Kuss auf die Schläfe. „Ich bin es einfach nur nicht gewohnt, so lange am Stück zu schlafen. Bei der Sphäre, Alex hat Oxa und mich fertig gemacht. Mir rauscht jetzt noch das Hirn!"

„Hat denn alles geklappt?" Besorgt hob sie ihre Brauen.

„Ja, ja, alles prima. Das Video ist eins a geworden, wie Alex sich ausdrückt." Er schnupperte. „Mhmm. Das riecht aber lecker hier. Was gibt es zu essen?"

„Drachen-Müsli." Sie zwinkerte ihm zu. Dabei wirkte sie allerdings eher gehetzt als amüsiert.

Hoffentlich entspannt sie sich, wenn heute Nachmittag alles vorbei ist.

„Hört sich gut an." Thorxarr lächelte und stand auf. Um sein Mädchen abzulenken, nickte er zum Schreibtisch hinüber. „Woran hast du gestern Nachmittag eigentlich gearbeitet?"

„Ich?" Unbehagen huschte über ihre Miene. „Warum?"

„Als ich kam, lag dein Block auf dem Boden."

„Am Boden?", echote sie verwirrt.

„Ja." Er kratzte sich betreten am Hinterkopf. „Ich Tölpel bin draufgetreten und habe ein paar Seiten zerknickt."

„Echt? Also, *ich* habe den Block nicht auf den Boden gelegt."

Schneewittchen guckte sich die losen Blätter an und keuchte.

Thorxarr trat zu ihr. „Was ist?"

Hilflos hielt sein Mädchen ihm eine vollgekrakelte Seite hin. Lediglich dreieinhalb Zeilen konnte man entziffern.

„Das ... das ist meine Handschrift", krächzte sie, „aber das habe ich nicht geschrieben ... zumindest kann ich mich nicht daran erinnern!"

Ihre Augen wurden feucht. „Thor, was passiert mit mir? Warum schreibe ich solchen Schwachsinn auf und kritzle alles voll?"

„Ach, das ist sicher bloß der Stress wegen Piet", versuchte er sie zu beruhigen und warf einen Blick auf ihren Text.

> Wenn das unfassbare Dunkel nach uns greift, wird das Licht der Verbindung/Versammlung heller strahlen und uns den Weg aus der Finsternis weisen.

Diese Worte kannte er. Alle Himmelsechsen kannten sie!

Unmöglich!

Thorxarr starrte sie an. „Woher hast du das?"

Schneewittchen wich zwei Schritte zurück. Das Papier in ihrer Hand zitterte. „Ich sag doch: Das weiß ich nicht!"

Sie hat Angst!

Beschwichtigend hob Thorxarr seine Hände. „Entschuldige, das sollte kein Vorwurf sein. Ich bin nur ... erstaunt, diese Worte hier zu finden."

„Warum? Was bedeuten diese Sätze überhaupt?" Sie schaute von dem Blatt zu ihm auf.

„Das", er zeigte auf die dreieinhalb Zeilen, „ist eine Prophezeiung aus der altvorderen Zeit, die sich vor ein paar Jahren erfüllt hat. Warte ... ich zeige es dir – nicht erschrecken."

Er sendete ihr Gedankenbilder von goldenen Himmelsechsen, deren Schuppen über und über mit funkelnden Edelsteinen besetzt waren und die große Reden zu schwingen schienen. Dabei blickten die Goldenen

anklagend auf zwei ungleiche Paare herab: einen schwarzen Drachen mit einer brünetten Europäerin und einen weißen Drachen – Alex ähnlich, aber nicht er – mit einem peruanisch gekleideten Mädchen.

„Vor ein paar Jahren hat der Große Rat der Goldenen versucht, seine Vormachtstellung mit dieser Prophezeiung auszubauen", seufzte Thorxarr. „Alles drehte sich um diese beiden Wörter: »Verbindung« und »Versammlung«." Er lächelte schief. „Das ist eine lange und unschöne Geschichte, mit der ich dich an einem Tag wie heute nicht belasten möchte. Die Kurzform ist: Es stellte sich heraus, dass mit dem Originalbegriff »Chokanaera« nicht die Versammlung – also der Große Rat der Goldenen – gemeint war, sondern die Verbindung zwischen zwei Gefährten."

„Nein, es müssen drei sein", widersprach Schneewittchen.

„Drei?" Thorxarr sah sein Mädchen irritiert an. „Wie kommst du auf drei?"

„Ich ..."

Sie brach ab und wieder wurden ihre Augen feucht. „Ich weiß es nicht. Sieh selbst!"

Hilflos zog sie ihre Gedankenvorhänge auf und entblößte eine rätselhafte Leere.

„Ich weiß gar nichts mehr", hauchte sie. Tränen kullerten über ihre bleichen Wangen. *Ich muss zum See! Noch heute!!!*

Prompt flutete das baumumstandene Gewässer die Leere und Thorxarr hatte das Gefühl, direkt neben einer Grünen zu stehen.

Morgen!, sagte er sich. *Morgen kommt Lunara zu uns. Dann wird alles gut.*

„Hey, holde Maid", raunte der Krieger und zog sie an seine nackte Brust. „Eins nach dem anderen. Heute machen wir Piet unschädlich und morgen finden wir heraus, wie es sein kann, dass du eine Prophezeiung aus der altvorderen Zeit kennst, okay? Niemand kann alles auf einmal."

Sie kuschelte sich an ihn. „Nicht mal ihr Drachen?"

„Nein, nicht mal wir Drachen", brummte er und drückte ihr einen Kuss auf die Haare. Ihr wundervoller Duft stieg ihm in die Nase und

weckte eine diffuse Leidenschaft in ihm.

Halt. Danach steht meinem Mädchen jetzt gewiss nicht der Sinn!

Bedauernd murmelte er: „Ich ziehe mich besser an und dann gehen wir frühstücken, einverstanden?"

***

Hiltja schaute Thor hinterher. Er hatte seine Klamotten zusammengesammelt und war damit Richtung Badezimmer verschwunden.

Er hat recht: eins nach dem anderen!

Das sagte ihr Vater auch immer. Dennoch kribbelte eine elendige Rastlosigkeit durch ihren Körper. Sie hatte das Gefühl, sich selbst zu verlieren.

Resigniert verdrängte sie den Waldsee aus ihren Gedanken und wollte in die Küche gehen, da streifte ihr Blick das Smartphone auf dem Schreibtisch.

Da war was ...

Hiltja entsperrte das Display. Sie hatte mehrere Nachrichten und verpasste Anrufe von Paula.

Paula?! Hä?! Wir dürfen uns doch gar nicht kontaktieren!

Verwirrt öffnete sie das Chatprogramm.

Gestern, 21:17

Paula:

> Geht es dir gut, Süße? Ich dachte, wir machen einen Bogen umeinander wegen ... du weißt schon. 😵 Ich bin verwirrt. Deine Worte machen mir Angst! Und was soll das mit Thor und Alex? 🥴

Ich habe ihr doch gar nicht geschrieben!

Hiltja verstand kein Wort und scrollte ein Stück hoch.

„Oh!"

Offenbar hatte sie es doch getan. Dunkel waberte eine Riesenpizza

durch ihren Geist.

Von Pizza steht da nichts, dafür was von einer Madame Vouh. Wer soll das sein?

Bebend wischte sie mit dem linken Handrücken über ihre schon wieder feuchten Augen und sah nach, was ihre Freundin sonst geschrieben hatte.

21:45

Paula:

> Du bist wohl grade offline. Deine Nachrichten lassen mir keine Ruhe. Ich probiere es mal bei diesem Alex.

21:59

Paula:

> 😣 Da geht keiner ran. Auch nicht bei Thor.
> Ich probiere es morgen noch mal, nun muss ich erstmal ins Bett!

Heute, 07:29

Paula:

> Hab's grade noch mal probiert. Immer noch Fehlanzeige bei den beiden Herren. Muss jetzt zur Uni. Vielleicht sehen wir uns dort.
> Wenn nicht, schreib mir oder ruf mich an. Ich mach mir echt Sorgen!
> Falls ich bis heute Nachmittag nichts von dir gehört habe, komm ich bei dir vorbei.

Hiltja starrte wie betäubt auf ihr Smartphone.

Was soll das?

„Ich hab' einen Grizzlyhunger. Wollen wir essen?", brummte Thor. Er stand angezogen neben dem Sessel und streckte ihr seine Hand entgegen. „Dein Drachen-Müsli riecht voll lecker!"

Hiltja ließ ihr Telefon sinken und nickte hölzern.

***

Thorxarr linste zur Wanduhr, sie zeigte viertel vor elf an. In einer Dreiviertelstunde wollte er sich mit Oxana und Alexan im Regenwald treffen, also war er gut in der Zeit. Zufrieden kratzte er seine Müslischale leer, schob sich den letzten Löffel in den Mund und kaute. Das Zeug schmeckte köstlich, wenngleich die Menge zu gering war.

Sie hat es sogar mit etwas Chili gewürzt.

Mehr Liebe ging nicht. Da konnte es der Krieger leicht verschmerzen, dass Schneewittchen ihm bei seinem Bericht über den Digitalisierungszauber kaum zugehört hatte.

Hmm ... so abwesend kenne ich sie gar nicht.

Er schaute sie von der Seite an. Die Kleine rührte lustlos im Müsli herum; sie hatte es bisher so gut wie gar nicht angerührt.

„Isst du das noch?", erkundigte er sich mit einem breiten Grinsen.

Sie sah verwirrt auf und zuckte mit den Schultern. „Ich ... glaube nicht."

„Kann ich es haben?" Übertrieben hoffnungsvoll wackelte er mit seinen Brauen.

Sie nickte und schob die Schüssel wortlos zu ihm herüber. Sonst kam keine Reaktion.

Wie jetzt? Sie behauptet ja gar nicht, dass ich gefräßig sei und ihr die Haare vom Kopf futtern würde. ... Bei der Sphäre, sie ist wirklich neben der Spur! In diesem Zustand sollte ich sie nicht allein zu Hause lassen.

Er räusperte sich. „Also wegen gleich ... mir wäre es lieber, wenn du mitkommst."

„Mitkommen? Wohin?"

Ihr Blick war so zerstreut, dass sie förmlich durch ihn hindurchguckte. Das gefiel Thorxarr nicht.

„Erst in den Regenwald und dann in die Lagerhalle zu Piet."

Er schob sich einen Löffel Müsli in den Mund. *Das Zeug ist viel zu lecker, um es verkommen zu lassen.*

„Ich weiß nicht", flüsterte Schneewittchen. „Ich muss den See finden!"

„Den finden wir morgen", sendete er, kaute und schluckte. „Sag

einfach, wohin du willst, ich begleite dich dorthin, versprochen!"

„Gut."

Sein Mädchen saß regungslos auf dem Küchenstuhl, doch Thorxarr hatte den Eindruck, dass sie am liebsten aufspringen und wegrennen wollte.

Oje, das wird von Tag zu Tag schlimmer mit ihr.

Er seufzte, zückte sein Smartphone und erklärte aufmunternd: „Ich schau mal, ob Oxa und Alex noch was geschrieben haben. Wir ... Oh! Ich habe ganz vergessen, das Gerät nach dem Digitalisierungsmarathon wieder in Betrieb zu nehmen."

Hüstelnd schaltete er sein Telefon wieder an und stutzte.

„Drei Anrufe in Abwesenheit", las er vor. „Was bedeutet das?"

„Jemand hat dich angerufen, aber du bist nicht rangegangen", erwiderte sie mechanisch.

„Wer sollte mich denn anrufen? Oh! Hier wird die Nummer angezeigt. Es war jedes Mal dieselbe. Die kenne ich nicht. Du etwa?"

Er hielt ihr das Handy hin.

Auf einmal zitterte Schneewittchen. „Das war Paula."

„Deine Freundin? Warum sollte die mich anrufen? Wie kommt sie überhaupt an meine Nummer?"

Jetzt weinte sein Mädchen.

„Weil ich sie ihr gegeben habe, Thor! Aber ich weiß von nichts. Ich schwöre! Hier!" Sie entsperrte ihr Smartphone und schob es zu ihm herüber. „Ich kann mich an nichts erinnern!"

„Okay ..."

Perplex griff Thorxarr nach dem Telefon und überflog den Chatverlauf.

„Entweder jemand hat mein Telefon gehackt", schniefte sie, „oder ich werde verrückt! Ich habe jedenfalls keinen Schimmer, wer diese Madame Vouh ist."

„Aber du kennst die Dame", widersprach Thorxarr und drückte beruhigend ihre Hand. „Zumindest hast du in den Wochen nach unserer ersten Begegnung häufiger an die Frau gedacht und dich über sie

geärgert. Das konnte ich damals in deinen Gedanken sehen."

„Wirklich? Ich … doch … da ist was …"

Schneewittchen öffnete ihre Geistesvorhänge. Zum Vorschein kam ein verblasstes Bild mit ausgefransten Rändern und etlichen weißen Flecken: Auf einem Dorfplatz stand neben einem Karussell ein plüschiges Zelt aus violettem Stoff. Zahllose bunte Wimpel flatterten an Kordeln zwischen den Stangenspitzen, die aus dem Dach ragten. Der halboffene Eingang gab den Blick auf eine seltsam gekleidete Frau frei. Sie starrte mit bedeutsamer Miene in eine gläserne Kugel.

„Wer ist das?", fragte Thorxarr.

„Madame Vouh", wisperte Schneewittchen. „Als ich klein war, kam in einem Jahr mal eine Wahrsagerin auf unsere Kirmes."

Die Gedanken des Kriegers begannen zu rotieren.

Nein, das ist unmöglich. Das waren nur Schlüpflings-Märchen!

Mit erzwungener Gelassenheit schaute er auf sein Mädchen herab und fragte: „Was genau … macht eine »Wahrsagerin«?"

***

Hiltja schaute furchtsam in das Antlitz ihres Donnergottes. Seine Augen waren schmal geworden und bohrten sich regelrecht in ihren Geist.

„Sie … sagen … die Zukunft der Menschen voraus", stammelte sie. „Zumindest tun sie so, als könnten sie es. Meine Mutter wollte nicht, dass ich zu ihr gehe." Das Zittern wurde heftiger und wieder flossen Tränen aus ihren Augen. „»Das ist eine Betrügerin!«, hat Mama gesagt. »Die will den Leuten bloß ihr sauer verdientes Geld aus der Tasche ziehen.« … Ich …. bin trotzdem heimlich bei ihr gewesen. Aber das ist Jahre her!"

Thor schwieg, doch sein Gesicht war in Aufruhr, dann ertranken sie beide im Packeis.

„Wir … müssen los", grollte er schließlich. „Hol den Zettel mit der Prophezeiung, ja? Ich informiere die anderen."

***

Wenig später schlüpfte Thorxarr mit seinem Mädchen über dem Regenwald aus der Nebelsphäre. In Papua-Neuguinea herrschte tiefste Nacht, dennoch war es schwülwarm.

Der Krieger machte die Auren sichtbar, breitete seine Schwingen aus und segelte der felsigen Anhöhe entgegen. In der Nähe von Zahais Lagerplatz ging er tiefer. Er drehte die Schwingen in den Wind und landete – darauf bedacht, eine halbwegs ebene Fläche zu erwischen, auf der er Schneewittchen absetzen konnte.

Aus dem Zelt drang ein Schmatzen, gefolgt von Gekicher. Anhand der Auren konnte Thorxarr zuordnen, dass das Schmatzen von Zahai kam und das Gekicher von Alexan.

„Was treibt ihr da?", wunderte er sich.

„Oh, Thor! Bist du das?"

„Wer soll es sonst sein? Komm raus."

Thorxarr ließ ein Licht über Schneewittchen schweben, damit sie etwas sehen konnte. Dann verwandelte er sich in seine Menschengestalt und half ihr, sich aus Winterjacke und Pulli zu schälen.

„Danke", murmelte sein Mädchen. Ansonsten war sie besorgniserregend teilnahmslos.

Unterdessen hatten sich die Zeltinsassen entknotet und Alexan streckte seinen Kopf aus dem Zelt – diesmal mit sanft gewellten blonden Haaren, die seidig über seine nackten Schultern flossen.

„Moin Thor!"

„Pfft! Und mir erzählst du, dass Menschen stets bekleidet rumlaufen! Was treibt ihr da im Zelt?"

Alexan grinste breit. „Kommunikation."

„Aha!" Der Krieger hob eine Braue. „Mit dem Aurenzauber sah das mehr nach Rumknutschen aus. Seid ihr etwa Gefährten?"

„Nein, ihr doch auch nicht", entgegnete der Kleine ungerührt. „Und Küssen *ist* eine Form der Kommunikation, wenn nicht sogar die schönste von allen." Er warf einen Blick hinauf zum Firmament.

„Täusche ich mich oder bist du eine halbe Stunde zu früh?"

„Falls meine Vermutung stimmt, bin ich eher ein paar Monate zu spät", grummelte Thorxarr. „Hast du meine Nachricht nicht bekommen?"

„Welche Nachricht?" Alexan furchte die Stirn unter seinen blonden Locken. „Oh! Hähä … ich fürchte, ich habe ganz vergessen, mein Smartphone wieder anzustellen und mit dem astralen Feld zu koppeln. Upsi!"

Nun kroch er ganz aus dem Zelt.

Sieh an! Immerhin trägt er eine Hose.

Der Weiße zückte sein Handy und schaltete es ein.

„Lass stecken", knurrte der Krieger. „Ich erzähle es dir: Schneewittchen hat eine Prophezeiung aus der altvorderen Zeit niedergeschrieben." Er lächelte sein Mädchen auffordernd an. „Gibst du Alex den Zettel, bitte?"

„Hier." Sie reichte seinem Kameraden ein zusammengefaltetes Blatt Papier, ihre Hand zitterte dabei.

Verdammt. Sie ist völlig am Ende!

Behutsam legte er den Arm um seine Kleine und zog sie zu einem mittelgroßen Felsbrocken in der Nähe. „Vielleicht solltest du dich setzen, hmm?"

Sie nickte und ließ sich auf dem Stein nieder.

Unterdessen hatte Alexan den Zettel auseinandergefaltet und den Inhalt studiert. Stirnrunzelnd schaute er zu Thorxarr auf.

„Warum diktierst du Schneewittchen diese ollen Kamellen?"

„Das hab' ich nicht."

„Nicht?" Die Furchen unter den Locken vertieften sich. „Wer dann?"

„Niemand", brummte Thorxarr. „Zumindest denke ich das."

„Ich kann mich nicht mal dran erinnern, es überhaupt geschrieben zu haben", sendete Schneewittchen.

„Oh!", machte Alexan.

„Genau: oh! Und da ist noch mehr."

„Nein, warte kurz!" Der Weiße wackelte mit seinem Handy. „Es ist

hochgefahren und ich habe mehrere Push-Nachrichten vom »Oculus arcanus« bekommen."

„Hä? Das ist doch *unsere* Zeitung!", schnaubte Thorxarr. „Warum bekommst du Nachrichten von der Zeitung der Drachengesellschaft auf einem humanoiden Gerät?!"

„Och, die habe ich auch mit dem astralen Feld gekoppelt." Alexan überflog einen Artikel und wurde blass. Auf einer geheimen Frequenz sendete er: *„Thor! Es sind schon wieder Dämonen in unsere Welt gekommen."*

„Was?!" Dem Krieger lief es eiskalt den Rücken runter. *„Wann? Wo? Wie konnte das passieren?"*

„Sekunde ..." Der Weiße scrollte auf seinem Telefon herum. *„Was: drei Satanas. Wo: in Nordkorea. Wie: wissen sie noch nicht."*

„Dann wurde der Ausgang des jungfräulichen Tores bislang nicht gefunden?", fragte Thorxarr auf der geheimen Frequenz zurück und warf Schneewittchen einen besorgten Blick zu. Es war besser, wenn sie nichts von diesem Angriff mitbekam.

Alexan schüttelte den Kopf. *„Nein. Das suchen sie noch. Moment ..."* Er las weiter. *„Hier steht, dass mit Hochdruck daran gearbeitet wird. Und ... puh! Ich zitiere:* »Die Situation ist unter Kontrolle: alle Dämonen wurden eingefangen. Aktuell besteht keine akute Gefahr. Dennoch räumte der Vorsitzende der Versammlung aller Drachen gegenüber dem »Oculus arcanus« ein, dass sich die Lage zuspitzen würde. „Ich will euch nichts vormachen", so Grimmarr, „in der Dämonensphäre ist was im Gang. Wir müssen auf alles vorbereitet sein."«"

Der Weiße ließ sein Handy sinken. *„Bei der Sphäre, Thor, das hört sich nicht gut an!"*

„Nein, das tut es nicht", grollte Thorxarr. *„Umso wichtiger ist es, dass du mir zuhörst!"*

Sein Mädchen guckte ängstlich zu ihnen herüber, sodass der Krieger lieber wieder laut fortfuhr: „Offenbar leidet Schneewittchen zeitweise an Gedächtnisverlust." Er öffnete seinen Geist. „Schau hier! Gestern

hat sie Paula angeschrieben und heute Morgen wusste sie nichts mehr davon. Sie …"

Drei Minuten später hatte Thorxarr seinem Kameraden den Chatverlauf zwischen den Studentinnen gezeigt und von Madame Vouh sowie von Paulas Anrufen berichtet.

Alexans Kopf geriet mit jedem Satz stärker in Schieflage.

„An den Feuern von uns Roten", erklärte Thorxarr abschließend, „macht eine Geschichte die Runde. Es heißt, eine Seherin der altvorderen Zeit soll das Herz eines Kriegers gehabt haben, denn sie opferte ihr Leben um die Zukunft zu verteidigen. Angeblich soll sie ihre Seele herausgerissen und mit Magie zu einer mächtigen Waffe verwoben haben. Das Artefakt soll – sofern es denn die Jahrtausende überdauert hat – sogar den Untergang der Welt verhindern können."

Bei diesen Worten zitterte Schneewittchen auf ihrem Felsbrocken, als würde ihr ein Schauer über den Rücken laufen.

Daraufhin wechselte Thorxarr lieber wieder in die geheime Frequenz: *„Früher hielt ich diese Legende für ein Märchen, das man Schlüpflingen erzählt, wenn sie nicht in den Schlaf finden können. Aber jetzt …?"* Er sah seinen Freund eindringlich an. *„Schneewittchen kennt die Prophezeiung! Was, wenn sie noch mehr Informationen hat? Was, wenn sie weiß, wo sich die Waffe befindet?"*

„Hmm." Alexan presste seine Lippen aufeinander. *„Bei uns in den Eishöhlen wird eine andere Geschichte erzählt. Lonaah – das war der Name der Seherin, die ihr Leben geopfert haben soll – baute keine Waffe, sondern schickte ihr Wissen in die Zukunft. Dieses soll mit einem würdigen Träger wiedergeboren werden und so zurück in unsere Welt gelangen."* Er runzelte die Stirn. *„Hinter vorgehaltener Schwinge wird getratscht, dass die Goldenen jahrtausendelang jeden einzelnen Schlüpfling unter die Lupe genommen haben sollen. Es wird gemunkelt, dass das der wahre Grund ist, warum die Gelege ausschließlich in den Bruthöhlen ihrer Zitadelle gepflegt werden und nicht mehr, wie ursprünglich, im warmen Sand der Tropen. Hmm …"*

„Das wäre eine ehrlose Verschwörung!", empörte sich Thorxarr.

„Außerdem wurde doch nie so ein Wissensträger gefunden, oder?"

Sein Kamerad schüttelte kaum merklich den Kopf. *„Nein, in unserer Legende heißt es aber auch, dass sich das Wissen zu verbergen weiß, damit es nicht in falsche Klauen gerät. Hmm ..."*

Alexans Blick huschte zu Schneewittchen, zurück zu Thorxarr und erneut zu seinem Mädchen. *„Oh! ... Was, wenn ...?"* Seine Augen wurden rund. *„Ohhhh! Was, wenn der Träger kein ..."*

Die Miene des Weißen entgleiste. „Ich muss zu Luna!"

„Was? Jetzt gleich?!" Thorxarr schüttelte verwirrt seinen Kopf. „Aber Luna steckt mitten in einer Prüfung!"

„Ich weiß!", jammerte Alexan und verwandelte sich in einer hektischen Bewegung in seine Drachengestalt. *„Sie wird mir jede Schuppe einzeln abziehen, wenn ich mit meiner Vermutung falsch liege! Aber wenn ich richtig liege, dann ... ooooooohhhh! Ich muss los!"*

Der kleine Weiße wandte sich um, entfernte sich zwei Sprünge vom roten Krieger und warf sich in die Luft.

„He!", rief Thorxarr ihm hinterher. „Wir müssen in wenigen Minuten los! Schon vergessen? Wir haben einen Termin mit Schlangenzunge!"

„Fangt ohne mich an!" Alexan gewann an Höhe. *„Ich komme nach. Und gib gut auf Schneewittchen Acht!"*

Dann verschwand er in der Nebelsphäre.

Natürlich gebe ich auf mein Mädchen Acht!, seufzte der Krieger. Das tat er seit dem ersten Tag.

„Warum ist Alex so plötzlich abgehauen?", flüsterte Schneewittchen neben ihm.

Thorxarr schaute nachdenklich auf sie hinab. „Ganz ehrlich: Ich habe keine Ahnung!"

Zahai krabbelte aus dem Zelt und erkundigte sich in gebrochenem Latein: „Kommt er wieder?"

Bevor der Krieger antworten konnte, riss die Sphäre über der Anhöhe ein zweites Mal auf. Diesmal spuckte sie Oxana aus.

Noch im Landeanflug sendete sie: *„Ich muss mich auf Aktionen wie diese vorbereiten. Ihr könnt nicht erwarten, dass ich pünktlich bin,*

wenn ihr den Termin von jetzt auf gleich eine halbe Stunde vorverlegt." Grazil stellte sie ihre Schwingen auf, um abzubremsen. *„Make-up und Frisur brauchen viel mehr Zeit, als ihr glaubt!"*

Sie vollführte eine elegante Kurve und setzte wenige Schritte entfernt von Thorxarr auf dem felsigen Untergrund auf.

„Moin", grunzte er, immer noch überfordert mit Alexans überstürztem Aufbruch.

„Moin! Und dann noch die Nachrichten aus Nordkorea letzte Nacht! Was für eine Aufregung", schnaubte Oxana. Sie verwandelte sich in ihre Menschengestalt und strich sich prüfend über ihre perfekt gestylte Hochsteckfrisur. „Wo ist Alex?"

„Das wissen wir nicht genau", antwortete Zahai stockend auf Latein.

„Ihr wisst es nicht?!", stöhnte die Goldene. „Aber ... wir haben einen Termin mit ihm!"

„Ja, haben wir", brummte Thorxarr. „Und er ist sich dessen vollkommen bewusst."

Der Rote setzte Oxana auf der geheimen Frequenz über die Geschehnisse der letzten Minuten in Kenntnis.

„Jetzt bist du genauso schlau wie ich."

Stille.

Die Goldene schaute zweifelnd von ihm zu Schneewittchen und wieder zurück. „Hmm!"

„Das war auch mein Gedanke", spottete Thorxarr. „Und was machen wir jetzt?"

„Na, was schon?" Oxana verdrehte die Augen. „Wir ziehen unseren Plan mit Piet durch! Da alles vorbereitet ist, könnten wir Alex in dieser Phase entbehren."

„Bist du sicher?"

Der Krieger stellte sich hinter sein Mädchen und legte seine Hände schützend auf ihre Schultern. Sie wurde immer apathischer.

„Ja", erwiderte die Goldene schnippisch. „Außerdem habe ich nicht vor, freiwillig noch einmal eine falsche Wahrheit zu digitalisieren! Du etwa?"

„Ich?!", ächzte Thorxarr. „Bei der Sphäre, nein! Das gestern war die Hölle."

„Eben." Oxana lächelte. „Das müssten wir aber, falls wir den Termin bei Piet verschieben. Schon morgen ist das Video nicht mehr aktuell. Nein, das ist absolut keine Option!" Sie schaute auf ihre Armbanduhr. „In zehn Minuten brechen wir auf."

In die Ecke gedrängt

Thorxarr trat mit Schneewittchen über Hamburg aus der Sphäre. Kurz hatte er überlegt, sie mit Zahai im Regenwald zurückzulassen, aber sich von ihr zu trennen war ihm zutiefst zuwider gewesen, besonders jetzt, da erneut Dämonen in die Welt eingefallen waren. Was, wenn seine Kameraden doch nicht alle dunklen Kreaturen gefunden hatten?

Nein, es ist besser, wenn Schneewittchen in meiner Nähe bleibt.

Da er seine Kleine im Gegensatz zu sich selbst nicht unsichtbar machen konnte, schuf er einen Luftschild um sie herum und versteckte sich mit ihr in der tiefhängenden Wolkenschicht.

Oxana ging unterdessen tiefer und sondierte die Lagerhalle im Industriehafen.

Wenige Minuten später sendete sie an den roten Krieger: *„Es läuft genauso, wie ich es vorausgesehen habe: Schlangenzunges Schergen liegen bereits auf der Lauer. Sie haben sich in den Regalen zwischen großen Kisten und Kartons versteckt, damit das Lagerhaus auf uns leer*

wirkt. Ha! Es wird ein Leichtes sein, sie mit Lunas Schlafzauber unschädlich zu machen.“

„Und was, wenn Schlangenzunge mitkriegt, dass seine Leute pennen?“

„Das wird nicht passieren, mein Lieber!“ Oxana lachte. *„Luna hat mir gezeigt, wie ich den Zauber vorbereite, ohne ihn auszuführen. Das hat sie vor ein paar Wochen ja schon mit den Heilzaubern gemacht, als dein Mädchen angeschossen wurde, erinnerst du dich?“*

Thorxarr grunzte unzufrieden. Diesen furchtbaren Moment würde er wohl nie vergessen.

„Hach, ich warte einfach“, säuselte die Goldene, *„bis Piet eingetroffen ist und überprüft hat, ob seine Auf-der-Lauer-Lieger auch auf der Lauer liegen. Sobald er sich auf unser Gespräch konzentriert, schicke ich die anderen Hautsäcke ins Land der Träume.“*

„Gut“, brummte er. *„Wo landen wir?“*

„Hier.“ Oxana schickte ihm die Koordinaten. *„Dieser überdachte Lagerplatz liegt direkt hinter Schlangenzunges Halle. Wie ich vermutet habe, möchte der Hautsack keine Zeugen. Das heißt, niemand wird unsere Verwandlung sehen. Herrlich, oder, Thor? Piet will eine Falle für uns ausheben und schaufelt dabei sein eigenes Grab!“*

„Wie jetzt? Ich dachte, wir bringen ihn nicht um“, knurrte Thorxarr. Einen Mord mit ansehen zu müssen, würde sein Mädchen heute wohl kaum verkraften.

„Bloß im übertragenen Sinne, Thor!“ Vorfreude schwang in Oxanas Gedankenstimme mit. *„Keine Sorge. Ich halte mich an das, was wir in den letzten Tagen besprochen habe. Improvisieren werde ich nur, falls etwas Unvorhersehbares geschieht, versprochen! Aber wir sind hervorragend vorbereitet. Was soll da schon passieren?“*

***

Fünf vor zwölf drückte Oxana den Klingelknopf am Eingang der Lagerhalle. Thorxarr und sein kleines Hautsäckchen standen zwei

In die Ecke gedrängt

Schritte hinter ihr, wie es sich für die »Mitarbeiter« einer Oligarchin gehörte.

Thors Humanoide sieht schlecht aus. Kein Vergleich zu neulich im Tunnel! Vielleicht wäre es besser, sie in ihre Behausung zu bringen.

Doch dafür war es zu spät, denn nun öffnete sich die Tür.

„Frau Pawlowa!", begrüßte sie ein Mitdreißiger, der mit Jeans und einem karierten Hemd bekleidet war. „Der Boss hat Sie schon angekündigt. Immer rein in die gute Stube!"

Mit einer einladenden Geste öffnete er die Tür vollständig und ließ die Gruppe eintreten.

„Ich bin übrigens Björn. Piet wird sich leider etwas verspäten." Der Lagermensch lächelte. „Er wurde unerwartet aufgehalten."

Oxana sah in seinen Gedanken, dass das eine Lüge war und ebenso, dass der Hautsack vorhatte, in den nächsten Minuten sein Glück bei »dem heißen blonden Gerät« zu versuchen.

Der Typ leidet eindeutig an Selbstüberschätzung. Na, den Zahn werde ich ihm ziehen!

Sie lächelte aalglatt zurück und kanzelte ihn mit russischem Akzent ab: „Ich werde warten. Aber meine Geduld ist begrenzt."

„Äh … okay." So schnell gab Björn nicht auf. „Darf ich Ihnen einen Kaffee anbieten?"

Oxana hob skeptisch die linke Braue. „Kaffee?"

„Ja. Oder lieber einen Tee?" Björn deutete mit dem Daumen über seine Schulter. An der Hallenwand hinter dem Lagermenschen war eine Küchenzeile mit Tresen und Barhockern eingebaut worden. Die Möbel waren allesamt hochwertig und wurden so geschickt beleuchtet, dass der Bereich trotz der deckenhohen Regale, die sich ringsherum erhoben, gemütlich wirkte.

Björn versuchte es erneut mit einem Lächeln. „Wir haben hier eine gute Espresso-Maschine. Für Gäste wie Sie hat der Boss selbstverständlich hervorragende Kaffees und Tees besorgt. Letztere trinkt er sogar persönlich."

Ein Teekränzchen und dazu von allen Seiten freies Schussfeld auf die

Barhocker. Respekt!

Schlangenzunge machte keine halben Sachen. Und was den Stil betraf, ging er offensichtlich nicht einmal in seinem Lager Kompromisse ein.

Kein Zweifel, der Kaffee wird genießbar sein.

Oxana ließ sich zu einem Nicken herab. „Einen Latte macchiato für mich." Sie wandte sich zu Thorxarr um. „Was wollt ihr?"

Björn verzog den Mund. Den asiatischen Gorilla und das verhuschte Mädchen hatte er nicht bedienen wollen.

„Espresso", brummte der Krieger hämisch. „Und Schneewittchen bekommt einen Caffè Latte."

„Gern", log Björn.

„Gut." Oxana sah sich um. „Vorher müsste ich noch …" *Mist! Wie hieß das noch? Jetzt wäre Alex doch gut gewesen.* „… den … Stillen Ort besuchen."

„Stillen Ort?" Björn krauste fragend die Stirn.

„Ja", erwidert Oxana und betonte ihren Akzent. Sollte der Hautsack ihre Unkenntnis auf die Sprachbarriere schieben. „Ich muss für kleine Russinnen. … WC."

„Ahhh! Das stille Örtchen!" Der Lagermensch grinste und prompt purzelte eine höchst unangemessene Erotikszene durch seinen Geist.

Igitt! Menschen sind so abartig!

Das fand Björn nicht. Nein, er genoss sein Kopfkino und schaute ihr beiläufig in den Ausschnitt. „Wenn Sie mir bitte folgen wollen …"

Danke, nein.

Aber natürlich lief sie dem Mann hinterher und ignorierte dessen Gelüste.

Allein auf der Toilette erfasste Oxana die Gedankenmuster der bewaffneten Auf-der-Lauer-Lieger so, wie Luna es ihr gezeigt hatte. Die Grüne hatte sie gewarnt, dass die Wellblechverkleidung der Halle den astralen Fluss beim Schlafzauber stören könnte, und davon abgeraten, die Magie von außerhalb des Gebäudes zu wirken.

Warum nur?

In die Ecke gedrängt

Die Goldene vollführte eine komplexe Bewegung mit beiden Armen und stutzte.

Okay! Jetzt verstehe ich, was sie gemeint hat: Die Metallplatten reflektieren die mentale Beeinflussung! Das wäre schiefgegangen und ich hätte es vermutlich nicht einmal gemerkt. Danke, Luna!

Konzentriert wiederholte sie die Armbewegungen und verwob die Gedankenmuster von Schlangenzunges Schergen mit dem Schlafzauber.

Hmm ... Ob es geklappt hat, werde ich erst wissen, wenn ich den Zauber loslasse.

Blöderweise hatte sie das zuvor nicht mehr testen können. Dafür war die Zeit zu knapp gewesen, beziehungsweise Alexans Digitalisierungsmagie zu heftig.

Ich muss Luna vertrauen.

Die hatte behauptet: „Voll auf die Zwölf kann ich. Nicht mal eine Horde Kreischknochenknacker wird die Humanoiden wach kriegen können, solange der Zauber wirkt."

Dann hoffe ich mal, dass das stimmt!

Oxana drückte auf die WC-Spülung und wusch sich anschließend die Hände. Als sie in die Halle zurückkehrte, schlürfte Thor am Tresen bereits einen Espresso.

Du liebe Güte! Das Porzellantässchen verschwindet ja zwischen seinen Fingern. Hoffentlich zerbricht er es nicht.

Schneewittchen hatte ein Caffè-Latte-Glas vor sich stehen, starrte jedoch mit verlorenem Blick darüber hinweg.

„Bitte sehr, Frau Pawlowa!" Björn reichte ihr den Latte macchiato. „Zucker habe ich selbstverständlich auch für Sie."

„Nicht nötig." Oxana nippte an dem Kaffee. *Mhmm, lecker!*

Sie streckte ihre Sinne aus. Da Schlangenzunges Gedankenmuster noch nicht einmal in der Nähe war, beschloss sie, ein wenig mit dem Lagermenschen zu spielen.

Die Goldene schenkte ihm ein angedeutetes Lächeln. „Ganz schön ruhig hier für ein Lagerhaus."

Björn stieg freudestrahlend darauf ein. „Nicht wahr? Es ist Mittagspause, da sind die meisten meiner Kollegen in einer Kantine zwei Straßen weiter."

Oxana intensivierte ihr Lächeln. „Und Sie Ärmster müssen hier die Stellung halten?"

„Ach, so schlimm ist es nicht." Er grinste verwegen – zumindest war er der Meinung, dass seine Miene so auf Frauen wirkte. „Jetzt nicht mehr."

Bei der Sphäre, wie blöd kann Mensch sein? Da zeigt man ihm unmissverständlich die kalte Schwinge und die Hohlbirne schiebt es auf eine volle Blase! Boa, der Hautsack glaubt wirklich, ich würde mich für ihn interessieren!

***

Zehn Minuten und etliche Belanglosigkeiten später öffnete sich die Tür des Lagerhauses erneut und Schlangenzunge trat ein. Drei Schritte hinter ihm folgte Jamie alias James Bond.

„Olga!", rief Piet und breitete seine Arme mit großer Geste aus. „Bitte verzeihen Sie mir, dass ich Sie habe warten lassen. So etwas gehört sich nicht für einen Gentleman, aber wichtige Dinge lassen sich leider nicht aufschieben."

Lüge.

In seinem Kopf sah Oxana, dass seine Verspätung vollkommen beabsichtigt war. Damit demonstrierte er gern seine Macht.

Schlangenzunge gönnte sich ein dezentes Lachen. „Ich hoffe, Björn hat sich gut um Sie gekümmert?"

„Ja, sein Service war hervorragend", flötete Oxana mit rollendem »R«. Sie zwinkerte dem Lagermenschen zu – *Niedlich! Dieses humanoide Männchen denkt tatsächlich, es könnte bei mir landen.* – und stellte ihr halbvolles Latte-macchiato-Glas auf dem Tresen ab.

Menschen waren so leicht zu manipulieren. Da bildete Piet keine Ausnahme. Man musste bloß die richtigen Register ziehen.

In die Ecke gedrängt

Und das werde ich!

„Der Kaffee ist wirklich exzellent", schmeichelte die Goldene mit echt wirkender Bewunderung in der Stimme.

„Das hoffe ich doch!", erwiderte Piet. Unauffällig überprüfte er, ob seine Auf-der-Lauer-Lieger ihre Positionen eingenommen hatten. „Meinen Geschäftsfreunden biete ich nur das Beste an. Alles andere wäre geschmacklos, finden Sie nicht, Olga?"

„Absolut, ja!"

Schlangenzunge lächelte zufrieden. Hier lief alles nach seinen Wünschen.

Schön, dass er sich sicher wähnt! Dann kann ich ja loslegen.

Oxana nippte noch einmal an ihrem Latte macchiato und ließ den Schlafzauber los. Sie seufzte, als würde sie das Getränk genießen und checkte dabei, ob alle Schergen schliefen.

„Sie pennen alle!", bestätigte Thorxarr überflüssigerweise und schlürfte den letzten Espressotropfen aus seinem Tässchen.

„Ich weiß. Keine Sorge, ich habe alles im Griff, Herr Krieger."

„Gut", grollte er. *„Dann komm zum Ende."*

„Hä? Ich habe ja noch nicht mal angefangen!"

„Eben. Werd' fertig!"

„Nun sei nicht so ungeduldig", motzte Oxana. Es war immer dasselbe mit den Roten: Wenn sie niemanden verprügeln durften, war ihnen langweilig. Dabei würde ihr Plan ebenfalls auf einen Kampf hinauslaufen.

Aber ein verbaler Schlagabtausch zählt für die roten Muskelprotze ja nicht! Pfft! Die haben einfach keinen Sinn für Intrigen ...

Erst jetzt bemerkte die Goldene, dass Thorxarr Schneewittchen einen besorgten Blick zuwarf. Das Mädchen war blass, ja, sie sah regelrecht fiebrig aus.

„Ich beeile mich", versprach Oxana.

Sie nahm einen letzten Schluck, seufzte erneut genießerisch und stellte das Glas ab. „Köstlich! Das nenne ich einen Kaffee, Piet!"

Der Mann lächelte freundlich. „Ich lasse Ihnen gern ein Päckchen

zukommen. Vielleicht schicken Sie mir im Gegenzug mal ein Tütchen »Dragons-Dream«?"

Er taxierte sie und das Lächeln in seinen Augen gefror. „Wissen Sie, Olga, über diese Droge habe ich schon einiges gehört. Das scheint guter Stoff zu sein."

„Das ist er", bestätigte sie.

„Ich gebe zu, ich bin etwas enttäuscht."

Piet setzte sich auf den freien Barhocker neben ihr. Seine Nähe wirkte bedrohlich.

He, was soll das werden? Versucht der Hautsack etwa, den Spieß umzudrehen?

Schlangenzunge schöpfte Atem. „Wie ich schon sagte: meine Geschäftsfreunde bekommen von mir nur das Beste! Immer."

Anklagend nahm er ihr Latte-macchiato-Glas in die Hand und schwenkte dessen Inhalt. Dann fixierte er die Oligarchin mit seinem Blick. „Sie verfügen über »Dragons-Dream«, aber wir beide reden nur über Meth, Crystal oder Ecstasy. Zählen Sie mich etwa nicht zu ihren Freunden?"

Das. War. Dreist!

Innerlich schnappt Oxana empört nach Luft, äußerlich blieb sie ruhig.

Na warte! Das kann ich auch.

„Schön! Ich mag Männer, die zur Sache kommen." Sie setzte ein honigsüßes Lächeln auf. „Und vor allem mag ich Männer, die ihr Revier sauber halten – oder war der Angriff durch die Kölner etwa gewollt?"

Piets zur Schau gestellte Freundlichkeit erlosch, seine Miene wurde arktisch.

Natürlich hatte er den Angriff im alten Elbtunnel weder gewollt noch toleriert oder gar angeordnet, das konnte die Goldene seinem Geist entnehmen.

Oxana hielt seinem Blick stand. „Wissen Sie, Piet, ein Mensch, der seine Leute nicht schützen kann, ist erbärmlich. Aber noch erbärmlicher ist ein Mann, der versucht, sein Pokersternchen entführen zu lassen, damit es von seiner großen Liebe getrennt wird!" Sie schaute kurz

In die Ecke gedrängt

mitfühlend zu Thorxarr hinüber.

„Ein Mann, der es dann auch noch so aussehen lässt, als wären Idioten aus Köln dafür verantwortlich, der ist *absolut erbärmlich*, finden Sie nicht, Piet?"

Der Unterweltboss starrte sie finster an und schwieg.

Schick! Mit meiner Gegenoffensive hat er nicht gerechnet. Überhaupt hat es vor mir noch keine Frau gewagt, so mit ihm zu reden. Na, das wurde aber mal Zeit!

Oxana tätschelte liebevoll das Revers von Schlangenzunges Edel-Sakko. „Also, mir liegen meine Leute *wirklich* am Herzen! Thor besonders." Sie schenkte dem Roten ein Lächeln. „Und Thor ist verliebt."

Sie seufzte theatralisch. „Junge Liebe ist so ein zartes Pflänzchen. Sie muss gehegt und gepflegt werden. Deswegen hatte ich ja gleich zu Beginn eine Abmachung mit Ihnen getroffen: Niemand funkt zwischen die Beziehung von Thor und Schneewittchen. Sie waren einverstanden, oder etwa nicht?"

Es war herrlich: Piet antwortete noch immer nicht! Ihm war klar, dass – gleichgültig, was er sagte – er nicht gut dabei aussehen würde.

Hach, und genau da wollte ich ihn haben. Dieser Hautsack hasst *es, sein Gesicht zu verlieren.*

Sein gekränkter Stolz ließ ihn sogar überlegen, die Auf-der-Lauer-Lieger von der Kette zu lassen, doch noch hielt ihn seine Gier davon ab. Die Geschäftsbeziehungen, die die Oligarchin ihm bot, waren einfach zu wertvoll.

Normalerweise kostete Oxana so einen Moment aus, aber Thorxarrs Mädchen sah wirklich nicht gut aus und der Krieger wurde zunehmend unruhig.

Tja, es nützt nichts: Zeit für den Todesstoß! Wie schade ...

„Ich will nicht lange lamentieren, Piet. Sie entlassen Schneewittchen aus Ihren Diensten. Zukünftig wird das Mädchen unter *meinem* Schutz stehen." Oxana fuhr mit ihrem Zeigefinger lasziv unter seinem Revers entlang. „Dann können Sie sich endlich ganz darauf konzentrieren,

Ordnung in Ihrem Revier zu schaffen, so wie es sich für einen Gentleman gehört. Und der Kleinen wird es gut gehen."

Die Dreistigkeit der Russin verschlug Schlangenzunge die Sprache. Seine Augen wurden schmal, die Kiefermuskulatur verspannte sich.

Es war Bond, der sprach.

„Gut gehen?", höhnte er. „Habt ihr euch die Kleine mal angeschaut?! Seit ich sie kenne, hat sie noch *nie* dermaßen miserabel ausgesehen! Was macht ihr mit ihr?" Er trat näher. „Hey Schneewittchen. Du musst nicht mit den Russen abhängen. Ich … *wir* können dich beschützen. Ehrlich. Beim nächsten Mal", er streckte die Hand nach ihr aus, „bringe ich dich persönlich …"

„Finger weg!", fauchte Thorxarr und ließ seine Drachenaura ausufern, sodass Bond keuchend erstarrte.

„Thor! Reiß dich zusammen."

„Der soll sich verziehen!"

„Das wird er", zischte Oxana stumm. *„Krieg dich wieder ein und lass mich machen."*

Langsam ebbte das Grollen des Roten ab.

Mit dem Zustand der Kleinen hatte Piets Handlanger blöderweise recht: Sie war leichenblass und saß vollkommen apathisch da.

„Natürlich sieht sie mies aus!", motzte Oxana. Sie tätschelte Piets Brust und wandte sich zu Jamie um. „Der Angriff im alten Elbtunnel hat Schneewittchen traumatisiert. So etwas muss ein junges Ding erstmal verkraften!"

„Im Tunnel stand das Mädchen doch unter Ihrem Schutz, Olga." Piet nickte gelassen zu Thor hinüber. „Ich würde sagen, *wir beide* haben unsere Hausaufgaben nicht gemacht."

Ja nee, ist klar! Oxana verdrehte innerlich die Augen. *Ich würde ja zu gern wissen, wie Bond und Konsorten mit den zehn Kölnern zurechtgekommen wären. Wetten, dass der Kölsche Jung die Kleine einkassiert hätte?!*

In Piets Geist sah die Goldene, dass ihr Kontrahent diese Meinung teilte. Er wusste, dass er geschlagen war. Aber mit Niederlagen kam er

In die Ecke gedrängt

nicht gut klar. Normalerweise hätte er die Oligarchin spätestens jetzt für ihre Respektlosigkeit umlegen lassen. Ein Weib, das sich in seinem Machtbereich so aufführte, war inakzeptabel. Lediglich die Tatsache, dass diese Frau über Waren verfügte, die er wollte, hatte Schlangenzunge dazu bewogen, ihr noch eine Chance zu geben.

Oh, süß! Der Hautsack unterstellt mir *Inkompetenz, damit er sein Gesicht wahren und weiter Geschäfte mit mir machen kann!*

Mehr Narzissmus ging kaum.

Jetzt lächelte der Typ auch noch herablassend.

„Olga, Schneewittchen gehört mir. Selbst wenn ich wollte, ich *kann* das Mädchen nicht gehen lassen. Wie würde das denn für einen Gentleman aussehen?"

„Och, das macht sich auf alle Fälle besser als ein Loch in der Brust", erwiderte Oxana und grinste.

„Ein Loch?" Piet glaubte sich verhört zu haben. „Soll das eine Drohung sein?!"

Die Goldene nickte. „Korrekt. Geben Sie Schneewittchen frei!"

„Das werde ich nicht tun!"

Schlangenzunge hob die Hand über seinen Kopf und winkte einmal lässig.

Hach, das ist das Signal für seine Auf-der-Lauer-Lieger, mich abzuknallen.

Natürlich knallte hier gar nichts. Mit diebischer Freude beobachtete Oxana die Mischung aus Ärger und Verwunderung, die in Piets Miene sickerte.

Ein zweites Mal hob der Mann die Hand und winkte.

Wieder passierte nichts abgesehen davon, dass Bond und Björn irritiert zu den Regalen schauten, in denen sich die Schützen versteckt hatten.

Piet stöhnte und rief genervt: „Jetzt schießt endlich!"

Er begriff nicht, warum seine Leute den Befehl nicht ausführten. *Haben die Typen Tomaten auf den Augen? Die knöpfe ich mir später vor. Eine derartige Nachlässigkeit werde ich nicht dulden!*

„Ihre Leute können nichts dafür", antwortete Oxana auf seine unausgesprochenen Gedanken. „Und schießen werden sie nicht. Sie schlafen."

„Was?!" Schlangenzunge starrte sie fassungslos an.

„Sie schlafen", wiederholte die Goldene. „ICH habe meine Hausaufgaben gemacht. Das tue ich immer. Ich fürchte, ich bin eine wahre Musterschülerin."

Sie gönnte sich ein arrogantes Lächeln. „Und bevor Björn und Jamie in ihren Taschen kramen, schlage ich vor, dass Sie sich in aller Ruhe mein Angebot anhören. Dieses Rumgeballere stört doch, wenn man sich zivilisiert unterhalten möchte, oder, Piet?"

Schlangenzunge antwortete nicht, er schaute sie bloß frostig an.

Björn rührte sich nicht.

Sieh an! Der Lagermensch trägt seine Waffe nicht am Mann – wozu auch, bei all den Schützen in der Halle?

Bonds Hand hingegen wanderte unter sein Sakko.

„Waffe gesichert!", meldete Thor. *„Keine Kugel wird den Lauf von Bonds Pistole verlassen."*

„Danke, mein Lieber!"

Oxana schenkte Jamie einen mitleidigen Blick und drehte sich dann Piet zu. „Passen Sie auf, es ist ganz einfach: Sie überlassen mir Schneewittchen und im Gegenzug behalte ich das hier für mich."

Sie zückte ihr Handy, rief das Video auf und schob das Gerät auf dem Tresen zu Schlangenzunge hinüber.

Der glotzte versteinert auf den Film, in dem er selbst die Hauptrolle spielte:

Piet stand mit einigen Mitarbeitern in seinem Büro und sinnierte über die Waffenlieferung, die Perseus an diesem Nachmittag erwarten würde. Er berichtete außerdem, dass der blauweiße Bazi einen Käufer für die Hälfte der geraubten Kunstgegenstände gefunden hatte und die Übergabe am nächsten Tag stattfinden sollte. Abschließend meinte er, dass der Kölsche Jung gerade dabei sei, einen hochrangigen Politiker mit kinderpornographischen Bildern zu erpressen. Hierfür sollte in der

In die Ecke gedrängt

kommenden Nacht ein entscheidender Deal abgewickelt werden.

Das ist nicht echt!, hallte es fassungslos durch Piets Kopf.

„Oh, natürlich sind die Informationen echt", flötete Oxana. „Sowohl die Inhalte als auch die Orts- und die Zeitangaben." Sie zwinkerte. „Olga die Musterschülerin, schon vergessen?"

„Das … die … diese Situation hat es so *nie* gegeben." Schlangenzunge zeigte empört auf den Bildschirm. „Diese Dinge habe ich *niemals* gesagt! Bis eben wusste ich ja noch nicht einmal von den Fakten!"

„Das weißt du, das weiß ich, nur die anderen Gangster, die wissen das nicht!" Die Goldene musste ein Kichern unterdrücken. „Das Video ist prima geworden, oder? Sogar die Sammlung des Meißner Porzellans in der Vitrine im Hintergrund ist gelungen! Wer sollte das als Fälschung entlarven?"

Bond zog nun doch seine Pistole und zielte auf sie.

Schneewittchen musste die Waffe aufblitzen gesehen haben, denn nun drehte sie sich mit geweiteten Augen zu Bond. Sie zitterte so stark, dass Thor seinen Arm um sie legen musste, damit sie nicht vom Barhocker glitt.

Dafür hatte Oxana keine Zeit. Sie blickte gelangweilt in den Lauf der Pistole und stöhnte: „Ach, Jamie, für wie blöd hältst du mich? Selbstverständlich habe ich mich abgesichert! Das Video sowie einen Umschlag mit den passenden Infos für die Polizei habe ich bei Freunden hinterlegt. Sollte ich mich nicht bis ein Uhr bei ihnen gemeldet haben, gehen die Infos an die Polizei und die Videos morgen nach dem letzten Verbrechen an Perseus, den Bazi und den Kölsche Jung."

Entsetzen fegte Piets Kopf leer.

Unterdessen wog Bond ab, ob es zielführend war, die Russin zu erschießen oder vielleicht lieber doch auf ihre Seite zu wechseln.

Perseus bringt mich um!, kombinierte Piet schließlich.

Zufrieden stellte die Goldene fest, dass der Unterweltboss wirklich bestürzt war. Einerseits entrüstete ihn die Dreistigkeit der Oligarchin, andererseits hatte er keinerlei Idee, wie sie an den Film gekommen war. *Das bin ich!*, dachte er. *ICH! In meinem Loft in der Speicherstadt.*

Verdammt! Perseus und die anderen werden keinen Zweifel an der Echtheit haben.

„Hach", flötete Oxana, „ich wusste, dass Sie ein intelligenter Mann sind, Piet, und zugänglich für vernünftige Argumente!"

Schlangenzunge stand mit dem Rücken an der Wand, seine Miene wurde hart. „Was wollen Sie, Olga?"

Bond ließ die Pistole sinken, froh darüber, sich nicht für eine Seite entscheiden zu müssen.

„Ich will Schneewittchen!" Die Goldene lächelte. „Sie sorgen dafür, dass ihre Leute das Mädchen, deren Familie und die Freunde in Ruhe lassen. Keine Pokerabende mehr. Keine toten Hofhunde und keine zerstochenen Traktorreifen. Im Gegenzug", sie klopfte Piet zärtlich auf die Brust, „behalte ich das Filmchen für mich. Nicht dass noch einer ihrer Kollegen ein Loch in ihr Sakko schießt. Wäre doch schade um den schönen Stoff!"

Am Rande bemerkte Oxana, dass Schneewittchen immer unruhiger wurde und nach dem See suchen wollte. Thorxarr hatte Mühe, sie davon zu überzeugen, noch ein paar Minuten sitzen zu bleiben.

Währenddessen wirbelten die Gedanken in Schlangenzunges Kopf: *Was, wenn ich zum Schein drauf eingehe und sie später abknallen lasse?*

„Nur nebenbei", säuselte Oxana. „Das ist nicht das einzige Video. Ich bin ein Streber! Das Basteln des Films hat mir so viel Spaß gemacht, dass ich gleich mehrere davon erstellt habe."

Dass das geflunkert war, musste sie ihm ja nicht auf die Nase binden. Herablassend fixierte sie den Mann mit ihrem Blick. „Ich habe Sie in der Hand, Piet, und das wissen Sie! Also was ist? Haben wir eine Abmachung? … Keine Sorge, ich bin diskret. Dann können Sie ihren Kollegen erzählen, dass Sie die Kleine leid waren!"

Egozentrischen Typen wie ihm muss man einen Ausweg zeigen, womit sie den Schein wahren können.

Zwinkernd streckte sie ihm die Hand entgegen.

Schweigen.

In die Ecke gedrängt

Noch immer rasten die Gedanken ihres Kontrahenten – die drohende Niederlage kratzte massiv an seinem Ego. Er überlegte, sie doch von Bond erschießen zu lassen, war aber nicht sicher, ob dieser das auch tun würde.

Schlaues Bürschchen! Eins muss man Schlangenzunge lassen: Eine gute Menschenkenntnis hat er.

Piet wand sich innerlich und kam zu dem Schluss, dass Schneewittchen gehen zu lassen in diesem Moment das geringere Übel war.

Gerade als der Mann seinen Arm heben und einschlagen wollte, wurde ein Schlüssel in die Tür der Halle gesteckt und umgedreht.

Oxana streckte ihre Sinne aus, doch da öffnete sich bereits die Tür.

Verflucht! Was macht der denn hier?!

Das mit der Streberin konnte sie voll vergessen!

Die Kacke am Dampfen

Es war keine gute Idee gewesen, Schneewittchen mit in die Lagerhalle zu nehmen, das wusste Thorxarr nun auch. Die Unruhe seines Mädchens wurde zu seiner eigenen und lenkte ihn ab und zwar stärker, als er es je für möglich gehalten hätte. Da half ihm nicht mal seine Kriegerdisziplin.

„Thor, ich muss wirklich *den See finden!"*, jammerte die Kleine und rutschte von ihrem Barhocker hinunter. *„Mir rennt die Zeit davon."*

„Gleich", versuchte er sie zu vertrösten. *„Es dauert nur noch ein paar Minuten, dann ist Oxa hier fertig und wir können geh..."*

Ein klapperndes Geräusch ließ den Krieger aufhorchen und umgehend seine Sinne ausstrecken.

„Mantokscheiße!"

Hektisch probierte er, die Tür zur Lagerhalle mit einem Zauber zu verriegeln, doch zu spät: Der Neuankömmling hatte sie schon aufgestoßen.

„Na großartig! Die Ratte ist zurück und wie sollte es anders sein: mit einer Knarre in der Hand!"

Schneewittchen zog neben ihm scharf Luft ein. *„Thor, er darf mich nicht erschießen. Ich muss so dringend zum See!"*

„Er wird dich nicht erschießen!", seufzte Thorxarr und blockierte Schlagbolzen und Lauf der Waffe mit derselben Magie wie zuvor bei Bond. Ein Glück, dass Alexan ihm den Zauber neulich beigebracht hatte.

„So, Schneewittchen, jetzt kann Ex mit seiner Pistole rumfuchteln wie er will – feuern wird er nicht mehr."

Sie schaute ihn mit glasigen Augen an. *„Gut. Können wir dann los?"*

„Gleich", wiederholte der Krieger. Offensichtlich war der Verstand seiner Kleinen beeinträchtigt. Die Angst, nicht rechtzeitig zu dem bekloppten Gewässer zu kommen, war größer als die vor dem Tod.

Nicht mal ich *brauche Lunas Expertise, um zu kapieren, dass das bedenklich ist!*

Ex trat mit gezückter Waffe näher.

„Chef, ich bin zurückgekommen, um dir den Rücken freizuhalten", erklärte er kriecherisch. „Dir will jemand was anhängen und jetzt ist mir klar, wer das ist: die Oligarchin! Lass dich von der Russentussi nicht einlullen, Boss! Ich beseitige sie für dich, dann bleibt noch genügend Zeit, um Perseus und die anderen zu warnen."

Thorxarr rollte genervt mit den Augen. Er konnte in den Gedanken der Ratte sehen, dass dessen herzallerliebste Treue bloß vorgeschoben war. Tatsächlich hatte der Hautsack Heimweh, weil er im Exil keine neuen Freunde gefunden hatte.

Erbärmlich. Blöderweise ist der Kerl deutlich schießwütiger als Bond.

Dessen war sich Schlangenzunge ebenfalls voll und ganz bewusst.

„Willkommen zu Hause", begrüßte er seinen ehemals verbannten Mitarbeiter. Er witterte die Chance, seine Niederlage abzuwehren und wandte sich mit einem Lächeln an Oxana.

„Was sagt man dazu, Olga? Ex behauptet, Sie würden mir was

anhängen?" Bedeutsam tippte er sich an die Stirn. „Hmmm … könnte es sein, dass ich den Besuch der Kölner am Ende *Ihnen* zu verdanken habe?"

„Thor, ich muss echt gehen", sendete Schneewittchen erneut.

„Nicht jetzt!", widersprach Thorxarr und legte seinen Arm um die Kleine, damit sie ihm nicht einfach davonstiefelte. *„Wir müssen das hier erst zu Ende bringen."*

Hilflos warf er einen Blick zu Oxana.

Die schenkte Schlangenzunge ein arrogantes Lächeln. „Ach, Piet, ist das wirklich wichtig? Lassen Sie uns doch einfach herausfinden, was ihre Kollegen davon halten!"

Sie wischte auf ihrem Smartphone herum. „Von mir aus sofort – ich habe deren Nummern. Geben Sie mir eine Minute, dann ist das Video unterwegs." Sie strahlte. „Und keine Sorge, das mit der Polizei regle ich später."

„Boss, ich leg sie für dich um!", zischte die Ratte. Mordlust beschleunigte seinen Herzschlag und seine Hände schlossen sich fester um den Griff der Waffe. „'N Wink genügt."

„Thor!", drängelte Schneewittchen. *„Ich kann echt nicht länger warten."*

„Gleich!" Die Rastlosigkeit seines Mädchens machte den Krieger ganz irre. Diese Emotionen kannte er in solchen Situationen nicht von sich.

„Warte, Ex." Piet hob die Hand, seine Gedanken rotierten. Wie er es auch drehte und wendete: Er war so gut wie tot, falls Perseus das Video zu Gesicht bekam. Was Verrat betraf, war der Berliner absolut humorbefreit. Und zweite Chancen vergab der Mann auch nicht.

Der Zeigefinger der Ratte spannte sich erregt.

„Ich muss zum SEE!" Schneewittchen ruckte an seinem Arm, sodass Thorxarr Mühe hatte sie festzuhalten, ohne ihr wehzutun.

Gerade wollte Schlangenzunge Oxana ein einlenkendes Lächeln schenken, da klapperte der Schlüssel erneut an der Lagerhaustür und sie wurde ein zweites Mal aufgestoßen. Herein platzte ein halbnackter

Die Kacke am Dampfen

Alexan mit Glatze, gefolgt von Lunara.

Thorxarr wurde flau im Magen.

Alex hat seine Frisur vergessen! Und wenn Lunas Mentorin ihre Schülerin mitten aus der Prüfung entlässt, dann ist die Kacke mächtig am Dampfen!

„Nanu! Ich dachte, die Ratte wurde in den Süden verbannt", wunderte sich Alexan im Vorbeigehen, wandte sich jedoch sofort an die Goldene. *„Bist du fertig mit deiner Erpressung, Oxa? Luna und ich haben es eilig!"*

„He, du Clown, ich habe eine Waffe!", zischte Ex. „Die ist geladen. Und entsichert."

Piet furchte verärgert die Stirn: „Was wollen Sie in meinem Lagerhaus?" Sein Blick irrte zur Oligarchin und zurück zu den merkwürdigen Neuankömmlingen. *Im Dezember läuft niemand in Hamburg mit nacktem Oberkörper herum. Besonders dann nicht, wenn man so eine schmale Hühnerbrust hat wie der Milchbubi da.*

Er schnaubte: „Gehören diese »Leute« etwa zu Ihnen, Olga?"

„Mieses Timing, Alex!", fauchte Oxana mit versteinerter Miene. *„Ganz mieses Timing!"*

„Es tut uns leid, Oxa", mischte sich Lunara ein, *„aber unser Anliegen duldet keinen Aufschub."*

Sie lächelte sanft und ging direkt auf Thorxarr zu, zumindest nahm der Krieger an, dass sie das tat.

***

Hiltja hatte das Gefühl, vor Rastlosigkeit platzen zu müssen. Die Umgebung um sie herum verschwamm mehr und mehr zu einer breiigen Masse.

Oh Mann! Hier halte ich es keine Sekunde länger aus. Ich muss endlich zum See!

„Hallo Schneewittchen!", begrüßte sie eine fremde weibliche Stimme. „Ich bin Luna. Ich freue mich sehr, dich kennenzulernen."

Die Stimme der Frau plätscherte wie ein munterer Bach, kristallklar und rein.

Hiltja blickte fassungslos auf. Zum Glück klärten sich die verschwommenen Schleier ein wenig. Dunkelblonde Haare schälten sich aus dem unscharfen Brei. Sie flossen in sanften Wellen an einem sommersprossigen Gesicht entlang. Hier leuchteten grüne Augen und ein sanftes Lächeln. Beides erinnerte Hiltja an Sonnenstrahlen, die sich durch morgentlichen Nebel kämpften.

Die Lichtfächer über meinem See!

„Du musst keine Angst vor mir haben, Schneewittchen", sprach Luna weiter. „Ich werde dir helfen."

Eine Aura der Ruhe umgab die Frau, tief und herrlich kühl wie ein schillernder Waldsee.

„Du ... bist ... mein See!", stammelte Hiltja. Sie konnte es nicht fassen. Da stand tatsächlich der Waldsee vor ihr!

Grenzenlose Erleichterung flutete ihr Inneres und ließ sie in Tränen ausbrechen.

SIE musste ich finden!

Zitternd berührte die junge Frau Lunas Arm. Es war, als würde sie endlich an dem ersehnten Ufer zwischen maigrün belaubten Buchen Platz nehmen.

„Dich habe ich monatelang gesucht!", schluchzte Hiltja.

„Ich weiß", wisperte Luna und drückte ihre Hand. „Wir Grünen haben nach dir ebenfalls einige Jahrhunderte Ausschau gehalten."

„Jahrhunderte?! Die spinnt doch!", meckerte Ex. „Darf ich die »grüne« Tante umlegen, Boss?"

„Gleich." Poker-Piet runzelte die Stirn. „Vorher würde mich allerdings interessieren, was derlei Schwachsinn in meinem Lagerhaus zu suchen hat!"

Er guckte zu Oxa. „Ich dachte, wir zwei würden mitten in existenzrelevanten Verhandlungen stecken, oder etwa nicht?!"

„Das dachte ich auch", seufzte Oxa und betrachtete Luna mit einer vorwurfsvoll hochgezogenen Braue.

Die Kacke am Dampfen

„Gut", knurrte Ex. „Kann ich jetzt schießen?!"

„Für so etwas haben wir keine Zeit", widersprach Luna freundlich. Sie machte eine zackige Handbewegung, woraufhin Piet, Ex, Bond und Björn erstarrten.

„Was hast du getan?", jammerte Alex. „Wir dürfen unter uneingeweihten Menschen doch nicht zaubern! Das KfZmjH …"

„Alex, uns steht das Ende der Welt bevor", stöhnte Luna genervt. „Auf einen Paralysezauber mehr oder weniger kommt es da wirklich nicht an!"

Hiltja verstand nicht, worüber die beiden redeten. Das war in diesem Moment nicht wichtig. Sie genoss einfach das Gefühl, angekommen zu sein. Am liebsten hätte sie die fremde Frau umarmt.

Mir ist, als würde sie zu meiner Familie gehören! O Gott, das war es! Ich habe sie so viele Jahre vermisst!

Ein neues Schluchzen rollte ihre Kehle hinauf.

Thor trat neben sie und legte ihr den Arm um die Schultern. „Kannst du Schneewittchen helfen?"

„Hier leider nicht", sagte Luna. *„Dafür muss ich sie mitnehmen."*

„Gut, dann gehen wir!" Ihr Donnergott sah zuversichtlich zu Hiltja herab. *„Keine Sorge, meiner Freundin können wir vertrauen. Jetzt wird alles gut."*

„Ja, sie ist der See!" In ihr wogte ein überschäumendes Meer aus Emotionen und ließ schon wieder Tränen über ihre Wangen rollen. *„Hast du das gewusst?"*

„Nein!", schmunzelte er. *„Das habe ich nicht einmal ansatzweise geahnt. Wollen wir aufbrechen?"*

„Entschuldige, Thor." Die Grüne verzog das Gesicht. *„Ähm … aber du kannst nicht mitkommen."*

***

Thorxarr musste sich verhört haben. „Was?"

„Öhm, ja", druckste nun auch Alexan herum. *„Du … äh … musst*

hierbleiben."

Betretenes Schweigen.

„DAS könnt ihr voll vergessen!", fauchte der Krieger und schob sein Mädchen hinter sich. *„ICH bin für ihre Sicherheit verantwortlich! Auf gar keinen Fall werde ich sie allein gehen lassen."*

„Aber das musst du!" Alexan schaute händeringend zu ihm auf. *„Thor, sie IST es!"*

Thorxarr verschränkte seine Arme vor der Brust. *„Wer?"*

„Schneewittchen ist der Wissensträger!", ächzte Alexan und fuhr sich hektisch über die Glatze. *„Du weißt schon, die Legende, über die wir vorhin gesprochen haben!"*

„Na und?" Der Krieger wich keinen Millimeter zurück.

„Blas dich nicht so auf!" Luna tippte ihm mit dem Zeigefinger auf die Brust und sogleich fühlte er sich ein wenig friedlicher. *„Schnee-wittchens Geist wird durch einen Zauber vor der Entdeckung durch Drachen geschützt.* Deswegen *wurde sie nie von den Schwarzen aufgespürt und* deswegen *kannst du Hornochse nicht sehen, welche Art von Magie sie wirkt. Und deswegen badest du im Packeis, wenn ihr euch emotional aufeinander einlasst. Alex hat mir alles erzählt!"*

„Na und?", wiederholte Thorxarr. *„DESWEGEN lasse ich mein Mädchen noch lange nicht allein!"*

„Wie kann man bloß so stur sein?", nörgelte Oxana von der Seite.

Lunara ging nicht darauf ein. *„Thor, es könnte sein, dass ihr Gefährten seid."*

„Oh! Ehrlich?" Funkelnde Hoffnung kribbelte durch seine Eingeweide.

„Ja!", bestätigte Alexan. *„Aber das werden wir nur herausfinden, wenn Luna und ihre Schwestern den Verbergungszauber von ihr nehmen. Und das wiederum bekommen sie nur dann hin, sofern keine andere Drachenrasse in der Nähe ist. Sogar ICH muss hierbleiben!"*

„Aha." Thorxarr rang mit sich.

Der Gedanke, dass seinem Mädchen geholfen wurde, ja, dass sie beide vielleicht sogar Gefährten waren, war verlockend. Aber die Kehrseite

der Medaille machte ihn irre. *„Ich ... kann sie nicht gehen lassen."*

„Siehst du, Luna", beschwerte sich Alexan. *„Das meinte ich mit verbohrt!"*

Dem Krieger reichte es langsam.

„Ihr werdet mir Schneewittchen nicht wegnehmen!", begehrte er auf. *„Ich ..."*

„Niemand will sie dir wegnehmen." Lunara hob beschwichtigend ihre Hände. *„Wir wollen ihr helfen. Aber wenn ich ehrlich bin, geht es hier nicht nur um dich, Thor. Das Schicksal unserer Welt steht auf dem Spiel!"*

„Ha!", schnaubte Thorxarr. *„Das kann ja jeder behaupten! Ich lasse mich von euch nicht in die Ecke drängen."*

„Hab ich's dir nicht gesagt?" Alexan warf genervt den Kopf in den Nacken. *„Wenn es um die Kleine geht, macht sein Hirn Pause! Dann hört er einfach nicht mehr zu! Wir müssen ..."*

„Ich gehe mit Luna", flüsterte eine leise Stimme in Thorxarrs Rücken und Schneewittchen trat hinter ihm hervor. Zärtlich griff sie nach seinen Händen und schaute ihm in die Augen. *„Thor, ich weiß, dass du mich beschützen willst und das hast du in den letzten Wochen auch getan. Aber diesen Weg muss ich ohne dich antreten."*

Tränen glitzerten unter ihren schwarzen Wimpern. *„Ich spüre es schon lange: Da ist etwas in mir und das muss raus. Bitte lass mich gehen!"*

In ihrem bleichen Gesicht lag so viel Entschlossenheit, dass es Thorxarr den Wind unter den Schwingen raubte. *Wie könnte ich mich an sie klammern, wenn sie fort möchte?!*

Geschlagen senkte er den Kopf und ließ seine Schultern hängen.

„Hey, mein Donnergott", wisperte sie und strich ihm zärtlich über die Wange. „Ich liebe dich. Und ich komme wieder. Versprochen!"

Thorxarr nickte stumm, seine Augen brannten. Sie ziehen zu lassen, war das schwerste, was man je von ihm verlangt hatte. Es riss ihm fast das Herz aus der Brust.

Seufzend zog er seine Kleine ein letztes Mal in die Arme und küsste

sie, als würde es kein Morgen geben. *„Ich liebe dich auch!"*

Ihre Lippen schmeckten salzig und für einen winzigen köstlichen Moment waren er und Schneewittchen einander himmlisch nah, dann ertranken sie beide in einem Packeis-Blizzard.

„Bei. Der. Sphäre!", ächzte Oxana. *„Ich weiß ja, er ist ein Roter, aber wie bitte überlebt er das?!"*

„Keine Ahnung", würgte Luna hervor, *„doch ich denke, lange hält selbst Thor das nicht mehr aus."* Sie kniff die Augen zusammen und schüttelte sich. *„Uarks! Furchtbar!"*

Die Grüne straffte sich. Sie legte dem Mädchen behutsam ihre Hand auf die Schulter. *„Wir müssen gehen. Jetzt!"*

„Ich weiß", flüsterte die Kleine tapfer. „Uns läuft die Zeit davon … "

***

Oxana schaute Lunara und dem kleinen Hautsäckchen zu, wie sie gemeinsam Richtung Ausgangstür liefen.

„Luna!", rief der Krieger ihnen hinterher. *„Schwöre mir, dass du Schneewittchen nicht von der Seite weichst!"*

Die Verzweiflung in seiner Gedankenstimme ließ Oxana einen Schauer über den Rücken huschen.

Die Grüne drehte sich zu Thorxarr um und deutete eine Verbeugung an. *„Ich werde bei ihr bleiben, das verspreche ich dir, Thor!"*

„Danke!"

„Vielleicht geht es ja ganz schnell", munterte Alexan seinen Freund auf.

Uh! So viel Pathos! Oxana rollte innerlich mit den Augen. *Entweder muss ich gleich heulen oder kotzen.*

Über all die Gefühlsduselei vergaßen die anderen wichtige Dinge.

Wie gut, dass ich Teil des Teams bin. Wir Goldenen haben auch die Details im Blick.

„He Luna!", sendete sie, als die Grüne bereits die Klinke herunterdrückte. *„Was ist mit unserem Verbrecherquartett? Kriegst du*

die Typen wieder locker?"

„*Na klar!"* Luna machte eine wegwerfende Handbewegung und schon sackten Schlangenzunge, Bond, die Ratte und der Lagermensch ein paar Zentimeter in sich zusammen.

„Danke dir!", flötete Oxana fröhlich und knöpfte sich Piet vor.

„Dann können wir zwei Hübschen ja unsere »existenzrelevanten Verhandlungen« fortsetzen!"

Der Hautsack starrte sie mit aufgerissenen Augen an und krächzte: „Was seid ihr?"

„Na, auf jeden Fall mächtiger als du", spottete die Goldene. „Das dürfte nach der Aktion sogar ein Spatzenhirn wie du schnallen, oder nicht?"

Piet begriff, dass die Russin – oder was auch immer sie sein mochte – in einer anderen Liga spielte als er selbst. Langsam nickte er. „Gut, Sie können Schneewittchen haben."

„Also für ein bisschen realistischer hätte ich dich schon gehalten!", rügte Oxana und nickte Richtung Ausgangstür. „Deine Verhandlungs-masse ist gerade da hinausspaziert."

Der Unterweltboss presste überfordert seine Lippen aufeinander.

„Mensch, Chef", murrte Ex von hinten, „du hättest mich die Russin abknallen lassen sollen, bevor die grüne Tussi hier aufgeschlagen ist! Aber meine Finger sind nicht mehr steif – ich kann das nachholen."

Das meinte der Kerl tatsächlich ernst.

„Bei allen Blutkratzern, die Ratte nervt!" Oxana drehte sich um und schaute Ex in die Gedanken. Der Hautsack war ein mordlüsterner Sadist, der offensichtlich nicht kapiert hatte, gegen wen er sich stellte.

Obwohl ...

Sie sah genauer hin.

Nein! Ex ahnt, mit welchen Mächten er sich einlässt. Zumindest bei Luna. Mich hält er immer noch für eine menschliche Tussi. Und meine Verbindung zu Luna ist ihm egal! Er ... liebt es zu töten und lässt keine Gelegenheit aus. Heute ist es ihm doppelt wichtig. Der Mord soll ein Wiedergutmachungsgeschenk für Schlangenzunge sein. Puh! Was für

eine finstere Seele!

Angewidert wandte sie sich ab. „He Thor! Hast du mit dem nicht noch eine Rechnung offen?"

„Ja", brummte der Krieger, „hab' ich."

Oxana lächelte. „Schön. Dann begleiche sie doch!"

„Das geht nicht."

„Warum nicht? Er hätte Schneewittchen beinahe umgelegt! Außerdem wäre es bei dem wirklich ein Dienst an der Menschheit."

„Ich weiß", grollte Thorxarr.

„Und worauf wartest du noch?", flötetet Oxana.

Schweigen.

Die Goldene spürte, dass Piet, Bond und Björn sie aufmerksam beobachteten. *Fein! Da können wir direkt ein Exempel statuieren.*

Die Ratte kam nicht ganz mit. „He Russentante! Ist dir klar, dass *ich* der mit der Knarre bin und dich *hören* kann?" Irritiert fuchtelte er mit seiner Pistole herum.

„Aber sicher." Die Goldene zwinkerte Ex zu, schaute dann jedoch wieder zum Krieger. „Und? Warum lässt du die Rechnung offen?"

Thorxarr grunzte nur.

An seiner Stelle erkläre Alexan: „Thor hat Schneewittchen geschworen, dem Mann kein Haar zu krümmen."

„Ach, wie ärgerlich!" Oxana lachte und ließ sich vom Barhocker gleiten. „Du, ich wollte nur höflich sein und deiner Rache nicht zuvorkommen. Ein Glück, dass *ich* nie solche Schwüre abgebe!"

Sie schlenderte Ex entgegen.

„Boa, bleib stehen, du Weib, und halt endlich die Fresse!", blaffte Ex. Dermaßen respektlose Opfer waren ihm noch nicht untergekommen. Am liebsten würde er alle drei niederstrecken. Besonders Thor! Der war schließlich schuld an seiner Misere.

Puff. Puff. Puff!, hallte es durch den Geist des Killers. *Für jeden eine Kugel. Jaaaa, das würde hübsche Spritzmuster auf dem Beton geben.*

Aber er hielt sich zurück, weil er seinen Hoffentlich-jetzt-wieder-Boss nicht verärgern wollte.

Die Kacke am Dampfen

„Ich bin nicht sicher, ob ich dich armselig oder einfach nur bedauernswert finde", sinnierte Oxana und schaute das Menschlein mitleidig an.

Mit Mitleid konnte Ex nun gar nicht um. Es machte ihn so wütend, dass ihm die Sicherung durchbrannte und er abdrückte.

Seine Waffe schwieg.

Verwirrt zog die Ratte ein zweites Mal am Abzug. Am Resultat änderte das nichts.

Oxana seufzte. *Dieser Hautsack wird nie mit dem Morden aufhören! Pfft. Selbst wenn ich ihn der Polizei übergebe ... ich habe in den letzten Wochen gesehen, wie schwerfällig und fehlerhaft die Justiz der Humanoiden arbeitet. Außerdem weiß die Ratte zu viel. Wenn er auspackt, würde er meine Zusatzpläne für Schlangenzunge gefährden. Also, was mache ich?*

Sorgfältig wog die Goldene die Aspekte des Problems ab und subtrahierte sämtliche Emotionen, so wie ihre Mentorin es ihr beigebracht hatte. Nach der Gewichtung der einzelnen Punkte kam Oxana zu der für ihre Gruppe zielführendsten Entscheidung.

So sei es!

Sie streckte ihren Arm aus und feuerte kurzerhand eine Ladung komprimierter Astralenergie auf die Ratte.

Alexan kreischte auf.

„Du ... du ... du ... hast sein Hirn geröstet!", stammelte er entsetzt.

„Stimmt. Es müffelt." Sie zuckte mit den Achseln. „Subtiles Töten muss ich noch üben. Tschuldige."

Der Weiße starrte sie fassungslos an „Aber wir *dürfen* keine Menschen umbringen."

„Pah! Die Ratte hat erheblich mehr Hautsäcke übern Jordan gehen lassen als ich. *Darüber* regt sich keiner auf! Berücksichtigt man die Zukunft, habe ich etliche Leben gerettet."

Oxana deutete ungerührt mit dem Daumen auf Ex' Leiche. „Außerdem wollte er mich erschießen. Laut deutschem Recht war es Notwehr."

„Das …. äh … nein!", japste Alexan. „Das KfZmjH …"

„Lass gut sein, Kumpel", murmelte Thorxarr und klopfte seinem Kameraden auf die nackte Schulter. „Die Ratte hatte einen schnellen, sauberen Tod. Das ist mehr, als er für seine Verbrechen verdient hätte."

„Genau!" Oxana schlenderte zu Schlangenzuge zurück, der sie mit aufgerissenem Mund anglotzte. „Schön, schön. Kommen wir also zu uns, Piet!"

Der Mund des Unterweltbosses klappte zu. Furcht flackerte über seine Miene.

„Was wollen Sie von mir, Olga?", krächzte er heiser.

„Ach, gar nicht so viel", winkte die Goldene ab. „Ich bin bescheiden, keine Angst."

Das Stadium der Angst hatte Schlangenzunge bereits hinter sich gelassen. Panik traf seine Gefühlslage eher.

Oxana schob sich auf ihren Barhocker und schenkte dem Sitznachbarn ein Lächeln. „Wissen Sie, Piet, ich habe ihre Spezies studiert und bin zu dem Schluss gekommen, dass die Gesellschaft der Menschen ziemlich verkommen ist. Wie wäre es, wenn Sie mal ein positives Zeichen setzen würden?"

„Worauf wollen Sie hinaus? Soll ich etwa aussteigen?" Trotz Panik schüttelte der Mann seinen Kopf. „Glauben Sie mir, Olga, das bringt nichts. Mein Stuhl wird schneller neubesetzt, als sie gucken können."

„Das ist mir klar", gurrte Oxana. „Nein, ich erwarte nicht, dass du von heute auf Morgen dein Geschäft aufgibst, aber … wie wäre es mit einem Umbau?" Sie strahlte. „Werde zu dem Philanthropen, der du vorgibst zu sein."

„Ich? Ein Menschenfreund?"

Offensichtlich verstand Schlangenzunge nicht, was ihr vorschwebte.

„Kleine Schritte", half die Goldene ihm auf die Sprünge. „Als erstes gründest du von den Überschüssen deines Drogenhandels eine Stiftung, die Humanoiden hilft, sich von ihrer Sucht zu befreien. Zweitens sorgst du dafür, dass deine Liebesmädchen gut behandelt werden. Falls eine von ihnen den Job an den Nagel hängen möchte, lässt du sie gehen."

Die Kacke am Dampfen

Piet schnaubte. „Glaubst du etwa allen Ernstes, dass ich zu einem gesetzestreuen Bürger werde?!"

„Ach Quatsch! Und eure Gesetze sind mir egal." Oxana lachte glockenhell. „Erpressungen kannst du gern weiter durchziehen, aber knöpf dir zukünftig bitte die Reichen vor, ja? So wie es dieser Bobby Wood getan hat, oder wie hieß eure Sagengestalt?"

„Robin Hood."

„Richtig! Die Einnahmen investierst du in Projekte für benachteiligte Individuen – wie wäre es mit einem Fond, der ... sagen wir ... Mobbingopfer unterstützt? Wenn du intensiv nachdenkst, fällt dir bestimmt noch mehr ein."

Das mit den Mobbingopfern gefiel ihr hervorragend. Erwartungsvoll schaute die Goldene Schlangenzunge an.

Der grunzte bloß abfällig. „Und wovon soll ich leben?"

„Genau das ist der Punkt." Oxana tätschelte ihm das Revers seines Edelsakkos. „Ein einflussreicher und intelligenter Mann wie du ist doch sicher dazu in der Lage, neue Geschäftsfelder zu erschließen, die etwas abwerfen und sich gleichzeitig positiv auf die Artgenossen auswirken." Sie grinste. „Mach dich nicht so klein, Piet! Was anderen gelingt, schaffst du auch! Mal ehrlich, ich verlange bloß von dir, dass du aus deiner verlogenen Fassade eine aufrichtige machst. Mehr ist es nicht!"

„Und falls ich mich weigere?", zischte er trotzig. „Bringst du mich dann um, so wie Ex?"

„Nicht doch!" Die Goldene tat beschämt. „Das überlasse ich deinesgleichen. *Ich* verschicke einfach nur ein Video. Sobald deine Kollegen deinen Kadaver irgendwo verscharrt haben, findet sich sicher jemand", sie schenkte Bond ein einladendes Lächeln, „der die Umstrukturierung deines Imperiums vorantreiben möchte. Fünf bis zehn Jahre sollten dafür ausreichen, meinst du nicht?"

Über die Lagerhalle senkte sich eine eisige Stille.

Innerlich tobte Schlangenzunge, doch er begriff, dass ihm keine Wahl blieb.

Oxana schmunzelte. *Vermutlich werde ich ihn gelegentlich daran*

erinnern müssen.

Sie streckte dem Mann ihre Hand entgegen.

Piet schlug notgedrungen ein und schwor sich, nichts unversucht zu lassen, die Oligarchin – oder was auch immer sie sein mochte – schnellstmöglich loszuwerden.

Umso besser!, jubilierte Oxana. *Der Hautsack wird alle Register ziehen! Damit ist er das perfekte Übungsobjekt für mich!*

„Eine kluge Entscheidung, Piet", lobte sie und trank einen letzten Schluck von ihrem Latte macchiato. „Das Päckchen Kaffee hätte ich natürlich trotzdem gern."

„*Zauberhaft, Oxa!*", spottete Thorxarr. „*Eine Goldene, die sich bei den Humanoiden als Moralapostel aufspielt! Pfft. Sind wir hier jetzt fertig?! Ich will endlich wissen, wo sie Schneewittchen hingebracht haben!*"

Von Waldseen und Dämonen

Der Vollmond erhellte die Nacht über dem Regenwald. In seinem silbernen Schein erkannte Hiltja, dass die Grüne auf eine felsige Anhöhe zusteuerte, die sich aus dem Dschungel erhob.

„Ist das nicht euer Lieblingsplatz?"

„Ja, Thor, Alex, Oxa und ich mögen diesen Ort sehr." Luna ging tiefer und bremste ihren Flug ab.

„Habt ihr Grünen denn keinen eigenen Stützpunkt?", wunderte sich Hiltja. Thor hatte ihr erzählt, dass die roten Krieger am Fuße des Merapi eine Art Kaserne hatten. Die Weißen siedelten in der Antarktis und die Goldenen in irgendeinem Gebirge.

„Nein, noch leben die meisten von uns bei den Goldenen im Himalaya. Aber ich dachte, du würdest dich hier wohler fühlen. Immerhin kennst du diesen Platz. Und bevor du dich wunderst, Zahai haben wir vorher ausquartiert. Eine Freundin von mir hat sie vorrübergehend zu sich mitgenommen."

„Danke. "

Hiltja mochte die Wärme und den würzigen Duft der Tropen und sie liebte die lebendige Geräuschkulisse. Selbst in der Nacht war es hier niemals still. *Naja, es sei denn, mein Donnergott lässt seine rote Aura ausufern. Dann gibt's erst Gezeter und danach Ruhe. Hihi!*

Sie vermisste ihn jetzt schon, doch gleichzeitig spürte sie, dass seine Nähe ihr Inneres blockierte.

Hiltja schaute der Anhöhe entgegen und plötzlich wurden dort drei Drachen sichtbar. *„Luna, wer ist das? "*

„Keine Sorge, das sind meine Schwestern! "

In diesem Moment glomm ein einladendes Licht zwischen den Himmelsechsen auf und ließ die Farbe ihrer Schuppen von einem frischen Maigrün bis hin zu einem meerestiefen Petrolton changieren. Das Schillern hatte fast schon einen metallischen Glanz.

„Wow! Noch mehr Waldseen! "

Luna lachte. Sie setzte neben der Gruppe zur Landung an und entließ die junge Frau vorsichtig aus ihren Klauen.

Hiltja konnte ihren Blick nicht von den Drachen nehmen. Sie waren der Inbegriff von Frieden und Lebendigkeit.

Hier bin ich richtig!

Das Gefühl, nach einer viel zu langen Reise wieder heimzukehren, ließ Hiltjas Herz überfließen und trieb ihr die Tränen in die Augen.

Endlich!

„Willkommen, Hiltja Hinnerksen! " Vor ihr verneigte sich eine der Himmelsechsen. *„Du brauchst keine Angst zu haben. "*

„Ich habe keine Angst", erwiderte die junge Frau und stellte fest, dass das wirklich stimmte. Die Grünen waren zwar mehrere Meter größer als Alex, aber nur halb so groß wie Thorxarr in seiner wahren Gestalt. Und obwohl sie ihr fremd waren, spürte Hiltja, dass sie in den Schoß ihrer Familie zurückkehrte. „Ich bin zu Hause."

Luna trat als Mensch neben sie. „Schneewittchen, darf ich vorstellen?" Sie zeigte auf die Echse, die Hiltja begrüßt hatte. „Das ist Linea, die Meisterheilerin. Sie gehört zu den Ältesten von uns und kennt

Von Waldseen und Dämonen

sich zudem mit den Prophezeiungen der altvorderen Zeit aus."

Linea verneigte sich ein zweites Mal. Ihr Lächeln säte die Zuversicht in Hiltjas Herz, dass nun doch noch alles gut werden würde.

Nur wie begrüßt man einen Drachen?

„Äh ... hallo", entschied Hiltja und deutete ebenfalls eine Verbeugung an.

Luna zeigte nach links. „Das ist Eliande. Sie ist eine Expertin auf dem Gebiet der humanoiden Physiologie und Psyche."

Auch Eliande verneigte sich. *„Moin Hiltja."*

Das »Moin« klang wundervoll vertraut und die Aussprache legte nahe, dass Eliande häufig in Norddeutschland unterwegs war.

„Moin Eliande", grüßte Hiltja zurück. „Ihr könnt mich gern Schneewittchen nennen. Das tun eh alle."

Eliande nickte. Dabei huschte ein amüsiertes Funkeln über ihr Gesicht.

„Und hier haben wir noch Minalea, meine Mentorin", erklärte Luna mit warmer Stimme, woraufhin die Mentorin ihr ein gütiges Lächeln schenkte.

Oh! Die beiden mögen sich!

„Schneewittchen ..." Auch Minalea neigte ihr Haupt respektvoll vor Hiltja und die junge Frau erwiderte die Geste.

Linea, die Meisterheilerin, senkte ihren Kopf zu ihr herab. *„Du weißt, warum du hier bist?"*

Hiltja nickte, doch dann runzelte sie verwirrt die Stirn.

„Es ... fühlt sich richtig an, bei euch zu sein. Ich muss euch etwas erzählen, aber ... ich kann mich irgendwie nicht daran erinnern, was es ist. Komisch ... ich sollte mich daran erinnern können, oder nicht?"

„Ja, das solltest du. So wurde es uns zumindest von Lonaah überliefert." Die Heilerin hob eine Augenwulst. *„Lunara und Alexan haben sich vorhin ausführlich mit deiner Freundin Paula unterhalten. Deswegen gehen wir davon aus, dass du die Trägerin des Wissens bist. Sei so freundlich und komm in unsere Mitte."*

Hiltja nickte und trat gemeinsam mit Luna in den Kreis der drei

Grünen.

„Schneewittchen, du schirmst deinen Geist perfekt ab", merkte Eliande, die Menschenexpertin, an. *„Wer hat dir das beigebracht?"*

„Das war Thor." Hiltja lächelte. *„Er hat mir ein PDF von der Akademie zur Steinburg gegeben. Nachdem ich das gelesen hatte, konnte ich es."*

„Erstaunlich!" Minalea senkte ebenfalls ihren Kopf herab. *„Soweit ich weiß, hat das nicht einmal Victoria Abendrot dermaßen schnell gelernt."*

„Von »gelernt« kann nicht die Rede sein", widersprach Hiltja. Sie wollte nicht den Eindruck erwecken, arrogant zu sein. *„Es fühlte sich eher an, als würde ich mich erinnern. Thor hat gesagt, es ist unhöflich, sich nicht abzuschirmen und alle Welt mit den eigenen Gedanken vollzuquatschen."*

„Oh ja. Damit hat der Rote zweifellos recht."

Die Belustigung der Mentorin vibrierte wie ein Regenbogen aus durcheinander flatternden Schmetterlingen über die Geistesebene.

„Trotzdem müssen wir in deine Gedanken schauen." Linea sah Hiltja entschuldigend an. *„Bitte verzeih, dass wir so direkt sind, doch ... uns läuft die Zeit davon."*

„Das weiß ich." Hiltja zog ihre Gedankenvorhänge weit auf und beobachtete gebannt, was sich in den Mienen der Drachen tat.

Anstatt sich wissend aufzuhellen, furchten sich die drei schuppigen Stirnen.

„Da sind lauter ... Löcher", grübelte Eliande und warf der Meisterheilerin einen vielsagenden Blick zu. *„Das wurde aber anders überliefert, oder?!"*

„Das wurde es", bestätigte Linea. *„Ich vermute, dass sich in den Löchern die Visionen verbergen. Hmm. Wir sind Grün und kein Vertreter einer anderen Rasse ist in unserer Nähe! Warum können wir sie nicht sehen?"*

Die Himmelsechsen starrten ratlos auf Hiltja herab.

Die zuckte nur mit den Schultern. „Keine Ahnung!"

„Vielleicht hängt es mit Thor zusammen", sinnierte Luna neben ihr. „Es könnte sein, dass die beiden Gefährten sind."

„*Könnte?*", echote Eliande.

„Ja, könnte! Die typische Verbindung gibt es nicht zwischen ihnen, denn sobald sie sich emotional aufeinander einlassen, schmeißt Schneewittchen Thor raus." Luna legte ihre Hand auf Hiltjas Schulter. „Kannst du die Erinnerung an deine Empfindung nach dem Kuss in der Lagerhalle mit uns teilen?"

Die junge Frau nickte und präsentierte den Packeis-Blizzard. Einen Atemzug später erfüllte ein scharfes Zischen die Tropenluft. Vögel stoben in den Nachthimmel und alle drei Drachen sendeten durcheinander.

„*Entsetzlich!*"

„*Markerschütternd!*"

„*Das können wahrlich nur rote Gefährten ertragen!*"

Im nächsten Augenblick wurde Hiltja von einer wärmenden Woge aus Mitgefühl eingehüllt.

„*Das mit der Gefährtenbindung könnte durchaus stimmen*", schnaufte die Mentorin. „*Nur, was bedeutet das für die Löcher?*"

„*Dein Hinweis ist gut, Lunara*", lobte Linea. „*Projektionshemmer sind wie ein zartes Band, das sich um die Seele des Trägers legt.*" Die Meisterheilerin sendete das Bild von einer seidenen Borte, die sich locker um ein sanft leuchtendes Etwas schlang und es vollständig verbarg. „*So einen Zauber könnte Lonaah verwendet haben. Wartet, ich suche in ihrem Geist mal nach der Schwingung einer solchen Magie. Entschuldige, Schneewittchen, das könnte gleich etwas kitzeln.*"

Hiltja spürte eine hauchzarte Berührung, dann kribbelte es zwischen ihren Ohren.

„*Oh!*", wisperte Linea im nächsten Moment und zeigte ein verworrenes Muster.

„*Oh!*", echoten Eliande und Minalea.

Luna schnappte nach Luft. „So etwas habe ich noch nie gesehen!"

„*Ich auch nicht*", bekannte die Meisterheilerin.

Minalea schüttelte den Kopf. *„Keine von uns!"*

Hiltja verstand nicht, was sie sah. Langsam wurde ihr mulmig zumute. „Was ist denn los? Stimmt etwas nicht mit mir?"

„Mit dir ist vermutlich alles in Ordnung", beruhigte Eliande sie. *„Der Projektionshemmer allerdings ... also der ... ufff!"*

„Das hört sich nicht gut an." Hilflos schaute Hiltja von einer zur anderen. „Was bedeutet das?"

Linea präsentierte abermals das Bild von dem mit einem Seidenband locker umspannten Etwas. *„Das ist der Zauber, wie er aussehen sollte. Bei dir, Schneewittchen, habe ich jedoch Folgendes gefunden."*

Das lockere Band mutierte zu einem wild verhedderten Knäul, das auf die fünffache Größe seines Ursprungs angeschwollen war.

„Ich fürchte, Lunara hat recht", seufzte Linea. *„Wenn Thor und du Gefährten seid, habt ihr instinktiv versucht, die Bindung miteinander einzugehen. Der Projektionshemmer hat das verhindert und sich dabei fester um deine Seele geschlungen, ja, er hat sich dabei regelrecht verknotet."*

Betroffen guckte die Meisterheilerin in die Runde. *„Je näher die beiden einander gekommen sind, desto heftiger wucherte der Zauber, bis er zu diesem undurchdringlichen Geflecht wurde."*

„Ich habe mal eine Eule gepflegt", stöhnte Minalea. *„Was die als Gewölle ausgekotzt hat, hatte gewisse Ähnlichkeit mit diesem verkorksten Projektionshemmer!"*

Luna musste grinsen, wurde jedoch sofort wieder ernst. „Und was machen wir jetzt? Ich nehme an, der verknotete Zauber muss entfernt werden, bevor wir an die Visionen gelangen, oder?"

„Korrekt." Eliande schnaufte missmutig. *„Und damit weißt du auch, was wir tun müssen: Knoten pulen!"*

***

Die Zeit verlor an Bedeutung und zerschmolz zu einem sanften Säuseln. Hiltja schwebte in der Mitte der Drachen. Auch Luna hatte

sich in ihre wahre Gestalt verwandelt. Sie kontrollierte den Levitations-zauber und drehte die junge Frau entsprechend der Anweisungen der anderen mal hierhin, mal dorthin. Hiltja schloss die Augen und ließ sich fallen. Sie hatte das Gefühl, mit ausgebreiteten Armen in einem herrlich warmen Waldsee dahinzutreiben. Nach all den Wochen der Verzweiflung war das Entspannung pur.

Von der Arbeit der Drachen bekam sie nur wenig mit. Manchmal war ihr, als würde ein Windhauch an ihr zupfen oder ein zartes Seidenband über ihre Haut fließen. Ab und zu kribbelte ein Kieksen durch ihren Kopf. Es ähnelte einer Luftblase im Wasserglas: Das Kieksen stieg zur Oberfläche hinauf und zerplatzte dort mit einem geräuschlosen Ploppen.

Tiefer Frieden erfüllte Hiltja.

Windhauch …

Seidenband …

Wasserblasenkieksen …

Seidenband …

Wasserblasenkieksen …

Windhauch …

Windhauch …

***

Äonen später wurde der Hauch erst zu einem Stups, dann zum Stoß und immer öfter blubberten Blasen durch Hiltjas Kopf. Die Ruhe wurde durchscheinend und der Frieden merkwürdig rau.

Da verändert sich etwas …

Die junge Frau horchte tiefer in sich hinein und merkte, dass die Himmelsechsen noch immer daran arbeiteten, den Zauber zu entwirren.

Hmm. Werden sie ungeduldig?

Irgendetwas zerrte an ihr … die Drachen … waren es allerdings nicht.

Aber sie scheinen müde zu sein.

Hiltja öffnete die Augen. Der Sternenhimmel über ihr hatte sich

gedreht. Kein Zweifel, es waren Stunden vergangen.

Woher weiß ich das?

Sie konnte es nicht sagen, doch nun befiel sie wieder Rastlosigkeit.

Das Entknoten dauert lange.

Die Unrast wuchs.

Zu lange.

„Uns rennt die Zeit davon!"

Die Worte hallten ziellos durch ihren Geist.

„Schneewittchen hat recht", ächzte Minalea. *„Wir sind zu langsam."*

„Dabei arbeiten wir so schnell wir können." Eliande seufzte. Ihre Schwingen raschelten, als würde sie sie ausschütteln, um eine Verkrampfung zu lösen. *„Mal ehrlich, wir haben alle Methoden ausprobiert, die ich kenne. Dieser verkruschelte Projektionshemmer ist kein Zauber, das ist ein verflixter Gordischer Knoten!"*

„Und das Enttüdeln eine Sisyphusarbeit", murrte Minalea. *„Wenn wir weiter in dem Tempo voranschreiten, haben wir es in einem Monat geschafft."*

„Lasst uns eine Pause machen", schlug Linea vor.

Luna setzte Hiltja auf dem Boden ab.

„Aber ihr gebt nicht auf!" Alarmiert schaute die junge Frau in die Runde. Ihre innere Unruhe nahm zu. „Gleich macht ihr weiter, ja?"

Die Meisterheilerin nickte erschöpft. Auch sie spreizte die Schwingen und beugte ihren langen Hals hin und her.

Eliande legte ihre Stirn in Falten. *„Und wenn wir unsere Schwestern um Rat fragen? Wir könnten eine Konferenz einberufen ..."*

Das dauert zu lange!, durchzuckte es Hiltja. „Morgen ist es für alles zu spät."

„Woher weißt du das?" Minalea schaute ihr forschend in den Geist.

Die junge Frau zuckte mit den Schultern. „Keine Ahnung. Ich weiß es einfach."

Eliandes Drachenhaupt senkte sich zu ihr herab. *„Kommt die Erinnerung zurück? Vielleicht löst sich der Zauber jetzt ja von allein?"*

„Ich ... glaube nicht", meinte Hiltja.

„Wir ... ähm ... wir könnten ...“ Minalea kratzte sich mit dem Schwingendorn bedeutsam an der Halskrause. *„Wir sollten ...“* Sie brach ab. *„Ach, keine Ahnung was wir sollten!“*

„Wir sollten erstmal Pause machen“, wiederholte Linea und lächelte. *„Es hilft niemandem, wenn wir einen Knoten im Hirn haben.“* Sie zwinkerte. *„Keine Sorge, Schneewittchen, wir sind gleich wieder bei dir.“*

Die Meisterheilerin warf Luna einen vielsagenden Blick zu.

„Selbstverständlich bleibe ich bei Schneewittchen“, erklärte die Schülerin und verwandelte sich in ihre Menschengestalt. „Ich habe Thor geschworen, nicht von deiner Seite zu weichen!“

Das beruhigte Hiltja.

Unterdessen schlenderten Minalea, Eliande und Lina über die Anhöhe und reckten ihre Glieder. Das sah nach Stretching, ja fast nach Yoga aus.

∗∗∗

Lunara schenkte dem Menschenmädchen ein Lächeln. „Thor hat recht, du bist wirklich etwas ganz Besonderes!“

„Danke.“ Schneewittchen grinste schief. „Aber auf den verknoteten Gewölle-Murks in meinem Kopf könnte ich echt verzichten.“

„Ach, das kriegen wir schon hin.“ Lunara schloss die Kleine freundschaftlich in ihre Arme und sendete ihr Zuversicht. Für eine Humanoide wirkte sie erstaunlich echsisch.

„Nur wann?“, seufzte Schneewittchen. „Luna, ich will bestimmt nicht drängeln, doch wir haben keine Zeit! Morgen ist es zu spät.“

Die Grüne nickte und entließ das Mädchen aus ihrer Umarmung. Ihr war nicht entgangen, dass der kleine Körper förmlich vor Unruhe vibrierte.

„Könnt ihr den Zauber überhaupt lösen?“ Die Kleine schaute zu ihr auf. Die Rastlosigkeit in ihrer Aura nahm weiter zu.

Lunara schluckte. Sie beherrschte den Emotions-Dämpfungszauber

immer noch nicht ausreichend gut, um ihn jetzt auf das Mädchen anwenden zu können.

Bevor ich Minalea rufe, versuche ich es mit Ablenkung.

Die Grüne setzte ein Grinsen auf. „Für jedes Problem gibt es eine Lösung. So schnell geben meine Schwestern nicht auf. Glaub mir, Minalea ist Kummer gewohnt." Sie seufzte. „Ich bin nicht gerade die größte Leuchte, wenn es um fein gewebte Magie geht. Häufig sind meine Versuche gar nicht so weit von dem »Gewölle-Murks« in deinem Kopf entfernt." Sie kicherte. „Meistens bekommt sie meinen verknoteten Mist allerdings gar nicht zu sehen."

„Nicht? Was machst du denn?"

Lunara lachte. „Ich brizzel die verkorksten Zauber weg. Aber verrate es ihr nicht. Sonst brummt sie mir noch mehr Übungsstunden auf."

Schneewittchen starrte sie an. „Brizzeln?"

„Ja." Die Grüne verzog schelmisch ihr sommersprossiges Gesicht. „Ich überlade den Zauber mit Astralenergie – voll auf die Zwölf konnte ich schon immer. Dann macht es »brizzel« und zack, im nächsten Augenblick zerfällt die Magie."

Fassungslosigkeit breitete sich auf der Miene des Mädchens aus. „Der Gordische Knoten", wisperte sie. „Alexander der Große hat ihn mit seinem Schwert durchschlagen."

„Stimmt", bestätigte Lunara. „Davon habe ich auch gehört."

Die Unrast in der Kleinen explodierte. Elektrisiert blickte sie zu ihr auf. „Mach das Brizzel-Dings mit dem Gewölle-Murks!"

Lunara hob skeptisch eine Braue. „Der Projektionshemmer befindet sich in deinem Schädel. Das wäre ethisch keinesfalls vertretbar! Was, wenn ich dein Gehirn dabei mit verbrizzel?"

„Der verkorkste Zauber muss da raus!" Das Mädchen tippte sich energisch an seine Schläfe. „Jetzt! Morgen ist es egal, ob mein Gehirn verbrizzelt ist oder nicht. Luna, morgen wird die Welt untergehen! Da sterbe ich so oder so!"

Eine Welle des Grauens erhob sich von Schneewittchen und erfasste die Grüne. Sie riss die Augen auf. Der Schauer, der über ihren Rücken

kroch, ließ sie am ganzen Leib zittern.

Die Kleine fasste nach ihren Händen und die Finsternis vertiefte sich.

„Verstehst du, was ich sagen will, Luna?"

„Ja." Lunara senkte die Stimme. „Aber meine Schwestern werden das niemals gutheißen! Das Risiko ist viel zu groß."

„Deswegen musst *du* es tun!"

Die Menschenfinger schlossen sich fester um ihre.

„Luna!", sendete Schneewittchen. *„Ich vertraue dir. Du kannst das, das spüre ich."*

„Ich könnte dich damit töten."

„Vor dem Tod habe ich keine Angst, dafür bin ich schon zu oft gestorben", erwiderte das Mädchen. *„Ich habe Angst, zu spät zu kommen! Hilf mir!"*

Aus dem Augenwinkel bemerkte Lunara, dass sich die Pause ihrer Schwestern dem Ende zuneigte.

Schneewittchen schien es ebenfalls mitzubekommen, denn sie wisperte erstickt: „Jetzt!"

In diesem Moment wirkte die Seele des Menschleins uralt, so als wäre sie jahrtausendelang aus der Vergangenheit ins Heute gereist.

„Bitte, Luna. Das wird klappen."

»Alles im Leben hat seinen Sinn und jeder seinen Platz. Du bist gut, so wie du bist!«, sagte Minalea stets, wenn ihre Schülerin mal wieder an der eigenen Unfähigkeit verzweifelte.

Lunara schluckte. *Was, wenn genau das »mein Platz« ist?*

„Danke", flüsterte das Mädchen, noch bevor die Grüne ihre Zustimmung signalisiert hatte.

„Also gut."

Lunara holte tief Luft, öffnete ihre Meridiane und legte die Fingerspitzen an die Schläfen der Humanoiden. Das Überladen von Magie war ein simples Unterfangen. Es erforderte weder Spezialkenntnisse noch Talent, sondern lediglich ein bisschen Mut.

Entschlossen tastete sie nach dem verknoteten Projektionshemmer.

Hiltja hatte es fast geschafft. Woher sie die Gewissheit nahm, dass Luna ihr Inneres befreien konnte, wusste sie nicht. Es war unwichtig. Sie spürte die Fingerspitzen der Grünen an ihren Schläfen und lächelte aufmunternd.

„Alles wird gut, Luna."

Ihre Freundin antwortete nicht. Stattdessen schöpfte die Himmelsechse ein weiteres Mal konzentriert Atem und als die Luft ihrem Mund entwich, ließ sie die Energie strömen.

Einen Herzschlag lang tanzten grelle Blitze durch Hiltjas Kopf.

Was für ein herrliches Feuerwerk!

Im nächsten Moment fielen die Fesseln von ihr ab und Euphorie strömte durch ihren Geist.

Ich bin frei. Danke, Luna!

Die Löcher füllten sich – auf einmal war alles wieder da.

Dann wurden Hiltjas Knie weich, die Tiere verstummten und der Regenwald löste sich auf, während Madame Vouh ihre Dämonen von der Kette ließ.

Lichtlose Nacht, drückende Schwärze.

Unbehagen.

Ein gestaltloses Grauen näherte sich langsam.

Weg von hier!

Das Grauen kam näher.

Furcht und Flucht! Fort, nur fort, so schnell die Beine tragen! Wohin? Nicht schnell genug. Panik. Nein! Sie erwischen mich. Muss FORT! Zu spät.

Plötzlich schnappten aus dem unfassbaren Dunkel Fangzähne nach Hiltja.

Den Fangzähnen folgten tödliche Krallen, Tentakel, Stacheln, Spieße … ein Meer dämonischer Vernichtung, das sie überrollte und bei lebendigem Leib auffraß.

Doch heute spendierte die alte Zigeunerin den Hoffnungsstreif in der

Verzweiflung: Ein Licht glomm am Horizont auf. Es kam näher und verbrannte die Finsternis.

Gerettet. Das war unsagbar knapp gewesen. Um Haaresbreite! Hiltja atmete auf.

Das Licht wurde gleißend hell, ohne dabei zu blenden. Es überstrahlte etwas neben sich.

Der Phönix!, Hiltja lächelte zärtlich. *Die drei können es schaffen!*

Sämtliche Härchen stellten sich auf ihrer Haut auf. Ein Schauer des Glücks rauschte durch ihren Körper.

Rechts strahlendes Licht, in der Mitte ein Phönix und links daneben lichtloser Raum mit einem schwachen purpurnen Funkeln. Alle drei Elemente in perfekter Harmonie.

Ich bin nicht zu spät. Danke!

Ihre Lippen formten leise Jahrtausende alte Worte: „Lotarx lamu Noxarrr geraldi, Luminaro seleleaki del bro Chokanaera maxilodar lobdar od Wadiro ut di Bladia nelelas."

Wenn das unfassbare Dunkel nach uns greift, wird das Licht der Verbindung/Versammlung heller strahlen und uns den Weg aus der Finsternis weisen.

Tränen liefen über ihre Wangen, Erleichterung flutete ihr Herz und dann wurde alles schwarz.

***

„*Luna, was hast du getan?!*", rief Minalea schockiert. Halb flog, halb sprang sie auf ihre Schülerin zu.

Schneewittchen sackte in Lunaras Armen zusammen und wurde von grausigen Erinnerungen überschwemmt.

„*Seid still.*" Lineas Gedankenstimme klang ruhig, aber bestimmt über die Anhöhe. „*Merkt euch, was die Kleine preisgibt!*"

Lunara ließ sich mit Schneewittchen zu Boden sinken und bettete den Kopf des Menschleins in ihren Schoß. Zwei Atemzüge später umringten sie bereits ihre Schwestern.

Die bestialische Bilderflut ließ das Mädchen aufstöhnen. Es war furchtbar und doch hatte Lunara den Eindruck, dass die Humanoide bereits weitaus Schlimmeres hatte hinter sich bringen müssen.

Die Dämonen verschlangen die Welt. Diese Invasion konnte niemand überleben! Aber dann nahm Lunara einen Hoffnungsschimmer am Horizont wahr.

„Bei der Sphäre, da kommt ein Phönix!", keuchte Eliande. *„Seht! Und mit ihm ein Licht und ... der Karfunkel. Das können nur Sofie, Xavosch und Jan sein!"*

Lunara schaute in das gepeinigte Gesicht auf ihrem Schoß. Der Vollmond ließ die Haut leichenblass schimmern. Schweißtropfen perlten auf der Stirn und verklebten dort die schwarzen Haare. Die Lippen erschienen Lunara auf einmal unnatürlich rot.

Dennoch lächelte Schneewittchen. Alles in der Kleinen verströmte Dankbarkeit, als sie wisperte: „Lotarx lamu Noxarrr geraldi, Luminaro seleleaki del bro Chokanaera maxilodar lobdar od Wadiro ut di Bladia nelelas."

„Gütige Loranja!", ächzte Linea. *„Das ist die Sprache der Seherinnen aus der altvorderen Zeit!"*

Die Übersetzung lieferte Schneewittchen ebenfalls, bevor sie erschöpft alles losließ und das Bewusstsein verlor.

Schweigen.

Atemlose Stille senkte sich über die Anhöhe.

„Was ist mit ihrem Herzen?", flüsterte Minalea. *„Hat es aufgehört zu schlagen?"*

Lunara wurde trotz der tropischen Wärme eiskalt. *Sie hat zu mir gesagt, dass alles gut werden würde. Was, wenn sie das nur auf die Prophezeiung bezogen hat?*

Die hatte Schneewittchen den Grünen mitteilen können. Hatte sich das Schicksal des Mädchens damit erfüllt?

Hilflos spürte die Schülerin in den zarten Menschenkörper hinein. Das kleine Herz schlug tatsächlich nicht mehr.

Oh nein!

Sie verpasste dem Muskel einen elektrischen Impuls, aber außer einer einzelnen Kontraktion geschah nichts. Das Organ nahm seine Arbeit einfach nicht wieder auf.

Bitte nicht!

Entsetzt ließ Lunara ihre Sinne schweifen, suchte nach Verletzungen, fand jedoch keine. Sie schaute zu ihren Schwestern auf. „Stirbt sie?"

„Nicht, wenn ich es verhindern kann", erwiderte Eliande fast schon grimmig. *„Los, Luna! Lass sie schweben, damit ich besser an sie herankomme."* Sie spreizte ihre Schwingen leicht ab, so würde die Magie leichter fließen. *„Linea, füll die Astraldepots auf! Minalea, dämpfe den emotionalen Schock. Kampflos lassen wir Lonaahs Erbin nicht abtreten!"*

***

Hiltja sah ein warmes Licht und ging darauf zu. Am Ende des Tunnels konnte sie einen Border Collie bellen hören. Es war der Hund ihres Vaters, den Piet vor einigen Wochen hatte umbringen lassen. Das Tier hatte sie erkannt und wedelte vor lauter Begeisterung so heftig, dass es eigentlich in der Mitte durchbrechen müsste.

Ahw! Er freut sich auf mich.

Und sie sich auf ihn. All die Qualen der letzten Monate fielen von der jungen Frau ab.

Ja, ich komme, Moritz. Ich komme!

Hiltja beschleunigte ihre Schritte und lief dem Tier entgegen. Endlich konnten Tod und Teufel ihr nichts mehr anhaben.

Auf des Messers Schneide

Thorxarr tigerte im Quartier seines weißen Kameraden auf und ab. Seine Militärstiefel quietschten auf dem blankpolierten Eisboden.

„Beim Grauen Krieger, was treiben die Grünen mit Schneewittchen bloß? Warum dauert das so lange?"

Zum hunderttausendsten Mal schaute er Alexan und Oxana vorwurfsvoll an. Es war Stunden her, dass Lunara seine Kleine weggeschleppt hatte.

„*Du musst Geduld haben*", entgegnete der Weiße ebenfalls zum hunderttausendsten Mal und hielt seine Schwinge schützend über den Krieger. „*Die Magie der Grünen ist sanft – da braucht es eben manchmal eine Weile.*"

„Mag ja sein!", knurrte Thorxarr. „Aber warum meldet sich Luna dann nicht bei mir?"

Er zückte sein Handy, entsperrte das Display und hielt es seinen Freunden unter die Nüstern. „Hier! Immer noch keine Antwort von

Luna! Dabei habe ich ihr eine Nachricht geschrieben."

„Diverse Nachrichten", korrigierte Oxana.

„Und angerufen habe ich Luna auch!"

Die Goldene nickte anmutig. *„Jep! Bestimmt 25 Mal."*

„Es waren 27", verbesserte Alexan.

„Ich habe Luna sogar eine von diesen Sprachnachrichten geschickt!", jammerte Thorxarr.

„Fünf!", murmelte Oxana.

„Fünf?" Der Krieger starrte die Goldene verwirrt an. „Fünf was?"

„Es waren fünf Sprachnachrichten." Oxana lächelte mitleidig. *„Meine Güte, Thor, du bist ja völlig von der Rolle!"*

Endlich hatte jemand seinen Gemütszustand erfasst.

„Warum antwortet sie mir nicht?" Thorxarrs Augen wurden feucht. „Wenn alles gut wäre, würde sie mir doch antworten!"

Alexan trat auf seinen Freund zu und tätschelte dessen menschliche Schulter mit seiner Drachenklaue. *„Ach, die sind bestimmt noch beschäftigt. Was meinst du, wie faszinierend es sein muss, in die Gedanken von Lonaahs Wissensträgerin zu blicken. Ich fürchte, ich würde TAGE brauchen."*

„Daran habe ich keinen Zweifel", spottete Oxana. *„Die Frage ist allerdings, wie gut es der menschliche Geist verkraftet, wenn er mit dem Wissen einer Himmelsechse vollgestopft wird. Üblicherweise sind die Humanoiden im Oberstübchen eher beschränkt."*

Thorxarr ruckte herum. „Was willst du damit sagen?!"

„Dass das auch schiefgehen kann." Die Goldene reckte ihren Hals. *„Mir sind Fälle bekannt, bei denen Menschen so ein Wissenstransfer nicht gerade gut bekom..."*

„Das ... äh ...", grätschte Alexan dazwischen und warf ihr einen vernichtenden Blick zu. *„Das sind ... mmm ... Einzelfälle. Hör nicht auf Oxa, Thor! Ich bin sicher, Schneewittchen geht es gut."*

***

„Schneewittchen war tot!", stöhnte Lunara und fuhr sich nervös mit der Hand durch die Haare. „Das ist allein meine Schuld!"

„*Jetzt lebt sie wieder*", beruhigte die Mentorin.

Linea und Minalea hatten die Aufgaben, die ihre Schwester ihnen zugeteilt hatte, innerhalb weniger Minuten erfüllt. Lediglich Eliande war noch dabei, die Körperfunktionen des Mädchens zu stabilisieren.

„*Keine Sorge*", tröstete die Meisterheilerin Lunara. „*Eliande kennt sich hervorragend mit der humanoiden Physiologie aus. Schneewittchen wird es schaffen.*"

Minalea schaute forschend auf ihre Schülerin herab. „*Was hast du eigentlich eben mit der Kleinen gemacht? Hast* du *die Blockade gelöst?*"

Lunara nickte betroffen. „*Schneewittchen hat darauf bestanden ... ach, seht selbst.*"

Sie öffnete ihren Geist und zeigte ihre Erinnerung.

„*Oh!*", keuchte die Mentorin. „*Du hast deinen Brizzelzauber auf das arme Kind angewendet?*"

„Ja", wisperte Lunara.

„*Direkt in dessen Kopf?*"

„Ja." Die Schülerin sah ängstlich zu Minalea auf. „Du weißt von dem Zauber?"

„*Natürlich. Ich bin deine Mentorin!*"

„*Was ist ein »Brizzelzauber«?*", mischte sich Linea ein.

„*Die astrale Überladung eines Zaubers.*" Minalea warf Lunara ein nachsichtiges Lächeln zu. „*Damit entsorgt meine Schülerin regelmäßig ihre misslungenen Zauber. Ich muss sagen, über die Jahre hat sie den »Brizzel» perfektioniert. Gibt man nämlich zu viel Energie hinein, wird aus dem Brizzel ganz schnell ein Bruzzel!*"

Sie runzelte die Stirn. „*Im Hirn einer Humanoiden hätte ich ihn trotzdem nicht gerade angewendet.*"

„Genau das hat Schneewittchen befürchtet." Lunara guckte besorgt auf ihren Schoß hinab. Seit dem Zusammenbruch von Thors Liebster waren fünf Minuten vergangen. Dank Eliande hatte der Herzstillstand

Auf des Messers Schneide

keine 60 Sekunden gedauert. Langsam wurden die bleichen Wangen wieder rosig.

„Was hat das Mädchen befürchtet?", hakte Linea nach.

Lunara schluckte. *„Dass ihr den Zauber verbietet. Sie hat gesagt, ihr würde die Zeit davonlaufen. Offensichtlich musste sie ihr Wissen loswerden."* Nervös schaute sie sich um. *„Sollten wir nicht den Vorsitzenden rufen? Oder Victoria und Jaromir? Irgendwer muss das Dreiergestirn doch ins Gefecht schicken! Tun wir es nicht, ist unsere Welt verloren."*

Minalea lächelte beruhigend. *„Noch weiß niemand, wo das Gefecht stattfinden wird. Wäre es anders, hätten die Schwarzen eine Langstreckenmeldung an alle gesendet."*

Linea nicke zustimmend. *„Außerdem möchte ich vorher noch mit Schneewittchen reden. Eliande, wie weit bist du?"*

„Gleich fertig."

Einen Atemzug später flackerten die Lider des Menschleins.

***

Der Hund am Ende des Tunnels wurde durchscheinend und sein Bellen leiser, dann löste er sich auf wie Nebelschwaden, die von einer Brise davongetragen wurden.

Plötzlich wurde Hiltja zurück ins Leben gerissen.

Alles tat weh. Vor allem aber lauerte in ihrem Nacken ein dämonisches Grauen.

Bebend öffnete die junge Frau ihre Augen und blickte in einen schwarzen Nachthimmel.

„Wo bin ich?", wisperte sie. Im nächsten Moment erkannte sie, dass sie in Lunas Schoß lag und deren grüne Schwestern sie umringten.

Die Anhöhe in den Tropen, der verknotete Gewöllezauber, meine Befreiung durch Luna und der Weltuntergang!

„Ihr müsst", würgte Hiltja hervor, „den Phönix mit dem Licht und dem Karfunkel schicken! Nur sie können die Dämonen aufhalten."

„Wo?" Linea beugte sich über sie. *„Wohin müssen wir sie schicken?"*
Wo? Die junge Frau schwieg verwirrt.

Nun versuchte es Eliande: *„Kannst du uns sagen, an welchem Ort die Dämonen in unsere Welt einfallen werden?"*

„Nein, das weiß ich nicht", flüsterte Hiltja. Sie spürte, dass sich in ihrem Inneren etwas zusammenbraute. „Aber wenn die dunklen Wesen kommen, muss der Phönix kämpfen! Mit den beiden anderen. Sie können nur zu dritt gewinnen!"

Madame Vouh näherte sich. Panisch griff Hiltja nach der Klaue der Meisterheilerin. „Versprich mir, dass du die drei dort hinschickst!"

Linea nickt ernst. *„Ich verspreche es dir, Schneewittchen! Sobald wir Drachen den Ort kennen, wird das Dreiergestirn dort sein."*

Hiltja atmete auf, gleichzeitig japste sie ängstlich nach Luft. Die alte Zigeunerin schien noch einmal innezuhalten, bevor sie loslegte.

Die Ruhe vor dem Sturm.

Jeden Moment würden neue Visionen über sie hereinbrechen und Hiltja ahnte, dass es diesmal brutaler werden würde als je zuvor.

O Gott! Das überlebe ich nicht.

Das Grauen rauschte heran, die herrlich grün schillernden Drachenschuppen in ihrem Sichtfeld verblassten.

Mit letzter Kraft suchte Hiltjas Blick nach dem sommersprossigen Gesicht und Lunas grünen Augen.

„Sag Thor, dass ich ihn liebe, ja?"

Kaum hatte das letzte Wort ihre Lippen verlassen, nahm Madame Vouh Besitz von ihr.

***

Die Dämonen schlugen los. Drachen wehrten sich verbissen, doch sie fielen wie die Fliegen. Lunara riss ihre Augen auf. Die Bilder in Schneewittchens Geist waren markerschütternd, dennoch konnte sie sich nicht davon abwenden. Ein roter Krieger lieferte sich ein unfassbares Gefecht mit einem Nachtmaar. Die Himmelsechse war

Auf des Messers Schneide

überall und nirgends zugleich. *„Wer ist das? Grimmarr?"*

„Ja", bestätigte Linea.

„Aber seine Schuppen sind aschfahl!", keuchte Lunara.

Der König der Roten wurde erneut von dem Nachtmaar attackiert und stürzte zu Boden. Dort rührte er sich nicht mehr.

„Abrexar schütze uns! Grimmarr ist tot!", rief Minalea.

Die Bilder verschwammen, eine neue Szene stellte sich scharf. Hier lieferte sich ein schwarzer Drache einen aussichtslosen Kampf mit einem Kreischknochenknacker.

„Bei der Sphäre, das ist Mandolan, der Wächter der Wächter!", wisperte Eliande, als das Monster nach den Schwingen des Schwarzen schnappte und ihn zornig zu Boden schleuderte. *„Das kann er nicht überleben!"*

Szenenwechsel.

Ein schwarzes Gefährtenpaar jagte einen Tunnel entlang, hinein in eine große Höhle. Dort schwebte aufrecht in der Mitte ein wattig weißer Kreis.

„Das sind Victoria und Jaromir." Linea hielt die Luft an. *„Und schaut! Dort sind unsere erfahrensten Torwächter – sie wollen das Portal verschließen."*

Plötzlich brach die Hölle los. Von allen Seiten hetzten Dämonen heran und metzelten die Himmelsechsen nieder.

„Sie haben keine Chance!", wimmerte Linea. *„Sie sterben alle!"*

Und so ging es weiter. Der Tod kam von allen Seiten. Ihre Brüder wurden reihenweise abgeschlachtet. Riesige Kreischknochenknacker, Schwefelechsen, Blutkratzer, Dämmerungsrotten, Nachtmaare und zahllose andere Monster – immer mehr Dämonen drängten aus dem wattig weißen, viel zu großen Tor.

In Lunaras Schoß warf Schneewittchen ihren Kopf stöhnend hin und her. Das Menschenmädchen war den grausigen Bildern voll ausgeliefert. Gerade bekämpfte Grimmarr eine Gruppe Satanas mit unnachgiebiger Härte.

„Oh. Jetzt lebt der König wieder", wisperte die Schülerin.

„Ja", krächzte Eliande. „Und Victoria und Jaromir ebenso! Aber dafür sterben Mhoran und Rakel!"

„Was bedeutet das?" Lunara blinzelte ihre Tränen fort und schaute in die Gesichter ihrer Schwestern. „Wird Grimmarr überleben oder wird er ...?"

„Das ... oh verflixt! Ich habe mich in die Visionen hineinziehen lassen!" Linea schloss die Augen und schüttelte sich. „Distanz. Wir brauchen Distanz!"

So gut es ging, versuchten die Grünen, sich emotional von den entsetzlichen Bildern Schneewittchens abzuschotten.

Die Meisterheilerin blickte zur Schülerin herab. „Die Zukunft ist im Wandel. Ich ... habe nicht geahnt, dass die Wissensträgerin so stark ist. Sie vermag es, uns verschiedene Varianten zu prophezeien. Die Welt steht am Scheideweg. Welche Richtung das Schicksal einschlägt, ist ungewiss."

Lunara schöpfte Hoffnung. „Dann ist noch alles offen?"

„Das hoffe ich."

„Wir sind die Deutung solcher Visionen nicht mehr gewohnt", brummte Minalea. „Seit der altvorderen Zeit hat unsere Rasse keine bedeutenden Seherinnen mehr hervorgebracht. Es heißt, mit Lonaah ist diese Kunst gestorben."

„Nein, nicht gestorben." Mitfühlend tippte Linea Schneewittchen mit einer Kralle auf die Brust und sendete dem Mädchen Zuversicht. „Sie ist gereist. Jahrtausende in die Zukunft zu uns! Und jetzt liegt sie in Lunas Schoß!"

Lunara schluckte aufgewühlt. „Wir sollten Grimmarr holen ... oder besser noch Victoria und Jaromir! Das Königspaar der Schwarzen koordiniert doch alles. Sie müssen von diesen Bildern erfahren!"

„Nein!", widersprach Linea. „Die Visionen dürfen diese Anhöhe nicht verlassen! Zu wissen, dass uns dieses Grauen ereilen wird, kann eine Seele lähmen. Und wenn man gar den Tod erwartet, schwächt das Kampfgeist und Moral. Beides brauchen wir Himmelsechsen dringend in der kommenden Schlacht."

Auf des Messers Schneide

„*Ich kann Jaromir und Victoria einen Besuch abstatten*", schlug Minalea vor. „*Den Wortlaut der Prophezeiung und die ersten Bilder – also die vor Schneewittchens Herzstillstand – müssen die beiden kennen.*"

„*Ja, das müssen sie*", pflichtete Linea bei. „*Aber keine von uns vieren darf Victoria unter die Augen treten.*"

„Warum nicht?", fragte Lunara.

„*Weil auch die anderen Bilder in unseren Köpfen sind.*" Die Meisterheilerin setzte eine geheimnisvolle Miene auf. „*Vor Victoria kann niemand die Wahrheit verbergen! Nein, es ist besser, wenn wir Aiko und Telliar informieren.*"

„*Die Namen habe ich schon mal gehört.*" Eliande runzelte die Stirn. „*Gehören die zwei nicht zum Nachrichtennetz der Schwarzen?*"

Linea nickte. „*Minalea, kannst du das übernehmen? Lass einen Schwarzen Folgendes in die Welt senden: »Es liegt ein Flüstern im Wind«. Aiko und Telliar werden dich finden und wissen, was zu tun ist. Und, Minalea*", die Heilerin schaute ihrer Schwester eindringlich in die Augen, „*gib ihnen wirklich nur die Prophezeiung aus der altvorderen Zeit. Alles andere könnte unsere Zukunft gefährden. Niemand sollte die Bürde tragen müssen, seinen eigenen Tod zu kennen.*"

„*Ich werde verschwiegen sein*", versprach die Mentorin und entfernte sich aus dem Kreis. „*Bis gleich.*"

Während Minalea in der Nebelsphäre verschwand, betrachtete Lunara besorgt das Menschlein in ihrem Schoß. Schneewittchen ächzte gequält. Es war unübersehbar, wie sehr das Mädchen unter dem Massaker in ihrem Geist litt.

„Sie kann nicht mehr!" Das spürte die Schülerin und strich behutsam über die schwarzen Haare. „Wenn sie ohnehin niemandem nützen, können wir die Visionen dann nicht irgendwie beenden?"

„*Das ist unmöglich*", bedauerte Linea. „*Zu sehen ist das Los einer Seherin.*"

„*Aber wir können ihre Seele unterstützen.*" Eliande warf der Meisterheilerin einen fast schon trotzigen Blick zu. „*Ja,*

Schneewittchen ist stark. Doch auch das stärkste Wesen kann über so viel Tod zerbrechen. Ihr Herz wird schwächer – sie verliert ihren Lebenswillen."

Linea seufzte tief. *„Selbst wenn wir sie unterstützen. Ich weiß nicht, ob das reichen wird. Diese Schlacht – ich fürchte, sie wird Stunden oder gar Tage andauern und sie hat noch nicht einmal begonnen. Das arme Kind hat noch einen langen Weg vor sich."*

„Wir sollten Thor holen", wisperte Lunara.

Eliande erhob sich. *„Die Idee ist wunderbar. Gib mir die Koordinaten – dann bringe ich ihn her."*

„Nein, das übernehme ich", widersprach Linea. *„Ihr beiden seid wichtiger für das Leben unserer neuen Seherin, gebt gut auf sie Acht!"*

***

Keine Minute später riss Thorxarr die Sphäre über der felsigen Anhöhe von Papua-Neuguinea auf.

„WO IST SIE?!"

Hektisch tastete er nach dem Gedankenmuster seines Mädchens. Das bedauernswerte Wesen, welches sich in Lunaras Schoß krümmte, erkannte er kaum wieder. In Schneewittchen wütete ein brutaler Krieg.

Thorxarr schoss auf den Lagerplatz der Grünen zu. *„Was habt ihr mit ihr gemacht?!"*

„Nichts", antwortete Eliande. *„Diese Bürde war schon immer ein Teil von ihr. Hätten wir den Projektionshemmer nicht entfernt, hätte sie vermutlich ihren Verstand verloren."*

Der Krieger legte seine Schwingen an, verwandelte sich noch in der Luft in seine Menschengestalt und kam hart auf den Felsen auf.

Dumpf erinnerte er sich daran, wie fahrig und teilnahmslos seine Liebste in den letzten Tagen gewesen war. Das durfte er den Grünen nicht anlasten.

Er kniete sich neben sein Mädchen und griff bebend nach ihrer Hand. „Was kann ich tun?"

„Nicht viel", erwiderte Lunara. „Sei einfach für sie da."

Thorxarr nickte, führte Schneewittchens winzige Finger an seine Lippen und hauchte einen Kuss darauf. *„Hey, meine Kleine!"*

„Thor?" Die Lider des Mädchens flackerten.

„Oh, sie kommt zu sich!" Das hatte Eliande nicht erwartet.

„Ja, ich bin hier", raunte der Krieger und lächelte. *„Ich bin bei dir."*

„Sie werden sterben!", schluchzte Schneewittchen. *„So viel Drachen und Menschen werden auf so grauenvolle Weise sterben!"*

„Ich sehe es, mein Herz."

Die Bilder trieben ihm Tränen in die Augen. Thorxarr schaute Lunara fragend ins Gesicht und als diese nickte, zog er sein Mädchen behutsam in die Arme. Am Rande bemerkte er, dass die Nebelsphäre über dem Regenwald aufriss und Linea, Alexan und Oxana in den Nachthimmel schlüpften.

„Es tut so weh!", wimmerte Schneewittchen. *„All dieses Morden, das Verstümmeln, Quälen und Zerfetzen! Und ich kann nichts tun. Thor, ich ertrage das nicht!"*

Hilflos blickte der Krieger von Lunara zu Eliande, doch beide schüttelten ihren Kopf. *„Wir stützen sie bereits emotional. Mehr können wir nicht tun."*

Thorxarr nickte und schlang seine Arme fester um das Mädchen. *„Ich bin bei dir, meine Liebste. Lass mich deinen Schmerz teilen."*

Schneewittchen schien einen Augenblick zu zögern, aber dann öffnete sie ihr Wesen für den Krieger. *„Du hast es so gewollt."*

Im nächsten Moment wurde die Schlacht in Thorxarrs Kopf real – es fühlte sich an, als würde er dem Tod über die Sense schauen.

„Bei der Sphäre!", ächzte er und sah, wie die Kommandanten der Wölfe vor seinen Augen von einem Nachtmaar ausgesaugt wurden und mit dem Monster an den Schwingen in die Nebel flüchteten. Was dort mit ihnen passierte, ließ ihn erst recht erschaudern. *„Wahrlich, es gibt Schlimmeres als den Tod!"*

„Er nimmt ihr tatsächlich einen Teil der Last", hörte er Lunara flüstern. „Schau, Schneewittchen wird ruhiger."

„Vor allem wirft sie ihn nicht mehr raus", stellte Alexan fest.

„Stimmt, kein Packeis mehr", meinte Oxana. *„Sind sie Gefährten?"*

„Ich denke ja." Eliande seufzte. *„Niemand, außer einem Gefährten, würde so etwas aus freien Stücken tun. Ich glaube, gemeinsam können sie das sogar überleben."*

Thorxarrs Sicht schwand. Zusammen mit seinem Mädchen versank er in einem Strudel dämonischer Gewalt.

Lediglich die Stimmen seiner Freunde drangen noch in sein Bewusstsein.

„Nun ja", stichelte Oxana. *„Wenn sie Gefährten sind, kann von »freien Stücken« keine Rede mehr sein."*

Noch mehr Dämonen und ein neuer Tod.

„Alex?", krächzte Thorxarr. *„Bist du hier?"*

„Ja, das bin ich."

Der Krieger spürte die Klaue seines weißen Freundes wie durch Watte auf seiner Schulter.

„Wie kann ich dir helfen?"

„Flieg zu meinem Ausbilder", stöhnte Thorxarr. *„Sag Maxxorr, dass wir einige der Kräuterfackeln für unsere Experimente brauchen. Die echten Lazarettfackeln!"* Er ächzte. *„Lass dich von ihm nicht mit irgendwelchem Plunder abspeisen. Und beeil dich, ja?"*

Dann wurde das Gemetzel in seinem Kopf allumfassend. Der rote Krieger keuchte gequält. Er könnte fliehen, ja, aber kein Dämon der Welt würde ihn von Schneewittchen fortreißen.

„Ich bin bei dir, mein Herz. Ich bin hier."

Die Fackeln der Roten

Etwas mehr als zwei Tage später:

Alexan stand auf einem Felsen der Anhöhe und schaute über den Regenwald der aufgehenden Sonne entgegen. Erschöpft spreizte er seine Schwingen und badete sie im Licht.

Oxana schlich neben ihren Freund und tat es ihm gleich. Da der Stein, auf dem der Weiße hockte, einige Meter aufragte, befanden sich ihre Drachenköpfe ungefähr auf gleicher Höhe.

Zwischen den grünen Wipfeln hing Wasserdampf in dunstigen Schleiern. Die goldenen Strahlen ließen ihn fluffig wie Watte wirken. In den letzten Minuten hatte sich die Geräuschkulisse verändert. Auch die Tiere des Waldes begrüßten den neuen Tag.

„Wie wunderschön es hier ist", flüsterte Alexan und sog die würzige Luft in seine Lungen. In der letzten Nacht hatte eine gigantische Schlacht getobt: Drachen und Menschen gegen Dämonen. Über weite

Strecken hatte es nicht danach ausgesehen, dass es einen neuen Morgen für diese Welt geben würde.

Der Weiße lächelte und schaute zu seiner Freundin hinüber. Erstaunt stellte er fest, dass Tränen in Oxanas Augen funkelten.

Oh! Und ich habe immer gedacht, dass den Goldenen Rührung fremd ist.

Neugierig legte er seinen Kopf schief, doch bevor er eine Frage stellen konnte, wischte sich Oxana mit einer Klaue übers Gesicht.

„Diese verdammten Kräuterfackeln!", zischte sie. *„Ihr Rauch brennt einem in den Augen und der Geruch erst! ... Mir ist ganz blümerant zumute!"*

„Blümerant? Also, ich fühle mich eher erhaben und heldenhaft." Alexan grinste. *„Wusstest du, dass diese Fackeln gemeinsam von den Grünen und uns Weißen während der Torkriege entwickelt wurden?"*

„Ernsthaft?", schniefte Oxana.

Der Weiße nickte.

„Wofür?"

„Damit wir überleben." Alexan wandte sich erneut der aufgehenden Sonne zu. *„In jenen finsteren Tagen gab es Zeiten, in denen sogar die Roten ihren Kampfeswillen verloren. Die ätherischen Dämpfe der verbrennenden Kräuter helfen, mit grausigen Erlebnissen besser klarzukommen. Sie verwandeln Schmerz, Furcht und Verzweiflung in Triumpf und Heldenmut."*

„Aha. Kein Wunder, dass mir schlecht ist", murrte Oxana. *„Ich habe in den letzten zwei Tagen definitiv mehr Pathos eingeatmet, als einer Goldenen guttut."*

Schweigen.

Gemeinsam lauschten die Freunde dem Morgenkonzert des Regenwaldes und ergötzten sich an der Schönheit der Natur.

Oxana holte tief Luft, es hörte sich fast an wie ein Schluchzen. Bevor ihre Emotionen überlaufen konnten, rettete sie sich mit einem Scherz.

„Wie kommt es, dass du so viele Fackeln bei den Roten ergattern konntest?" Spöttisch hob sie die linke Augenwulst. *„Liegen die auf dem*

Die Fackeln der Roten

Stützpunkt einfach so rum?"

„Keineswegs." Alexan reckte würdevoll seinen Hals. *„Sie sind sogar unter Verschluss. Beim ersten Mal habe ich Thors Ausbilder direkt gefragt."*

„Maxxorr war geizig", mäkelte Oxana. *„Er hat dir nur zwei Stück mitgegeben."*

„Stimmt. Beim zweiten Mal wollte er gar keine mehr für mein »Experiment« rausrücken. Von der Wahrheit erzählen durfte ich ja nicht."

Nachdenklich legte der Weiße seinen Kopf schief. *„Ich war schon drauf und dran mit leeren Klauen hierher zurückzukehren, da kam Krann angeflogen, Grimmarrs Stellvertreter. Der hat angeordnet, dass ich so viele Fackeln anfordern kann, wie ich möchte. Maxxorr hat das nicht gefallen, aber gegeben hat er sie mir trotzdem."*

„Ein unbedeutender Weißer, dem die Roten Lazarettfackeln ohne Ende in den Rachen schieben!" Oxana schnaubte. *„Das riecht förmlich nach der Handschrift von König Grimmarr, findest du nicht?"*

Alexan zuckte mit den Schultern. *„Mir egal. Hauptsache, Thor und Schneewittchen kommen durch."*

„Das werden sie!", erwiderte die Goldene überraschend heftig.

Der Weiße nickte und warf einen Blick über seine Schulter. Ein Stück weiter unten in einer Senke der Anhöhe hatten die Grünen ein behagliches Lager für den Krieger und seine Gefährtin aufgeschlagen. *„Das hoffe ich sehr."*

„Ach, die beiden sind zäh", fauchte Oxana. *„Besonders Schneewittchen!"*

Ihre Gedankenstimme zitterte.

Verwundert sah Alexan zu seiner Freundin. Sie versuchte, ihre bebende Mimik unter Kontrolle zu bringen, doch sie verlor. Tränen rollten über ihr schuppiges Gesicht.

„Bei der Sphäre, Alex, wie kann ein so schwächliches Menschlein eine dermaßen große Tortur ertragen?!"

„Ich glaube, sie hatte einfach keine Wahl."

„Ja, vermutlich nicht." Oxana gab es auf, ihre Tränen zurückzuhalten, und ließ sie laufen. *„Wenn ich daran denke, dass meine goldenen Schwestern viele Jahrtausende mit allen Mitteln versucht haben, die Fähigkeit des Sehens in unseren eigenen Reihen zu erwecken, wird mir schlecht."* Sie schloss die Augen und schüttelte ihren Kopf. *„Dieses Weissagen ist Folter!"*

Lunara gesellte sich zu ihnen. *„Vielleicht haben sie nicht geahnt, wie schlimm unsere Zukunft werden könnte."*

„Selbst wenn!", schnaubte Oxana. *„Wetten, dass es einige von meiner Rasse gibt, die das nicht gejuckt hätte? Wissen ist Macht, Luna! Und sofern man den Preis nicht persönlich zahlen muss ..."*

Schweigen.

Die Goldene wischte die Tränen von ihren schuppigen Wangen. *„Dieses kleine Menschlein geht seit seiner Geburt immer wieder für uns alle durch die Hölle. Dafür schulde ich ihr Respekt!"*

„Oje!", stichelte die Grüne. *„Ich fürchte, Oxa hat zu lange neben den Kräuterfackeln Wache gehalten."*

„Das haben wir alle, Freunde!" Alexan lächelte dankbar. *„Wir haben es gemeinsam durchgestanden."*

Mehr als zwei Tage hatten sie über Schneewittchens Geist zugeschaut, wie ihre Brüder und etliche Gefährten von den Dämonen niedergemetzelt wurden – in immer neuen Visionen. Gestern hatte das Sterben dann auch in der Realität begonnen. Die Schlacht gegen die dunklen Wesen war so unfassbar brutal, wie Schneewittchen es vorausgesehen hatte, denn diese Kreaturen hatten nichts zu verlieren und waren ausgehungert. Entsprechend dramatisch schnellten die Verluste auf der Seite der Drachen und Menschen in die Höhe.

„Ja, wir haben es durchgestanden." Oxana nickte und verneigte sich vor Lunara. *„Gemeinsam mit euch Grünen."* Sie schluckte bewegt. *„Ich werde nie vergessen, wie Linea von ihrem Schüler Jude in die Schlacht gerufen wurde."* Erneut wurden ihre Augen feucht. *„Bei Abrexars Schwingen! Sie hat ihn in Schneewittchens Geist zuvor etliche Tode sterben sehen – und dann springt sie zu ihm und tut so, als wäre*

nichts! Als hätte sie keinen Schimmer von dem, was den jungen Mann erwarten würde. Sie hat Jude mit keiner Silbe gewarnt. "

„*Das durfte sie nicht!*", wisperte Lunara. „*Hätte sie es getan, dann hätte sie alles gefährdet. Jude und Bruttach haben die Gruppe mit dem Phönix angeführt, die in die Torhöhle geflogen ist. Wie gesagt, den eigenen Tod zu kennen, untergräbt den Überlebens- und Kampfeswillen. "*

„*Das werde ich nach den letzten Tagen nie wieder infrage stellen*", pflichtete Oxana bei. „*Nein, ich will auf etwas anderes hinaus. Meinesgleichen hätte versucht die Seinen aus der Schusslinie zu bringen. So hätte man nach der Katastrophe einen Vorteil dem Rest gegenüber. Linea hat das nicht getan, obwohl ich ihr beim Aufbruch anmerken konnte, wie schwer ihr das gefallen ist. "*

Die Goldene schaute aufgewühlt zu Lunara. „*Wir Goldenen halten euch Grüne für emotional und schwach. »Verweichlicht, ohne Rückgrat!« Aber das ist falsch. Linea hat wahre Größe bewiesen, indem sie geschwiegen hat. Vielleicht hätte das Dreiergestirn das Tor nicht verschließen können, wenn Jude und Bruttach nicht so beherzt geholfen hätten. "*

„*Das werden wir nie erfahren*", sinnierte Alexan.

Oxana nickte. „*Das muss ich auch nicht, Alex. Das Portal existiert nicht mehr. Diese Welt hat eine zweite Chance erhalten. Ich ... ich werde meine Ansichten überdenken müssen. "* Sie drückte ihren Rückenkamm durch. „*Ich werde nie wieder auf euch Grüne herabsehen! Ebenso wenig wie auf euch Weiße oder auf die Roten. Die Opfer, die gestern gebracht wurden, suchen seinesgleichen. "*

„*Das mit den Opfern wird noch andauern*", gab Lunara zu bedenken. „*Das Tor mag verschlossen sein, doch bevor es so weit war, sind viel zu viele Dämonen in unsere Welt geschlüpft. "*

„*Keine Sorge, die erwischen unsere roten, schwarzen und blauen Brüder*", behauptete Alexan. „*Es wird alles gut. "*

Lunara verzog besorgt ihr schuppiges Gesicht. „*Bist du da wirklich sicher? "*

„Ich nicht, aber Schneewittchen schon." Der kleine Weiße grinste. *„Ist dir nicht aufgefallen, dass sie und Thor sehr viel ruhiger geworden sind, nachdem das Dreiergestirn das Tor verschlossen hatte?"*

„Stimmt!" Oxana schnaufte fassungslos. *„Zum Dreiergestirn gehören zwei Menschen! Es waren ein Drache und zwei winzige Humanoide, die uns unsere schuppigen Ärsche gerettet haben!"*

„So sieht es aus", bestätigte Alexan. *„Und wenn ich das richtig mitbekommen habe, mischt die Menschheit beim Kampf gegen die Dämonen zukünftig ebenfalls mit."*

„Ja, das ist erschreckend." Oxana schüttelte den Kopf, sodass ihre Halskrause raschelte. *„Ich werde diese Wesen nicht mehr Hautsäcke nennen können, sondern muss ihnen sogar dankbar sein. Was bleibt da noch für eine niedere Goldene wie mich?"*

Selbstironisch schaute sie ihre Freunde an.

„Gewissheit!" Alexan hielt eine Schwinge über ihre Kuppe. *„Nämlich die Gewissheit, dass du, Oxa, maßgeblich dazu beigetragen hast, die Seherin der Drachen zu beschützen. Dass sollen die anderen dir erstmal nachmachen!"*

***

Eine Woche nach der großen Schlacht:

Thorxarr hatte sich in der Senke auf der felsigen Anhöhe in seiner wahren Gestalt zusammengeringelt. Schneewittchen schlummerte entspannt zwischen seinen Vorderläufen, den Kopf an seine Brust geschmiegt. Zum ersten Mal seit Tagen plagten seine Gefährtin weder Visionen noch Albträume, in denen Dämonen vorkamen.

Meine Gefährtin!

Der Krieger lächelte zärtlich auf seine Kleine hinab.

Wer hätte das gedacht?

Er und Schneewittchen befanden sich tatsächlich in der Bindungsphase. Und das laut Eliande schon seit ihrem ersten

Augenkontakt nach der Prügelei beim St.-Pauli-Stadion.

Jetzt, wo der Projektionshemmer verschwunden ist, schmeißt sie mich nicht mehr raus.

Im Gegenteil, sobald sie wach wurde, schlüpfte sie in seinen Geist.

Ein wunderbares Gefühl! Manchmal bleibt sie sogar, wenn sie schläft ...

Die vergangenen Tage hatten Thorxarr und das Mädchen gedanklich regelrecht miteinander verschmolzen. Trotzdem behauptete Eliande, dass ihre Bindungsphase vermutlich noch etliche Monate andauern würde.

Und sie hat mich vor der Eifersucht gewarnt.

Der Krieger grinste. Eifersucht und Ähnlichem blickte er gelassen entgegen.

Nach dem Martyrium der letzten Woche kann mich nichts mehr schocken.

Die Vorahnungen von Schneewittchen waren scheußlich präzise gewesen, obwohl sich zum Glück nicht alle bewahrheitet hatten. Dennoch hatte das mentale Massaker Spuren bei beiden hinterlassen.

Deswegen, und weil es unter den Wölfen etliche Verluste gegeben hatte, bestanden Linea und Eliande darauf, dass Thorxarr und sein Mädchen vorerst im Regenwald blieben.

Die Grünen befürchten, dass sich das Leid gegenseitig verstärken könnte. Oder dass jemand Vorwürfe gegen uns erhebt.

Dieser Gedanke war ungeheuerlich, doch Thorxarr hatte bemerkt, wie schuldig sich Alexan fühlte, weil er seine Freunde nicht hatte warnen dürfen. Benan und Naira kannten die meisten der gefallenen Gefährten persönlich. Das Loch, welches die Invasion der Dämonen gerissen hatte, war riesig – der Schmerz saß tief.

Schneewittchen reckte sich zwischen seinen Vorderläufen und murmelte: *„Na, grübelst du schon wieder, Herr Soldat?"*

Sie blinzelte in den bewölkten Tropenhimmel. Es war Nachmittag – nicht mehr lang und der tägliche Regenguss würde einsetzen.

„Ach, nur ein bisschen", winkte Thorxarr ab. *„Hast du Hunger? Ich*

..."

Plötzlich riss die Sphäre über ihnen auf und spuckte eine unsichtbare, aber rot wirkende Präsenz aus.

„Oha! Wir bekommen Besuch." Schneewittchen gähnte.

„*Wer soll uns denn besuchen?*", grollte der Krieger. „*Die Grünen schirmen uns ab, als wärst du das letzte Drachenei der Welt. Die Leute, die Kenntnis von unserem Aufenthaltsort haben, kannst du an zwei Klauen abzählen.*"

„Der kleine Rote da oben will trotzdem zu uns."

Linea schien das ähnlich zu sehen. Sie löste sich aus der Besprechung, die sie weiter oben auf der Anhöhe mit einigen ihrer Schwestern abhielt, und segelte eilig zu ihnen herüber.

Thorxarr runzelte die Stirn. „*Bist du sicher?*"

Sein Mädchen nickte. „Madame Vouh meint, der Rote wird mit uns schnacken."

„*Oh.*"

In diesem Moment erkannte der Krieger den Besucher und zuckte zusammen. „*Bei der Sphäre, das ist mein König!*"

„Genau."

Der Rote landete in respektvoller Entfernung, während Linea direkt vor ihrem Lager aufsetzte.

Schneewittchen stand auf, damit ihr Gefährte Haltung annehmen konnte, aber die Meisterheilerin schaute sie streng an.

„*Ihr zwei tragt offiziell den Verwundetenstatus! Du bist dienstuntauglich, Thor, also fang nicht an, salutieren zu wollen!*"

Linea stellte sich dem Besucher ungewöhnlich genervt in den Weg und schimpfte: „*Grimmarr, du siehst noch genauso mies aus wie heute Morgen! Hatte ich dir nicht geraten, dich bis auf Weiteres in* deinem Quartier *zu erholen?!*"

„*Doch, hattest du. Das rätst du mir jeden Tag.*" Der rote Drache wurde sichtbar und linste mit einem spöttischen Grinsen an der ungefähr halb so großen Grünen vorbei. „*Und mies ist ein dehnbarer Begriff, Meisterheilerin. Ich finde, dafür, dass die Dämonen mich*

beinahe zu den Ahnen geschickt hätten, sehe ich blendend aus. "

„Ohauaha! Dein König ist ja rosa!", wunderte sich Schneewittchen auf einer persönlichen Frequenz. *„Ist er aus der Art geschlagen?"*

„Das auch." Thorxarr seufzte. *„Vor allem aber hat er in den vergangenen Tagen weitaus mehr Magie gewirkt, als gut für ihn war. Wenn wir Drachen zu viel zaubern und dabei unsere körpereigenen Astralreserven angreifen, verlieren unsere Schuppen ihre Farbe – sie werden aschfahl."*

Linea stellte sich erneut ins Blickfeld des Königs und spreizte ihre Schwingen. Trotz des bewölkten Himmels schillerte das Grün in den wunderbarsten Farbnuancen.

„Falls du dich weiterhin nicht *an meine Anweisungen hältst, Wiesel, hockst du in Kürze doch mit deinen Ahnen an den großen Feuern."*

„Wiesel? Wie jetzt?!", wandte sich Schneewittchen an Thorxarr. *„Beleidigt die Heilerin den Kriegerkönig? Das passt weder zu Linea noch zu euch Roten!"*

„»Wiesel« ist Grimmarrs Ehrenname und keine Beleidigung", berichtigte er. *„Und sagen wir es mal so: Mein König gehört nicht zu den Himmelsechsen, die sich schonen. Es wird gemunkelt, dass er ohne Linea bereits mehrfach gestorben wäre."*

„Ah! Das erklärt einiges."

Derweil beäugte die Meisterheilerin vorwurfsvoll den rosaroten Roten. *„Was, beim Grauen Krieger, willst du hier?"*

Grimmarr grinste. *„Einen Krankenbesuch machen?"*

„Offiziell gibt es an diesem Ort keine Kranken!", blaffte die Grüne.

„Och!" Der König schürzte schelmisch die Lippen. *„Eben hast du noch behauptet,* ich *sei krank."*

„Ja, genau!", polterte Linea. *„Deswegen gehört dein arroganter Hintern ja auch in dein Quartier und nicht hierher! Aber nein, offensichtlich hat der König der Roten mal wieder Todessehnsucht!"*

Thorxarr blieb die Spucke weg. So aufgebracht hatte er die Meisterheilerin noch nie erlebt – ja, keine Grüne überhaupt!

„Im Gegenteil!", widersprach Grimmarr und seine Augen wurden

schmal. *„Ich habe Sehnsucht nach dem Leben. Und das auch in Zukunft. Deswegen werde ich mich persönlich davon überzeugen, dass es unserer neuen Seherin und ihrem Gefährten an nichts fehlt."*

„Pah! Als würden wir Grünen unseren Job nicht machen!", motzte Linea. *„Zweifelst du etwa meine Fachkompetenz an, Grimmarr?!"*

„Das würde ich niemals wagen", erklärte der Rote ruhig. *„Ich bin einfach nur gründlich und nehme meinen Job als Vorsitzender der Drachenversammlung genauso ernst wie du deinen als Heilerin."*

Halsstarriges Schweigen.

In einem stummen Ringen starrte der König auf die Meisterheilerin herab und sie zu ihm hinauf.

„Linea hat echt Mut! Das hätte ich ihr nicht zugetraut", sendete Thorxarr andächtig auf der persönlichen Frequenz an Schneewittchen. *„Du musst wissen, dass normalerweise niemand – also wirklich niemand! – dermaßen respektlos mit Grimmarr umspringt."*

„Ihn juckt das offenbar gar nicht", stellte seine Gefährtin fest.

„Eben. Bei der Sphäre, ich wette, dass die Gerüchte stimmen!"

„Ein Problem mit dem Selbstbewusstsein hat dieser Grimmarr auf alle Fälle nicht", meinte sie.

„Nee." Thorxarr unterdrückte ein Prusten. *„Es heißt, das hatte er noch nie."*

Schließlich gab Linea auf und schüttelte genervt ihre Halskrause.

„Na gut, Vorsitzender! Ich gebe dir fünf Minuten mit den Gefährten. Doch ich warne dich: Die beiden sind in der Bindungsphase. ICH flicke dich nicht wieder zusammen, falls du es versaust und Thor austickt!"

„Autsch!" Grimmarr rieb sich mit der Klaue eine vernarbte Stelle auf der Brust und für einen Atemzug hatte Thorxarr den Eindruck, als würde er in den Augen seines Königs ein tiefes Leid schimmern sehen. *„Keine Sorge, Linea, ich habe meine Lektion gelernt."*

„Exakt DAS bezweifle ich!", erwiderte Linea, trat aber beiseite. *„Eines noch, Vorsitzender. Die beiden sind meine Patienten. Solltest du auch nur einen von ihnen aufregen, wirst du dir wünschen, die Dämonen hätten dich doch erwischt."*

Der König grinste anerkennend. *„So sei es."*

Dann verneigte er sich ehrfürchtig vor der Meisterheilerin und schlenderte auf Thorxarr und Schneewittchen zu.

***

Hiltja spürte die Nervosität in ihrem Gefährten. Es schien ihr, als hätte er noch nie persönlich mit seinem König gesprochen und wüsste nicht so recht, wie er sich verhalten sollte. Schließlich erhob sich Thor. Er trat einen Schritt von ihr zurück, stand stramm und salutierte mit der Schwinge.

Grimmarr quittierte die Geste lässig. *„Steh bequem, Soldat. Offiziell bin ich ja gar nicht hier."*

Während sich ihr Donnergott wieder hinlegte und seinen Schwanz schützend um Hiltja herumringelte, verwandelte sich der Besucher in seine Menschengestalt. Die Bewegung sah merkwürdig eckig aus, beinahe wie die einer verletzten Raubkatze. Auch als Humanoider war der König ein Stück kleiner als Thor, sein Körperbau wirkte drahtiger und weniger bullig.

Grimmarr trug einen dunkelbraunen Nadelstreifenanzug und einen dazu passenden Hut, den er nun höflich abnahm. Darunter kamen blonde, militärisch kurz geschnittene Haare zum Vorschein. Verschiedene Narben zierten seine Haut und er hatte durchdringende graue Augen.

Kein Zweifel, der Typ ist gefährlich!

Was Hiltja aber tatsächlich schockierte, war der Zustand des Mannes. Seine Wangen waren eingefallen und alles in allem schien er regelrecht blutleer.

Ui! Der ist halbtot!

Grimmarr war ihr Blick nicht entgangen. Er grinste sie amüsiert an. „Was gibt es, Seherin?"

„Äh … nichts!", stammelte Hiltja. *Verdammt! Wie redet man mit einem Drachenkönig?*

„Nur keine Scheu", entgegnete Grimmarr. „Immer raus damit!"

Hiltja zögerte.

„Du musst ihm gegenüber ehrlich sein", meldete sich Thor über ihre Geistesverbindung. *„Mein König besteht auf der Wahrheit."*

„Ich …", hob Hiltja mit klopfendem Herzen an, „… ich fürchte, Linea hat recht. Ihr seht wirklich angeschlagen aus, Majestät."

„Wenn es um die Gesundheit geht, hat unsere Meisterheilerin leider immer recht", seufzte der König und setzte sich auf einen Felsen. „Ansonsten genügt »Grimmarr« und ein einfaches »Du« – auf Förmlichkeiten lege ich keinen Wert."

„Danke", antwortete Hiltja unsicher.

Eine Pause entstand.

Der König legte seinen Hut neben sich auf dem Felsen ab.

Was will er nur von uns?

Grimmarr lächelte. „Ich hoffe, es gab keine Probleme mit dem Nachschub der Lazarettfackeln?"

Das war weniger eine echte Frage, sondern mehr Höflichkeit und ein Hinweis darauf, dass der König informiert war.

„Ehrlich gesagt haben Schneewittchen und ich von den Fackeln kaum etwas mitbekommen", räumte Thor ein.

„Nicht?" Grimmarr hob eine Braue.

Ob er damit Skepsis oder Argwohn ausdrücken wollte, konnte Hiltja nicht beurteilen.

„Nein", erwiderte Thor. *„Meine Gefährtin und ich waren fast durchgehend weggetreten."*

„Oh." Der König lächelte. „Das erklärt, warum dieser Alexan so vehement war. Maxxorr meinte, für einen Weißen sei der kleine erstaunlich streitlustig gewesen."

„Mit Streitlust hat das weniger zu tun", murmelte Thor. *„Ähm … das denke ich zumindest."*

„Womit dann?" Grimmarr sah ihn aufmerksam an.

„Es hat mit Treue zu tun." Thor kratze sich mit dem Schwingendorn befangen am Kopf. *„Haben die Weißen einmal Vertrauen zu jemandem*

gefasst, würden sie ihr Leben für diese Freunde geben. Die Kleinen sind weitaus mutiger, als sie aussehen."

Hiltja spürte, wie ernst ihr Gefährte das meinte.

Grimmarr nickte. „Ja. Von diesem Charakterzug wurde mir berichtet. Es heißt, ein gewisser Billarius Schneeglanz verhielte sich ähnlich in Bezug auf den Phönix. Ich …"

Neben ihnen räusperte sich Linea vorwurfsvoll, sodass der Rote seine Hand hob.

„Schon verstanden, Meisterheilerin! Ich werde einen Bogen um die heiklen Personen machen."

„Ich bitte darum!"

Der König schlug die Beine übereinander – ein unmissverständliches Zeichen dafür, dass er noch länger zu bleiben beabsichtigte. Er schmunzelte. „Wie ich hörte, ist es dir außerdem gelungen, eine Goldene für deine Ziele einzuspannen? Respekt!"

„Einspannen? Oha!", dachte Hiltja in Richtung ihres Gefährten und verzog den Mund. *„Oxa spannt man nicht ein. Das sollte ihr lieber nicht zu Ohren kommen!"*

„Genau, mein Herz", stimmte Thor ihr über die Geistesverbindung zu. *„Und wir sollten uns nicht mit fremden Schuppen schmücken!"*

Er schüttelte sein Haupt. *„Nein, Wiesel, da bist du falsch informiert. Es war Alexan, der Oxana davon* überzeugt *hat, sich in unseren Projekten zu engagieren. Er hat uns vier zusammengebracht und alles koordiniert. Viele der Pläne stammen von ihm."*

„Soso", brummte Grimmarr. „Scheint ein kluges Bürschchen zu sein."

„Sind die Weißen das nicht alle?", sinnierte Thor.

„Vermutlich. Aber nur wenige sind dabei so fokussiert wie dein Freund."

Hiltja lief ein Schauer über den Rücken. Der rote König tat zwar, als würde er entspannt mit ihnen plaudern, doch sie wurde das Gefühl nicht los, dass mehr dahintersteckte.

Auch Thor wurde misstrauisch, das spürte sie.

„Was weiß dieser Grimmarr bloß alles?", fragte sie ihren Gefährten

über die Geistesverbindung, sodass der Gast nichts davon mitbekam.

„Etwa von deiner Verwandlung im Park?"

„Möglich. Das wäre übel."

Unterdessen runzelte der König bedeutsam die vernarbte Stirn. „Mir scheint, Teams aus verschiedenen Rassen sind von Vorteil."

Schweigen.

„Wie kommst du darauf?", erkundigte sich Thor vorsichtig.

„Ist das nicht offensichtlich?" Grimmarr lächelte, seine Augen funkelten.

War das Spott oder Anerkennung? Hiltja konnte sich nicht entscheiden.

„Einzeln gehört ihr nicht gerade zu den Herausragendsten eurer Rassen, oder?" Der König hob eine Braue. „Korrigiere mich, falls ich mich täusche: Ihr habt euch alle vier für das Austauschprogramm der Magieakademien beworben, doch keiner wurde angenommen. Wegen … mangelndem Talent, Astralschwäche oder beidem."

„Das ist richtig", gab Thor zu. Es gefiel ihm kein Stück, auf diese Art vorgeführt zu werden.

„Lass dich nicht ärgern, mein Donnergott." Hiltja legte ihm zärtlich die Hand auf den Vorderlauf. *„Mir ist das Wurst! Ich liebe dich so, wie du bist!"*

„Ich weiß. Aber blöderweise hat das Wiesel absolut recht mit dem, was er sagt."

Grimmarr betrachtete sie lauernd. „Ich fasse zusammen: Vier minderbemittelte Himmelsechsen …"

Linea fauchte warnend, doch der rote König sprach unbeirrt weiter.

„… schützen auf eigene Klaue ein Menschenmädchen und holen es aus den Fängen eines Hamburger Unterweltbosses. Hmm." Er furchte die fahle Stirn. „Soweit ich unterrichtet bin, war das nicht gerade ein triviales Unterfangen, zumal ihr alles aus eigener Kraft bewältigt habt und dann auch noch menschenkompatibel – zumindest in den meisten Fällen. Manchmal wart ihr vielleicht *etwas* zu innovativ und unorthodox …"

„Verdammt! Er weiß von der Geschichte im Elbtunnel!", stöhnte Hiltja.

„Ja, garantiert."

Thor schluckte und wandte sich an seinen Befehlshaber: *„Wobei waren wir deiner Meinung nach denn zu »innovativ«?"*

„Eine Verwandlung mit einer angeblichen Droge namens »Dragons-Dream« zu tarnen", feixte Grimmarr, „finde ich schon ziemlich dreist. Ich will ehrlich sein, Soldat. Ich hatte von Anfang an ein umfassendes Bild eurer »Tätigkeiten« – das ist es doch, was du rauszubekommen versuchst, oder?"

Thor nickte betreten. *„Wenn dir klar war, was wir tun, warum ist niemand eingeschritten?"*

Die Augen des Königs wurden schmal. „Weil ich wissen wollte, wohin das führt." Er zwinkerte. „Außerdem muss ich zugeben, dass mich die drohende Invasion der Dämonenhorden in letzter Zeit doch ziemlich auf Trapp gehalten hat."

„Grimmarr!", schimpfte Linea.

„Ja, ja", winkte der ab. „Ich weiß, keine finsteren Wesen."

Unterdessen richtete sich Thor auf und salutierte. *„Falls das KfZmjH eine Strafe für unsere Vergehen verhängen will, übernehme ich diese für meine Kameraden – sofern möglich."*

Oh ja!, dachte Hiltja. *Alex bringt es um, wenn er sich nicht mehr unter uns Menschen mischen darf.*

Gern würde sie selbst einen Teil der Konsequenzen tragen – immerhin hatten die Drachen das ja alles nur getan, um ihr zu helfen – aber sie hatte keinen Schimmer, was auf sie zukommen würde und ob ihr Angebot womöglich vollkommen lächerlich war.

„Strafe?" Grimmarr lachte. „Ich fürchte, nachdem unser *kleines* Geheimnis in der letzten Woche bei den Humanoiden aufgeflogen ist, wird sich das KfZmjH erst einmal neu sortieren müssen. Insgesamt wird sich nun einiges verändern."

Er grinste breit. „Nein, von einer Strafe kann keine Rede sein. Im Gegenteil, ihr vier habt das Leben der Seherin beschützt und du

obendrein noch eine Gefährtin gewonnen. In Anbetracht eurer ... ähm ... nicht gerade überragenden Voraussetzungen gebührt euch dafür Respekt."

Der König verneigte sich vor Thor und vor Hiltja. Als er aufschaute, wirkte er nachdenklich.

„Hmm. Ihr habt bewiesen, dass das Ganze mehr wert ist als die Summe seiner Einzelteile ... Tatsächlich überlege ich, noch andere, Drachenrassen übergreifende Teams gründen zu lassen. An den Akademien der Magier funktioniert dieses Konzept ebenfalls, wenngleich mit einem anderen Ziel. Ich denke, es kann nicht schaden, dass wir Himmelsechsen damit aufhören, nur unser eigenes Süppchen zu kochen."

Die Gefährten wussten nicht so recht, wie sie auf die Worte reagieren sollten.

Schweigen legte sich über die Senke in den Tropen.

Thor kratzte sich verlegen mit dem Schwingendorn an seiner Halskrause und machte es sich wieder auf seinem Lager bequem. Hiltja setzte sich auf seinen rechten Vorderlauf und schmiegte ihren Rücken an seine Drachenbrust.

„War es das dann?", erkundigte sich Linea. Ihre Gedankenstimme klang viel versöhnlicher als noch wenige Minuten zuvor.

„Fast, Meisterheilerin!" Grimmarr lächelte. „Bevor ich gehe, würde ich gern noch von Schneewittchen wissen, wie das mit den Prophezeiungen läuft."

Die Grüne warf ihrer Patientin einen besorgten Blick zu. *„Darauf musst du nicht antworten."*

„Ich möchte es aber", erwiderte Hiltja. Sie war froh, dass ihre Visionen nicht mehr als psychischer Defekt abgetan wurden. „Was willst du wissen?"

„Am liebsten alles." Der Rote König schmunzelte spöttisch, doch es gab keinen Zweifel, dass er es genauso meinte. „Fangen wir hiermit an: Offiziell heißt es, dass du die Bilder direkt von Lonaah bekommen hast. Stimmt das?"

Die Fackeln der Roten

Hiltja zuckte mit den Schultern. „Kann ich nicht sagen. Die Bilder und der Wortlaut verfolgen mich, seit ich denken kann. Vermutlich schon seit meiner Geburt."

„Interessant." Neugier blitzte in Grimmarrs Augen auf. „Waren das die einzigen Bilder, die du »siehst«, oder ist da generell noch mehr?"

Die Meisterheilerin bedachte den König mit einem warnenden Blick.

„Da ist mehr", erklärte Hiltja. „Meistens schickt mir Madame Vouh – so habe ich mein Talent als Kind getauft – Alltagsvisionen."

„Alltagsvisionen?"

Sie nickte. „Ein Beispiel: Wenn die Kühe beim Kalben Probleme bekommen sollten, wusste ich das meist schon eine Nacht früher."

„Beim Kalben?"

„Klar. Auch Rinder bekommen Nachwuchs. Mein Vater bewirtschaftet einen Bauernhof. Er hat mir immer geglaubt."

Von den Pokerspielen erzählte Hiltja dem Roten lieber nichts. Nicht dass er noch auf komische Gedanken kam, so wie Piet.

„Konkrete Bilder also ..." Grimmarr kräuselte seine Lippen. „Wie praktisch für deinen Vater."

„Ja."

Stille.

Plötzlich wurde die Miene des Königs lauernd. „Hattest du solche konkreten Visionen auch vor der Invasion in der letzten Woche?"

„*Hatte sie nicht!*", behauptete Linea.

„Sicher?" Grimmarr streifte mit einem lässigen Blick die Fackelreste, die sich neben dem Lager auftürmten. „Dann hat Maxxorr wohl doch zu viele rausgegeben."

„*Hat er nicht!*", grollte Thorxarr. „*Mit Verlaub, du hast keine Ahnung, Wiesel!*"

„Ich weiß", antwortete der König betont höflich. „Ich hätte sie aber gern."

„*Vergiss es, Grimmarr*", fauchte Linea. „*Wir sind froh, dass die Bilder aufgehört haben. Deine Besuchszeit ist um!*"

Der rote König machte keinerlei Anstalten aufzustehen. Stattdessen

sah er Hiltja unverwandt ins Gesicht.

In diesem Moment hatte die junge Frau das Gefühl, ihm vertrauen zu können, ja sogar vertrauen *zu müssen.*

„Er hätte sein Leben für unsere Welt gegeben!"

„Das hätte er", bestätigte Thor über die Geistesverbindung.

Hiltja lächelte zu Linea hinüber. „Ich möchte es Grimmarr zeigen. Er sollte das mit den Visionen verstehen."

Die Meisterheilerin seufzte resigniert. *„Falls es zu intensiv wird, wende ich einen Distanzierungszauber an, einverstanden?"*

„Ja, danke!"

Hiltja holte tief Luft und versuchte, sich innerlich gegen das zu wappnen, was nun kam. Leise erzählte sie: „In den Tagen vor dem Angriff hat Madame Vouh mich tausende Tode sterben lassen."

Sie sendete dem König eine rasche Abfolge von Erinnerungen.

Grimmarr riss die Augen auf.

„Schlimmer war allerdings", fuhr Hiltja fort, „anderen dabei zuzugucken, wie sie zerfleischt, zerfetzt, abgestochen oder gar gefressen werden. Dir zum Beispiel."

Erneut teilte sie ihre Erinnerungen und diesmal wurde Grimmarr noch blasser um die Nase herum, als er ohnehin schon war.

Irgendwann ließ sie die Bilder abbrechen und es legte sich eine betroffene Stille über die Anhöhe.

„Das ging über Stunden so", ergänzte Thor.

„Quatsch, es waren Tage!", stellte Linea richtig.

Hiltja schluckte. „Wir konnten nichts tun. Madame Vouh hatte uns in der Hand."

Thor schaute seinen König kühl an. *„Solange man kämpfen kann, ist so eine Schlacht zu ertragen. Aber wenn man dazu verdammt ist tatenlos zuzusehen, wie Kameraden und Freunde dahingemetzelt werden, ohne dass man irgendetwas dagegen unternehmen kann, dann ist das Folter!"*

Grimmarr nickte und verneigte sich aufrichtig. „Ich hätte mehr Fackeln schicken sollen."

„*Nein, es hat gereicht*", antwortete Thor und versuchte einen Scherz: „*Wenn eine Goldene in echte Tränen ausbricht, ist es genug.*"

Sein König lächelte anerkennend, wurde aber gleich wieder ernst. „Seherin, wird es noch einen Invasionsversuch der Dämonen geben?"

Linea schnaufte, mischte sich jedoch nicht ein.

„Ich weiß nicht, was passieren wird." Hiltja zuckte mit den Schultern. „Ich … sehe den Weihnachtsbaum meiner Eltern, ohne Satanas. Und im neuen Jahr werden Thor und ich vermutlich meine Eltern besuchen." Sie lächelte zu ihrem Gefährten hinauf. „Es tut mir leid, aber meine Mutter wird dir die Hölle heiß machen, damit du auch ja gut auf mich aufpasst."

„*Was?*" Thor runzelte seine schuppige Stirn. „*Ich dachte, Madame Vouh zeigt dir keine Visionen, die mit deiner eigenen Zukunft zu tun haben.*"

„*Normalerweise nicht, aber in letzter Zeit macht die alte Zigeunerin ab und an Ausnahmen …*"

„*Na sowas!*" Thor stupste sie sachte mit der Schnauze an. „*Wer soll denn bitte besser auf dich aufpassen können als ich?*"

„*Genau das werde ich meiner Mutter sagen!*"

Zärtlich berührte Hiltja die kleinen Schuppen zwischen seinen Nüstern und ihr Gefährte schloss genüsslich die Augen.

„Ja, ja, die Liebe …" Grimmarr räusperte sich geräuschvoll. „Ich hoffe, sie hat Zukunft!"

Hiltja seufzte und wandte sich dem König der Roten zu. „Ich habe keinen Schimmer, was im nächsten Sommer passieren wird … oder in ein oder zwei Jahren. Madame Vouh ist launisch. Sie macht, was sie will, und oft hat sie sehr kurze Vorlaufzeiten."

Ihr Blick schweifte in die Ferne und sie wisperte: „»Die Zukunft« gibt es nicht – bloß unendlich viele Varianten. Welche davon eintreffen wird, ist ungewiss."

Grimmarr grunzte unzufrieden. „So eine Antwort hatte ich befürchtet."

„Mehr kann ich nicht liefern."

Er nickte. „Du darfst mich gern jederzeit kontaktieren, Hiltja Hinnerksen."

„Schneewittchen!", verbesserte sie und grinste. „Hast du etwa ein Smartphone?"

Der Gedanke, dass der rote König sich ebenso mit der Menschentechnik abmühte wie ihr Liebster, amüsierte sie.

„Ich? Bei der Sphäre, nein!" Grimmarr lachte. „Aber mir kleben mehr Schwarze mit Langstreckensendefähigkeiten an den Schwingen, als mir lieb ist."

Er sendete ihr ein absurdes Bild von einem seilspringenden roten Krieger mit Rüschenhaube und meinte: „Wenn du das an mich schicken lässt, melde ich mich umgehend bei dir."

„Wow!", keuchte Thor auf der persönlichen Frequenz. „Er hat dir eine Prioritätskennung gegeben! Das ... uff ... sowas kriegt so gut wie niemand! Also ... er schätzt dich! ... He! Aber du bist mein Mädchen!"

Hiltja spürte Eifersucht in ihrem Gefährten auflodern. „Es geht deinem Befehlshaber nicht um mich, sondern bloß um die Dämonen, stimmt's?"

„Korrekt!" Grimmarr erhob sich vom Stein und klopfte den Staub von seinem Hut. Dann setzte er ihn wieder auf und schaute zu Linea hoch. „Apropos Dämonen. Papua-Neuguinea ist eine Insel, aber etliche der dunklen Kreaturen können fliegen oder schwimmen. Ich könnte ruhiger schlafen, wenn ich euch einen Trupp zur Verteidigung schicken dürfte."

Linea verzog ihr sonst so sanftmütiges Gesicht.

„Sofern du überhaupt mal schläfst und deine Krieger den nötigen Abstand zu Schneewittchen halten, von mir aus! Aktuell habe ich genug Drachen, deren Verletzungen ich versorgen muss, da brauche ich nicht noch zusätzlichen Eifersuchts-Ärger."

Grimmarr entfernte sich einige Schritte und verwandelte sich in seine wahre Gestalt.

„Keine Sorge, Meisterheilerin, ich werde meine Krieger instruieren." Er zwinkerte. „Ich mache Fehler, aber die meisten nur ein einziges Mal."

„*Deine Schuppenfarbe sagt was anderes*", murrte Linea.

Der König lachte daraufhin bloß.

Er neigte sein Haupt vor den Gefährten. „*Auf Wiedersehen, Schneewittchen und Thorxarr!*" Und ebenfalls vor der Grünen. „*Bis morgen, Linea.*"

Dann wandte er sich um, trabte ein paar Schritte und drückte sich ab. Kaum einen Meter über dem Boden riss er die Nebelsphäre auf und verschwand im wattigen Weiß.

Epilog

Einige Tage später:

Die Abendsonne stand tief über den Tropen. Der tägliche Regenguss war seit zehn Minuten vorbei und nun hüllte Dunst die Baumwipfel ein. Hiltja schlang die Arme um Thors Nacken. Ihm nahe zu sein, war das Beste, was es auf der Welt geben konnte. Besonders jetzt, wo sie sich endlich mit Haut und Haaren auf ihn einlassen konnte, ohne dass ein Zauber sie dazu zwang auf Distanz zu gehen.

„Endlich allein." Hiltja stellte sich auf die Zehenspitzen, zog seinen Kopf zu sich herab und küsste ihn innig. *„Ich liebe dich!"*

„Und ich dich erst!" Ihr Donnergott erwiderte den Kuss voller Inbrunst, bis es in ihrem Bauch erwartungsvoll kribbelte. Doch anstatt seine Zunge zu ihr auf Wanderschaft zu schicken, löste Thor seine Lippen.

„He!", wisperte Hiltja enttäuscht.

„Selber »He!«„

Leise lachend presste er seine Gefährtin an sich und ließ sich rücklings mit ihr auf den kleinen Strand des Regenwaldsees fallen.

Hiltja quietschte. Im nächsten Moment landete sie auf seinem durchtrainierten Körper. Der Duft von heißem Kupfer stieg ihr in die Nase.

„Was für eine harte Landung, Herr Soldat!"

„Das liegt bloß an den vielen Muskeln." Er grinste. *„Mit fluffigen Fettpolstern kann ich leider nicht dienen."*

„Angeber!" Sie piekste ihn mit beiden Zeigefingern in die Seiten. „Und morgen guckst du mich wieder schief an und fragst, woher ich die blauen Flecken habe."

„Ich guck nie schief, holde Maid!", korrigierte ihr Gefährte. Er fing ihre Hände ein und schob das Mädchen auf seiner Brust nach oben, sodass sie einander ins Gesicht schauen konnten. „Höchstens lüstern, siehst du."

In Gedanken wollte er sie am liebsten ausziehen und jeden Quadratzentimeter ihrer zarten Haut erkunden.

„Ja, sehe ich."

Hiltja schloss die Augen und küsste ihn. Ihr Donnergott schmeckte würzig nach Chili und Zimt und seine Zunge war gierig. Prompt uferte das Kribbeln in ihrem Bauch zu einem heißen Sehnen aus.

Er hob den Kopf und drängte sich ihr entgegen. Noch immer hielt er sie gefangen.

Das mochte Hiltja. Voller Begehren küsste sie ihn zurück, was wiederum seine Aura zum Flirren brachte.

„Vorsicht!", stöhnte er und versteifte sich.

Sie spürte, dass er um Beherrschung rang, und hielt inne. Bedauernd beendete sie den Kuss.

„Es tut mir leid", keuchte Thor. Er ließ seinen Kopf zurück in den Sand plumpsen und gab ihre Hände frei.

„Das muss es nicht."

Hiltja stützte sich links und rechts neben seinen Ohren ab. Der Sand

unter ihren Fingern war klatschnass, durchtränkt vom Regenguss. Aber das war egal, weil sie hier in den Tropen eh permanent am Schwitzen war. Lächelnd hauchte sie einen Kuss auf Thors Nasenspitze.

Die neue geistige Nähe machte ihre Liebe intensiver. Sie konnte genau spüren, was er empfand und auch, was er sich wünschte. Im Moment war das vor allem eins: mehr Zärtlichkeit.

Bebend öffnete ihr Gefährte seine Augen. *„Ich kann nicht genug von dir bekommen, aber wir sollten es langsamer angehen lassen.“*

„Ja, leider“, seufzte sie.

Er rollte sich mit ihr auf die Seite. Das war sicherer, denn sobald ihre Leidenschaft überhandnahm, musste Thor sich noch immer in seine wahre Gestalt verwandeln. Das würde erst aufhören, wenn sie vollständig miteinander verbunden wären.

Zart zeichnete Hiltja mit dem rechten Zeigefinger die Konturen seines Gesichts nach. Sie liebte alles an ihm: die asiatischen Mandelaugen, das markante Kinn, ja sogar seine Narben!

„Herrlich!“, schnaufte er und schloss die Lider. *„Von mir aus kann das den ganzen Tag ...“*

Pling! Das Smartphone vibrierte in ihrer Hosentasche.

Pling!

Pling!

„Mist! Das ist meins. Warte ...“, Hiltja rappelte sich auf, *„ich stell es eben auf stumm.“*

„Nein, schau lieber nach, wer das ist“, brummte ihr Gefährte. „Ich habe auch eine Nachricht bekommen.“

„Alex’ Kopplungszauber mit dem astralen Feld ist echt lästig“, murrte sie und entsperrte ihr Telefon. „Oh! Bei mir ist es Paula.“

Thor setzte sich ebenfalls auf und fummelte sein Handy aus der Jeans. Umständlich wischte er auf dem Display herum. „Und bei mir Alex. Du zuerst.“

„Okay.“

Hiltja öffnete das Chatprogramm. Dabei hielt sie ihr Smartphone so, dass beide gemeinsam lesen konnten.

Paula:

Moin moin, Schneewittchen!

Wie geht es dir und Thor heute? 🫣 🤩 🐉 Ich hoffe, noch besser als gestern! Vielleicht können wir uns dann bald wiedersehen. Ich vermisse dich so und nur schreiben reicht nicht bei einer besten Freundin! 😁

Wie besprochen bin ich mit Alex in unserer Wohnung und wir packen Thors Sachen zusammen. Viel ist es ja nicht, was dein Herzblatt besitzt. 😵 Ist das normal für Drachen? 🥴 Alex meint ja, aber das kann ich mir kaum vorstellen.

Soll ich auch was für dich einpacken? Vielleicht ein paar frische Klamotten oder dein Lieblingszimtkaugummi? Das dürftest du im Dschungel ja kaum kriegen.

Ich ziehe übrigens heute noch zurück in unsere Bude. Ohne dich wird es öde. Alex sagt, dass du nicht zurückkommen wirst. 🏚️ 🗿
Das kann ich mir erst recht nicht vorstellen!

Wenn das echt stimmt, muss ich mir Gedanken machen, wie ich die Miete zahle. Ich weiß, dass mein Timing blöd ist 🙈, aber ich hätte vielleicht sogar schon einen Nachmieter. Gregor muss nämlich ausziehen – wegen Eigenbedarf oder so 'nem Quatsch.
Bitte sei ehrlich, falls dir das zu schnell geht, Süße! Dann finde ich eine andere Lösung.
Ich drück dich feste!!!

„Ausgerechnet Gregor!", stöhnte Hiltja und schaute zu Thor. „Wollte Oxa Paulas Freund nicht überprüfen?"

„Wollte sie", brummte Thor.

„Und? Hat sie?"

„Ja."

„»Ja« was?"

„Was deinen Ex-Boss betrifft, ist er sauber", erklärte Thor. „Gregor hat zwar den Kontakt zwischen dir und Piet vermittelt, aber ansonsten hatte er nichts mit Schlangenzunge zu schaffen."

Hiltja atmete auf. „Na, denn bin ich beruhigt."

Ihr Gefährte verzog den Mund. „Das war leider nur die halbe Wahrheit."

Schnee rieselte durch Hiltjas Erinnerungen. Gregor küsste Oxa voller Leidenschaft.

„Mist!", seufzte sie und teilte die Bilder mit Thor. „Dann hatte Madame Vouh recht?"

„Ich fürchte schon." Er lächelte grimmig. „Oxa hat gesehen, dass sie nicht der erste Seitensprung von Paulas Freund war und auch nicht der letzte sein wird."

„So ein Schiet!" Hiltja presste ihre Lippen aufeinander. *Ich darf Paula nicht ins offene Messer laufen lassen. Sie muss die Wahrheit erfahren. Aber nicht per WhatsApp oder am Telefon. Solche Gespräche führt man persönlich.*

„Das verstehe ich."

„Und was will Alex?", fragte sie.

„Warte …" Thor fuhrwerkte mit seinem Handy herum. „Ah. Jetzt hab' ich es."

17:42

Alex:

> Moin moin, Thor!
>
> Ich habe deine Sachen gepackt. War ja nicht viel. Paula wird noch heute in ihr Zimmer zurück ziehen. Sie macht sich Sorgen um Schneewittchen (grüße sie bitte von mir! – natürlich nur als Kumpel – brauchst also nicht eifersüchtig zu werden 😌). Paula ist geknickt, weil sie ihre Freundin nicht treffen kann. Deswegen habe ich angeboten, ihr beim Sachenschleppen zu helfen.

Ach ja – sie überlegt, ihren Gregor hier einziehen zu lassen. Sag mal, wollte Oxa den nicht überprüfen? Weißt du, was dabei rausgekommen ist? Ich kann sie grad nicht erreichen, weil es eine Ehrung durch ihre Mentorin gibt. (Oxa freut sich schon seit Tagen auf die Gesichter ihrer Mitschülerinnen – den Moment will ich ihr um nichts in der Welt versauen!)

Hiltja schaute ihren Gefährten unglücklich an. „Wann dürfen wir hier weg? Ich muss nach Hamburg!"

„Ich frage mal nach."

Thors Blick schweifte in die Ferne und sie spürte, wie er Kontakt zu dem diensthabenden Wachsoldaten aufnahm.

Kurz darauf schenkte er ihr ein Lächeln. „Keine Angst, die werden uns hier nicht festhalten. Aber vermutlich bekommen wir eine Eskorte mit."

„Eine Eskorte?"

„Ja." Ihr Gefährte sah ihr prüfend in die Augen. *„Die Dämonen aus deinen Visionen sind real. Das Tor wurde zwar verschlossen, aber leider erst nachdem etliche der dunklen Wesen auf unserem Planeten eingefallen sind."*

Hiltja schluckte. *„Bekommen jetzt alle so eine Eskorte?"*

„Nein", seufzte Thor. *„Die meisten müssen zusehen, wie sie klarkommen."*

„Aber *du* kannst doch auf uns aufpassen", flüsterte sie. „Du bist ein roter Krieger!"

„Und du die erste Seherin seit Jahrtausenden." Zärtlich strich er ihr über die rechte Wange. *„Bei dir geht niemand ein Risiko ein. Und ich erst recht nicht."*

Hiltja starrte ihn an. Obwohl sie saß, konnte sie fühlen, dass ihre Knie weich wurden. „Jetzt wird alles anders, oder?"

Thor lächelte. „Nicht alles. Aber vieles. Die besten Dinge bleiben." Er hauchte ihr einen Kuss auf die Wange. „Und den Rest bekommen wir hin."

Sie nickte, doch dann sickerte die Wahrheit in ihr Bewusstsein. „Ihr … ihr verlasst euch auf Madame Vouh!"

Plötzlich lastete ein bleischweres Gewicht auf Hiltjas Schultern und ihr Atem ging schwer.

„Ach", meinte er, „wir verlassen uns auch auf unsere Kriegerarmee und die Heilkünste der Grünen oder die Strategien der Goldenen." Er zuckte mit den Schultern. „Jeder hat seine Aufgabe."

„Aber deine Leute *wissen*, was sie tun!"

Obwohl es am See schwülwarm war, fröstelte Hiltja. „Ich habe eigentlich keine Ahnung, wie das mit dem Sehen geht. Ich … die alte Zigeunerin macht, was sie will!"

„Also, ich finde, ihr beiden habt das bisher prima hinbekommen."

Sie schnaubte: „In letzter Sekunde ist überhaupt nicht »prima«! Das wäre ja wohl fast ins Auge gegangen."

„Es ist noch kein Offizier vom Himmel gefallen", zitierte er aufmunternd. „Das betet Maxxorr jedem neuen Rekruten vor."

„Eben." Hiltja hob hilflos ihre sandigen Hände. „Eure Rekruten haben einen Ausbilder! Aber soweit ich weiß, sind die letzten Seherinnen vor ein paar Jahrtausenden gestorben. Von wem soll ich denn lernen?"

„Ganz ruhig, mein Herz." Thor zog seine Gefährtin in die Arme. *„Die Goldenen durchsuchen die Archive nach Aufzeichnungen über die Seherinnen der altvorderen Zeit – Oxa hat sich sogar freiwillig dafür gemeldet."* Er drückte ihr einen Kuss auf die schwarzen Haare. *„Und die Grünen durchforsten ihre kollektiven Erinnerungen. Der Rest wird sich finden."*

„Meinst du wirklich?", wisperte sie in sein Muskelshirt.

„Ja, das meine ich." Er rückte ein Stückchen von ihr ab und sah ihr fest in die Augen. Die feinen silbernen Verästelungen, die sich wie Lebensadern durch das Grau seiner Regenbogenhaut zogen, leuchteten im Abendlicht.

„Eines habe ich in den letzten Wochen gelernt, Schneewittchen: Man muss kein Überflieger sein, um Erfolg zu haben. Außerdem sind wir umgeben von großartigen Himmelsechsen und Menschen. Gemeinsam

können wir Dinge schaffen, die wir allein nicht mal zu träumen wagen. Vertrau mir, wir kriegen das hin!"

Sein Blick wurde intensiv. Kein Zweifel, Thor glaubte an das, was er sagte. Seine Zuversicht gab Hiltja Halt und ließ das Gewicht von ihren Schultern verschwinden.

Alles würde gut werden.

Er lächelte. *„Besser?"*

„Ja, danke."

„Jederzeit, mein Herz."

Im nächsten Moment wurde sein Gesichtsausdruck abwesend und Hiltja hörte eine fremde Stimme auf Latein: *„Salve, Thorxarr! Der Truppführer möchte wissen, wann ihr nach Hamburg aufbrechen wollt."*

„Das war der Wachsoldat", erklärte Thor. „Er möchte wissen, wann wir loswollen."

„Ich habe deinen Kameraden gehört!", rief Hiltja aufgeregt. „In deinem Geist!"

Thor schmunzelte. *„Siehst du, manche Dinge entwickeln sich von ganz allein."*

„Du hast recht." Sie strahlte. Aufkeimende Euphorie kribbelte durch ihre Adern. „Ich frage Paula, wann sie Zeit hat, okay?"

„Prima. Dann schreibe ich Alex."

Er setzte eine so leidende Miene auf, dass Hiltja lachen musste.

Wenige Minuten später trudelte Paulas Antwort ein.

„Alex und ich fahren jetzt in mein »Exil« und packen meinen Kram zusammen", las sie vor. „Wir kommen in bummelig anderthalb Stunden in unsere Wohnung zurück. Seid pünktlich, damit ihr tragen helfen könnt! Zwinkersmiley."

„Oha!", ächzte Thor. „Ihr Mädels seid schon fertig?"

„Klar!" Hiltja kicherte. Sie hatte ihren Donnergott beim Tippen beobachtet. Es sah niedlich aus, wenn dieser Berg von einem Mann sich mit einer Textnachricht abmühte: ein ausgefahrener Zeigefinger, die herausblitzende Zungenspitze zwischen den Lippen und dann die

konzentriert gekrauste Stirn. Dieser asiatische Koloss konnte unfassbar sanft sein. Das machte ihn sexy.

Sie lächelte. „Du hast recht, Herr Krieger, die besten Dinge bleiben."

Sie nahm ihrem Donnergott das Telefon aus der Hand. „Ich erledige das für dich – benachrichtige du den Wachsoldaten, ja?"

„Gern", seufzte ihr Gefährte. „Aber warum die Eile?"

„Warum?"

Hiltja ließ ihre Finger über das Riesendisplay von Thors Handy fliegen und schickte die Antwort ab. *„Ganz einfach: weil wir dann noch anderthalb Stunden für uns haben."*

„Das hört sich gut an."

Hoffnungsvoll rutschte er näher zu ihr heran. *„Vielleicht könnten wir da weitermachen, wo wir vorhin aufgehört haben, als diese lästigen Telekommunikationsgeräte uns auseinandergeklingelt haben?"*

„Nicht ganz ..."

Sie biss sich auf die Unterlippe und zeigte ihm eine spontane Idee, die so sinnlich war, dass sich ihre Ohren rosa färbten.

„Oh!" Thor bekam runde Augen. *„Sowas geht?!"*

„Keine Ahnung, aber der See ist warm ..."

Sie stand auf und zog ihr T-Shirt über den Kopf. *„Es käme auf einen Versuch an, oder?"*

„Unbedingt!", erwiderte ihr Gefährte heiser. Mit einer geschmeidigen Bewegung erhob er sich aus dem Sand und entkleidete sie mit mehrfachem Fingerschnippen. Dabei weidete er sich an ihrem Anblick.

Hiltja genoss das lustvolle Flackern in seinen Augen. Sie grinste frech.

„Oha! Da kann es einer ja gar nicht abwarten!"

„So sieht es aus." Thor beugte sich zu ihr herab und küsste sie gierig. *„Geduld zählte noch nie zu meinen Stärken. Das Leben ist kurz und ich habe nicht vor, auch nur eine Sekunde davon zu verschwenden!"*

Ende

Foto: Anna Eve Photography

Moin moin, du!

Vielen Dank, dass du Hiltja, Thor und mich nach Hamburg begleitet hast. Falls dies deine erste Nebelsphäre-Reihe war, wäre jetzt der optimale Zeitpunkt, um die Lübeck-Reihe zu lesen. Darin wird nämlich die Geschichte des Phönix' und der Schlacht gegen die Dämonen erzählt. Falls du von Drachen nicht genug kriegst, könntest du sogar mit meinem Debüt, der Kiel-Reihe, starten. Dort würdest du mehr über Grimmarr, Victoria & Jaromir und die Kommandanten der Wölfe erfahren.

Du sagst: „Hört sich ja nett an, aber ich will vor allem wissen, wie es weitergeht!"

Tja, genau darüber muss ich noch eine Weile nachdenken. Ich meine: Das verdammte Tor war so lange offen, dass verflixt viele Dämonen

rüberkommen konnten! Die lassen sich garantiert nicht mal eben so einfangen und erst recht nicht abmurksen. Nein, die wehren sich und bedienen sich am Buffet.

Und damit bin ich wieder bei der Postapokalypse, die ich im Vorwort erwähnt habe. Ich muss mir überlegen, welche Auswirkungen die Dämonen, aber auch das offene Zutagetreten von Drachen und Magie haben sollen. Wie Grimmarr sagte: „Insgesamt wird sich nun einiges verändern."

Tja, gar nicht so einfach. Außerdem bin ich nicht sicher, ob ich mir für die Fortführung der Geschichte neue Figuren suche oder mit meiner Chaotentruppe weitermache. Ich gebe zu, dass mir Hiltja, Thor, Alex, Oxa und Luna echt ans Herz gewachsen sind.

Falls du mir einen Gefallen tun möchtest und ein paar Minuten übrig hast, würde ich mich **sehr** über eine Leserbewertung auf Amazon freuen. Als unabhängige Autorin habe ich keinen Verlag, der mich mit Reklame unterstützt. Dafür brauche ich dich! Die beste Werbung sind Mundpropaganda und positive Rezensionen – ein paar Sätze darüber, was dir besonders an der Geschichte gefallen hat, genügen schon.

2021 heißt es bei mir erstmal: Tapetenwechsel! Als nächstes schreibe ich nämlich ein oder zwei Glückstadt-Romane – so genau kann man das bei mir ja nie wissen. 😉

Und sonst? Hast du Wünsche, mit wem es in der Nebelsphäre weitergehen soll, oder Lob und Kritik? Oder möchtest du mir vielleicht bloß mal Hallo sagen? Dann freue ich mich über eine Mail. Selbstverständlich bekommst du eine Antwort von mir.

Schön, dass du dabei warst und herzliche Grüße aus Glückstadt!

Moin moin, du!

P.S.: Weil die Rezepte in der Vergangenheit bei euch so beliebt waren, habe ich Thor gebeten, das vom »Blob-Kuchen« rauszurücken. Ihr findet es zum kostenlosen Download auf meiner Homepage, bzw. im Anhang der privaten Edition.

P.P.S.: Keine Sorge, wie immer kommt gleich noch ein bisschen Tüdelkram. Ebenso wie das Nachwort, die Danksagung, … naja, du kennst das ja! Meine Bücher sind erst zu Ende, wenn keine Seite mehr übrig ist.

Kontakt: info@johanna-benden.de
via PN über Facebook & Instagram

Aktuelles: www.johanna-benden.de
bei Facebook & Instagram

Johannas Newsletter
Du möchtest vier bis sechs Mal im Jahr erfahren, was bei mir so los ist? Dann melde dich zum **Newsletter** an: www.johanna-benden.de/Kontakt. Ich freu mich!

Tüdelkram

Johanna saß auf einer Bank an der Mole vom Glückstädter Hafen, schaute auf die Elbe und ließ sich den Wind um die Nase wehen. Sie mochte das Geräusch, welches die Wellen machten, wenn sie gegen den Kai schwappten. Hier konnte die Autorin die Gedanken treiben lassen. Ab und zu zückte sie ihren Bleistift und schrieb etwas in ihr Notizbuch. Ansonsten genoss sie die Sonne, die immer mal wieder durch die Wolken brach.

Hinter der Bank wurde Geplapper laut.

„Ist sie das?"

„Klar! Wer sollte das sonst sein?"

„Na gut. Fragst *du* sie?"

„Nein, das machst du. Das ist eine gute Übung. Immer schön dran denken, was wir vorhin besprochen haben, ja?"

„Okay."

Schritte näherten sich.

Verwundert warf Johanna einen Blick über die Schulter und entdeckte

zwei junge Männer. Beide waren eher schmächtig. Einer trug leuchtend neongrüne Haare, die lustig im Wind flatterten, der andere war unscheinbar.

Zögerlich hob der Unscheinbare seine Hand. „Moin Johanna!"

Die Autorin lächelte. „Moin Benan!"

„Moin Johanna!" Der Zweite ließ seine neongrünen Haare unter einer professionell aufgesetzten Kapuze verschwinden. „Ganz schön pustig hier am Wasser!"

„Stimmt, Alex! Moin!" Die Autorin legte ihren Bleistift ins Notizbuch und verschloss es mit einem Gummiband. „Was treibt ihr zwei denn hier?"

„Wir … besuchen dich", erklärte Benan. „Und ich übe unauffälliges menschliches Verhalten. In der Praxis."

„Sehr gut." Johanna grinste. „Da hast du dir ja einen hervorragenden Lehrmeister ausgesucht."

Alex schaute bescheiden zur Seite, doch Benan nickte eifrig. „Selbst Bill nimmt Übungsstunden bei ihm. Und der ist viel besser als ich! Er will im Sommer nach Wacken zum Heavy Metal Festival, weißt du?"

„Ich weiß. Das ist voll sein Ding!"

„Vor allem das Luftgitarre spielen." Alex kicherte. „Meine Herren, das mit dem Feuerwerk muss er mir noch mal erklären."

„Ich bin sicher, das wird er", schmunzelte Johanna. „Bei mir hat er es auch schon mal probiert – aber da ich lichtlos bin, war das natürlich vergebene Liebesmüh."

Die beiden Weißen setzten eine betroffene Miene auf und eine Pause entstand.

Alex guckte erwartungsvoll zu Benan, der wiederum verträumt einem Segelboot hinterherguckte, das gerade in den Hafen einlief.

„Du wolltest Johanna doch was fragen, nicht?"

„Was?" Irritiert sah Benan zu seinem Freund.

„Ja! Du hast eine Frage."

Benan legte den Kopf schief. „Echt? Welche denn?"

Alex rollte mit den Augen, sein Blick wurde eindringlich und

plötzlich hellte sich Benans Miene auf – kein Zweifel, die beiden hatten über Gedankenrede kommuniziert.

„Ach ja!" Benan kratzte sich an der Schläfe. „Öhm ... also ... ich wollte fragen ... ähhh ..."

„Ja?" Johanna zwinkerte. „Ich beiße dich schon nicht."

Er bekam große Augen. „Was? Menschen beißen? Drachen??"

„Nein!", stöhnte Alex. „Das ist nur so'n Spruch! Jetzt raus mit der Sprache! Frag' sie endlich!"

„Gut." Benan holte tief Luft. „Ich wollte wissen, ob ... das ... äh ... deine Idee war? Das mit der Wiedereinführung der Prüfung für »Unauffälliges menschliches Verhalten«. Die ist jetzt ja bloß für uns Weiße vorgeschrieben."

„Ja, davon habe ich gehört." Johanna nickte ernst. „Und auch von dem Zwischenfall mit den Nudeln. Mit der Entscheidung hatte ich allerdings nichts zu tun. Die hat das KfZmjH ganz allein getroffen."

„Ach, Pinguindreck." Benan ließ die Schultern hängen.

„Siehst du? Johanna hatte damit nichts zu tun." Alex seufzte und erklärte: „Benan und Bill hatten gehofft, dich umstimmen zu können. Die Übungsstunden nehmen nämlich ziemlich viel Zeit in Anspruch."

„Das glaube ich." Die Autorin grinste, setzte jedoch gleich danach eine strenge Miene auf. „Wenn ich darüber nachdenke, auf welche Art Benans Kumpels diese Nudeln ... ähm", sie suchte nach den passenden Worten, „»zubereitet« haben, also dann ..."

Schweigen im Wind.

„... ist es besser", führte Alex den Satz fort, „wenn meine Freunde erst noch eine Runde trainieren, bevor sie sich unter die Menschen mischen. Sicher ist sicher, nicht wahr?"

„Da hast du absolut recht." Johanna lächelte mitfühlend. „Ach, komm schon, Benan. Du schaffst das!"

„Ja", schnaufte der, „vielleicht in hundert Jahren oder so."

„Quatsch, das kriegen wir viel fixer hin!" Alex klopfte seinem Freund aufmunternd auf die Schultern. „Wir gehen jetzt in den Kleinen Heinrich und bestellen uns leckeren Kuchen."

„Oh!" Prompt hellte sich Benans Miene auf. „Für jeden einen eigenen?"

„Nicht ganz. Für jeden ein Stück."

„Essen wir das dann auch?"

„Selbstverständlich! Und dazu trinken wir noch einen Kaffee."

„Ui! Sowas übe ich gerne!"

„Ich auch", gluckste Alex.

Die Autorin lachte. „Na, denn wünsche ich euch viel Erfolg und guten Hunger, ihr zwei!"

„Danke, Johanna!", antworteten die Weißen im Chor. „Bis demnächst."

„Ja, bis denn! Tschüss!"

Eifrig darüber diskutierend, ob Schokokuchen mit oder ohne Eierlikör besser schmeckte, trotteten die Drachen davon.

Die Autorin schüttelte amüsiert den Kopf. Sie wandte sich der Elbe zu und schlug ihr Notizbuch wieder auf.

Wo war ich stehen geblieben? ... Ach ja ... die alte Apotheke! Ich brauche noch mehr Informationen über folgende Themen ...

Für einige Minuten flog Johannas Bleistift über das Papier, der Wind wehte, die Sonne schien und die Welt war in Ordnung. Was für ein herrlicher Samstagnachmittag!

Tock-Schlurf. Tock-Schlurf. Tock-Schlurf.

Neben der Autorin ließ sich ein alter Mann in einer gelben Wetterjacke auf die Bank sinken. Er lehnte seinen Krückstock neben sich an die Sitzfläche, rückte seine Schiffermütze zurecht und nahm die Pfeife aus dem Mund.

„Moin!"

„Moin Fiete!" Johanna klappte ihr Notizbuch erneut zu. „Wie geht's?"

„Muss ja. Und selbst?"

„Prima." Sie lächelte. „Ich bereite gerade meinen nächsten Roman vor. Nach dem Buch ist vor dem Buch, weißt du?"

„Oha!" Fiete steckte die Pfeife zwischen die Lippen und grinste.

„Noch mehr Spökelkram?!"

„Ich schreibe doch keinen Spökelkram!", tadelte die Autorin.

Der alte Mann verzog skeptisch den Mund, in seinen Augen blitzte der Schalk.

„Ich schreibe über Drachen, Magie und Dämonen", erklärte Johanna mit vorgeschobener Ernsthaftigkeit. „Sowas nennt man Fantasy."

„Ich sach ja: Spökelkram!"

Die Autorin lachte. „Bagalut!"

„Jo." Er zwinkerte verschmitzt.

„Mein nächstes Buch soll in Glückstadt spielen", meinte Johanna. „Und es wird wieder ein »veganer« Roman – also ohne »Spökelkram«."

„Ohauaha!" Fiete furchte besorgt sein wettergegerbtes Gesicht. „Hast du meinen Enkel noch mal am Wickel?"

„Nee. Eriks Leben ist gut so, wie es ist, findest du nicht?"

„Jo!" Der alte Mann nickte und nuckelte energisch an seiner Pfeife. Alles an ihm schien zu sagen: »Wehe, du pfuschst an meiner Familie rum! Denn wird's hier aber ungemütlich!«

Johanna lächelte. „Keine Sorge. Ich habe eine neue Hauptfigur. Mit der würde ich allerdings auch gern mal bei euch in der Bootsausrüstung reinschauen, wenn das okay ist."

Fiete grunzte nur undefiniert.

„Fifi!" Der Wind trug ein helles Stimmchen zu ihnen an die Mole herüber. „Opa Fifi!"

Im nächsten Moment bimmelte eine Fahrradklingel und dann flitzte ein kleiner Junge mit seinem Laufrad um die Bank herum. „Opa Fifi! Wir müssen arbeiten!"

Sofort wurde die Miene des Seebären weich. „Moin, mien Lütten!"

Er stützte sich auf seinen Krückstock und beugte sich zu dem Kind hinunter. „Arbeiten? Wir beide?"

Liebe quoll aus jeder Pore des alten Mannes.

Der Junge nickte wichtig. „Jo! Schrauben! Ganz viele!"

„Ohauaha!" Fiete schmunzelte. „Ist die Lieferung doch noch gekommen?"

„Jo!"

„Und wir zwei beide dürfen die in die Schubladen einsortieren?"

„Jo!"

Der alte Mann grinste. „Alle?"

„Jo!" Der Junge strahlte. „Alle für uns!"

„Na, denn is ja gut."

„Jo!"

Das Kind klingelte noch einmal und flitzte, Motorengeräusche imitierend, mit seinem Laufrad eine Runde an der Mole herum.

Die Autorin lächelte. „Na, ihr zwei versteht euch, was?"

Der Alte griente. „Jo!"

„Moin Fiete!" Ein junger Mann trat an die Bank heran. Der Reißverschluss seiner Outdoorjacke war zu einem Drittel aufgezogen und gab den Blick auf eine Minipudelmütze in rosa frei. „Ah! Und du bist das. Moin Johanna!"

„Moin Erik! Na, alles gut bei euch?"

„Ja, muss ja." Der junge Mann grinste schief. „Die letzten Nächte waren kurz. Meine Frau hat sich hingelegt, deswegen trage ich die junge Dame hier spazieren." Er lächelte zärtlich auf seine Tochter herab und wandte sich an Fiete. „Dein Urenkel wollte nicht warten."

„Nein, nein!", quietschte der Kleine. „Fifi und ich arbeiten!"

„Ich kann das aber auch morgen machen", meinte Erik. „Genieß du man deinen Feierabend."

„Nö." Fiete zwinkerte dem kleinen Jungen zu. „Schrauben einsortieren ist das Beste, oder, Lütt Fiete?"

„Jo!" Der Junge kam vor der Bank zum Stehen. „Jetzt?"

Fiete nickte und erhob sich mit Hilfe des Krückstocks mühsam von der Sitzfläche.

„Tschüss, Johanna! Ich muss los." Er warf der Autorin einen eindringlichen Blick zu und deutete mit seiner Pfeife auf das Notizbuch. „Ein Besuch bei uns im Laden geht in Ordnung." Unausgesprochen klang hinterher: »Aber wehe, du mischst meine Familie auf!«

„Danke, Fiete", erwiderte Johanna. „Ich wünsche euch ein schönes

Wochenende, ihr Lieben!"

„Wir dir auch." Erik winkte zum Abschied. „Bis denn!"

Nun kehrte wieder Ruhe an der Mole ein. Der Wind wehte, die Wellen schwappten und die Autorin schrieb in ihr Notizbuch:

Glückstadt-Roman Nr. 3

- vegan -

Arbeitstitel: Die Apothekerin

eine junge Frau erbt eine alte Apotheke
das Gebäude ist renovierungsbedürftig
die junge Frau zieht von außerhalb nach Glückstadt
und versucht in der Kleinstadt Fuß zu fassen
alte Fundstücke und Briefe?
ein Arzneibuch in Geheimsprache?
ein alter Schlüssel? (Wo passt der?)
ein vergessener Keller (Was war mal dort drin?)
ein charmanter junger Mann (Meint er es ernst?)

Oha! Ob das wohl gut geht?
Finde es heraus … Sommer/Herbst 2021

Nachwort, Recherche & Dankeschön!

Häufig werde ich gefragt: „Johanna, wo hast du nur all die Ideen her?"
Darauf gibt es eine simple Antwort: Kommt drauf an, worum es geht.

Den **Plot** entwickle ich meist allein, aber noch viel lieber gemeinsam
mit meinem Mann **Maik**. In diesem Sommer lief es wie folgt ab: Wir
haben im Garten im Schatten unserer Zierkirsche Latte macchiato
getrunken und ich habe Maik vorgestellt, was ich mir zum Beispiel für
die Szene im Park überlegt hatte.

Maik: „Kann funktionieren, mach man."

Ich: „Ja, aber das mit den Visionen passt noch nicht. Irgendwie fehlt
mir da was. Das soll richtig Drama und Action geben. Ich hab' überlegt,
ob Hiltja nicht eine Lösung von Madame Vouh zugeschustert
bekommt."

Maik: „Jo. Hiltja ruft Thor in den Park und dann soll sie den Gangstern
eine Handvoll Nichts entgegen schmeißen."

Ich: „Hä?"

Maik (mit wachsender Begeisterung): „Oh ja. Eine Handvoll Nichts!

Und dann kommt Thor."

Ich (mit wachsendem Unverständnis): „Hä? Was bringt das?"

Maik (fröhlich grinsend): „Die Gangster denken, das Nichts waren Drogen."

Ich (unwillig): „Drogen? Wieso das denn? Was bringt das?"

Maik: „Das könnte Oxa als Oligarchin in die Karten spielen. Da geht bestimmt was."

Ich (mit ratternden Gedanken): „Hmmm. Ich weiß nicht. Irgendwie gefällt mir das nicht. Wer schmeißt denn Nichts? Das ist nicht logisch. *Ich* würde sowas nicht machen [Der Mathe-Nerd lässt grüßen!]. Sollte das nicht logischer sein? Hiltja weiß ja nichts von Drachen und Magie."

Maik: „Dafür hast du ja Madame Vouh. Lass die auch mal arbeiten."

Die Diskussion ging weiter, bis unsere Latte macchiatos leer waren. Überzeugt war ich da noch nicht! Leute, ich kann euch sagen, solche Plot-Diskussionen sind bei uns weder Ponyhof noch Kindergeburtstag, sondern vielmehr harte Verhandlungen! Am Ende gewinnt die beste Story.

Selbst wenn Maik mal keine Idee hat, bringt mir das Vorstellen meiner Ansätze eine Menge. Beim Erzählen entsteht meist bereits das erste Kopfkino bei mir. Und oft ist es wie beim Tennis: Wir spielen uns die Bälle gegenseitig zu und am Ende sind diese Szenen besonders dynamisch. Hach, ich liebe das!

Natürlich inspiriert mich auch meine Umgebung. Häufig sehe ich Dinge und denke: „Hey, das ist cool! Da muss ich irgendwann mal was draus entwickeln." Zum Beispiel ist so die **Elbtunnel**-Szene entstanden. Ich fand dieses Bauwerk schon immer höchst faszinierend und in diesem Buch war es dann endlich so weit! Die Kölner Typen, der Pokerabend im Musical-Theater, die Barkassenüberfahrt – all das ist nur entstanden, weil Hiltja durch den alten Elbtunnel gehen sollte. Wegen Corona bin ich nicht nach Hamburg gefahren, um dort noch mal vor Ort zu recherchieren, aber ich habe mir meine alten Fotos angesehen und viel im Internet geguckt und gelesen. Die meisten

Informationen, die ihr in diesem Buch über den alten Elbtunnel findet, entsprechen der Wahrheit, eine Sache muss ich allerdings berichtigen: In den Schachthäusern an den Enden gibt es schätzungsweise acht Meter über der Fahrbahn eine Art Zwischendecke beziehungsweise ein Netz. Ich nehme an, damit soll verhindert werden, dass Gegenstände vom Eingang oben nach unten auf die Fahrbahn und damit auf Passanten oder Fahrzeuge fallen können. Meine Drachen könnten also nicht mitten im Schachthaus aus der Sphäre springen, sondern müssten direkt über der Fahrbahn herauskommen und das wäre für eine Goldene höhentechnisch echt knapp. Da sag' ich mal wieder: „Ein Hoch auf die dichterische Freiheit!"

Insgesamt hole ich mir viele Anregungen aus dem Internet. So habe ich auch die Bildersuche gestartet, als es um **Ingos Socken** ging. Ich wollte etwas Abgedrehtes, was kein normaler Mensch anziehen würde, und dachte an Bierflaschensocken oder so. Als ich auf die azurblauen Bikini-Streifen-Popo-Socken stieß, war ich erst sprachlos und musste dann laut lachen. Meine Herren, die Dinger passen für den Luden ja wohl wie die Faust aufs Auge, oder? So viel Fantasie hätte ich im Leben nicht gehabt. (Für den Fall, dass du Zweifel hast, schau mal hier: https://www.radbag.de/popo-socken - unglaublich, oder?)

Alex' Angaben, wie oft Männer durchschnittlich **an Sex denken**, sind übrigens nicht erfunden. Hier der Bericht:
https://www.freundin.de/liebe-studie-maenner-gedanken-sex

Die **Pokerpartie** am Anfang habe ich diesmal wieder mit **Torsten** durchgesprochen. Ich habe mir im wahrsten Sinne des Wortes die Karten gelegt (und Hiltja ein passables Blatt zugeschanzt). Aber damit war es nicht getan. Ich bin nämlich eher so wie Alex drauf: Ich kenne die Regeln und kann Wahrscheinlichkeiten berechnen, aber eine Strategie, wann ich mitgehen sollte und wann aussteigen, beherrsche ich nicht. Ähnlich planlos bin ich bei der Einsatzhöhe, den Aufgaben des Dealers und dem ganzen Drumherum. Deswegen vielen Dank, lieber Torsten, für dein Feedback! Jetzt hat die Szene Hand und Fuß.

Danke auch an **Gerald**. Ihn durfte ich mal wieder in Sachen

Nahkampftechniken für Frauen löchern. Und die Frage, ob **Waffen** generell magnetisch sind, beantwortete er mit einem Gegenvorschlag. Darum schickt der gute Alex im Elbtunnel auch einen Stromstoß durch die Waffen der Kölner Ganoven. Passt prima, oder? Danke für deinen Support, lieber Gerald!

Babette hat mich trotz großer Zeitknappheit wundervoll bei der Auswahl des **lateinischen Textes** beraten, den Hiltja an der Uni übersetzen musste. Ich finde die Passage von **Seneca** so schön, dass es mir verflixt schwerfiel, sie zu kürzen. Tausend Dank für deine Mühe und ebenfalls für die Übersetzung ins Deutsche, liebe Babette. So ist es perfekt!

Unglaublich talentiert ist **Ronja**. Seit dem Sommer arbeiten wir gemeinsam dran, die sechs **Drachenrassen** der Nebelsphäre **graphisch** darzustellen. Die Roten, Weißen und Goldenen hat Ronja bereits zum Leben erweckt – anders kann ich es nicht ausdrücken. Jedes Mal, wenn sie mir eine Mail schickt, schlägt mein Herz schneller und sobald ich die Zeichnung öffne, bin ich fassungslos begeistert. Ich habe nicht gedacht, dass es jemanden gibt, der mit so viel Herzblut und Liebe zum Detail an der Nebelsphäre arbeitet! Ronja, du führst mir Dinge vor Augen, die ich ohne dich nicht sehen würde. Obwohl ich die Drachen erschaffen habe, machst du sie lebendig. In den letzten Szenen habe ich die Zeichnungen sogar als Vorlage fürs Schreiben benutzt – ich glaube, da ist demnächst mal ein neuer Desktophintergrund fällig!

(Anmerkung: Die **Drachen-Zeichnungen** finden sich in der privaten Edition und ab Dezember 2020 fliegen sicher auch ein paar auf meiner Homepage herum, falls du mal gucken möchtest.)

Eine große Hilfe waren auch diesmal wieder meine **Scheibchen-** und **Batzenleser Christine, Gabriela, Niklas, Ute, Melanie** sowie **Maik**. Ihr seid wie ein Kompass für mich! Euer zeitnahes Feedback zeigt mir, ob ich auf dem richtigen Weg bin oder mich in etwas verrannt habe. Dank euch kann ich viele Kleinigkeiten sofort ändern, ohne dass sich diese Dinge erst seiten- oder gar kapitelweise durch das Buch ziehen! Euretwegen nimmt die Geschichte manchmal eine ganz andere

Wendung. Danke für euer offenes, ehrliches Feedback und auch für die viele Zeit, die ihr in meine Romane steckt!

Wichtig sind auch meine **Am-Stück-Leser Annika**, **Marion** und **Betty**. Ohne euch wüsste ich nicht, wie meine Bücher als Ganzes ankommen und ob die Dinge so wirken, wie sie wirken sollen. Tatsächlich ist es ein riesiger Unterschied, ob man einen Roman in einem Rutsch liest oder über Monate gestreckt (vom Schreiben will ich hier gar nicht erst reden! ☺). Danke fürs Lesen und für eure Rückmeldung.

Elementar sind meine **Rechtschreib-** und **Zeichensetzungskorrektoren Christine**, **Niklas**, **Melanie**, **Betty** und **Corinna**! Viele von euch Fans wissen ja, dass ich eine Leserechtschreibschwäche habe. Ohne meine Korrektoren würde in meinen Texten das Buchstaben- und Kommachaos herrschen. Ich habe mich in den letzten Jahren zwar deutlich verbessert, aber das reicht nicht. (So habe ich z. B. immer noch keine Ahnung, wie man Reis/ss/ßverschluss schreibt – wenigstens habe ich mittlerweile geschnallt, dass ich das Wort nachgucken muss.)

„Nur ein gelöschter Fehler ist ein guter Fehler!" Nach diesem Motto arbeiten hier alle ganz fleißig und werfen raus, was gefunden wird. Ich staune jedes Mal wieder darüber, dass sich die fiesen Fehler so unglaublich gut zwischen den richtig geschriebenen Wörtern verstecken können, dass uns doch einige von ihnen durch die Lappen gehen – und das trotz kaskadischer Mehrfachkorrektur. Wetten, dass da die **Orthograph-Dämonen** ihre linken Krallen im Spiel haben?! Falls dich beim Lesen noch ein Fehler angesprungen haben sollte, schick ihn mir gern rüber – ich murks ihn ab!

Danke an mein ganzes Team!

Ihr seid einfach wunderbar! Ohne euch würde es mir nicht halb so viel Spaß machen!

Hier noch mal die ganze Crew im Überblick:

Maik von Drathen:	Plotting, Feedback, Krönchen richten, wenn es mal nicht ganz rund läuft
Gabriela Anwander:	Scheibchenleserin, Erstfeedback, Feuerwehr: unsichere Szenen
Niklas de Sousa Norte:	Scheibchenleser, Erstfeedback, Korrektorat, Kommaexperte
Christine Westphal:	Scheibchenleserin, Erstfeedback, Mehrfach-Korrektorat
Ute Brandt:	Batzenleserin, technische Details, Grafikberatung, moralische Instanz
Melanie Scharfenberg-Uta:	Lektorat, Stilkorrektur, Korrektorat
Elisabeth Schwazer:	Am-Stück-Leserin, Mehrfach-Korrektorat
Annika Lüttjohann:	Am-Stück-Leserin, Schwerpunkt: Action, Klappentext-Meisterin
Marion Schlüter:	Am-Stück-Leserin, Schwerpunkt: Romantik
Corinna Kahl:	Final-Leserin und Meister-Fehlerfinderin
Dagmar:	Fehlerfinderin und Stilkorrektur
Rita Kenntemich:	Finale Rechtschreib- & Interpunktionsfragen
Gerald:	Experte in Sachen Waffen & Nahkampf
Torsten Lau:	Poker-Regeln & Taktiken, Gegenlesen der entsprechenden Passagen
Babette Jaschko:	Qualifizierte Auswahl des Lateintextes
Ronja Forleo:	Drachengrafik fürs Cover & Drachenskizzen in der privaten Edition ronjaforleo-design.de
Heiko Jürgens:	Hamburg-Fotos & Cover-Skyline
Lutz Pape:	IT-Support Webseite

Ein besonderer **Dank** geht auch an **dich**. Ja, genau, an dich! Danke, dass du meine Geschichten kaufst! Wegen dir und deinen »Kollegen« konnte ich vor bummelig einem Jahr meinen Brotjob an den Nagel hängen und kann mich nun als Vollzeitautorin ganz auf meine Geschichten konzentrieren. Hätte mir das vor zehn Jahren jemand

erzählt, hätte ich denjenigen für verrückt erklärt!

An meine **Fans** geht ein besonderer **Dank**: Eure Vorfreude, das Mitfiebern und Mitleiden und die vielen lieben Nachrichten nach dem Lesen sind der Wind unter meinen Schwingen! Ihr lasst meine Fantasie fliegen!

Danke!

Eure Johanna

Einen hab' ich noch

Es schellte an der Wohnungstür. Paula öffnete und hörte mit pochendem Herzen, wie ihre Gäste die Treppen hinaufstiegen und sich dabei gedämpft miteinander unterhielten.

Nicht »Gäste«, korrigierte sich Paula. *Hier kommt meine neue Mitbewohnerin!*

Kurz darauf hatten die Schritte die darunter liegende Etage erreicht und ein regenbogenfarbener Irokesen-Haarschnitt schwebte neben einer pechschwarzen Lockenmähne zu ihr hinauf.

„Moin Alex! Moin Zahai!", grüßte Paula. „Wie schön, dass ihr da seid!"

„Ja, danke. Moin Paula!" Alex strahlte und ließ seiner Begleitung den Vortritt.

Zahai lächelte scheu. „Moin! Ich lernen muss eure Sprach."

Paula hob den Daumen. „Ach, das klingt schon prima!"

Die Afrikanerin warf Alex einen fragenden Blick zu und verzog das

Gesicht. „Danke. Doch ich nur wenig versteh."

„Das macht nichts", erwiderte Paula auf Latein und hielt den beiden die Tür auf. „Wir haben ja eine Ausweichsprache. Endlich zahlt sich mein Studium aus. Und Deutsch lernst du bestimmt ganz schnell. Aber kommt erstmal rein."

Zahai betrat den Flur und blieb befangen stehen. Alex schleppte eine große Reisetasche hinterher und stellte sie ab.

„Hier ist es üblich, dass man seine Schuhe auszieht", erklärte er. „Und der Parka ist dir bestimmt auch viel zu warm, oder?"

Die Afrikanerin nickte und öffnete den Reißverschluss.

„Schau, ich habe extra die halbe Garderobe für dich freigeräumt." Paula nahm ihrer neuen Mitbewohnerin die Jacke ab und hängte sie dort hin. „Ach, ich freu mich richtig, dass du bei mir einziehen magst!" Sie seufzte. „Weißt du, ich habe meinem Freund gerade den Laufpass gegeben, da ist es schön, nicht allein sein zu müssen."

„Männer können eklig sein! Manchmal ist es besser ohne sie", erklärte Zahai mit einem fremden Akzent auf Latein. „Wir finden nette Männer, okay?"

„He!", protestierte Alex. „Und was ist mit mir?"

„Du bist kein Mann, du bist ein Drache!" Sie schmatzte ihm einen Kuss auf die Wange. „Und die Männer sind für Paula. Sie braucht Auswahl, nicht?"

„Jo! Auswahl klingt prima." Paula grinste. Zahai war ihr auf Anhieb sympathisch. „Wollt ihr zwei einen Kaffee?"

„Ich leider nicht", bedauerte Alex. „Ich muss gleich wieder los. Ich wollte nur berichten, dass ich einen Dauerauftrag für die Miete eingerichtet habe. Zahai hat ein eigenes Konto. Das Geld sollte für ein halbes Jahr reichen. Blöderweise war der Umgang mit einer EC-Karte, Überweisungen oder Onlinebestellungen für die Mädchen in ihrer Heimat nicht wichtig. Und wir hatten bis jetzt keine Zeit, sowas zu üben. Könntest du Zahai das zeigen?"

„Klar."

„Das ist klasse!" Alex lächelte dankbar. „Ich finde es großartig, dass

Zahai fürs Erste bei dir wohnen kann. Die Akademien sind derzeit alle proppenvoll, sodass für einige nur das Fernstudium bleibt."

Paula runzelte die Stirn. „Ich dachte, du unterrichtest sie?"

„Ja schon. Auch. Aber …", druckste er herum.

„Ich wollte wieder unter Menschen", erklärte Zahai. „Drachen sind toll. Doch sie sind Drachen."

Alex furchte missmutig die Stirn.

„Mein Alex ist anders." Die Afrikanerin warf ihm einen zärtlichen Blick zu. „Aber er ist ständig unterwegs. Ich will nicht nur warten, sondern ein Leben."

„Eine kluge Entscheidung", stimmte Paula zu.

„Ja, vermutlich." Alex schnaufte. „Ich muss nun auch schon wieder los. Der weise Hoggi möchte, dass ich ihm zeige, wie ich einen Zauber zwischen mehreren Himmelsechsen koordiniere." Er fuhr sich verlegen mit den Fingern durch die aufgestellten Haare. „Offenbar kann sowas sonst keiner – wer hätte das gedacht? Naja … morgen hole ich euch ab. Pünktlich um 15 Uhr. Okay?"

„Wir werden fertig sein", erwiderte Zahai.

„Genau!" Paula grinste. „Ich war noch nie bei so einer Ehrungs-Zeremonie dabei."

„Ich auch nicht", murmelte Alex und verzog den Mund. „Vor allem nicht als derjenige, der geehrt werden soll. Puh! Luna, Thor und Schneewittchen sind genauso nervös wie ich. Wir waren nie was Besonderes. Die Einzige, die es nicht abwarten kann, ist Oxa."

„Ihr seid sehr wohl was Besonderes!", widersprach Zahai stolz.

„Aber hallo!" Paula lachte. „Ihr habt mal eben die Welt gerettet. Ohne euch wären wir alle Dämonenfutter. Da sollte ja wohl locker ein Orden drin sein."

„Na gut", lenkte Alex ein, obwohl er nicht überzeugt wirkte. „Bis morgen dann."

„Bis morgen!" Zahai verabschiedete sich mit einem hingebungsvollen Kuss von ihrem Freund. „Ich liebe dich."

„Ich dich auch", seufzte er und trottete zur Wohnungstür. „Tschüss,

Einen hab' ich noch

Mädels."

„Tschüss, Alex!"

Paula schloss die Tür hinter ihm und wandte sich ihrer neuen Mitbewohnerin zu. „Herzlich willkommen in Hamburg, liebe Zahai! Möchtest du dein Zimmer sehen?"

Johanna: „So, ihr Lieben, jetzt ist aber wirklich Schluss!"

DIE DRACHEN
KEHREN BALD WIEDER IN DIE

Nebelsphäre

ZURÜCK!

Mehr von Johanna Benden

Herrlich humorvoll romantische Fantasy-Saga:
Nebelsphäre – die Kiel-Reihe

Was passiert, wenn sich eine Studentin in
ihren Matheprofessor verliebt?

Was, wenn er kein Mensch ist?

Was, wenn seine „Verwandtschaft" diese
Verbindung um jeden Preis verhindern will?

Richtig! Friede, Freude, Eierkuchen
kannst du dann vergessen.

Der Einstieg in die Nebelsphäre.

In diesem Semester hört Victoria Abendrot zum ersten Mal eine Vorlesung bei Jaromir
Custos Portae. Der junge Professor gilt als brillant, menschenscheu und vor allem als
sonderbar. Seine körperliche Nähe löst Furcht in den Leuten aus und oftmals scheint
es, als könne er Gedanken lesen.
Als Victoria ihn das erste Mal sieht, wird sie von romantischen Tagträumen überrollt.
Von „Liebe auf den ersten Blick" will die junge Frau allerdings nichts wissen. Trotzdem
hört sie immer wieder die Stimme von Custos Portae in ihrem Kopf und kann plötzlich
auf unerklärliche Weise „sehen", wo sich der Professor aufhält.
Victorias Welt gerät aus den Fugen. Sie muss wissen, was mit ihr passiert und
beschließt herauszufinden, wer Jaromir Custos Portae wirklich ist. Die Studentin ahnt
nicht, dass sie sich damit in Lebensgefahr begibt.

Nebelsphäre – haltlos / - machtlos / - rastlos (abgeschlossene Reihe)
Sammelband als eBook bei Amazon: https://amzn.to/3eEH70V

Nach Kiel geht es mit der Lübeck-Reihe weiter

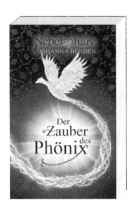

Was haben Feuer,
Asche und
Wiedergeburt
mit ihrem Schicksal zu tun?

Margaretas Leben ist alles andere als spektakulär, wenn ihr nicht immer häufiger Visionen über rätselhafte Schuppenwesen in den Kopf schössen.

Als sie in der Psychiatrie aufwacht, lernt sie Jan kennen. Ein Verrückter – geheimnisvoll, charmant und vor allem mit schrägen Ansichten über die Wirklichkeit. So scheint es.

Doch schnell verschwimmen die Grenzen zwischen Schein und Realität. Und Margaretas größtes Abenteuer beginnt.

Der Einstieg in die Lübeck-Reihe der Nebelsphäre.

Teil 1: Nebelsphäre – Der Zauber des Phönix
Teil 2: Nebelsphäre – Das Licht des Phönix
Teil 3: Nebelsphäre – Die Liebe des Phönix
Teil 4: Nebelsphäre – Der Zorn des Phönix

(abgeschlossene Reihe) eBooks bei Amazon: https://amzn.to/31cWg5t

Romantisch und fantasy-frei aus Glückstadt

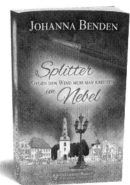

"Einen besseren Mann wirst du nicht kriegen!"

Das sagt Annas Vater und er hat recht damit.

Anna kann ihr Glück kaum fassen: ihr Traummann hat ihr einen Antrag gemacht. Olli ist charmant, erfolgreich und sieht klasse aus. Beide arbeiten in Glückstadt bei Storm Energie, dem Unternehmen von Annas Vater. Aber das Beste ist: Olli stört sich nicht daran, dass seine Zukünftige üppige Maxi-Model-Maße hat. Perfekt, oder?

Hochzeitsplanung und Projekt "Traumkleid-Figur" laufen auf Hochtouren, als Anna zufällig ihrem ehemaligen Babysitterkind Erik über den Weg läuft. Mit seinen frechen Sprüchen ruft der junge Mann lang verschüttete Erinnerungen wach. Erik ist so unkompliziert wie damals und doch ganz anders.

Außerdem ist da noch Robert, der sympathische Aufsichtsrat, der Anna anbietet, sie privat in Verhandlungstaktiken zu unterrichten. Warum opfert ein Mann wie er seine Zeit für eine Frau wie Anna?

Für Anna beginnt eine Reise zu sich selbst.

Ein Glückstadt-Roman mit Johanna Bendens erfrischend norddeutschem Humor, hintergründiger Lebensweisheit und jeder Menge Kopfkino fürs Herz.

Annas Geschichte (abgeschlossene Reihe)
ISBN-10: 3738623221   Salz im Wind - Nach der Ebbe kommt die Flut
ISBN-10: 3743118688   Splitter im Nebel - Gegen den Wind muss man kreuzen

eBook bei Amazon: https://amzn.to/3hSDSVq

Printed in Poland
by Amazon Fulfillment
Poland Sp. z o.o., Wrocław

65512072R00280